髙橋忠彦・髙橋久子・古辞書研究会 編

尊経閣文庫本 桂川地蔵記

影印・訳注・索引

八木書店

例　言

一、『桂川地蔵記』の影印は、昭和四年七月に、尊経閣叢刊の一冊として刊行されているものの、モノクロ版であり、現在は入手困難である。この度、あらたにカラー版の影印を刊行して、学界の需要に応えるものである。

一、東京学芸大学古辞書研究会では、平成十四年から諸本の蒐集につとめ、平成十六年から本書の輪読と索引作成に従事してきた。今回、その成果を、影印とともに刊行する。

一、本書のテキスト、訓点、傍訓等には、大きな混乱は無いものの、文献資料として使用するには、最小限の校訂の必要がある。そのため、「校訂一覧」を付した。

一、「漢字索引」と「自立語索引」は、本書の語彙・文字表記の調査を可能にし、室町時代の言語研究に便宜を図らんとしたものである。

一、「訓み下し」と「注」と「現代語訳」は、いささか難解な本書の全体的理解と通読を可能にし、室町時代の文化史研究に資することを目的としたものである。

目次

例　言……i
影　印……1
上……5
下……51
参考図版……91
校訂一覧……93
漢字索引……97
自立語索引……195
訓み下し……281
注……301
現代語訳……311
解　説……335
執筆協力者一覧……343

影印

影印凡例

一、前田育徳会尊経閣文庫蔵弘治四年写『桂川地蔵記』（函架番号17-14）をカラー版で影印するものである。

一、原本半葉を一頁に収め、各頁の柱に、原本の上・下巻の別、丁数、表裏の略号（オ・ウ）を表示した。

一、影印に際しては、表紙・裏表紙・参考図版を七一・七％、本文および見返・遊紙を七七・六％の縮小率で収めた。

表　紙

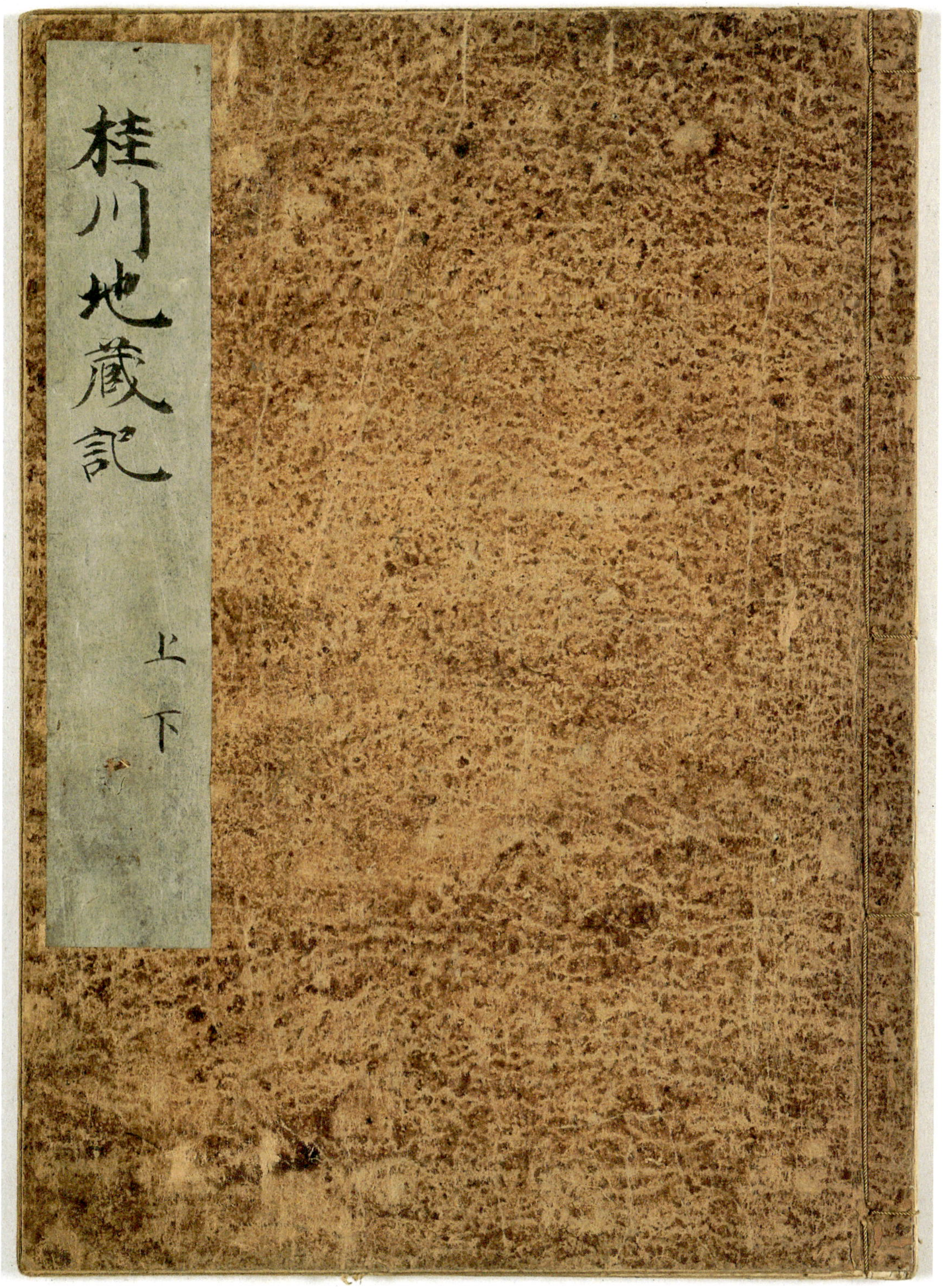

遊　紙

桂地蔵記上

蓋《ケタシ》聞地蔵菩薩者釋尊摩頂之高弟最勝同聞之上衆忉利付囑之大士娑婆遺勅之導師也誠是誓願廣大而慈悲甚深者哉肆《ココニ》漸凝《コラシ》識根則現四十九種之變身而教塵類遠迷雲焉頻振《フルツテ》神力則破一百八箇之地獄而使罪徒離苦海矣是則無佛世界度衆生今世後世能引導之謂也因茲致恭敬供養而至心信樂之者願望速疾成就之故

云宗爰應永二十三年歳次《ヤドル》丙申秋七月四
日當甲午之日故平安城今西宮之御縁日
也乃各若欲致終夜之參籠南往北来遊
子棲山而雲集雪東山西海旅人航海而水
文矣凡當社午日之禮奠者御供御神
樂湯立腹鼓以下臨時相撲法樂連歌等
也而后半夜燈前之讀經聽礼以後之敬信
群集之參籠衆於拜殿互說古今之間真
俗之事而語話未止既及曉天之時自竈《ヘツイ》殿

之傍《ハラ》而巫女《カンナギ》一人出来坐刷《カイツクロイ》衣裳謂庶人曰余此
夜半子刻《コク》計感靈夢矣忽《コツ》然《ゼン》之間有一客
嚴《ケン》然而示余曰客天上之星宿也為人間濟
度之故於此方里之間而自明日可出現云了
去矣驚覺《サメテ》占之七月四日甲午日子時之
夢先甲九午九子九廿八三九二十七并十二宮
筭次余之歳數四十七之上八十六目録而勘見
之者宮《キウ》筭九尼金王也司《ツカサドル》酉方金筭五鬼土
走也正非真土而塊《クワイ》石《セキノ》《ツチクレイシ》類欲破筭亦九尼金

司《ル》秋《ヲ》也是知《ヌ》塊《カイ》石《ノ》類《ヒ》現《メ》于西方《ニ》従《リ》秋化《ハ》可《キ》盛衆
也又指《シ》明《ニ》自《ト》給《フ》七月五日也仰勘二十八宿《シ》七月五
日之當宿《ハ》亢宿也亢宿則本地之蔵也定明
日可《ニ》現《シ》于西方《ニ》給《フ》石躰可為《タル》地蔵菩薩之化
現欲《カ》果《ハタツ》翌《ヨク》日在《テ》桂川《ノ》上《ホトリ》而一石《ノ》地蔵菩薩儀形而示
現給《シ》殆放光明《ヲ》而徧《ク》照世界《ヲ》事屡有神通
而益現霊徳 笑或《ハ》以偈賛曰
旻《ミン》夫桂水清 恠石放光明《ヲ》 度盡《シ》底《ストコロハ》何物《ソ》
六凡《ト》與《ト》四生 謌賛曰《ク》

救《スクフ》世《ツ》誓《ヒノ》堅《キ》石佛《ニ》指《ス》桂《ノ》川《ニ》於光也
巫《コ》女又日《ノ》曾《カツテ》承《ウリ》聞《ク》天智天皇之初《ソノ》昔《カミ》冨士《ノ》麓《フモトニ》有《テ》
取《ツ》竹翁《ヲキナトモ云ヘリ》就《テ》于竹林中《ニ》而儲《マウケタリ》赫《カク》奕《ヤ》姫《ヒメヲ》彼《ハ》上界之
天女也忝《クモ》奉《ル》見今上皇帝而《テ》今西岡畠邊有《リ》
賣《ヒ》竹《ヲ》奴《ミヤツコ》行《テ》桂川《ノ》上《ホトリニ》而獲《タリ》石尊像《ヲ》其《ハ》此下界之
地蔵也彼《レ》此《レ》霊験《ハ》不可《ル》勝《アゲテ》計《ル》之者也於《アヽ》昭《アキラカニメ》明《メイ〻》之堂《ダウ》
〻哉大士霊験煌《クワウ》〻穆《ボク》〻哉薩埵之尊《ソン》容
誠《ニ》霊徳奇瑞日《ニ〻》新《アラタニメ》又日〻新《タ》也夫地蔵菩薩《ノ》
堂者《ハ》在《テ》于帝城《テイセイ》之西南《ニ》桂川《ノ》所《ロ》経《ル》也既《ニ》夏《カ》花

尊卑之倫《トモカラ》皈依《スル》者《ハ》錙《ケシテ》狭《ヲ》而致《ス》福《ヲ》都《ト》邑《イウ》貴賤
之族《ラ》回向《スル》者《ハ》去《テ》危《ヲ》而獲《ル》安《キヲ》仍《テ》大車《キヨ》雷《ノ加ニ》轟《カウ》動《トウシテ》而
回轅《ナカヘテ》則《チ》小車之簦《ソヘクル》共《ニ》圍遶《シ》宮馬龍飛
騰《メ》而趁《フ》轡《クツハミヲ》則《チ》騎馬之客《タヒ人》各相從《ヒ》矣而稚子《チゴ》嬰《エイ》女
児《ミコ》爲《ナシ》風流《ヲ》則《チ》老夫壯《サウ》者致敬《ニテ》固《ヲ》而擧《テ》囃《ハヤシテ》所《ノ》詣《ミウツル》
之物万般《ハン》也　先《ツ》有御所的《ノ》之役人調《ハイテ》出
仕之儀式《ヲ》而詣《ミウツ》高門《ニ》則朝《チヤウ》久窺《ウカカヒ》庭上《ニ》奏《スル》之《ヲ》
次《ニ》有《リ》賀茂《ノ》祭《マツリ》之廷尉《チイ》刷《カイツクロテ》路次之行《カウ》装《サウヨ》而渡《ル》
大路《オウヂ》則《チ》行《カウ》列《レツ》集《テ》車中《ニ》弁《スル》之《ヲ》

或《ハ》學《ヒ》地藏菩薩遊化《ノ》六道《ニ》而衆生濟度之相《ヲ》

或學《ビ》釋提桓因巡狩四州《ヲ》而廣民《ミン》撫《ブ》育《イク》之形《ヲ》

或有《リ》居《ウヱル》苗《ナヘヲ》於地《ツチノ》塡墳《ウコモテル》之苗代《ナハシロ》之者《モ》

或有干《ホス》稲《イナヲ》於天《アマ》淦田之稲《イナ》場《ハニ》之者《モ》

或學上宮太子《ノ》降伏《スル》守屋《ノ》逆臣之勢《イキヲイヲ》

或學鎮《チン》府《フ》上將追伐《スル》安《ア》部《ヘノ》貞《タ》任《タフヲ》之勇《イサミヲ》

或有越主句踐《カ》之諫臣范《ハン》蠡《レイ》誅《ナ》呉王夫差《ヲ》功成《リ》

名遂《トゲテ》而棹《サヲサシテ》扁舟《ニ》帶《テ》五湖之雲《ヲ》而去《ルモ》

或有唐帝玄宗之使者方士謁《エツメ》太眞王妃宣旨

奉《メ》命《ヲ》而賜《タマワツテ》金釵《ヲ》淩《シノイテ》三嶋之波《ヲ》而来《ルモ》

或學漢《ノ》李《リ》廣君之《カ》射《イルヲモ》虎《ヲ》

或學源頼《ヨリ》政《マサノ》卿之《カ》射《ヲモ》鵺《ヌエヲ》

或學漢楚《ノ》争《ソヒヲモ》或學源平之戦《タヽカヒヲモ》

或有虞《ク》姫《キ》之《カ》閨《ネヤノ》中《ニ》押《ヲサル》數行之暗涙《ヲ》

或有昭君之《カ》馬《ノ》上《ニ》弾《スルヲモ》一面之琵琶《ヲ》

或學老子出《イテヽ》関《ヲ》則《チ》應《メ》尹喜之《カ》請《ニ》而彰《アラハス》道徳

五千餘言《ケンヲ》或學仲尼《チ》閑居時對《メ》曽子之《カ》詞《コトハニ》

而解《トクヲモ》孝經《ケイ》二十二章《ヲ》

或學梵《ハン》噲《クヮイ》入鴻門而睨項羽之勢
或學張良望鳳闕而諫漢王之忠
或有頭和泉牽舫之力　或有奮朝稲破
門之威　或學那須与一之射扇
或學新田四郎之乗猪　或學衛懿公愛鶴
或學源成頼使雁鳥　或有役鬼人而采紫上
洛之勇夫　或有變山卧而奥州下向之
廷尉 判官唐名ヤ　或學夜卿音引牛車之戀女
或學礒 日本記 廻湯盆鶏舟之桂男　或有漁村垂釣

之漁客　或有海畔焼鹽《シホヲ》之海人
或有三十三所順礼之行者打簡
或有六十六部四國之經聖負笈
或有入肆《イチクラニ》之布《ホ》袋《テイ》和尚　或有渡江《エヲ》之達磨大
師　或有學放下者　或有學發《ホ》露《ロ》之者
或有重利商人賣茶於浮梁《リヤウニ》去還忘潯陽之
舊婦　或有沉狂山卧傾傘《カサヲ》於京師来
剰儲永昌之新妻　或有刈難《ナニ》波《ハ》江葦《アシヲ》之叟《ヲキナモ》
或有擔伊勢濱《ハマ》荻之奴《ヤツコモ》　或有慕役優婆塞

塞ヲ一而入ル二于大嶺ニ之山臥上モ　或有下尋テ二大聖文殊ヲ一而
臻《イタル》ニ于五臺ニ之信人上モ　或學ヒ三飄簞《タン》屢空メ一草
滋ニ顔淵之巷ニ一　或學下藜藿深鎖シテ雨濕スモ原中ノ
憲カ之樞上　或淵明為ニ長壽尋テ菊ヲ而至リ南陽
縣ニ　或實盛為ニ捨シテ命ヲ著テ錦ヲ而征ユク北陸道ニ
或學下花山法皇之那智籠リモ上　或學下建禮門
院之大原住ミモ上　或學下香爐峯ノ雪挑テ簾ヲ見ルモ上
或學下遺愛寺ノ鐘欹テ枕ヲ聞クモ上　或學下周人伯叔ハ
互ニ讓テ孤竹ヲ入テ首陽山ニ而賢ハ見《アラハル》中于千古ニ上

或學曽我兄弟共討工藤行冨士野而各聞《フルヲモ》
於十方　或有大原大道粥鬻《ニツサクル》薪《タキヽヲ》女
或有小野小路賣炭翁
或學空也上人之敲《タヽキ》鉦鼓《シヤウコヲ》而唱念佛
或學自然居士之揩編木《サヽラヲ》而說觀經
或學到清水寺而斟三重瀧水之壮女
或學登大華山而弄《モテアソフ》丁丈稱花之大寶
或有高野出之頭陀聖　或有江湖往來之
行脚僧　亦學從漢土而勤官使奉稅《セイヲ》来本

朝而詣闕下捧筐《ハコモノ》之者。或學歳樂皇《ワウ》帝《タイ》
團乱《ラン》旋《セン》喜《キ》春樂春鶯囀《テン》蘓合《カウ》胡飲《イン》酒泰《タイ》平
樂甘州賀殿採《サイ》桑《サウ》老《ラウ》散手《シユ》蘓莫《マク》者還城樂《ラク》
陵王等之左舞。或學地久樂新鳥蘓古《コ》鳥
蘓白《ハツ》濱退《タイ》宿徳進走秃《トク》胡《コ》徳樂狛桙《ホコ》林《リン》謌《カ》
延喜《キ》樂新靺鞨《カ》貴《キ》徳《トク》蘓志《シ》摩抜頭《トウ》納曾利
等之右舞。凡吉野山之花白波龍《タツ》田川之筏《イカダ》紅
葉。明石浦之朝霧難波江之夕𡑮長《ナカ》柄《ラ》之橋《ハシ》
冨士之烟世尊寺梅葉《ハナミハ》就鷲尾山花襯筥《ハコ》崎

宮松椋平等院柳絲《イト》春日野之春日影《カケ》秋
月郷《サト》之秋月光無物而不學于無人而不詣
者也誠是寰《クワン》中塞《サイ》外人家民屋在々処々風流
囃《ハヤシ》礼記ニ囃擾 楽記ニアリ 物只之適之不可勝《アゲテ》量者也彼風流
所用之具足等次第不同絹《ケン》布《フ》類　○金羅《ロ》
金紗《シャ》段《ドン》金《キン》之襴《ラン》耶《ヤ》鄲發《ホツ》絹《ケン》木《モ》綿《メン》之子花綾織
織段《ドン》子繻《シュ》子《ス》細古素《ス》紗《シャ》梅花平絹《ケン》蜀江錦《ニシキ》呉《ゴ》
郡綾《アヤ》青繡羅《ロ》黄《ワウ》草《サウ》布《フ》花繡《ハン》羅《ロ》纐《ケン》纈紋《モン》紗《シャ》三法
紗《シャ》小布《フ》衫《サン》○金嚢銀《ギン》錠沈実珠香《カウ》麝香臍《ヘソ》孔雀

尾鸚《アフ》鵡《ム》盃《キ》鴛《エン》鴦《ワウ》被《ノフスマ》剔《テツ》紅《コウ》剔《テツ》金《キン》堆《ツイ》朱《シユ》堆《ツイ》紅《コウ》堆《ツイ》
漆《シツ》桂《ケイ》皮《ヒ》桂装《シヤウ》犀《サイ》皮《ヒ》青《セイ》漆《シツ》金絲《シ》〻〻花九蓮《キウレン》
枝紅花緑《リヨク》葉《ヨウノ》香合《ハコ》盆《ホン》杔子《チンス》印《イン》籠《ロウ》食籠骨《ホネ》
吐《ハキ》肉《ニクノ》指《サシ》法《ハウノ》物《モノ》卅外魚《キヨ》脳《ナウ》樫《シヤウ》梚《ヘン》象牙《ノ》了壷《ヒキツボ》頗梨
卮《サカツキ》瑠璃《ノ》壷《ツホ》珊瑚《ノ》枕《ラ》琥《コ》珀《ハクノ》盤《バン》照《ウ》膽《タン》鏡《キヤウ》反《ハン》魂《コン》香滄《サウ》
溟《メイ》九穴《ケツ》鮑《アハビ》海岸六銖《シユ》香馬融《カ》之硯薛《セツ》稷《シヨク》之
墨蒙《モウ》恬《テン》之《カ》筆蔡《サイ》倫《リン》之《カ》紙明月《ノ》珠夜光《ノ》珠
合《カツ》浦《ホノ》珠赤《シヤク》水《ノ》珠驪《リ》龍《リヨウノ》珠玄鶴《ノ》珠昭王之玉卞
和《カノ》之璧《ヘキ》水心《ノ》釰《ケン》巨《コ》闕《ケツノ》釰子《シ》胥《シヨカ》釰昆《コン》吾《ゴノ》釰漢皇《ノ》

釼季《キ》札《サツカ》釼干《カン》將《シヤウ》莫《バク》耶《ヤ》釼班《ハン》婕《セウ》妤《ヨカ》之肩李《リ》夫人
釵《カンサシ》香《キヤウ》匙《シ》火《コ》筋《シノ》臺琴《ニ》碁《ギ》書《シヨ》畫《クワノ》繪金寶瑠
璃七寶琉璃胡《コ》銅《トウ》象《ザウ》眼《ガン》仙《セン》人《ニン》銅《トウ》博《ハク》陽《ヤウ》山三具
足 ○鎧《ヨロイ》腹《ハラ》巻《マキ》筒《トウ》丸《ル》腹《ハラ》當《アテ》袖甲延《ヨダレ》懸《カケ》鍬《クワ》形《カタ》鷹角《ツノ》
籠《コ》手《テ》臑《スネ》當《アテ》脇《ワキ》楯《タテ》腔《ハイ》楯膕《ヨコウノ》金《カ子》鎧《ヨロイハ》者緋《ヒ》威《ヲトシ》小櫻綴《ヲトシ》
卯《ノ》花《ナ》綴縹《ハナタ》威黄《キ》皮《カハ》絲《イト》黄《キ》薄《ウス》紅《クレナイ》絲淺《アサ》黄《キ》絲赤
絲赤皮白《ラ》絲白《ラ》綾《アヤ》綴紺《コン》絲黒《クロ》皮紫絲紫皮紫
裾《スソ》濃《コ》白鹿《カハ》皮綴櫨《ハシノ》匂《ニヲヒ》逆《サカ》澤瀉鵯威《ヲトシ》取妻取肩《カタ》取
中裙縄目《メ》綴等也此外總《アケ》角《マキ》袖《ノ》緒《ヲ》高《カ》紐《ニモ》表《ウハ》帯《ヲヒ》金

吐《ロ》差《サシ》縨《ホロ》也笠驗《サシルシ》小旌《コハタ》大旗○弓者《ハ》重籐《シケトウ》節卷《フシマキ》
真《ミ》弓鏑《カフラ》藤《トウ》白木赤漆《ウルシ》小《コ》節卷腹《ハラ》真《ミ》弓本重
藤塗《ヌリ》籠《コメ》藤三人張《ハリ》五人張彌《ツリ》打《ウツツル》弓
○箭者筋《スヂ》切《キリ》符《フ》妻《ツマ》白中里黒白尾《ラシ》糟《カス》尾《ケ》高鵰《タカ》尾《ラ》
鶴本白鳫《ン》鴾《タカ》烏《カラス》羽《ハシノ》而作《ハツ》之鉾《トカリ》矢《ヤ》蟇《ヒキ》目《メ》鳫《カリ》俣《マタ》征《ソ》
矢《ヤ》中指箙《エヒラ》胡《ヤナ》簶《クヒ》弦《ツル》巻《マキ》弣《ユツカ》彇《ユハス》尻《ミツ》籠《コ》握《ニキリ》𨷻《サクリ》弦《ツル》笮《ウツホ》
鈿《ミツサキ》天鼠《ウスチ》〓《ミト》鏃《ヤシリ》者《ハ》乗《シヨウ》學《カク》紀《キ》次《シ》直海《ナウミ》甘露等《カ》作《サク》也
○馬者連錢葦毛栫子栗毛黄《キ》鴾《ツキ》毛《ケ》佐《サ》目《メ》駮《ブチ》
糟《カス》毛《ケ》驄《ハシ》馬《ケ》背《セス》筋《チ》通《トヲル》河原毛鬓《カン》白《シロ》雪《ヨリ》踏《シロ》月額真《ニシ》

遊仙屋

渕伊《ヘイ》郡《コヲリ》多《タ》久《ク》佐《サ》里《リ》之本《ホン》牧立《マキタチ》名馬有《リ》生得須跡
足井《タライ》并《ミ》彦《ヒコ》間《ニ》立杣《タチソ》立《タチ》井《イ》立之馬悉《ツク》尾髪《カミ》飽《アクマテ》足《タッテ》
駿《タテカミ》長《リ》地《チ》拘《カヘ》強《ツヨク》肢《エダ》爪《ツメ》發多《ソイトツ》而太《フトク》逞《タクマシク》動《ミミソハ》住遠《ハヌアフキ》任《ミメ》意《セ》而
甚《ツ》有馬《テ》摽《カサ》無付《ソツケス》井恰《アタカモ》如《ハ》穆王之八駿《シユン》誠似《タリ》太宗
之十驥《キ》龍《クチトリ》雜色舍人《トネリ》御廐《ミマヤ》者等有之
鞍《クラ》具足者唐《カラ》鞍貝《カイ》鞍大和《ヤマト》鞍水干《スイカン》鞍伴野《トモノ》鞍
大《ヲヲ》坪《ツホ》鞍白《シラ》橋《ホネ》黒漆蒔《マキ》繪《エ》金貝《カナカイ》金覆輪《フクリン》豹虎《ヘウトラ》
野牛《ヤギウ》海《ヲソ》犯《ヒ》水豹《アザラシ》之韉《ハリ》鞍《クラ》轡《クツハ》韃《ミツヒキ》鞦《ヲモツラ》韁《チカラカワ》鐙《アフミ》鋏《ハサミ》
韁《タツナ》鞶《ハルヒ》鞅《ムナカイ》鞦《シリカイ》縟《ウハムシキ》韀《シタクラ》鞭《ムチ》鞣《ミホリ》鞘《ムカハキ》褐《ムナキヌ》障泥《アフリ》鞍《ウラツミ》悒玉

井纏木《キ》塚沓《ツカノクツ》伊勢切付蒲磨力皮上総与那作
波《ハ》鎧見玉与倉谷鑁芋也　○大刀者金銀圓作《ツクリ》
鞆《ヅカ》鞘《サヤ》青貝金貝蒔絵鞘《サヤ》塗《ヌリ》鞘《サヤ》鰄《カイラキ》作《リ》七《ツ》金
八《ツ》虫《ニ》丘八貝鏁《クサリ》鳥頸《クビ》芋皆鐫《ホリ》物也累《モトキ》鍔《ツバ》車鍔
練《ネリ》鍔金鍔金覆輪鮫《サメ》鞘《サヤ》　○刀者金銀鞆《ヅカ》鞘《サヤ》
髪搔《カウカイ》小刀下緒《サケヲ》燧嚢《ヒウチフクロ》表生皈栗形《クリカタ》鯉口《コイクチ》呑入《ノミイレ》鞆口《ヅカクチ》瑠《コジリ》
同金《トウカネ》木《キ》鞆《ヅカ》樺《カバ》巻《マキ》琴緒《コトノヲ》巻《マキ》世良田《セラタ》刀聖《ヒジリ》鞆　○長刀者
銀鞆《エ》貝《カイ》鞘《サヤ》貝貫《ヌキ》石築《イシツキ》逆《サカ》鰐口《ワニクチ》皆金《コカネ》沃懸也
○長《ヤ》鋒《リ》者《ハ》朱《シュ》鐏《エ》黒塗《ヌリ》銀《シロカネ》沃懸来寳《ミハ》天九節也

上《ミ》件《ノ》一〻之太刀刀長刀等之寶《ミ》者《ハ》以往鍛冶
天《アマ》國《ニ》神《カミ》息《ヌキ》藤《フヂ》戸《ト》菊作《リ》粟田《アハタ》口《ニハ》藤林藤次林
次林三國綱國吉三條小鍛冶宗近来國俊國
光又法師鍛冶《ニハ》定秀雲秀了戒俻前國《ニ》長光
景光三郎國宗五郎守家長《ヲサ》船《ネ》之一黨俻中
國貞次《ツ》盛《モリ》縫葵《アヲイ》作《リ》伯耆國《ニ》眞《サネ》綱築紫《ニハ》三《ミ》家
田多鬼神大夫行平波平谷《ニ》山石貫《ヌキ》金剛兵衛
奥州《ニハ》舞《モウ》房《フサ》光《ミツ》長鎌倉《ニハ》新藤五彦四郎五郎
入道九郎次郎南都《ニハ》千手院文殊四郎一文字中

次郎尻《シリ》懸《カケ》當麻《タイ》ニ作リ也後鳥羽院ノ十二月番ノ鍛冶
等亦當世ノ作者信國國重達磨有来《リケ》藤嶋《フヂシマ》
出雲鍛冶等也但シ此ノ中ニ有レ可シ双鉄《ヤイハカネ》而錆《サビ》朽《クチタル》寶ニモ也彼ノ
太刀刀目貫金貝之鑿物ハ者日月星辰天象
地儀風雲草木鱗《リン》甲《カウ》禽《キン》獸《ジウ》山龍《レウ》花虫之類也ニ
載此吞跋也此時路次之行客ハ為ニ見物ニ止マリ往復ヲ
難シ辞シ多日之傾《フリテ》笠田頭之農夫《ノウフ》為ニ風流《リウ》ニ忘工赴
不覺ス時刻之移ルヲモ矣總《スヘテ》京桂ノ間之棧《サン》敷并ニ歩ホ
行《カウ》見物衆無量無邊不可思議ヲ等數辞喩モ

所不能《ル》及也彼權屋《カリヤ》賣買《バイ〳〵》之食物少〻記《ス》之《ヲ》
自餘《ハ》載跋也道德《タウ》興米遁世粽《チマキ》高野落生禅
納《ナツ》豆《トウ》法論《ロン》味《ミ》曾《ソ》御《コ》所佛《ノ》座《ザ》菓子《ハ》者南嶺《ノ》蒲
桃壮溪甘《カン》蔗《シヤ》河《カ》東《トウ》紫塩《エン》嶺《レイ》南丹《タン》橘《キツ》燉《トン》煌《クワウ》八寸
奈《カラナシ》青《セイ》门五色《シヨク》瓜《ウリ》大谷《コク》張公之《カ》梨《ナシ》房《ハウ》陵《レウ》朱《シユ》仲《チウ》之《カ》
李《スモヽ》東王公之《カ》仙《セン》桂西《セイ》王母《ホ》之《カ》神《シン》桃《タウ》南燕《エン》牛《コ》乳之
椒《ハジカミ》壮趙《チヤウ》雞《ケイ》心之棗《ナツメ》千各百種不可《ス》具《ニ》論《ス》○酒《ハ》
者下《カ》若村《ソン》張《チヤウ》騫《ケン》葡萄《タウ》酒菩提山洞《トウ》庭《テイ》春花
酒塔尾《ノ》之梨花乍桑酒宮《ミヤ》腰《コシ》之桑《サウ》落《ラク》菊《キク》也

酒柳屋《ヤ》之歓伯《ハク》九夏《カ》酒杜《ト》江《カウ》之儀狄《テキ》三冬之酒
○茶具足者南蠻銅瓶《ドウビン》胡《コ》銅風爐《ド》建《ケン》盞《サン》天目
槿《キン》花盆菱《リン》花臺官堂油滴《テキ》羽《ウ》盞《サン》饒州《シウ》容
鑾茶椀茶壺磨《ウス》茶坏《ツキ》茶筅《セン》茶柄杓榴《ルイ》茶《サ》
々《サ》枚眞壺《ツボ》洞《ドウ》香清《セイ》香納《イル》於深《フカ》瀬《セ》逆《サカ》園《サンエン》外《ト》畑《ハタ》
藤渕《フチ》小畠《ハタケ》揔山茶宇治森《モリ》澤及上菓之茶又
香《カ》々登《ト》信樂《シカラキ》瀬《セ》戸《ト》壺入於伊賀大和松本粟津
之木前《サキ》鞁屑《クツ》等
○屛風繪者

竹林ノ七賢

阮籍《ケンセキ》 嵆康《ケイカウ》 劉伶《リウレイ》 阮咸《ケンカン》 向秀《キヤウシウ》 山濤《サンタウ》 王戎《ジウ》

商山ノ四皓《カウ》

東園公《ヱンコウ》 甪里《クリ》先生 夏黄公《カクワウ》 季里期《キリキ》

飲中ノ八僊《セン》

賀知章《カチシヤウ》 汝陽《ジヨヤウ》 左相《サシヤウ》 宗之《ソウシ》

蘊晋《シン》 李《リ》白ノ 張旭《キヨク》 焦遂《スイ》

瀟湘ノ八景

洞庭ノ秋月 瀟湘ノ夜雨 山市ノ晴嵐 江天ノ暮雪

漁村ノ夕照 遠寺ノ晩鐘 平沙ノ落雁 遠浦ノ皈帆

九真《キウシン》ノ之麟《リン》

漢ノ書ニ曰宣帝詔曰献《ス》奇獣《ヲ》麟色牛角リ

大宛《ヱン》之馬

又武紀《フキ》ニ曰師将軍廣利斬《キル》大宛王首得汗血馬

黄支《クワウシ》之犀《サイ》

又曰黄支自三万里貢犀云々

條枝《テウシ》之鳥

又曰條枝國臨西海大鳥卵《カイコ》如甕《ホトギ》ノ

鳥ハ宿ス池中ノ樹キ

僧ハ敲ク月下ノ门

鶯《アフ》歌《カ》聞ユ太掖《エキ》ニ
繍戸ノ香《キヤウ》風暖
夢ノ裏ニ君王近シ
雲ハ蔵ス神女ノ舘《クワン》ニ
千年丹頂ノ鶴
掬スレハ水ヲ月在リ手ニ
春潮《テウ》帯《チ》雨ヲ晩ニ来急ナリ
蝴蝶ハ夢ノ中ノ家千里
簾ハ捲ツ青山巫峡ノ暁

風吹《スイ》繞《ネウ》瀛《エイ》州《シウ》ニ
紗窓《サウ》曙《シヨ》色新ナリ
宮中ニ河漢高シ
雨ハ到ル楚王ノ宮《キウ》ニ
万歳緑《リヨク》毛《モウ》ノ亀
弄《スレハ》花ヲ香満《ミツ》衣ニ
野渡《ト》無メ人舟自横ル
杜《ト》鵑《ケン》ノ枝ニ上月三更
烟ハ開ク碧樹渚《シヨ》宮《キウ》ノ秋

長楽ノ鐘声ハ花ノ外ニ尽ヌ　龍池ノ柳色ハ雨ノ中ニ深シ　朗詠ニ有リ

壺中ノ天地ハ乾坤ノ外カ　夢裏ノ身名ハ旦暮ノ間ゾ

潼関《トウクワン》ノ百万之軍兵　中宮三千之侍女

樹ハ隔テ五陵《リヨウ》ヲ秋色早シ　水ハ連ナリテ三晋ニ夕陽多シ

東山ノ樹色ハ連ナル花頂ニ　北野ノ梅花ハ映《ハエテ》白河ニ

都府楼ニハ纔カニ看ル瓦色ヲ　観音寺ニハ只聴ク鐘声ヲ

胡角一声霜ノ後ノ夢　漢宮万里月ノ前ノ腸《ハラハタ》

夕殿ニ蛍飛ンデ思悄然《セウセン》タリ　秋燈挑ゲ尽シテ不能眠ルコト　長恨歌ニ有リ

畫棟《クワトウ》朝ニ飛ブ南浦ノ雲　珠簾暮ニ捲ク西山ノ雨　古文真宝ニ有リ

遅ゝ《タル》鐘樓《ノ》初《テ》長夜《キ》　耿ゝ《カウゝタル》星河《ノ》欲曙《スルアケント》天

長恨歌ニアリ

不明《イ》不暗《アニ》朧ゝ《ロウゝタル》月　不暖《タニ》不寒漫ゝ《ミゝタル》風

文集《ノ》嘉《カ》陵《レウカ》春月《ノ》詩之句《リ》

○漢高三尺之劔《ケン》坐《ナカラ》制《ス》諸侯《ヲ》張良一巻之書《ニ》立《タチドコロニ》

登《ル》師《ニ》傳《フニ》上《ノ》句之意無一《トシテ》不描《ヱカヽ》者也

○漢家本朝近來《チカコロ》之畫圖《ク》絵《エ》色紙屛風此道《ノ》

風之経手《ワケキテ》金岡《カナヲカ》之霊筆《レイヒツ》少ゝ有《リ》之

○次《ニ》絵本ト者《ハ》和尚《ノ》之達磨　思恭《シケウ》之釈迦《カ》

東坡《カ》竹　甫之《ホシカ》梅　日観《ニツクワンカ》之葡萄《フタウ》　月山之《カ》馬《ハ》[illegible]

月湖之観音　君宅之楼閣　王摩詰之水
氷《ヘウ》岸《カ》鷹《カ》芳汝《シヨカ》牛《シ》用《ヨウ》田《テン》之栗《リツ》鼠《ス》蘿《ラ》窓《ソウ》之蘆《ル》鴈《カン》
文与《ヨ》可《カ》之作　李《リ》尭《ケウ》夫《フ》之羅漢　呉《コ》道《ダウ》士《シ》之観音
馬《ハ》遠《エン》之花鳥　夏《カ》圭《ケイ》之山水　諭《ユ》法師之阿弥陀
印陁羅之布《ホ》袋《テイ》　王元章《シヤウ》之梅花　李《リ》龍《リヨウ》眠《ミン》之人形
高然《カウネン》輝《キ》之山水　趙昌《シヤウ》子《シ》之花枝　玉澗《カン》子之山水
无無関之達磨　胡《コ》直《チキ》夫《フ》之禅《セン》会《エ》　李《リ》安《アン》忠《チウ》之田《テン》猟《レウ》
周《シユ》丹《タン》士《シ》之十六羅漢　陳世《セイ》英《エイ》之観音　子《ス》良《リヤウ》之白《ハク》馬《ハ》
陸《リク》清《セイ》之山水　子《ス》昭《セウ》之山水　葉《セウ》出之猿

仲《ニン》忠《チウ》之十王　禅月之十六羅漢　唖《ア》子之観音
太玄《ゲン》之飛龍　趙《チヨウ》子昂《カウ》之馬形　閻《エン》次《ス》平《ヒン》之山水
舜《シユン》擧《キヨ》之花鳥　雪《セツ》窓《ソウ》之芝《シ》蘭《ラン》　顔《カン》輝之仙人
月《ゲツ》丹《タン》之観音　苩《ハク》叔《シユク》之牛　所《シヨ》翁《ヲウ》之龍
可山之観音　率《ソツ》翁《ヲウ》之布代衣　馬《ハ》麟《リン》之人形
韓《カン》幹《カン》之《カ》青草馬　戴《タイ》嵩《スウ》之緑《リヨク》楊《ヤウノ》牛　大白之香爐《キヤウロノ》瀑《タキ》
和《ワ》靖《セイ》之孤《コ》山《ノ》梅　列《レツ》子《シ》之御《キヨ》風《ニ》　琴《キン》高《カウ》之乗《ル》鯉《ニ》
許《キヨ》由《ユウ》之洗《イ》耳《ヲ》　巣《サウ》父《エ》之牽《ニ》牛　白楽吾《ワカ》友《トモ》之竹
秦皇大夫之松　懸《カケ》字《ジ》者《ニハ》

仁宗皇帝　牧渓《モツケイ》和尚　王羲之《キシ》　虞世南
趙子昂《スカウ》　張即之　黄魯直《ワウロチヨク》　蘇子瞻《シセン》
張旭《キヨク》　欧陽《ヲウヤウ》　一山国師　西澗《セイカン》禅師
亦於路頭見物衆之場年齢漸不惑餘之条門
長以高色𪐴黒面皺顔面鼻皷歴瘍形類盬
而少頃甚訛兮着唐布入袷帷与薄経𤂖
強炮衣以柿團扇麾煎物賣高声喚寄
泥顔而問曰汝所調煎物者其薬種何と
耶彼煎物賣返と餘為不祥とし而敢不得意

乍《ラ》恩《ヒ》奈《チ》曰《ク》藥種《ハ》揔《スベテ》雖《トモ》一端今少《イ》之言《サン》先《ツ》

天南星　地骨皮　檳榔子　高良香　人參　鬼箭

甘草　苦辛　丁子　貝母　柴胡　桂心　玄參

黄耆　金牙　銅臭　龍腦　虎膽　陳皮　川芎

鶴蝨　烏頭　白朮　黄連　泊樊　紫檀　胡椒　茯神

革撥　桔梗　益智　杏仁　鹿茸　烏梅　鼈甲

龍歯　石斛　木通　青礬　白芷　前胡　阿魏

澤瀉　防風　山梔子　川大黄　五味子　三稜根

赤芍藥　青木香　蛇床子　雞舌香　赤銅屑

白石脂《ミャクせきし》　密《ミツ》陀僧　訶梨勒等也
彼桑門重問曰自餘薬種且置訶梨勒更
細々不用何用乎賣《ハイ》者答曰夫訶《カ》子具六
味故為薬中之王自餘薬種纔具一味二三
四五味故可謂臣薬而已桑門曰汝所言也
薬種雖種々正令推察之不可過三四種然
則何有用耶賣《ハイ》者答曰一病一薬也夫古
有賣薬翁者以一薬与万人無病不愈若
然何同薬種之多少耶猛将以滅敵為勝良

藥以愈病為験矣　我竊窺良毉爾藥性
之根源夫百藥從神農起嘗百草一日遇七
十毒作蛄鞭鉤鍘以隨六陰陽与太一草木
石肉毛羽万種千類以彼鞭打悉其主治合
於五味温冷是皆雷公註置療治験不虚自学
藥用験多季滕元發申之李經藥殊用
哉一種當一歳數三百六十五種也是神農本
經也爾後經三千七百年齊時陶隱居又加
三百六十五種其後唐高宗顯慶二年丁巳歳

蘓敬《ケイ》等副《ソウ》一十五種新《シン》修本草二十一巻是也
同唐仁宗嘉《カ》祐二年丁酉歳禹《ウ》錫等副《ソウ》新《シン》補
八十二種新定十七種嘉《カ》祐補註《チウ》本草二十三
巻是也宗太祖開寶之比盧《ロ》多《タ》遜《ソン》加一百三十
種開宝本草二十一巻是也同宗徽《キ》宗大観二
年艾《カイ》歳《セイ》以前代々本草薬種加副載新旧
之薬一千六百七十六種證類本草三十二巻
是也代々本草薬種如斯云々但其曾未知寸《スン》
口関上尺《セキ》上中下三部各浮沈《チン》中畢《ヒツ》覚九

候之脉所者更不得詮《トリコムルコト》七表《ヘウ》之浮芤滑《クワツ》實《ジツ》
弦《ケン》緊《キン》洪《コウ》八裏《リ》之微沉緩《クワン》濇《シヨク》遲《チ》伏《フク》濡《ジユ》弱《ジヤク》九道
之長促短虛《キヨ》結牢《ラウ》動細代已上二十四
脉之度數只隨春夏土用秋冬之當《タウ》
季《キ》而因陰陽之浮沉任五行之增減而付
于肝《カン》心脾《ヒ》肺《ハイ》腎《ジン》之五臟同膽《タン》腑小腸《チヤウ》胃
腑大腸膀胱三焦等之六腑而勘藥種
之寒温平之藥性而如形《カタ》廻愚案之了
簡《ケン》每朝調《テウ》味仕御菓物也聞《キコシ》食《メサ》不可

為《タル》御随意云々其時桑門餘《リニ》無面目而捨《スヽテ》
笠《サ》著《キル》物《モノ》携《タツサヘテ》柿《カキ》（考）扇《ウチハ》計《ハカリツ》顫《ナフリン》而如《ニ》電光《ノ》去《ル》
見《ル》之去《ノ》唖《チツ》々《ニ》然《セントシテ》低頭而笑《フ》　笑　既《ニ》都鄙遠
近囃《ハヤシ》手《ノ》之倫《トモカラ》与《ト》老若群集警固《ケイコ》之衆
何《レモ》老《ノ》以《テ》衣裳《シヤウ》偏《ヘン》愛荘厳而相軽嘲《チウ》謔《ギヤクト》
端《タン》仰《カウ》因《イン》循《ジユント》一心而諸共《ニ》援《モミ》合《テ》右《ノ》相交我不《ト》
芳或《ハ》弾《タニ》於蜀郡之鶴琴兮或《ハ》吹《ツ》於秦《シン》楼《ロウ》
之鳳管《クワンヲ》兮簫笛琴箜篌琵琶鐃銅鈸
合《セテ》調拍《ヒヤウ》子《シヲ》而撃《ウチ》小《コ》鼓《ツヽミヲ》諍《ホウ〱ト》音々兮撃《テ》大鼓《ヲ》卓

〻兮《ト》右《ノ》調《ヘ》宮《キウ》商《シヤウ》角《ク》徵《チ》羽《ウ》之盛《ナル》聲《ヲ》而為《ナス》入《ル》
耳《ミヽ》之娯《タノシミ》兮互《ニ》錯《マシヘテ》青黄赤白黒之麗《ウルハシキ》色而
為《タリ》悦《ヨロコヒトスル》目之翫《ヒニ》兮各《ノ》自《ミ》摺《スリ》編《サヽラ》木《ヲ》振《フリ》手《テ》捧《ハシ》棹《シテ》
頭《カウヘヲ》敲《タヽキ》胸擻《サン》〻勇《イサミ》叫《ヨハリ》喚響訇《ニテ》而唱《ヘ》地蔵名
号《ヲ》自《リ》狂雞三更唱《フル》曉《ツクルヲ》之比《ロ》而至病鵲夜半
驚《ス》人之時《ニ》更無《シ》斷絶《スルコト》稍《ヤヽ》如《シ》春蛙《ワ》夏《カ》蜩《テウノ》更嘈《サウ》
蜩《テウ》雜《サウスルカ》經《ニ》日《ノ》若人散乱《シ》心入《ニ》於塔廟中一稱
南無佛皆己成佛道《ト》云〻矧《イハンヤ》於《テ》至心稱名〻
人《ニ》耶各為結縁法樂《ノ》之故野《ヤ》老《ウ》村《ソン》叟《フ》彈《タヽミ》囃《ハヤス》

則《ハ》嬰《エイ》兒《ニ》稚《チ》子《シ》舞《ニ》樂《シム》兮乃《チ》是《レ》黄老《クワウラウノ》殫《スル》則《ハ》
嬰兒起《モ》舞之故歌亦或時《ニ》撃《ウツ》鞨《カツ》鼓《コヲ》若《モ》
丈翁伯《ハクノ》之子歌然《レバ》者母《ハハ》獨其身質《シツ》也《ナリ》既經営
而出《イデ》所張李《チヤウリノ》之家其衣裳著《ハキ》爾轉疑星兮
靨脫紅羅颯纚而綺組繽紛兮著繳繚
而著紺《カン》陶脚絆著麝綾素襪兮腰纏
顔《カホニハ》霞復《フ》如《ナル》楊貴妃李夫人之面兮表重青褂
於朱《アカキ》袙《アコメヲ》而含《ツホ》折《ヨリテ》服之兮露結寞之朝先《サキ》
立《タツテ》鞨《カツ》鼓《コヲ》執二撥《ハチヲ》左右用《モツテ》而左行于右排

徊《クワイト》兮蓬《ホウ》累《ルイト》飛揚《ヤウト》跋《ハツ》扈《コト》若遊《アソハシムルカ》目於天表《ホカニ》似
無依《ヨルノ》々洋《ヤウノヽト》々兮重衣《ナル》綵《サイ》緻《チト》而青《セイ》葵《ケイト》鳥委《タヨヤカニ》
袖飄颻雲溶《ヨウノヽ》々洋《ヤウノヽトシ》々而極《ヤツ》樂《サクヽ》々々云《トイツテ》未成《ナサ》曲調《チヤウ》
先有情《チノ》低《タレ》眉信《ニカセテ》手續《ツキヽ》々彈《ウツ》々了《ヲワツテ》而遠暫歌《ヤム》
此時無聲《キハ》勝《ニサレル》有声漁《キヨ》陽《ヤウノ》鞞《フリ》鼓《ツヽミ》動《ユスリ》地来驚《ソヨ》
破《ヤ》霓《ケイ》裳《シヤウ》羽《ウ》衣《イ》曲傳聞開元楊貴妃愛花
明皇擊羯《カツ》鼓《コヲ》催《モヨヲス》杏《カラモヽノ》上日不嗅哉《ヨシテ》作天公
可《カ》乎《カ》奇《ナル》哉《カナ》々々亦愕《ヲトロキテ》眙《スクミミル》目《メモ》眩《ケン》轉《テン》兮彷徨《ハウクワウト》
而重《チテ》擊《ウツコト》羯鼓両三聲如聞《クカ》仙樂耳暫明《アカナリ》

洋《ヤウ》々乎《コトノ》盈《ミテル》耳ニ哉誰《レカ》三月《ケツ》不《ラン》忘《レ》究《ミノ》味《アマリ》耶《ヤ》
不《リキ》圖《ハカラ》爲《スヿ》樂《シ》至《イタシテ》於斯《コヽニ》矣彼《ノ》風流之興《ケウ》ニ言《イフニ》之《ヲ》不《ス》
足故《ラ》ニ嗟《サ》歎《タンス》之ヽヽヽ不足故ニ詠《エイ》歌《カス》之ヽヽヽ不
足不知手之舞《ミ》之足之蹈《フムヲ》之也將《ハタ》吏《レ》或老《ル》女
日之項《マノコロ》何《イツ》時《ニカ》目《テ》此地藏菩薩ニ訪《ラニ》風流等里甍
云《ココニ》集《ツトイテ》而永將《ヒタスラサハク》狀《アリサマ》不分勝《スケニカラ》古《ケリニ》刹《フルメカシキ》使儀也然《サテモ》尋《ヌレハ》彼
里ノ名諸《シ》人《カクヘノ》答曰《テノ》古《ミヘ》光《ニ》大將之雨夜《アマヨノ》考《シナ》選《サタメ》漸《シサ》ヽニ
在《アリシヨリ》以來明石ノ上ヘ嶋隠《レ》行船難波方住吉ニ指後
久住《リスミ》押《ナレ》縮《イニ》桂ノ里ハ者此夕《ユフ》顏《カラシノ》宿《ヤノ》月雲《モ》隠無《レ》攙《キ》

私謂 八雲ノ五 源氏詞 治幸音

源氏

詞《コトノハ》葉及《ミナモ》様々《サニ》語《リ》侍《ヘルヲ》真《サナカニ》聞《キツツ》目出度《キ》矣猶《シ》従《リモ》
其尚者《ニサシモハ》伊登内親王住《スミ》家《カモ》此桂里在《アリ》原《ハラ》之業《ナリ》 已上四字
伊勢物語 乎御母柏原天皇之皇女阿保親王丈人威
徳内親王是也押《ヲシ》靡《ナヘテ》懇《ネンコロニ》語《リ》侍《ハン》傚借《ナツカシキ》俐《ニツカニ》熟《ツラ〳〵》覩
尋或《アル》男《ミスラヲ》 日本紀 學女《タヲヤメヲ》或風流女《タヲヤメ》學《シテ》大丈夫《ミスラヲ》 非代 互《イニ》袖《ソテ》打《ウチ》
通《カハシ》戯遊状《アリサニ》 日本紀 真成《ミメヤカニ》空《ウツヽ》甚《ナリカウシキニ》強《トツレナキ》 杜詩 向浮浪《ウカレヒト》 日本紀 哉皆悉《ナカラ》 万十六 生 日本紀
憎《ニクヤ》不知外《ヨソ》目《メモ》 日本紀遊仙窟 低《タレ》頭《ヘヲ》剖《サヽヤキ》會此《アヒミシラツ》光儀《スカタ》化《アタ》耶《ナリヤ》見物之
貴賤《タカキイヤシキ》共震懼観哉《ミモノカナ》彼見物之人流《カス》若箇《ソコハクモ》亦
有《アル》覧《ラン》乎或 遊仙 横陳《ノヒフシテ》有待《ミツ》者《ニトモ》或《ハ》遷《タチ》延《ヤスライ》或《ハ》向来《タヽイニ上》 遊仙

有騒合《サハキアヘル》者或薄媚《ナサケナク》有拂《ハラフ》人者或有摘《ツム》人者
或有齚《カミツ》人者有咍《アナツル》人者有勢者有靈《アヤシキ》志
遊仙
古衲指迷
有躾者有摩《ナツル》人之項有觀《ノソム》人之顏有擿人
者有攅人者既從七月《ハツアキ》初月《ミカツキ》之比而向南山
之空《ソラ》暗陰《クラクノクモリテ》而暴雨間烈《ハケシク》降《フル》之間桂川漲《ミナキリ》流而
優《ヤサシク》嚴《イツクシク》榮花《イミシケニ》貴《ユミシク》天生麗《ウルハシキ》質《スカタ》自難弃迴眸
一笑《ヱメハ》百媚《コビ》生而幽玄渡生女房達花容婀
娜玉體委迤而相乱方便青女達房泣涙
衣柔爲服而深沉露狀混無閑難偲而戀

水与雨共紋袖状蒼茲兮何雨今日計不思乎
初歡引返而今更不可取捨無為方捜又出顕
之侘支不分腸也流草難捨生身者霽少
罷間亦恐為瀟湘夜雨還迷原憲樞名自脱
衣露髪亘股腰高延而泥足祖膚而人目不
織結強襤褸所苟不有而溢漾所々者此辻
堂神府道祖神彼樹下橋緣夜行屋不休
多集悶而悲吟喠状者如孟子言顙有泚睨
而不視夫泚也非為人泚中心達於面目者也

彼ノ面《カホ》貯《ナツラカヘテ》而心《ロ》安《イフリ》ニ思貪《フツツナナクノ》生《ハナハタニキ》甚倫《トモカラ》徒ニ纏《ニトイ》身ニ於綾
羅錦繍シ而施《エス》面《シモテニ》於白粉《ワニ》朱《ミニ》鉛《エンヲ》兮紅《テ》顔《カホニ》離ヘ緑《ミトリ》
黛《ミラ》而素《シロキ》歯《ハニ》付《タリ》黒ニ湩《カチテ》兮別《ウツツテニキ》様化《アタ》人《ヒト》費《ツイヤスコ》萬浅
嗚《ア》呼老身《カ》ノ無生驗《シイキ》無因《キコヱ》也 蒙一万葉ナト一 命流《イノチナカラヘテ》經見彼等《トモ》ニ無シ
狀《アテキ》惜《アタラシキ》去ノ也然《サテモ》質《アヤシミノ》形有好《テナシ》心肝《カン》腥《ロウト》而獸《ケシニ》不知人誘《ナヤラツキ》 日本紀
呼《ヨフツモ》而謂《テ》白地《カリソメ》誓《カ》言《コトヲ》誠愚《コヲロカ》人清《サヤカニ》行《ユクスヘモ》末不《ス》知《ラ》身《トメ》而 仲哀天王卷
衆《トモ》語《カタリモ》始《メ》終《リノ》言《コトノハニ》端樂ニ連《レニ》枝シ比ニ翼《ヨリ》之契《チキリヲ》義《ウラヤテ》偕《カイ》老同
穴之睦《ムツニヲ》而應《コミ》答《タヘワナ》擧《アリサマ》新《イニメカシ》暗《シホツカナキ》昧老也 各ノ潟《カミラサミイタシツツト》喁々
姦《カミニミソ》相《イ》語《フワモ》亦愚也 這《サモアラハアレ》莫久代《ヲカミヨリ》傳《ツチニモ》亦然神《カツ》業《メツラシキワサ》未《スサ》 杜子 吉神拾遺

閑《カ》盛《ニナル》御《ミ》代《ヨ》之様《アリサマ》難《キ》有御事共《トモ》可《メテ》愛《タキ》哉《カナ》

桂地蔵記上

桂地蔵記下

同應《キ》永丙《ヘイ》申《シン》七月中旬之比《コロ》參詣于桂地蔵之
時於西七條松尾御旅所北野伏拜《フシヲガミ》之畠邊而有
奇異老翁著《キ》立《タテ》烏《エ》帽子為白張《ラハリ》裝束而携《タツサハリ》
鳩《ハトノ》杖獨《ヒトリ》言《コトスラク》耳夫轉輪王出世則輪寶現先陀
到《イタツテ》而千子圍遶亭亦聖賢主践祚《アマツヒツギ》則賢臣仕《ツカヘ》
鳳鳥来而一万民謳歌《ヲウカス》矣其地守正《タヽシキ》則合浦《カツホ》珠
還也今如是靈像出現誠有所以《ユヘ》哉
夫當太夏《カ》高祖之御代者式《モツテ》觀元始《ハシメ》眇《ハルカニ》觀玄

自是文選三ノ詞

風《ノ》道《ミチ》光《テリテ》九野《キウヤニ》而治《ヲサメトヽ》普夫之下《ミタヽシ》尋德《ノセ》載八埏《エンニ》而化《バミニ》
率土之濱《ミヽシ》矣剌《ナヘ》御善政世務《セイム》之餘暇《ヨカニハ》者新《タニ》
是三千文選
卜《ホクシ》白善地而為《スル》靈塲《ト》尋鮮《アサヤカニ》布《シキ》紫磨金《ヲ》而建《タテ》
梵宇《ヲ》結《フ》乃《チ》安《メ》十方體地蔵尊而為《ス》本尊《ト》
千指之比丘衆《ヲ》而為《ス》清衆《ト》本尊常《ニ》居《ス》等持王
三昧甚堂清衆鎮《ナヘニ》修《ス》解脱門大禅定《ヲ》加之《シカノミナラス》夜御
自筆自讃畫像之地蔵薩埵毎日課業《ケウ》無《キ》
御徹忌之故《ニ》天長地久海晏《アン》河清《セイ》者也因《チ》之《ニ》金《キン》
枝《シ》玉葉《ヨウ》嗣《ツキトウ》世振《フルイ》威風《ヲ》於閻浮十方界《ニ》齊《ヒトシウス》壽域《ニ》

於須弥百億山正謂如周易曰積善之家必
有餘慶矣既大厦有御信敬於薩埵則
薩埵弥守護於大厦給併天下太平 武
運綿延而崇礼官考《カンカヘ》文章温故知新與
廢継絶潤色鴻業可謂至徳也已矣歌讃曰
久方月桂石佛堅守君御代哉
云早去不知誰人之耶巫女曰此地蔵菩薩
一天之帰依四海之号崇蕩々哉巍々哉 惟《コレ》
何日何時終乎汝達《ナンタチ》名述其懐《オモヒ》耶彼席《セキ》

五行子字訓子月月令子三士之倫侍先五行
子曰吾倩《ツラ〳〵》念薩埵之靈驗至于當年十一
月中而化緣當治給也次字訓子曰按彼
尊像従當年七月五日而相當于七十一日之比
奇瑞須盡給也又月令子曰竊勘之自歳
年丙申歳七月五日至于明年丁酉五月
下旬之比而宜善盡而如元藏給也巫女重
問其旨趣如何乎五行子答曰桂地藏者桂
則月也地則土〻之也貝五也藏則治也以是五

月《ニ》而當《ニ》化《ケ》權《ケン》收《ニリ》給《フ》也巫女又問《フ》地土一躰之謂《ヘハ》聞《イツ》之桂《ノ》字月之意《ヒ》何《ニソ》乎五行子答《テ》曰桂《ハ》月之躰也杜《ト》詩《ニ》曰《ク》斫《サツ》却《キヤク〆》月中《ノ》桂《ヲ》清光應《シ》更《ニ》多《カル》李《リ》嶠《ケウカ》曰《ク》桂《ハ》生《ナル》三五《ノ》夕《ヘ》古德《ノ》曰桂輪孤《ヒトリ》朗《ラカナリ》於碧天《ニ》云〻皆是《レ》桂月之證文也巫女問《フ》字訓《ノ》子《ニ》〻答《チ》曰驗《ケン》過《クワハ》桂《ノ》地藏《ノ》三字之躰《ヲ》桂字《ハ》木篇《ハ》十八作《ツクリノ》圭《ノ》字《ハ》十一十一地《ノ》字《ハ》除作《ツクリノ》之也《ヤ》字《ヲ》土篇《ハ》十一藏《ノ》字《ハ》取《レハ》廾《サフ》甲《カフヲ》則《チ》二十畢竟《メ》七十一也亦彼《ノ》除《テ》廾甲《ヲ》所餘《ル》之臧《ザウノ》字《ハ》茲《ニ》郎《ラウノ》切《カヘシ》善《ヨキ》也因《テ》茲《ニ》七十

一日而可善盡化戦給也但於彼日限之間付地下之奴婢而必可相争者也巫女請益字訓子又曰古人曰臧《サウ》獲奴婢云之臧字ハ善《ヨキ》也厚《アツキ》也獲字ハ争取也定境内奴婢以私欲恣可有争取之義歟此時宰不制必科帰巳耳巫女又曰上七十一之義者暫置如何是日ノ字之意字訓子答曰経曰毎日晨朝入諸定云之故謂之七十一日也巫女問月令子々ミ之答曰観桂地蔵之三字其負七十一者

眼前之事也但愚慮之至者曾以七十二候三百六十日為一年今勘七十一者乃七十一候三百五十五日也然自當年丙申歳七月五日而至于明年丁酉歳五月下旬而亦加一閏亘相當三百五十五日也彼時節必當靈德休給也吾暫按察教之義乾方在變染為善事則巽方有荒非必成障导給也是故知今般自京師於坤兌之地而靈像出現給為顯蔵故也亦在艮震之天而妖《ヨウ》星《セイ》見給為示否故也

誠彼方可大慎者也妖星則二星合也夫妖
不勝德仁能却邪云〻　隨而尤可被依天
地灾變之、祭者也不然者於其方而必
有否欤語曰君子不語怪力乱神云〻令
是菩薩壇与妖星何曰怪何曰神耶恰以不可
思議也若究地之靈像為藏者必震天妖
星成否欤以是自七月五日而於一百ケ日〻中
必當有大過大過者有也斤臣動戈而必可
犯上象也　竊以從彼地藏字之所除遺

也《ナ》臧《サウノ》二字詳《ツニ》勘《カヘ》見《レハ》也《ヤノ》字《ハ》亦《ミツ》也臧《ノ》字《ハ》書《リ》斥《ヘシ》臣《ミシ》

戈《クワ》非《ヘニハ》左字也當《ニ》作《ツクル》斥《ノ》字《ニ》也斥臣者《トハ》礼《イ》曰《ツ》天

子一位《イ》公《コウ》一位侯《コウ》一位伯《ハク》一位子男《ダン》同《ジク》一位凡《スベテ》五

等也天子之制《セイ》地方《ホウ》千里凡四等不《ハ》能《ニ》五十

里《ニ》不達《セ》於天子《ニ》附《ツイチ》於諸侯《ニ》曰《フ》附庸《ヨウト》也夫《レ》附庸

則位《ハ》臣《ミ》也陪臣《ハ》則《チ》自公臣其《ノ》地方藏《リスルカ》故《ニ》曰陪

臣《ト》陪臣地方藏《スルカ》故《ニ》曰斥臣《ト》也又以諸侯《ヲ》曰國君《ト》

國君《シ》稱《ス》國《ニト》謂之《シ》上《ヤミト》也干《ニ》上《シ》所《ユル》謂《イハ》也斥臣動《ウコカスハ》戈《ホコヲ》

而必《ス》可《キ》犯《ス》上象《ミヤウナリ》但《シ》遠《ノ》聞震旦《ハ》三皇五帝

也後三王《ノ》初《メ》夏《カ》后《コウ》相《シヤウ》之《カ》臣羿《ケイ》僭上《カミヲ》而殺《ス》夏
后相彼羿還《テ》為己《カ》家臣寒《カン》促《サク》被《レ》殺亦魯《ロノ》
季《キ》子家臣陽《ヤウ》虎《コ》驕《ケウ》飽《ハウシテ》而滅《ホロホス》季子《シ》終《ニ》以《テ》自滅《ス》矣
近《チカコロ》見我朝《カ》天神七代地神五代之後《ノ》人王三十
二世用明天皇御宇《ニ》有《テ》守屋逆臣而亂《キタリ》惡
法破《シ》佛法《ヲ》滅《シ》《ホロホスカ》王道《ヲ》故《ニ》為《ニ》上宮太子被《レ》降伏《セ》畢
尓《シヨリ》来人《タ》王九十六世後醍醐天皇御時有《テ》平
高時者一類《ルイ》蘩《ハン》蔓《シメ》而毀《ソコナイ》式目《ヲ》自專《ニシ》朝議《ヲ》
懷《ヘツロ》如《ニヨスル》萬人《ニ》之間元弘三年之夏為《ニ》源大相公

被追《ツイ》討《タウセ》畢又今若於東方有犯上之片臣者積悪果而如和漢悪逆之倫則犯上以後於下旬之中速疾可自滅之條不可廻踵《クビスヲ》可如指掌之者也　後勘《カウ》

應永廿三年丙申歳十月六日於関東総別管《クワン》務《ム》上相金吾好作乱而奉犯上之狼籍以外也自七月五日妖星出現而相當于一百ヶ日也即明年丁酉春《ハル》王《ワウ》正月十日金吾一黨於鶴岡八幡宮之別當坊自殺畢又丙

申《ノ》歳十月六日自《リ》金吾悪逆之日而相當《ル》于
九十日《ニ》也夫人而無《キハ》遠《キ》慮《ハカリ》必《ス》有《リ》近《キ》憂《イ》天作《セル》災《ハ》
可逭自《ミツカラ》作《セル》災《ハ》不《ス》可活《イク》嗚《ア》呼不《ス》可不慎也哉之〻
出《ル》乎《ハ》尓《ナンチニ》者反《カヘル》乎尓《ニ》者也巫女又問曰《テ》三子之〻
倫智辯回《ラシ》乾《ケン》文才摶《ス》坤《コン》大弘《メ》儒教《ヲ》諦《ラカニ》屬《シ》釋
门給也隨《テ》而箇《コ》〻名字《ヲ》言《ヘ》五行子字訓
子月令子《ト》者何《ノ》故《ソヤ》乎先《ツ》五行子荅曰《テ》夫《レ》五
行者《トイハ》木火土金水也迺《スナハチ》其位者亥《カイ》卯《ハウ》未《ヒ》寅《イン》午《コ》
戌《シツ》巳《シ》酉《ユウ》丑《チウ》申《シン》子《シ》辰《シン》丑《チウ》未《ヒ》辰《シン》戌《シツ》寅《トラ》申《サル》巳《ミ》亥《イ》也

其員《カス》者一六水二七火三八木四九金五十土已上
四十五也仍テ德二儀三生四殺五鬼六害七
陽八難九厄及相剋相生王相死囚老總《スヘテ》五
行五季五方五色五音五根五味五臟
五躰五常乃至五經五字并ニ乾《ケン》兌離
震《シン》巽坎《カン》艮《コン》坤《コン》等三經一論之儀隨テ解說ス
故號《ナツケテ》曰五行子也次字訓子曰夫字訓者《トイハ》
古逮乎伏羲氏之王天下始畫《エカキ》八卦造書
契《ケイ》以代結繩《ナワ》之政由是文籍生焉周易曰觀

乎天文以察時之變観乎人文以化成天下矣
爾來犠文籍《セキ》姫《キ》孔之書與日月俱懸与鬼神
爭奧矣是故文字則載道之器也隨我総
日弄六書八躰之文而遊无何之郷寄竟
夜諳四声七韻之義而養浩《カウ》然之氣矣仍号
字訓子也亦月令子曰夫月令者先以三十
日為一月以三月為一季乃春夏秋之四
季畢竟三四十二月三百六十日也但月
有大小乃大盡三十日小盡二十九日亮曲曰

朞《キ》三百有六旬有六日以閏月定四時成歳云々
因茲三年一閏五年再閏七年三閏十九一
章《シヤウ》云々又以一年分五季則春夏土用秋冬
等季各七十二日都合三百六十日也迺以
圭而知晝《ヒル》之時又随斗柄《ヘイ》而定夜之刻
既従正月建《ケン》寅《イン》而至臘月丑《チウ》只勘十干
十二支三辰七星九曜十二宮神二十八宿二
十四節上弦《ケン》下弦晦朔晝夜十二時孟《ミヤウ》仲《チウ》
季《キ》三十六禽《キン》當于月建月将之時刻而

轉《メ》六壬《ジン》之盤《バンシ》而諦《アキラカニ》音帝知《ル》時々吉凶《ヲ》故《ニ》云月令
子《ト》者也乃《チ》三子々倫《カラ》共問《テ》巫《フ》女曰《ク》巫者何々
謂《リヤ》耶巫女答曰《ク》夫《レ》巫《ハ》者先《ツ》以《テ》心身内外清
淨为自正《タヽシクス》顔色斯《コヽニ》近敬信矣已出《メ》辭氣而
斯《サカル》鄙倍《ハイ》矣恭《ウヤヽシク》奉致天下太平御願爲满々
御祈禱矣次應人々問來《ル》志而於我意工《タクミ》々
中占《ウラナウ》々故曰巫也語曰人而《トシテ》無恒《キハツ子》不可以作巫修《ヲサムル》カ
醫又曰不占《ウラナハ》而已《ノミ》矣是《コヽヲ》以《テ》我不占不正人々乃
也三子問答了《ヲワツテ》同席《セキ》有難者進《スヽミ》出《テ》曰《ク》我《カ》才

智辯説難及三子之倫但深有疑心今為
懺悔演説之誠釋尊付囑之地藏菩薩
者可靈驗分明者也今作石地蔵不審有甚奇
特耶亦有義者答曰天竺育王造立之塔
婆漢家真人變化之黄《クワウ》石《セキ》我朝狗盧尊
佛率都婆日光山寺不動尊出《イツル》流（下野国俊野庄）之觀音
岩船（下野国）之地蔵亦皆是靈驗奇特之石像也
今古雖異靈石是同何疑乎難者重曰諺《コトワサニ》
曰指愚人曰木石何謂也義者重答曰草木国

土悉皆成佛文　尓時有行《アン》脚《キャ》僧判曰難云

之問自心雖不欲之約他語之問《モン》頭《トウ》也義

者答者於心中雖不行之為止難問之答

話也二者三子之問答底尋常六識分別

之話頭也凡諸佛菩薩之内證善巧方便

恢《クワイ》之高晃之當逈出思議之表也凡愚難及

之境界也抑我祖西来之大意作麼生道

教外別傳不立文字直指人心見性成佛文

汝等諸人徒向鬼窟《クツ》裏《リ》論是論非莫埋没

一生ノ光陰可惜時不待人矣古賢曰若向今生
不度此心更向何生可度此心ト云ト若於祖宗門下
云趣向豈得一面目耶這箇《コハ》且置為随宜説法
為模為様只要《ヨウス》汝等諸人放《ハウ》下萬事而偏
帰依於地蔵菩薩奉造立於尊像而致礼
拝恭敬供養者所得之功徳不可思議也先
對尊像可祈天下太平武運長久之隆基《リウキ》
次當發二世悉地自他成就之願心也方今嵗
于應永丙申《ハイシン》嵗自釋迦如来鶴林涅槃之夕

過二千三百六十五年亨待弥勒ササ龍華
下生之朝五十六億七千万歳矣彼二佛中
間者釋迦如来於忉利天宮親付嘱地
蔵ササ衆生給偈曰　赤世
現在未来天人衆　吾今慇懃付嘱汝
以大神通方便度　勿令随在諸悪趣
仍為六道能化之導師也最惟可仰可信之
者哉就中功德廣大無勝造像供養之徳
者也夫造佛像之始者増一阿含經云仏昇忉

利二王憶《オモツテ》佛因《ヨツテ》成《ナス》大患大臣白《サリ》王應當造像供
養於是優填王用《モツテ》栴檀彫《キザム》佛像此彫像之始
也波斯匿王聞之乃用黄金鑄《イル》真像此鑄
者像之始也内典録云漢明帝遣秦景往《ユカ》月
支國得優填王彫像尋至洛陽勅圖聖《セイ》相
即此土畫像之始也又造像功德經曰造像
功德有十一種一者世世眼目清淨二者生処無
惡三者當生貴家四者身如紫金色五珍玩
豊饒六者生賢善家七者生得為王八者作金輪

王九者生於梵天壽命一劫十者不墮惡道十
一者後生還能敬重三寶又云若人臨命終時
發言造像乃至大如棗《サウ》糖《タウ》音ハ廣大夌也能除三世八
十億劫之罪地藏本願經曰是地藏菩薩於
閻浮提有因緣如文殊普賢觀音彌勒亦諸
大開士亦化百千身形度於六道其願尚有
畢竟是地藏菩薩教化六道一切衆生所發
誓願劫數如千百億恒河沙世尊我觀未來
及現在衆生於所住處於南方清淨之地以土石

竹木作其龕《カン》室《シツ》是中鋳塑畫乃至金銀銅
鐵作地藏像燒香供養膽礼讚歎是人居處
即得十種利益何等為十一者土地豐樂二者
家宅永安三者先亡生天四者現在壽益五
求者遂意六者無水火災七者虚耗辟除八
者杜絶惡夢九者出入神護十者遇聖因金
口所説誠哉是言矣然者教主釋迦大師稱揚
讚歎而説三權一實之教法顯法華之妙理
道師地藏薩埵哀愍隨處而化六道衆生悟

般若之勝因矣難報教主廣大濟度衆生
之恩也難謝導師悲願解脱群類之德
善哉薩埵之靈德仰之弥高鑽之弥堅瞻
之在前忽《コツ》焉《エントメ》在後循々然《セントメ》誘引導迷徒者
也彼論族之砌七十有餘老尼侍《ハンベッテ》而對僧問曰
我子來奉信敬地藏菩薩故今亦一七廿日
参籠言侍也而我偏奉唱地藏菩薩宝号
之處自餘之参籠人者或有唱南無阿弥陀
佛或有唱南無妙法蓮華經或有唱南無大悲

觀世音菩薩者向其号像而可奉唱其名号
欻《カトコツ》存侍之處加擬各々何故耶僧答曰嗚呼欲問
疑者君子之所好《ヨミンスル》也但付種子三摩耶形之
義家有密義矣夫中人以上可以語上也中人
以下不可以語上也即今為汝以号形之義大綱
説之《コレヲ》夫本朝南都興福寺南圓堂藤氏深秘
之本尊者弘法大師御制作十二臂不空羂索
觀音宝冠則頂戴于立像地蔵菩薩給是
則法相擁護之霊神春《カス》日《カ》四所明神第三之

御本地也阿弥陀地蔵即同一躰故即為頂上佛也其故蓮華三昧経曰地蔵菩薩在天現三仏日光地蔵多宝佛月光地蔵釈迦如来明星地蔵無量壽佛文三光一躰而三佛同躰揔躰地蔵菩薩也明知地蔵本来阿弥陀也爰有小沙弥問曰蓮華三昧経未度経也何以為文證乎僧答曰夫於経度未度義寂難者也所以《イカントナレハ》者何世尊拈花迦葉微笑時有付嘱文即大梵天王問佛決疑経之文也然赤縣《セキケン》

州王餘深秘之稱末度經嗚呼既王荊《ケイ》公〻所知也人曷度哉〻〻亦於此蓮華三昧經中有三世諸佛隨身〻偈一切衆生成佛之文也所謂

帰命本覺心法身　常住妙法心蓮臺
本来具足三身德　三十七尊住心城
普門塵數諸三昧　遠離因果法然具
無邊德海本圓滿　還我頂礼心諸仏　文

是也不空三藏於四威儀之間誦之仍作略

釋《ヲ》而以《テ》秘《ス》之《ヲ》次《ニ》弘法大師《モ》引《テ》此《ノ》経文并《ニ》諸《ノ》
経之文《ヲ》造随求陀羅尼経之儀軌給古来
亘和漢両朝即成仏之人師不《ル》可称計《ス》
者《ノ》也若《シ》此《ノ》経《ヲ》謂《ハヽ》之未度《ト》何《ナニ》因《テカ》有《ン》如是等《ノ》文
乎《ヤ》若《シ》既《ニ》謂《ハヽ》度《ト》何《ソ》疑《ハン》予《ワカ》所引《ツ》之文證《ヲ》耶《ヤ》汝《チ》
饒《ネウ》舌《セツ》沙弥《ナリハ》莫瞞《ミスルコト》老僧《ヲ》好《ヨシ》矣亦北嶺之説者原《タツヌレハ》
夫《レ》南瞻部州大日本国秋《キ》津洲《ス》水《ミツ》穂《ホ》中津《カツ》
國《ニ》名《テ》之《ヲ》曰扶桑国《ト》為《スル》葦《アシ》原之始《メ》為《メ》国中《チニ》而
有天神七代地神五代之尊《ミコト》彼《ノ》天神七代之

第一ハ國常《クニトコ》立《タチノ》尊《ミコト》第二ハ國狭《サ》槌《ツチノ》尊第三ハ豊《トヨ》斟《クム》

渟《ヌノ》尊此ノ三代ハ為陽神ト開キ始メ天地《アメツチヲ》給フ第四ハ泥《ウニ》瓊《チメノ》尊

陽神 沙《サ》瓊《ニチヌノ》尊 陰神 第五ハ大《ヲウ》戸《トノ》道《チノ》尊 陽神 大《ヨウ》戸《ト》間《ニ》邊《ヘノ》尊

陰神 第六ハ面《ヲモ》垂《タル》尊 陽神 惶《カシコ》根《ネノ》尊 陰神 亦此ノ三代ハ雖有ト

陽《ヲカミ》陰《メカミノ》形チ無ク混合不知隠《カクシ》所《トコロ》也第七ハ伊《イ》弉《サ》諾《ナキノ》尊

男神 伊《イ》弉《サ》冊《ナミノ》尊 女神 此二神将ニ合交《ヤウケウシ玉ハント》未知其ノ術ヲ時ニ有リ

鶺鴒《セキレイ》飛ニ来テ學混合之翔る始メテ有遘合《ミトノマクハイ》給也次ニ

地神第一ハ天照太神 女神伊弉諾伊弉冊 一号所生ミ御子ヤ

第二ハ正哉《マサヤ》吾《ワレ》勝《カツ》ミ速《ハヤ》日天《アメノ》忍《ヲシ》穂《ホ》耳《ミミノ》尊 男神天照大神 有由儲給御子ヤ

第三ハ天津《アマツ》彦《ヒコ》々火《ホ》瓊《ニ》々杵《キ》ノ尊 忍穂耳尊 第四ハ
彦《ヒコ》火《ホ》々出見《テミ》ノ尊 男神 第五ハ彦《ヒコ》波瀲《ナキサ》武《タケ》鸕《ウ》ノ鶿《ハ》草
葺《フキ》不合《アワセス》ノ尊 男神也 所詮自リ天神七代而至地神
第三代天津《アマツ》彦《ヒコ》々火《ホ》瓊《ニ》々杵《キ》ノ尊而天地畢
畢竟十代也 受ケ十代々禪《ユツリ》ヲ給フ故ニ言フ十禪之
尊《ソン》ト今現シ圀宗擁護之号神ト給フ日吉ノ社十禪
師是レ也 御本地ハ者地蔵菩薩也 地蔵ハ則チ菩薩
号也 阿弥陀ハ則チ如来号也 謂《イツハ》菩薩ト則チ因位也
謂《イツハ》如来ト則果満也 仍テ地蔵則チ阿弥陀也 亦曰阿弥

陀則観音ゝゝ則法華也舊記曰昔在霊山名
法華今在西方名弥陀沙婆示現観世音三
世利益同一躰文　其實皆一法也凡諸佛菩薩
者随衆生所現種ゝ身而為説法汝信地蔵所
願成就出離生死頓證菩提云ゝ老尼重問曰自身
出離且置我幼少時早亡失父母而不知乳哺
懐《クワイ》抱《ハウ》ゝゝ恩成長之時為五障三従女人之間
雖育我子未得報慈父悲母之恩又老大ゝ
今我家貧故為父母追善不能供養一僧何

因先考先妣遂《トケ》成等正覺給《ハン》耶梵網經曰孝
順《シユンシ》至道《父母師僧三宝ニ孝順シ》之法孝名為戒亦名為戒亦名制《セイ》
止文世間所謂《イハ》戒行門何《ソヤ》耶蓋孝順之道
也其故佛已説孝名為戒亦名制止給家我
等為所生父母竭《ツクシ》尽力致其孝而當願彼
彼菩提者也但令彼亡靈《リヤウ》等不知落在何処
耶僧答曰有其謂実地藏本願經曰或三歳
五歳十歳已下亡失父母及亡失兄弟姉妹是
人年既長大思憶父母及諸眷屬不知落在何所

趣生何世界生何天中是人若能塑畫地藏
菩薩形像乃至聞名《ミナヲ》一瞻一礼一日至七日莫退初
心聞名見形瞻礼供養是人眷屬假因業故
随悪趣者計《ハカツテ》當劫數承《ウケテ》斯男女兄弟姉妹
塑畫地藏形像瞻礼功德尋即解脫《スヘシ》又曰一心
瞻礼地藏形像念其名字満於一万返當得
菩薩現無邊身具告是人眷屬生界云云
誠是則大慈大悲甚深廣大之薩埵也即於
發心門成東方藥師瑠璃光如来四面八臂

自是舊記之詞

降三世明王地藏尊忿怒形也又於修行門
成《ヂヤウ》南方寶生佛四面八臂軍陀利明王地藏
尊忿怒形也又於菩提門成《ヂヤウ》西方無量壽佛
六面六臂六足大威德明王地藏尊忿怒形
也又於涅槃門成《ヂヤウ》北方天鼓雷音仏三面四臂
金剛夜叉明王地藏尊忿怒形也又地藏尊
可證成《ヂヤウ》中臺大日如來大盤石上現迦樓焰
右取利智劍《ケンヲ》左持金剛索《サクヲ》大聖不動明王地藏
尊忿怒形也夫六地藏者蓮華三昧經曰第

一檀陁地蔵導地獄道第二寶珠地蔵導
餓鬼道第三寶印手地蔵導畜生道
第四持地地蔵導脩羅道第五除蓋障
地蔵導人道第六日光地蔵導天道云若
有他方賊来刀兵劫起則勝軍地蔵頓現威
神力以弓矢摧滅怨敵曽成數龍來還
覆船失命乃祢力之所致也夫弓矢由来
者礼曰男初生時則使人執桑弧蓬矢射
天地四方示其有事也云々彼弓則扶桑

之桑《クワ》矢《ハ》則《チ》蓬《ホウ》莱《ライノ》之蓬《ヨモギ》也宷《モ》是《レ》我《カ》朝《ハ》弓《キウ》
矢《ミノ》本國也随《テ》而忝《リモ》因《テ》神明之擁護《ニ》君臣上下
勢力勇猛《ニメ》而以弓矢《ヲ》為《ス》家《カ》業《ケウト》恐《ラツハ》於閻浮界《ニ》
有誅《チウ》亦敵《セ》我《カ》神國《ヲ》耶是《チ》神與佛陀本跡
雖《トモ》異《リト》不思議一之大日本國弓矢無雙之靈
地也又現延《メハ》命地蔵《ト》延《ノフ》衆生《ノ》所《ノ》願《フ》壽命《シ》給
今有西方浄土現阿弥陀如来《ト》一切衆生臨《テ》
命終《ノ》時來迎引接《シ》安置極樂《ニ》偏《ツ》是地蔵
菩薩今世後世能引導《ノ》廣大恩徳《ナリ》幸《ニ》汝《チ》元《ヨリ》

来《ツ》奉《ハ》信敬《シ》地蔵菩薩《ヲ》専《ラ》為《タリ》縁佛即《チ》忘《レテ》自
讃毀他《ノ》念《ヲ》而向不思善不思悪《ノ》之處圓隠
々地間《ミ》不容《イレ》髪《ハツヲ》勇猛精進一心不乱奉念地
蔵菩薩《ノ》者速盡《メ》此一報身《ヲ》必《ス》當生《ス》極樂國
決定《トシテ》無《ケン》疑《イ》矣以《テ》偈讃《テ》曰《ツ》
強喚《ヨミテ》石《セ》頭《トシテ》号《ス》地蔵《ト》　大悲心眼發《ツス》靈《レイ》光《ヲ》
神通自在其奇妙　億々分身満十方
聞《キ》此偈《ヲ》已一會緇《シ》素《ソ》異口同音稱名讃嘆
信受奉行作《メ》礼而去《ヌ》

桂地蔵記下終

弘治六年二月初六日誌之

遊　紙

裏表紙

参考図版　包紙の上書

校訂一覧

○原本の本文中の誤りと、その校訂形を示す。
○仮名遣いの誤りは除く。
○促音・撥音の無表記は除く。
○所在・原本の形・校訂形の順序で示した。
○訓には、適宜濁点を施した。

上1ウ1 次 ヤドシ→ヤドリ
上1ウ4 梯レ山 ヤマヲカケハシトシテ→ヤマニカケハシシテ
上3オ3 赫焚妃→赫奕妃
上3オ9 夏花→花夏
上4オ3 埴 ネヘ→ネバ
上4ウ7 尹喜 キンキ→ヰンキ
上5オ8 引テ→引ク
上5ウ1 海人ニ→海人モ
上5ウ6 賣リ→買ヒ
上6ウ2 鬻 ヒツサグル→ヒサグ
上6ウ9 従 シタガヒテ→ヨリ
上7オ9 筥崎宮→筥崎宮
上7ウ1 橾→操
上7ウ4 量ニ→量ル
上7ウ6 緻緻→纐纈
上7ウ7 細古→紬布
上8オ2 九蓮、枝紅花、綠葉→九連絲、紅花綠葉
上8オ3 杔子→托子
上8オ6 薜褉→薜稷
上8オ7 蒙帖→蒙恬
上8ウ5 膕金 ヨコウガネ→ヨウロガネ
上8ウ8 逆蒼 サカモギ→サカオモダカ
上8ウ8 鵃威 カシヲドシ→鶇威 カシドリヲドシ
上8ウ8 取レ妻 ツマヲトル→妻取 ツマドリ
上8ウ8 取レ肩 カタヲトル→肩取 カタドリ
上8ウ8 取レ中 ナカヲトル→中取 ナカドリ
上9オ4 糟尾 カスゲ→カスヲ
上9オ4 高鳰尾 タカベヲ→高鵚尾 タカウスベヲ
上9オ5 鴇 タカ→タウ
上9オ6 握 ミギリ→ニギリ
上9オ9 驄馬 ハシゲ→アシゲ
上9オ9 雪踏→踏雪
上9ウ1 有生得須彌足井→有須彌足井
上9ウ3 駿→騣
上9ウ8 海狏 コツヒ→海獱 コヒン
上9ウ8 鞔鞍→鞔鞍

上9ウ9　鞢　シホリ→シホデ
上9ウ9　褐　ムナギヌ→ムマギヌ
上10オ1　牅磨→播磨
上10オ2　鎧→鐙
上10オ3　責貝→青貝
上10オ4　兵貝鎖→兵具鎖
上10オ4　鐫物→鐫物
上10オ8　貝貫→目貫
上10オ9　天九節→天九郎
上10ウ6　盛繼→守次
上10ウ6　葵→青江
上11ウ2　高野落→高野蕗
上11ウ8　洞庭春花酒→洞庭春色酒
上12オ1　杜江→杜康
上12ウ1　向秀　キヤウシウ→シヤウシウ
上12ウ2　季里期→綺里季
上12ウ4　遠寺晩鐘→煙寺晩鐘
上12ウ6　師將軍→貳師將軍
上12ウ8　大鳥→有大鳥
上12ウ9　宿　ヤドス→ヤドル
上13オ1　太掖→太液
上13オ1　瀛州→瀛洲
上14オ1　鐘樓→鐘漏
上14ウ1　君宅→君澤

上14ウ3　吳道士→吳道子
上14ウ6　超昌子→趙昌子
上14ウ7　李安虫→李安忠
上14ウ9　陸淸→陸青
上15オ1　伸忠→信忠
上15オ2　圓次平→閻次平
上15オ6　巨爐→匡廬
上15ウ1　王義之→王羲之
上15ウ5　面飀顏→面䫻顏
上15ウ5　面鼻皷→面鼻皷
上15ウ6　少唄→少嗄
上15ウ6　入祜→入祛
上16オ5　白焚→白礬
上16オ7　青焚→青礬
上17オ3　鉤製　キヤウセイヲ→コウセイヲ
上17オ4　以二彼鞭一打二悉其主治一→以二彼鞭一打、悉二其主治一
上17ウ3　八十二種一新定十七種→八十二種、新定十七種一
上17ウ8　本草藥種一ヲ→本草藥種ハ
上17ウ9　尺上中下→尺中
上18オ1　苑→芤
上18オ6　干→于
上18ウ4　與二老若一群集警固之衆→與二老若群集警固之衆一
上18ウ5　調諕→調謔
上19オ3　掉　ウチ→フリ

上19オ6　嘈蜩　サウテウ→啁嘈　タウサウ
上19オ9　彈　タンモ→タンジ
上19ウ3　翁伯　ヲウハクノアフラヒサキ→ヲウハクノアブラヒサキ
上19ウ3　濁　ダクノホシジリウリ→ダクノホシジシウリ
上19ウ4　張李→張里
上19ウ5　緻緻→纐纈
上19ウ8　先立　サキダツテ→サキダテテ
上20オ2　裊委　デウキトタヲヤカニタヲヤカニナル→デウキトタヲヤカナル
上20オ5　警破→驚破
上20オ7　擊　ウツ→ウチ
上20オ8　眩轉　ケンテントメグツテ→ケンテントメクレテ
上20オ8　彷徨　ハウクワウトクチモトヲル→ハウクワウトタチモトヲリ
上20ウ1　完→宍
上20ウ5　項→頃
上21オ1　調葉→詞葉
上21オ2　在原葉平→在原業平
上21オ4　假借　ナツカシキ→ナツカシク
上21ウ8　透逸　イイツトナヒヤカニシテ→透迤　イイトナゴヤカニシテ
上22オ1　蒼芸→蒼茫
上22オ2　引返　ヒキカヘテ→ヒキカヘシ
上22オ7　彼　カシコノ→カノ

上22オ9　睨而不視夫洮也　ニランデソノアセヲミズ→ニランデミズ、ソノアセタルヤ
上22ウ1　昐→坅
上22ウ5　肝膢　カンロウトメトロメカシテ→盱瞜　クロウトミトロメカシテ
上22ウ5　誘　ヲコツキ→ヲコツリ
上22ウ7　衆語→衆諸
上22ウ9　這莫→遮莫
下1ウ2　率土之傧→率土之濱
下1ウ9　齋→齊
下2ウ2　債→倩
下3オ3　斫却　サツキヤクシテ→シヤクキヤクセバ
下3ウ1　化　火（クワ）→ケ
下3ウ3　臧獲　ザウキヤク→ザウクワク
下4オ7　有　マシマス→マシマシテ
下4ウ4　怪力亂神　クワイリヨクヲランシンヲ→クワイリヨクランシンヲ
下4ウ8　必可犯㆓上象㆒也　カナラズカミノシヤウヲヲカスベキナリ→必可㆑犯㆑上象也　カナラズカミヲヲカスベキシヤウナリ
下5オ6　位臣→陪臣
下5オ8　干上所謂也　カミヲヲカスニイハユルナリ→カミヲヲカストイフトコロナリ
下5ウ2　寒促→寒浞

下5ウ3 季子→季氏
下5ウ3 季子→季氏
下6オ3 可 べシ→べキ
下6ウ3 嗚呼→嗚呼
下6ウ6 言 イへバ→イフハ
下6ウ8 亥卯未→亥卯未
下6ウ9 寅申巳亥 トラサルミイ→インシンシガイ
下7オ3 相刻相生→相剋相生
下7ウ3 載道 セイタウ→サイダウ
下7ウ5 四聲七韻→四聲七音
下7ウ5 浩然之氣→浩然之氣
下7ウ7 春夏秋→春夏秋冬
下8オ2 十九→十九年
下8ウ4 斯鄙倍→斯遠鄙倍
下8ウ7 巫醫 ブイニ→ブイヲ
下10ウ4 末世→末世
下11オ8 五→五者
下11ウ8 我観二未來及現在衆一生於二所住處一→我観三未來及現在衆
生於二所住處一
下12オ1 金餛→金銀
下12オ2 膽禮→瞻禮
下12オ4 五求者遂意→五者所求遂意
下12オ6 遇聖因→多遇聖因
下12ウ3 膽之→瞻之

下13オ2 嗚呼→嗚呼
下13オ7 不空絹索観音→不空羂索観音
下13ウ6 末度→未度
下13ウ7 末度→未度
下14オ1 末度→未度
下14オ2 々々々→々々々々
下14ウ7 中津國 ナカツシマ→ナカツクニ
下15オ1 豊酙渟尊 トヨクムマノミコト→トヨクムヌノミコト
下15オ2 涅瓊尊 ウヒヂメノミコト→ウヒヂニノミコト
下15オ3 沙瓊尊 サヒヂヌノミコト→スヒヂニノミコト
下15オ5 混合→婚合
下15オ7 混合→婚合
下16オ9 何因 ナニナニニ→ナニニヨツテカ
下16ウ2 孝名爲戒亦名爲戒亦名制止→孝名爲戒亦名制止
下16ウ5 當願彼彼菩提者也 マサニカノカノボダイヲネガフベシ
→當願彼菩提者也 マサニカノボダイヲネガフベキモノ
ナリ
下17オ2 一膽一禮→一瞻一禮
下18オ5 賊來 ゾクライシテ→ゾクキタリテ
下18オ6 戌類 ジユルイ→戎類 ジユウルイ
下18オ9 扶桑之之桑→扶桑之桑
下18ウ4 耶 スナハチ→ヤ
下18ウ6 延 ノブ→ノベ
下18ウ9 元來 モトヨリコノカタ→モトヨリ

漢字索引

漢字索引凡例

［底本］

一、前田育徳会尊経閣文庫蔵弘治四年写本を底本とした。

［採録の範囲］

一、右のテキスト本文に使用されている全ての漢字を検索できるよう編集した。

一、但し、内題、尾題、異本注記、及び奥書は除外した。

［見出し字及び排列］

一、見出しの字体及び排列は、康熙字典に範を取った。異体は正体に改めた。但し、康熙字典体と室町期通行の字体に大きな違いが見られる場合に、後者を採用したものもある。

一、康熙字典に収録されていない漢字（国字等）や康熙字典の補遺・備考に収められている漢字は、部首と画数により次第した。その際、当該部首の同画数の諸字の末尾においた。

［校訂］

一、漢字が明らかな誤字の場合、正しい漢字表記を、左記の如く、その下に〈　〉内に示した。具体的な内容は校訂一覧を参照されたい。

　鳴〈嗚〉呼

［索引の形態］

一、索引見出しを掲出し、その下に、桂川地蔵記における漢字文字列を挙げた。

一、漢字文字列の掲出に当たっては、底本に施されている傍訓、返り点、音合符・訓合符等の連読符、その他の訓点を、一切省略した。

一、所在は、上巻・下巻の別、丁数、表裏、行数の順で示した。例えば、当該語が、上巻三丁表八行目にある場合は、左記の如く表記する。

　上3オ8

一、一つの見出しの内部に、複数の文字列を排列する順序は、字数の少いものから多いものへ順次並べた。二字以上の文字列の場合、見出し字が語頭に近いものを前に置いた。それぞれの内部は、見出し字以外で先頭に来る文字の、康熙字典における先後に従って排列した。

一、漢字が誤りとはいえないが、当時の文献に見られる特殊な通用現象・省画・増画である場合は、原本の形を示した上で、左記の如く、規範的な漢字表記を〔　〕内に示した。

瓢簞〔箪〕

〔参照注記〕

一、一つの漢字に複数の字体が存する場合は、矢印「→」を用いて、適宜参照注記を施した。

一部

【一】
一　上2オ2　上14オ5　上18ウ6　上19オ7　上21ウ7　下7オ1　下11オ7　下12オ3
一一　上10ウ1
一人　上2オ1
一位　下5オ3　下5オ3　下5オ3　下5オ3　下5オ3
一僧　下16オ9
一劫　下11ウ1
一巻　上14オ4
一味　上16ウ4
一天　下2オ8　下10オ7
一季　下7ウ7　下8オ4
一尊　下15オ8
一年　下4オ2　下8オ3
一徳　下7オ2
一心　下17オ5
一日　上17オ2　下17オ2
一會　下19オ8
一月　下7ウ7
一歳　上17オ7
一法　下16オ3
一生　下10オ1
一石　上2ウ5　下17オ2
一種　上17オ7
一章　下8オ2
一聲　上13ウ7
一藥　上16ウ7　上16ウ8
一閏　下4オ4　下8オ2
一面　上4ウ6
一類　下5ウ8
一體　下3オ1　下13ウ4
一黨　上10ウ5　下6オ8
一一　上10ウ1
十一　下3オ7　下3オ7　下3オ8　下11ウ2
太一　上17オ3
第一　下15オ1　下15オ8　下18オ1
一千指　下1ウ4
一報身　下19オ4
一文字　上10ウ9
一面目　下10オ3
十一種　下11オ7
同一體　下13ウ1　下16オ3
七十一　下3オ8　下3ウ6　下3ウ9　下4オ2
一七个日　下12ウ6
一切衆生　下11ウ7　下14オ3　下18ウ7
一十五種　上17ウ1
一山國師　上15ウ3
一心不亂　下19オ3
一百个日　下4ウ7　下6オ7
一百八箇　上1オ6
一膽〈膽〉一禮　下17オ2
十一月中　下2ウ2
一膽〈膽〉一禮　下17オ2
七十一候　下4オ2
七十一日　下2ウ4　下3ウ1　下3ウ8
三權一實　下12オ8
三經一論　下7オ6
二十一巻　上17ウ1　上17ウ5
不思議一　下18ウ5
那須與一　上5オ4
一百三十種　下17ウ4
增一阿含經　下10ウ9
一千六百七十六種　上17ウ7
【丁】
丁子　上16オ3
丁巳　上17オ9
丁酉　上17ウ2　下2ウ6　下4オ4　下6オ8
【七】
七　下7オ1　下11オ9　下12オ5
七代　下5ウ4　下14ウ9　下14ウ9　下15ウ3
七十　上17オ2
七年　下8オ2
七日　下17オ2
七星　下8オ7
七月　上21ウ4　下1オ2
七表　上18オ1
七金　上10オ3
七陽　下7オ2
七韻〈音〉　下7ウ5
第七　下15オ5
七十一　下3オ8　下3ウ6　下3ウ9　下4オ2
十七種　上17ウ3
西七條　下1オ3
二十七　上2オ6
四十七　上2オ7
七十一候　下4オ2
七十一日　下2ウ4　下3オ9　下3ウ8
七十二候　下4オ1
七十二日　下8オ4

七十有餘　下12ウ5
七寶琉璃　上8ウ3
七月五日　上2ウ2　上2ウ2　下2ウ4　下2ウ6　下4オ3　下4ウ7　下6オ7
七月四日　上1ウ1　上2オ5
一七个日　下12ウ6
三十七等　下14オ6
竹林七賢　上12ウ1
三千七百年　上17オ8
一千六百七十六種　上17ウ7
五十六億七千萬歳　下10ウ2

【万】
↓〔萬〕

【丈】
十丈　上6ウ7
大丈夫　上21オ5

【三】
三　下7オ1　下7ウ8　下11オ8　下12オ4
三世　下11ウ3　下14オ8　下16オ2
三九　上2オ6
三代　下15オ2　下15オ4
三佛　下13ウ2　下13ウ4
三光　下13ウ4
三冬　上12オ1
三千　上13ウ3
三士　下2ウ1
三子　上6ウ4　下8ウ2　下8ウ9　下9オ1　下9ウ4
三字　下3オ6　下3ウ9
三寶　下11ウ2　下16ウ2
三尺　上14オ4
三島　上4ウ1
三年　下8オ2
三昔　上13ウ4
三更　上13オ8　上19オ5
三月　上20ウ1　下7ウ7
三歳　下16ウ7
三王　下5ウ1
三生　下7オ2
三身　下14オ6
三辰　下8オ7
三部　上17ウ9
三重　上6ウ6
三閏　下8オ2
林三　上10ウ3
第三　下13オ9　下15オ1　下15ウ1　下18オ2
三五夕　下3オ4
三人張　上9オ3
三具足　上8ウ3
三十日　下7ウ6　下7ウ9
三四種　上16ウ6
三味臺　下1ウ6
三法紗　上7ウ8
三焦等　上18オ7
三稜根　上16オ8
三經論　下7オ6
三萬里　上12ウ7
兩三聲　上20オ9
第三代　下15ウ4
諸三昧　下14オ7
三十七尊　下14オ6
三十二世　下5ウ4
三十二巻　上17ウ7
三十三所　上5ウ2
三十六禽　下8オ9
三家田多　上10ウ6
三摩耶形　下13オ3
三權一實　下12オ8
三皇五帝　下5オ9
三郎國宗　上10ウ5
三面四臂　下17ウ5
不空三藏　下14オ9
三十三所　上5ウ2
二十三巻　上17ウ3
五障三從　下16オ7
元弘三年　下5ウ9
三千七百年　上17オ8
三百六十日　下4オ1　下7ウ8　下8オ4
二三四五味　上16ウ4
降三世明王　下17ウ1
一百三十種　上17ウ4
蓮華三昧經　下13ウ2　下13ウ6　下14オ2　下17ウ9
應永廿三年　下6オ5
三百五十五日　下4オ2　下4オ5
三百六十五種　上17オ7　上17オ9
應永二十三年　上1ウ1
三條小鍛〔鍛〕冶宗近　上10ウ3
三百有六旬有六日　下8オ1
二千三百六十五年　下10ウ1

【上】
上　上2ウ5　上3オ5　上4ウ6　上10ウ1　上14オ5　上20オ7　下3ウ6　下4ウ9　下5オ8　下5オ8　下5オ9　下5ウ1　下6オ1　下6オ2　下6オ6

下13オ4
下13オ5
下17ウ7
上下　下18ウ2
上弦　下8オ8
上洛　上5オ6
上界　上3オ3
上總　上10オ1
上葉　上12オ6
上衆　上1オ3
以上　下13オ4
天上　上2オ3
尺上中下〈尺中〉　上17ウ9
已上　上2オ7
上7オ1
上18オ3
庭上　上3ウ7
枝上　上13オ8
關上　上17ウ9
頂上佛　下13ウ1
明石上　上20ウ8
上宮太子　上4オ5
下5ウ6
上椙金吾　下6オ6
今上皇帝　上3オ4
空也上人　上6ウ4
鎭府上將　上4オ6

【下】
下向　上5オ7
下弦　下8オ8
下旬　下2ウ7
下4オ4
下生　下10ウ2
下界　上3オ5
下緒　上10オ6
上下　下18ウ2
以下　上1ウ6
下13オ5
地下　下3ウ2
天下　下2オ3
下7オ8
下7ウ1
下8ウ5
已下　下16ウ8
放下　上5ウ5
下10オ4
月下　上12ウ9
樹下　上22オ7
闕下　上7オ1
下若村　上11ウ8
普天之下　下1ウ1
祖宗門下　下10オ2
尺上中下〈尺中〉　上17ウ9

【不】
不　上7ウ2
上7ウ2
上11オ8
上11ウ1
上11ウ7
上13ウ8
上14オ5
上15ウ9
上16ウ3
上16ウ6
上16ウ8
上17オ5
上18オ1
上18オ9
上18ウ6
上20オ7
上20ウ1
上20ウ2
上20ウ2
上20ウ3
上20ウ3
上20ウ4
上21オ7
上22オ1
上22オ5
上22オ9
上22ウ5
上22ウ6
下2オ7
下3ウ5
下4ウ2
下4ウ3
下4ウ4
下5オ4
下5オ5
下6オ3
下6ウ3
下6ウ3
下6ウ3
下8ウ7
下8ウ8
下8ウ8
下9ウ2
下9ウ3
下10オ1
下10オ2
下11ウ1
下13オ5
下15オ5
下16オ6
下16オ9
下16ウ6
下16ウ9
不分　上20ウ6
上22オ3
不可　上22オ2
不寒　上14オ2
不審　下9オ3
不明　上14オ2
不暖　上14オ2
不暗　上14オ2
不有　上22オ6
不正　下8ウ8
不動尊　下9オ6
不惑餘　上15ウ4
不然者　下4ウ3
不可勝計　上3オ6
不可勝量　上7ウ4
不可思議　上11オ9
不可稱計　上14ウ3
不祥不祥　上15ウ9
不空三藏　下14オ9
不立文字　下9ウ8
間不容髮　下19オ3
一心不亂　下19オ3
不祥不祥　上15ウ9
次第不同　上7ウ5
不思議一　下18ウ5
不可思議也　下4ウ5
下10オ6
不思善不思惡　下19オ2
下19オ2
不空絹〈羂〉索觀音　下13オ7
大聖不動明王

下17ウ8
彦波瀲〔斂〕武鸕鷀草葺不合尊 下15ウ3
【与】↓〔與〕
【丑】丑 下6ウ9 下6ウ9 下8オ6
【且】且 上16ウ2 下10オ3 下16オ6
【世】世 上3オ1 下1ウ9
世世 下11オ7
世務 下1ウ2
世尊 下11ウ8 下13ウ8
世界 上2ウ6 下17オ1
世間 下16ウ3
三世 下11ウ3 下14オ3 下16オ3
世世 下11オ7
二世 下10オ8
今世 上1オ8 下18ウ9
出世 下1オ5
後世 上1オ8 下18ウ9
未〈末〉世 上10ウ4
當世 上11オ2
世尊寺 上7オ9
虞世南 上15ウ1
觀世音 下16オ2
遁世粽 上11ウ2
陳世英 上14ウ8
世良田刀 上10オ7
無佛世界 上1オ7
三十二世 下5ウ5
九十六世 下5ウ7
降三世明王 下17ウ1
南無大悲觀世音菩薩 下13オ1
【丘】比丘衆 下1ウ5
【丙】丙申 上1ウ1 下2ウ6 下4オ3 下6オ5 下6オ9
應永丙申 下1オ2 下10オ9

丨部

【个】一七个日 下12ウ6
一百个日 下4ウ7 下6オ8
↓〔箇〕
【中】中 上3オ3 上3ウ9 上4ウ5 上11オ3 上13オ8 上13ウ1 上19オ7 下4ウ7 下6オ3 下8ウ7 下12オ1 下14オ3
中人 下13オ4 下13オ4
中宮 上13ウ3
中心 上22オ9
中指 上9オ6
中旬 下1オ2
中臺 下17ウ7
中間 下10ウ2
中黑 上9オ4
取中 上8ウ9
國中 下14ウ8
壷中 上13ウ2
天中 下17オ1
宮中 上13オ3
寰中 上7ウ3
就中 下10ウ8
尺上中下〈尺中〉 上17ウ9
心中 下9ウ3
月中 下3オ3
池中 上12ウ9
藥中 上16ウ4
中次郎 上10ウ9
中津國 下14ウ7
備中國 上10ウ5
浮沈中 上17ウ9
飲中八僊 上12ウ3
十一目中 下2ウ3

丶部

【丸】筒丸 上8ウ4
【丹】丹橘 上11ウ4
丹頂 上13オ5
月丹 上15オ4
周丹士 上14ウ8
【主】主治 上17オ4
敎主 下12オ7 下12ウ1
聖賢主 下1オ6

丿部

【乃】 上1ウ3 上19ウ1 下1ウ4 下4オ2 下7ウ7 下7ウ9 下8ウ2 下11オ3 下18オ7
乃至 下7オ5 下11ウ3 下12オ1 下17オ2
【久】久 上20ウ9
久代 上22ウ9
久方 下2オ6
長久 下10オ7
地久樂 上7オ4
多久佐里 上9ウ1
天長地久 下1ウ8
【之】之 上1オ2 上1オ3 上1オ3 上1オ3 上1オ5

上1オ6 上1オ8 上1オ9 上1オ9 上1ウ2 上1ウ2 上1ウ3 上1ウ5 上1ウ7 上1ウ7 上1ウ8 上1ウ8 上1ウ9 上1ウ9 上2オ1 上2オ2 上2オ3 上2オ4 上2オ4 上2オ5 上2オ5 上2オ7 上2オ8 上2ウ3 上2ウ4 上3オ2 上3オ3 上3オ4

上3オ5 上3オ6 上3オ7 上3オ9 上3ウ1 上3ウ2 上3ウ3 上3ウ4 上3ウ6 上3ウ6 上3ウ7 上3ウ7 上3ウ8 上3ウ8 上3ウ9 上4オ1 上4オ2 上4オ3 上4オ3 上4オ4 上4オ5 上4オ6 上4オ7 上4オ8 上4オ9 上4ウ1 上4ウ2 上4ウ3

上4ウ4 上4ウ5 上4ウ5 上4ウ6 上4ウ6 上4ウ7 上4ウ8 上5オ1 上5オ2 上5オ3 上5オ4 上5オ4 上5オ5 上5オ7 上5オ7 上5オ8 上5オ9 上5ウ1 上5ウ1 上5ウ2 上5ウ3 上5ウ4 上5ウ4 上5ウ5 上5ウ6 上5ウ8 上5ウ8 上5ウ9

上6オ1 上6オ2 上6オ3 上6オ4 上6オ6 上6オ7 上6ウ4 上6ウ5 上6ウ6 上6ウ7 上6ウ8 上6ウ8 上7オ1 上7オ4 上7オ7 上7オ7 上7オ7 上7オ8 上7オ8 上7オ8 上7オ9 上7ウ1 上7ウ2 上7ウ5 上8オ6 上8オ6 上8オ7 上8オ7

上8ウ1 上9オ5 上9ウ1 上9ウ2 上9ウ4 上9ウ5 上9ウ5 上9ウ8 上10オ9 上10ウ1 上10ウ1 上10ウ5 上11オ4 上11オ5 上11オ6 上11オ7 上11オ7 上11オ8 上11オ8 上11ウ1 上11ウ1 上11ウ5 上11ウ5 上11ウ6 上11ウ6 上11ウ6 上11ウ7 上11ウ9

上11ウ9
上12オ1
上12オ1
上12オ6
上12オ8
上13ウ3
上13ウ3
上14オ3
上14オ4
上14オ4
上14オ6
上14オ7
上14オ7
上14オ7
上14オ8
上14オ8
上14オ9
上14オ9
上14ウ1
上14ウ1
上14ウ1
上14ウ2
上14ウ2
上14ウ3
上14ウ3
上14ウ3
上14ウ4
上14ウ4

上14ウ4
上14ウ5
上14ウ5
上14ウ5
上14ウ6
上14ウ6
上14ウ6
上14ウ7
上14ウ7
上14ウ7
上14ウ8
上14ウ8
上14ウ8
上14ウ9
上14ウ9
上14ウ9
上15オ1
上15オ1
上15オ1
上15オ2
上15オ2
上15オ2
上15オ3
上15オ3
上15オ3
上15オ4
上15オ4
上15オ4

上15オ5
上15オ5
上15オ5
上15オ6
上15オ6
上15オ6
上15オ7
上15オ7
上15オ7
上15オ8
上15オ8
上15オ8
上15オ9
上15ウ4
上15ウ4
上16オ1
上16ウ3
上16ウ4
上16ウ5
上16ウ6
上16ウ9
上17オ2
上17オ6
上17ウ4
上17ウ7
上18オ1
上18オ1
上18オ2

上18オ3
上18オ4
上18オ4
上18オ5
上18オ5
上18オ6
上18オ7
上18オ8
上18オ8
上18オ8
上18ウ3
上18ウ4
上18ウ4
上18ウ7
上18ウ8
上19オ1
上19オ2
上19オ2
上19オ3
上19オ5
上19オ6
上19オ8
上19オ9
上19ウ2
上19ウ3
上19ウ4
上19ウ7
上19ウ8

上20オ2
上20ウ1
上20ウ2
上20ウ2
上20ウ3
上20ウ3
上20ウ3
上20ウ3
上20ウ4
上20ウ4
上20ウ4
上20ウ4
上20オ7
上21オ1
上21オ3
上21オ7
上21オ8
上21ウ3
上21ウ3
上21ウ4
上21ウ5
上21ウ5
上22オ3
上22ウ4
上22ウ7
上22ウ8
上23オ1
下1オ2

下1オ2 下1オ3 下1オ9 下1ウ2 下1ウ5 下1ウ7 下1ウ8 下2オ1 下2オ7 下2オ8 下2オ8 下2ウ1 下2ウ2 下2ウ4 下2ウ5 下2ウ7 下2ウ9 下3オ1 下3オ2 下3オ2 下3オ3 下3オ5 下3オ6 下3オ7 下3オ9 下3ウ1 下3ウ2 下3ウ5

下3ウ6 下3ウ7 下3ウ8 下3ウ9 下4オ1 下4オ1 下4オ6 下4オ8 下4オ9 下4ウ6 下4ウ7 下4ウ9 下5オ4 下5オ8 下5ウ1 下5ウ1 下5ウ4 下5ウ9 下5ウ9 下6オ1 下6オ2 下6オ3 下6オ3 下6オ4 下6オ6 下6オ9 下6ウ1 下6ウ3

下6ウ3 下6ウ4 下7オ6 下7オ8 下7オ9 下7ウ1 下7ウ2 下7ウ3 下7ウ4 下7ウ4 下7ウ4 下7ウ5 下7ウ5 下7ウ7 下8オ5 下8オ5 下8オ9 下8ウ1 下8ウ1 下8ウ2 下8ウ2 下8ウ5 下8ウ6 下8ウ7 下8ウ8 下9オ1 下9オ2 下9オ2

下9オ4 下9オ5 下9オ6 下9オ7 下9ウ2 下9ウ2 下9ウ2 下9ウ3 下9ウ3 下9ウ4 下9ウ5 下9ウ5 下9ウ6 下9ウ7 下9ウ7 下10オ6 下10オ7 下10オ8 下10オ9 下10ウ2 下10ウ7 下10ウ7 下10ウ8 下10ウ9 下11オ2 下11オ3 下11オ4 下11オ6

下11ウ4 下11ウ9 下12オ8 下12オ8 下12ウ1 下12ウ2 下12ウ2 下12ウ3 下12ウ3 下12ウ3 下12ウ4 下12ウ5 下12ウ8 下12ウ8 下13オ2 下13オ3 下13オ3 下13オ5 下13オ7 下13オ9 下13オ9 下13ウ9 下14オ1 下14オ2 下14オ3 下14オ4 下14オ9 下14オ9

乙部

上11ウ2 上14オ5 上16ウ1 上16ウ7 上17オ7 上17オ8 上17ウ1 上17ウ4 上17ウ5 上17ウ8 上18オ9 上19ウ3 上20ウ4 上20ウ6 上21オ4 上22オ3 上22オ9 上22オ9 上22ウ5 上22ウ8 下1オ8 下1ウ8 下2オ5 下2ウ3 下2ウ5 下2ウ7 下2ウ9 下2ウ9

下2ウ9 下3オ1 下3オ3 下3オ5 下3オ7 下3オ8 下3オ9 下3ウ1 下3ウ2 下3ウ4 下3ウ4 下3ウ4 下3ウ8 下4オ1 下4オ3 下4オ5 下4オ6 下4オ7 下4オ9 下4オ9 下4ウ1 下4ウ1 下4ウ3 下4ウ8 下4ウ9 下5オ1 下5オ1 下5オ1

下5オ2 下5オ2 下5オ4 下5オ5 下5オ6 下5オ7 下5オ8 下5オ8 下6オ4 下6オ7 下6オ8 下6ウ2 下6ウ3 下6ウ4 下6ウ6 下6ウ8 下6ウ9 下7オ2 下7オ7 下7ウ3 下7ウ6 下7ウ8 下8オ4 下8ウ2 下8ウ7 下8ウ9 下9オ3 下9オ7

下9オ9 下9ウ2 下9ウ4 下9ウ5 下9ウ6 下9ウ7 下10オ8 下10ウ7 下10ウ9 下11オ3 下11オ4 下11オ6 下11ウ3 下12ウ2 下12ウ2 下12ウ5 下12ウ7 下13オ3 下13オ4 下13オ5 下13ウ1 下13ウ2 下13ウ5 下13ウ5 下13ウ6 下13ウ7 下13ウ9 下14オ2

下14オ4 下14オ9 下14ウ4 下15オ5 下15オ7 下15オ8 下15オ9 下15ウ1 下15ウ3 下15ウ5 下15ウ7 下15ウ7 下15ウ8 下15ウ8 下15ウ8 下15ウ9 下15ウ9 下16オ1 下16オ3 下16ウ4 下16ウ6 下17オ8 下17ウ1 下17ウ3 下17ウ5 下17ウ6 下17ウ9 下18オ7

下18オ9
下18ウ1
下18ウ2
下18ウ6
愚也 上22ウ9
空也上人 上6ウ4
不可思議也 下4ウ5
下10オ6

【乳】
乳哺 下16オ6
牛乳 上11ウ6

【乾】
乾 下4オ6
下6ウ5
下7オ5
乾坤 上13ウ2

【亂】
亂 下5ウ5
下6オ6
散亂 上19オ7
相亂 上21ウ8
團亂旋 上7オ2
怪力亂神 下4ウ4
一心不亂 下19オ3

亅部

【了】
了 上2オ4
上20オ4
下8ウ9
了戒 上10ウ4
了簡 上18オ8

【予】
予 下14ウ5

【事】
事 上1ウ9
下4オ1
下8ウ8
下18オ9
侘事 上22オ3
善事 下4オ6
萬事 下10オ4
御事共 上23オ1

二部

【二】
二 上19ウ9
下7オ1
下11オ7
下12オ3
二世 下10オ8
二佛 下10ウ2
二儀 下7オ2
二十 下3オ8
二字 下5オ1
二星 下4ウ1
二王 下11オ1
二神 下15オ6
二者 下9ウ4
十二 上2オ6
第二 下15オ9
下15オ1
下18オ1
二十七 上2オ6
十二支 下8オ7
十二時 下8オ8
十二月 上11オ1
下7ウ8
十二臂 下13オ7
二十一巻 上17ウ1
上17ウ5
二十三巻 上17ウ3
二十九日 下7ウ9
二十二章 上4ウ9
二十八宿 上2ウ2
下8オ7
二十四節 下8オ7
二十四脈 上18オ3
十二宮神 下8オ7
七十二候 下4オ1
七十二日 下8オ4
三十二世 下5ウ5
三十二巻 上17ウ7
二十二章 上4ウ9
八十二種 上17ウ3
嘉祐二年 上17ウ2
大觀二年 上17ウ5
顯慶二年 上17オ9
二三四五味 上16ウ4
應永二十三年 上1ウ1
二千三百六十五年 下10ウ1

【亍】
亻亍 上19ウ9

【于】
于 上2ウ1
上2ウ4
上3オ3
上6オ1
上6オ2
上6オ9
上18オ6
下1オ2
下2ウ2
下2ウ4
下2ウ6
下4オ4
下6オ7
下6ウ1
下8オ9
下10オ9
下13オ8
↓［於］

【云】
云 上1ウ1
上2オ4
上20オ3
上20ウ6
下2オ7
下8ウ1
下10ウ9
下11オ4
下11ウ2
云云 上17ウ8
上18ウ1
上19オ8
下3オ5
下3ウ3
下3ウ8
下4ウ2
下4ウ4
下8オ1
下8オ3
下10オ2
下12ウ7
下16オ5
下17オ7
下18オ4
下18オ9
云云 上17ウ8
上18ウ1
上19オ8
下3オ5
下3ウ3
下3ウ8
下4ウ2
下4ウ4

下8オ1 下8オ3 下10オ2 下12ウ7 下16オ5 下17オ7 下18オ4 下18オ9

【互】
互 上1ウ8 上6オ9 上19オ2 上21オ5

【五】
五 下2ウ9 下7オ1 下11オ8 下12オ4
五代 下5ウ4 下14ウ9
五味 上17オ5 下7オ4
五字 下7オ5
五季 下7オ4 下8オ3
五常 下7オ5
五年 下8オ2
五方 下7オ4
五月 下2ウ6 下2ウ9 下4オ4
五根 下7オ4
五歳 下16ウ8
五湖 上4オ8
五等 下5オ3
五經 下5オ3
五臟 上18オ6 下7オ4
五臺 上6オ2
五色 上11ウ5 下7オ4
五行 上18オ5 下6ウ7 下7オ3
五陵 上13ウ4
五音 下7オ4
五體 下7オ5
五鬼 上2オ8 下7オ2
第五 下15ウ2 下15オ3 下18オ3
五人張 上9オ3
五十里 下5オ4
五味子 上16オ8
五行子 下2ウ1 下2ウ1 下2ウ8 下3オ2 下6ウ6 下6ウ7 下7オ7
三五夕 下3オ4
四十五 下7オ2
新藤五 上10ウ8
五千餘言 上4ウ8
五郎入道 上10ウ8
五郎守家 上10ウ5
五障三従 下16オ7
一十五種 上17ウ1
七月五日 上2ウ2 上2ウ2 下2ウ4 下2ウ6 下4オ3 下4ウ7 下6オ7
三皇五帝 下5オ9
二三四五味 上16ウ5
三百五十五日 下4オ3 下4オ3 下4オ5 下4オ5
三百六十五種 上17オ7 上17オ9
五十六億七千萬歳 下10ウ2
二千三百六十五年 下10ウ1

【井】
井立 上9ウ2
玉井 上10オ1
須彌足井 上9ウ2

【亘】
↓［亙］

【亙】
亙 上22オ5 上19オ2 下14ウ3

亠部

【亡】
亡失 下16オ6 下16オ8 下16オ8
先亡 下12オ4

【亢】
亢宿 上2ウ3 上2ウ3

【交】
交 上1ウ5
合交 下15オ6
相交 上16ウ6

【亥】
亥 下6ウ8 下6ウ9

【亦】
亦 上2オ9 上6ウ9 上11オ2 上15ウ4 上19ウ2 上20オ8 上21オ8 上22オ4 上22ウ9 上22ウ9 下1オ6 下3オ8 下4オ4 下4オ9 下5オ1 下5ウ2 下7ウ6 下9オ4 下11ウ6 下12ウ6 下14オ2 下14ウ6 下15オ4 下15ウ9 下16ウ2 下16ウ4 下18ウ4

【京】
京 上11オ8
京師 上5ウ7 下4オ8

人部

【人】
人　上7ウ2　上13オ7　上19オ6　上19オ7　上19オ9　上21ウ1　上21ウ1　上21ウ2　上21ウ2　上21ウ3　上21ウ3　上21ウ3　上21ウ4　上22オ9　上22ウ5　下6ウ2　下8ウ7　下8ウ8　下10オ1　下11ウ2　下12オ2　下14オ2　下16ウ9　下17オ1　下17オ3　下17オ7　下18オ8
人人　下8ウ6
人參　上16オ2
人家　上7ウ3
人師　下14ウ3
人形　上14ウ5　上15オ5
人文　下7ウ1
人流　上21オ8
人王　下5ウ4　下5ウ7
人目　上22オ5
人道　下18オ4
人間　上2オ3
一人　上2オ1
中人　下13オ4　下13オ4
人人　下8ウ6
仙人　上15オ3
信人　上6オ2
化人　上22ウ3
古人　下3ウ3
周人　上6オ8
商人　上5ウ6
夫人　上21オ3
女人　下16オ7
庶人　上2オ1　上20ウ5
役人　上3ウ6
愚人　上22ウ6　下9オ9
旅人　上1ウ4
海人　上5ウ1
眞人　下9オ5
舎人　上9オ5
萬人　上16ウ8　下5ウ9
誰人　下2オ7
諸人　上20ウ7　下9ウ9　下10オ4
鬼人　上5オ6
三人張　上9オ3
五人張　上9オ3
仙人銅　上8ウ3
天人衆　下10ウ5
參籠人　下12ウ8
李夫人　上8ウ1　上19ウ7
直指人心　下9ウ8
空也上人　上6ウ4

【仁】
仁　下4ウ2
仁宗　上17ウ2
杏仁　上16オ6
仁宗皇帝　上15ウ1
新〔仁〕田四郎　上5オ5

【今】
今　上16オ1　下1オ8　下4オ2　下4ウ4　下6オ1　下9オ1　下10ウ5　下12ウ6　下13オ5　下15ウ6　下16オ9　下16ウ6　下18ウ7
今世　上1オ8　下18ウ9
今作　下9オ3
今古　下9オ8
今在　下16オ2
今日　上22オ1
今更　上22オ2
今生　下10オ1
今般　下4オ7
古今　上1ウ8
方今　下10オ8
而今　上3オ4
今西宮　上1ウ2
今上皇帝　上3オ4

【仍】
仍　上3ウ2　下7オ2　下7ウ5　下10ウ7　下14オ9　下15ウ9

【仕】
仕　上18オ9　下1オ6
出仕　上3ウ7

【他】
他　下9ウ2
他方　下18オ5
自他　下10オ8
自讃毀他　下19オ2

【付】
付　上18オ5　上22ウ3　下3ウ2　下13オ3
付囑　上1オ3　下9オ2　下10ウ3　下10ウ5　下13ウ8
付甘　上9ウ4
切付　上10オ1

【仙】
仙人　上15オ3
仙桂　上11ウ6
仙樂　上20オ9

仙人銅　上8ウ3
↓〔僊〕
【代】代　上18オ3
下7オ9
代代　上17ウ6
上17ウ8
久代　上22ウ9
七代　下5ウ4
下14ウ9
下14ウ9
下15ウ3
三代　下15オ2
下15オ4
五代　下5ウ4
下14ウ9
代代　上17ウ6
上17ウ8
十代　下15ウ5
下15ウ5
御代　上23オ1
下1オ9
下2オ6
苗代　上4オ3
第三代　下15ウ4
【令】令　上16ウ6
下10ウ6
月令　下7ウ6
月令子　下2ウ1

下2ウ5
下3ウ8
下3ウ9
下6ウ7
下7ウ6
下8ウ1
【以】以　上2ウ7
上15ウ7
上16ウ8
上16ウ9
上17オ1
上17オ3
上17オ4
上17ウ6
上18ウ5
下3ウ4
下4オ1
下4ウ5
下4ウ9
下5オ7
下5ウ3
下7オ9
下7ウ1
下7ウ1
下7ウ6
下7ウ7
下8オ1
下8オ3

下8オ4
下8ウ3
下8ウ7
下10ウ6
下11ウ9
下13オ4
下13オ5
下13オ5
下13ウ6
下14ウ1
下18オ6
下18ウ3
下19オ5
以上　下13オ4
以下　上1ウ6
下13オ5
以來　上20ウ8
以外　下6オ7
以往　上10ウ1
以後　上1ウ7
下6オ2
以是　下2ウ9
下4ウ7
所以　下1オ8
是以　下8ウ8
所以者何　下13ウ8
【仰】仰　上2ウ2
下10ウ7

下12ウ3
瑞仰　上18ウ6
【仲】仲　下8オ8
仲尼　上4ウ8
朱仲　上11ウ5
【件】件　上10ウ1
【任】任　上9ウ3
上18オ5
安部〔倍〕貞任　上4オ6
【伊】伊勢　上5ウ9
上10オ1
伊賀　上12オ7
伊奘冉　下15オ8
伊奘諾　下15オ8
閉伊郡　上9ウ1
伊奘冉尊　下15オ6
伊奘諾尊　下15オ5
伊登內親王　上20オ2
【伏】伏　上18オ2
伏拜　下1オ3
降伏　上4オ5
下5ウ6
伏羲氏　下7オ8
【伐】追伐　上4オ6
【休】休　下4オ5
木休　上22オ7
【伯】伯　下5オ3

伯叔　上6オ8
歡伯　上12オ1
翁伯　上19ウ3
伯耆國　上10ウ6
【伴】伴野鞍　上9ウ6
【伶】劉伶　上12ウ1
【伸】伸〈信〉忠　上15オ1
【似】似　上9ウ4
上20オ1
【但】但　上11オ3
上17ウ8
下3ウ1
下4オ1
下5オ9
下7ウ8
下9オ1
下13オ3
下16ウ6
【位】位　下6ウ8
位〈陪〉臣　下5オ6
一位　下5オ3
下5オ3
下5オ3
下5オ3
下5オ3
因位　下15ウ8
【低】低　上18ウ3
上20オ4

【住】
住 上21オ7 下14オ6
住吉 上20ウ8
住家 上20オ2
住狎 上20ウ9
常住 下14オ5
所住 下11ウ9
大原住 上6オ7
【佐】
佐目 上9オ8
多久佐里 上9ウ1
【何】
何 上16ウ3 上16ウ7 上16ウ9 上18ウ5 上22オ1 下3オ2 下4ウ5 下4ウ5 下6ウ7 下8ウ2 下9オ8 下9オ9 下10オ2 下13オ2 下13ウ6 下14ウ4 下14ウ5 下16オ9 下16ウ3 下16ウ6 下16ウ9 下17オ1 下17オ1
何何 上15ウ8
何日 下2オ9
何時 上20ウ5 下2オ9
何物 上2ウ8
何等 下12オ3
何何 上15ウ8
如何 下2ウ8 下3ウ6
无何 下7ウ4
所以者何 下13ウ8
【余】
余 上2オ1 上2オ3 上2オ7
【佛】
佛 下10ウ9 下11オ1 下16ウ4
佛像 下10ウ9 下11オ2
佛座 上11ウ3
佛法 下5ウ6
佛道 上19オ8
佛陀 下18ウ4
三佛 下13ウ3
二佛 下10ウ2
念佛 上6ウ4
成佛 下9ウ1 下14オ4 下14ウ3
石佛 上3オ1 下2オ6
緣佛 下19オ1
諸佛 下14オ3
南無佛 上19オ8
多寶佛 下13ウ3
寶生佛 下17ウ2
心諸佛 下14オ8
頂上佛 下13ウ2
無佛世界 上1オ7
諸佛菩薩 下9ウ5 下16オ3
無量壽佛 下13ウ4 下17ウ3
狗盧尊佛 下9オ6
見性成佛 下9ウ8
天鼓雷音佛 下17ウ5
南無阿彌陀佛 下12ウ9
大梵天王問佛決疑經 下13ウ9
【作】
作 上9オ5 上9オ7 上17オ3 上20オ7 下3オ7 下3オ7 下5オ2 下6オ6 下6ウ2 下6ウ3 下8ウ7 下11オ9 下12オ1 下12オ2 下14オ9 下19オ9
作者 上11オ2
今作 下9オ3
圓作 上10オ2
菊作 上10ウ2
鰔作 上10オ3
御制作 下13オ7
當麻作 上11オ1
葵〈青江〉作 上10ウ6
作麼生道 下9ウ7
【使】
使 上1オ7 上5オ6 下18オ8
使者 上4オ9
官使 上6ウ9
【來】
來 上4ウ1 上5ウ7 上6ウ9 上11オ2 上20オ5 下1オ7 下18オ5
來迎 下18ウ8
以來 上20ウ8
元來 下19オ1
出來 上2オ1
古來 下14ウ2
向來 上21オ9
問來 下8ウ6
如來 下15ウ9
年來 下12ウ6
往來 上6ウ8
未來 下10ウ5 下11ウ8
本來 下13ウ5 下14オ6
晩來 上13オ7
爾來 下5ウ7 下7ウ2
由來 下18オ7
襲來 下18オ6

造像功德經 下11オ6
【僧】僧 上12ウ9
下12ウ5
下13オ2
下13ウ7
下16ウ7
一僧 下16オ9
師僧 下16ウ2
老僧 下14ウ6
蜜〔密〕陀僧 上16ウ1
行脚僧 上6ウ9
下9ウ1
【僣】僣 下5ウ1
【儀】儀 上20ウ6
下7オ6
儀式 上3ウ7
儀狄 上12オ1
儀軌 下14ウ2
二儀 下7オ2
光儀 上21オ7
地儀 上11オ5
四威儀 下14オ9
【億】億億 下19オ7
億億 下19オ7
百億山 下2オ1
八十億劫 下11ウ4
千百億恆河沙 下11ウ8
五十六億七千萬歲 下10ウ2
【儐】率土之儐〈濱〉 下1ウ2
【儒】儒教 下6ウ5
【優】優 上21ウ6
優塡王 下11オ2
下11オ5
役優婆塞 上5ウ9
【儲】儲 上3オ3
上5ウ8
上15オ9

儿部

【元】元 下2ウ7
元來 下18ウ8
元始 下1オ9
開元 上20オ6
王元章 上14ウ5
滕元發 上17オ6
元弘三年 下5ウ9
【兄】兄弟 下16ウ8
下17オ4
曾我兄弟 上6ウ1
【先】先 上2オ6
上3ウ6
上16オ1
上20オ4
下2ウ1
下6ウ7
下7ウ6
下8ウ3
下10オ6
先亡 下12オ4
先妣 下16ウ1
先立 上19ウ8
先考 下16ウ1
先陀 下1オ5
角里先生 上12ウ2
【光】光 上3オ1
上7ウ2
下1ウ1
光儀 上21オ7
光明 上2ウ6
上2ウ8
光長 上10ウ8
光陰 下10オ1
三光 下13ウ4
國光 上10ウ4
景光 上10ウ5
清光 下3オ3
長光 上10ウ4
電光 上18ウ2
靈光 下19オ6
光大將 上20ウ7
夜光珠 上8オ7
日光地藏 下13ウ3
下18オ4
日光山寺 下9オ6
月光地藏 下13ウ3
藥師瑠璃光如來 下17オ9
【兌】兌 下4オ6
下7オ5
坤兌 下4オ8
【兒】兒玉 上10オ2
嬰兒 上3ウ5
上19ウ1
上19ウ2

入部

【入】入 上5オ1
上5ウ4
上6オ1
上6オ9
上12オ7
上19オ1
上19オ7
入祜〈祛〉 上15ウ6
出入 上6ウ8
下12オ6
呑入 上10オ6
入諸定 下3ウ7
五郎入道 上10ウ9
【內】內典 下11オ4
內外 下8ウ3
內證 下9ウ5
下17ウ7
境內 下3ウ4
伊登內親王 上20オ2
威德內親王 上21オ4
【兩】兩朝 下14ウ3
兩三聲 上20オ9

八部

【八】八 下7オ1
下11オ9
下12オ5
八卦 下7オ8
八埏 下1ウ1
八子 上11ウ4
八蟲 上10オ4
八裏 上18オ2
八難 下7オ3
八駿 上9ウ4
八體 下7ウ4
十八 下3オ7
八十六 上2オ7

八十二種　上17ウ3
八十億劫　下11ウ3
一百八箇　上1オ6
二十八宿　上2ウ2
　　下8オ7
四面八臂　下17オ8
　　下17ウ2
瀟湘八景　上12ウ4
飲中八僊　上12ウ3
鶴岡八幡宮　下6オ9

【公】
公　下5オ3
公臣　下5オ6
天公　上20オ7
張公　上11ウ5
懿公　上5オ5
葉公　上14ウ9
雷公　上17オ5
夏黄公　上12ウ2
東園公　上12ウ2
東王公　上11ウ6
王荊公　下14オ1
源大相公　下5ウ9

【六】
六　下7オ1
　　下11オ9
　　下12オ5
六凡　上2ウ9
六味　上16ウ3
六壬　下8ウ1
六害　下7オ2
六書　下7ウ4
六腑　上18オ7
六識　下9ウ4
六道　上4オ1
　　下10ウ7
　　下11ウ6
　　下11ウ7
　　下12オ9
第六　下15オ4
　　下18オ4
六地藏　下17ウ9
六銖香　上8オ6
六陰陽　上17オ3
八十六　上2オ7
六十六部　上5ウ3
十六羅漢　上14ウ8
　　上15オ1
三十六禽　下8オ9
九十六世　下5ウ7
六十六部　上5ウ3
十月六日　下6オ5
　　下6ウ1
二百六十日　下4オ2
　　下7ウ8
　　下8オ4
六面六臂六足　下17ウ4
三百六十五種　上17オ7
　　上17オ9
六面六臂六足　下17ウ4
六面六臂六足　下17ウ4
一千六百七十六種　上17ウ7
五十六億七千萬歳　下10ウ2
三百有六旬有六日　下8オ1
二千三百六十五年　下10ウ1
一千六百七十六種　上17ウ7
三百有六旬有六日　下8オ1

【兮】
兮　上3オ3
　　上3オ5
　　上5ウ7
　　上5ウ8
　　上7ウ2
　　上15ウ6
　　上18ウ7
　　上18ウ8
　　上18ウ9
　　上19オ1
　　上19オ2
　　上19オ3
　　上19ウ1
　　上19ウ4
　　上19ウ5
　　上19ウ6
　　上19ウ7
　　上19ウ8
　　上20オ1
　　上20オ2
　　上20オ8
　　上21オ9
　　上22オ1
　　上22ウ2
　　上22ウ3

【共】
共　上2オ6
　　上3ウ3
　　上6ウ1
　　上21オ8
　　上22オ1
　　下8ウ2
諸共　上18ウ6
御事共　上23オ1

【兵】
軍兵　上13ウ3
兵貝〈具〉鎖　上10オ4
刀兵劫　下18オ5
金剛兵衛　上10ウ7

【其】
其　上15ウ8
　　上17オ4
　　上17オ9
　　上18ウ1
　　上19ウ3
　　上19ウ4
　　上21オ2
　　下1オ7
　　下2オ9
　　下2ウ8
　　下3ウ9
　　下4ウ3
　　下5オ6
　　下6ウ8
　　下7オ1
　　下11ウ6
　　下12オ1
　　下13オ1
　　下13オ1
　　下13ウ2
　　下15オ6
　　下16オ3
　　下16ウ4
　　下16ウ5
　　下16ウ5
　　下16ウ7
　　下17オ6

下18オ9
【具】具　上11ウ7
上16ウ3
上16ウ4
下14オ7
下17オ7
具足　上12オ2
下14オ6
具足等　上7ウ5
三具足　上8ウ3
兵貝〈具〉鎖　上10オ4
鞍具足　上9ウ6
【典】内典　下11オ4
堯典　下7ウ9

冂部

【冉】伊奘冉　下15オ8
伊奘冉尊　下15オ6
【再】再閏　下8オ2

冖部

【冠】寶冠　下13オ8

冫部

【冬】冬　上18オ4
□（冬）　下7ウ7
冬等　下8オ3
三冬　上12オ1
【冰】冰岸　上14ウ2
【冶】鍜冶〔鍜冶〕　上10ウ1
鍜〔鍜〕冶等　上11オ1
上11オ3
法師鍜〔鍜〕冶　上10ウ4
出雲鍜〔鍜〕冶等　上11オ3
三條小鍜〔鍜〕冶宗近　上10ウ3
【冷】溫冷　上17オ5
【凝】凝　上1オ5

几部

【凡】凡　上1ウ5
上7オ7
下5オ3
下5オ4
下9ウ5
下16オ3
凡慮　下9ウ6
六凡　上2ウ9

凵部

【凶】吉凶　下8ウ1
【出】出　上4ウ7
下6ウ4
下8ウ4
下9ウ6
出世　下1オ5
出仕　上3ウ6
出來　上2オ1
出入　上6ウ8
下12オ6
出所　上19ウ4
出現　上2オ4
下1オ8
下4オ8
下6オ7
出離　下16オ6
出雲　上11オ3
出顯　上22オ2
進出　下8ウ9
目出度　上21オ1
出離生死　下16オ5
出流之觀音　下9オ6
出雲鍜〔鍜〕冶等　上11オ3
彦火火出見尊　下15ウ2

刀部

【刀】刀　上10オ5
上10ウ1
上11オ4
大刀　上10オ2
太刀　上10ウ1
上11オ4
小刀　上10オ6
長刀　上10オ7
刀兵劫　下18オ5
長刀等　上10ウ1
世良田刀　上10オ7
【刃】刃　上11オ3
【分】分　下8オ3
分別　下9ウ4
分明　下9オ3
分身　下19オ7
不分　上20ウ6
上22オ3
隨分　下7オ6
【切】切付　上10オ1
筋切符　上9オ4
茲郎切　下3オ9
一切衆生　下11ウ7
下14オ3
下18ウ7
【刈】刈　上5ウ8
【列】列子　上15オ7
行列　上3ウ9
【初】初　上14オ1
上22オ2
下5ウ1
下18オ8
初志　下17オ2
初昔　上3オ2
初月　上21ウ4
【判】判　下9ウ1
【別】別様　上22ウ3
別當　下6オ9
分別　下9ウ4
敎外別傳　下9ウ8
【利】利　上5ウ6
利益　下12オ3
下16オ3
廣利　上12ウ6
忉利　上1オ3
下11オ1
利智劍　下17ウ8
忉利天宮　下10ウ3
納曾利等　上7オ6
軍陀〈荼〉利明王　下17ウ2
【到】到　上6ウ6

上13オ4 下1オ6
【制】制 上14オ4 下3ウ5 下5オ4
制止 下16ウ2 下16ウ4
御制作 下13オ7
【刷】刷 上2オ1 上3ウ8
【刺】刺史 上20ウ6
【刻】刻 下8オ5
子刻 上2オ2
時刻 上11オ8 下8オ9
相刻〈剋〉 下7オ3
【則】則 上1オ5 上1オ6 上1オ7 上2ウ3 上3ウ3 上3ウ4 上3ウ5 上3ウ7 上3ウ9 上4ウ7 上16ウ7 上19ウ1 上19ウ1 下1オ5 下1オ6 下1オ7 下2オ2 下2ウ9 下2ウ9 下2ウ9 下3オ8 下4オ7 下4ウ1 下5オ6 下5オ6 下6オ2 下7ウ3 下8オ3 下13オ8 下13オ9 下15ウ7 下15ウ8 下15ウ8 下15ウ9 下15ウ9 下16オ1 下16オ1 下17オ8 下18オ5 下18オ8 下18オ9 下18ウ1
【剋】相刻〈剋〉 下7オ3
【前】前 上13ウ7 上17ウ6 下12ウ4
前胡 上16オ7
木前 上12オ8
燈前 上1ウ7
眼前 下4オ1
備前國 上10ウ4
【剔】剔紅 上8オ1
剔金 上8オ1
【剛】金剛索 下17ウ8
金剛兵衛 上10ウ7
金剛夜叉明王 下17ウ6
【剩】剩 上5ウ8 下1ウ2
【副】副 上17ウ1 上17ウ2
加副 上17ウ6
【劉】劉伶 上12ウ1
【劍】劍 上14オ4
利智劍 下17ウ8
子胥劍 上8オ9
季札劍 上8ウ1
巨闕劍 上8オ9
昆吾劍 上8オ9
水心劍 上8オ9
漢皇劍 上8ウ1
干將莫耶劍 上8ウ1

力部

【力】力 上5オ3 下16ウ5
力皮 上10オ1
勢力 下18ウ3
神力 上1オ6 下18オ7
威神力 下18オ6
怪力亂神 下4ウ4
【功】功德 下10ウ8 下10オ6 下11オ7 下17オ5
功成名遂 上4オ7
造像功德經 下11オ6
【加】加 上17オ8 上17ウ4 下4オ4
加之 下1ウ6
加副 上17ウ6
加樣 下13オ2
【劣】劣 上18ウ7 上21ウ2
【劫】劫數 下11ウ8
一劫 下11ウ1
當劫數 下17オ4
刀兵劫 下18オ5
八十億劫 下11ウ4
【勅】↓［敕］
【勇】勇 上4オ6 上19オ4
勇夫 上5オ7
勇猛 下18ウ3
勇猛精進 下19オ3
【勒】彌勒等 下11ウ5
訶梨勒 上16ウ1 上16ウ2
彌勒菩薩 下10ウ1
【動】動 上9ウ3 上18オ3 上20オ5 下4ウ8 下5オ8
轟動 上3ウ2
不動尊 下9オ6
大聖不動明王 下17ウ8
【勘】勘 上2ウ2 上18オ7 下2ウ5

下4オ2
下6オ4
下8オ6
勘見 上2オ7
下5オ1

【務】
世務 下1ウ2
管務 下6オ6

【勝】
勝 上16ウ9
上20オ5
上20ウ6
下4ウ2
下10ウ8
勝因 下12ウ1
最勝 上1オ3
勝軍地藏 下18オ5
不可勝計 上3オ6
不可勝量 上7ウ4
正哉吾勝勝速日天忍穗耳尊 下15オ9
正哉吾勝勝速日天忍穗耳尊 下15オ9

【勢】
勢 上4オ5
上5オ1
上21ウ2
勢力 下18ウ3
伊勢 上5ウ9
上10オ1

【勤】
勤 上6ウ9

勹部

【勾】
勾踐 上4オ7

【勿】
勿 下10ウ6

【匂】
櫨匂 上8ウ8

匕部

【化】
化 上2ウ1
上21オ7
下1ウ1
下3ウ1
下11ウ6
下12オ9
化人 上22ウ3
化成 下7ウ1
化現 上2ウ4
化權〈現〉 下3オ1
化縁 下2ウ3
教化 下11ウ7
能化 下10ウ7
變化 下9オ5
遊化 上4オ1

【北】
北嶺 下14ウ6
北方 下17ウ5
北溪 上11ウ4
北趙 上11ウ7
北野 上13ウ5
下1オ3
北陸道 上6オ5
南往北來 上1ウ3

【匙】
香匙 上8ウ2

匚部

【匡】
巨爐〈匡爐〉 上15オ6

匸部

【匿】
波斯匿王 下11オ3

【區】
品品區區 上7ウ4
品品區區 上7ウ4

十部

【十】
十 下11ウ1
下12オ3
下12オ6
十一 下3オ7
下3オ7
下3オ7
下11ウ1
十丈 上6ウ7
十二 上2オ6
十代 下15ウ5
下15ウ5
十八 下3オ7
十干 下8オ6
十方 上6ウ2
十旬 下6オ2
十歳 下16ウ8
十王 上15オ1
十禪 下15ウ5
十種 下12オ3
十驥 上9ウ5
七十 上17オ3
二十 下3オ8
十一種 下11オ7
十七種 上17ウ3
十九〈十九年〉 下8オ2
十二支 下8オ7
十二時 下8オ8
十二月 上11オ1
下7ウ8
十二臂 下13オ7
十方界 上1ウ9
十禪師 下15ウ6
十萬體 下1ウ4
七十一 下3オ8
下3ウ6
下3ウ9
下4オ2
三十日 下7ウ6
下7ウ9
九十日 下6ウ2
二十七 上2オ6
五十里 下5オ4
八十六 上2オ7
四十七 上2オ7
四十五 下7オ2
滿十方 下19オ7
十一月中 下2ウ2
十二宮神 下8オ7
十六羅漢 上14ウ8
上15オ1
十月六日 下6オ5
下6ウ1
一十五種 上17ウ1
七十一候 下4オ2
七十一日 下2ウ4
下3オ9
下3ウ8
七十二候 下4オ1
七十二日 下8オ4
七十有餘 下12ウ5
三十七等 下14オ6
三十三所 上5ウ2
三十二世 下5ウ4
三十二卷 上17ウ7
三十六禽 下8オ9

九十六世　下5ウ7
二十一巻　上17ウ1　上17ウ5
二十三巻　上17ウ3
二十九日　下7ウ9
二十二章　上4ウ9
二十八宿　上2ウ2　下8オ7
二十四節　下8オ8
二十四脈　上18オ3
八十二種　上17ウ3
八十億劫　下11ウ4
六十六部　上5ウ3
四十九種　上1オ5
一百三十種　上17ウ4
三百六十日　下4オ2　下7ウ8　下8オ4
王正月十日　下6オ8
三百五十五日　下4オ3　下4オ5
三百六十五種　上17オ7　上17オ9
應永二十三年　上1ウ1
五十六億七千萬歳　下10ウ2
一千六百七十六種　上17ウ7
一千三百六十五年　下10ウ1

【千】
千古　上6オ9
千子　下1オ6
千年　上13オ5
千里　下5オ4
三千　上13ウ3
百千　下11ウ6
千手院　上10ウ9
千指　下1ウ5
千名萬種　上11ウ7
五千餘言　上4ウ8
萬種千類　上17オ4
二千七百年　上17オ8
千百億恆河沙　下11ウ8
一千六百七十六種　上17ウ7
一千三百六十五年　下10ウ1
五十六億七千萬歳　下10ウ2

【午】
午　上2オ6　下6ウ8
午日　上1ウ5
甲午　上1ウ2　上2オ5

【半】
半夜　上1ウ7
夜半　上2オ2　上19オ5

【卑】
尊卑　上3ウ1　上20ウ5

【南】
南嶺　上11ウ3
南方　下11ウ9　下17ウ2
南浦　上13ウ9
南燕　上11ウ6
南鑾　上12オ2
南都　上10ウ9　下13オ6
嶺南　上11ウ4
西南　上3オ9
南圓堂　下13オ6
南無佛　上19オ8
南陽縣　上6オ4
向南山　上21ウ4
天南星　上16オ2
虞世南　上15ウ1
南往北來　上1ウ3
南瞻部州　下14ウ7
南無阿彌陀佛　下12ウ8
南無妙法蓮華經　下12ウ9
南無大悲觀世音菩薩　下12ウ9

【博】
博陽山　上8ウ3

卜部

【卜】
卜　下1ウ3

【卞】
卞和之璧　上8オ8

【占】
占　上2オ5　下8ウ7　下8ウ8　下8ウ8

【卦】
八卦　下7オ8

卩部

【卮】
卮　上8オ5

【卯】
卯　下6ウ8
卯花綴　上8ウ6

【印】
印籠　上8オ3
印陀羅　上14ウ5
寶印手地藏　下18オ2

【危】
危　上3ウ2

【卵】
卵　上12ウ8

【巻】
一巻　上14オ4　上17ウ1
弦巻　上9オ6
樺巻　上10オ7
節巻　上9オ1
腹巻　上8ウ4
小巻節　上9オ2
琴緒巻　上10オ7
三十二巻　上17ウ7
二十一巻　上17ウ1　上17ウ5
二十三巻　上17ウ4

【卻】
卻　下4ウ2
斫卻　下3オ3

【卽】
卽　下6オ8　下11オ6　下12オ3　下13オ5　下13ウ1　下13ウ9　下14ウ3　下17オ5　下17オ8　下19オ1
張卽之　上15ウ2

【卿】
源頼政卿　上4ウ3

厂部

【厄】
九厄　上2オ8　上2オ9

下7オ3
【厚】
厚 下3ウ4
【原】
原 下14ウ6
原憲 上6オ3 上22オ4
大原 上6ウ2
葦原 下14ウ8
大原住 上6オ7
河原毛 上9オ9
在原葉〈業〉平 上20オ2
柏原天皇 上21オ3

厶部

【去】
去 上2オ5 上3ウ2 上4オ8 上5ウ6 上18ウ2 下2オ7 下19オ9
【參】
參籠 上1ウ3 下12ウ7
參詣 下1オ2
人參 上16オ2
玄參 上16オ3
參籠人 下12ウ8
參籠衆 上1ウ8

又部

【又】
又 上2ウ2 上3オ2 上3オ8 上10ウ4 上12オ6 上12ウ6 上12ウ7 上12ウ8 上17オ8 下2ウ5 下3オ1 下3ウ3 下3ウ6 下5オ7 下6ウ4 下8オ3 下8オ5 下8ウ8 下11オ6 下11ウ2 下16オ8 下17オ5 下17ウ1 下17ウ3 下17ウ5 下17ウ6 下18ウ6
搜又 上22オ2
【叉】
金剛夜叉明王 下17ウ6
【及】
及 上1ウ9 上11ウ1 上12オ6 上21オ1 下7オ3 下11ウ9 下16ウ8 下16ウ9
難及 下9オ1 下9ウ6
【友】
友 上15オ8
【反】
反 下6ウ4
反魂香 上8オ5
【叔】
伯叔 上6オ8
芳叔 上15オ4
【取】
取 下3オ8 下17ウ8
取中 上8ウ8
取妻 上8ウ8
取捨 上22オ2
取肩 上8ウ8
爭取 下3ウ4 下3ウ5
取竹翁 上3オ3
【受】
受 下15ウ5
信受 下19オ9
【叟】
叟 上5ウ8

口部

【口】
寸口 上17ウ9
金口 下12オ7
鞆〈柄〉口 上10オ6
鯉口 上10オ6
粟田口 上10ウ2
逆鰐口 上10オ8
異口同音 下19オ8
【古】
古 上16ウ7 上20ウ6 上20ウ7 下7オ8
古人 下3ウ3
古今 上1ウ8
古來 下14ウ2
古德 下3オ4
古賢 下10オ1
今古 下9オ8
千古 上6オ9
細古〈紬布〉 上7ウ7
古鳥蘓 上7オ4
【句】
句 上14オ3
句句 上14オ5
句句 上14オ5
【只】
只 上13ウ6 上18オ4 下8オ6 下10オ4
【叫】
叫喚 上19オ4
【可】
可 上2オ4 上2ウ1 上2ウ4 上2ウ4 上11オ3 上11ウ7 上16ウ5 上16ウ6 上17オ6 上18オ9 上20オ8 下2オ5 下3ウ1 下3ウ2 下3ウ5 下4ウ1 下4ウ2 下4ウ8 下5オ9 下6オ3

ム・又部（2画）・口部（3画）

【史】
史　刺史　不可思議也　不可思議　不可稱計　不可勝量　不可勝計　文與可　不可　可愛　可山

【右】
右舞　右

【号】
号↓[號]　左右

【司】
司

【各】
备　各各　魯各

【合】
合　合交　合浦　混〈婚〉合　按合　穌合　遷合

　都合　香合　騒合　合浦珠　彦波瀲〔斂〕茸不合尊　武鸕鵜草　吉凶　住吉　國吉　吉野山　日吉社

【同】
同　同席　同聞　同金　同體　同一體　偕老同穴　異口同音　次第不同　名

【名】
名　名字　名號　稱名　名馬　身名　名彌陀　名法華　千名萬種　功成名遂　而后　夏后相

【后】

【吐】
骨吐　金吐差

【向】
向　向來　向秀　下向　向南山　趣向　回向　向宅〈澤〉　君子

【君】
君　君宅〈澤〉　君王　君臣　國君　昭君　李廣君　呑入　呑　吟　吟　否

【呑】

【吟】

【否】

【含】
含折　增一阿含經

【吳】
吳王　吳道士〈子〉　吳郡綾

【吹】
吹

漢字索引

【吾】
吾 上13オ1
鳳吹 上15オ8
金吾 上2ウ2
　昆吾劍 下4オ6
　上梐金吾 下10オ5
　正哉吾勝勝速日天忍穗 下6オ1
　耳尊 下8オ5
　告 下6オ8

【告】
告 下17オ7
　周人 下15ウ9

【周】
周易 下7オ9
周丹士 下2オ1

【味】
味 上6ウ8
　一味 上14ウ8
　五味 上20ウ1
　六味 上16ウ4
　調味 上18オ5
　五味子 上16ウ9
　法論味會 上11ウ3
　二

		下19オ6
	喚寄	上15ウ7
	叫喚	上19オ4
【喜】	尹喜	上4ウ7
	喜春樂	上7オ2
	延喜樂	上7オ6
【喠】	喠	上22オ8
【喩】	譬喩	上11オ9
【嗄】	唄〈嗄〉	上15ウ6
【嗟】	嗟歎	上20ウ3
		上20ウ3
【嗣】	嗣	下1ウ9
【嘆】	讃嘆	下19オ8
	↓［歎］	
【嘈】	嘈蜩〈啁嘈〉	上19オ7
【嘉】	嘉陵	上14オ3
	嘉祐二年	上17ウ2
	嘉祐補註本草	
		上17ウ3
【嘗】	嘗	上17オ2
【嗚】	嗚〈嗚〉呼	下6ウ3
		下13オ2
【器】	器	下7ウ3
【噲】	樊噲	上5オ1
【嚚】	嚚	上15ウ5
【嚴】	嚴	上21ウ6
【囀】	春鶯囀	上7オ2
【囃】	囃	上3ウ5
		上7ウ4
		上19オ9
	囃手	上18ウ4
	囃物	上7ウ4
【嚢】	燈嚢	上10オ6
【囑】	付囑	上1オ3
		下9オ2
		下10ウ3
		下10ウ5
		下13ウ8

囗　部

【囚】	囚	下7オ3
【四】	四	下7オ1
		下7ウ8
		下11オ8
		下12オ4
	四季	下7ウ7
	四州	上4オ2
	四方	下18オ9
	四時	下8オ1
	四殺	下7オ2
	四海	下2オ8
	四生	上2ウ9
	四等	下5オ4
	四聲	下7ウ5
	第四	下15ウ1
		下15オ2
		下18オ3
	四十七	上2オ7
	四十五	下7オ2
	四威儀	下14オ9
	三四種	上16ウ6
	彦四郎	上10ウ8
	四十九種	上1オ5
	四面八臂	下17オ8
		下17ウ2
	七月四日	上1ウ1
		上2オ5
	三面四臂	下17ウ5
	二十四節	下8オ8
	二十四脈	上18オ3
	商山四皓	上12ウ2
	文殊四郎	上10ウ9
	新〔仁〕田四郎	
		上5オ5
	二三四五味	上16ウ5
	春日四所明神	
		下13オ9
【回】	回	上3ウ3
		下6ウ5
	回向	上3ウ2
	回國	上5ウ3
【因】	因	上16ウ9
		上18オ5
		上20ウ5
		下11オ1
		下14ウ4
		下16ウ1
		下18ウ2
	因之	下1ウ8
	因位	下15ウ8
	因循	上18ウ6
	因果	下14オ7
	因業	下17オ3
	因縁	下11ウ5
	因茲	上1オ8
		下3オ9
		下8オ2
	勝因	下12ウ1
	無因	上22ウ4
	聖因	下12オ6
	釋提桓因	上4オ2
【固】	警固	上3ウ5
		上18ウ4
【國】	國	下5オ8
	國中	下14ウ8
	國光	上10ウ3
	國吉	上10ウ3
	國君	下5オ7
		下5オ8
	國土	下9オ9
	國綱	上10ウ3
	國重	上11オ2
	信國	上11オ2
	回國	上5ウ3
	天國	上10ウ2
	本國	下18ウ2
	神國	下18ウ4
	來國俊	上10ウ3
	中津國	下14オ8
	伯耆國	上10ウ6
	備中國	上10ウ6
	備前國	上10ウ4
	扶桑國	下14ウ8
	月支國	下11オ5
	條枝國	上12ウ8
	極樂國	下19オ4
	國常立尊	下15オ1
	國狭槌尊	下15オ1
	一山國師	上15ウ3
	三郎國宗	上10ウ5
	大日本國	下14ウ7
		下18ウ5
【圍】	圍遶	上3ウ3
		下1オ6
【園】	逆園	上12オ5
	東園公	上12ウ2
【圓】	圓作	上10オ2
	圓宗	下15ウ6
	圓滿	下8ウ5

土部

下17オ1
下18ウ8
下19オ1
下19オ3
持地地藏 下18オ3
勝軍地藏 下18オ5
天長地久 下1ウ8
寶珠地藏 下18オ1
延命地藏 下18ウ6
持地地藏 下18オ3
日光地藏 下13ウ3
下18オ4
明星地藏 下13ウ4
月光地藏 下13ウ3
檀陀地藏 下18オ1
圓陀陀地 下19オ3
地藏本願經 下11ウ4
下16ウ7
寶印手地藏 下18オ2
除蓋障地藏 下18オ4
天地災變之祭 下4ウ3
岩船之地藏等 下9オ7
【坊】坊 下6オ9
【坎】坎 下7オ6
【坏】茶坏 上12オ4
【坐】坐 上2オ1

上14オ4
坐禪納豆 上11ウ2
【坡】東坡 上14オ9
【坤】坤 下6ウ5
坤兌 下4オ8
坤等 下7オ6
乾坤 上13ウ2
【坪】大坪鞍 上9ウ7
【垂】垂 上5オ9
面垂尊 下15オ4
【埋】埋沒 下9ウ9
【城】帝城 上3オ9
心城 下14オ6
還城樂 上7オ3
故平安城 上1ウ2
【埏】八埏 下1ウ1
【域】壽域 下1ウ9
【埴】埴 上4オ3
【埵】薩埵 上3オ7
下2オ2
下2オ3
下2ウ2
下4ウ5
下12ウ3
下17オ8
地藏薩埵 下1ウ7
下12オ9
【執】執 上19ウ9

下18オ8
【基】基 下15オ6
隆基 下10オ7
【埿】埿瓊尊 下15オ2
【堂】堂 上3オ9
堂堂 上3オ6
堂堂 上3オ7
辻堂 上22オ7
南圓堂 下13オ6
【堅】堅 上3オ1
下2オ6
下12ウ3
【堆】堆朱 上8オ1
堆漆 上8オ1
堆紅 上8オ1
【堯】堯典 下7ウ9
李堯夫 上14ウ3
【報】報 下16オ8
難報 下12ウ1
一報身 下19オ4
【場】場 上15ウ4
稻場 上4オ4
靈場 下1ウ3
【塊】塊石 上2オ9
上2ウ1
【塑】塑畫 下12オ1
下17オ1
下17オ5

【塔】塔婆 下9オ4
塔尾 上11ウ9
塔廟 上19オ7
【塗】塗鞘 上10オ3
黑塗 上10オ9
塗籠藤〔籐〕 上9オ3
【塚】木塚 上10オ1
【塞】塞外 上7ウ3
役優婆塞 上6オ1
【塡】優塡王 下11オ2
下11オ5
【塵】塵類 上1オ5
普門塵敎 下14オ7
【境】境內 下3ウ4
境界 下9ウ7
【增】增減 上18オ5
增一阿含經 下10ウ9
【墨】墨 上8オ7
【墮】墮 下11ウ1
下17オ4
墮在 下10ウ6
【墳】墳 上4オ3

士部

【士】三士 下2ウ1
大士 上1オ3
上3オ7
富士 上3オ2
上7オ9
方士 上4オ9
富士野 上6ウ1
吳道士〈子〉 上14ウ3
周丹士 上14ウ8
自然居士 上6ウ5
諸大開士 下11ウ6
【壬】六壬 下8ウ1
【壯】壯女 上6ウ6
壯者 上3ウ5
【壷】壷 上8オ5
壷中 上13ウ2
引壷 上8オ4
眞壷 上12オ5
茶壷 上12オ4
瀨戸壷 上12オ7
【壽】壽 上6オ4
下12オ4
下11ウ1
壽命 下18ウ6
壽域 下1ウ9
無量壽佛 下13ウ4
下17ウ3

夊部

【夏】夏 上18オ4

下5ウ9
下7ウ7
下8オ3
夏圭〔珪〕 上14ウ4
夏蜩 上19オ6
九夏 上12オ1
夏花〈花夏〉 上3オ9
夏后相 下5ウ1
下5ウ1
夏黄公 上12ウ2

夕部

【夕】
夕 下10オ9
夕日 上11オ7
夕殿 上13ウ8
夕陽 上13ウ4
夕顔 上20ウ9
夕鹽 上7オ8
朝夕 上3ウ7
三五夕 下3オ4
漁村夕照 上12ウ4

【外】
外 上8オ4
上8ウ9
上13ウ1
上13ウ2
外畑 上12オ5
外目 上21オ7
以外 下6オ7
内外 下8ウ3
塞外 上7ウ3
教外別傳 下9ウ8

【多】
多 上13ウ4
上17オ6
下3オ3
□〔多〕 下12オ6
多少 上16ウ9
多集 上22オ8
發多 上9ウ3
多寶佛 下13ウ3
盧多遜 上17ウ4
多久佐里 上9ウ1
三家田多 上10ウ7

【夜】
夜 上14オ1
上22オ4
下8オ5
夜半 上2オ2
上19オ5
夜行 上22オ7
夜響 上5オ8
半夜 上1ウ7
晝夜 下8オ8
竟夜 下7ウ5
終夜 上1ウ3
夜光珠 上8オ7
雨夜考選 上20ウ7
瀟湘夜雨 上12ウ4
金剛夜叉明王 下17ウ6

【夢】
夢 上2オ6
上13オ3
上13オ8
上13ウ7
夢裏 上13ウ2
悪夢 下12オ6
靈夢 上2オ2

大部

【大】
大 下4ウ1
下6ウ5
下7ウ9
下11ウ3
大刀 上10オ2
大原 上6ウ2
大和 上12オ7
大士 上1オ3
上3オ7
大夫 上15オ9
大小 下7ウ9
大嶺 上6オ1
大廈 下1オ9
下2オ2
下2オ3
大患 下11オ1
大悲 下19オ6
大意 下9ウ7
大旗 上9オ1
大〔太〕白 上15オ6
大〔太〕眞 上4オ9
大綱 下13オ5
大腸 上18オ7
大臣 下11オ1
大谷 上11ウ5
大賓 上6ウ7
大路 上3ウ9
大車 上3ウ2
大過 下4ウ8
下4ウ8
大道 上6ウ2
大鳥 上12ウ8
大麥 下11ウ3
大鼓 上18ウ9
廣大 上1オ4
下10ウ8
下12ウ1
下17オ8
下18ウ9
老大 下16オ8
長大 下16ウ9
大丈夫 上21オ5
大原住 上6オ7
大和鞍 上9ウ6
大坪鞍 上9ウ7
大宛王 上12ウ6
大盤石 下17ウ7
大神通 下10ウ6
大禪定 下1ウ6
大〔太〕華山 上6ウ7
光大將 上20ウ7
川大黄 上16オ8
大宛之馬 上12ウ6
大慈大悲 下17オ8
大戸道尊 下15オ3
大日如來 下17ウ7
大日本國 下14ウ7
下18ウ5
大聖文殊 上6オ1
大觀二年 上17ウ5
源大相公 下5ウ9
諸大開士 下11ウ6
大慈大悲 下17オ8
天照大神 下15オ9
天照太〔大〕神 下15オ8
弘法大師 下13オ7
下14ウ1
達磨大師 上5ウ4
釋迦大師 下12オ7

大威德明王　下17ウ4
大戸間邊尊　下15オ3
大聖不動明王　下17ウ8
鬼神大夫行平　上10ウ7
大梵天王問佛決疑經　下13ウ9
南無大悲觀世音菩薩　下12ウ9

【天】

天　上14オ1　上21ウ6　下4オ9　下4ウ6　下6ウ2　下12オ4　下13ウ2
天上　上2オ3
天下　下2オ3　下7オ8　下7ウ1　下8ウ5
天中　下17オ1
天公　上20オ7
天國　上10ウ2
天地　上13ウ2　下15オ2　下15ウ4　下18オ9
天女　上3オ4
天子　下5オ2　下5オ4　下5オ5
天文　下7ウ1
天目　上12オ2
天神　下5ウ4　下14ウ9　下14ウ9　下15ウ3
天竺　下9オ4
天表　上20オ1
天象　上11オ4
天道　下18オ4
天鼠　上9オ7
一天　下2オ8　下10オ7
旻天　上2ウ8
暁天　上1ウ9
梵天　下11ウ1
碧天　下3オ5
天九節〈郎〉　上10オ9
天人衆　下10ウ5
天南星　上16オ2
天湌田　上4オ4
天智天皇　上3オ2　上3オ2
天照大神　上15オ9
天照太〔大〕神　下15オ8
天長地久　下1ウ8
普天之下　下1ウ1
江天暮雪　上12ウ4
忉利天宮　下10ウ3
柏原天皇　上21オ3
用明天皇　下5ウ5
天鼓雷音佛　下17ウ5
後醍醐天皇　下5ウ7
天地災變之祭　下4ウ2
天津彥彥火瓊瓊杵尊　下15ウ1　下15ウ4
大梵天王問佛決疑經　下13ウ9
正哉吾勝勝速日天忍穗耳尊　下15オ9

【太】

太　上9ウ3
太一　上17オ3
太刀　上10ウ1　上11オ4
太宗　上9ウ4
太平　下2オ3　下8ウ5　下10オ7
太掖〈液〉　上13オ1
太玄　上15オ2
大〔太〕白　上15オ6
大〔太〕眞　上4オ9
太祖　上17ウ4
大〔太〕華山　上6ウ7
上宮太子　上4オ5　下5ウ6
天照太〔大〕神　下15オ8
↓〔大〕

【夫】

夫　上3オ8　上16ウ3　上16ウ7　上17オ2　上19ウ3　上20ウ4　上22オ9　下1オ5　下1オ9　下4ウ1　下5オ5　下6ウ2　下6ウ7　下7オ7　下7ウ6　下8ウ3　下10ウ9　下13オ4　下13オ6　下13ウ7　下14ウ7　下17ウ9　下18オ7
夫人　上21オ3
夫差　上4オ7
勇夫　上5オ7
大夫　上15オ9
工夫　上11オ7
村夫　上19オ9
老夫　上3ウ5
農夫　上11オ7
李夫人　上8ウ1　上19ウ7
大丈夫　上21オ5
李堯夫　上14ウ3
胡直夫　上14ウ7
鬼神大夫行平　上10ウ7

【失】

失　下18オ7
亡失　下16オ6　下16ウ8　下16ウ8

【奇】

奇　上20オ8　上20オ8

奇特　下9オ3　下9オ7
奇獸　上12ウ5
奇瑞　上3オ8　下2ウ5
奇異　下1オ4
甚奇妙　下19オ7

【奈】↓［柰］

【奉】
奉　上3オ4　上4ウ1　上6ウ9　下6オ6　下8ウ5　下10オ5　下12ウ6　下12ウ7　下13オ1　下19オ1　下19オ3
奉行　下19オ9

【奏】
奏　上3ウ7

【契】
契　上22ウ7
書契　下7オ9

【奕】
赫奕〈奕〉妃　上3オ3

【奘】
伊奘冉　下15オ8
伊奘諾　下15オ8
伊奘冉尊　下15オ6
伊奘諾尊　下15オ5

【奠】
禮奠　上1ウ5

【奥】
奥　下7ウ3
奥州　上5オ7　上10ウ8

【奮】
奮　上5オ3

女部

【女】
女　上6ウ2　上21オ5
女人　下16オ7
女神　下15オ6　下15オ8
侍女　上13ウ3
天女　上3オ4
壯女　上6ウ6
巫女　上2オ1　上3オ2　下2オ7　下2ウ7　下3オ1　下3オ5　下3ウ2　下3ウ6　下3ウ8　下6ウ4　下8ウ2　下8ウ3
戀女　上5オ8
男女　下17オ4
皇女　上21オ3
神女　上13オ4
老女　上20ウ4
風流女　上21オ5
生女房達　上21ウ7
青女房達　上21ウ8

【奴】
奴　上5ウ9
奴婢　下3ウ2　下3ウ3　下3ウ4
賣竹奴　下3オ5

【好】
好　下6オ6　下13オ3　下14ウ6
好心　上22ウ5

【如】
如　上9ウ4　上12ウ8　上18ウ2　上19オ6　上19ウ7　上20オ9　上22オ8　下2オ1　下2ウ7　下6オ2　下6オ3　下11オ8　下11ウ3　下11ウ5　下11ウ8
如何　下2ウ8　下3ウ6
如來　下15ウ9
如形　上18オ8
如斯　上17ウ8
如是　下1オ8
懱如　下5ウ9
如來號　下15ウ8
如是等　下14ウ4
大日如來　下17ウ7
釋迦如來　下10オ9　下10ウ3　下13ウ3
阿彌陀如來　下18ウ7
藥師瑠璃光如來　下17オ9

【妃】
王妃　上4オ9
楊貴妃　上19ウ7　上20オ6
赫奕〈奕〉妃　上3オ3

【妖】
妖　下4ウ1
妖星　下4オ9　下4ウ1　下4ウ5　下4ウ6　下6オ7

【妙】
妙法　下14オ5
妙理　下12オ8
甚奇妙　下19オ7
南無妙法蓮華經　下12ウ9

【妣】
先妣　下16ウ1

【妤】
班婕妤　上8ウ1

【妹】
姉妹　下16ウ8　下17オ4

【妻】
妻取　上8ウ8
妻白　上9オ4
新妻　上5ウ8

【姉】
姉妹　下16ウ8　下17オ4

【始】
始　下7オ8　下10ウ9　下11オ2　下11オ4　下11オ6　下14ウ8　下15オ7
始終　上22ウ7
元始　下1オ9
開始　下15オ2

【委】 裊委 上20オ2
【姦】 姦 上22ウ9
【姫】 姫孔 下7ウ2
虞姫 上4ウ5
【威】 威 上5オ4
威風 下1ウ9
威神力 下18オ5
緋威 上8ウ5
縹威 上8ウ6
鵤〈鶬〉威 上8ウ8
四威儀 下14オ9
威徳内親王 上21オ3
大威徳明王 下17ウ4
【裟】 裟婆 上1オ3
下16オ2
【娯】 娯 上19オ2
【娜】 婀娜 上21ウ8
【婀】 婀娜 上21ウ7
【婆】 塔婆 下9オ5
裟婆 上1オ3
下16オ2
卒都婆 下9オ6
役優婆塞 上5ウ9
【婕】 班婕妤 上8ウ1
【婚】 混〈婚〉合 下15オ5
下15オ7
【婢】 奴婢 下3ウ2
下3ウ3
下3ウ4
【婦】 舊婦 上5ウ7
【媚】 百媚 上21ウ7
薄媚 上21ウ1
【嫋】 嫋裊
【嬰】 嬰兒 上3ウ4
上19ウ1
上19ウ2

子部

【子】 子 上2オ6
上19ウ3
下5オ3
下6ウ9
了刻 上2オ2
了昭 上14ウ9
了時 上2オ5
了良 上14ウ8
丁子 上16オ3
二子 上6ウ4
下8ウ2
下8ウ9
下9オ1
下9ウ4
八子 上11ウ4
列子 上15オ7
十子 下1オ6
君子 下4ウ4
下13オ3
啞子 上15オ1
天子 下5オ3
下5オ4
下5オ5
孟子 上22オ8
季子〈氏〉 下5ウ3
下5ウ3
御子 上15オ8
上15オ9
上15ウ1
我子 下16オ8
杶〈托〉子 上8オ3
曾子 上4ウ8
段〔緞〕子 上7ウ7
游子 上1ウ4
稚子 上3ウ4
上19ウ1
種子 下13オ3
緜子 上7ウ6
老子 上4ウ7
菓子 上11ウ3
襦子 上7ウ7
訶子 上16ウ3
子胥劍 上8オ9
蘇子瞻 上15ウ2
趙子昂 上15オ2
上15ウ2
五味子 上16オ8
五行子 下2ウ1
下2ウ2
下2ウ8
下3オ2
下6ウ6
下6ウ7
下7オ7
呉道士〈子〉 上14ウ3
字訓子 下2ウ1
下2ウ3
下3オ5
下3オ6
下3ウ3
下3ウ7
下6ウ7
下7オ7
下7ウ6
山梔子 上16オ8
月令子 下2ウ1
下2ウ5
下3ウ8
下3ウ9
下6ウ7
下7ウ6
下8ウ2
檳榔子 上16オ2
玉潤子 上14ウ6
蛇牀子 上16オ9
調拍子 上18ウ9
超〈趙〉昌子 上14ウ6
柑子栗毛 上9オ8
上宮太子 下4オ5
下5ウ6
立烏帽子 下1オ4
【孔】 姫孔 下7ウ2
孔雀尾 上7ウ9
【字】 字 下3オ2
下3オ6
下3オ7
下3オ7
下3オ7
下3オ8
下3オ9
下3ウ3
下3ウ4
下3ウ7
下4ウ9
下5オ1
下5オ1
下5オ2
字訓 下7オ7
三字 下3オ6
下3ウ9

二字　下5オ1
五字　下7オ5
名字　下6ウ6
　下17オ6
左字　下5オ2
懸字　上15オ9
文字　下7ウ3
白字　上17オ5
字訓子　下2ウ1
　下2ウ3
　下3オ5
　下3オ6
　下3ウ3
　下3ウ7
　下6ウ6
　下7オ7
　下7ウ6
一文字　上10ウ9
不立文字　下9ウ8
【存】
存　下13オ2
【孝】
孝　下16ウ2
　下16ウ4
　下16ウ5
孝經　上4ウ9
孝行　下16ウ3
孝順　下16ウ1
　下16ウ2
【孟】
孟　下8オ8
孟子　上22オ8
【季】
季　下8オ9
季子〈氏〉　下5ウ3
　下5ウ3
一季　下7ウ7
　下8オ4
五季　下7オ4
　下8オ3
四季　下7ウ8
當季　上18オ5
季札劍　上8ウ1
季里期〈綺里季〉
　上12ウ2
【孤】
孤　下3オ4
孤山　上15オ7
孤竹　上6オ9
【學】
學　上4オ1
　上4オ2
　上4オ5
　上4オ6
　上4ウ2
　上4ウ3
　上4ウ4
　上4ウ4
　上4ウ7
　上4ウ8
　上5オ1
　上5オ2
　上5オ4
　上5オ5
　上5オ5
　上5オ6
　上5オ8
　上5オ9
　上5ウ5
　上5ウ5
　上6オ2
　上6オ3
　上6オ6
　上6オ6
　上6オ7
　上6オ8
　上6オ8
　上6ウ1
　上6ウ4
　上6ウ5
　上6ウ6
　上6ウ7
　上6ウ9
　上7オ1
　上7オ4
　上7ウ2
　上21オ5
　上21オ5
　下15オ7
乘學　上9オ7

宀部

【宅】
君宅〈澤〉　上14ウ1
家宅　下12オ4
【宇】
宇治　上12オ6
御宇　下5ウ5
梵宇　下1ウ4
【守】
守　下2オ6
盛繼〈守次〉　上10ウ6
守屋　上4オ5
　下5ウ5
守護　下2オ3
地守　下1オ7
五郎守家　上10ウ5
【安】
安　上3ウ2
　下1ウ4
　下12オ4
安忍　上22ウ1
安置　下18ウ8
李安虫〈忠〉　上14ウ7
安部〔倍〕貞任
　上4オ6
故平安城　上1ウ2
【宋】
宋　上17ウ4
　上17ウ5
【完】
完〈宍〉　上20ウ1
【宍】
完〈宍〉　上20ウ1
↓〔肉〕
【宗】
宗之　上12ウ3
仁宗　上17ウ2
圓宗　下15ウ6
太宗　上9ウ4
徽宗　上17ウ5
玄宗　上4オ9
高宗　上17オ9
仁宗皇帝　上15ウ1
祖宗門下　下10オ2
三郎國宗　上10ウ5
三條小鍜〔鍛〕冶宗近
　上10ウ3
【官】
官使　上6ウ9
官窰　上12オ3
官馬　上3ウ3
禮官　下2オ4
【定】
定　上2ウ3
　下3ウ4
　下8オ1
　下8オ5
定秀　上10ウ4
新定　上17ウ3
決定　下19オ5
入諸定　下3ウ8
大禪定　下1ウ6
【宛】
大宛王　上12ウ6
大宛之馬　上12ウ6

【宜】宜 下2ウ7
下4オ4
隨宜 下10オ3
【客】客 上2オ2
上2オ3
上3ウ4
漁客 上5ウ1
行客 上11オ6
【宣】宣帝 上12ウ5
宣旨 上4オ9
【室】龕室 下12オ1
【宮】宮 上13オ4
上19オ1
宮中 上13オ3
宮算 上2オ6
上2オ8
宮腰 上11ウ9
中宮 上13ウ3
渚宮 上13オ9
漢宮 上13ウ7
今西宮 上1ウ2
筥崎宮 上7ウ1
上宮太子 上4オ5
下5ウ6
十二宮神 下8オ7
切利天宮 下10ウ3
鶴岡八幡宮 下6オ9
【宰】宰 下3ウ5
【害】六害 下7オ2
【家】家 上13オ8
上19ウ4
下2オ1
下11オ9
家宅 下12オ4
家業 下18ウ3
家臣 下5ウ2
下5ウ3
人家 上7ウ3
仕家 上20オ2
我家 下16オ9
漢家 上14オ6
下9オ5
貴家 下11オ8
二家田多 上10ウ6
五郎守家 上10ウ5
【容】容變 上12オ3
尋容 上3オ7
花容 上21ウ7
聞不容髮 下19オ3
【宿】宿 上12ウ9
上20ウ9
亢宿 上2ウ3
上2ウ3
星宿 上2オ3
當宿 上2ウ3
退宿德 上7オ5
二十八宿 上2ウ2
下8オ7
【寄】喚寄 上15ウ7
【寅】寅 下6ウ8
下6ウ9
建寅 下8オ6
【密】密教 下4オ6
密義 下13オ4
蜜〔密〕陀僧
上16ウ1
【富】富士 上3オ2
上7オ9
富士野 上6ウ1
【寒】寒促〈浞〉 下5ウ2
不寒 上14オ2
寒溫平 上18オ8
【察】察 下7ウ1
推察 上16ウ6
【寥】寥寥 上19ウ8
寥寥 上19ウ8
【實】實 上10オ9
上10ウ6
上11オ3
上18オ1
下16オ3
實盛 上6オ5
三權一實 下12オ8
【審】不審 下9オ3
【寰】寰中 上7ウ3
【寶】寶冠 下13オ8
三寶 下11ウ2
下16ウ2
輪寶 下1オ5
開寶 上17ウ4
寶生佛 下17ウ2
多寶佛 下13ウ3
寶珠地藏 下18オ1
七寶瑠璃 上8ウ3
金寶瑠璃 上8ウ3
開寶本草 上17ウ5
寶印手地藏 下18オ2

寸部

【寸】寸口 上17ウ8
【寺】世尊寺 上7オ9
清水寺 上6ウ6
興福寺 下13オ6
觀音寺 上13ウ6
遺愛寺 上6オ8
遠〈煙〉寺晩鐘
上12ウ4
日光山寺 下9オ6
【导】↓〔礙〕
【射】射 上4ウ2
上4ウ3
上5オ4
下18オ8
【將】將 上20ウ4
上20ウ6
下15オ6
月將 下8オ9
猛將 上16ウ9
光大將 上20ウ7
師將軍〈貳師將軍〉
上12ウ6
鎭府上將 上4オ6
干將莫耶劍 上8ウ1
【專】專 下19オ1
自專 下5ウ8
【尉】廷尉 上3ウ8
上5オ8
【尊】尊 下14ウ9
下15ウ10
尊像 上3オ5
下2ウ4
下10オ5
下10オ7
下13オ1
尊卑 上3ウ1
上20ウ5
尊容 下2オ8
尊崇 下2オ8
尊形 下13オ5

尊神 下15ウ6
尊號 下12ウ7
一尊 下15オ8
世尊 下11ウ8
下13ウ8
本尊 上14オ8
下1ウ4
下1ウ5
下13オ7
釋尊 上1オ2
下9オ2
尊靈等 下16ウ6
世尊寺 上7オ9
不動尊 下9オ6
地藏尊 上2ウ5
下1ウ4
下17ウ1
下17ウ3
下17ウ4
下17ウ6
下17ウ6
涅瓊尊 下15オ2
惶根尊 下15オ4
沙瓊尊 下15オ3
面垂尊 下15オ4
狗盧尊佛 下9オ5
三十七尊 下14オ6
伊奘冉尊 下15オ6
伊奘諾尊 下15オ5
國常立尊 下15オ1
國狭槌尊 下15オ1
大戸道尊 下15オ3
忍穂耳尊 下15ウ1
豐酙〔斟〕渟尊 下15オ2
大戸開邊尊 下15オ3
彦火火出見尊 下15ウ2
天津彦彦火瓊瓊杵尊 下15ウ1
下15ウ4
正哉吾勝勝速日天忍穂耳尊 下15オ9
彦波瀲〔斂〕武鸕鷀草葺不合尊 下15ウ3

【尋】尋 上6オ1
上6オ4
上20ウ6
下11オ5
下17オ5
尋常 下9ウ4

【對】對 上4ウ8
下10オ7
下12ウ5

【導】導 下18オ1
下18オ1
下18オ2
下18オ3
下18オ4
下18オ4
導師 上1オ4
下10ウ7
下12ウ2
引導 下12ウ4
能引導 上1オ8
下18ウ9

小部

【小】小 下7ウ9
小刀 上10オ6
小旌 上9オ1
小畠 上12オ6
小腸 上18オ6
小路 上6ウ3
小車 上3ウ3
小野 上6ウ3
小鼓 上18ウ9
大小 下7ウ9
小布衫 上7ウ9
小櫻綴 上8ウ5
小沙彌 下13ウ5
小節巻 上9オ2
三條小鍜〔鍛〕冶宗近 上10ウ3

【少】少 上15ウ6
上22オ3
少少 上11ウ1
上14オ7
上16オ1
多少 上16ウ9
少少 上11ウ1
上14オ7
上16オ1
幼少 下16オ6

【尚】尚 上21オ2
下11ウ6
和尚 上14オ8
布袋和尚 上5ウ4
牧溪和尚 上15ウ1

尢部

【尤】尤 下4ウ2

【就】就 上3オ3
就中 下10ウ8
成就 上1オ9
下10オ8
所願成就 下16オ5

尸部

【尹】尹喜 上4ウ7

【尺】尺上中下〈尺中〉 上17ウ9
三尺 上14オ4

【尻】尻懸 上11オ1
尻籠 上9オ6

【尼】仲尼 上4ウ8
老尼 下12ウ5
下16オ5
隨求陀羅尼經 下14ウ2

【尾】尾髪 上9ウ2
塔尾 上11ウ9
松尾 下1オ3
槽尾 上9オ4
白尾 上9オ4
鷲尾山 上7オ9
孔雀尾 上8オ1
高䳟〈鵊〉尾 上9オ4

【居】居 上4オ3
下1ウ5
居處 下12オ2
閑居 上4ウ8
陶隱居 上17オ8
自然居士 上6ウ5

【屈】屈 下1ウ4

【屋】屋 上22オ7

守屋 上4オ5
下5ウ5
柳屋 上12オ1
權屋 上11ウ1
民屋 上7ウ3
【屑】簸屑等 上12オ8
赤銅屑 上16オ9
【屛】屛風 上12オ9
上14オ6
【屢】屢 上2ウ6
上6オ2
【屬】屬 下6ウ5
眷屬 下16ウ9
下17オ3
下17オ7

山部

【山】山 上1ウ4
上12オ6
山水 上14ウ4
上14ウ6
上14ウ6
上14ウ9
上14ウ9
上15オ2
山濤 上12ウ1
山臥 上5オ7
上5ウ7
上6オ1
山龍 上11オ5
可山 上15オ5
孤山 上15オ7
月山 上14オ9
東山 上13ウ5
西山 上13ウ9
谷山 上10ウ7
靈山 下16オ1
青山 上13オ9
山梔子 上16オ8
博陽山 上8ウ3
吉野山 上7オ7
向南山 上21ウ4
大〔太〕華山
上6ウ7
百億山 下2オ1
菩提山 上11ウ8
首陽山 上6オ9
鷲尾山 上7オ9
山市晴嵐 上12ウ4
一山國師 上15ウ3
尚山四皓 上12ウ2
東山西海 上1ウ4
花山法皇 上6オ6
日光山寺 下9オ6
【岡】西岡 上3オ4
金岡 上14オ7
鶴岡八幡宮 下6オ9
【岩】岩船之地藏寺
下9オ7
【岸】冰岸 上14ウ2
海岸 上8オ6
【峯】香爐峯 上6オ7
【島】三島 上4ウ1
藤島 上11オ2
島隱行 上20ウ8
【峽】巫峽 上13オ9
【崇】崇 下2オ4
聳崇 下2オ8
【崎】笘崎宮 上7オ9
【嵆】嵆康 上12ウ1
【嵐】山市晴嵐 上12ウ4
【嵩】戴嵩 上15オ6
【嶋】→〔島〕
【嶠】李嶠 下3オ4
【嶺】嶺南 上11ウ4
北嶺 下14ウ6
南嶺 上11ウ3
大嶺 上6オ1
【巍】巍巍 下2オ8
巍巍 下2オ8
【巖】→〔岩〕

巛部

【川】川芎 上16オ4
桂川 上2ウ5
上3オ1
上3オ5
上3オ9
上21ウ5
川大黄 上16オ8
龍田川 上7オ7
【州】四州 上4オ2
奧州 上5オ7
上10ウ8
瀛州〈洲〉 上13オ1
甘州 上7オ3
總州 下6オ5
饒州 上12オ3
赤縣州 下14オ1
南瞻部州 下14ウ7
【巡】巡狩 上4オ2
【巢】巢父 上15オ8

工部

【工】工 下8ウ6
工夫 上11オ7
工藤 上6ウ1
【左】左 上19ウ9
下17ウ8
左右 上19ウ9
左字 下5オ2
左相 上12ウ3
左舞 上7オ4
【巧】善巧 下9ウ5
【巨】巨爐〈匡廬〉 上15オ6
巨闕劍 上8オ9
【巫】巫 下8ウ2
下8ウ3
下8ウ7
巫女 上2オ1
上3オ2
下2オ7
下2ウ7
下3オ1
下3オ5
下3ウ2
下3ウ6
下3ウ8
下6ウ4
下8ウ2
下8ウ3
巫峽 上13オ9
巫醫 下8ウ7
【差】夫差 上4オ7
金吐差 上9オ1

己部

【己】己　下3ウ6
下5ウ2
【已】已　上19オ8
下2オ5
下8ウ4
下16ウ4
下19オ8
已下　下16ウ8
已上　上2オ7
上18オ3
下7オ1
而已　上16ウ5
下8ウ8
【巳】巳　下6ウ9
下6ウ9
丁巳　上17オ9
【巷】巷　上6オ3
【巽】巽　下4オ7
下7オ6

巾部

【市】山市晴嵐　上12ウ4
【布】布　下1ウ3
布袋　上14ウ5
上15オ5
唐布　上15ウ6
細古〈紬布〉　上7ウ7
絹布　上7ウ5
小布衫　上7ウ9
黄草布　上7ウ8
布袋和尚　上5ウ4
【帆】遠浦歸帆　上12ウ4
【帊】鞍帊　上9ウ9
【帖】蒙帖〈恬〉　上8オ7
【帝】帝城　上3オ9
唐帝　上4オ9
宣帝　上12ウ5
明帝　下11オ4
皇帝　上7オ1
三皇五帝　下5オ9
仁宗皇帝　上15ウ1
今上皇帝　上3オ4
【師】師傅　上14オ5
師僧　下16ウ2
京師　上5ウ7
下4オ8
人師　下14ウ3
導師　上1オ4
下10ウ7
下12ウ2
道師　下12オ9
十禪師　下15ウ7
諭法師　上14ウ4
法師鍜〔鍛〕冶　上10ウ4
師將軍〈貳師將軍〉　上12ウ6
一山國師　上15ウ3
弘法大師　下13オ7
下14ウ1
西澗禪師　上15ウ3
達磨大師　上5ウ5
釋迦大師　下12オ7
藥師瑠璃光如來　下17オ9
【席】席　下2オ9
同席　下8ウ9
【常】常　下1ウ5
常住　下14オ5
五常　下7オ5
尋常　下9ウ4
國常立尊　下15オ1
【帶】帶　上4オ8
上13オ7
表帶　上8ウ9
【帷】帷　上15ウ6
【帽】立鳥帽子　下1オ4
【幡】鶴岡八幡宮　下6オ9

干部

【干】干　上4オ4
上5オ8
十干　下8オ6
水干鞍　上9ウ6
干將莫耶劍　上8ウ1
【平】平絹　上7ウ7
太平　下2オ3
下8ウ5
下10オ7
波平　上10ウ7
源平　上4ウ4
平等院　上7ウ1
平高時　下5ウ7
泰平樂　上7オ2
寒溫平　上18オ8
圓〈閤〉次平　上15オ2
平沙落鴈　上12ウ4
故平安城　上1ウ2
在原葉〈業〉平　上20オ3
鬼神大夫行平　上10ウ7
【年】年　下16ウ9
年來　下12ウ6
年齡　上15ウ4
一年　下4オ2
下8オ3
七年　下8オ2
三年　下8オ2
五年　下8オ2
千年　上13オ5
明年　下2ウ6
下4オ4
下6オ8
當年　下2ウ2
下2ウ4
下2ウ6
下4オ3
十九〈十九年〉　下8オ2
元弘三年　下5ウ9
嘉祐二年　上17ウ2
大觀二年　上17ウ6
顯慶二年　上17オ9
三千七百年　上17オ8
應永廿三年　下6オ5
應永二十三年　上1ウ1
二千三百六十五年　下10ウ1
【幷】幷　上2オ6
上9ウ2

上11オ8
下7オ5
下14ウ1
【幸】幸 下18ウ9
【幹】韓幹 上15オ6

幺部

【幼】幼少 下16オ6
【幽】幽玄 上21ウ7

广部

【底】底 上2ウ8
下9ウ4
【府】神府 上22オ7
都府樓 上13ウ6
鎭府上將 上4オ6
【度】度 上2ウ8
下10ウ6
下10オ2
下10オ2
下11ウ6
下13ウ7
下14ウ5
度數 上18オ4
未度 下14ウ4
末〈未〉度 下13ウ6
下13ウ7
下14オ1
濟度 上2オ4
上4オ1
下12ウ1
度衆生 上1オ7
日出度 上21オ1
【座】佛座 上11ウ3
【庭】庭上 上3ウ7
洞庭春花〈色〉 上11ウ8
洞庭秋月 上12ウ4
【庶】庶人 上2オ1
上20ウ5
庶民 上4オ2
【康】杜江〈康〉 上12オ1
嵆康 上12ウ1
【庸】附庸 下5オ5
下5オ5
【廈】大廈 下1オ9
下2オ2
下2オ3
【廋】廋 下14オ2
下14オ2
【廏】御廏者等 上9ウ5
【廟】塔廟 上19オ7
【廢】廢 下2オ5
【廣】廣 下11ウ3
廣利 上12ウ6
廣大 上1オ4
下10ウ8
下12ウ1
下17オ8
下18ウ9
李廣君 上4ウ2
【廬】巨爐〈匡廬〉 上15オ6

廴部

【延】延 下18ウ6
緜延 下2オ4
遷延 上21オ9
延喜樂 上7オ6
延命地藏 下18ウ6
【廷】廷尉 上3ウ8
上5オ8
【建】建 下1ウ3
建寅 下8オ6
建盞 上12オ2
月建 下8オ9
建禮門院 上6オ6
【廻】廻 上18オ8
上21ウ6
下6オ3
礒廻 上5オ9

廾部

【廿】應永廿三年 下6オ5
【弁】弁轉 上19ウ4
【弄】弄 上6ウ7
上13オ6
下7ウ4

弋部

【式】式 下1オ9
式目 下5ウ8
儀式 上3ウ7

弓部

【弓】弓 上9オ1
下18オ9
弓矢 下18オ6
下18オ7
下18ウ1
下18ウ3
下18ウ5
眞弓 上9オ2
⿰弓角打弓 上9オ3
腹眞弓 上9オ2
【引】引 上5オ8
下14ウ1
下14ウ5
引壷 上8オ4
引導 下12ウ4
引接〔攝〕 下18ウ8
引返 上22オ2
能引導 上1オ8
下18ウ9
【弘】弘 下6ウ5
弘法大師 下13オ7
下14ウ1
元弘三年 下5ウ9
【⿰弓勺】⿰弓勺 上9オ7
【弟】兄弟 下16ウ8
下17オ4
高弟 上1オ2
曾我兄弟 上6ウ1
【弣】弣 上9オ6
【弦】弦 上9オ6
上18オ2
弦卷 上9オ6
上弦 下8オ8
下弦 下8オ8
【弧】桑弧蓬矢 下18オ8
【弱】弱 上18オ2
【⿰弓角】⿰弓角打弓 上9オ3
【張】張公 上11ウ5
張旭 上12ウ3

上15ウ3

張良　上5オ2　上14オ4

張李〈里〉　上19ウ4

張騫　上11ウ8

張卽之　上15ウ2

三人張　上9オ3

五人張　上9オ3

白張裝束　下1オ4

【强】

强　上9ウ3　上22オ6　下19オ6

强面　上21オ6

彝强　上15ウ7

【彇】

彇　上9オ6

【彈】

彈　上4ウ6　上18ウ7　上19オ9　上19ウ1

【彌】

彌　下2オ3　下12ウ3　下12ウ3

沙彌　下14ウ6

須彌　下2オ1

彌勒等　下11ウ5

名彌陀　下16オ2

阿彌陀　上14ウ4　下13ウ1　下13ウ5　下15ウ8　下15ウ9　下15ウ9

小沙彌　下13ウ6

彌勒菩薩　下10ウ1

須彌足井　上9ウ1

阿彌陀如來　下18ウ7

南無阿彌陀佛　下12ウ8

ヨ部

【彝】

彝强　上15ウ6

彡部

【形】

形　上4オ2　上15ウ5　上22オ6　下15オ5　下17オ3　下17ウ1　下17ウ3　下17ウ4　下17ウ6　下17ウ9

形像　下17オ5　下17オ6

人形　上14ウ5　上15オ5

如形　上18オ8

尊形　下13オ5

御形　上11ウ3

栗形　上10オ6

質形　上22ウ5

身形　下11ウ6

鍪形　上8ウ4

馬形　上14オ9　上15オ2

三摩耶形　下13オ3

【彥】

彥四郎　上10ウ8

彥開立　上9ウ2

彥火火出見尊　下15ウ2

天津彥彥火瓊瓊杵尊　下15ウ1　下15ウ4

天津彥彥火瓊瓊杵尊　下15ウ1　下15ウ4

彥波瀲〔斂〕武鸕鷀草葺不合尊　下15ウ2

【彫】

彫　下11オ2

彫像　下11オ2　下11オ5

【彰】

彰　上4ウ7

【影】

影　上7ウ1

彳部

【彳】

彳亍　上19ウ9

【彷】

彷徨　上20オ8

【役】

役　上5オ6

役人　上3ウ6

役優婆塞　上5ウ9

【彼】

彼　上3オ3　上7ウ4　上11オ3　上11ウ1　上15ウ9　上16ウ2　上17オ4　上20ウ2　上20ウ6　上21オ8　下22オ7　上22ウ1　下2オ9　下2ウ3　下3オ8　下3ウ1　下4オ5　下4ウ1　下4ウ9　下5ウ2　下10ウ2　下12ウ5　下14ウ9　下16ウ5　下16ウ6　下18オ9

彼此　上3オ6

彼等　上22ウ4

【往】

往　下11オ4

往來　上6ウ8

往覆〔復〕　上11オ6

以往　上10ウ1

南往北來　上1ウ3

【征】

征　上6オ5

征矢　上9オ5

【待】

待　上21オ9　下10オ1　下10ウ1

【徊】

徘徊　上20オ1

【後】

後　上13ウ7　上17オ9　上20ウ8　下5ウ1　下5ウ4　下6オ4　下12ウ4

後世　上1オ8
下18ウ9
後生　下11ウ2
以後　上1ウ7
下6オ2
爾後　上17オ8
後鳥羽院　上11オ1
後醍醐天皇　下5ウ7

【徒】
徒　上22ウ1
下9ウ9
罪徒　上1オ7
迷徒　下12ウ4

【得】
得　上12ウ6
上15ウ9
上18オ1
下10オ3
下10オ6
下11オ5
下11オ9
下12オ3
下16オ8
下17オ6
生得　上9ウ1

【從】
從　上2ウ1
上6ウ9
上17オ2
上21オ1
上21ウ4
下2ウ4
下4ウ9
下8オ6
相從　上3ウ4
五障三從　下16オ7

【徘】
徘徊　上19ウ9

【御】
御　上15オ7
御代　上23オ1
下1オ9
下2オ6
御子　下15オ8
下15オ9
下15ウ1
御宇　下5ウ5
御形　上11ウ3
御時　下5ウ7
御母　上21オ3
御願　下8ウ5
御事共　上23オ1
御信敬　下2オ2
御制作　下13オ7
御善政　下1ウ2
御御供　上1ウ5
御所的　上3ウ6
御旅所　下1オ3
御本地　下13ウ1
下15ウ7
御煎物　上18オ9
御神樂　上1ウ5
御祈禱　下8ウ6
御縁日　上1ウ2
御自筆　下1ウ6
御闕怠　下1ウ8
御隨意　上18ウ1
御御供　上1ウ5
御廄者等　上9ウ5

【徧】
徧　上2ウ6
下18ウ8

【徨】
彷徨　上20オ8

【復】
往覆〔復〕　上11オ6

【循】
因循　上18ウ6
循循然　下12ウ4
循循然　下12ウ4

【微】
微　上18オ2
微笑　下13ウ8

【徵】
徵　上19オ1

【德】
德　下1ウ1
下4ウ2
下10ウ8
下12ウ2
下14オ6
德海　下14オ8
一德　下7オ2
功德　下10オ6
下10ウ8
下11オ7
下17オ5
古德　下3オ4
恩德　下18ウ9
至德　下2オ5
貴德　上7オ6
道德　上4ウ7
上11ウ2
靈德　上2ウ7
上3オ8
下4オ5
下12ウ3
胡德樂　上7オ5
退宿德　上7オ5
威德內親王　上21オ4
大威德明王　下17ウ4
造像功德經　下11オ6

【徽】
徽宗　上17ウ5

心部

【心】
心　上15ウ5
上18オ6
上18ウ6
上19オ7
上22ウ1
下9ウ2
下10オ2
下10オ2
心中　下9ウ3
心城　下14オ6
心眼　下19オ6
心身　下8ウ3
一心　下17オ5
中心　上22オ9
初心　下17オ3
好心　上22ウ5
桂心　上16オ3
疑心　下9オ1
至心　上1オ9
上19オ8
閑心　上21ウ9
雜心　上11オ7
願心　下10オ8
心法身　下14オ5
心蓮臺　下14オ5
心諸佛　下14オ8
水心劍　上8オ9
發心門　下17オ9
一心不亂　下19オ3
直指人心　下9ウ8

【必】
必　上2ウ4
下2オ1
下3ウ2
下3ウ5
下4オ5
下4オ7

下4ウ3　下4ウ6　下4ウ8　下4ウ8　下5オ9　下6ウ2　下19オ4
【忉】
忉利　上1オ3　下10ウ9
忉利天宮　下10ウ3
【忍】
忍　上22オ1
安忍　上22ウ1
忍穂耳尊　下15ウ1
正哉吾勝勝速日天忍穂耳尊　下15オ9
【志】
志　下8ウ6
蘇志摩　上7オ6
【忘】
忘　上5ウ6　上11オ7　上20ウ1　下19オ1
【忝】
忝　上3オ4　下18ウ2
【忠】
忠　上5オ2
伸〈信〉忠　上15オ1
李安虫〈忠〉　上14ウ7
【念】
念　下2ウ2　下17オ6　下19オ2　下19オ3
念佛　上6ウ4
【忽】
忽焉　下12ウ4
忽然　上2オ2
【忿】
忿怒　下17ウ1　下17ウ3　下17ウ4　下17ウ6　下17ウ9
【怒】
忿怒　下17ウ1　下17ウ3　下17ウ4　下17ウ6　下17ウ9
【思】
思　上13ウ8　上16オ1
思恭　上14オ8
思憶　下16ウ9
思議　下9ウ6
不思議一　下18ウ5
不可思議　上11オ9
不可思議也　下4ウ6　下10オ6
不思善不思惡　下19オ2
不思善不思惡　下19オ2
【怠】
御闕怠　下1ウ8
【急】
急　上13オ7
【性】
藥性　上17オ1　上18オ8
見性成佛　下9ウ8
【怨】
怨敵　下18オ6
【怪】
怪　下4ウ5
怪石　上2ウ8
怪力亂神　下4ウ4
【恆】
恆　下8ウ7
千百億恆河沙　下11ウ8
【恐】
恐　上22オ4　下18ウ3
【恢】
恢恢焉　下9ウ6
恢恢焉　下9ウ6
【恣】
恣　下3ウ5
【恩】
恩　下12ウ2　下16オ7　下16オ8
恩徳　下18ウ9
【恬】
蒙帖〈恬〉　上8オ7
【恭】
恭　下8ウ5
恭敬　上1オ8　下10オ6
思恭　上14オ8
【息】
神息　上10ウ2
【恰】
恰　上9ウ4　下4ウ4
【悄】
悄然　上13ウ8
【悦】
悦　上19オ3
【悉】
悉　上9ウ2　上17オ4
悉地　下10オ8
悉皆　下9ウ1
皆悉　上21オ6
【悔】
懺悔　下9オ2
【悟】
悟　下12オ9
【患】
大患　下11オ1
【悲】
悲　上22オ8
悲母　下16オ8
悲願　下12ウ2
大悲　下19オ6
慈悲　上1オ4
大慈大悲　下17オ8
南無大悲観世音菩薩　下12ウ9
【悶】
悶　上22オ8
【情】
情　上20オ4
【惑】
不惑餘　上15ウ4
【惜】
惜　上22ウ5　下10オ1
【惟】
惟　下2オ8　下10ウ7
【惡】
惡　下11オ8
惡夢　下12オ6
惡趣　下17オ4
惡逆　下6オ2　下6ウ1
惡道　下11ウ1
積惡　下6オ2
諸惡趣　下10ウ6
不思善不思惡　下19オ2
【惶】
惶根尊　下15オ4
【愈】
愈　上16ウ8　上17オ1
【愍】
哀愍　下12オ9
【意】
意　上9ウ3　上14オ5　上15ウ9　下3オ2　下3ウ7　下8ウ6　下12オ5
人意　下9ウ7
御随意　上18ウ1
【愕】
愕　上20オ8
【愚】
愚也　上22ウ9
愚人　上22ウ6　下9オ9
愚慮　下4オ1
愚案　上18オ8
【愛】
愛　上5オ5

上20オ6
愛染 下4オ6
偏愛 上18ウ5
可愛 上23オ1
遺愛寺 上6オ8
【感】感 上2オ2
【愼】愼 下4ウ1
下6ウ3
【慇】慇懃 下10ウ5
【慈】慈父 下16オ8
慈悲甚深 上1オ4
大慈大悲 下17オ8
【慕】慕 上5ウ9
【慮】慮 下6ウ2
凡慮 下9ウ6
愚慮 下4オ1
【慶】餘慶 下2オ2
顯慶二年 上17オ9
【憂】憂 下6ウ2
【憎】生憎 上21オ7
【憲】憲法 下5ウ5
原憲 上6オ4
上22オ4
【憶】憶 下11オ1
思憶 下16ウ9
【懃】慇懃 下10ウ5
【懇】懇 上21オ4
【應】應 上4ウ7
下3オ3
下8ウ6
應當 下11オ1
應答 上22ウ8
應永丙申 下1オ2
下10オ9
應永廿三年 下6オ5
應永二十三年
上1ウ1
【懱】懱如 下5ウ9
【懿】懿公 上5オ5
【懷】懷 下2オ9
懷抱 下16オ7
【懸】懸 下7ウ2
懸字 上15オ9
尻懸 上11オ1
[illegible]懸 上8ウ4
【懺】懺悔 下9オ2
【懽】懽 上21オ8
【戀】戀女 上5オ8
戀水 上21ウ9

戈部

【戈】戈 下4ウ8
下5オ2
下5オ8
【戊】戊 下6ウ9
下6ウ9
【戍】戍〈戎〉類 下18オ6
【戎】戍〈戎〉類 下18オ6
王戎 上12ウ1
【成】成 上19オ8
上20オ3
下4オ7
下4ウ7
下8オ1
下11オ1
下17オ9
下17ウ2
下17ウ3
下17ウ5
下17ウ7
成佛 下9ウ1
下14オ4
下14ウ3
成就 上1オ9
下10オ8
成長 下16オ7
化成 下7ウ1
眞成 上21オ6
源成〔政〕賴
上5オ6
成等正覺 下16ウ1
功成名遂 上4オ7
所願成就 下16オ5
見性成佛 下9ウ8
【我】我 上17オ1
上18ウ6
上20オ7
下7ウ3
下8ウ6
下8ウ8
下8ウ9
下9ウ7
下11ウ8
下12ウ6
下12ウ7
下14オ8
下16ウ4
下18ウ4
我子 下16オ8
我家 下16オ9
我朝 下5ウ4
下9オ5
下18ウ1
我等 下16オ6
曾我兄弟 上6ウ1
【戒】戒 下6ウ3
下6ウ3
下16ウ2
下16ウ4
戒像 下17オ2
了戒 上10ウ4
戒行門 下16ウ3
【或】或 上2ウ7
上4オ1
上4オ2
上4オ3
上4オ4
上4オ5
上4オ6
上4オ7
上4オ9
上4ウ2
上4ウ3
上4ウ4
上4ウ4
上4ウ5
上4ウ6
上4ウ7
上4ウ8
上5オ1
上5オ2
上5オ3
上5オ3
上5オ4
上5オ5
上5オ5
上5オ6
上5オ6
上5オ7

上5オ8
上5オ9
上5オ9
上5ウ1
上5ウ2
上5ウ3
上5ウ4
上5ウ4
上5ウ5
上5ウ5
上5ウ6
上5ウ7
上5ウ8
上5ウ9
上5ウ9
上6オ1
上6オ2
上6オ3
上6オ4
上6オ5
上6オ6
上6オ6
上6オ7
上6オ8
上6オ8
上6ウ1
上6ウ2
上6ウ3
上6ウ4
上6ウ5
上6ウ6
上6ウ7
上6ウ8
上6ウ8
上7オ1
上7オ4
上18ウ7
上18ウ7
上19ウ2
上20ウ4
上21オ5
上21オ5
上21オ9
上21オ9
上21オ9
上21ウ1
上21ウ1
上21ウ2
下12ウ8
下12ウ9
下12ウ9
下16ウ7

【戢】戢　下3ウ1

【戰】戰　上4ウ4

【戲】戲　上21オ6
上22ウ5

【戴】戴嵩　上15オ6
頂戴　下13オ8

戸部

【戸】繡戸　上13オ2
藤戸　上10ウ2
瀬戸壷　上12オ7
大戸道尊　下15オ3
大戸閒邊尊　下15オ3
↓［登］

【房】房陵　上11ウ5
舞房　上10ウ8
生女房達　上21ウ7
青女房達　上21ウ8

【所】所　上3オ9
上3ウ5
上7ウ5
上11ウ1
上15ウ8
上16ウ5
下3オ9
下4ウ9
下5オ8
下10オ6
下11ウ7
下13オ3
下14オ2
下14ウ5
下15オ5
下18オ7
下18ウ6
□（所）　下12オ5
所以　下1オ8
所住　下11ウ9
所所　上22オ6
所生　下15オ8
下16ウ5
所翁　上15オ4
所詮　下15ウ3
所説　下12オ7
所謂　下14オ4
下16ウ3
出所　上19ウ4
所所　上22オ6
脈所　上18オ1
御所的　上3ウ6
御旅所　下1オ3
所以者何　下13ウ7
所願成就　下16オ4
三十三所　上5ウ2
春日四所明神　下13オ9

【扁】扁舟　上4オ8

【扇】扇　上5オ4
上8ウ1
柿團扇　上15ウ7
上18ウ2

【扈】跋扈　上20オ1

手部

【手】手　上13オ6
上20オ4
上20ウ4
手棒　上19オ3
囃手　上18ウ4
散手　上7オ3
籠手　上8ウ5
經手　上14オ7
千手院　上10ウ9
寶印手地藏　下18オ2

【才】才智　下8ウ9
文才　下6ウ5

【打】打　上5ウ2
上17オ4
打通　上21オ5
弭打弓　上9オ3

【托】杔〈托〉子　上8オ3

【扶】扶桑　下18オ9
扶桑國　下14ウ8

【承】承　上3オ2
下17オ4

【抑】抑　下9ウ7

戸・手・支・支部（4画）

見出し	用例	所在
折	含折	上19オ8
抱	抱	下16オ7
押	押押摩	上4オ5 / 上21ウ4
拂	拂	上21ウ1
拈	拈花	下13オ9
拍	調拍子	上7オ6
拔	拔頭	上9ウ3
拘	地拘	下10オ3
拜	伏拜／拜殿／禮拜	下1ウ8／下17ウ6／下10オ6
持	持／持王／等持地地藏	下1ウ5／下2オ3／下6オ9／下18オ3
指	指／中指／肉指／一千指／直指人心	下3オ1／上9オ6／下8オ4／下1ウ5／下2オ3
按	按	下4オ6
挑	挑	上13ウ8
振	振	上1オ6

見出し	用例	所在
挍	挍合	上19オ3
捧	捧	下1ウ9
捨	捨／取捨	下6オ1／上16ウ6
捲	捲	上7オ1
掉	掉〔棹〕／掉	上18ウ1／上22オ2／上13ウ3
掌	掌／人掌	上13オ9／下6オ4
抜	抜〈液〉	上4オ8
採	採桑老	下19オ3
接	引接〈攝〉	下7オ3
推	推察	下18オ6
掬	掬	上16ウ6
描	描	下13オ6
提	菩提／菩提山／菩提門／閻浮提／糀提栢因／頓證菩提	上14オ1／上11オ5／下17ウ3／下11オ5／下16オ2／下12オ7／上4オ5
揚	揚／飛揚	上20オ1／上6オ5
握	握	上9オ6

見出し	用例	所在
挈	馬挈	上9ウ4
搔	髪搔	上10オ6
搜	搜又	上22オ2
摘	摘	上20ウ1
摧	摧滅	下18オ6
摩	摩／摩頂／王摩詰／蘇志摩／三摩耶形	上14オ2／上1オ3／上21ウ3／下7オ6／下13オ5
摺	摺	下6オ5
摜	摜	上19オ3
撥	撥	上21ウ4
撫	撫育／菫撥	上19ウ9／上16オ6
播	播磨／〈播〉

下16オ9
下16ウ4
下17オ3
是故　下4オ7
下7ウ3
故平安城　上1ウ2

【教】
教　上1オ5
教主　下12オ7
下12ウ1
教化　下11ウ7
教法　下12オ8
儒教　下6ウ5
密教　下4オ6
教外別傳　下9ウ8
普門塵教　下14オ7

【救】
救　上3オ1

【敕】
敕　下11オ5
遺敕　上1オ3

【敢】
敢　上15ウ9

【散】
散亂　上19オ7
散手　上7オ3

【敬】
敬信　上1ウ7
下8ウ4
敬重　下11ウ2
信敬　下12ウ6
下19オ1
恭敬　上1オ8
下10オ6
蘇敬等　上17ウ1
御信敬　下2オ2

【敲】
敲　上6ウ4
上12ウ9
上19オ4

【敵】
敵　上16ウ9
下18ウ4
怨敵　下18オ6

【敷】
桟敷　上11オ8

【數】
數　上2オ7
上17オ7
數數　上19オ4
數行　上4ウ5
劫數　下11ウ8
度數　上18オ4
數數　上19オ4
算數　上11オ9
當劫數　下17オ4

文部

【文】
文　下7ウ4
下9ウ1
下9ウ8
下13ウ4
下13ウ8
下13ウ9
下14オ4
下14オ8
下14ウ2
下14ウ4
下16オ3
下16ウ3
文字　下7ウ3
文才　下6ウ5
文殊　下11ウ5
文章　下2オ4
文籍　下7オ9
文證　下14ウ5
文集　上14オ3
人文　下7ウ1
天文　下7ウ1
犧文　下7ウ2
經文　下14ウ1
證文　下3オ5
文與可　上14ウ3
一文字　上10ウ9
文殊四郎　上10ウ9
不立文字　下9ウ8
大聖文殊　上6オ1

斗部

【斗】
斗柄　下8オ5

【斛】
石斛　上16オ7

【斟】
斟　上6ウ6
豐酙〔斟〕渟尊　下15オ1

斤部

【斫】
斫卻　下3オ3

【斬】
斬　上12ウ6

【斯】
斯　上20ウ2
下8ウ4
下8ウ5
下17オ4
如斯　上17ウ8
波斯匿王　下11オ3

【新】
新　上3オ8
上3オ8
上13オ2
上22ウ8
下1ウ2
下2オ4
新妻　上5ウ8
新定　上17ウ3
新舊　上17ウ6
新補　上17ウ2
新藤五　上10ウ8
新靺鞨　上7オ6
新鳥蘇　上7オ4
新修本草　上17ウ1
新〔仁〕田四郎
上5オ5

【斷】
斷絕　上19オ6

方部

【方】
方　下4オ6
下4オ7
下4ウ1
下4ウ3
方今　上10オ8
方便　上21ウ8
下9ウ5
下10ウ6
方士　上4オ9
方里　上2オ4
久方　下2オ6
五方　下7オ4
他方　下18オ5
北方　下17ウ5
十方　上6ウ2
南方　下11ウ9
下17ウ2
四方　下18オ9
地方　下5オ4
下5オ6
下5オ7
東方　下6オ1
下17オ9

西方　上2オ8
　上2ウ1
　上2ウ4
　下16オ2
　下17ウ3
十方界　下1ウ9
滿十方　下19オ7
無爲方　上22オ2
難波方　上20ウ8
西方淨土　下18ウ7

【於】
於　上1ウ8
　上2オ4
　上3オ1
　上3オ6
　上4オ3
　上4オ4
　上5ウ6
　上5ウ7
　上6ウ2
　上12オ5
　上12オ7
　上15ウ4
　上17オ5
　上18ウ7
　上18ウ8
　上19オ7
　上19オ8
　上19ウ8
　上20オ1
　上20ウ2
　上22オ9
　上22ウ1
　上22ウ2
　下1オ3
　下1ウ9
　下2オ1
　下2オ2
　下2オ3
　下3オ4
　下3ウ1
　下4オ8
　下4ウ3
　下4ウ7
　下5オ5
　下5オ5
　下6オ1
　下6オ2
　下6オ5
　下6オ9
　下8ウ6
　下9ウ3
　下10オ2
　下10オ5
　下10オ5
　下10ウ3
　下11ウ1
　下11ウ4
　下11ウ6
　下11ウ9
　下11ウ9
　下13ウ7
　下14オ2
　下14オ9
　下17オ6
　下17オ8
　下17ウ1
　下17ウ3
　下17ウ5
　下18ウ3
於是　下11オ2
↓［于］

【施】
施　上22ウ2

【旃】
旃檀　下11オ2

【旅】
旅人　上1ウ4
御旅所　下1オ3

【旋】
團亂旋　上7オ2

【旌】
小旌　上9オ1

【族】
族　上3ウ2

【旗】
大旗　上9オ1

【旛】
旛〈播〉磨　上10オ1

无部

【无】
无何　下7ウ4
↓［無］

【既】
既　上1ウ9
　上3オ9
　上18ウ3
　上19ウ3
　上21ウ4
　下2オ2
　下8オ8
　下14オ1
　下14ウ5
　下16ウ9

日部

【日】
日　上1ウ2
　上2オ5
　上3オ8
　下3ウ7
　下6ウ1
　下7ウ1
日日　上3オ8
日月　上11オ4
　下7ウ2
日限　下3ウ1
日觀　上14オ9
一日　上17オ2
　下17オ2
七日　下17オ2
今日　上22オ1
何日　下2オ9
午日　上1ウ5
夕日　上11オ7
日日　上3オ8
明日　上2オ4
　上2ウ2
　上2ウ4
毎日　下1ウ7
　下3ウ7
終日　下7ウ3
翌日　上2ウ5
日吉社　下15ウ6
春日野　上7ウ1
三十日　下7ウ7
　下7ウ9
九十日　下6ウ2
御縁日　上1ウ2
日光地藏　下13ウ3
　下18オ4
日光山寺　下9オ6
大日如來　下17ウ7
大日本國　下14ウ7
　下18ウ5
一七个日　下12ウ6
一百个日　下4ウ7
　下6オ8
七十一日　下2ウ4

下3ウ1
下3ウ8
七十二日 下8オ4
七月五日 上2ウ2
上2ウ3
下2ウ4
下2ウ6
下4オ3
下4ウ7
下6オ7
七月四日 上1ウ2
上2オ5
二十九日 下7ウ9
十月六日 下6オ5
下6ウ1
三百六十日 下4オ2
下7ウ8
下8オ4
王正月十日 下6オ8
春日四所明神 下13オ9
三百五十五日 下4オ3
下4オ5
三百有六旬有六日 下8オ1
正哉吾勝勝速日天忍穂耳尊 下15オ9

【旦】旦暮 上13ウ2
震旦 下5オ9
【旨】旨趣 下2ウ8
宣旨 上4オ9
【早】早 上13ウ4
下16オ6
【旬】下旬 下2ウ7
下4オ4
中旬 下1オ2
十旬 下6オ3
有六旬 下8オ1
三百有六旬有六日 下8オ1
【旭】張旭 上12ウ3
上15ウ3
【旻】旻天 上2ウ8
【昂】趙子昂 上15オ2
上15ウ2
【昆】昆吾劍 上8オ9
【昇】昇 下10ウ9
【昌】永昌 上5ウ8
超〈趙〉昌子 上14ウ6
【明】明 上20オ9
下13ウ5
明帝 下11オ4
明年 下2ウ6
下4オ4
下6オ8
明日 上2オ4
上2ウ2
上2ウ3
明明 上3オ6
明皇 上20オ7
不明 上14オ2
光明 上2ウ6
上2ウ8
分明 下9オ3
明明 上3オ6
淵明 上6オ4
神明 下18ウ2
下18ウ4
明月珠 上8オ7
明石上 上20ウ8
明石浦 上7オ8
明星菩薩 下13ウ3
用明天皇 下5ウ5
大威德明王 下17ウ4
軍陀〈荼〉利明王 下17ウ2
降三世明王 下17ウ1
大聖不動明王 下17ウ8
春日四所明神 下13オ9
金剛夜叉明王 下17ウ6
【易】周易 下2オ1
下7オ9
【昔】昔在 下16オ1
初昔 上3オ2
【星】星 上19ウ4
星宿 上2オ3
星河 上14オ1
星辰 上11オ4
七星 下8オ7
二星 下4ウ1
妖星 下4オ9
下4ウ1
下4ウ5
下4ウ7
下6オ7
天南星 上16オ2
明星菩薩 下13ウ3
【映】映 上13ウ5
【春】春 上7ウ1
上18オ4
下6オ8
下7ウ7
下8オ3
春月 上14オ3
春潮 上13オ7
春蛙 上19オ6
春日野 上7ウ1
春鶯囀 上7オ2
喜春樂 上7オ2
洞庭春花〈色〉 上11ウ8
春日四所明神 下13オ9
【昧】三昧臺 下1ウ6
諸三昧 下14オ7
蓮華三昧經 下13ウ2
下13ウ6
下14オ3
下17ウ9
【昭】昭 上3オ6
昭君 上4ウ6
子昭 上14ウ9
昭王之玉 上8オ8
【是】是 上1オ7
上2ウ1
上17オ5
上17オ7
上17ウ1
上17ウ4
上17ウ5
上17ウ8
上19ウ1
上21オ4
下3オ5
下3ウ6

下4ウ5
下9オ7
下9オ8
下9ウ9
下11ウ4
下11ウ7
下12オ1
下12オ2
下12オ7
下13オ8
下14オ9
下15ウ7
下16ウ8
下17オ1
下17オ3
下17オ7
下17オ8
下18ウ1
下18ウ4
下18ウ8
是以　下8ウ8
是故　下4オ7
下7ウ3
以是　下2ウ9
下4ウ7
如是　下1オ8
於是　下11オ2
由是　下7オ9

誠是　上1オ4
上7ウ3
下17オ8
如是等　下14ウ4

【時】
時　上1ウ9
上4ウ8
上11オ6
上17オ8
上18ウ1
上19オ6
上19ウ2
上20オ5
下1オ3
下3ウ5
下7ウ1
下8オ5
下8ウ1
下10オ1
下11ウ2
下13ウ8
下15オ6
下16オ6
下16オ7
下18オ8
下18ウ8
時刻　上11オ8
下8オ9
時節　下4オ5

何時　上20ウ5
下2オ9
爾時　下9ウ1
四時　下8オ1
子時　上2オ5
御時　下5ウ7
臨時　上1ウ6
十二時　下8オ8
平高時　下5ウ8

【晃】
晃晃焉　下9ウ6
晃晃焉　下9ウ6

【晉】
三晉　上13ウ4
蘇晉　上12ウ3

【晏】
海晏河清　下1ウ8

【晩】
晩來　上13オ7
遠〈煙〉寺晩鐘　上12ウ4

【晝】
晝　下8オ5
晝夜　下8オ8

【晟】
艾晟　上17ウ6

【晦】
晦朔　下8オ8

【晨】
晨朝　下3ウ7

【普】
普賢　下11ウ5
普天之下　下1ウ1
普門塵教　下14オ7

【景】
景光　上10ウ5
秦景　下11オ4
瀟湘八景　上12ウ4

【晴】
山市晴嵐　上12ウ4

【智】
智辯　下6ウ5
才智　下9オ1
益智　上16オ6
利智劍　下17ウ8
那智籠　上6オ6
天智天皇　上3オ2

【暇】
餘暇　下1ウ2

【暖】
暖　上13オ2
不暖　上14オ2

【暗】
暗　上21ウ5
暗涙　上4ウ5
暗踈　上22ウ8
不暗　上14オ2

【暫】
暫　上20オ4
上20オ9
下3ウ6
下4オ6

【暮】
暮　上13ウ9
旦暮　上13ウ2
江天暮雪　上12ウ4

【暴】
暴　上21ウ5

【曉】
曉　上13オ9
上19オ5
曉天　上1ウ9

【曙】
曙　上14オ1
曙色　上13オ2

【曜】
九曜　下8オ7

↓［容］

曰部

【曰】
曰　上2オ1
上2オ3
上2ウ7
上2ウ9
上3オ2
上12ウ5
上12ウ5
上12ウ6
上12ウ7
上12ウ8
上15ウ8
上16オ1
上16ウ2
上16ウ3
上16ウ5
上16ウ7
上19オ7
上20オ7
上20ウ5
上20ウ7
下2オ1
下2オ5
下2オ7
下2ウ2

下2ウ3 下2ウ5 下2ウ8 下3オ2 下3オ3 下3オ4 下3オ4 下3オ6 下3ウ3 下3ウ3 下3ウ6 下3ウ7 下3ウ7 下3ウ9 下4ウ4 下4ウ5 下4ウ5 下5オ2 下5オ5 下5オ6 下5オ7 下5オ7 下6ウ4 下6ウ7 下7オ7 下7オ7 下7オ9 下7ウ6 下7ウ9 下8ウ2 下8ウ3 下8ウ7 下8ウ7 下8ウ8 下8ウ9 下9オ4 下9オ8 下9オ9 下9オ9 下9オ9 下9ウ1 下10オ1 下10ウ4 下11オ6 下11ウ4 下12ウ5 下13オ2 下13ウ2 下13ウ6 下13ウ7 下14ウ8 下15ウ9 下16オ1 下16オ5 下16ウ1 下16ウ7 下16ウ7 下17オ5 下17ウ9 下18オ8 下19オ5

【曲】

曲調 上20オ3

霓裳羽衣曲 上20オ6

【更】

更 上16ウ2 上18オ1 上19オ6 上19オ6 下3オ3 下10オ2

三更 上13オ8 上19オ5

今更 上22オ2

【書】

書 上11オ6 上14オ4 下5オ1 下7ウ2

書契 下7オ8

六書 下7ウ4

漢書 上12ウ5

琴碁書畫 上8ウ2

【曾】

曾 上3オ2 上17ウ8 下4オ1 下18オ6

曾子 上4ウ8

曾我兄弟 上6ウ1

納曾利等 上7オ6

法論味曾 上11ウ3

【最】

最 下10ウ7 下13オ4 下13ウ7 下16ウ4 下18ウ1

最勝 上1オ2

【會】

會此 上21オ7

一會 下19オ8

禪會 上14ウ7

月部

【月】

月 上7ウ2 上13オ6 上13オ8 上13ウ7 上14オ2 上20ウ9 下2オ6 下2ウ9 下3オ2 下3オ2 下3オ5 下7ウ8

月下 上12ウ9

月中 下3オ3

月丹 上15オ4

月令 下7ウ6

月將 下8オ9

月山 上14オ9

月建 下8オ9

月湖 上14ウ1

月額 上9オ9

一月 下7ウ7

七月 上21ウ4 下1オ2

三月 上20ウ1 下7ウ7

五月 下2ウ6 下3オ1 下4オ4

初月 上21ウ4

日月 上11オ4 下7ウ2

春月 上14オ3

正月 下8オ6

禪月 上15オ1

臘月 下8オ6

閏月 下8オ1

月令子 下2ウ1 下2ウ5 下3ウ8

下3ウ9
下6ウ7
下7ウ6
下8ウ1
月支國　下11オ5
明月珠　上8オ7
秋月鄉　上7ウ2
十二月　上11オ1
下7ウ8
月光地藏　下13ウ3
七月五日　上2ウ2
上2ウ2
下2ウ4
下2ウ6
下4オ3
下4ウ7
下6オ7
七月四日　上1ウ1
上2オ5
十月六日　下6オ5
下6ウ1
十一月中　下2ウ3
洞庭秋月　上12ウ4
王正月十日　下6オ8

【有】
有　上2オ2
上2ウ6
上3オ2
上3オ4
上3ウ6
上3ウ8
上4オ3
上4オ4
上4オ7
上4オ9
上4ウ5
上4ウ6
上5オ3
上5オ3
上5オ6
上5オ7
上5オ9
上5ウ1
上5ウ2
上5ウ3
上5ウ4
上5ウ4
上5ウ5
上5ウ5
上5ウ6
上5ウ7
上5ウ8
上5ウ9
上5ウ9
上6オ1
上6ウ2
上6ウ3
上6ウ8
上6ウ8
上9ウ1
上9ウ4
上9ウ5
上11オ2
上11オ3
上12ウ8
上14オ7
上16ウ7
上16ウ8
上20オ4
上20オ5
上21オ9
上21オ9
上21ウ1
上21ウ1
上21ウ1
上21ウ2
上21ウ2
上21ウ2
上21ウ2
上21ウ3
上21ウ3
上21ウ3
上21ウ3
上21ウ4
上22ウ5
上22オ8
下1オ3
下1オ8
下2オ2
下2オ2
下3ウ5
下4オ7
下4ウ4
下4ウ8
下4ウ8
下5ウ5
下5ウ7
下6オ1
下6ウ2
下7ウ9
下8ウ9
下9オ1
下9オ3
下9オ4
下9ウ1
下11オ7
下11ウ5
下11ウ6
下12ウ8
下12ウ9
下12ウ9
下13オ4
下13ウ5
下13ウ8
下14オ3
下14ウ4
下14ウ9
下15オ4
下15オ6
下15オ7
下15オ9
下16ウ7
下18オ5
下18オ9
下18ウ4
下18ウ7
不有　上22オ6
難有　上23オ1
七十有餘　下12ウ5
三百有六旬有六日　下8オ1
下8オ1

【服】
服　上19ウ5
上19ウ8
上21ウ9

【朔】
晦朔　下8オ8

【朗】
朗　下3オ4

【望】
望　上5オ2
願望　上1オ9

【朝】
朝　上13ウ9
上19ウ8

朝稲〔朝比奈〕　上5オ3
朝夕　上3ウ7
朝議　下5ウ8
朝霧　上7オ8
兩朝　下14ウ3
我朝　下5ウ4　下9オ5　下18ウ1
晨朝　下3ウ7
本朝　上7オ1　上14オ6　下13オ6
毎朝　上18オ9
【期】
期　下8オ1
季里期〈綺里季〉　上12ウ2
【朧】
↓〔朞〕
朧朧　上14オ2
朧朧　上14オ2

木部

【木】
木　上17オ3　下6ウ8　下7オ1　下12オ1
木休　上22オ7
木前　上12オ8
木塚　上10オ1
木石　下9オ9
木篇　下3オ6
木緜　上7ウ6
木通　上16オ7
木鞆〔柄〕　上10オ7
白木　上9オ2
編木　上6ウ5　上19オ3
草木　上11オ5　下9オ9
青木香　上16オ9
【未】
未　上1ウ9　上17ウ8　上20オ3　上22ウ9　下6ウ9　下15オ6　下16オ8
末〈未〉　下6ウ8
未〈末〉世　下10ウ4
未來　下10ウ5　下11ウ8
未度　下14ウ4
末〈未〉度　下13ウ6　下13ウ7　下14オ1
【末】
末〈未〉　下6ウ8
未〈末〉世　下10ウ4
末〈未〉度　下13ウ6　下13ウ7　下14オ1
行末　上22ウ6
【本】
本　下14オ8
本來　下13ウ5　下14オ6
本國　下18ウ2
本地　上2ウ3
本尊　上14オ8　下1ウ4　下1ウ5　下13オ7
本朝　上6ウ9　上14オ6　下13オ6
本經　上17オ6
本草　上17ウ6　上17ウ8
本覺　下14オ5
本跡　下18ウ4
松本　上12オ7
本牧立　上9ウ1
本重藤〔籐〕　上9オ2
御本地　下13ウ1　下15ウ7
鶴本白　上9オ5
大日本國　下14ウ7　下18ウ5
新修本草　上17ウ1
神農本經　上17オ7
證類本草　上17ウ7
開寶本草　上17ウ5
地藏本願經　下11ウ4　下16ウ7
嘉祐補註本草　上17ウ3
【札】
季札劍　上8ウ1
【朮】
白朮　上16オ5
【朱】
朱　上19ウ8
朱仲　上11ウ5
朱鉛　上22ウ2
朱鐏　上10オ9
堆朱　上8オ1
【朽】
朽　上11ウ3
【杉】
↓〔椙〕
【李】
李　上11ウ6
李嶠　下3オ4
李白　上12ウ3
張李〈里〉　上19ウ4
李堯夫　上14ウ3
李夫人　上8ウ1　上19ウ7
李安虫〈忠〉　上14ウ7
李廣君　上4ウ2
李龍眠　上14ウ5
【杏】
杏　上20オ7
杏仁　上16オ6
【村】
村夫　上19オ9
漁村　上5オ9
下若村　上11ウ8
漁村夕照　上12ウ4
【杓】
茶杓　上12オ5
茶柄杓　上12オ4
【杖】
鳩杖　下1オ5
【杜】
杜江〈康〉　上12オ1
杜絶　下12オ6
杜詩　下3オ3
杜鵑　上13オ8
【束】
金装束　上10オ8
銀装束　上10オ9
白張装束　下1オ4
【杣】
杣立　上9ウ2
【東】
東坡　上14オ9
東山　上13ウ5
東方　下6オ1　下17オ9
河東　上11ウ4
關東　下6オ5
東園公　上12ウ2
東王公　上11ウ6

東山西海 上1ウ4
【杵】狛杵〔桙〕 上7オ5
天津彦彦火瓊瓊杵尊 下15ウ1
下15ウ4
【杶】杶〈托〉子 上8オ3
【松】松 上7ウ1
上15オ9
松尾 下1オ3
松本 上12オ7
【枕】枕 上6オ8
上8オ5
【林】林三 上10ウ3
林次 上10ウ2
林謌 上7オ5
竹林 上3オ3
藤林 上10ウ2
鶴林 下10オ9
竹林七賢 上12ウ1
【果】果 上2ウ5
下6オ2
果滿 下15ウ9
因果 下14オ7
【枝】枝上 上13オ8
花枝 上14ウ6
條枝國 上12ウ8
九蓮枝〈連絲〉 上8オ3
條枝之鳥 上12ウ8
連枝比翼 上22ウ7
金枝玉葉 下1ウ9
【柿】柿團扇 上15ウ7
上18ウ2
【柄】鞆〈柄〉 上10オ3
上10オ5
鞆〈柄〉口 上10オ6
斗柄 下8オ5
木鞆〈柄〉 上10オ7
聖鞆〈柄〉 上10オ7
銀鞆〈柄〉 上10オ8
長柄 上7オ8
茶柄杓 上12オ4
【柏】柏原天皇 上21オ3
【某】某 上17ウ8
【柑】柑子栗毛 上9オ8
【染】愛染 下4オ6
【柔】柔 上21ウ9
【柰】柰 上11ウ5
朝稻〔朝比柰〕 上5オ3
【柳】柳 上7ウ1
上13ウ1
柳屋 上12オ1
【柴】柴胡 上16オ3
【栗】栗形 上10オ6
栗鼠 上14ウ2
柑子栗毛 上9オ8
【栝】栝樓 上16オ6
【栴】→〔旃〕
【根】根源 上17オ2
五根 下7オ4
識根 上1オ5
惶根坦 下15オ4
三稜根 上16オ8
【桂】桂 上11オ8
下2オ6
下2ウ8
下3オ2
下3オ2
下3オ3
下3オ4
下3オ5
下3オ6
桂川 上2ウ5
上3オ1
上3オ5
上3オ9
上21ウ5
桂心 上16オ3
桂水 上2ウ8
桂漿 上8オ2
桂男 上5オ9
桂皮 上8オ2
桂輪 下3オ4
桂里 上20ウ9
上21オ2
仙桂 上11ウ6
桂地藏 下1オ2
下2ウ8
下3オ6
下3ウ9
【桃】神桃 上11ウ6
蒲桃 上11ウ4
【案】愚案 上18オ8
【桑】桑 下18ウ1
桑落 上11ウ9
桑門 上15ウ4
上16ウ2
上16ウ5
上18ウ1
扶桑 下18オ9
扶桑國 下14ウ8
採桑老 上7オ3
桑弧蓬矢 下18オ8
【桓】釋提桓因 上4オ2
【桙】狛杵〔桙〕 上7オ5
【梠】梠繩目綴 上8ウ9
【梁】浮梁 上5ウ6
【梅】梅 上7オ9
上14オ9
上15オ7
梅花 上7ウ7
上13ウ5
上14ウ5
烏梅 上16オ6
【梔】山梔子 上16オ8
【梚】樫梚 上8オ4
【條】條 下6オ3
條枝國 上12ウ8
西七條 下1オ3
條枝之鳥 上12ウ8
三條小鍜〔鍜〕冶宗近 上10ウ3
【梯】梯 上1ウ4
【梵】梵天 下11ウ1
梵宇 下1ウ4
梵網經 下16ウ1
大梵天王問佛決疑經 下13ウ9
【梨】梨 上11ウ5
梨花 上11ウ9
頗梨 上8オ4
訶梨勒 上16ウ1
上16ウ2
【棄】難棄 上21ウ6
【棒】手棒 上19オ3
【棗】棗 上11ウ7
棗纈 下11ウ3
【棟】畫棟 上13ウ9
【棧】棧敷 上11オ8

【森】森澤 上12オ6
【棹】掉〔棹〕 上4オ8
【椀】茶椀 上12オ4
【椒】椒 上11ウ7
胡椒 上16オ5
【椙】上椙金吾 下6オ6
【楊】緑楊 上15オ6
楊貴妃 上19ウ7
上20オ6
【楚】楚王 上13オ4
漢楚 上4ウ4
【業】業 上22ウ9
因業 下17オ3
家業 下18ウ3
課業 下1ウ7
鴻業 下2オ5
在原葉〈業〉平 上20オ2
【楯】脇楯 上8ウ5
脛楯 上8ウ5
【極】極樂 下18ウ8
極樂國 下19オ4
極樂極樂 上20オ3
極樂極樂 上20オ3
【椰】檳椰子 上16オ2
【榮】榮花 上21ウ6
【榲】↓〔椙〕
【槃】涅槃 下10オ9
涅槃門 下17ウ5
【槌】國狭槌尊 下15オ1
【槿】槿花盆 上12オ3
【樂】樂 上19ウ1
上20ウ2
上22ウ7
樂記 上7ウ4
仙樂 上20オ9
信樂 上1オ9
上12オ7
法樂 上1ウ6
上19オ9
極樂 下18ウ8
白樂 上15オ8
豐樂 下12オ3
長樂 上13ウ1
極樂國 下19オ4
喜春樂 上7オ2
地久樂 上7オ4
延喜樂 上7オ6
御神樂 上1ウ6
泰平樂 上7オ3
胡德樂 上7オ5
萬歳樂 上7オ1
還城樂 上7オ3
極樂極樂 上20オ3
極樂極樂 上20オ3
【樊】樊噲 上5オ1
【樓】樓閣 上14ウ1
栝樓 上16オ6
秦樓 上18ウ7
鍾樓〈漏〉 上14オ1
迦樓焔 下17ウ7
都府樓 上13ウ6
【樞】樞 上6オ4
上22オ4
【模】模 下10オ4
【樣】樣 上23オ1
下10オ4
樣樣 上21オ1
別樣 上22ウ3
加樣 下13オ2
樣樣 上21オ1
無樣 上20ウ9
【樹】樹 上12ウ9
上13ウ4
樹下 上22オ7
樹色 上13ウ5
碧樹 上13オ9
【樺】樺巻 上10オ7
【橋】橋 上7オ8
橋縁 上22オ7
白橋 上9ウ7
【橘】丹橘 上11ウ4
【横】横 上13オ7
横陳 上21オ9
【橾】橾〈操〉 上7ウ1
【檀】旃檀 下11オ2
紫檀 上16オ5
檀陀地藏 下18オ1
【梩】梩椀 上8オ4
【檳】檳榔子 上16オ2
【櫑】櫑茶 上12オ4
【櫨】櫨匂 上8ウ8
【櫻】小櫻綴 上8ウ5
【權】權屋 上11ウ1
化權〈現〉 下3オ1
三權一實 下12オ8

欠部

【次】次 上1ウ1
上2オ7
上3ウ8
上14オ8
下2ウ3
下7オ7
下8ウ6
下10オ8
下14ウ1
下15オ7
盛繼〈守次〉 上10ウ6
林次 上10ウ3
紀次 上9オ7
藤次 上10ウ2
貞次 上10ウ6
路次 上3ウ8
上11オ6
中次郎 上11オ1
圓〈閻〉次平 上15オ2
次第不同 上7ウ5
九郎次郎 上10ウ9
【欲】欲 上1ウ3
上14オ1
下9ウ2
下13オ2
私欲 下3ウ4
【欹】↓〔敧〕
【歇】歇 上20オ4
【歌】歌 下2オ5
詠歌 上20ウ3
上20ウ3
謳歌 下1オ7
鶯歌 上13オ1
連歌等 上1ウ6
↓〔謌〕
【歎】嗟歎 上20ウ3
上20ウ3
讚歎 下12オ2
下12オ8
↓〔嘆〕

【歐】
歐陽　上15ウ3
【歎】
歎　上2オ9　上2ウ5　上19ウ2　上19ウ3　下3ウ5　下4ウ4　下4ウ7　下13オ2
【歡】
歡　上22オ2
歡伯　上12オ1

止部

【止】
止　上1ウ9　上11オ6　下9ウ3
制止　下16ウ3　下16ウ4
【正】
正　上2オ9　上16ウ6　下1オ7　下2オ1　下8ウ4
正月　下8オ6
不正　下8ウ8
成等正覺　下16ウ1
王正月十日　下6オ8
正哉吾勝勝速日天忍穗耳尊　下15オ9
【此】
此　上2オ1　上2オ4　上3オ5　上8オ4　上8ウ9　上11オ3　上11オ6　上11オ6　上14オ6　上20オ5　上20ウ5　上20ウ9　上21オ2　上22オ6　下2オ1　下2オ7　下3ウ5　下10オ2　下10オ2　下11オ2　下11オ3　下11オ6　下14オ2　下14ウ1　下14ウ4　下15オ2　下15オ4　下15オ6　下19オ4　下19オ8
彼此　上3オ6
會此　上21オ7
【步】
步行　上11オ8
【武】
武紀　上12ウ6
武運　下2オ3　下10オ7
彦波瀲〔斂〕武鸕鷀草葺不合尊　下15ウ2
【歳】
歳　上1ウ1　上2オ7　上17オ9　上17ウ2　下2ウ6　下4オ3　下4オ4　下6オ5　下6ウ1　下8オ1　下10オ9
一歳　上17オ7
三歳　下16ウ7
五歳　下16ウ8
十歳　下16ウ8
萬歳　上13オ5
萬歳樂　上7オ1
五十六億七千萬歳　下10ウ2
【歷】
歷〔癧〕瘍　上15ウ5
【歸】
歸　下3ウ5
歸依　上3ウ1　下2オ8　下10オ5
歸命　下14オ5
生歸　上10オ6
遠浦歸帆　上12ウ4

歹部

【死】
死　下7オ3
出離生死　下16オ5
【殃】
殃　上3ウ1
【殆】
殆　上2ウ6
【殊】
殊　上17オ6
文殊　下11ウ5
文殊四郎　上10ウ9
大聖文殊　上6オ1

殳部

【段】
段〔緞〕子　上7ウ7
段〔緞〕金　上7ウ6
【殺】
殺　下5ウ1　下5ウ2
四殺　下7オ2
自殺　下6オ9
【殿】
夕殿　上13ウ8
拜殿　上1ウ8
寵殿　上1ウ9
賀殿　上7オ3
【毀】
毀　下5ウ8
自讃毀他　下19オ2

母部

【母】
母　上19ウ3
御母　上21オ3
悲母　下16オ8
父母　下16オ6　下16オ9　下16ウ2　下16ウ5　下16ウ8　下16ウ9
貝母　上16オ3
西王母　上11ウ6
【每】
每日　下1ウ7　下3ウ7　下3ウ7
每朝　上18オ9
【毒】
毒　上17オ3

比部

【比】
比　上17ウ4　上19オ5　上21ウ4　下1オ2　下2ウ4　下2ウ7
比丘衆　下1ウ5
朝稻〔朝比奈〕　上5オ3
連枝比翼　上22ウ7

毛部

【毛】
毛　上17オ4
糟毛　上9オ9
綠毛　上13オ5
河原毛　上9オ9
黄鴾毛　上9オ8
柑子栗毛　上9オ8
連錢葦毛　上9オ8

氏部

【氏】
季子〈氏〉　下5ウ3　下5ウ3
藤氏　下13オ6
伏義氏　下7オ8
【民】
民屋　上7ウ3
庶民　上4オ2
萬民　下1オ7

气部

【氣】
氣　下7ウ5
辭氣　下8ウ4

水部

【水】
水　上1ウ4　上13オ6　上13ウ4　上14ウ1　下6ウ8　下7オ1
水穗　下14ウ7
水豹　上9ウ8
山水　上14ウ4　上14ウ6　上14ウ6　上14ウ9　上14ウ9　上15オ2
戀水　上22オ1
桂水　上2ウ8
瀧水　上6ウ6
水干鞍　上9ウ6
水心劍　上8オ9
水火災　下12オ5
清水寺　上6ウ6
赤水珠　上8オ8
【氷】
↓〔冰〕
【永】
永　上20ウ6　下12オ4
永昌　上5ウ8
應永丙申　下1オ2　下10オ9
應永廿三年　下6オ5
應永二十三年　上1ウ1
【求】
求　下12オ5
隨求陀羅尼經　下14ウ2
【汗】
汗血馬　上12ウ6
【汝】
汝　上15ウ8　上16ウ5　下10ウ5　下13オ5　下14ウ5　下16オ4　下18ウ9
汝等　下9ウ9
汝達　下10オ4　下2オ9
汝陽　上12ウ3
芳汝　上14ウ2
【江】
江　上5ウ4　上5ウ8
江湖　上6ウ8
杜江〈康〉　上12オ1
蜀江錦　上7ウ7
葵〈青江〉作　上10ウ6
難波江　上7オ8
江天暮雪　上12ウ4
【池】
池中　上12ウ9
龍池　上13ウ1
【決】
決定　下19オ5
大梵天王問佛決疑經　下13ウ9
【沈】
沈　上18オ2
沈淒　上7ウ9
沈狂　上5ウ7
浮沈　上18オ5
深沈　上21ウ9
浮沈中　上17ウ9
【沒】
埋沒　下9ウ9
【杳】
杳　上10オ1
【沙】
沙彌　下14ウ6
沙瓊尊　下15オ3
小沙彌　下13ウ5
平沙落鴈　上12ウ4
千百億恆河沙　下11ウ8
【河】
河東　上11ウ4
河漢　上13オ3
星河　上14オ1
白河　上13ウ5
河原毛　上9オ9
海晏河清　下1ウ8
千百億恆河沙　下11ウ8
【油】
油滴　上12オ3
【治】
治　下1ウ1　下2ウ3　下2ウ9
主治　上17オ4
宇治　上12オ6
療治　上17オ5
鍛治〔鍛治〕　上10ウ1
【泉】
和泉〔泉〕　上5オ3
【法】
法　下16オ4　下16ウ2
法樂　上1ウ6　上19オ9
法然　下14オ7
法物　上8オ4
法相　下13オ9

法華 下12オ8
下16オ1
一法 下16オ3
佛法 下5ウ6
妙法 下14オ5
憲法 下5ウ6
教法 下12オ8
説法 下10オ3
三法紗 上7ウ8
名法華 下16オ2
心法身 下14オ5
諭法師 上14ウ4
法師鍛〔鍛〕冶
上10ウ4
法論味曾 上11ウ3
弘法大師 下13オ7
下14ウ1
花山法皇 上6オ6
南無妙法連華經
下12ウ9
【泚】泚 上22オ8
上22オ9
上22オ9
【波】波 上4ウ1
波平 上10ウ7
白波 上7オ7
那波 上10オ2
難波 上5ウ8

難波方 上20ウ8
難波江 上7オ8
波斯匿王 下11オ3
彦波瀲〔斂〕武鸕鷀草
葺不合尊 下15ウ2
【泣】泣涙衣 上21ウ8
【泥】泥 上22オ5
泥顔 上15ウ8
障泥 上9ウ9
【泰】泰平樂 上7オ2
【洁】洁〈浩〉然 下7ウ5
【洋】洋洋 上20オ2
上20オ3
洋洋 上20オ2
上20オ3
洋洋乎 上20ウ1
洋洋乎 上20ウ1
【洗】洗 上15オ8
【洛】洛陽 下11オ5
上洛 上5オ7
【洞】洞香 上12オ5
洞庭春花〈色〉
上11ウ8
洞庭秋月 上12ウ4
【津】粟津 上12オ7
中津國 下14ウ7
秋津洲 下14ウ7
天津彦彦火瓊瓊杵尊

下15ウ1
下15ウ4
【洪】洪 上18オ2
【洲】瀛州〈洲〉 上13オ1
秋津洲 下14ウ7
【活】活 下6ウ3
【流】流 上21ウ5
流經 上22ウ4
流草 上22オ3
人流 上21オ8
風流 上3ウ5
上7ウ3
上7ウ4
上11オ7
上20ウ2
上20ウ5
風流女 上21オ5
出流之觀音 下9オ6
【浞】寒浞〈浞〉 下5ウ2
【浦】南浦 上13ウ9
合浦 下1オ7
合浦珠 上8オ8
明石浦 上7オ8
遠浦歸帆 上12ウ4
【浩】浩〈浩〉然 下7ウ5
【浪】浮浪 上21オ6
【浮】浮 上18オ1
浮梁 上5ウ6

浮沈 上18オ5
浮浪 上21オ6
閻浮 下1ウ9
浮沈中 上17ウ9
閻浮提 下11ウ5
閻浮界 下18ウ3
【海】海 上1ウ4
海人 上5ウ1
海岸 上8オ6
海㹠〈獱〉 上9ウ8
海畔 上5ウ1
四海 下2オ8
德海 下14オ8
直海 上9オ7
苦海 上1オ7
西海 上12ウ8
海晏河清 下1ウ8
東山西海 上1ウ4
【涅】涅槃 下10オ9
涅槃門 下17ウ5
【涎】涎懸 上8ウ4
【液】太掖〈液〉 上13オ1
【涙】暗涙 上4ウ5
泣涙衣 上21ウ8
【淨】清淨 下8ウ4
下11オ7
下11ウ9
西方淨土 下18ウ7

【淩】淩 上4ウ1
【深】深 上6オ3
上13ウ1
下9オ1
下14オ1
深沈 上21ウ9
深瀬 上12オ5
深祕 下13オ6
甚深 上1オ4
下17オ8
【淵】淵明 上6オ4
藤淵 上12オ6
顔淵 上6オ3
【混】混 上21ウ9
混〈婚〉合 下15オ5
下15オ7
【清】清 上2ウ8
上22ウ6
清光 下3オ3
清淨 下8ウ3
下11オ7
下11ウ9
清衆 下1ウ5
下1ウ6
清香 上12オ5
陸清〈青〉 上14ウ9
清水寺 上6ウ6
海晏河清 下1ウ8

漢字索引

【淺】	淺黄絲	上8ウ6
【渚】	渚宮	上13ウ9
【減】	減	下5オ6
【渡】	渡	下5ウ7
【淳】	豐酣〔斟〕淳尊	上18オ5
【温】	野渡	下15オ2
【游】	游子 →〔遊〕	下3ウ8
【湌】	→〔湌〕	上21ウ7
【湖】	五湖 月湖 江湖	上5オ4 / 上13ウ7
【湘】	瀟湘 瀟湘夜雨	上14ウ1 / 上6ウ8 / 上22オ4
【渾】	黒渾	上12ウ4
【湯】	湯平 湯立 〔政〕賴	上12オ4 / 上1ウ6 / 上4ウ4
【源】	源平 根源 源成 源大相公	上17オ2 / 上5オ6 / 下5ウ9

【溟】	溟	上4ウ3
【溢】	溢	上8オ6
【溪】	滄溟	上22オ6
【温】	北溪 牧溪和尚	上11ウ4 / 上15ウ1
【温】	温 寒温平	下2オ4 / 上17オ5
【溶】	溶溶 溶溶	上18オ8 / 上20オ3
【滄】	滄 滄溟	上20ウ3 / 上8オ6
【滅】	滅	上16ウ9
【摧】	摧滅	下5ウ6
【自】	自滅	下5オ3
【滋】	滋	下6オ3
【滑】	滑	下7オ

水火災　下12オ5
天地災變之祭　下4ウ3
【炭】炭　上6ウ3
【炮】炮衣　上15ウ7
【烈】烈　上21ウ5
【妻】沈妻　上7ウ9
【烏】烏梅　上16オ6
烏羽　上9オ5
烏頭　上16オ5
立烏帽子　下1オ4
↓［羽］
【烟】↓［煙］
【焉】焉　上1オ6　上1ウ4　上2ウ6　上3オ7　上3ウ3　上11オ7　上17オ6　上21オ5　下1オ6　下1ウ1　下1ウ3　下5ウ6　下7オ9　下7ウ4　下10オ1　下10ウ1　下12オ8　下13オ6　下14オ2　下14オ2
忽焉　下12ウ4
恢恢焉　下9ウ6
晃晃焉　下9ウ6
【焚】山焚〈礬〉　上16オ5
山焚〈礬〉　上16オ7
林焚〈奕〉妃
【無】無　上3オ3　上7ウ2　上7ウ2　上9ウ4　上10ウ8　上13オ5　上16ウ8　上18ウ1　上19オ6　上20オ2　上20オ5　上21ウ9　上22ウ4　下1ウ7　下6ウ2　下8ウ7　下10オ3　下10ウ8　下11オ7　下12オ5　下15オ5　下15オ5　下19オ5
無因　上22ウ4
無様　上20ウ9
無狀　上22ウ4
無邊　下14オ8
無雙　下18ウ5
無爲方　上22オ2
無邊身　下17オ7
南無佛　上19オ8
門無關　上14ウ7
無佛世界　上1オ7
無量壽佛　下13ウ4　下17ウ3
無量無邊　上11オ9　上11オ9
南無阿彌陀佛　下12ウ8
南無妙法蓮華經　下12ウ9
南無大悲観世音菩薩　下12ウ9
↓［无］
【焦】焦遂　上12ウ3
三焦等　上18オ7
【焰】迦樓焰　下17ウ7
【然】然　上16ウ6　上16ウ9　上20ウ6　上22ウ5　上22ウ9　下4オ3　下13ウ9
然者　上19ウ3　下12オ7
俄然　上2ウ5
忽然　上2オ2
悄然　上13ウ8
法然　下14オ7
洁〈浩〉然　下7ウ5
䩶然　上2オ3
不然者　下4ウ3
高然輝　上14ウ6
咥咥然　上18ウ3
循循然　下12ウ4
自然居士　上6ウ5
【煌】煌煌　上3オ7
煌煌　上3オ7
燉煌　上11ウ4
【煎】煎物　上15ウ8
煎物賣　上15ウ7　上15ウ9
御煎物　上18オ9
【煙】煙　上7オ9　上13オ9
遠〈煙〉寺晩鐘　上12ウ4
【照】照　上2ウ6
照膽鏡　上8オ5
天照大神　下15オ9
天照太〔大〕神　下15オ8
漁村夕照　上12ウ4
【熒】青熒　上20オ2
【熟】熟　上21オ4
【燈】燈　上13ウ8
燈前　上1ウ7
【燉】燉煌　上11ウ4
【燒】燒　上5ウ1
燒香　下12オ2
【燕】南燕　上11ウ6
【營】經營　上19ウ3
【燧】燧嚢　上10オ6
【爐】巨爐〈匡廬〉　上15オ6
風爐　上12オ2
香爐峯　上6オ7

爪部

【爪】肢爪　上9ウ3

【争】
争 上4ウ4
下7ウ3
争取 下3ウ4
下3ウ5
相争 下3ウ2

【爰】
爰 上1ウ1
下13ウ5

【爲】
爲 上2オ3
上2ウ4
上3ウ5
上6オ4
上6オ5
上11オ6
上11オ7
上15ウ9
上16ウ4
上16ウ9
上17オ1
上18ウ1
上19オ1
上19オ3
上19オ9
上20ウ2
上21ウ9
上22オ4
上22オ9
下1オ4
下1ウ3
下1ウ4
下1ウ5
下4オ2
下4オ6
下4オ8
下4オ9
下4ウ6
下5ウ2
下5ウ6
下5ウ9
下7ウ7
下7ウ7
下9オ1
下9ウ2
下9ウ3
下10オ3
下10オ4
下10オ4
下10ウ7
下11オ9
下12オ3
下13オ5
下13ウ1
下13ウ6
下14ウ8
下14ウ8
下15オ2
下16オ4
下16オ7
下16オ9
下16ウ2
下16ウ4
下16ウ5
下18ウ3
下19オ1
無爲方 上22オ2

父部

【父】
父母 下16オ6
下16オ9
下16ウ2
下16ウ5
下16ウ8
下16ウ9
巣父 上15オ8
慈父 下16オ8

爻部

【爾】
爾 上1ウ1
下6ウ4
下6ウ4
爾來 下5ウ7
下7ウ2
爾後 上17ウ8
爾時 下9ウ1

爿部

【爿】
爿 下5オ2

【牀】
蛇牀子 上16オ9

片部

【片】
片 下5オ2
片臣 下4ウ8
下5オ1
下5オ2
下5オ7
下5オ8
下6オ1

牙部

【牙】
象牙 上8オ4
金牙 上16オ4

牛部

【牛】
牛 上14ウ2
上15オ4
上15オ6
上15オ8
牛乳 上11ウ6
牛角 上12ウ5
牛車 上5オ8
野牛 上9ウ8

【牢】
牢 上18オ3

【牧】
本牧立 上9ウ1
牧溪和尚 上15ウ1

【物】
物 上3ウ6
上7ウ2
何物 上2ウ8
法物 上8オ4
煎物 上15ウ8
著物 上18ウ2
見物 上11オ6
上21オ7
上21オ8
鑣〈鐫〉物 上10オ4
鑿物 上11オ4
雜物 上7ウ4
食物 上11ウ1
煎物賣 上15ウ7
上15ウ9
見物衆 上11オ9
上15ウ4
御煎物 上18オ9

【特】
奇特 下9オ4
下9オ7

【牽】
牽 上5オ3

上15オ8
【犀】犀　上12ウ7
犀皮　上8オ2
黄支之犀　上12ウ7
【犧】犧文　下7ウ2
↓〔羲〕

犬部

【犯】犯　下4ウ9　下5オ9　下6オ1　下6オ2　下6オ6
【狀】狀　上20ウ6　上21オ6　上21ウ9　上22オ1　上22オ8
無狀　上22ウ5
【狂】狂雞　上19オ5
沈狂　上5ウ7
【㹠】海㹠〈獱〉　上9ウ8
【狄】儀狄　上12オ1
【狎】佳狎　上20ウ9
【狗】狗盧尊佛　下9オ5
【狛】狛杵〔桙〕　上7オ5
【狩】巡狩　上4オ2
【狹】國狹槌尊　下15オ1
【狼】狼籍〔藉〕　下6オ6
【猛】猛將　上16ウ9
勇猛　下18ウ3
勇猛精進　下19オ3
【猶】猶　上21オ1
【獄】地獄　上1オ7
地獄道　下18オ1
【獨】獨言　下1オ5
【獱】海㹠〈獱〉　上9ウ8
【獲】獲　上3オ5　上3ウ2　下3ウ4
滅獲　下3ウ3
【獵】田獵　上14ウ7
【獸】奇獸　上12ウ5
禽獸　上11オ5
【獻】獻　上12ウ5

玄部

【玄】玄參　上16オ3
玄宗　上4オ9
玄風　下1オ9
太玄　上15オ2
幽玄　上21ウ7
玄鶴珠　上8オ8
【率】率翁　上15オ5
率都婆　下9オ6
率土之賓〈濱〉　下1ウ2

玉部

【玉】玉井　上9ウ9
玉妃　上4オ9
玉體　上21ウ8
兒玉　上10オ2
玉潤子　上14ウ6
金枝玉葉　下1ウ9
昭王之玉　上8オ8
【王】王　上2オ8　上16ウ4　下7オ3　下7オ8　下11オ1　下11オ9　下14オ1
王戎　上12ウ1
王道　下5ウ6
三王　下5ウ1
二王　下11オ1
人王　下5ウ4　下5ウ7
十王　上15オ1
君王　上13オ3
呉王　上4オ7
楚王　上13オ4
漢王　上5オ2
穆王　上9ウ4
育王　下9オ4
越王　上4オ7
王元章　上14ウ5
王摩詰　上14ウ1
王義〈羲〉之　上15ウ1
王荊公　下14オ1
東王公　上11ウ6
西王母　上11ウ6
陵王等　上7オ4
優塡王　下11オ2　下11オ5
大宛王　上12ウ6
等持王　下1ウ5
轉輪王　下1オ5
金輪王　下11ウ1
昭王之玉　上8オ8
波斯匿王　下11オ3
阿保親王　上21オ3
王正月十日　下6オ8
伊登內親王　上20オ2
大威德明王　下17ウ4
威德內親王　上21オ4
軍陀〈荼〉利明王　下17ウ2
降三世明王　下17ウ1
大聖不動明王　下17ウ8
金剛夜叉明王　下17ウ6
大梵天王問佛決疑經　下13ウ9
【玩】珍玩　下11オ8
【珀】琥珀　上8オ5
【珊】珊瑚　上8オ5
【珍】珍玩　下11オ8
【珠】珠　下1オ7
珠簾　上13ウ9
合浦珠　上8オ8
夜光珠　上8オ7
明月珠　上8オ7
玄鶴珠　上8オ8
赤水珠　上8オ8
驪龍珠　上8オ8
寶珠地藏　下18オ1
【珪】夏圭〔珪〕　上14ウ4
【班】班婕妤　上8ウ1
【現】現　上1オ5　上2ウ1　上2ウ4　上2ウ7　下1オ5

下13ウ2
下15ウ6
下16オ4
下17オ7
下17ウ7
下18オ5
下18ウ6
下18ウ7
現在　下10ウ5
下11ウ9
下12オ4
出現　上2オ4
下1オ8
下4オ8
下6オ7
化現　下2ウ5
化權〈現〉　下3オ1
示現　上2ウ6
下16オ2
【理】妙理　下12オ8
【琉】七寶琉璃　上8ウ3
【琥】琥珀　上8オ5
【琴】琴　上18ウ8
琴高　上15オ7
琴緒巻　上10オ7
琴碁書畫　上8ウ2
【琵】琵琶　上4ウ6
上18ウ8
【琶】琵琶　上4ウ6
上18ウ8
【瑚】珊瑚　上8オ5
【瑞】奇瑞　上3オ8
下2ウ5
【瑟】鶴瑟　上18ウ7
【瑠】瑠璃　上8オ5
金寶瑠璃　上8ウ2
藥師瑠璃光如來　下17オ9
【璃】瑠璃　上8オ5
七寶琉璃　上8ウ3
金寶瑠璃　上8ウ3
藥師瑠璃光如來　下17オ9
【璧】卞和之璧　上8オ9
【璫】璫　上10オ6
【瓊】涅瓊尊　下15オ2
沙瓊尊　下15オ3
天津彦彦火瓊瓊杵尊　下15ウ1
下15ウ4
天津彦彦火瓊瓊杵尊　下15ウ1
下15ウ4

瓜部

【瓜】瓜　上11ウ5
【瓢】瓢簞〔箪〕　上6オ2

瓦部

【瓦】瓦　上13ウ6
【瓶】銅瓶　上12オ2
【甕】甕　上12ウ8

甘部

【甘】甘州　上7オ3
甘草　上16オ3
甘蔗　上11ウ4
甘露　上9オ7
付甘　上9ウ4
【甚】甚　上9ウ4
上15ウ6
上22ウ1
下9オ3
甚深　上1オ4
下17オ8
空甚　上21オ6
甚奇妙　下19オ7

生部

【生】生　上21ウ6
上21ウ7
下3オ4
下7オ9
下10オ2
下11オ8
下11オ9
下11オ9
下11ウ1
下12オ4
下17オ1
下17オ1
下18オ8
下19オ4
生得　上9ウ1
生憎　上21オ6
生歸　上10オ6
生界　下17オ7
生處　下11オ7
生身　上22オ3
生驗　上22ウ4
一生　下10オ1
三生　下7オ2
下生　下10ウ2
今生　下10オ1
四生　上2ウ9
後生　下11ウ2
所生　下15オ8
下16ウ5
相生　下7オ3
衆生　上4オ1
下10ウ4
下11ウ9
下12オ9
下12ウ1
下16オ4
下18ウ6
貪生　上22ウ1
寶生佛　下17ウ2
畜生道　下18オ2
度衆生　上1オ8
生女房達　上21ウ7
作麼生道　下9ウ7
出離生死　下16オ5
一切衆生　下11ウ7
下14オ3
下18ウ7
甪里先生　上12ウ2

用部

【用】用　上7ウ5
上16ウ3
上16ウ3
上16ウ7
上17オ6
上19ウ9

下11オ2
下11オ3
用田 上14ウ2
土用 上18オ4
下8オ3
藥用 上17オ6
用明天皇 下5ウ5

【甫】
甫〔補〕之 上14オ9

田部

【田】
田獵 上14ウ7
田頭 上11オ7
用田 上14ウ2
粟田口 上10ウ2
龍田川 上7オ7
天滄田 上4オ4
新〔仁〕田四郎
上5オ5
三家田多 上10ウ7
世良田刀 上10オ7

【由】
由 下15オ9
由來 下18オ7
由是 下7オ9
許由 上15オ8

【甲】
甲 上2オ6
上8ウ4
甲午 上1ウ2
上2オ5
艸甲 下3オ8
下3オ9
鱗甲 上11オ5
鼈甲 上16オ6

【申】
申 上17オ6
下6ウ9
下6ウ9
丙申 上1ウ1
下2ウ6
下4オ3
下6オ5
下6ウ1
應永丙申 下1オ2
下10オ9

【男】
男 上21オ5
下5オ3
下18オ8
男女 下17オ4
男神 下15オ6
下15オ9
下15ウ2
下15ウ3
杜男 上5オ9

【畋】
↓〔田〕

【界】
上界 上3オ3
下界 上3オ5
世界 上2ウ6
境界 下17オ1
下9ウ7
生界 下17オ7
十方界 下1ウ9
閻浮界 下18ウ3
無佛世界 上1オ7

【畑】
外畑 上12オ5

【畔】
海畔 上5ウ1

【畜】
畜生道 下18オ2

【畠】
小畠 上12オ6

【畢】
畢 下2オ7
下6オ1
下6オ9
畢竟 上17ウ9
下3オ8
下7ウ8
下11ウ7
下15ウ5

【略】
略釋 下14オ9

【番】
番 上11オ1
花繙〔番〕羅
上7ウ8
青繙〔番〕羅
上7ウ8

【畫】
畫 下7オ8
畫像 下1ウ7
下11オ6
畫圖 上14オ6
畫棟 上13ウ9
塑畫 下12オ1
下17オ1
下17オ5
琴碁書畫 上8ウ2

【異】
異 下9オ8
下18ウ5
奇異 下1オ4
異口同音 下19オ8

【當】
當 上1ウ2
上17オ7
下1オ9
下2ウ3
下3オ1
下4オ5
下4ウ8
下5オ2
下8オ9
下10オ8
下10オ8
下11オ8
下16ウ5
下17オ6
下19オ4
當世 上11オ2
當季 上18オ4
當宿 上2ウ3
當年 下2ウ2
下2ウ4
下2ウ5
下4オ3
當社 上1ウ2
別當 下6オ9
應當 下11オ1
相當 下2ウ4
下4オ5
下6オ7
下6ウ1
腹當 上8ウ4
隨當 上8ウ5
當劫數 下17オ4
當麻作 上11オ1

疋部

【疎】
疎香 上7ウ9
暗疎 上22ウ8

【疑】
疑 上19ウ4
下9オ8
下13オ3
下14ウ5
下19オ5
疑心 下9オ1
大梵天王問佛決疑經 下13ウ9

疒部

【疾】速疾　上1オ9　下6オ3
【病】病　上16ウ8　上17オ1
病鵲　上19オ5
萬病　上16ウ7
【瘍】歴〔癧〕瘍　上15ウ5
【療】療治　上17オ5
【癒】↓〔愈〕
【癧】歴〔癧〕瘍　上15ウ5

癶部

【登】登　上6ウ7　上14オ5
香香登　上12オ7
香香登　上12オ7
伊登内親王　上20オ2
【發】發　下10オ8　下11ウ7　下19オ6
發多　上9ウ3
發絹　上7ウ6
發言　下11ウ3
發露　上5ウ5
發心門　下17オ9
滕元發　上17オ6

白部

【白】白　上19オ2　下11オ1
白地　上22ウ6
白字　上17オ5
白尾　上9オ4
白木　上9オ2
白朮　上16オ5
白樂　上15オ8
白橋　上9ウ7
白河　上13ウ5
白波　上7オ7
白濱　上7オ5
白焚〈礬〉　上16オ5
白粉　上22ウ2
白絲　上8ウ7
白芷　上16オ7
大〔太〕白　上15オ6
妻白　上9オ4
李白　上12ウ3
髮白　上9オ9
白善地　下1ウ3
白石脂　上16ウ1
白綾綴　上8ウ7
鶴本白　上9オ5
白張裝束　下1オ4
白鹿皮綴　上8ウ8
【百】百千　下11ウ6
百媚　上21ウ7
百百　上18ウ9
百草　上17オ2
百萬　上13ウ3
百藥　上17オ2
百馬　上14ウ8
百百　上19オ1
百億山　下2オ1
一百个日　下4ウ7　下6オ8
一百八箇　上1オ6
一百三十種　上17ウ4
三百六十日　下4オ2　下7ウ8　下8オ4
三千七百年　上17オ8
三百五十五日　下4オ2　下4オ5
三百六十五種　上17オ7　上17オ9
千百億恆河沙　下11ウ8
三百有六旬有六日　下8オ1
一千六百七十六種　上17ウ7
二千三百六十五年　下10ウ1
【的】御所的　上3ウ6
【皆】皆　上10オ4　上10オ8　上17オ5　上19オ8　下3オ5　下9オ7　下16オ3
皆悉　上21オ6
悉皆　下9ウ1
【皇】皇女　上21オ3
皇帝　上7オ1
明皇　上20オ7
秦皇　上15オ9
漢皇劍　上8オ9
三皇五帝　下5オ9
仁宗皇帝　上15ウ1
今上皇帝　上3オ4
天智天皇　上3オ2
柏原天皇　上21オ3
用明天皇　下5ウ5
花山法皇　上6オ6
後醍醐天皇　下5ウ7
【皓】商山四皓　上12ウ2

皮部

【皮】力皮　上10オ1
桂皮　上8オ2
犀皮　上8オ2
紫皮　上8ウ7
赤皮　上8ウ7
陳皮　上16オ4
黃皮　上8ウ6
黑皮　上8ウ7
地骨皮　上16オ2
白鹿皮綴　上8ウ8
【皷】面鼻皷〈皻〉　上15ウ5
↓〔鼓〕
【皻】面鼻皷〈皻〉　上15ウ5

皿部

【盃】鸚鵡盃　上8オ1
【盆】盆　上8オ3
槿花盆　上12オ3
【盈】盈　上20ウ1
【益】益　上2ウ7　下12オ4
益智　上16オ6

利益　下12オ3
　下16オ3
請益　下3ウ2
【盛】盛　上2ウ1
　上19オ1
　上23オ1
盛繼〈守次〉　上10ウ6
實盛　上6オ5
【盞】建盞　上12オ2
羽盞　上12オ3
【盡】盡　上2ウ8
　上13ウ1
　上13ウ8
　下2ウ5
　下2ウ7
　下3ウ1
　下7ウ9
　下7ウ9
　下19オ4
【盤】盤　上8オ5
　下8ウ1
大盤石　下17ウ7
【盧】盧多遜　上17ウ4
狗盧尊佛　下9オ5
【盪】盪　上5オ9

目部

【目】目　上19オ3
　上20オ1
　上20オ8
日貫　上11オ4
貝〈目〉貫　上10オ8
日錄　上2オ7
人目　上22オ5
佐目　上9オ8
外目　上21オ7
天目　上12オ2
式目　下5ウ8
眼目　下11オ7
蟇目　上9オ5
面目　上18ウ1
　上22オ9
日出度　上21オ1
一面目　下10オ3
柖繩目綴　上8ウ9
【盱】肝膢〈盱瞜〉　上22ウ5
【直】直海　上9オ7
胡直夫　上14ウ7
黄魯直　上15ウ2
直指人心　下9ウ8
【相】相　上4オ1
　下7オ3
相亂　上21ウ8
相交　上18ウ6
相刻〈剋〉　下7オ3
相從　上3ウ4
相撲　上1ウ6
相爭　下3ウ2
相生　下7オ3
相當　下2ウ4
　下4オ4
　下6オ7
　下6ウ1
相語　上22ウ9
相輕　上18ウ5
左相　上12ウ3
法相　下13オ9
聖相　下11オ5
夏后相　下5ウ1
　下5ウ2
源大相公　下5ウ9
【盻】盻〈圬〉　上22ウ1
【眇】眇　下1オ9
【眉】眉　上20オ4
【看】看　上13ウ6
【眙】眙　上20オ8
【眞】眞　上9オ9
　上21オ1
眞人　下9オ5
眞俗　上1ウ8
眞像　下11オ3
　下11オ4
眞土　上2オ9
眞壷　上12オ5
眞弓　上9オ2
眞成　上21オ6
眞綱　上10ウ6
九眞　上12ウ5
大〔太〕眞　上4オ9
腹眞弓　上9オ2
九眞之麟　上12ウ5
【眠】眠　上13ウ8
李龍眠　上14ウ5
【眩】眩轉　上20オ8
【眷】眷屬　下16ウ9
　下17オ3
　下17オ7
【眸】眸　上21ウ6
【眼】眼前　下4オ1
眼目　下11オ7
心眼　下19オ6
象眼　上8ウ3
【眾】↓〔衆〕
【睦】睦　上22ウ8
【睨】睨　上5オ1
　上22オ8
【瞜】肝膢〈盱瞜〉　上22ウ5
【瞞】瞞　下14ウ6
【瞻】膽〈瞻〉　下12ウ3
瞻禮　上1ウ7
　下17オ3
　下17オ5
　下17オ6
膽〈瞻〉禮　下12オ2
蘇子瞻　上15ウ2
一膽〈瞻〉一禮　下17オ2
南瞻部州　下14ウ7

矢部

【矢】矢　下18ウ1
弓矢　下18オ6
　下18オ7
　下18ウ2
　下18ウ3
　下18ウ5
征矢　上9オ6
鉾矢　上9オ5
桑弧蓬矢　下18オ8
【矣】矣　上1オ7
　上1ウ5
　上2オ2
　上2オ5
　上2ウ7
　上3ウ4
　上11オ8
　上17オ1
　上18ウ3

上20ウ2
上21オ1
下1オ7
下1ウ2
下2オ2
下2オ5
下5ウ3
下7ウ1
下7ウ3
下7ウ5
下8ウ4
下8ウ5
下8ウ6
下8ウ8
下10オ1
下12オ7
下12ウ1
下14ウ6
下16ウ7
下19オ5

【知】
知 上2ウ1
上17ウ8
上20ウ4
上21オ7
上22ウ5
上22ウ6
下2オ4
下2オ7
下4オ7
下8オ5
下8ウ1
下10ウ2
下13オ4
下13ウ5
下14オ2
下15オ5
下15オ6
下15オ6
下16オ6
下16ウ6
下16ウ9
賀知章 上12ウ3

【矧】
矧 上19オ8

【短】
短 上18オ3

石部

【石】
石 上3オ5
上17オ4
下11ウ9
石佛 上3オ1
下2オ6
石像 下9オ8
石築 上10オ8
石貫 上10ウ7
石斛 上16オ7
石頭 下19オ6
石體 上2ウ4
一石 上2ウ5
塊石 上2オ9
上2ウ1
怪石 上2ウ8
木石 下9オ9
靈石 下9オ8
黄石 下9オ5
石地藏 下9オ3
明石上 上20ウ8
明石浦 上7オ8
白石脂 上16ウ1
大盤石 下17ウ7

【砌】
砌 下12ウ5

【破】
破 上1オ6
上5オ3
下5ウ6
破算 上2オ9
警〈驚〉破 上20オ6

【硯】
硯 上8オ6

【碁】
琴碁書畫 上8ウ2

【碧】
碧天 下3オ4
碧樹 上13オ9

【磨】
磨 上12オ4
播〈播〉磨 上10オ1
達磨 上11オ2
上14オ8
紫磨金 上14ウ7
下1ウ3
達磨大師 上5ウ4

【磵】
↓［澗］

【礒】
礒廻 上5オ9

【礙】
障礙 下4オ7

【礬】
白〈焚〉礬 上16オ5
青〈焚〉礬 上16オ7

示部

【示】
示 上2オ3
下4オ9
下18オ9
示現 上2ウ5
下16オ2

【社】
當社 上1ウ5
日吉社 下15ウ6

【祈】
祈 下10オ7
御祈禱 下8ウ6

【祐】
嘉祐二年 上17ウ2
嘉祐補註本草
上17ウ3

【祕】
祕 下14オ1
下14ウ1
深祕 下13オ6

【祖】
祖 下9ウ7
太祖 上17ウ4
高祖 下1オ9
道祖神 上22オ7
祖宗門下 下10オ2

【祚】
踐祚 下1オ6

【神】
神 上22ウ9
下4ウ5
神力 上1オ6
下18オ7
神國 下18ウ4
神女 上13オ4
神府 上22オ7
神息 上10ウ2
神明 下18ウ2
下18ウ4
神桃 上11ウ6
神護 下12オ6
神農 上17オ2
神通 上2ウ6
二神 下15オ6
地神 下5ウ4
下14ウ9
下15オ8
下15ウ3
天神 下5ウ4
下14ウ9
下14ウ9
下15ウ3
女神 下15オ6

下15オ8
尊神 下15ウ6
男神 下15オ6
下15オ9
下15ウ2
下15ウ3
茯神 上16オ5
荒神 下4オ7
陰神 下15オ3
下15オ4
下15オ4
陽神 下15オ2
下15オ3
下15オ3
下15オ4
靈神 下13オ9
鬼神 下7ウ2
大神通 下10ウ6
威神力 下18オ6
御神樂 上1ウ5
道祖神 上22オ7
神農本經 上17オ7
神通自在 下19オ7
十二宮神 下8オ7
天照大神 下15オ9
天照太〔大〕神 下15オ8
怪力亂神 下4ウ4
鬼神大夫行平 上10ウ7
春日四所明神 下13オ9
【祥】不祥不祥 上15ウ9
不祥不祥 上15ウ9
【祭】賀茂祭 上3ウ8
天地災變之祭 下4ウ3
【福】福 上3ウ1
興福寺 下13オ6
【禪】禪 下15ウ5
禪會 上14ウ7
禪月 上15オ1
十禪 下15ウ5
十禪師 下15ウ6
大禪定 下1ウ6
坐禪納豆 上11ウ2
西澗禪師 上15ウ3
【禮】禮 上5オ2
下18オ8
下19オ9
禮奠 上1ウ5
禮官 下2オ4
禮拜 下10オ5
禮記 上7ウ4
瞻禮 上1ウ7
下17オ3
下17オ5
下17オ6
瞻〈瞻〉禮 下12オ2
頂禮 下14オ8
順禮 上5ウ2
建禮門院 上6オ6
一瞻〈瞻〉一禮 下17オ2
【禱】御祈禱 下8ウ6

内部

【禹】禹錫等 上17ウ2
【禽】禽獸 上11オ5
三十六禽 下8オ9

禾部

【禿】進走禿 上7オ5
【秀】向秀 上12ウ1
定秀 上10ウ4
雲秀 上10ウ4
【私】私欲 下3ウ4
【秋】秋 上1ウ1
上2ウ1
上2ウ1
上7ウ2
上13オ9
上13ウ4
上13ウ8
上18オ4
下7ウ7
下8オ3
秋月鄉 上7ウ1
秋津洲 下14ウ7
洞庭秋月 上12ウ4
【科】科 下3ウ5
【祕】↓〔祕〕
【秦】秦景 下11オ4
秦樓 上18ウ7
秦皇 上15オ9
【移】移 上11オ8
【稅】稅 上6ウ9
【稍】稍 上19オ6
【稚】稚子 上3ウ4
上19ウ1
【稜】三稜根 上16オ8
【種】種子 下13オ3
種種 上16ウ6
下16オ4
一種 上17オ7
十種 下12オ3
種種 上16ウ6
下16オ4
藥種 上15ウ8
上16オ1
上16ウ2
上16ウ4
上16ウ6
上16ウ9
上17ウ6
上17ウ8
上18オ7
三四種 上16ウ6
十一種 下11オ7
十七種 上17ウ3
萬種千類 上17オ4
一十五種 上17ウ1
八十二種 上17ウ3
千名萬種 上11ウ7
四十九種 上1オ5
一百三十種 上17ウ5
三百六十五種 上17オ7
上17オ9
一千六百七十六種 上17ウ7
【稱】稱 上19オ7
下5オ8
下14オ1
稱名 上19オ8
下19オ8
稱揚 下12オ7
不可稱計 下14ウ3

【稷】
薜禝〈薜稷〉 上8オ6
【稲】
稲 上4オ4
稲場 上4オ4
朝稲〔朝比奈〕 上5オ3
【穆】
穆王 上9ウ4
穆穆 上3オ7
穆穆 上3オ7
【積】
積善 下2オ1
積惡 下6オ2
【穗】
水穗 下14ウ7
忍穗耳尊 下15ウ1
正哉吾勝勝速日天忍穗耳尊 下15オ9

穴部

【穴】
九穴鮑 上8オ6
偕老同穴 上22ウ8
【空】
空 上6オ2 上21ウ5
空甚 上21オ6
空也上人 上6ウ4
不空三藏 下14オ9
不空絹〈羂〉索觀音 下13オ7
【窗】
紗窗 上13オ2
蘿窗 上14ウ2
雪窗 上15オ3
【窟】
鬼窟裏 下9ウ9
【窖】
官窖 上12オ3
↓〔容〕
【窺】
窺 上3ウ7 上17オ1
【竈】
竈殿 上1ウ9
【竊】
竊 上17オ1 下2ウ5 下4ウ9

立部

【立】
立 上14オ4
立像 下13オ8
井立 上9ウ2
先立 上19ウ9
杣立 上9ウ2
湯立 上1ウ6
造立 下9オ4 下10オ5
彥開立 上9ウ2
本牧立 上9ウ1
立烏帽子 下1オ4
不立文字 下9ウ8
國常立尊 下15オ1
【竝】
竝 上3ウ4
【竟】
竟夜 下7ウ4
畢竟 上17ウ9 下3オ8 下7ウ8 下11ウ7 下15ウ5
【章】
一章 下8オ3
文章 下2オ4
王元章 上14ウ5
賀知章 上12ウ3
二十二章 上4ウ9
【竭】
竭 下16ウ5
【端】
端仰 上18ウ6
萬端 上16オ1
言端 上22ウ7

竹部

【竹】
竹 上14オ9 上14ウ3 上15オ8 下12オ1
竹林 上3オ3
竹葉 上11ウ9
孤竹 上6オ9
取竹翁 上3オ3
賣竹奴 下3オ5
竹林七賢 上12ウ1
【竺】
天竺 下9オ4
【笈】
笈 上5ウ3
【笑】
笑 上18ウ3 上21ウ7
微笑 下13ウ8
【笛】
笛 上18ウ8
【笠】
笠 上18ウ2
笠驗 上9オ1
【符】
筋切符 上9オ4
【第】
第一 下15オ1 下15オ8 下17ウ9
第七 下15オ5
第三 下13オ9 下15オ1 下15ウ1 下18オ2
第二 下15オ1 下15オ9 下18オ1
第五 下15オ3 下15ウ2 下18オ3
第六 下15オ4 下18オ4
第四 下15オ2 下15ウ1 下18オ3
第三代 上15ウ4
次第不同 上7ウ5
【笮】
笮 上9オ6
【筆】
筆 上8オ7
靈筆 上14オ7
御自筆 下1ウ7
【等】
等 上8ウ9 上9オ7 上16ウ1
五等 下5オ4
何等 下12オ3
冬等 下8オ4
四等 下5オ4
坤等 下7オ6
彼等 上22ウ4
我等 下16ウ5
汝等 下9ウ9 下10オ4
等持王 下1ウ5
平等院 上7ウ1
三焦等 上18オ7
具足等 上7ウ5
如是等 下14ウ4
尊靈等 下16ウ6
彌勒等 下11ウ5
禹錫等 上17ウ2
簸眉等 上12オ8
蘇敬等 上17ウ1
連歌等 上1ウ6

鍛〔鍛〕冶等
上11オ2
上11オ3
長刀等 上10ウ1
陵王等 上7オ4
成等正覺 下16ウ1
納曾利等 上7オ7
岩船之地藏等
下9オ7
【筋】筋切符 上9オ4
背筋通 上9オ9
【筏】筏 上7オ7
【筑】築〔筑〕紫 上5オ6
上10ウ6
【筒】筒丸 上8ウ4
【答】答 上16オ1
上16ウ3
上16ウ7
上17オ4
上20ウ7
下2ウ8
下3オ2
下3オ6
下3ウ7
下3ウ9
下6ウ7
下8ウ3
下9オ4
下9オ9
下9ウ3
下13オ2
下13ウ7
下16ウ7
答話 下9ウ3
問答 下8ウ9
下9ウ4
應答 上22ウ8
【筥】筥崎宮 上7オ9
【筭】↓〔算〕
【箇】箇箇 下6ウ6
箇箇 下6ウ6
若箇 上21オ8
這箇 下10オ3
一百八箇 上1オ6
↓〔个〕
【箋】茶箋 上12オ4
【算】算數 上11オ9
呂算 上2オ7
上2オ8
破算 上2オ9
餘算 上2オ8
【箙】箙 上9オ6
【箜】箜篌 上18ウ8
【管】管務 下6オ6
鳳管 上18ウ8
【箭】箭 上9オ4
鬼箭 上16オ2
【箸】火箸 上8ウ2
【節】節巻 上9オ1
時節 下4オ5
小節巻 上9オ2
天九節〈郎〉 上10オ9
二十四節 下8オ8
【篇】土篇 下3オ7
木篇 下3オ6
【築】築〔筑〕紫 上5オ6
上10ウ6
石築 上10オ8
【篌】箜篌 上18ウ8
【篚】篚 上7オ1
【篷】篷 上3ウ3
【簞】瓢簟〔簞〕 上6オ2
【簟】瓢簟〔簞〕 上6オ2
【簡】簡 上5ウ2
了簡 上18オ9
【簫】簫 上18ウ8
【簸】簸屑等 上12オ8
【簾】簾 上6オ7
上13オ9
珠簾 上13ウ9
【籍】籍 下7ウ2
文籍 下7オ9
狼籍〔藉〕 下6オ7
阮籍 上12ウ1
【籐】重籐 上9オ1
鏑籐〔籐〕 上9オ2
塗籠籐〔籐〕 上9オ3
本重籐〔籐〕 上9オ3
【籙】胡籙 上9オ6
【籠】籠手 上8ウ5
印籠 上8オ3
參籠 上1ウ3
下12ウ7
尻籠 上9オ6
食籠 上8オ3
參籠人 下12ウ8
參籠衆 上1ウ8
塗籠籐〔籐〕 上9オ3
那智籠 上6オ6

米部

【米】興米 上11ウ2
【粉】白粉 上22ウ2
【粟】粟津 上12オ7
粟田口 上10ウ2
【粢】粢鍔 上10オ4
【粽】遁世粽 上11ウ2
【精】勇猛精進 下19オ3
【糟】糟毛 上9オ9
糟尾 上9オ4

糸部

【紀】紀次 上9オ7
武紀 上12ウ6
【紅】紅羅 上19ウ5
紅葉 上7オ7
紅顔 上22ウ2
別紅 上8オ1
堆紅 上8オ1
薄紅絲 上8ウ6
紅花綠葉 上8オ3
【紋】顯紋紗 上7ウ8
【納】納 上12オ5
納曾利等 上7オ6
坐禪納豆 上11ウ3
【紐】高紐 上8ウ9
【紗】紗窗 上13オ2
素紗 上7ウ7
金紗 上7ウ6
三法紗 上7ウ9
顯紋紗 上7ウ8
【紙】紙 上8オ7
色紙 上14オ6
【紛】繽紛 上19ウ5
【素】素紗 上7ウ7
素襪 上19ウ6
素鹵 上22ウ3

緇素　下19オ8
【索】金剛索　下17ウ8
不空絹〈羂〉索觀音　下13オ7
【紫】紫檀　上16オ5
紫皮　上8ウ7
紫絲　上8ウ7
紫鹽　上11ウ4
筞〔筑〕紫　上5オ6
上10ウ6
紫磨金　下1ウ3
紫裾濃　上8ウ7
紫金色　下11オ8
【紬】細古〈紬布〉　上7ウ7
【累】蓬累　上20オ1
【細】細　上18オ3
細古〈紬布〉　上7ウ7
細細　上16ウ3
細細　上16ウ3
【紺】紺絲　上8ウ7
紺陶　上19ウ6
【終】終　下2オ9
下5ウ3
終夜　上1ウ3
終始　上22ウ7
終日　下7ウ3
命終　下11ウ2
下18ウ8
【組】綺組　上19ウ5
【絆】脚絆　上19ウ6
【結】結　上18オ3
下7オ9
結緣　上19オ9
緘結　上22オ6
露結　上19ウ8
【絶】絶　上2オ5
斷絶　上19オ6
杜絶　下12オ6
【絞】絞　上22オ1
【給】給　上2ウ2
上2ウ4
上2ウ6
上20ウ9
下1ウ4
下2オ3
下2ウ3
下2ウ5
下2ウ7
下3オ1
下3ウ1
下4オ5
下4オ7
下4オ8
下4オ9
下6ウ6
下10ウ4
下13オ8
下14ウ2
下15オ2
下15オ7
下15オ9
下15ウ5
下15ウ6
下16ウ1
下16ウ4
下18ウ6
【絲】絲　上7ウ1
白絲　上8ウ7
紺絲　上8ウ7
紫絲　上8ウ7
赤絲　上8ウ7
金絲　上8オ2
黄絲　上8ウ6
金絲花　上8オ2
淺黄絲　上8ウ6
薄紅絲　上8ウ6
【絹】絹布　上7ウ5
平絹　上7ウ7
發絹　上7ウ6
不空絹〈羂〉索觀音　下13オ7
【經】經　上3オ9
上17オ8
上19オ7
下3ウ7
下13ウ6
下13ウ7
下14オ1
下14ウ4
經手　上14オ7
經文　下14ウ1
經營　上19ウ3
經聖　上5ウ3
五經　下7オ5
孝經　上4ウ9
本經　上17オ6
流經　上22ウ4
觀經　上6ウ5
諸經　下14ウ2
讀經　上1ウ7
梵網經　下16ウ1
三經一論　下7オ6
神農本經　上17オ8
地藏本願經　下11ウ4
下16ウ7
增一阿含經　下10ウ9
蓮華三昧經　下13ウ2
下13ウ6
下14オ3
下17ウ9
造像功德經　下11オ6
隨求陀羅尼經　下14ウ2
南無妙法蓮華經　下12ウ9
大梵天王問佛決疑經　下13ウ9
【絙】絙　上15ウ6
【綠】綠楊　上15オ6
綠毛　上13オ5
綠黛　上22オ2
紅花綠葉　上8オ3
【綱】國綱　上10ウ3
大綱　下13オ5
眞綱　上10ウ6
【網】梵網經　下16ウ1
【綴】卯花綴　上8ウ6
小櫻綴　上8ウ5
白綾綴　上8ウ7
桾繩目綴　上8ウ9
白鹿皮綴　上8ウ8
【綵】綵緻　上20オ2
【綺】綺組　上19ウ5
季里期〈綺里季〉　上12ウ2
【綾】唐綾　上19ウ6
花綾　上7ウ6
白綾綴　上8ウ7
吳郡綾　上7ウ8
綾羅錦繡　上22ウ1

【綿】 ↓〔緜〕
【緇】 緇素 下19オ8
【緊】 緊 上18オ2
【緋】 緋威 上8ウ5
【総】 ↓〔總〕
【緒】 下緒 上10オ6
袖緒 上8ウ9
琴緒巻 上10オ7
【緘】 緘結 上22オ6
【緜】 緜子 上7ウ6
緜延 下2オ4
木緜 上7ウ6
【緞】 段〔緞〕子 上7ウ7
段〔緞〕金 上7ウ6
【縁】 縁佛 下19オ1
化縁 下2ウ3
因縁 下11ウ5
橋縁 上22オ7
結縁 上19オ9
御縁日 上1ウ2
【編】 編木 上6ウ5
上19オ3
【緩】 緩 上18オ2
【練】 練鍔 上10オ5
【緻】 綵緻 上20オ2
【縟】 縟〔褥〕 上9ウ9
【縣】 赤縣州 下13ウ9
南陽縣 上6オ5

【緹】 緹 上9オ1
【繳】 繳織〈纐纈〉 上7ウ6
上19ウ5
【織】 繳織〈纐纈〉 上7ウ7
上19ウ5
【縹】 縹威 上8ウ6
【總】 總 上11オ8
上12オ6
上16オ1
下7オ3
總州 下6オ5
總角 上8ウ9
總體 下13ウ4
上總 上10オ1
【繁】 蘩〔繁〕蔓 下5ウ8
【繙】 花繙〔番〕羅 上7ウ8
青繙〔番〕羅 上7ウ8
【繞】 繞 上13オ1
【繡】 繡戸 上13オ2
綾羅錦繡 上22ウ2
【繩】 繩 下7オ9
桾繩目綴 上8ウ9
【繪】 繪 上8ウ2
上14オ6
上14オ8
蒔繪 上9ウ7
上10オ3

【繼】 繼 下2オ5
盛繼〈守次〉 上10ウ6
【繽】 繽紛 上19ウ5
【纈】 繳織〈纐纈〉 上7ウ7
上19ウ5
【續】 續續 上20オ4
續續 上20オ4
【纏】 纏 上19ウ6
上22ウ1
【纔】 纔 上13ウ6
上16ウ4
【纐】 繳織〈纐纈〉 上7ウ6
上19ウ5
【纚】 颯纚 上19ウ5

缶部

【缺】 缺 上11オ3

网部

【罪】 罪 下11ウ4
罪徒 上1オ7
【置】 置 上16ウ2
下3ウ6
下10オ3
下16オ6
安置 下18ウ8
註置 上17オ5
【罷】 罷 上22オ4
【羂】 不空羂〈羂〉索觀音 下13オ7
【羅】 羅漢 上14ウ3
紅羅 上19ウ5
金羅 上7ウ5
脩〔修〕羅道 下18オ3
印陀羅 上14ウ5
花繙〔番〕羅 上7ウ8
青繙〔番〕羅 上7ウ8
綾羅錦繡 上22ウ2
十六羅漢 上14ウ8
上15オ1
隨求陀羅尼經 下14ウ2

羊部

【群】 群集 上1ウ8
上18ウ4
群類 下12ウ2
【羨】 羨 上22ウ7

【義】 義 下3ウ5
下3ウ6
下4オ6
下7ウ5
下13オ4
下13オ5
下13ウ7
義者 下9オ4
下9オ9
下9ウ2
密義 下13オ4
王義〈羲〉之 上15ウ1
【羲】 伏羲氏 下7オ8
王義〈羲〉之 上15ウ1
↓〔犧〕

羽部

【羽】 羽 上17オ4
上19オ1
羽盞 上12オ3
烏羽 上9オ5
項羽 上5オ1
後烏羽院 上11オ1
霓裳羽衣曲 上20オ6
【羿】 羿 下5ウ1

【翁】
翁 上6ウ3
翁伯 上19ウ3
所翁 上15オ4
率翁 上15オ5
老翁 下1オ4
取竹翁 上3オ3
賣藥翁 上16ウ8
【翌】
翌日 上2ウ5
【翔】
翔 下15オ7
【翫】
翫 上19オ3
【翼】
連枝比翼 上22ウ7

老部

【老】
老 上2オ9 下7オ3
老僧 下14ウ6
老大 下16オ8
老夫 上3ウ5
老女 上20ウ4
老子 上4ウ7
老尼 下12ウ5 下16オ5
老翁 下1オ4
老若 上18ウ4
老身 上22ウ4
土老 上2オ9
野老 上19オ9
黄老 上19ウ1
採桑老 上7オ3
偕老同穴 上22ウ7
【考】
考 下2オ4
先考 下16ウ1
雨夜考選 上20ウ7
【者】
者 上1オ2 上1オ4 上1オ9 上1ウ5 上2オ8 上3オ6 上3オ9 上3ウ1 上3ウ2 上4オ3 上4オ4 上5ウ5 上5ウ5 上7オ1 上7ウ3 上7ウ4 上8ウ5 上9オ1 上9オ4 上9オ7 上9オ8 上9ウ6 上10オ2 上10オ5 上10オ7 上10オ9 上10ウ1 上11オ4 上11ウ3 上11ウ8 上12オ2 上12オ9 上14オ5 上14オ8 上15オ9 上15ウ8 上16ウ8 上18オ1 上18ウ3 上19ウ2 上20ウ9 上21オ2 上21オ9 上21ウ1 上21ウ1 上21ウ1 上21ウ2 上21ウ2 上21ウ2 上21ウ2 上21ウ3 上21ウ4 上21ウ4 上22オ3 上22オ6 上22オ8 上22オ9 上22ウ5 上22ウ8 下1オ9 下1ウ2 下1ウ8 下2ウ8 下3ウ2 下3ウ6 下3ウ9 下4オ1 下4オ2 下4ウ1 下4ウ3 下4ウ6 下4ウ8 下5オ2 下5ウ8 下6オ1 下6オ4 下6ウ4 下6ウ7 下6ウ8 下6ウ8 下7オ1 下7オ7 下7ウ6 下8ウ2 下8ウ2 下8ウ3 下9オ3 下9オ3 下9ウ3 下10オ6 下10ウ3 下10ウ8 下10ウ9 下10ウ9 下11オ7 下11オ7 下11オ8 下11オ8 下11オ8 下11オ9 下11オ9 下11オ9 下11ウ1 下11ウ1 下11ウ2

下12オ3
下12オ3
下12オ4
下12オ4
下12オ5
下12オ5
下12オ5
下12オ6
下12オ6
下12オ6
下12ウ4
下12ウ8
下13オ1
下13オ3
下13オ7
下13ウ7
下14ウ4
下14ウ6
下15ウ7
下16オ4
下16ウ6
下17オ4
下17ウ9
下18オ8
下19オ4
二者 下9ウ4
作者 上11オ2
使者 上4オ9

壯者 上3ウ5
然者 上19ウ3
下12オ7
義者 下9オ4
下9オ9
下9ウ3
行者 上5ウ2
賣者 上16ウ3
上16ウ7
難者 下8ウ9
下9オ8
下9ウ1
不然者 下4ウ3
蘇莫者 上7オ3
御廐者等 上9ウ5
所以者何 下13ウ8

【耆】
黄耆 上16オ4
伯耆國 上10ウ6

而部

【而】
而 上1オ4
上1オ5
上1オ7
上1オ9
上1ウ4
上1ウ4
上1ウ9
上2オ1
上2オ3
上2オ4
上2オ7
上2オ9
上2ウ5
上2ウ5
上2ウ6
上2ウ7
上3オ3
上3オ5
上3ウ1
上3ウ2
上3ウ2
上3ウ4
上3ウ4
上3ウ5
上3ウ7
上3ウ8
上4オ1
上4オ2
上4オ8
上4オ8
上4ウ1
上4ウ1
上4ウ7
上4ウ9
上5オ1
上5オ2
上5オ6
上5オ7
上6オ1
上6オ1
上6オ4
上6オ5
上6オ9
上6ウ1
上6ウ4
上6ウ5
上6ウ6
上6ウ7
上6ウ9
上7オ1
上7ウ2
上7ウ2
上9オ5
上9ウ3
上9ウ3
上11オ3
上15ウ6
上15ウ8
上15ウ9
上18オ5
上18オ5
上18オ7
上18オ8
上18ウ1
上18ウ2
上18ウ3
上18ウ5
上18ウ6
上18ウ9
上19オ1
上19オ2
上19オ4
上19オ5
上19ウ4
上19ウ5
上19ウ6
上19ウ8
上19ウ9
上20オ2
上20オ3
上20オ4
上20オ9
上20ウ6
上21ウ4
上21ウ5
上21ウ5
上21ウ7
上21ウ8
上21ウ9
上21ウ9
上22オ2

上22オ4
上22オ5
上22オ5
上22オ6
上22オ8
上22オ9
上22ウ1
上22ウ2
上22ウ3
上22ウ5
上22ウ6
上22ウ6
上22ウ8
下1オ3
下1オ4
下1オ6
下1オ7
下1ウ1
下1ウ1
下1ウ3
下1ウ3
下1ウ4
下1ウ5
下2オ4
下2ウ3
下2ウ4
下2ウ7
下2ウ7

下3オ1
下3ウ1
下3ウ2
下4オ3
下4オ4
下4オ8
下4オ9
下4ウ3
下4ウ7
下4ウ8
下5オ9
下5ウ1
下5ウ3
下5ウ5
下5ウ8
下6オ2
下6オ6
下6オ7
下6ウ1
下6ウ2
下7ウ4
下7ウ5
下8オ5
下8オ5
下8オ6
下8オ9
下8ウ1
下8ウ4

下8ウ4
下8ウ6
下8ウ7
下10オ4
下10オ5
下12オ8
下12オ9
下12ウ5
下12ウ7
下13オ1
下13ウ4
下14ウ1
下14ウ8
下15オ7
下15ウ3
下15ウ4
下16オ4
下16オ6
下16ウ5
下18ウ3
下19オ2
下19オ9
而今 上3オ4
而后 上1ウ7
而已 上16ウ5
下8ウ8
随而 下4ウ2
下6ウ6

下18ウ2

耒部

【耗】
虚耗 下12オ5

耳部

【耳】
耳 上15オ8
上19オ2
上20オ9
上20ウ1
下1オ5
下3ウ6
忍穂耳尊 下15ウ1
正哉勝勝速日天忍穂耳尊 下15オ9

【耶】
耶 上15ウ9
上16ウ7
上16ウ9
上19オ9
上20ウ1
上21オ7
下2オ7
下2オ9
下4ウ5
下8ウ3
下9オ4
下10オ3
下13オ2
下14ウ5
下16ウ1
下16ウ3
下16ウ7
下18ウ4
三摩耶形 下13オ3
干将莫耶剣 上8ウ1
↓［邪］

【耿】
耿耿 上14オ1
耿耿 上14オ1

【聖】
聖因 下12オ6
聖相 下11オ5
聖輌〔柄〕 上10オ7
經聖 上5ウ3
聖賢主 下1オ6
頭陀聖 上6ウ8
大聖文殊 上6オ1
大聖不動明王 下17ウ8

【聞】
聞 上1オ2
上3オ2
上6オ8
上6ウ1
上13オ1
上20オ9
上21オ1

上22ウ6　上23オ1　下3オ2　下5オ9　下11オ3　下17オ2　下17オ3　下19オ8
聞食　上18オ9
傳聞　上20オ6
同聞　上1オ3
【聲】
聲　上13ウ1　上13ウ6　上19オ1　上20オ4　上20オ5　上20オ5
一聲　上13ウ7
四聲　下7ウ5
高聲　上15ウ7
兩三聲　上20オ9
【聽】
聽　上13ウ6

聿部

【肆】
肆　上1オ5　上5ウ4

肉部

【肉】
肉　上17オ4
肉指　上8オ4
↓［宍］
【肝】
肝　上18オ6
肝膢〈盰瞜〉　上22ウ5
【育】
育　下16オ8
育王　下9オ4
撫育　上4オ2
【肢】
肢爪　上9ウ3
【肩】
肩　上22オ5
取肩　上8ウ8
【肺】
肺　上18オ6
【胃】
胃腑　上18オ6
【背】
背筋通　上9オ9
【胡】
胡椒　上16オ5
胡籙　上9オ6
胡角　上13ウ7
胡銅　上8ウ3　上12オ2
前胡　上16オ7
柴胡　上16オ3
胡德樂　上7オ5
胡直夫　上14ウ7
胡飲酒　上7オ2
【胥】
子胥劍　上8オ9
【胱】
膀胱　上18オ7
【胸】
胸　上19オ4
【能】
能　上11ウ1　上13ウ8　下4ウ2　下5オ4　下11ウ2　下11ウ3　下12オ1　下12ウ4　下16オ9　下17オ1
能化　下10ウ7
能引導　上1オ8　下18ウ9
【脂】
白石脂　上16ウ1
【脇】
脇　上22オ5
脇楯　上8ウ5
【脈】
脈所　上18オ1
二十四脈　上18オ4
【脉】
↓［脈］
【脚】
↓［腳］
【脛】
脛楯　上8ウ5
【脩】
脩〔修〕羅道　下18オ3
【脫】
脫　上22オ4
解脫　下12ウ2　下17オ5
解脫門　下1ウ6
【脾】
脾　上18オ6
【腎】
腎　上18オ6
【腑】
六腑　上18オ7
胃腑　上18オ7
膽腑　上18オ6
【腦】
魚腦　上8オ4
龍腦　上16オ4
【腰】
腰　上19ウ6　上22オ5
宮腰　上11ウ9
【腳】
腳絆　上19ウ6
行腳僧　上6ウ9　下9ウ1
【腸】
腸　上13ウ7　上22オ3
大腸　上18オ7
小腸　上18オ6
【腹】
腹卷　上8ウ4
腹當　上8ウ4
腹鼓　上1ウ6
腹眞弓　上9オ2
【膀】
膀胱　上18オ7
【膕】
膕金　上8ウ5
【膚】
膚　上19ウ5
【膢】
肝膢〈盰瞜〉　上22ウ5
【膸】
膸當　上8ウ5
【膽】
膽〈瞻〉　下12ウ3
膽腑　上18オ6
虎膽　上16オ4
照膽鏡　上8オ5
一膽〈瞻〉一禮　下17オ2
【臂】
十二臂　下13オ7
三面四臂　下17ウ5
四面八臂　下17オ8　下17ウ2
六面六臂六足　下17ウ4
【臍】
麝香臍　上7ウ9
【臘】
臘月　下8オ6
【臟】
五臟　上18オ6　下7オ4

臣部

【臣】
臣　下5ウ1
臣藥　上16ウ5
公臣　下5オ6
君臣　下18ウ2
大臣　下11オ1
家臣　下5ウ2　下5ウ3
片臣　下4ウ8　下5オ1　下5オ2

下5オ7 下5オ8 下6オ1
諫臣 上4オ7
賢臣 下1オ6
逆臣 上4オ5 下5ウ5
陪臣 下5オ6 下5オ7 下5オ7
位〈陪〉臣 下5オ6
【臥】
山臥 上5オ7 上5ウ7 上6オ1
【臧】
臧 下3オ9 下3ウ3 下4オ8 下4ウ6 下5オ1 下5オ1
臧獲 下3ウ3
【臨】
臨 上12ウ8 下11ウ2 下18ウ7
臨時 上1ウ6

自部

【自】
自 上1ウ9 上2オ4 上12ウ7 上13オ7 上19オ3 上19オ5 上21ウ6 上22オ4 下2ウ5 下4オ3 下4オ8 下4ウ7 下5オ6 下6オ7 下6ウ1 下6ウ3 下8ウ4 下9ウ2 下10オ9 下15ウ3
自他 下10オ8
自専 下5ウ8
自殺 下6オ9
自滅 下5ウ3 下6オ3
自讃 下1ウ7
自身 下16オ5
自餘 上11ウ2 上16ウ2 上16ウ4 下12ウ8
御自筆 下1ウ7
自然居士 上6ウ5
自讃毀他 下19オ1
神通自在 下19オ7

至部

【至】
至 上6オ4 上19オ5 上20ウ2 下2ウ2 下2ウ6 下4オ1 下4オ4 下8オ6 下11オ5 下15ウ3 下17オ2
至徳 下2オ5
至心 上1オ9 上19オ8
至道 下16ウ2
乃至 下7オ5 下11ウ3 下12オ1 下17オ2
【致】
致 上1オ8 上1ウ3 上3ウ1 上3ウ5 下8ウ5 下10オ5 下16ウ5 下18オ7
【臺】
臺 上8ウ2
中臺 下17ウ7
五臺 上6オ2
三昧臺 下1ウ6
心蓮臺 下14オ5
菱花臺 上12オ3
【臻】
臻 上6オ2

臼部

【與】
與 上2ウ9 上10オ1 上10オ2 上15ウ6 上16ウ8 上17オ3 上18ウ4 上22オ1 下4ウ5 下7ウ2 下7ウ2
文與可 上14ウ3
那須與一 上5オ4
【興】
興 上20ウ2 下2オ4
興米 上11ウ2
興福寺 下13オ6
【舊】
舊婦 上5ウ7
舊記 下16オ1
新舊 上17ウ6

舌部

【舌】
饒舌 下14ウ6
雞舌香 上16オ9
【舍】
舍人 上9ウ5

舛部

【舜】
舜擧 上15オ3
【舞】
舞 上19ウ1 上19ウ2 上20ウ4
舞房 上10ウ8
左舞 上7オ4
右舞 上7オ4

舟部

【舟】舟 上13オ7
扁舟 上4オ8
鵜舟 上5オ9
【航】航 上1ウ4
【舫】舫 上5オ3
【般】般 上19ウ6
般若 下12ウ1
今般 下4オ7
萬般 上3ウ6
【船】船 上20ウ8
下18オ7
長船 上10ウ5
岩船之地藏等 下9オ7

艮部

【艮】艮 下7オ6
艮震 下4オ9
【良】良藥 上16ウ9
良醫 上17オ1
子良 上14ウ8
張良 上5オ2
上14オ4
高良香 上16オ2
世良田刀 上10オ7

色部

【色】色 上13ウ1
上13ウ4
上13ウ6
上15ウ5
上19オ2
色紙 上14オ6
五色 上11ウ5
下7オ4
曙色 上13オ2
樹色 上13ウ5
潤色 下2オ5
雜色 上9ウ5
顏色 下8ウ4
麟色 上12ウ5
紫金色 下11オ8
洞庭春花〈色〉 上11ウ8

艸部

【艸】艸甲 下3オ8
下3オ9
↓〔草〕
【艾】艾晟 上17ウ6
【芍】赤芍藥 上16オ9
【芎】川芎 上16オ4
【芝】芝蘭 上15オ3
【芤】苑〈芤〉 上18オ1
【花】花 上7オ7
上7オ9
上13オ6
上13ウ1
上20オ6
夏花〈花夏〉 上3オ9
花容 上21ウ7
花枝 上14ウ6
花綾 上7ウ6
花蟲 上11オ5
花頂 上13ウ5
花鳥 上14ウ4
上15オ3
拈花 下13ウ8
梅花 上7ウ7
上13ウ5
上14ウ5
梨花 上11ウ9
榮花 上21ウ6
菊花 上11ウ9
藕花 上6ウ7
花旛〔番〕羅 上7ウ8
卯花綴 上8ウ6
槿花盆 上12オ3
菱花臺 上12オ3
金絲花 上8オ2
花山法皇 上6オ6
紅花綠葉 上8オ3
洞庭春花〈色〉 上11ウ8
【芳】芳叔 上15オ4
芳汝 上14ウ2
【芷】白芷 上16オ7
【苑】苑〈芤〉 上18オ1
【苒】荏苒 上18ウ5
【苗】苗 上4オ3
苗代 上4オ3
【苟】苟 上22オ6
【若】若 上16ウ8
上19オ7
上19ウ2
上20オ1
下4ウ6
下6オ1
下10オ1
下10オ2
下11ウ2
下14ウ4
下14ウ5
下17オ1
下18オ4
若箇 上21オ8
老若 上18ウ4
般若 下12ウ1
下若村 上11ウ8
【苦】苦海 上1オ7
苦辛 上16オ3
【英】陳世英 上14ウ8
【茂】賀茂祭 上3ウ8
【范】范蠡 上4オ7
【茫】蒼茫〈茫〉 上22オ1
【茯】茯神 上16オ5
【茲】因茲 上1オ8
下3オ9
下8オ2
茲郎切 下3オ9
【茶】茶 上5ウ6
上12オ2
上12オ6
上12オ6
茶坏 上12オ4
茶壷 上12オ4
茶杓 上12オ5
茶椀 上12オ4
茶箋 上12オ4
櫃茶 上12オ4
茶柄杓 上12オ4
【茸】鹿茸 上16オ6

【荊】王荊公 下14オ1
【草】草 上6オ2
上17オ3
草木 上11オ5
下9オ9
本草 上17ウ6
上17ウ8
流草 上22オ3
廿草 上16オ3
百草 上17オ2
青草 上15オ6
黄草布 上7ウ8
新修本草 上17ウ1
證類本草 上17ウ7
開寶本草 上17ウ5
嘉祐補註本草 上17ウ3
彦波瀲〔斂〕武鸕鷀草葺不合尊 下15ウ2
↓〔艸〕
【荏】荏苒 上18ウ5
【荒】荒神 下4オ7
【荻】濱荻 上5ウ9
【荼】軍陀〈荼〉利明王 下17ウ2
【莫】莫 下9ウ9
下14ウ6
下17オ2
這〈遮〉莫 上22ウ9
蘇莫者 上7オ3
干將莫耶劍 上8ウ1
【芸】蒼芸〈茫〉 上22オ1
【菊】菊 上6オ4
菊作 上10ウ2
菊花 上11ウ9
【菓】菓子 上11ウ3
【菩】菩提 下16ウ6
菩薩 下15ウ8
下17オ7
菩提山 上11ウ8
菩提門 下17ウ3
菩薩號 下15ウ7
地藏菩薩 上1オ2
上2ウ4
上3オ8
上4オ1
上20ウ5
下2オ7
下9オ2
下10オ5
下10ウ4
下11ウ4
下11ウ7
下12ウ6
下12ウ7
下13オ8
下13ウ2
下13ウ5
下15ウ7
下17オ2
下18ウ9
下19オ1
下19オ4
彌勒菩薩 下10ウ1
諸佛菩薩 下9ウ5
下16オ3
頓證菩提 下16オ5
南無大悲觀世音菩薩 下13オ1
【華】法華 下12オ8
下16オ1
龍華 下10ウ1
大〔太〕華山 上6ウ7
名法華 下16オ2
蓮華三昧經 下13ウ2
下13ウ6
下14オ2
下17ウ9
南無妙法蓮華經 下12ウ9
【菱】菱花臺 上12オ3
【萄】葡萄 上11ウ8
上14オ9
【萊】蓬萊 下18ウ1
【萬】萬事 下10オ4
萬人 上16ウ8
下5ウ9
萬歳 上13オ5
萬民 下1オ7
萬病 上16ウ7
萬端 上16オ1
萬般 上3ウ6
萬返〔遍〕 下17オ6
萬里 上13オ8
上13ウ7
萬錢 上22ウ3
百萬 上13ウ3
萬歳樂 上7オ1
三萬里 上12ウ7
十萬體 下1ウ4
萬種千類 上17オ4
千名萬種 上11ウ7
五十六億七千萬歳 下10ウ2
【蕨】逆蕨 上8ウ8
【落】落在 下16ウ6
下16ウ9
桑落 上11ウ9
高野落〈蕗〉 上11ウ2
平沙落鴈 上12ウ4
【葉】葉公 上14ウ9
上葉 上12オ6
竹葉 上11ウ9
紅葉 上7オ8
調〈詞〉葉 上21オ1
迦葉 下13ウ8
在原葉〈業〉平 上20オ2
紅花綠葉 上8オ3
金枝玉葉 下1ウ9
【著】著 上6オ5
上15ウ6
上19ウ4
上19ウ5
上19ウ6
上19ウ6
下1オ4
著物 上18ウ2
【葡】葡萄 上11ウ8
上14オ9
【葦】葦 上5ウ8
葦原 下14ウ8
連錢葦毛 上9オ8
【葵】葵〈青江〉作 上10ウ6
【葺】彦波瀲〔斂〕武鸕鷀草葺不合尊 下15ウ3
【蒔】蒔繪 上9ウ7
上10オ3

【蒙】蒙帖〈恬〉 上8オ7
【蒲】蒲桃 上11ウ3
【蒼】蒼芸〈茫〉 上22オ1
【蓋】蓋 上1オ2
下16ウ3
除蓋障地藏 下18オ3
【蓬】蓬 下18ウ1
蓬累 上20オ1
蓬萊 下18ウ1
桑弧蓬矢 下18オ8
【蓮】九蓮枝〈連絲〉
上8オ2
心蓮臺 下14オ5
蓮華三昧經 下13ウ2
下13ウ6
下14オ2
下17ウ9
南無妙法蓮華經
下12ウ9
【華】華撥 上16オ6
【蔓】繁〈蘩〉蔓 下5ウ8
【蔗】甘蔗 上11ウ4
【蔡】蔡倫 上8オ7
【蕊】蕊 上7オ9
【蕗】高野落〈蕗〉 上11ウ2
【蕩】蕩蕩 下2オ8
蕩蕩 下2オ8
【薄】薄 上15ウ6

薄媚 上21ウ1
薄紅絲 上8ウ6
【薜】薜褸〈薜䅹〉 上8オ6
【薛】薛褸〈薛䅹〉 上8オ6
【薩】薩埵 上3オ7
下2オ2
下2オ3
下2ウ2
下4ウ5
下12ウ3
下17オ8
菩薩 下15ウ8
下17オ7
菩薩號 下15ウ7
地藏薩埵 下1ウ7
下12オ9
地藏菩薩 上1オ2
上2ウ4
上3オ8
上4オ1
上20ウ5
下2オ7
下9オ3
下10オ5
下10ウ4
下11ウ4
下11ウ7
下12ウ6

下12ウ7
下13オ8
下13ウ2
下13ウ5
下15ウ7
下17オ2
下18ウ9
下19オ1
下19オ4
彌勒菩薩 下10ウ1
諸佛菩薩 下9ウ5
下16オ3
南無大悲觀世音菩薩
下13オ1
【薪】薪 上6ウ2
【藉】狼籍〈藉〉 下6オ7
【藋】藜藋 上6オ3
【藏】藏 上13オ4
下2ウ7
下2ウ9
下3オ8
地藏 上2ウ3
上3オ6
上19オ4
下4ウ9
下12オ2
下13ウ1
下13ウ5

下15ウ7
下15ウ9
下16オ4
下17オ5
下17オ6
下19オ6
地藏尊 上2ウ5
下1ウ4
下17オ1
下17ウ2
下17ウ4
下17ウ6
下17ウ6
下17ウ8
六地藏 下17ウ9
桂地藏 下1オ2
下2ウ8
下3オ6
下3ウ9
石地藏 下9オ3
地藏菩薩 上1オ2
上2ウ4
上3オ8
上4オ1
上20ウ5
下2オ7
下9オ2
下10オ5

下10ウ4
下11ウ4
下11ウ7
下12ウ6
下12ウ7
下13オ8
下13ウ2
下13ウ5
下15ウ7
下17オ1
下18ウ8
下19オ1
下19オ4
地藏薩埵 下1ウ7
下12オ9
不空三藏 下14オ9
勝軍地藏 下18オ5
寶珠地藏 下18オ1
延命地藏 下18ウ6
持地地藏 下18オ3
日光地藏 下13ウ3
下18オ4
明星地藏 下13ウ4
月光地藏 下13ウ3
檀陀地藏 下18オ1
地藏本願經 下11ウ4
下16ウ7
寶印手地藏 下18オ2

除蓋障地藏 下18オ4
岩船之地藏等 下9オ7
【藕】藕花 上6ウ7
【藜】藜藋 上6オ3
【藤】藤島 上11オ2
藤戸 上10ウ2
藤林 上10ウ2
藤次 上10ウ2
藤氏 下13オ6
藤淵 上12オ6
工藤 上6ウ1
鏑藤〔籐〕 上9オ2
新藤五 上10ウ8
塗籠藤〔籐〕 上9オ3
本重藤〔籐〕 上9オ3
【藥】藥 上17オ6 上17ウ7
藥中 上16ウ4
藥性 上17オ1 上18オ8
藥用 上17オ6
藥種 上15ウ8 上16オ1 上16ウ2 上16ウ4 上16ウ6 上16ウ9 上17ウ6 上17ウ8 上18オ7
一藥 上16ウ7 上16ウ8
百藥 上17オ2
臣藥 上16ウ5
良藥 上17オ1
賣藥翁 上16ウ8
赤芍藥 上16オ9
藥師瑠璃光如來 下17オ9
【蘂】↓〔蕊〕
【蘆】蘆鴈 上14ウ2
【蘇】蘇合 上7オ2
蘇晉 上12ウ3
蘇子瞻 上15ウ2
蘇志摩 上7オ6
蘇敬等 上17ウ1
蘇莫者 上7オ3
古鳥蘇 上7オ5
新鳥蘇 上7オ4
【蘩】蘩〔繁〕蔓 下5ウ8
【蘭】芝蘭 上15オ3
【蘿】蘿蔔 上14ウ2

虍部

【虎】虎 上4ウ2 上9ウ7
虎膽 上16オ4
陽虎 下5ウ3
【處】處 下11ウ9 下12ウ8 下13オ2 下16ウ6 下19オ2
居處 下12オ2
生處 下11オ7
在在處處 上7ウ3
在在處處 上7ウ3
【虛】虛 上17オ5 上18オ3
虛耗 下12オ5
【虞】虞姬 上4ウ5
虞世南 上15ウ1
【號】號 下7オ7 下7ウ5 下19オ6
名號 上19オ5 下13オ1
尊號 下12ウ7
如來號 下15ウ8
菩薩號 下15ウ8

虫部

【虫】李安虫〈忠〉 上14ウ7
【虱】↓〔蝨〕
【蛇】蛇牀子 上16オ9
【蛙】春蛙 上19オ6
【蛮】↓〔蠻〕
【蜀】蜀郡 上18ウ7
蜀江錦 上7ウ7
【蜜】蜜〔密〕陀僧 上16ウ1
【蜩】嘈蜩〈啁嘈〉 上19オ7
夏蜩 上19オ6
【蝨】鶴蝨 上16オ5
【蝴】蝴蝶 上13オ8
【蝶】蝴蝶 上13オ8
【融】馬融 上8オ6
【螢】螢 上13ウ8
【蟇】蟇目 上9オ5
【蟲】八蟲 上10オ4
花蟲 上11オ5
【蠡】范蠡 上4オ7
【蠻】南蠻 上12オ2

血部

【血】汗血馬 上12ウ6
【衆】衆 上18ウ4
衆生 上4オ1 下10ウ4 下11ウ9 下12オ9 下12ウ1 下16オ4 下18ウ6
衆語〈諸〉 上22ウ7
上衆 上1オ3
清衆 下1ウ5 下1ウ6
度衆生 上1オ8
參籠衆 上1ウ8
天人衆 下10ウ5
比丘衆 下1ウ5
見物衆 上11オ9 上15ウ4
一切衆生 下11ウ7 下14オ3 下18ウ7

行部

【行】行 上3オ5 上6ウ1 下9ウ3
行列 上3ウ9

見物衆 上11オ9
上15ウ4
見性成佛 下9ウ8
彦火火出見尊 下15ウ2
【視】視 上22オ9
【覩】覩 上21オ4
【親】親 下10ウ3
阿保親王 上21オ3
伊登内親王 上20オ2
威徳内親王 上21オ4
【覷】覷 上21ウ3
【覺】覺 上2オ5
上11オ8
本覺 下14オ5
成等正覺 下16ウ1
【覽】覽 上21オ9
【覿】覿 下1オ9
【觀】觀 上21オ8
下1オ9
下3ウ9
下7オ9
下7ウ1
下11ウ8
觀經 上6ウ5
觀音 上14ウ1
上14ウ3
上14ウ8
上15オ1
上15オ4
上15オ5
下11ウ5
下16オ1
下16オ1
日觀 上14オ9
觀音寺 上13ウ6
觀世音 下16オ2
大觀二年 上17ウ5
出流之觀音 下9オ6
不空絹〈羂〉索觀音 下13オ8
南無大悲觀世音菩薩 下13オ1

角部

【角】角 上19オ1
牛角 上12ウ5
總角 上8ウ9
胡角 上13ウ7
鷹角 上8ウ4
角里先生 上12ウ2
【解】解 上4ウ9
解脫 下12ウ2
下17オ5
解說 下7オ6
解脫門 下1ウ6

言部

【言】言 下12オ7
上16オ1
上16ウ5
上20ウ2
上22オ8
下6ウ6
下12ウ7
下15ウ5
言端 上22ウ7
獨言 下1オ5
發言 下11ウ3
誓言 上22ウ6
五千餘言 上4ウ8
【訇】響訇 上19オ4
【計】計 上2オ2
上18ウ2
上22オ1
下17オ4
不可勝計 上3オ6
不可稱計 下14ウ3
【討】討 上6ウ1
追討 下6オ1
【訓】字訓 下7オ7
字訓子 下2ウ1
下2ウ3
下3オ5
下3オ6
下3ウ3
下3ウ7
下6ウ6
下7オ7
下7ウ6
【記】記 上11ウ1
樂記 上7ウ4
禮記 上7ウ4
舊記 下16オ1
【訛】訛 上15ウ6
【訪】訪 上20ウ5
【許】許由 上15オ8
【訶】訶子 上16ウ3
訶梨勒 上16ウ1
上16ウ2
【診】診 上18オ1
【註】註置 上17オ5
嘉祐補註本草 上17ウ3
【詔】詔 上12ウ5
【詞】調〈詞〉葉 上21オ1
【詠】詠歌 上20ウ3
上20ウ3
【詣】詣 上3ウ5
上3ウ7
上7オ1
上7ウ2
上20ウ8
參詣 下1オ2
【詩】詩 上14オ3
杜詩 下3オ3
【詮】所詮 下15ウ3
【詰】王摩詰 上14ウ1
【話】話頭 下9ウ5
答話 下9ウ4
語話 上1ウ9
【詳】詳 下5オ1
【誅】誅 上4オ7
【誓】誓 上3オ1
誓言 上22ウ6
誓願 上1オ4
下11ウ8
【誘】誘 上22ウ5
【語】語 上21オ1
上21オ4
下4ウ4
下4ウ4
下8ウ7
下9ウ2
下13オ4
下13オ5
語話 上1ウ9
相語 上22ウ9

衆語〈諸〉 上22ウ7
【誡】 誡 上3オ8
上9ウ4
上22ウ6
下1オ8
下4ウ1
下9オ2
下12オ7
誡是 上1オ4
上7ウ3
下17オ8
【誦】 誦 下14オ9
【說】 說 上1ウ8
上6ウ5
下12オ8
下13オ6
下14ウ6
下16オ4
下16ウ4
說法 下10オ3
所說 下12オ7
演說 下9オ2
解說 下7オ6
辯說 下9オ1
【誰】 誰 上20ウ1
下18ウ4
誰人 下2オ7
【課】 課業 下1ウ7

【調】 調 上3ウ6
上15ウ8
上19オ1
調味 上18オ9
調〈詞〉葉 上21オ1
調諕〈謔〉 上18ウ5
曲調 上20オ3
調拍子 上18ウ9
【談】 論談 下12ウ5
【請】 請 上4ウ7
請益 下3ウ2
【諕】 調諕〈謔〉 上18ウ5
【論】 論 上11ウ7
下9ウ9
下9ウ9
論談 下12ウ5
法論味曾 上11ウ3
三經一論 下7オ6
【諦】 諦 下6ウ5
下8ウ1
【諫】 諫 上5オ2
諫臣 上4オ7
【諭】 諭法師 上14ウ4
【諳】 諳 下7ウ5
【諸】 諸 下16ウ9
諸人 上20ウ7
下9ウ9
下10オ4

諸佛 下14オ3
諸侯 上14オ4
下5オ5
下5オ7
諸共 上18ウ6
諸經 下14ウ1
衆語〈諸〉 上22ウ7
諸三昧 下14オ7
諸惡趣 下10ウ6
入諸定 下3ウ8
心諸佛 下14オ8
諸佛菩薩 下9ウ5
下16オ3
諸大開士 下11ウ5
【諺】 諺 下9オ8
【諾】 伊奘諾 下15オ8
伊奘諾尊 下15オ5
【謁】 謁 上4オ9
【謂】 謂 上1オ8
上2オ1
上16ウ5
下2オ1
下2オ5
下3オ2
下3ウ8
下5オ8
下5オ8
下8ウ3

下9オ9
下14ウ4
下14ウ5
下15ウ8
下15ウ9
下16ウ7
所謂 下14オ4
下16ウ3
【謌】 謌 上2ウ9
林謌 上7オ5
↓［歌］
【謔】 調諕〈謔〉 上18ウ5
【謝】 難謝 下12ウ2
【謳】 謳歌 下1オ7
【證】 證文 下3オ5
內證 下9ウ5
下17ウ7
支證 下13ウ6
文證 下14ウ5
證類本草 上17ウ7
頓證菩提 下16オ5
【識】 識根 上1オ5
六識 下4ウ4
【警】 警固 上3ウ5
上18ウ4
警〈驚〉破 上20オ5
【譬】 譬喩 上11オ9
【議】 思議 下9ウ6

朝議 下5ウ8
不可思議 上11オ9
不思議一 下18ウ5
不可思議也 下4ウ6
下10オ6
【護】 守護 下2オ3
擁護 下13オ9
下15ウ6
下18ウ2
神護 下12オ6
【讀】 讀經 上1ウ7
【變】 變 上5オ7
下7ウ1
變化 下9オ5
變身 上1オ5
容變 上12オ4
天地災變之祭
下4ウ3
【讓】 讓 上6オ9
【讚】 讚 下2オ5
下19オ5
讚嘆 下19オ8
讚歎 下12オ2
下12オ8
自讚 下1ウ7
自讚毀他 下19オ2

谷部

【谷】谷山 上10ウ7
倉谷 上10オ2
大谷 上11ウ5

豆部

【豆】坐禪納豆 上11ウ3
【豈】豈 下10オ3
【豐】豐樂 下12オ3
豐饒 下11オ9
豐酙〔斟〕渟尊 下15オ1

豕部

【象】象 上2ウ1 下4ウ9 下5オ9
象牙 上8オ4
象眼 上8ウ3
天象 上11オ4
【豬】豬 上5オ5

豸部

【豹】豹 上9ウ7
水豹 上9ウ8

貝部

【貝】貝母 上16オ3
貝〈目〉貫 上10オ8
貝鞍 上9ウ6
貝鞘 上10オ8
責〈靑〉貝 上10オ3
金貝 上9ウ7 上10オ3 上11オ4
兵貝〈具〉鎖 上10オ4
【貞】貞次 上10ウ6
安部〔倍〕貞任 上4オ6
【負】負 上5ウ3
【貢】貢 上12ウ7
【貧】貧 下16オ9
【食】食生 上22ウ1
【貫】目貫 上11オ4
貝〈目〉貫 上10オ8
石貫 上10ウ7
【責】責〈靑〉貝 上10オ3
【貳】師將軍〈貳師將軍〉 上12ウ6
【貴】貴 上21ウ6
貴家 下11オ8
貴德 上7オ6
貴賤 上3ウ1 上21オ8
楊貴妃 上19ウ7 上20オ6
【買】賣〈買〉 上5ウ6
買賣 上11ウ1
【費】費 上22ウ3
【賀】賀殿 上7オ3
伊賀 上12オ7
賀知章 上12ウ3
賀茂祭 上3ウ8
【賊】賊 下18オ5
【賓】大賓 上6ウ7
【賜】賜 上4ウ1
【賢】賢 上6オ9
賢善 下11オ9
賢臣 下1オ6
古賢 下10オ1
普賢 下11ウ5
聖賢主 下1オ6
竹林七賢 上12ウ1
【賣】賣 上6ウ3
賣〈買〉 上5ウ6
賣者 上16ウ3 上16ウ7
買賣 上11ウ1
賣竹奴 下3オ5
賣藥翁 上16ウ8
煎物賣 上15ウ7 上15ウ9
【賤】貴賤 上3ウ1 上21オ8
【質】質 上19ウ3 上21ウ6
質形 上22ウ5
【賴】源成〔政〕賴 上5オ6
源賴政卿 上4ウ3
【贊】贊 上2ウ7 上2ウ9

赤部

【赤】赤 上19オ2
赤漆 上9オ2
赤皮 上8ウ7
赤絲 上8ウ6
赤水珠 上8オ8
赤縣州 下13ウ9
赤芎藥 上16オ9
赤銅屑 上16オ9
【赫】赫焚〈奕〉妃 上3オ3
【赭】赭鞭 上17オ3

走部

【走】進走禿 上7オ5
【起】起 上17オ2 上19ウ2 下18オ5
【超】超〈趙〉昌子 上14ウ6
【越】越王 上4オ7
【趙】北趙 上11ウ7
趙子昂 上15オ2 上15ウ2
超〈趙〉昌子 上14ウ6
【趣】趣 下17オ1
趣向 下10オ3
惡趣 下17オ4
旨趣 下2ウ8
諸惡趣 下10ウ6

足部

【足】足 上9ウ2 上20ウ3 上20ウ3 上20ウ4

谷・豆・豕・豸・貝・赤・走・足・身・車・辛・辰・辵部（7画）

身部

見出し	所在
具足	上20ウ4
具足等	上22オ5
三具足	上12オ2
鞍具足	上14ウ6
須彌足井	上7ウ5
六面六臂六足	下9ウ6
跋	上9ウ2
跋扈	上17ウ4
跡	上11オ6
本跡	下20オ1
路	上11ウ2
路次	下18ウ6
路頭	上15ウ4
大路	上3ウ9
小路	上6ウ3
雪踏	下1オ9
踏	上4オ7
勾踐	下6オ3
踐	上20ウ4
踵	上19ウ3
蹈	上19ウ3
身	上19ウ3

身部（続）

見出し	所在
身名	上22ウ1
身形	下22ウ6
三身	上11オ8
分身	下16オ4
心身	下13オ

【酒】酒　下6ウ8
　下8オ4
【追】追伐　上4オ6
追善　下16オ9
追討　下6オ1
【退】退　下17オ2
進退　上9ウ3
退宿德　上7オ5
【逆】逆園　上12オ5
逆臣　上4オ5
　下5ウ5
逆蒼　上8ウ8
惡逆　下6オ2
　下6ウ1
逆鰐口　上10オ8
【這】這箇　下10オ3
這〈遮〉莫　上22ウ9
【通】通　上9オ9
打通　上21オ6
木通　上16オ7
神通　上2ウ6
大神通　下10ウ6
背筋通　上9オ9
神通自在　下19オ7
【逞】逞　上9ウ3
【速】速　下19オ4
速疾　上1オ9
　下6オ3
正哉吾勝勝速日天忍穂耳尊　下15オ9
【造】造　下7オ8
　下10ウ9
　下14ウ2
造像　下10ウ8
　下11オ1
　下11オ6
　下11ウ3
造立　下9オ4
　下10オ5
造像功德經　下11オ6
【連】連　上13ウ4
　上13ウ5
九蓮枝〈連絲〉　上8オ3
黄連　上16オ5
連歌等　上1ウ6
連枝比翼　上22ウ7
連錢葦毛　上9オ8
【逮】逮　下7オ8
【進】進出　下8ウ9
進退　上9ウ3
進走禿　上7ウ5
勇猛精進　下19オ3
【透】透逸〈迤〉　上21ウ8
【逸】透逸〈迤〉　上21ウ8
【遁】遁　下6ウ3
遁世粽　上11ウ2
【遂】遂　下12オ5
　下16ウ1
焦遂　上12ウ3
功成名遂　上4オ8
【遇】遇　上17オ2
　下12オ6
【遊】遊　上20オ1
　上21オ6
　下7ウ4
遊化　上4オ1
↓〔游〕
【運】武運　下2オ4
　下10オ7
【遍】萬返〔遍〕　下17オ6
【過】過　上16ウ6
　下10ウ1
大過　下4ウ8
　下4ウ8
驗過　下3オ6
【道】道　下1ウ1
　下16ウ3
道師　下12オ9
道德　上4ウ7
　上11ウ2
道風　上14オ6
九道　上18オ2
人道　下18オ4
佛道　上19オ8
六道　上4オ1
　下10ウ7
　下11ウ6
　下11ウ7
　下12オ9
大道　上6ウ2
天道　下18オ4
惡道　下11ウ1
載道　下7ウ3
王道　下5ウ6
至道　下16ウ2
道祖神　上22オ7
吳道士〈子〉　上14ウ3
北陸道　上6オ5
地獄道　下18オ1
畜生道　下18オ2
脩〔修〕羅道　下18オ3
餓鬼道　下18オ2
大戸道尊　下15オ3
作麼生道　下9ウ7
五郎入道　上10ウ9
【達】達　上22オ9
　下5オ5
達磨　上11オ2
　上14オ8
　上14ウ7
汝達　下2オ9
達磨大師　上5ウ4
生女房達　上21ウ7
青女房達　上21ウ8
【遘】遘合　下15オ7
【遜】盧多遜　上17ウ4
【遠】遠　上1オ6
　下5オ9
　下6ウ2
□〈遠〉　下8ウ5
遠近　上18ウ3
遠離　下14オ7
馬遠　上14ウ4
遠〈煙〉寺晩鐘　上12ウ4
遠浦歸帆　上12ウ4
【遣】遣　下11オ4
【遮】這〈遮〉莫　上22ウ9
【遅】遅　上18オ2
遅遅　上14オ1
遅遅　上14オ1
【適】閑適　上3ウ3
　下1オ6
【遷】遷延　上21オ9
【選】雨夜考選　上20ウ7
【遺】遺　下4ウ9
遺敕　上1オ3
遺愛寺　上6オ8

【還】還　上5ウ6
上22オ4
下1オ8
下5ウ2
下11ウ2
下14オ8
下18オ6
還城樂　上7オ3
【邊】邊　上3オ4
下1オ3
無邊　下14オ8
無邊身　下17オ7
無量無邊　上11オ9
大戸閇邊尊　下15オ3

邑部

【邑】都邑　上3ウ1
【那】那波　上10オ1
那智籠　上6オ6
那須與一　上5オ4
【邪】邪　下4ウ2
↓［耶］
【邯】邯鄲　上7ウ6
【郎】茲郎切　下3オ9
中次郎　上11オ1
天九節〈郎〉　上10オ9
彦四郎　上10ウ8
二郎國宗　上10ウ5
九郎次郎　上10ウ9
五郎入道　上10ウ8
五郎守家　上10ウ5
九郎次郎　上10ウ9
文殊四郎　上10ウ9
新〔仁〕田四郎
上5オ5
【郡】蜀郡　上18ウ7
呉郡綾　上7ウ8
閉伊郡　上9ウ1
【部】三部　上17ウ9
安部〔倍〕貞任
上4オ6
南瞻部州　下14ウ7
六十六部　上5ウ3
【都】都台　下8オ4
都邑　上3ウ1
都鄙　上18ウ3
南都　上10ウ9
下13オ6
都府樓　上13ウ6
率都婆　下9オ6
【鄉】鄉　下7ウ4
秋月鄉　上7ウ2
【鄙】鄙倍　下8ウ5
都鄙　上18ウ3
【鄲】邯鄲　上7ウ6

酉部

【酉】酉　下6ウ9
丁酉　上17ウ2
下2ウ6
下4オ4
下6オ8
【酒】酒　上11ウ7
上11ウ8
上11ウ9
上11ウ9
上12オ1
上12オ1
上12オ1
胡飲酒　上7オ2
【酙】豐酙〔斟〕渟尊
下15オ1
【醍】後醍醐天皇　下5ウ7
【醐】後醍醐天皇　下5ウ7
【醫】巫醫　下8ウ8
良醫　上17オ1

釆部

【釋】釋尊　上1オ2
下9オ2
釋迦　上14オ8
釋門　下6ウ5
略釋　下14ウ1
釋提桓因　上4オ2
釋迦大師　下12オ7
釋迦如來　下10オ9
下10ウ3
下13ウ3

里部

【里】里　上20ウ7
千里　下5オ4
張李〈里〉　上19ウ4
方里　上2オ4
桂里　上20ウ9
萬里　上13オ8
上13ウ7
季里期〈綺里季〉
上12ウ2
三萬里　上12ウ7
五十里　下5オ5
角里先生　上12ウ2
多久佐里　上9ウ1
【重】重　上5ウ6
上16ウ2
上19ウ7
上20オ2
上20オ9
下2ウ7
下9オ8
下9オ9
下16オ5
重籐　上9オ1
三重　上6ウ6
國重　上11オ2
敬重　下11ウ2
本重藤〈籐〉　上9オ2
【野】野渡　上13オ7
野牛　上9ウ8
野老　上19オ9
九野　下1ウ1
北野　上13ウ5
下1オ3
小野　上6ウ3
高野　上6ウ8
伴野鞍　上9ウ6
吉野山　上7オ7
高野落〈蕗〉　上11ウ2
富士野　上6ウ1
春日野　上7ウ1
【量】無量壽佛　下13ウ4
下17ウ3
無量無邊　上11オ9
不可勝量　上7ウ4

金部

【金】金　上2オ8
上2オ9
下6ウ8
下7オ1
下12オ1
金口　下12オ6
金吾　下6オ8
下6ウ1
金岡　上14オ7
金牙　上16オ4
金紗　上7ウ6
金絲　上8オ2
金羅　上7ウ5
金裏　上7ウ9
金襴　上7ウ6
金貝　上9ウ7
上10オ3
上11オ4
金釵　上4ウ1
金銀　上10オ2
上10オ5
金鍔　上10オ5
七金　上10オ3
別金　上8オ1
同金　上10オ7
段〔緞〕金　上7ウ6
膕金　上8ウ5
黄金　下11オ3
金剛索　下17ウ8
金吐差　上8ウ9
金絲花　上8オ2
金装束　上10オ8
金覆輪　上9ウ7
上10オ5
金輪王　下11オ9
紫金色　下11オ8
紫磨金　下1ウ3
金剛兵衛　上10ウ7
金寶瑠璃　上8ウ2
金枝玉葉　下1ウ8
上椙金吾　下6オ6
金剛夜叉明王　下17ウ6
【釣】釣　下9ウ2
【釵】釵　上8ウ2
金釵　上4ウ1
【鈸】銅鈸　上18ウ8
【鈿】鈿　上9オ7
【鉛】朱鉛　上22ウ2
【鉤】釣〔鉤〕　上5オ9
鉤製　上17オ3
【鉦】鉦鼓　上6ウ4
【鉸】鉸　上9ウ8
【鉾】鉾矢　上9オ5
【銀】飠艮〈銀〉　下12オ1
銀錠　上7ウ9
銀鞆〔柄〕　上10オ8
金銀　上10オ2
上10オ5
銀装束　上10オ9
【銅】銅　下12オ1
銅瓶　上12オ2
銅鈸　上18ウ8
銅鼻　上16オ4
胡銅　上8ウ3
上12オ2
赤銅屑　上16オ9
仙人銅　上8ウ3
【銖】六銖香　上8オ6
【銷】銷　上3ウ1
【鋒】長鋒　上10オ9
【錄】錄　下11オ4
目錄　上2オ7
【錠】銀錠　上7ウ9
【錢】萬錢　上22ウ3
連錢葦毛　上9オ8
【錦】錦　上6オ5
蜀江錦　上7ウ7
綾羅錦繡　上22ウ2
【錫】禹錫等　上17ウ2
【製】鉤製　上17オ3
【錯】錯　上19オ2
【鍔】粢鍔　上10オ4
練鍔　上10オ5
車鍔　上10オ4
金鍔　上10オ5
【鍛】鍜冶〔鍛冶〕　上10ウ1
鍜〔鍛〕冶等　上11オ1
法師鍜〔鍛〕冶　上10ウ4
出雲鍜〔鍛〕冶等　上11オ3
三條小鍜〔鍛〕冶宗近　上10ウ3
【鍜】鍜冶〔鍛冶〕　上10ウ1
鍜〔鍛〕冶等　上11オ1
法師鍜〔鍛〕冶　上10ウ4
出雲鍜〔鍛〕冶等　上11オ3
三條小鍜〔鍛〕冶宗近　上10ウ3
【鍪】鍪形　上8ウ4
【鎌】鎌倉　上10ウ8
【鎖】鎖　上6オ3
兵貝〈具〉鎖　上10オ4
【鎧】鎧　上8ウ4
上8ウ5
鎧〈鐙〉　上10オ2
【鎮】鎮　下1ウ6
鎮府上將　上4オ6
【鏃】鏃　上9オ7
【鏑】鏑藤〔籐〕　上9オ2
【鏡】照膽鏡　上8オ5
【鐃】鐃　上18ウ8
【鐏】朱鐏　上10オ9
【鐘】鐘　上6オ8
上13ウ1
上13ウ6
鐘樓〈漏〉　上14オ1
遠〈煙〉寺晩鐘　上12ウ4
【鐙】鐙　上9ウ8
鎧〈鐙〉　上10オ2
【鐫】鑴〈鐫〉物　上10オ4
【鐵】鐵　下12オ2
【鑄】鑄　下11オ3
下11オ3
【鑴】鑴〈鐫〉物　上10オ4
【鑽】鑽　下12ウ3
【鑿】鑿物　上11オ4

長部

【長】
長 上6オ4
上9ウ3
上14オ1
上15ウ5
上18オ3
長久 下10オ7
長光 上10ウ4
長刀 上10オ7
長大 下16ウ9
長柄 上7オ8
長樂 上13ウ1
長船 上10ウ5
長鋒 上10オ9
光長 上10ウ8
成長 下16オ7
長刀等 上10ウ1
天長地久 下1ウ8

門部

【門】
門 上5オ4
上12ウ9
桑門 上15ウ4
上16ウ2
上16ウ5
上18ウ1
釋門 下6ウ6
青門 上11ウ5
高門 上3ウ7
鴻門 上5オ1
門無關 上14ウ7
修行門 下17ウ1
戒行門 下16ウ3
涅槃門 下17ウ3
發心門 下17オ9
菩提門 下17ウ3
解脱門 下1ウ6
普門塵教 下14オ7
建禮門院 上6オ6
祠宗門下 下10オ2
【閉】
閉伊郡 上9ウ1
【開】
開 上13オ9
開元 上20オ6
開始 下15オ2
開寶 上17ウ4
開寶本草 上17ウ5
諸大開士 下11ウ6
【閏】
閏月 下8オ1
一閏 下4オ4
下8オ2
三閏 下8オ2
再閏 下8オ2
【閑】
閑 上21オ4
閑居 上4ウ8
閑心 上21ウ9
【間】
間 上1ウ8
上2オ2
上2オ4
上11オ8
上13ウ2
上21ウ5
上21ウ5
上22オ4
下3ウ1
下5ウ9
下14オ9
下16オ7
世間 下16ウ3
中間 下10ウ3
人間 上2オ3
彥間立 上9ウ2
間不容髮 下19オ3
大戶間邊尊 下15オ3
【閣】
樓閣 上14ウ1
【閨】
閨 上4ウ5
【閻】
閻浮 下1ウ9
圓〈閻〉次平
上15オ2
閻浮提 下11ウ5
閻浮界 下18ウ3
【闕】
闕下 上7オ1
鳳闕 上5オ2
巨闕劍 上8オ9
御闕怠 下1ウ8
【闖】
闖 上22ウ8
【關】
關 上4ウ7
關上 上17ウ9
關東 下6オ5
潼關 上13ウ3
門無關 上14ウ7

阜部

【阮】
阮咸 上12ウ1
阮籍 上12ウ1
【防】
防風 上16オ8
【阿】
阿魏 上16オ7
阿彌陀 上14ウ4
下13ウ1
下13ウ5
下15ウ8
下15ウ9
下15ウ9
阿保親王 上21オ3
阿彌陀如來 下18ウ7
增一阿含經 下10ウ9
南無阿彌陀佛
下12ウ8
【陀】
佛陀 下18ウ4
先陀 下1オ5
印陀羅 上14ウ5
蜜〔密〕陀僧
上16ウ1
頭陀聖 上6ウ8
名彌陀 下16オ2
阿彌陀 上14ウ4
下13ウ1
下13ウ5
下15ウ8
下15ウ9
下16オ1
圓陀陀地 下19オ2
檀陀地藏 下18オ1
圓陀陀地 下19オ3
軍陀〔荼〕利明王
下17ウ2
阿彌陀如來 下18ウ7
隨求陀羅尼經
下14ウ2
南無阿彌陀佛
下12ウ8
【附】
附 下5オ5
附庸 下5オ5
下5オ5
【降】
降 上21ウ5
降伏 上4オ5
下5ウ6
降三世明王 下17ウ1
【限】
日限 下3ウ1
【院】
千手院 上10ウ9

平等院　上7ウ1
建禮門院　上6オ7
後鳥羽院　上11オ1
【除】除　下3オ7
　下3オ8
　下4ウ9
　下11ウ3
辟除　下12オ5
除蓋障地藏　下18オ3
【陪】陪臣　下5オ6
　下5オ6
　下5オ7
位〈陪〉臣　下5オ6
【陰】陰　上21ウ5
陰神　下15オ3
　下15オ4
　下15オ4
陰陽　上18オ5
光陰　下10オ1
陽陰　下15オ5
六陰陽　上17オ3
【陳】陳皮　上16オ4
横陳　上21オ9
陳世英　上14ウ8
【陵】五陵　上13ウ4
嘉陵　上14オ3
房陵　上11ウ5
陵王等　上7オ4

【陶】紺陶　上19ウ6
陶隱居　上17オ8
【陸】陸清〈青〉　上14ウ9
北陸道　上6オ5
【陽】陽神　下15オ2
　下15オ3
　下15オ3
　下15オ4
陽虎　下5ウ3
陽陰　下15オ5
七陽　下7オ3
夕陽　上13ウ4
歐陽　上15ウ3
汝陽　上12ウ3
洛陽　下11オ5
漁陽　上20オ5
潯陽　上5ウ6
陰陽　上18オ5
南陽縣　上6オ4
博陽山　上8ウ3
首陽山　上6オ9
六陰陽　上17オ3
【隆】隆基　下10オ7
【隔】隔　上13ウ4
【障】障泥　上9ウ9
障礙　下4オ7
五障三従　下16オ7
除蓋障地藏　下18オ3

【隨】隨　上17オ3
　上18オ4
　下7ウ3
　下8オ5
　下16オ4
隨分　下7オ6
隨宜　下10オ3
隨而　下4ウ2
　下6ウ6
　下18ウ2
隨身　下14オ3
隨順　下12オ9
御隨意　上18ウ1
隨求陀羅尼經
　下14ウ2
【隱】隱　下15オ5
雲隱　上20ウ9
島隱行　上20ウ8
陶隱居　上17オ8

隹部

【雀】孔雀尾　上7ウ9
【集】集　上1ウ4
　上3ウ9
　上20ウ6
多集　上22オ8
文集　上14オ3

群集　上1ウ8
　上18ウ4
【雖】雖　上16オ1
　上16ウ6
　下9オ8
　下9ウ2
　下9ウ3
　下15オ4
　下16オ8
　下18ウ5
【雙】無雙　下18ウ5
【雜】雜　上19オ7
　上22ウ2
雜色　上9ウ5
【雞】雞心　上11ウ7
狂雞　上19オ5
雞舌香　上16オ9
【離】離　上1オ7
　下7オ5
出離　下16オ6
遠離　下14オ7
出離生死　下16オ5
【難】難偲　上21ウ9
難及　下9オ1
　下9ウ6
難問　下9ウ3
難報　下12ウ1
難捨　上22オ3

難有　上23オ1
難棄　上21ウ6
難波　上5ウ8
難者　下8ウ9
　下9オ8
　下9ウ1
難謝　下12ウ2
難辨　上11オ7
　下13ウ7
八難　下7オ3
難波方　上20ウ8
難波江　上7オ8

雨部

【雨】雨　上6オ3
　上13オ4
　上13オ7
　上13ウ1
　上13ウ9
　上21ウ5
　上22オ1
　上22オ1
雨夜考選　上20ウ7
瀟湘夜雨　上12ウ4
【雪】雪　上6オ7
雪窗　上15オ3
雪踏　上9オ9

江天暮雪 上12ウ4
【雲】 雲 上1ウ4
上4オ8
上13オ4
上13ウ9
雲秀 上10ウ4
雲隱 上20ウ9
迷雲 上1オ6
風雲 上11オ5
出雲鍛〔鍛〕冶等 上11オ3
【零】 飄零 上20オ3
【雷】 雷 上3ウ2
雷公 上17オ5
天鼓雷音佛 下17ウ5
【電】 電光 上18ウ2
【震】 震 上21オ8
下4ウ6
下7オ6
震旦 下5オ9
艮震 下4オ9
【霑】 霑 上21ウ9
【霓】 霓裳羽衣曲 上20オ6
【霜】 霜 上13ウ7
【霧】 朝霧 上7オ8
【露】 露 上22オ5
露結 上19ウ8
甘露 上9オ7
發露 上5ウ5
【靈】 靈 上21ウ2
靈像 下1オ8
下4オ8
下4ウ6
靈光 下19オ6
靈地 下18ウ5
靈場 下1ウ3
靈夢 上2オ2
靈山 下16オ1
靈德 上2ウ7
上3オ8
下4オ5
下12ウ3
靈石 下9オ8
靈神 下13オ9
靈筆 上14オ7
靈驗 上3オ6
上3オ7
下2ウ2
下9オ3
下9オ7
尊靈等 下16ウ6
【䨚】 䨚 上22オ3

青部

【青】 青 上19オ2
上19ウ7
青山 上13オ9
青漆 上8オ2
青熒 上20オ2
青焚〈礬〉 上16オ7
青草 上15オ6
責〈青〉貝 上10オ3
青門 上11ウ5
陸清〈青〉 上14ウ9
青木香 上16オ9
葵〈青江〉作 上10ウ6
青繙〔番〕羅 上7ウ8
青女房達 上21ウ8
【靖】 和靖 上15オ7

非部

【非】 非 上2オ9
上22オ9
下9ウ9
【靡】 押靡 上21オ4

面部

【面】 面 上19ウ7
上22ウ1
上22ウ2
面目 上18ウ1
上22オ9
一面 上4ウ6
強面 上21オ6
面垂聳 下15オ4
面䶑〈黵〉顏 上15ウ5
面鼻皷〈皼〉 上15ウ5
一面目 下10オ3
三面四臂 下17ウ5
四面八臂 下17オ8
下17ウ2
六面六臂六足 下17ウ4

革部

【靺】 新靺鞨 上7オ6
【靻】 靻 上9ウ8
【鞅】 鞅 上9ウ9
【鞆】 鞆〔柄〕 上10オ3
上10オ5
鞆〔柄〕口 上10オ6
木鞆〔柄〕 上10オ7
聖鞆〔柄〕 上10オ7
銀鞆〔柄〕 上10オ8
【鞍】 鞍杷 上9ウ9
唐鞍 上9ウ6
貝鞍 上9ウ6
䩜〈鞔〉鞍 上9ウ8
鞍具足 上9ウ6
伴野鞍 上9ウ6
大和鞍 上9ウ6
大坪鞍 上9ウ7
水干鞍 上9ウ6
【鞢】 鞢 上9ウ9
【鞔】 䩜〈鞔〉鞍 上9ウ8
【䩜】 䩜〈鞔〉鞍 上9ウ8
【鞘】 鞘 上10オ3
上10オ3
上10オ5
塗鞘 上10オ3
貝鞘 上10オ8
鮫鞘 上10オ5
【鞩】 鞩 上9ウ9
【鞚】 鞚 上9ウ8
【鞞】 鞞鼓 上20オ5
【鞦】 鞦 上9ウ9
【鞨】 鞨鼓 上19ウ2
上19ウ9
上20オ7
上20オ9
新靺鞨 上7オ6
【鞭】 鞭 上9ウ9
上17オ4

緒鞭　上17オ3
【鞏】鞏　上9ウ9
【韁】韁　上9ウ9
【韆】韆等　上10オ2
【⿰革龍】⿰革龍　上9ウ8
【韉】韉　上9ウ9

韋部

【韓】韓幹　上15オ6

音部

【音】音　下11ウ3
七韻〈音〉　下7ウ5
五音　下7オ4
觀音　上14ウ1　上14ウ3　上14ウ8　上15オ1　上15オ4　上15オ5　下11ウ5　下16オ1　下16オ1
觀音寺　上13ウ6
觀世音　下16オ2
異口同音　下19オ8
天鼓雷音佛　下17ウ5
出流之觀音　下9オ6
不空絹〈羂〉索觀音　下13オ8
南無大悲觀世音菩薩　下13オ1
【⿰音少】⿰音少　上21オ7
【韸】韸韸　上18ウ9
韸韸　上18ウ9
【韻】七韻〈音〉　下7ウ5
【響】響旬　上19オ4
夜響　上5オ8

頁部

【頂】頂　上21ウ3
頂戴　下13オ8
頂禮　下14オ8
丹頂　上13オ5
摩頂　上1オ2
花頂　上13ウ5
頂上佛　下13ウ1
【頃】項〈頃〉　上20ウ5
【項】項〈頃〉　上20ウ5
項羽　上5オ1
【順】順禮　上5ウ2
孝順　下16ウ2　下16ウ2
隨順　下12オ9
【須】須　下2ウ5
須彌　下2オ1
須彌足井　上9ウ1
那須與一　上5オ4
【頑】頑　上15ウ5
【頓】頓　上1オ6　下18オ5
頓證菩提　下16オ5
【頗】頗梨　上8オ4
【頭】頭　上18ウ3　上19オ4　上21オ7
問頭　下9ウ2
拔頭　上7オ6
烏頭　上16オ5
田頭　上11オ7
石頭　下19オ6
話頭　下9ウ5
路頭　上15ウ4
頭陀聖　上6ウ8
【頸】烏頸等　上10オ4
【額】月額　上9オ9
【顏】顏　上19ウ7　上21ウ3
顏淵　上6オ3
顏色　下8ウ4
顏輝　上15オ3
夕顏　上20ウ9
泥顏　上15ウ8
紅顏　上22ウ2
面⿰面黽〈⿰黑黽〉顏　上15ウ5
【願】願　下11ウ6　下16オ4　下16ウ5　下18ウ6
願心　下10オ8
願望　上1オ9
御願　下8ウ5
悲願　下12ウ2
誓願　上1オ4　下11ウ8
所願成就　下16オ5
地藏本願經　下11ウ4　下16ウ7
【顙】顙　上22オ8
【類】類　上2オ9　上2ウ1　上7ウ5　上11オ5
一類　下5ウ8
塵類　上1オ6
戌〈戎〉類　下18オ6
群類　下12ウ2
證類本草　上17ウ7
萬種千類　上17オ4
【顫】顫　上18ウ2
【顯】顯　上5オ3　下4オ8　下12オ8
出顯　上22オ2
顯紋紗　上7ウ8
顯慶二年　上17オ9

風部

【風】風　上14オ2　上15オ7
風流　上3ウ5　上7ウ3　上7ウ4　上11オ7　上20ウ2　上20ウ5
風爐　上12オ2
風雲　上11オ5
威風　下1ウ9
屛風　上12オ9　上14オ6
玄風　下1ウ1
道風　上14オ7
防風　上16オ8
香風　上13オ2

風流女　上21オ5
【颯】颯纚　上19ウ5
【飄】飄零　上20オ3

飛部

【飛】飛　上13ウ8
上13ウ9
飛來　下15オ7
飛揚　上20オ1
飛騰　上3ウ3
飛龍　上15オ2

食部

【食】食物　上11ウ1
食籠　上8オ3
聞食　上18オ9
【湌】天湌田　上4オ4
【飲】胡飲酒　上7オ2
飲中八僊　上12ウ3
【飽】飽　上9ウ2
驕飽　下5ウ3
【養】養　下7ウ5
供養　上1オ9
上10ウ8
下10オ6
下11オ2
下12オ2
下16オ9
下17オ3
【⿰飠艮】⿰飠艮〈銀〉　下12オ1
【餐】↓［湌］
【餓】餓鬼道　下18オ2
【餘】餘　上15ウ9
上18ウ1
下3オ9
下14オ1
餘慶　下2オ2
餘暇　下1ウ2
餘算　上2オ8
白餘　上11ウ2
上16ウ2
上16ウ4
下12ウ8
不惑餘　上15ウ4
五千餘言　上4ウ8
七十有餘　下12ウ5
【館】館　上13オ4
【饒】饒州　上12オ3
饒舌　下14ウ6
豐饒　下11オ9

首部

【首】首　上12ウ6
首陽山　上6オ9

香部

【香】香　上13オ6
香匙　上8ウ2
香合　上8オ3
香風　上13オ2
洞香　上12オ5
清香　上12オ5
燒香　下12オ2
疎香　上7ウ9
香爐峯　上6オ7
香香登　上12オ7
香香登　上12オ7
麝香臍　上7ウ9
六銖香　上8オ6
反魂香　上18オ5
雞舌香　上16オ9
青木香　上16オ9
高良香　上16オ2

馬部

【馬】馬　上4ウ6
上9オ8
上9ウ2
上15オ6
馬形　上14オ9
上15オ2
馬揳　上9ウ4
馬融　上8オ6
馬遠　上14ウ4
馬麟　上15オ5
名馬　上9ウ1
官馬　上3ウ3
百馬　上14ウ8
騎馬　上3ウ4
驄馬　上9オ9
汗血馬　上12ウ6
大宛之馬　上12ウ6
【駁】↓［駮］
【駮】駮　上9オ8
【駿】駿〈騪〉　上9ウ3
八駿　上9ウ4
【騎】騎馬　上3ウ4
【騪】駿〈騪〉　上9ウ3
【騫】張騫　上11ウ8
【騰】飛騰　上3ウ4
【騷】騷合　上21ウ1
【驄】驄馬　上9オ9
【驕】驕飽　下5ウ3
【驗】驗　上17オ1
上17オ5
上17オ6
驗過　下3オ6
生驗　上22ウ4
笠驗　上9オ1
靈驗　上3オ6
上3オ7
下2ウ2
下9オ3
下9オ7
【驚】驚　上2オ5
上19オ6
警〈驚〉破　上20オ5
【驥】十驥　上9ウ5
【驪】驪龍珠　上8オ8

骨部

【骨】骨吐　上8オ3
地骨皮　上16オ2
【體】體　下3オ3
下3オ6
一體　下3オ1
下13ウ4
五體　下7ウ5
八體　下7ウ4
同體　下13ウ4
玉體　上21ウ8
石體　上2ウ4
總體　下13ウ4
十萬體　下1ウ4

同一體 下13ウ1
下16オ3

高部

【高】高 上13オ3
上15ウ5
上22オ5
下12ウ3
高宗 上17オ9
高弟 上1オ2
高祖 下1オ9
高紐 上8ウ9
高聲 上15ウ7
高野 上6ウ8
高門 上3ウ7
漢高 上14オ4
琴高 上15オ7
高然輝 上14ウ6
高良香 上16オ2
高野落〈蕗〉 上11ウ2
高鳩〈鵄〉尾 上9オ4
平高時 下5ウ8

髟部

【髮】髮 上22オ5
髮搔 上10オ6
髮白 上9オ9
尾髮 上9ウ2
間不容髮 下19オ3

鬥部

【鬮】鬮 上9オ6

鬲部

【鬻】鬻 上6ウ2

鬼部

【鬼】鬼人 上5オ6
鬼神 下7ウ2
鬼箭 上16オ2
五鬼 上2オ8
下7オ2
鬼窟裏 下9ウ9
餓鬼道 下18オ2
鬼神大夫行平 上10ウ7
【魂】反魂香 上8オ5
【魏】阿魏 上16オ7

魚部

【魚】魚脳 上8オ4
【魯】魯 下5ウ2
黄魯直 上15ウ2
【鮑】九穴鮑 上8オ6
【鮫】鮫鞘 上10オ5
【鮮】鮮 下1ウ3
【鯉】鯉 上15オ7
鯉口 上10オ6
【鰔】鰔作 上10オ3
【鰐】逆鰐口 上10オ8
【鱗】鱗甲 上11オ5

鳥部

【鳥】鳥 上12ウ9
大鳥 上12ウ8
花鳥 上14ウ4
上15オ3
鳳鳥 下1オ7
鳥頸等 上10オ4
古鳥蘇 上7オ4
新鳥蘇 上7オ4
後鳥羽院 上11オ1
條枝之鳥 上12ウ8
【鳩】鳩杖 下1オ5
【鳳】鳳吹 上13オ1
鳳管 上18ウ8
鳳闕 上5オ2
鳳鳥 下1オ7
【鳴】鳴呼 上22ウ4
下14オ1
鳴〈嗚〉呼 下6ウ3
下13オ2
【鴇】↓［鴾］
【鴈】鴈 上9オ5
鴈俣 上9オ5
蘆鴈 上14ウ2
平沙落鴈 上12ウ4
【鴿】鵓鴿 下15オ7
【鴛】鴛鴦被 上8オ1
【鴦】鴛鴦被 上8オ1
【鴻】鴻業 下2オ5
鴻門 上5オ1
【鴾】鴾 上9オ5
黄鴾毛 上9オ8
【鳩】高鳩〈鵄〉尾
上9オ4
【鵰】鵰〈鶇〉威 上8ウ8
【鵑】杜鵑 上13オ8
【鵜】鵜舟 上5オ9
【鶇】鵰〈鶇〉威 上8ウ8
【鵡】鸚鵡盃 上8オ1
【鵄】高鳩〈鵄〉尾
【鵲】病鵲 上9オ4
上19オ5
【鵶】鵶 上4ウ3
【鶯】鶯歌 上13オ1
春鶯囀 上7オ2
【鶴】鶴 上5オ5
上13オ5
鶴林 下10オ9
鶴瑟 上18ウ7
鶴蝨 上16オ5
鶴本白 上9オ5
玄鶴珠 上8オ8
鶴岡八幡宮 下6オ9
【鵓】鵓鴿 下15オ7
【鷀】彦波瀲〔斂〕武鸕鷀草
葺不合尊 下15ウ2
【鷲】鷲尾山 上7オ9
【鷄】↓［雞］
【鷹】鷹 上5オ6
上14ウ2
鷹角 上8ウ4
【鸕】彦波瀲〔斂〕武鸕鷀草
葺不合尊 下15ウ2
【鸚】鸚鵡盃 上8オ1

鹵部

【鹽】鹽 上5ウ1

夕鹽　上7オ8
紫鹽　上11ウ4

鹿部

【鹿】鹿茸　上16オ6
白鹿皮綴　上8ウ8
【麓】麓　上3オ2
【麗】麗　上19オ2
上21ウ6
【麝】麝香臍　上7ウ9
【麟】麟色　上12ウ5
馬麟　上15オ5
九眞之麟　上12ウ5

麥部

【麥】大麥　下11ウ3
【麲】棗麲　下11ウ3

麻部

【麻】當麻作　上11オ1
【麼】作麼生道　下9ウ7
【麾】麾　上15ウ7

黃部

【黃】黃　上19オ2
黃支　上12ウ7
黃耆　上16オ4
黃皮　上8ウ6
黃石　下9オ5
黃絲　上8ウ6
黃老　上19ウ1
黃連　上16オ5
黃金　下11オ3
黃草布　上7ウ8
黃魯直　上15ウ2
黃鴾毛　上9オ8
夏黃公　上12ウ2
淺黃絲　上8ウ6
川大黃　上16オ8
黃支之犀　上12ウ7

黑部

【黑】黑　上19オ2
黑塗　上10オ9
黑湩　上22ウ3
黑漆　上9ウ7
黑皮　上8ウ7
中黑　上9オ4
黮黑　上15ウ5
【黛】綠黛　上22ウ3
【黨】一黨　上10ウ5
下6オ9
【黮】黮黑　上15ウ5

黽部

【黽】面黽〈黽〉顔　上15ウ5
【䵷】面䵷〈黽〉顔　上15ウ5
【鼈】鼈甲　上16オ6

鼓部

【鼓】大鼓　上18ウ9
小鼓　上18ウ9
腹鼓　上1ウ6
鉦鼓　上6ウ4
鞞鼓　上20オ5
鞨鼓　上19ウ2
上19ウ9
上20オ7
上20オ9
天鼓雷音佛　下17ウ5
↓［皷］

鼠部

【鼠】天鼠　上9オ7
栗鼠　上14ウ2

鼻部

【鼻】銅鼻　上16オ4
面鼻皷〈皷〉　上15ウ5

齊部

【齊】齊　上17オ8
齋〈齊〉　下1ウ9
【齋】齋〈齊〉　下1ウ9

齒部

【齒】素齒　上22ウ3
龍齒　上16オ7
【齡】年齡　上15ウ4
【齜】齜　上21ウ2

龍部

【龍】龍　上3ウ3
上14ウ9
上15オ4
龍池　上13ウ1
龍腦　上16オ4
龍華　下10ウ1
龍齒　上16オ7
山龍　上11オ5
飛龍　上15オ2
龍田川　上7オ7
李龍眠　上14ウ5
驪龍珠　上8オ8
【龕】龕室　下12オ1
【櫳】櫳　上9ウ5

龜部

【龜】龜　上13オ5

自立語索引

自立語索引凡例

［底本］

一、前田育徳会尊経閣文庫蔵弘治四年写本を底本とした。

［採録の範囲］

一、右のテキスト本文に使用されている全ての自立語を検索できるよう編集した。

一、但し、内題、尾題、異本注記、及び奥書は除外した。

［訓みの根拠］

一、本文を訓み下すに当たっては、原本に施されている傍訓及び合符等の訓点を尊重した。

一、無訓の場合は、室町期の古辞書等により、訓みを決定した。

［見出し語及び排列］

一、見出し語としては、単語の他に、結合度の比較的高い語句も、「連語」としてこれに加えた。

一、見出し語は、歴史的仮名遣いに還元した上で、五十音順とし、清音を先に、濁音を後に排列した。

一、単語の清濁に就いては、室町期に基準を求めた。

［校訂］

一、傍訓及び合符等の訓点に明らかな誤りがある場合は、校訂を加えた。具体的な内容は校訂一覧（93頁）を参照されたい。

一、表記に用いられている漢字が、明らかな誤字の場合、左記の如く、正しい漢字表記をその下に〈　〉内に示した。具体的な内容は校訂一覧を参照されたい。

　　鳴〈嗚〉呼

［字体］

一、漢字の字体は、康熙字典に準拠した。但し、康熙字典体と室町期通行の字体とに、大きな違いが見られる場合には、後者に従ったものもある。

［索引の形態］

一、見出し語を掲出し、その下に文法的事項を記し、次いで所在を示した。

一、表記に用いられている漢字に、室町期の文献に見られる特殊な通用現象、省画、増画が見られる場合、原本の形を示した上で、左記の如く、規範的な漢字表記を〔 〕内に示した。

瓢簟〔簞〕

一、所在は、上巻・下巻の別、丁数、表裏、行数の順で示した。例えば、当該語の最初の文字が、上巻三丁表八行目にある場合は、左記の如く表記する。

上3オ8

一、漢字文字列の掲出に当たっては、底本に施されている傍訓、返り点、音合符・訓合符等の連読符、その他の訓点を一切省略した。

一、文法的事項とは、品詞及び活用の種類である。品詞については、それぞれ左記の略号を用いた。活用の種類については、品詞の略号の下に記した。

（略号）	（事項）
名	名詞
代	代名詞
動	動詞
補動	補助動詞
形	形容詞
形動	形容動詞
副	副詞
連体	連体詞
接	接続詞
感	感動詞
連語	連語

［参照注記］

一、一つの漢字文字列に、幾通りかの訓みが存在する場合は、矢印「→」を用いて、適宜参照注記を施した。

あ

ああ（感）
於　上3オ6
嗚呼　上22ウ4
　下14オ1
嗚〈嗚〉呼　下6ウ3
　下13オ2
あいくわう（阿育王）→いくわう（育王）
あいす（動サ変）
愛　上20オ6
あいぜん（名）
愛染　下4オ6
あいみんす（動サ変）
哀愍　下12オ9
あう（名）
殃　上3ウ1
あう（名）
奥　下7ウ3
あうか（名）
鶯歌　上13オ1
あうしう（名）
奥州　上5オ7
　上10ウ8
あうむのさかづき（連語）
鸚鵡盃　上8オ1
あか（赤）→せき
あかいと（名）
赤絲　上8ウ6
あかうるし（名）
赤漆　上9オ2
あかがは（名）
赤皮　上8ウ7
あかし（形ク）
朱　上19ウ8
あかしのうへ（連語）
明石上　上20ウ8
あかしのうら（名）
明石浦　上7オ8
あかつき（名）
暁　上13オ9
　上19オ5
あかはな（名）
面鼻皷〈皻〉　上15ウ5
あき（名）
秋　上1ウ1
　上2ウ1
　上2ウ1
　上7ウ2
　上13オ9
　上13ウ4
　上13ウ8
　上18オ4
　下7ウ7
あぎ（名）　下8オ3
阿魏　上16オ7
あきうど（名）
商人　上5ウ6
あきづきのさと（名）
秋月郷　上7ウ1
あきつしま（秋津洲）→あきつす
あきつす（名）
秋津洲　下14ウ7
あきらか（形動ナリ）
明　上20オ9
　下13ウ5
昭　上3オ6
　下6ウ5
諦　下8ウ1
あく（動カ下二）
曙　上14オ1
あぐ（動ガ下二）
擧　上3ウ5
あくぎやく（名）
悪逆　下6オ2
　下6ウ1
あくしゆ（名）
悪趣　下17オ4
→しよあくしゆ（諸悪趣）
あくだう（名）
悪道　下11ウ1
あくまで（副）
飽　上9ウ2
あくむ（名）
悪夢　下12オ6
あげてかぞふべからず（不可勝計）→あげてはかるべからず（不可勝量）
あげてはかるべからず（連語）
不可勝計　上3オ6
不可勝量　上7ウ4
あげは（名）
上葉　上12オ6
あげまき（名）
總角　上8ウ9
あこめ（名）
袙〔衵〕　上19ウ8
あさいな（名）
朝稲〔朝比奈〕　上5オ3
あさぎいと（名）
浅黄絲　上8ウ6
あさぎり（名）
朝霧　上7オ8
あさひな（朝比奈）→あさいな（朝稲）
あざやか（形動ナリ）
鮮　下1ウ3
あざらし（名）
水豹　上9ウ8
あし（名）
葦　上5ウ8
あし（名）
足　上20ウ4
　上22オ5
あし（名）
唖子　上15オ1
あし（形シク）
悪　下11オ8
不可　上22オ2
あしかがたかうぢ（足利尊氏）→みなもとのだいしやうこう（源大相公）
あしげ（名）
驄馬　上9オ9
あした（名）
朝　上13ウ9
　上19ウ8
　下10ウ2
あしはら（名）
葦原　下14ウ8
あせ（名）
泚　上22オ8
　上22オ9
あせす（動サ変）
泚　上22オ9

あそぶ（動バ四）
遊 上20オ1 上21オ6 下7ウ4
あだ（形動ナリ）
化 上21オ7
あだ（形動ナリ）
婀娜 上21ウ7
あたかも（副）
恰 上9ウ4 下4ウ5
あだしみ（名）
質形 上22ウ5
あたたか（形動ナリ）
暖 上13オ2
あだびと（名）
化人 上22ウ3
あたふ（動ハ四）
能 上11ウ1 上13ウ8 下5オ4 下16オ9
あたふ（動ハ下二）
與 上16ウ8
あたらし（形シク）
惜 上22ウ5
あたらし（形シク）
新 下2オ4

あたる（動ラ四）
當 上1ウ2 上17オ7 下1オ9 下8オ9 下10オ8
↓あひあたる（相當）
あぢきなし（形ク）
無狀 上22ウ4
あぢはひ（名）
味 上20ウ1
あつし（形ク）
厚 下3ウ4
あつまる（動ラ四）
集 上1ウ4 上3ウ9
あながち（形動ナリ）
強 上22オ6
あなづる（動ラ四）
劣 上21ウ2
あなにくや（連語）
生憎 上21オ6
あに（副）
豈 下10オ3
あはす（動サ下二）
合 上18ウ9
あはたぐち（名）
粟田口 上10ウ2

あはづ（名）
粟津 上12オ7
あはび（鮑）↓くけつのあはび（九穴鮑）
あひあたる（動ラ四）
相當 下2ウ4 下4オ4 下6オ7 下6ウ1
あひあらそふ（動ハ四）
相爭 下3ウ2
あひかたらふ（動ハ四）
相語 上22ウ9
あひしたがふ（動ハ四）
相從 上3ウ4
あひしらふ（動ハ四）
會此 上21オ7
あひだ（名）
間 上1ウ8 上2オ2 上2オ4 上11オ8 上13ウ2 上21ウ5 下3ウ1 下5ウ9 下14オ9 下16オ7

あひまがふ（動ハ四）
相亂 上21ウ8
あひまじはる（動ラ四）
相交 上18ウ6
あふ（動ハ四）
遇 上17オ2 下12オ6
あふぎ（名）
扇 上5オ4 上8ウ1
あふぐ（動ガ四）
仰 上2ウ2 下10ウ7 下12ウ3
あふひづくり（葵作）↓あをえづくり（青江作）
あぶみ（名）
鎧〈鐙〉 上10オ2
鐙 上9ウ8
あぶらひさき（翁伯）↓をうはく
あふり（名）
障泥 上9ウ9
あふる（動ラ下二）
溢 上22オ6
あへて（副）
敢 上15ウ9
あべのさだたふ（名）

安部〔倍〕貞任 上4オ6
あぼしんわう（名）
阿保親王 上21オ3
あま（海人）↓かいじん
あまくに（名）
天國 上10ウ2
あまたたび（數々）↓さくさく
あまつさへ（副）
剩 上5ウ8
あまつひこひこほににぎのみこと（名）
天津彦々火瓊々杵尊 下1ウ2 下15ウ1 下15ウ4
あまつひつぎしろしめす（連語）
踐祚 下1オ6
あまてらすおおみかみ（天照大神）↓てんせうだいじん
あまてるおほんがみ（天照大神）↓てんせうだいじん
あまねし（形ク）
偏 上2ウ6 下18ウ8
あまのくひだ（名）
天湌田 上4オ4

あまよのしなさだめ（連語）
雨夜考選　上20ウ7
あまり（副）
餘　上15ウ9　上18ウ1　下14オ1
あまる（動ラ四）
餘　下3オ9
あみだ（名）
阿彌陀　上14ウ4　下13ウ1　下13ウ5　下15ウ8　下15ウ9　下15ウ9
あみだによらい（名）
阿彌陀如來　下18ウ7
あめ（名）
雨　上6オ3　上13オ4　上13オ7　上13ウ1　上13ウ9　上21ウ5　上22オ1　上22オ1
⿱雨鮮　上22オ3
あめつち（名）
天地　下15オ2
あや（綾）→ごきんのあや（呉郡綾）
あやし（形シク）
靈　上21ウ2
あやにく（生憎）→あなにくや
あやふし（形ク）
危　上3ウ2
あやめく（動カ四）
悲　上22オ8
あらず（連語）
非　上2オ9　上22オ9
あらそひ（名）
爭　上4ウ4
あらそひとる（動ラ四）
爭取　下3ウ4　下3ウ5
あらそふ（動ハ四）
爭　下7ウ3
あらた（形動ナリ）
新　上3オ8　上13オ2　下1ウ2
新也　上3オ8
あらは（形動ナリ）
露　上22オ5
あらはす（動サ四）
彰　上4ウ7
顯　上5オ3　下4オ8　下12オ8
→げんず（現）
あらはる（動ラ下二）
見　上6オ9
あらふ（動ハ四）
洗　上15オ8
あり（動ラ変）
在　上2ウ5　上3オ9　上13オ6　上20ウ8　下4オ9　下12ウ4　下12ウ4　下13ウ2
有　上2オ2　上2ウ6　上3オ2　上3オ4　上3ウ6　上3ウ8　上4オ3　上4オ4　上4オ7
上4オ9　上4ウ5　上4ウ6　上5オ3　上5オ3　上5オ6　上5オ7　上5オ9　上5ウ1　上5ウ2　上5ウ3　上5ウ4　上5ウ4　上5ウ5　上5ウ5　上5ウ6　上5ウ7　上5ウ8　上5ウ9　上5ウ9　上6オ1　上6ウ2　上6ウ3　上6ウ8　上6ウ8　上9ウ1　上9ウ4　上9ウ5
上11オ2　上11オ3　上12ウ8　上14オ7　上16ウ7　上16ウ8　上20オ4　上20オ5　上21オ9　上21オ9　上21ウ1　上21ウ1　上21ウ1　上21ウ2　上21ウ2　上21ウ2　上21ウ2　上21ウ3　上21ウ3　上21ウ3　上21ウ3　上21ウ4　上22オ8　上22ウ5　下1オ3　下1オ8　下2オ2　下2オ2

下3ウ5
下4ウ4
下4ウ8
下4ウ8
下5ウ5
下5ウ7
下6オ1
下6ウ2
下7ウ9
下8ウ9
下9オ1
下9オ3
下9オ4
下9ウ1
下11オ7
下11ウ5
下11ウ6
下12ウ8
下12ウ9
下12ウ9
下13オ4
下13ウ5
下13ウ8
下14オ3
下14ウ4
下15オ4
下15オ6
下15オ7
下15オ9
下16ウ7
下18オ5
下18オ9
下18ウ4
ありがたし（形ク）
難有 上23オ1
ありさま（名）
擧 上22ウ8
様 上23オ1
狀 上20ウ6
上21オ6
上21ウ9
上22オ1
上22オ8
ありはらのなりひら（名）
在原葉〈業〉平 上21オ2
ある（連体）
或 上19ウ2
上20ウ4
上21オ5
上21オ5
あるいは（連語）
或 上2ウ7
上4オ1
上4オ2
上4オ3
上4オ4
上4オ5
上4オ6
上4オ7
上4オ9
上4ウ2
上4ウ3
上4ウ4
上4ウ4
上4ウ5
上4ウ6
上4ウ7
上4ウ8
上5オ1
上5オ2
上5オ3
上5オ3
上5オ4
上5オ5
上5オ5
上5オ6
上5オ6
上5オ7
上5オ8
上5オ9
上5オ9
上5ウ1
上5ウ2
上5ウ3
上5ウ4
上5ウ4
上5ウ5
上5ウ5
上5ウ6
上5ウ7
上5ウ8
上5ウ9
上5ウ9
上6オ1
上6オ2
上6オ3
上6オ4
上6オ5
上6オ6
上6オ6
上6オ7
上6オ8
上6オ8
上6ウ1
上6ウ2
上6ウ3
上6ウ4
上6ウ5
上6ウ6
上6ウ7
上6ウ8
上6ウ8
上7オ1
上7オ4
上18ウ7
上18ウ7
上21オ9
上21オ9
上21オ9
上21ウ1
上21ウ1
上21ウ2
下12ウ8
下12ウ9
下12ウ9
下16ウ7
あわつ（動ラ下二）
嗹 上22オ8
あを（青）→せい
あをえづくり（名）
葵作〈青江作〉 上10ウ6
あをがひ（名）
責〈青〉貝 上10オ3
あをし（形ク）
青 上19ウ7
あをやか（青熒）→せいけい
あをにょうばうたち（名）
青女房達 上21ウ8
あんぎゃ（名）
行脚 上6ウ9

あんぎやそう（名）
行脚僧 下9ウ1
あんず（動サ変）
安 下1ウ4
あんず（動サ変）
按 下2ウ3
下4オ6
あんぢす（動サ変）
安置 下18ウ8
あんにん（名）
杏仁 上16オ6
あんるい（名）
暗涙 上4ウ5

い

い（意）→こころ
いう（名）
酉 下6ウ9
いうし（名）
游子 上1ウ3
いか（如何）→いかなり
いか（以下）→いげ
いが（名）
伊賀 上12オ7
いかだ（名）
筏 上7オ7
いかづち（名）
雷 上3ウ2
いかなり（形動ナリ）
如何 下3ウ6
いかん（副）
如何 下2ウ8
いかんぞ（作麼生道）→そもさんだう
いきがひ（名）
生驗 上22ウ4
いきほひ（名）
勢 上4オ5
上5オ1
威 上5オ4
いきほふ（動ハ四）
勢 上21ウ2
いく（行）→ゆく
いく（動カ上二）
活 下6ウ3
いくどうおん（名）
異口同音 下19オ8
いくわう（名）
育王 下9オ4
いげ（名）
以下 上1ウ6
下13オ5
已下 下16ウ8
いご（名）
以後 上1ウ7
下6オ2
いこう（名）
懿公 上5オ5
いざなぎ（名）
伊弉諾 下15オ8
いざなぎのみこと（名）
伊弉諾尊 下15オ5
いざなみ（名）
伊弉冉 下15オ8
いざなみのみこと（名）
伊弉冉尊 下15オ6
いさみ（名）
勇 上4オ6
いさむ（動マ四）
勇 上19オ4
いさむ（動マ下二）
諫 上5オ2
いさりかへり（名）
礒廻 上5オ9
いし（名）
石 上3オ5
いしげ（形動ナリ）
榮花 上21ウ6
いしぢざう（名）
石地藏 下9オ3
いしづき（名）
石築 上10オ8
いしぬき（名）
石貫 上10ウ7
いしぼとけ（名）
石佛 上3オ1
下2オ6
いしやう（名）
衣裳 上2オ1
上18ウ5
上19ウ4
いじやう（名）
以上 下13オ4
已上 上2オ7
上18オ3
下7オ1
いせ（名）
伊勢 上5ウ9
上10オ1
いたし（形ク）
甚 上15ウ6
いたす（動サ四）
致 上1オ8
上1ウ3
上3ウ1
上3ウ5
下8ウ5
下10オ5
下16ウ5
下18オ7
いだす（動サ四）
出 下8ウ4
いただき（名）
頂 上21ウ3
いたづら（形動ナリ）
徒 上22ウ1
下9ウ9
いたり（名）
至 下4オ1
いたる（動ラ四）
亙 上22オ5
到 上6ウ6
上13オ4
下1オ5
至 上6オ4
上19オ5
上20ウ2
下2ウ2
下2ウ6
下4オ4
下8オ6
下11オ5
下15ウ3
下17オ2
臻 上6オ2
いち（名）
一 下7オ1
下11オ7
下12オ3

↓いつ
いちいち（名）
一々 上10ウ1
いちぐら（名）
肆 上5ウ4
いちぐわつ（一月）↓いちげつ
いちげつ（名）
一月 下7ウ7
いちしちかにち（一七个日）↓いつしちかにち
いちじつ（一日）↓いちにち
いちじふごしゆ（名）
一十五種 上17ウ1
いちじゆん（名）
一閏 下4オ4
下8オ2
いちとく（名）
一徳 下7オ2
いちにち（名）
一日 上17オ2
上17オ2
いちにん（名）
一人 上2オ1
いちねん（名）
一年 下4オ2
下8オ3
いちのみこと（連語）
一尊 下15オ8
いちほうじん（名）
一報身 下19オ4
いちみ（名）
一味 上16ウ4
いちめん（名）
一面 上4ウ6
いちめんもく（名）
一面目 下10オ3
いちもんじ（名）
一文字 上10ウ9
いちやく（名）
一薬 上16ウ7
上16ウ8
いちらい（一禮）↓いつせんいちらい（一瞻一禮）
いちるい（名）
一類 下5ウ8
いちろん（一論）↓さんぎやういちろん（三經一論）
いちゐ（名）
一位 下5オ3
下5オ3
下5オ3
下5オ3
下5オ3
いちゑ（名）
一會 下19オ8
いつ（名）
一 上14オ5
上18ウ6
↓いち
いづ（動ダ下二）
出 上4ウ7
下6ウ4
下9ウ6
↓すすみいづ（進出）・ほにいづ（出顯）
いつき（名）
一季 下7ウ7
下8オ4
いつくし（形シク）
嚴 上21ウ6
いつくわん（名）
一巻 上14オ4
いづくんぞ（副）
焉 下14オ2
下14オ2
いつこふ（名）
一劫 下11ウ1
いつさいしゆじやう（名）
一切衆生 下11ウ7
下14オ3
下18ウ7
いつさんこくし（名）
一山國師 上15ウ3
いつしか（連語）
何時 上20ウ5
いつしちかにち（名）
一七个日 下12ウ6
いつしやう（名）
一生 下10オ1
いつしやう（名）
一章 下8オ2
いつしゆ（名）
一種 上17オ7
いつしん（名）
一心 下17オ5
いつしんぷらん（名）
一心不亂 下19オ3
いつせい（名）
一聲 上13ウ7
いつせき（名）
一石 上2ウ5
いつせんいちらい（動サ変）
一膽〈瞻〉一禮 下17オ2
いつせんじ（名）
一千指 下1ウ4
いつせんろくひやくしちじふろくしゆ（名）
一千六百七十六種
上17ウ7
いつそう（名）
一僧 下16オ9
いつたい（名）
一體 下3オ1
下13ウ4
いつたう（名）
一黨 上10ウ5
下6オ8
いつつ（五）↓ご
いつてん（名）
一天 下2オ8
下10オ7
いつとく（一徳）↓いちとく
いつぴやくかにち（名）
一百个日 下4ウ7
下6オ7
いつぴやくさんじつしゆ（名）
一百三十種 上17ウ4
いつぴやくはつこ（名）
一百八箇 上1オ6
いつぽふ（名）
一法 下16オ3
いづみ（名）
和泉〔泉〕 上5オ3
いづもかぢとう（名）
出雲鍛〔鍛〕冶等
上11オ3
いづるのくわんおん（名）
出流之觀音 下9オ6

いづれ（代）
何　上18ウ5
下2オ9
下2オ9
下4ウ5
下4ウ5
下10オ2
下16オ9
下16ウ6
下17オ1
下17オ1
いでく（出來）→しゆつらい
す
いでどころ（名）
出所　上19ウ4
いと（名）
絲　上7ウ1
いとないしんわう（名）
伊登內親王　上21オ2
いとなむ（經營）→けいえい
いなば（名）
稲場　上4オ4
いにしへ（名）
古　上16ウ7
上20ウ7
下7オ8
以往　上10ウ1
いぬ（戌）→じゆつ
いぬゐ（名）
乾　下4オ6
いね（名）
稲　上4オ4
いのち（名）
命　上6オ5
上22ウ4
下18オ7
壽　上6オ4
下12オ4
いのる（動ラ四）
祈　下10オ7
いはく（連語）
云　下10ウ9
下11オ4
下11ウ2
曰　上2オ1
上2オ3
上2ウ7
上2ウ9
上3オ2
上12ウ5
上12ウ5
上12ウ6
上12ウ7
上12ウ8
上15ウ8
上16オ1
上16ウ2
上16ウ3
上16ウ5
上16ウ7
上19オ7
上20オ7
上20ウ5
上20ウ7
下2オ5
下2オ7
下2ウ2
下2ウ3
下2ウ5
下2ウ8
下3オ2
下3オ3
下3オ4
下3オ4
下3オ6
下3ウ3
下3ウ3
下3ウ6
下3ウ7
下3ウ7
下3ウ9
下4ウ4
下5オ2
下6ウ4
下6ウ7
下7オ7
下7オ7
下7オ9
下7ウ6
下7ウ9
下8ウ2
下8ウ3
下8ウ7
下8ウ8
下8ウ9
下9オ4
下9オ8
下9オ9
下9オ9
下9ウ1
下10オ1
下10ウ4
下11オ6
下11ウ4
下12ウ5
下13オ2
下13ウ2
下13ウ6
下13ウ7
下15ウ9
下16オ1
下16オ5
下16ウ1
下16ウ7
下16ウ7
下17オ5
下17ウ9
下18オ8
下19オ5
いはふねのぢざうとう（名）
岩船之地藏等　下9オ7
いはむや（副）
矧　上19オ8
いはゆる（連体）
所謂　下14オ4
下16ウ3
いはれ（名）
謂　上1オ8
下3オ2
下8ウ3
下9オ9
下16ウ7
いはんや（矧）→いはむや
いふ（動ハ四）
云　上1ウ1
上2オ4
上20オ3
下2オ7
下8ウ1
曰　下2オ1

下4ウ5
下4ウ5
下5オ5
下5オ6
下5オ7
下5オ7
下7オ7
下8ウ7
下9オ9
下14ウ8
言　上16ウ5
上20ウ2
上22オ8
下6ウ6
下15ウ5
謂　上16ウ5
下2オ5
下3ウ8
下5オ8
下5オ8
下14ウ4
下14ウ5
下15ウ8
下15ウ9
いぶり（形動ナリ）
安忍　上22ウ1
いへ（名）
家　上13オ8

上19ウ4
下2オ1
下11オ9
いへども（連語）
雖　上16オ1
上16ウ6
下9オ8
下9ウ2
下9ウ3
下15オ4
下16オ8
下18ウ5
いま（名・副）
今　上16オ1
下1オ8
下4オ2
下4ウ4
下6オ1
下9オ1
下10ウ5
下12ウ6
下13オ5
下15ウ6
下16オ9
下16ウ6
下18ウ7
↓まさにいま（方今）
いまさら（副）

今更　上22オ2
います（動サ四）
有　下14ウ9
いまだ（副）
未　上1ウ9
上17ウ8
上20オ3
上22ウ9
下15オ6
下16オ8
いまにしのみや（名）
今西宮　上1ウ2
いまめかし（形シク）
新　上22ウ8
いやし（賤）↓きせん（貴賤）
いやしくも（副）
苟　上22オ6
いやす（動サ四）
愈　上17オ1
いゆ（動ヤ下二）
愈　上16ウ8
いよいよ（副）
彌　下2オ3
下12ウ3
下12ウ3
いる（動ラ四）
入　上5オ1
上5ウ4

上6オ1
上6オ9
上19オ1
上19オ7
いる（動ラ四）
鑄　下11オ3
下11オ3
いる（動ヤ上一）
射　上4ウ2
上4ウ3
上5オ4
下18オ8
いる（動ラ下二）
入　上12オ7
納　上12オ5
いれはたそで（名）
入袺〈袪〉　上15ウ6
いろ（名）
色　上13ウ1
上13ウ4
上13ウ6
上15ウ5
上19オ2
いろきびし（綵緻）↓さいち
いわう（以往）↓いにしへ
いん（名）
寅　下6ウ8
下6ウ9

いんえん（名）
因縁　下11ウ5
いんぎん（慇懃）↓おんごん
いんぐわ（名）
因果　下14オ7
いんごふ（名）
因業　下17オ3
いんじゆん（形動タリ）
因循　上18ウ6
いんぜふす（動サ変）
引接〔攝〕　下18ウ8
いんだうす（動サ変）
引導　下12ウ4
↓のういんだう（能引導）
いんだら（名）
印陀羅　上14ウ5
いんちゆうのはつせん（連語）
飲中八僊　上12ウ3
いんに（因位）↓いんゐ
いんねん（因縁）↓いんえん
いんやう（名）
陰陽　上18オ5
いんろう（名）
印籠　上8オ3
いんゐ（名）
因位　下15ウ8

う

見出し	注記	位置
う（名）	羽	上17オ4
う（卯）	→ばう	上19オ1
う（動ア下二）	得	上12オ6
うさん〈名〉	羽盞	上18オ1
うし（名）		上10オ3
うし（几）	→ちう	下10オ6
うし（名）	牛	下11オ5
うごかす（動サ四）	動	下11オ9
うごもつ（動タ四）		下12オ3
うさん（名）	墳	下16オ8
うし（動八四）	羽	下17オ6
ううゐる（居）		上3オ5
うかがふ（動八四）	窺	上3オ2
うかれびと（名）	浮浪	上21オ6
うく（動力下二）	受	下15オ5
承		下17オ4

うけたまはる（動ラ四）	承	上3オ2
うごかす（動サ四）		下4ウ8
うし（名）	牛	下5オ8
うし（名）		上4オ3
うし（名）		上12オ3
うしなふ（動八四）	失	上14オ2
うしのくるま（連語）	牛車	上15オ4
うしゃくとう（名）	禹錫等	上15オ6
うす（古）	磨	上17ウ2
うすくれなゐいと（名）	薄紅絲	上12オ4
うすし（形ク）	薄	上8ウ6
うせきとう（禹錫等）	→うし	上15ウ6
うた（名）	歌	上3オ5
うち	中	下2オ5
うたがひ（名）	疑	上2ウ9
うたがふ（動八四）	疑	下19オ3
うたてし（形シク）		下13オ3
うち（名）	別様	下14ウ5
うち	中	上22ウ3
→む

得　上12ウ6　上18オ1　下10オ3　下10オ6　下11オ5　下11オ9　下12オ3　下16オ8　下17オ6
獲　上3オ5　上3ウ2
うう（居）→うゆ
うかがふ（動ハ四）
窺　上3ウ7　上17オ1
うく（動カ下二）
受　下15ウ5
動　下4ウ8　下5オ8
墳　上4オ3
羽盞　上12オ3
うし（丑）→ちう
牛　上14ウ2　上15オ4　上15オ6　上15オ8
うしなふ（動ハ四）
失　下18オ7
牛車　上5オ8
うしやくとう（名）
禹錫寺　上17ウ2
うす（臼）
磨　上12オ4
薄紅絲　上8ウ6
薄　上15ウ6
うせきとう（禹錫等）→うしやくとう
歌　下2オ5
謌　上2ウ9
疑　下13オ3　下19オ5
うたがふ（動ハ四）
疑　上19ウ4　下9オ8　下14ウ5
別様　上22ウ3
中　上3オ3　上3ウ9　上4ウ5　上11オ3　上13オ8　上13ウ1　上19オ7　下4ウ7　下6オ3　下8ウ7　下12オ1　下14オ3
裏　上13オ3
→むり（夢裏）
うぢ（名）
宇治　上12オ6
うちかけ（名）
裲　上19ウ7
うちかはす（動サ四）
打通　上21オ5
うつ（動タ四）
打　上5ウ2　上17オ4
撃　上18ウ9　上18ウ9　上19ウ2　上20オ4　上20オ4　上20オ7　上20オ9
敲　上6ウ4
→たうず（討）
うつ（棹）→ふる
うづ（名）
烏頭　上16オ5
うつくし（偏愛）→へんあい
うつつなくかはしきひと（連語）
空甚　上21オ6
うつはもの（名）
器　下7ウ3
うつぼ（名）
窄　上9オ6
うつる（動ラ四）
移　上11オ8
うてんわう（名）
優塡王　下11オ2　下11オ5
うのはなをどし（名）
卯花綴　上8ウ6
うばい（名）
烏梅　上16オ6
うはおび（名）
表帯　上8ウ9
うはしき（名）
縟〔褥〕　上9ウ9
うばそく（優婆塞）→えんのうばそく（役優婆塞）
うひぢにのみこと（名）
埿瓊尊　下15オ2
うぶね（名）
鵜舟　上5オ9
うへ（名）
上　上4ウ6　上14オ5　下17ウ7
表　上19ウ7
うへすぎのきんご（名）
上椙金吾　下6オ6
うま（名）

午　上2オ6
うま（名）
馬　上4ウ6　上9オ8　上9ウ2　上15オ6
↓だいゑんのうま（大宛之馬）
うまかさ（名）
馬揳　上9ウ4
うまぎぬ（名）
裼　上9ウ9
うまのひ（連語）
午日　上1ウ5
うまひ（右舞）↓みぎのまひ
うまる（動ラ下二）
生　下11オ8　下11オ9　下11オ9　下11ウ1　下12オ4　下17オ1　下18オ8
↓しやうず
うみ（名）
海　上1ウ4
うめ（名）
梅　上7オ9　上14オ9　上15オ7
うやうやし（形シク）
恭　下8ウ5
うゆ（動ヤ下二）
居　上4オ3
うら（浦）↓あかしのうら（明石浦）
うらなふ（動ハ四）
占　上2オ5　下8ウ7　下8ウ8　下8ウ8
うらやむ（動マ四）
羨　上22ウ7
うり（名）
瓜　上11ウ5
うる（動ラ四）
賣　上6ウ3
↓かふ（買）・たけをうるやつこ（賣竹奴）
うるはし（形シク）
麗　上19オ2　上21ウ6
うるほす（動サ四）
濕　上6オ3
うれし（形シク）
懽　上21オ8
うれしさ（名）
歡　上22オ2
うれひ（名）
憂　下6ウ2
うんうん（名）
云々　上12ウ7　上17ウ8　上18ウ1　上19オ8　下3オ5　下3ウ3　下3ウ8　下4ウ2　下4ウ4　下8オ1　下8オ3　下10オ2　下16オ5　下17オ7　下18オ4　下18オ9
うんしう（名）
雲秀　上10ウ4
うんしふ（雲集）↓くも（雲）・あつまる（集）
うんぬん（云々）↓うんうん

え

え（名）
江　上5ウ8
えいかす（動サ変）
詠歌　上20ウ3　上20ウ3
えいじ（名）
嬰兒　上3ウ4　上19ウ1　上19ウ2
えいじう（名）
瀛州〈洲〉　上13オ1
えいしやう（名）
永昌　上5ウ8
えいず（動サ変）
映　上13ウ5
えう（名）
妖　下4ウ1
えうす（動サ変）
要　下10オ4
えうせい（名）
妖星　下4オ9　下4ウ1　下4ウ5　下4ウ6　下6オ7
えうせう（形動ナリ）
幼少　下16オ6
えうへん（曜變・窰變）↓ようへん（容變）
えだつめ（名）
肢爪　上9ウ3
えつす（動サ変）
謁　上2オ9
えびら（名）
箙　上9オ6
えんぎらく（名）
延喜樂　上7オ6
えんじのばんしよう（連語）
遠〈煙〉寺晩鐘　上12ウ4
えんじへい（閻次平）↓えんすびん
えんすびん（名）
圓〈閻〉次平　上15オ2
えんぜつす（動サ変）
演説　下9オ2
えんにち（縁日）↓ごえんにち（御縁日）
えんのうばそく（名）
役優婆塞　上5ウ9
えんぶ（名）
閻浮　下1ウ9
えんぶかい（名）
閻浮界　下18ウ3

えんぶだい（名）
閻浮提　下11ウ5
えんぶつ（名）
緣佛　下19オ1
えんめい（名）
淵明　上6オ4
えんめいぢざう（名）
延命地藏　下18ウ6

お

おいがみ（連語）
老身　上22ウ4
おいて（連語）
於　上2オ4　上15ウ4　上19オ8　下3ウ1　下4ウ3　下4ウ7　下6オ1　下6オ2　下6オ5　下6オ9　下8ウ6　下9ウ3　下10オ2　下10ウ3　下13ウ7　下14オ2　下14オ9　下17オ8　下17ウ1　下17ウ3　下17ウ5　下18ウ3
おうえいにじふさんねん（名）
應永廿三年　下6オ5
應永二十三年　上1ウ1
おうえいへいしん（名）
應永丙申　下1オ2　下10オ9
おうかす（動サ変）
謳歌　上1オ7
おうご（名）
擁護　下13オ9　下15ウ6　下18ウ2
おうず（動サ変）
應　上4ウ7　下8ウ6
おうたふ（應答）→ようたふ
おうやう（名）
歐陽　上15ウ3
おきな（名）
叟　上5ウ8
翁　上6ウ3
おく（動カ四）
置　上16ウ2　下3ウ6　下10オ3　下16オ6
おくおく（名）
億々　下19オ7
おこしごめ（名）
興米　上11ウ2
おこす（動サ四）
作　下6オ6
發　下10オ8　下11ウ7
興　下2オ4
→はつす（發）
おこなふ（動ハ四）
行　下9ウ3
おこる（動ラ四）
起　上17オ2
→きす
おさふ（動ハ下二）
押　上4ウ5
おしなべて（副）
押靡　上21オ4
おしほみみのみこと（名）
忍穗耳尊　下15ウ1
おせんじもの（名）
御煎物　上18オ9
おそひきたる（動ラ四）
襲來　下18オ6
おそらくは（連語）
恐　下18ウ3
おそる（動ラ下二）
恐　上22オ4
おたびしょ（御旅所）→おたびどころ
おたびどころ（名）
御旅所　下1オ3
おつ（動タ上二）
墮　下11ウ1　下17オ4
おとる（動ラ四）
劣　上18ウ7
おどろかす（動サ四）
驚　上19オ6
おどろく（動カ四）
愕　上20オ8
驚　上2オ5
おなじ（形シク）
同　上17ウ2　上17ウ5　上18オ6　下1オ2　下5オ3　下9オ8
おのおの（名）
各　上3ウ4　上17ウ9　上18ウ5　上18ウ6　上19オ1　上19オ3　上19オ9　上22オ4　上22ウ8　下2オ9　下8オ4
各各　上1ウ3
各々　下13オ2
おのづから（副）
自　上13オ7
おのれ（名）
己　下3ウ6　下5ウ2
おひ（名）
笈　上5ウ3
おひかへり（名）
生歸　上10オ6
おびたたし（形シク）
震　上21オ8
おふ（動ハ四）
負　上5ウ3

おぶ（動バ上二）
帯 上4オ8
上13オ7
おほい（形動ナリ）
大 下4ウ1
下6ウ5
おほし（形ク）
多 上13ウ4
上17オ6
下3オ3
□（多） 下12オ6
おほち（名）
大路 上3ウ9
↓だいだう（大道）
おぼつかなし（形ク）
暗疎 上22ウ8
おほつづみ（名）
大鼓 上18ウ9
おほつぼぐら（名）
大坪鞍 上9ウ7
おほとのぢのみこと（名）
大戸道尊 下15オ3
おほとまべのみこと（名）
大戸閒邊尊 下15オ3
おほとり（大鳥）↓たいてぅ
おほばた（名）
大旗 上9オ1
おほはら（名）
大原 上6ウ2
おほはらずみ（名）
大原住 上6オ7
おほふ（動ハ四）
覆 上19ウ7
おほみね（名）
大嶺 上6オ1
おほむぎ（名）
大麥 下11ウ3
おぼゆ（動ヤ下二）
覺 上11オ8
おもくさがほ（名）
面⿰面麗〈⿰黑麗〉顔 上15ウ5
おもしろきこと（連語）
風流 上20ウ5
↓ふりう
おもたるのみこと（名）
面垂尊 下15オ4
おもづら（名）
⿰革龍 上9ウ8
おもて（名）
面 上22ウ2
おもひ（名）
思 上13ウ8
懐 下2オ9
おもふ（動ハ四）
思 上16オ1
憶 下11オ1
謂 下2オ1
思憶 下16ウ9
おもんず（動サ変）
重 上5ウ6
おもんばかり（名）
慮 下6ウ2
おもんみる（動マ上一）
以 下4ウ9
およそ（副）
凡 上1ウ5
上7オ7
下9ウ5
下16オ3
および（接）
及 上12オ6
下7オ3
下11ウ9
下16ウ8
下16ウ9
およびがたし（形ク）
難及 下9オ1
下9ウ6
およぶ（動バ四）
及 上1ウ9
上11ウ1
逮 下7オ8
おろか（形動ナリ）
愚也 上22ウ9
おろかびと（名）
愚人 上22ウ6
おん（名）
音 下11ウ3
おん（名）
恩 下12ウ2
下16オ7
下16オ8
おんことども（名）
御事共 上23オ1
おんごん（形動ナリ）
慇懃 下10ウ5
おんとき（名）
御時 下5ウ7
おんどく（名）
恩徳 下18ウ9
おんはは（名）
御母 上21オ3

か

か（名）
香 上13オ6
か（形動ナリ）
可 上20オ8
かいあんかせい（名）
海晏河清 下1ウ8
かい（名）
戒 下16ウ2
下16ウ4
がい（名）
亥 下6ウ8
下6ウ9
がい（害）↓ろくがい（六害）
かいぅがほちゆうほんざぅ
（連語）
嘉祐補註本草 上17ウ3
かいうにねん（名）
嘉祐二年 上17ウ2
かいがん（名）
海岸 上8オ6
かいぎやうもん（名）
戒行門 下16ウ3
かいげん（名）
開元 上20オ6
かいざぅ（名）
戒像 下17オ2
かいし（開士）↓しよだいかいし（諸大開士）
かいじん（名）
海人 上5ウ1
がいせい（名）
艾晟 上17ウ6
かいつくろふ（動ハ四）
刷 上2オ1
上3ウ8

かいはん（名）
海畔 上5ウ1
かいほうのほんざう（連語）
開寶本草 上17ウ4
かいらうどうけつ（名）
偕老同穴 上22ウ7
かいらぎづくり（名）
鰄作 上10オ3
かう（名）
江 上5ウ4
かう（名）
孝 下16ウ2
下16ウ4
下16ウ5
かう（香）→ろくしゆのかう
（六銖香）
かうう（名）
項羽 上5オ1
かうがい（名）
髮搔 上10オ6
かうかう（名）
孝行 下16ウ3
かうかう（形動タリ）
耿々 上14オ1
かうかく（名）
行客 上11オ6
かうがふす（交合）→がふけ
うす（合交）
かうきやう（孝經）→かうけ
い
かうけい（名）
孝經 上4ウ9
かうけつ（名）
緻緻〈纐纈〉 上7ウ6
上19ウ5
がうこ（名）
江湖 上6ウ8
かうさう（名）
行裝 上3ウ8
がうざんぜみやうわう
降三世明王 下17ウ1
かうじくりげ（名）
柑子栗毛 上9オ8
かうしやう（名）
高聲 上15ウ7
かうしゆく（名）
亢宿 上2ウ3
かうじゆんす（動サ変） 上2ウ3
孝順 下16ウ1
下16ウ2
かうじろ（髮白）→かんじろ
かうす（動サ変）
號 下7ウ5
下19オ6
かうぜん（浩然）→かうねん
かうそ（名）
高祖 下1オ9
かうそう（名）
高宗 上17オ9
かうてい（名）
高弟 上1オ2
かうてんのぼせつ（名）
江天暮雪 上12ウ4
がうどうす（動サ変）
轟動 上3ウ2
かうねん（名）
浩〈浩〉然 下7ウ5
かうねんき（名）
高然輝 上14ウ6
かうばこ（名）
香合 上8オ3
がうぶくす（動サ変）
降伏 上4オ5
下5ウ6
かうべ（名）
頭 上18ウ3
上19オ4
上21オ7
かうもん（名）
高門 上3ウ7
かうや（名）
高野 上6ウ8
かうやふき（名）
高野落〈蕗〉 上11ウ2
かうりやうかう（名）
高良香 上16オ2
かうれつ（名）
行列 上3ウ9
かうろほう（名）
香爐峯 上6オ7
かかぐ（動ガ下二）
挑 上6オ7
上13ウ8
かかと（名）
香々登 上12オ7
かかる（動ラ四）
懸 下7ウ2
かかん（名）
河漢 上13オ3
かきうちは（名）
柿團扇 上15ウ7
上18ウ2
がきだう（名）
餓鬼道 下18オ2
かく（名）
角 上19オ1
かく（革）→らう（牢）
かく（副）
然 上22ウ9
かく（動カ四）
書 下5オ1
かく（動カ下二）
缺 上11オ3
がく（名）
樂 上20ウ2
がくき（名）
樂記 上7ウ4
かくしつ（名）
鶴蝨 上16オ5
かくしつ（名）
鶴瑟 上18ウ7
かくす（動サ四）
廋 下14オ2
下14オ2
藏 上13オ4
隱 下15オ5
かくのごときとう（連語）
如是等 下14ウ4
かくのごとし（連語）
如斯 上17ウ8
如是 下1オ8
かくやひめ（名）
赫焚〈奕〉妃 上3オ3
かぐら（神樂）→みかぐら
（御神樂）
かくりん（名）
鶴林 下10オ9
かくる（動ラ下二）
藏 下2ウ7

かくわ（夏花）↓くわか（花夏）
かくわうこう（名）
夏黄公 上12ウ2
かげ（名）
影 上7ウ1
かけい（名）
夏圭〔珪〕 上14ウ4
かけじ（名）
懸字 上15オ9
かけはしす（動サ変）
梯 上1ウ4
かげふ（名）
家業 下18ウ3
かげみつ（名）
景光 上10ウ5
かげん（名）
下弦 下8オ8
かこうしやう（名）
夏后相 下5ウ1
下5ウ1
かこちがほ（名）
泥顔 上15ウ8
かごと（名）
誓言 上22ウ6
かさ（名）
傘 上5ウ7
笠 上18ウ2
がざう（名）
畫像 下1ウ7
かさじるし（名）
笠験 上9オ1
かさなる（動ラ四）
重 上20オ2
かさぬ（動ナ下二）
重 上16ウ2
上19ウ7
上20オ9
下2ウ7
下9オ8
下9オ9
下16オ5
かざん（名）
可山 上15オ5
かし（名）
訶子 上16ウ3
かしこ（彼）↓かの
かしこねのみこと（名）
惶根尊 下15オ4
かしどりをどし（名）
鵏〈鶇〉威 上8ウ8
かしはばらのてんわう（名）
柏原天皇 上21オ3
かしまし（形シク）
姦 上22ウ9
かじやくそん（名）
下若村 上11ウ8
かしらかかふ（蓬累）↓ほうるい
かしらさしいだす（連語）
闖 上22ウ8
かしをどし（鶇威）↓かしどりをどし
かしん（名）
家臣 下5ウ2
下5ウ3
かず（名）
員 下2ウ9
下3ウ9
下7オ1
数 上2オ7
上17オ7
かすがししよみやうじん（名）
春日四所明神 下13オ9
かすがの（名）
春日野 上7ウ1
かすげ（名）
糟毛 上9オ9
かずす（動サ変）
數 上2オ7
かすを（名）
糟尾 上9オ4
かぜ（名）
風 上14オ2
上15オ7
かせい（河清）↓かいあんかせい（海晏河清）
かせふ（名）
迦葉 下13ウ8
がぜん（形動タリ）
俄然 上2ウ5
かぞふ（計・量）↓あげてはかるべからず（不可勝量）
かた（名）
方 下4オ6
下4オ7
下4ウ1
下4ウ3
かた（名）
肩 上22オ5
かたく（家宅）↓けたく
かたくな（形動ナリ）
頑 上15ウ5
かたし（形ク）
堅 上3オ1
下2オ6
下12ウ3
かたし（難）↓およびがたし（難及）・しのびがたし（難偲）・じやしがたし（難謝）・すてがたし（難捨・難棄）・ほうじがたし（難報）・わきまへがたし（難辨）
かたじけなし（形ク）
忝 上3オ4
下18ウ2
かたち（名）
形 上4オ2
上15ウ5
上22オ6
下15オ5
下17オ3
下17ウ1
下17ウ3
下17ウ4
下17ウ6
下17ウ9
相 上4オ1
かたどり（名）
取肩 上8ウ8
かたな（名）
刀 上10オ5
上10ウ1
上11オ4
かたぬぐ（動ガ四）
袒 上22オ5
かたのごとし（連語）
如形 上18オ8

かたはら（名）
傍 上2オ1
かたびら（名）
帷 上15ウ6
かたぶく（動カ四）
傾 上11オ7
かたぶく（動カ下二）
傾 上5ウ7
かたへのひと（連語）
諸人 上20ウ7
かたむく（傾）→かたぶく
かたる（動ラ四）
語 上21オ1
上21オ4
下4ウ4
下13オ4
下13オ5
説 上1ウ8
謂 上2オ1
かたをとる（取肩）→かたどり
かぢ（名）
鍜治〔鍛冶〕 上10ウ1
→いづもかぢとう（出雲鍜治等）・ほふしかぢ（法師鍜治）
がちしやう（名）
賀知章 上12ウ3
かぢとう（名）
鍜〔鍛〕治等 上11オ1
かつ（動カ四）
勝 下4ウ2
がつき（楽記）→がくき
かつこ（名）
羯鼓 上19ウ2
上19ウ9
上20オ7
上20オ9
かづさ（名）
上總 上10オ1
かつて（副）
曾 上3オ2
上17ウ8
下4オ1
下18オ6
かつぽ（名）
合浦 下1オ7
かつぽのたま（名）
合浦珠 上8オ8
かつら（名）
桂 上11オ8
下2オ6
下2ウ8
下3オ2
下3オ2
下3オ3
下3オ4
下3オ6
かつらがは（名）
桂川 上2ウ5
上3オ9
上21ウ5
→かつらのかは
かつらのかは（名）
桂川 上3オ1
上3オ5
→かつらがは
かつらのさと（連語）
桂里 上20ウ9
上21オ2
かつらのぢざう（名）
桂地藏 下1オ2
下2ウ8
下3オ6
下3ウ9
かつらをとこ（名）
桂男 上5オ9
かてう（名）
夏蜩 上19オ6
かてん（名）
賀殿 上7オ3
かど（名）
門 上5オ4
かとう（名）
河東 上11ウ4
かながひ（名）
金貝 上9ウ7
上10オ3
上11オ4
かならず（副）
必 上2ウ4
下2オ1
下3ウ2
下3ウ5
下4オ5
下4オ7
下4ウ3
下4ウ6
下4ウ8
下4ウ8
下5オ9
下6ウ2
下19オ4
かなをか（名）
金岡 上14オ7
かね（名）
鐘 上6オ8
上13ウ1
上13ウ6
かね（湩）→くろきかね（黒湩）
かの（連語）
彼 上7ウ4
上11オ3
上11ウ1
上15ウ9
上16ウ2
上17オ4
上20ウ2
上20ウ6
上21オ8
上22オ7
上22ウ1
下2オ9
下2ウ3
下3オ8
下3ウ1
下4オ5
下4ウ1
下4ウ9
下5ウ2
下10ウ2
下12ウ5
下14ウ9
下16ウ5
下16ウ6
下18オ9
かのこがはをかうぶる（弁轉）→べんてん
かばまき（名）

樺巻 上10オ7
かはら（名）
瓦 上13ウ6
かはらげ（名）
河原毛 上9オ9
かひぐら（名）
貝鞍 上9ウ6
かひご（名）
卵 上12ウ8
かひさや（名）
貝鞘 上10オ8
かふ（動ハ四）
賣〈買〉 上5ウ6
かふ（動ハ下二）
代 下7オ9
がふ（名）
合 下4ウ1
がふけうす（動サ変）
合交 下15オ6
かふす（動サ変）
加副 上17ウ6
かぶと（名）
甲 上8ウ4
がふほ（合浦）↓かつぽ
がふほのたま（合浦珠）↓か
つぽのたま
かぶらどう（名）
鏑藤〔籐〕 上9オ2

かぶりす（動サ変）
顫 上18ウ2
かへし（切）↓じらうのかへ
し（茲郎切）
かへす（覆）↓くつがへす
かへすかへす（副）
返々 上15ウ9
かへつて（副）
還 上5ウ6
上22オ4
下5ウ2
下11ウ2
下18オ6
かへりて（還）↓かへつて
かへる（動ラ四）
反 下6ウ4
還 下1オ8
かほ（名）
面 上22ウ1
顔 上19ウ7
上21ウ3
↓くれなゐのかほ（紅顔）
かまくら（名）
鎌倉 上10ウ8
かまふ（動ハ四）
齜 上21ウ2
かみ（名）
上 上10ウ1

上20オ7
下3ウ6
下4ウ9
下5オ8
下5オ8
下5オ9
下5ウ1
下6オ1
下6オ2
下6オ6
下13オ4
下13オ5
かみ（名）
紙 上8オ7
かみ（名）
髪 上22オ5
かみ（昔）↓そのかみ（初昔）
かみぐに（神國）↓しんこく
かみしろ（髪白）↓かんじろ
かむなぎ（巫女）↓かんなぎ
かめ（名）
亀 上13オ5
かものまつり（名）
賀茂祭 上3ウ8
かやう（形動ナリ）
加様 下13オ2
からあや（名）
唐綾 上19ウ6

からくら（名）
唐鞍 上9ウ6
からすば（名）
烏羽 上9オ5
からなし（名）
柰 上11ウ5
からもも（名）
杏 上20オ7
かりそめ（形動ナリ）
白地 上22ウ6
かりまた（名）
鴈俣 上9オ5
かりや（名）
權屋 上11ウ1
かりよう（名）
嘉陵 上14オ3
かりろく（名）
訶梨勒 上16ウ2
かりろくとう（名）
訶梨勒等 上16ウ1
かる（動ラ四）
刈 上5ウ8
かる（動ラ四）
假 下17オ3
かるえん（名）
迦樓焔 下17ウ7
かれ（代）
彼 上3オ3

かれこれ（代）
彼此 上3オ6
かれら（名）
彼等 上22ウ4
かろがろし（相輕）↓さうけ
い
かん（名）
漢 上4ウ2
下11オ4
かん（名）
坎 下7オ6
かん（名）
肝 上18オ6
かん（間）↓あひだ
がん（名）
鴈 上9オ5
がんえん（名）
顔淵 上6オ3
かんか（名）
漢家 上14オ6
下9オ5
かんかう（名）
漢高 上14オ4
かんがふ（動ハ下二）
勘 上2ウ2
上18オ7
下2ウ5
下4オ2

下6オ4
下8オ6
考　下2オ4
かんがへみる（連語）
勘見　上2オ7
下5オ1
かんかん（名）
韓幹　上15オ6
かんきゆう（名）
漢宮　上13ウ7
かんきよ（名）
閑居　上4ウ8
かんくわうのけん（連語）
漢皇劍　上8オ9
かんけ（漢家）↓かんか
かんけつば（名）
汗血馬　上12ウ6
かんざう（名）
甘草　上16オ3
かんさく（名）
寒促〈浞〉　下5ウ2
かんざし（名）
釵　上8ウ2
かんしう（名）
甘州　上7オ3
がんしつ（名）
龕室　下12オ1
かんじや（名）
甘蔗　上11ウ4
かんしやうばくやがけん（連語）
干將莫耶劍　上8ウ1
かんじよ（名）
漢書　上12ウ5
がんしよく（名）
顔色　下8ウ4
かんじろ（名）
髪白　上9オ9
かんしん（名）
諫臣　上4オ7
かんず（動サ変）
感　上2オ2
かんそ（名）
漢楚　上4ウ4
かんだう（名）
紺陶　上19ウ6
かんだり（間綱）↓かんたん
（邯鄲）
かんたん（名）
邯鄲　上7ウ6
かんど（名）
漢土　上6ウ9
かんなぎ（名）
巫女　上2オ1
↓ぶじよ
かんぬき（名）
神息　上10ウ2
かんはつをいれず（間不容
髮）↓まにはつをいれず
がんぴ（名）
顔輝　上15オ3
がんもく（眼目）↓げんもく
かんろう（肝膢）↓くろう
（盱瞜）
かんろとう（名）
甘露等　上9オ7
かんわう（名）
漢王　上5オ2
かんをんへい（名）
寒溫平　上18オ8

き

き（名）
樹　上12ウ9
上13ウ4
き（名）
氣　下7ウ5
き（名）
季　下8オ9
き（名）
期　下8オ1
き（黄）↓くわう
き（鬼）↓ごき（五鬼）
き（形動ナリ）
奇　上20オ8
上20オ8
ぎ（名）
義　下3ウ5
下3ウ6
下4オ6
下7ウ5
下13オ4
下13オ5
下13ウ7
↓にぎ（二義）
ぎ（名）
儀　上20ウ6
下7オ6
きい（形動ナリ）
奇異　下1オ4
きいと（名）
黄絲　上8ウ6
きうか（名）
九夏　上12オ1
ぎうかく（名）
牛角　上12ウ5
きうき（名）
舊記　下16オ1
きうこう（名）
九候　上17ウ9
きうじふにち（九十日）↓く
じふにち
きうじふろくせい（名）
九十六世　下5ウ7
きうしん（名）
九眞　上12ウ5
きうしんのりん（連語）
九眞之麟　上12ウ5
きうぢやう（鳩杖）↓はとの
つゑ
きうふ（名）
舊婦　上5ウ7
きうや（名）
九野　下1ウ1
きうれんし（名）
九蓮枝〈九連絲〉　上8オ2
きえ（名・動サ変）
歸依　上3ウ1
下2オ8
下10オ5
きか（貴家）↓きけ
きがは（名）
黄皮　上8ウ6
ぎき（名）
儀軌　下14ウ2
ぎぎ（形動タリ）
巍々　下2オ8
きく（名）
菊　上6オ4

きく（動カ四）
聞　上1オ2
上3オ2
上6オ8
上20オ9
上21オ1
上22ウ6
上23オ1
下3オ2
下5オ9
下11オ3
下17オ2
下17オ3
下19オ8
聴　上13ウ6
きくわ（名）
菊花　上11ウ9
きくす（動サ変）
掬　上13オ6
きくづくり（名）
菊作　上10ウ2
きくつり（名）
鬼窟裏　下9ウ9
きけ（名）
貴家　下11オ8
きこう（名）
姫孔　下7ウ2
きこしめす（動サ四）
聞食　上18オ9
きこゆ（動ヤ下二）
聞　上6ウ1
上13オ1
きさつがけん（連語）
季札劒　上8ウ1
きざむ（動マ四）
彫　下11オ2
きし（名）
紀次　上9オ7
きし（名）
季子〈氏〉　下5ウ3
下5ウ3
きじう（名）
奇獣　上12ウ5
ぎしき（名）
儀式　上3ウ7
ぎしや（名）
義者　下9オ4
下9オ9
下9ウ2
きしゆんらく（名）
喜春樂　上7オ2
きじん（名）
鬼人　上5オ6
きじん（名）
鬼神　下7ウ2
ぎしん（名）
疑心　下9オ1
きしんたいふゆきひら（名）
鬼神大夫行平　上10ウ7
きす（動サ変）
歸　下3ウ5
きす（動サ変）
起　下18オ5
きずい（名）
奇瑞　上3オ8
下2ウ5
きせん（名）
鬼箭　上16オ2
きせん（名）
貴賤　上3ウ1
上21オ8
きそ（名）
綺組　上19ウ5
きそう（名）
徽宗　上17ウ5
きたう（祈禱）→ごきたう
（御祈禱）
きたの（名）
北野　下1オ3
→ほくや
きたやま（名）
向南山　上21ウ4
きたる（動ラ四）
來　上4ウ1
上5ウ7
上6ウ9
上20オ5
下1オ7
下18オ5
→とびきたる（飛來）
きつか（名）
木塚　上10オ1
きづか（名）
木鞆〔柄〕　上10オ7
きつきげ（名）
黄鴾毛　上9オ8
きつきよう（名）
吉凶　下8ウ1
きつくわ（菊花）→きくくわ
ぎつしや（牛車）→うしのくるま
きつつけ（名）
切付　上10オ1
ぎてき（名）
儀狄　上12オ1
きとく（名）
貴徳　上7オ6
きどく（名・形動ナリ）
奇特　下9オ3
下9オ7
きなす（動サ四）
爲服　上21ウ9
きのえ（名）
甲　上2オ6
きのえうま（名）
甲午　上1ウ2
上2オ5
きのへん（連語）
木篇　下3オ6
きば（名）
騎馬　上3ウ4
きびす（踵）→くびす
きふ（形動ナリ）
急　上13オ7
ぎぶん（名）
犧文　下7ウ2
きへん（木篇）→きのへん
きみ（名）
君　下2オ6
きみやうす（動サ変）
歸命　下14オ5
きめう（奇妙）→じんきめう
（甚奇妙）
きやう（名）
郷　下7ウ4
きやう（名）
經　上19オ7
下3ウ7
下13ウ6
下13ウ7

下14オ1
下14ウ4
きやう（名）
京 上11オ8
きやう（卿）↓みなもとのよりまさのきやう（源頼政卿）
きやうがい（名）
境界 下9ウ7
きやうけい（名）
狂雞 上19オ5
ぎやうざう（名）
形像 下17オ5
下17オ6
きやうじ（名）
香匙 上8ウ2
きやうしう（向秀）↓しやうしう
ぎやうじや（名）
行者 上5ウ2
きやうしん（名）
敬信 上1ウ7
きやうせい（鉤製）↓こうせい
きやうだい（名）
兄弟 下16ウ8
下17オ4
きやうぢゆうす（動サ変）

敬重 下11ウ2
きやうひじり（名）
經聖 上5ウ3
きやうふう（名）
香風 上13オ2
きやうもん（名）
經文 下14ウ1
きやうろ（名）
巨爐〈匡盧〉 上15オ6
きやく（名）
客 上2オ3
ぎやくしん（名）
逆臣 上4オ5
下5ウ5
きやはん（名）
脚絆 上19ウ6
きゆう（名）
宮 上13オ4
上19オ1
きゆうさん（名）
宮算 上2オ6
上2オ8
きゆうし（名）
弓矢 下18オ6
下18ウ1
下18ウ3
下18ウ5
↓ゆみや

きゆうちゆう（名）
宮中 上13オ3
きよ（名）
虚 上18オ3
きよいう（名）
許由 上15オ8
きよう（名）
興 上20ウ2
ぎよう（名）
御宇 下5ウ5
きよがう（虚耗）↓こがう
きよく（曲）↓げいしやういのきよく（霓裳羽衣曲）
ぎよくえふ（玉葉）↓きんしぎよくえふ（金枝玉葉）
ぎよかく（名）
漁客 上5ウ1
ぎよくかんし（名）
玉潤子 上14ウ6
ぎよくたい（名）
玉體 上21ウ8
きよくてう（名）
曲調 上20オ3
ぎよくひ（名）
玉妃 上4オ9
きよし（形ク）
清 上2ウ8
きよしよ（名）

居處 下12オ2
きよす（動サ変）
居 下1ウ5
ぎよす（動サ変）
御 上15オ7
ぎよそん（名）
漁村 上5オ9
ぎよそんのせきせう（連語）
漁村夕照 上12ウ4
ぎよつかんし（玉潤子）↓ぎよくかんし
ぎよなう（名）
魚腦 上8オ4
きよみづでら（清水寺）↓せいすいじ
きよもう（虚耗）↓こがう
ぎよやう（名）
漁陽 上20オ5
きりき（名）
季里期〈綺里季〉 上12ウ2
きる（動ラ四）
斬 上12ウ6
鑽 下12ウ3
きる（動カ上一）
服 上19ウ5
上19ウ8
著 上6オ5
上15ウ6

上19ウ4
上19ウ5
下1オ4
きるもの（連語）
著物 上18ウ2
きん（名）
金 上2オ8
上2オ9
きん（名）
緊 上18オ2
きん（名）
琴 上18ウ8
きんが（名）
金牙 上16オ4
きんかう（名）
琴高 上15オ7
きんぎしよぐわ（名）
琴碁書畫 上8ウ2
きんぎん（名）
金銀 上10オ2
上10オ5
きんくわ（名）
金裏 上7ウ9
きんくわのぼん（連語）
槿花盆 上12オ3
きんげ（金牙）↓きんが
きんこ（名）
今古 下9オ8

きんご（名）
金吾 下6オ8
下6ウ1
きんこう（金口）→こんく
きんさい（名）
金釵 上4ウ1
きんさく（名）
今作 下9オ3
きんし（名）
金絲 上8オ2
きんしう（錦繡）→りようら
きんしう（綾羅錦繡）
きんじう（禽獸）→きんじゆ
きんしぎよくえふ（名）
金枝玉葉 下1ウ8
きんしくわ（名）
金絲花 上8オ2
きんしや（名）
金紗 上7ウ6
きんじやうくわうてい（名）
今上皇帝 上3オ4
きんじゆ（名）
禽獸 上11オ5
ぎんぢやう（銀錠）→ぎんでい
きんつば（名）
金鍔 上10オ5
ぎんでい（名）
銀錠 上7ウ9
きんぷくりん（名）
金覆輪 上9ウ7
上10オ5
きんぽうるり（名）
金寶瑠璃 上8ウ2
きんら（金羅）→きんろ
きんらん（名）
金襴 上7ウ6
きんろ（名）
金羅 上7ウ5

く

く（名）
句 上14オ3
く（名）
九 下7オ1
下11ウ1
下12オ6
く（來）→きたる
ぐあん（名）
愚案 上18オ8
ぐうくわ（名）
藕花 上6ウ7
くうご（箜篌）→くご
くうし（弓矢）→きゆうし
くうやしやうにん（名）
空也上人 上6ウ4
くえう（名）
九曜 下8オ7
くかい（名）
苦海 上1オ7
ぐき（名）
虞姫 上4ウ5
くぎやう（名）
恭敬 上1オ8
下10オ6
くく（名）
句々 上14オ5
くぐ（箜篌）→くご
ぐぐ（形動タリ）
喁々 上22ウ8
くけつのあはび（連語）
九穴鮑 上8オ6
くご（名）
箜篌 上18ウ8
くさ（名）
草 上6オ2
くし（弓矢）→きゆうし
くじふにち（名）
九十日 下6ウ2
くじやくのを（連語）
孔雀尾 上7ウ9
くしん（名）
苦辛 上16オ3
ぐじん（愚人）→ぐにん
ぐす（動サ変）
具 上16ウ3
上16ウ4
下14オ7
くすね（名）
天鼠 上9オ7
くすり（名）
藥 上17オ6
上17ウ7
ぐせいなん（名）
虞世南 上15ウ1
ぐそく（名）
具足 上12オ2
→くらぐそく（鞍具足）
ぐそくす（動サ変）
具足 下14オ6
ぐそくとう（名）
具足等 上7ウ5
くだう（名）
九道 上18オ2
くたびる（動ラ下二）
蒼茫〈茫〉 上22オ1
くだん（名）
件 上10ウ1
くちとり（名）
櫳 上9ウ5
くつ（名）
沓 上10オ1
くつ（動タ上二）
朽 上11オ3
くつがへす（動サ四）
覆 下18オ7
くつす（動サ変）
屈 下1ウ4
くつばみ（名）
轡 上3ウ4
くつわ（名）
轡 上9ウ8
上10オ1
くどう（名）
工藤 上6ウ1
くどく（名）
功德 下10オ6
下10ウ8
下11オ7
下17オ5
くに（名）
國 下5オ8
→はうきのくに（伯耆國）・びぜんのくに（備前國）・びつちゆうのくに（備中國）
くにさづちのみこと（名）
國狹槌尊 下15オ1
くにしげ（名）

國重　上11オ2
くにつな（名）
國綱　上10ウ3
くにとこたちのみこと（名）
國常立尊　下15オ1
くにとも（國友）→とうりん
（藤林）
くにのうち（連語）
國中　下14ウ8
くにみつ（名）
國光　上10ウ3
くにむね（國宗）→さぶらう
くにむね（三郎國宗）
くによし（名）
國吉　上10ウ3
ぐにん（名）
愚人　下9オ9
くぬち（國中）→くにのうち
くは（名）
桑　下18ウ1
くはがた（名）
鍬形　上8ウ4
くはのゆみよもぎのや（連
語）
桑弧蓬矢　下18オ8
くはふ（動ハ下二）
加　上17オ8
上17ウ4

下4オ4
くび（名）
首　上12ウ6
くびす（名）
踵　下6オ3
くふう（名）
工夫　上11オ7
くみ（綺組）→きそ
くむ（動マ四）
斟　上6ウ6
くも（名）
雲　上1ウ4
上4オ8
上13オ4
上13ウ9
くもがくれ（名）
雲隱　上20ウ9
くもる（動ラ四）
陰　上21ウ5
くやう（名・動サ変）
供養　上1オ8
下10オ6
下10ウ8
下11オ1
下12オ2
下16オ9
下17オ3
くやく（名）

九厄　上2オ8
上2オ9
下7オ3
くら（鞍）→おほつぼぐら
（大坪鞍）・かひぐら（貝
鞍）・からくら（唐鞍）・す
いかんぐら（水干鞍）・と
ものぐら（伴野鞍）・はり
くら（鞔鞍）・やまとぐら
（大和鞍）
くらうじらう（名）
九郎次郎　上10ウ9
くらおほひ（名）
鞍帊　上9ウ9
くらぐそく（名）
鞍具足　上9ウ6
くらし（形ク）
暗　上21ウ5
くらたに（名）
倉谷　上10オ2
くらゐ（名）
位　下6ウ8
くりかた（名）
栗形　上10オ6
ぐりよ（名）
愚慮　下4オ1
くるそんぶつ（名）
狗盧尊佛　下9オ5

くるま（名）
車　上3ウ9
→うしのくるま（牛車）
くるまつば（名）
車鍔　上10オ4
くれなゐのうすもの（紅羅）
→こうら
くれなゐのかほ（連語）
紅顔　上22ウ2
くろ（黑）→こく
くろう（名）
肝膢〈肝膢〉　上22ウ5
くろうるし（黑漆）→こくし
つ
くろかは（名）
黑皮　上8ウ7
くろきかね（連語）
黑湩　上22ウ3
くろぬり（名）
黑塗　上10オ9
くわ（名）
火　下6ウ8
下7オ1
くわ（名）
戈　下5オ2
→ほこ
くわ（化）→け
くわい（名）

怪　下4ウ5
くわいくわいえん（形動タ
リ）
恢々焉　下9ウ6
くわいこく（名）
回國　上5ウ3
くわいさく（名）
晦朔　下8オ8
くわいせき（名）
怪石　上2ウ8
くわいせき（名）
塊石　上2オ9
上2ウ1
くわいはう（名）
懷抱　下16オ7
くわいりよくらんしん（名）
怪力亂神　下4ウ4
くわう（名）
廣　下11ウ3
くわう（名）
黃　上19オ2
くわう（名）
纊　下11ウ3
くわういん（名）
光陰　下10オ1
くわうくわう（形動タリ）
煌々　上3オ7
くわうくわうえん（形動タ

リ）
晃々焉　下9ウ6
くわうし（名）
黄支　上12ウ7
くわうしのさい（連語）
黄支之犀　上12ウ7
くわうじん（名）
荒神　下4オ7
くわうせき（名）
黄石　下9オ5
くわうだい（形動ナリ）
廣大　上1オ4　下10ウ8　下12ウ1　下17オ8　下18ウ9
くわうぢよ（名）
皇女　上21オ3
くわうてい（皇帝）↓きんじやうくわうてい（今上皇帝）・じんそうくわうてい（仁宗皇帝）
くわうみやう（名）
光明　上2ウ6　上2ウ8
くわうらう（名）
黄老　上19ウ1
くわうり（名）
廣利　上12ウ6
くわうろちよく（黄魯直）↓くわうろぢき
くわか（名）
夏花〈花夏〉　上3オ9
くわく（名）
獲　下3ウ4
くわくしつ（鶴蝨）↓かくしつ
くわくしつ（鶴瑟）↓かくしつ
くわくりん（鶴林）↓かくりん
くわげふ（名）
課業　下1ウ7
くわさい（火災）↓すいくわのわざはひ（水火災）
ぐわざう（名）
畫像　下11オ6
くわざん（華山）↓たいくわざん（太華山）
くわさんほふわう（名）
花山法皇　上6オ6
くわし（名）
菓子　上11ウ3
くわし（名）
花枝　上14ウ6
くわしやう（和尚）↓をしやう
くわす（動サ変）
化　下1ウ1
くわせいす（動サ変）
化成　下7ウ1
くわちやう（名）
花頂　上13ウ5
くわちゆう（名）
花蟲　上11オ5
くわつ（名）
滑　上18オ1
ぐわつくわうぢざう
月光地藏　下13ウ3
ぐわつりやう（名）
月令　下7ウ6
ぐわつりやうし（名）
月令子　下2ウ1　下2ウ5　下3ウ8　下3ウ9　下6ウ7　下7ウ6　下8ウ1
くわつろう（名）
栝樓　上16オ6
くわてう（名）
花鳥　上14ウ4　上15オ3
ぐわと（名）
畫圖　上14オ6
ぐわとう（名）
畫棟　上13ウ9
くわばんろ（名）
花繙〔番〕羅　上7ウ8
くわまん（名）
果滿　下15ウ9
くわよう（名）
花容　上21ウ7
くわりん（名）
花綾　上7ウ6
くわん（名）
緩　上18オ2
くわん（名）
關　上4ウ7
くわん（名）
館　上13オ4
ぐわん（名）
願　下11ウ6　下16オ4
↓ごぐわん（御願）
くわんえう（名）
官窰　上12オ3
くわんおん（名）
觀音　上14ウ1　上14ウ3　上14ウ8　上15オ1　上15オ4　上15オ5　下11ウ5　下16オ1　下16オ1
くわんおんじ（名）
觀音寺　上13ウ6
くわんぎやう（名）
觀經　上6ウ5
くわんし（名）
官使　上6ウ9
くわんじやう（名）
關上　上17ウ9
ぐわんしん（名）
願心　下10オ8
くわんず（動サ変）
觀　下3ウ9　下11ウ8
くわんぜおん（名）
觀世音　下16オ2
くわんちゆう（名）
寰中　上7ウ3
くわんとう（名）
關東　下6オ5
くわんのん（觀音）↓くわんおん
くわんば（名）

官馬 上3ウ3
ぐわんばう（願望）↓ぐわんまう
くわんばく（名）
歡伯 上12オ1
ぐわんまう（名）
願望 上1オ9
くわんむ（名）
管務 下6オ6
くんし（名）
君子 下4ウ4 下13オ3
ぐんしふ（群集）↓くんじゆ
くんじゆ（名）
群集 上1ウ8 上18ウ4
くんしん（名）
君臣 下18ウ2
くんたく（名）
君宅〈澤〉 上14ウ1
ぐんだりみやうわう（名）
軍陀〔茶〕利明王 下17ウ2
ぐんびやう（名）
軍兵 上13ウ3
ぐんるい（名）
群類 下12ウ2
くんわう（名）
君王 上13オ3

け

け（名）
化 上2ウ1 下3ウ1
↓けす
げ（名）
偈 上2ウ7 下10ウ4 下14オ3 下19オ5 下19オ8
けい（名）
桂 下3オ5
けい（名）
圭 下3オ7
げい（名）
羿 下5ウ1 下5ウ2
けいえい（名）
經營 上19ウ3
けいかぅ（名）
嵇康 上12ウ1
けいご（名）
警固 上3ウ5 上18ウ4
けいざう（形像）↓ぎやうざう
けいし（名）
京師 上5ウ7 下4オ8
けいしやう（名）
桂漿 上8オ2
げいしやうういのきよく（名）
霓裳羽衣曲 上20オ6
けいしん（名）
雞心 上11ウ7
けいしん（名）
桂心 上16オ3
けいしん（名）
敬信 下8ウ4
けいすい（名）
桂水 上2ウ8
けいぜつかう（名）
雞舌香 上16オ9
けいだい（名）
境内 下3ウ4
けいてい（兄弟）↓きやうだい
けいひ（名）
桂皮 上8オ2
けいりん（名）
桂輪 下3オ4
けう（孝）↓かう
けうけす（動サ変）
教化 下11ウ7
けうげべつでん（名）
教外別傳 下9ウ8
けうしゆ（名）
教主 下12オ7 下12ウ1
げうてん（名）
堯典 下7ウ9
げうてん（名）
曉天 上1ウ9
けうばうす（動サ変）
驕飽 下5ウ3
けうぼふ（名）
教法 下12オ8
けえん（名）
化緣 下2ウ3
げかい（名）
下界 上3オ5
げかう（名）
下向 上5オ7
けげん（名）
化現 上2ウ4
化權〔現〕 下3オ1
けしからず（連語）
不分 上20ウ6 上22オ3
げしやう（名）
下生 下10ウ2
げじゆん（名）
下旬 下2ウ7
けす（動サ四）
銷 下4オ4
けす（動サ変）
化 上3ウ1 下11ウ6 下12オ9
↓け
げせつす（動サ変）
解說 下7オ6
けたく（名）
家宅 下12オ4
けだし（副）
蓋 上1オ2 下16ウ3
げだつ（名・動サ変）
解脫 下12ウ2 下17オ5
げだつもん（名）
解脫門 下1ウ6
けちえん（結緣）↓けつえん
けつ（名）
結 上18オ3
げつ（名）
月 下3オ5

けつえん（名）
結縁　上19オ9
けつか（名）
闕下　上7オ1
げつか（名）
月下　上12ウ9
げつけん（名）
月建　下8オ9
げつこ（名）
月湖　上14ウ1
げつさん（名）
月山　上14オ9
げつしこく（名）
月支國　下11オ4
げつしやう（名）
月將　下8オ9
けつたい（闕怠）→ごけつたい（御闕怠）
げつたん（名）
月丹　上15オ4
けつぢやう（形動タリ）
決定　下19オ5
げつちゆう（名）
月中　下3オ3
けつもんしや（結紋紗）→けんもんしや（顯紋紗）
げに（副）
勝　上20ウ6

けふ（名）
今日　上22オ1
而今　上3オ4
けぶり（名）
煙　上7オ9
上13オ9
けむり（煙）→けぶり
けん（名）
乾　下6ウ5
下7オ5
けん（名）
賢　上6オ9
けん（名）
劍　上14オ4
→かんくわうのけん（漢皇劍）・かんしやうばくやがけん（干將莫耶劍）・きさつがけん（季札劍）・こけつのけん（巨闕劍）・こんごのけん（昆吾劍）・ししよがけん（子胥劍）・すいしんのけん（水心劍）・りちのけん（利智劍）
げん（名）
弦　上18オ2
げん（名）
驗　上17オ1
上17オ5

上17オ6
けんいん（名）
建寅　下8オ6
げんかくのたま（連語）
玄鶴珠　上8オ8
げんかん（名）
阮咸　上12ウ1
けんくわす（動サ変）
驗過　下3オ6
けんけいにねん（名）
顯慶二年　上17オ9
げんけん（名）
原憲　上6オ3
上22オ4
げんこうさんねん（名）
元弘三年　下5ウ9
けんこん（名）
乾坤　上13ウ2
げんざい（名）
現在　下10ウ5
下11ウ9
下12オ4
けんざん（名）
建盞　上12オ2
げんし（名）
元始　下1オ9
けんしやうじやうぶつ（名）
見性成佛　下9ウ8

げんじやうらく（名）
還城樂　上7オ3
けんしん（名）
賢臣　下1オ6
げんじん（名）
玄參　上16オ3
けんず（動サ変）
獻　上12ウ5
げんず（動サ変）
減　下5オ6
下5オ7
げんず（動サ変）
現　上1オ5
上2ウ1
上2ウ4
上2ウ7
下1オ5
下13ウ2
下15ウ6
下16オ4
下17オ7
下17ウ7
下18オ5
下18ウ6
下18ウ7
げんせき（名）
阮籍　上12ウ1
けんぜん（形動タリ）

賢善　下11オ9
げんぜん（名）
眼前　下4オ1
げんそう（名）
玄宗　上4オ9
けんぞく（名）
眷屬　下16ウ9
下17オ3
下17オ7
けんてん（動サ変）
眩轉　上20オ8
けんばふ（名）
憲法　下5ウ5
けんぷ（名）
絹布　上7ウ5
げんぷう（名）
玄風　下1オ9
けんぶつ（名）
見物　上11オ6
上21オ7
上21オ8
けんぶつしゆ（名）
見物衆　上11オ9
上15ウ4
げんぺい（名）
源平　上4ウ4
げんもく（名）
眼目　下11オ7

けんもんしや（名）
顯紋紗 上7ウ8
けんれいもんゐん（名）
建禮門院 上6オ6

こ

こ（名）
子 上19ウ3
こ（樹）→このした（樹下）
ご（名）
五 下2ウ9
下7オ1
下11オ8
下12オ4
下15ウ2
ご（名）
午 下6ウ8
ご（名）
語 下4ウ4
下8ウ7
下9ウ2
ごいん（名）
五音 下7オ4
こいんじゆ（名）
胡飲酒 上7オ2
こう（名）
侯 下5オ3
こう（名）
公 下5オ3
こう（名）
洪 上18オ2
こう（名）
苑〈芤〉 上18オ1
こうがん（紅顔）→くれなゐ
のかは
こうくわりよくえふ（名）
紅花綠葉 上8オ3
こうげふ（名）
鴻業 下2オ5
こうしん（名）
公臣 下5オ6
こうせい（名）
鉤製 上17オ3
こうせん（名）
勾踐 上4オ7
こうぢ（名）
小路 上6ウ3
こうなりなとぐ（連語）
功成名遂 上4オ7
こうぶくじ（名）
興福寺 下13オ6
こうぼふだいし（名）
弘法大師 下13オ7
下14ウ1
こうもん（名）
鴻門 上5オ1
こうら（名）
紅羅 上19ウ5
ごえんにち（名）
御縁日 上1ウ2
こがう（名）
虛耗 下12オ5
こかく（名）
胡角 上13ウ7
こがくる（動ラ下二）
木休 上22オ7
こがたな（名）
小刀 上10オ6
こかぢ（小鍛冶）→さんでう
こかぢむねちか（三條小鍛
冶宗近）
こがねしやうぞく（名）
金裝束 上10オ8
ごき（名）
五季 下7オ4
下8オ3
ごき（名）
五鬼 上2オ8
下7オ2
ごきたう（名）
御祈禱 下8ウ6
ごきやう（名）
五經 下7オ5
ごぎやう（名）
御形 上11ウ3
ごぎやう（名）
五行 上18オ5
下6ウ7
下7オ3
ごぎやうし（名）
五行子 下2ウ1
下2ウ1
下2ウ8
下3オ2
下6ウ6
下6ウ7
下7オ7
ごきんのあや（連語）
呉郡綾 上7ウ7
こく（名）
黑 上19オ2
こく（刻）→ねのこく（子刻）
こぐ（動ガ四）
盪 上5オ9
ごく（御供）→みごく（御々
供）
こくくん（名）
國君 下5オ7
下5オ8
こくしつ（名）
黑漆 上9ウ7
こくど（名）
國土 下9オ9
ごくらく（名）
極樂 下18ウ8
ごくらくこく（名）
極樂國 下19オ4
ごぐわつ（名）
五月 下2ウ6
下2ウ9
下4オ4
ごぐわん（名）
御願 下8ウ5
ごぐんのあや（呉郡綾）→ご
きんのあや
ごけつたい（名）
御闕怠 下1ウ8
こけつのけん（連語）
巨闕劍 上8オ9
こけん（名）
古賢 下10オ1
ここ（名）
箇々 下6ウ6
ここ（代）
云 上20ウ6
斯 上20ウ2
下8ウ4
下8ウ5
是 上2ウ1

ごこ（名）
五湖　上4オ8
ここに（接）
爰　上1ウ1
下13ウ5
肆　上1オ5
ここにおいて（接）
於是　下11オ2
ここのつ（名）
九　上2オ6
上2オ6
上2オ6
↓く
こころ（名）
心　上15ウ5
上18ウ6
上19オ7
上22ウ1
下9ウ2
下10オ2
下10オ2
意　上9ウ3
上14オ5
下3オ2
下3ウ7
下8ウ6
下12オ5
こころう（動ア下二）
得意　上15ウ9
こころざし（名）
志　下8ウ6
こころよげ（應答）↓ようたふ
ここをもつて（接）
以是　下2ウ9
下4ウ7
是以　下8ウ8
ここん（名）
古今　上1ウ8
ごこん（名）
五根　下7オ4
ごさい（名）
五歳　下16ウ8
ござう（名）
五臓　上18オ6
下7オ4
こさき（名）
木前　上12オ8
こざくらをどし（名）
小櫻綴　上8ウ5
こざん（名）
孤山　上15オ7
こし（名）
腰　上19ウ6
上22オ5
こじ（名）
火箸　上8ウ2
こじ（居士）↓じねんこじ（自然居士）
ごじ（名）
五字　下7オ5
こしからむ（動マ四）
迋　上22オ5
ごしき（名）
五色　下7オ4
↓ごしよく
ごじびつ（名）
御自筆　下1ウ6
ごじふり（名）
五十里　下5オ4
ごじふろくおくしちせんまんさい（名）
五十六億七千萬歳　下10ウ2
ごしやう（名）
後生　下11ウ2
ごじやう（名）
五常　下7オ5
ごしやうさんじゆう（名）
五障三従　下16オ7
ごしよく（名）
五色　上11ウ5
↓ごしき
ごしよまと（名）
御所的　上3ウ6
こじり（名）
璫　上10オ6
こじん（名）
古人　下3ウ3
ごしんぎやう（名）
御信敬　下2オ2
ごずいい（形動タリ）
爲御隨意　上18ウ1
ごせ（名）
後世　上1オ8
下18ウ9
ごせいさく（名）
御制作　下13オ7
こせう（名）
胡椒　上16オ5
こせのかなをか（巨勢金岡）
↓かなをか（金岡）
ごぜんせい（名）
御善政　下1ウ2
ごせんよげん（名）
五千餘言　上4ウ8
こそぐる（動ラ四）
攊　上21ウ3
ごたい（名）
五體　下7オ5
ごだい（名）
五臺　上6オ2
ごだい（名）
五代　下5ウ4
下14ウ9
ごだい（名）
御代　下1オ9
ごだいごてんわう（名）
後醍醐天皇　下5ウ7
こだうし（名）
呉道士〈子〉　上14ウ3
こたふ（動ハ下二）
答　上16オ1
上16ウ3
上16ウ7
上17オ4
上20ウ7
下2ウ8
下3オ2
下3オ6
下3ウ7
下3ウ9
下6ウ7
下8ウ3
下9オ4
下9オ9
下13オ2
下13ウ7
下16ウ7
こだま（名）

兒玉 上10オ2
こたん（名）
虎膽 上16オ4
こぢきふ（名）
胡直夫 上14ウ7
こちく（名）
孤竹 上6オ9
こちゆう（名）
壷中 上13ウ2
こつえん（形動タリ）
忽焉 下12ウ4
こつくん（國君）→こくくん
こつしゆ（名）
劫數 下11ウ8
→たうこつしゆ（當劫數）
こつぜん（名）
忽然 上2オ2
こつづみ（名）
小鼓 上18ウ9
こつぴ（海豘）→こひん（海殯）
こて（名）
籠手 上8ウ5
ごてい（五帝）→さんくわう
ごてい（三皇五帝）
こてふ（名）
蝴蝶 上13オ8
こと（名）
事 上1ウ9
下4オ1
下8ウ8
下18オ9
→おんことども（御事共）
こと（名）
言 下12オ7
こと（琴）→きん
こと（形動ナリ）
異 下9オ8
下18ウ5
ことう（名）
胡銅 上8ウ3
上12オ2
ごとう（名）
五等 下5オ3
ことく（名）
古德 下3オ4
ことくらく（名）
胡德榮 上7オ5
ことごとく（副）
悉 上9ウ2
→つくす
ことに（副）
殊 上17オ6
ことのは（名）
言端 上22ウ7
調〈詞〉葉 上21オ1
ことのをまき（名）
琴緒卷 上10オ7
ごとばのゐん（名）
後鳥羽院 上11オ1
ことりそ（名）
古鳥蘇 上7オ4
ことわざ（名）
諺 下9オ8
ごにう（牛乳）→ごにゆう
ごにゆう（名）
牛乳 上11ウ6
ごにんばり（名）
五人張 上9オ3
ごねん（名）
五年 下8オ2
この（連語）
斯 下17オ4
是 下4ウ5
下11ウ4
下11ウ7
下12オ1
下12オ2
下12オ7
下16ウ8
下17オ1
下17オ3
下17オ7
此 上2オ1
上2オ4
上8オ4
上8ウ9
上11オ3
上11オ6
上11オ6
上14オ6
上20オ5
上20ウ5
上21オ2
上22オ6
下2オ7
下3ウ5
下10オ2
下10オ2
下11オ6
下14オ2
下14ウ1
下14ウ4
下15オ2
下15オ4
下15オ6
下19オ4
下19オ8
このかた（連語）
以來 上20ウ8
このごろ（連語）
項〈頃〉 上20ウ5
このした（連語）
樹下 上22オ7
このたび（名）
今般 下4オ7
このむ（動マ四）
好 下6オ6
このゆゑに（接）
是故 下4オ7
下7ウ3
ごはう（名）
五方 下7オ4
こはく（名）
琥珀 上8オ5
こばた（名）
小旌 上9オ1
こばたけ（名）
小畠 上12オ6
こひ（名）
鯉 上15オ7
こび（媚）→ものこび（百媚）
こひぐち（名）
鯉口 上10オ6
こひのをんな（連語）
戀女 上5オ8
こひん（名）
海豘〈殯〉 上9ウ8
こふさん（名）

小布衫 上7ウ9
こふしまき（名）
小節卷 上9オ2
こふしゆ（劫數）↓こつしゆ
こふすう（劫數）↓こふしゆ・たうこっしゆ（當劫數）
こへいあんじやう（名）
故平安城 上1ウ2
ごほんぢ（名）
御本地 下13ウ1 下15ウ7
こまぼこ（名）
狛杵〔梓〕 上7オ5
ごみ（名）
五味 上17オ5 下7オ4
↓にさんしごみ（二三四五味）
ごみし（名）
五味子 上16オ8
こらい（名）
古來 下14ウ2
ごらうにふだう（名）
五郎入道 上10ウ8
ごらうもりいへ（名）
五郎守家 上10ウ5
こらす（動サ四）
凝 上1オ5
ごりよう（名）
五陵 上13ウ4
これ（代）
之 上1オ9 上1オ9 上2オ5 上2オ8 上3ウ7 上3ウ9 上9オ5 上9ウ5 上11ウ1 上14オ7 上16オ1 上16ウ3 上16ウ6 上17オ6 上18ウ3 上19ウ8 上20ウ2 上20ウ3 上20ウ3 上20ウ3 上20ウ3 下2ウ5 下3ウ8 下5オ8 下6ウ3 下6ウ3 下8ウ7 下9オ2 下11オ3 下12ウ3 下12ウ3 下12ウ4 下14オ1 下14オ9 下14ウ1 下14ウ8
惟 下2オ8 下10ウ7
是 上1オ7 上17オ5 上17オ7 上17ウ1 上17ウ4 上17ウ5 上17ウ8 上19ウ1 上21オ4 下3オ5 下3ウ6 下9オ7 下9オ8 下13オ8 下14オ9 下15ウ7 下18ウ1 下18ウ4 下18ウ8
此 上3オ5 上20ウ9 下11オ2 下11オ3
焉 上21オ5 下13オ6
↓まことにこれ（誠是）
これによつて（連語）
因之 下1ウ8
因茲 上1オ8 下3オ9 下8オ2
由是 下7オ9
ころ（名）
比 上17ウ4 上19オ5 上21ウ4 下1オ2 下2ウ4 下2ウ7
ころす（動サ四）
殺 下5ウ1 下5ウ2
ころも（名）
衣 上13オ6 上20オ2 上22オ5
ごわ（名）
語話 上1ウ9
ごわう（名）
吳王 上4オ7
こゑ（名）
聲 上13ウ1 上13ウ6 上19オ1 上20オ4 上20オ5 上20オ5
こゑかる（連語）
嗔〈嗄〉 上15ウ6
こん（名）
坤 下6ウ5
こん（名）
金 下12オ1
ごん（名）
艮 下7オ6
ごん（名）
金 下6ウ8 下7オ1
ごん（名）
餛〈銀〉 下12オ1

こんがうさく（名）
金剛索 下17ウ8
こんがうびやうゑ
金剛兵衛 上10ウ7
こんがうやしやみやうわう（名）
金剛夜叉明王 下17ウ6
こんがふ（名）
混〈婚〉合 下15オ5
下15オ7
こんく（名）
金口 下12オ6
こんげん（名）
根源 上17オ2
こんごのけん（連語）
昆吾劍 上8オ9
こんざい（名）
今在 下16オ2
こんじやう（名）
今生 下10オ1
ごんしん（名）
艮震 下4オ9
こんぜ（名）
今世 上1オ8
下18ウ9
こんだ（名）
坤兌 下4オ8
こんとう（名）
坤等 下7オ6
こんのいと（名）
紺絲 上8ウ7
こんりんじやうわう（金輪聖王）→こんりんわう（金輪王）
こんりんわう（名）
金輪王 下11オ9

さ

さい（名）
細 上18オ3
さい（名）
宰 下3ウ5
さい（名）
災 下6ウ2
下6ウ3
さい（名）
犀 上12ウ7
→くわうしのさい（黄支之犀）
さいう（左右）→さう
さいかい（西海）→とうざん
さいかい（東山西海）
さいぐわい（名）
塞外 上7ウ3
さいこ（名）
柴胡 上16オ3
さいさい（形動ナリ）
細々 上16ウ3
ざいざいしよしよ（名）
在々處々 上7ウ3
さいさうらう（採桑老）→さいしやうらう
さいしやうらう（名）
採桑老 上7オ3
さいじゆん（名）
再閏 下8オ2
さいしよう（名）
最勝 上1オ2
さいそうし（崔宗之）→そうし（宗之）
さいだう（名）
載道 下7ウ3
さいち（名）
才智 下8ウ9
さいち（形動タリ）
綵緻 上20オ2
さいど（名）
濟度 上2オ3
上4オ1
下12ウ1
ざいと（名）
罪徒 上1オ7
さいのかみ（名）
道祖神 上22オ7
さいはう（名）
西方 上2オ8
上2ウ1
上2ウ4
下16オ2
下17ウ3
さいはうじやうど（名）
西方淨土 下18ウ7
さいはひ（形動ナリ）
幸 下18ウ9
さいひ（名）
犀皮 上8オ2
さいへん（災變）→てんちさいへんのまつり（天地災變祭）
さいめつす（動サ変）
摧滅 下18オ6
さいらい（西來）→せいらい
さいりん（名）
蔡倫 上8オ7
さう（名）
草 上17オ3
さう（名）
左右 上19ウ9
さう（相）→しやう
さう（爿）→へん
ざう（名）
藏 下2ウ9
下3オ8
ざう（名）
臧 下3オ9
下3ウ3
下4ウ6
下5オ1
下5オ1
→よし
ざう（名）
像 下12オ2
さうかう（名）
艸甲 下3オ8
下3オ9
ざうがん（名）
象眼 上8ウ3
ざうきやくす（臧獲）→ざうくわくす
さうくわう（名）
棗䵃 下11ウ3
ざうくわくす（動サ変）
臧獲 下3ウ3
ざうげ（名）
象牙 上8オ4
さうけい（動サ変）
相輕 上18ウ5
さうこく（名）
相刻〈剋〉 下7オ3

さうこほうし（桑弧蓬矢）→
くはのゆみよもぎのや
ざうざう（名・動サ変）
造像 下10ウ8
下11オ1
下11オ6
下11ウ3
ざうざうくどくきやう（名）
造像功德經 下11オ6
さうしや（名）
壯者 上3ウ5
さうじやう（名）
相生 下7オ3
さうぢよ（名）
壯女 上6ウ6
さうてう（嘈蜩）→たうさう
（啁嘈）
さうふ（名）
巢父 上15オ8
さうほ（巢父）→さうふ
さうぼく（草木）→さうもく
さうめい（名）
滄溟 上8オ5
さうもく（名）
草木 上11オ5
下9オ9
→さう（草）・もく（木）
さうもん（名）
桑門 上15ウ4
上16ウ2
上16ウ5
上18ウ1
さうらく（名）
桑落 上11ウ9
ざうりふす（動サ変）
造立 下9オ4
下10オ5
さかおもだか（名）
逆蔗 上8ウ8
さかさまゑん（名）
逆園 上12オ5
さかづき（名）
卮 上8オ5
→あうむのさかづき（鸚鵡
盃）
さかもぎ（逆茂木）→さかお
もだか（逆蔗）
さかり（盛）→さかん
さかわにぐち（名）
逆鰐口 上10オ8
さかん（形動ナリ）
盛 上2ウ1
上19オ1
上23オ1
さき（名）
前 上17ウ6
さきだつ（動タ下二）
先立 上19ウ8
さきつかた（以往）→いにし
へ
さく（名）
作 上9オ7
さくさく（副）
數々 上19オ4
さくしや（名）
作者 上11オ2
さぐり（名）
鬮 上9オ6
さけ（名）
酒 上11ウ7
上11ウ8
上11ウ9
上11ウ9
上12オ1
上12オ1
上12オ1
さげを（名）
下緒 上10オ6
ささぐ（動ガ下二）
捧 上7オ1
ささやく（動カ四）
訬 上21オ7
ささら（名）
編木 上6ウ5
上19オ3
さしいだす（鬮）→かしらさ
しいだす
さじき（棧敷）→さんじき
さしまねく（動カ四）
麾 上15ウ7
さしやう（名）
左相 上12ウ3
さしやく（名）
茶杓 上12オ5
さす（動サ四）
指 上2ウ2
上3オ1
下6オ3
下9オ9
ざす（動サ変）
坐 上2オ1
さすが（副）
捜又 上22オ2
流草 上22オ3
ざぜんなつとう（名）
坐禪納豆 上11ウ2
さだか（形動ナリ）
眞 上21オ1
さだたふ（貞任）→あべのさ
だたふ（安倍貞任）
さだつぐ（名）
貞次 上10ウ6
さだむ（動マ下二）
定 下8オ1
下8オ5
さだめて（副）
定 上2ウ3
下3ウ4
さたんす（動サ変）
嗟歎 上20ウ3
上20ウ3
さつ（殺）→せつ
さつきやくす（斫卻）→しや
くきやくす
さつし（形動タリ）
颯纚 上19ウ5
ざつしき（雜色）→ざふしき
さつす（動サ変）
察 下7ウ1
ざつす（動サ変）
雜 上19オ7
さつた（名）
薩埵 上3オ7
下2オ2
下2オ3
下2ウ2
下4ウ5
下12ウ3
下17オ8
さても（接）

然　上20ウ6
さと（名）　上22ウ5
里　上20ウ7
↓かつらのさと（桂里）
さと（鄉）↓あきづきのさと
（秋月鄉）
さとる（動ラ四）
悟　下12オ9
さながら（副）
皆悉　上21オ6
さねつな（名）
眞綱　上10ウ6
さねもり（名）
實盛　上6オ5
さばしや（名）
三法紗　上7ウ8
さふ（名）
囃　上7ウ4
さぶ（動バ上二）
澀　上11オ3
ざふしき（名）
雜色　上9ウ5
さぶらうくにむね（名）
三郎國宗　上10ウ5
さへのかみ（道祖神）↓さい
のかみ
さまざま（形動ナリ）
様々　上21オ1
さまひ（左舞）↓ひだりのま
ひ
さまよふ（動ハ四）
吟　上22オ8
さむ（動マ下二）
覺　上2オ5
さめ（名）
佐目　上9オ8
さめざや（名）
鮫鞘　上10オ5
さもあらばあれ（連語）
這〈遮〉莫　上22ウ9
さや（名）
鞘　上10オ3
上10オ3
上10オ5
さやか（形動ナリ）
清　上22ウ6
さやまきうり（質）↓しつ
さらずは（不然者）↓しから
ずは
さらに（副）
更　上16ウ2
上18オ1
上19オ6
上19オ6
下3オ3
下10オ2
さる（申）↓しん
さる（動ラ四）
去　上2オ5
上3ウ2
上4オ8
上18ウ2
上19オ9
下2オ7
↓ゆく
さわぎあふ（動ハ四）
騒合　上21ウ1
さわぐ（動ガ四）
將〔鏘〕　上20ウ6
さをさす（動サ四）
掉〔棹〕　上4オ8
さん（名）
三　下7オ1
下7ウ8
下11オ8
下12オ4
さんかう（名）
三更　上13オ8
上19オ5
さんぎやういちろん（名）
三經一論　下7オ6
さんく（名）
三九　上2オ6
さんぐそく（三具足）↓みつ
ぐそく
さんくわう（名）
三光　下13ウ4
さんくわうごてい（名）
三皇五帝　下5オ9
さんぐわつ（三月）↓さんげ
つ
ざんげ（名）
懺悔　下9オ2
さんけいす（動サ変）
參詣　下1オ2
さんげつ（名）
三月　上20ウ1
下7ウ7
さんご（名）
珊瑚　上8オ5
さんごのゆふべ（連語）
三五夕　下3オ4
さんごんいちじつ（名）
三權一實　下12オ8
さんさい（名）
三歳　下16ウ7
さんし（名）
三士　下2ウ1
さんし（名）
三子　下6ウ4
下8ウ2
下8ウ9
下9オ1
下9ウ4
さんじ（名）
三字　下3オ6
下3ウ9
さんじき（名）
桟敷　上11オ8
さんしし（名）
山梔子　上16オ8
さんししゆ（名）
三四種　上16ウ6
さんしのせいらん（連語）
山市晴嵐　上12ウ4
さんじふさんじよ（名）
三十三所　上5ウ2
さんじふしちそん（名）
三十七尊　下14オ6
さんじふにくわん（名）
三十二巻　上17ウ7
さんじふにせい（名）
三十二世　下5ウ4
さんじふにち（名）
三十日　下7ウ6
下7ウ9
さんじふろくきん（名）
三十六禽　下8オ9
さんじふろくじう（三十六

獣）→さんじふろくきん（三十六禽）
さんしやう（名）
三生　下7オ2
さんじやく（名）
三尺　上14オ4
さんしゆ（三種）→さんししゆ（三四種）
さんじゆ（名）
散手　上7オ3
さんじゆ（名）
算數　上11オ9
さんじゆう（三從）→ごしやうさんじゆう（五障三從）
さんじゆん（名）
三閏　下8オ2
さんしん（名）
三晉　上13ウ4
さんしん（名）
三辰　下8オ7
さんじん（名）
三身　上14オ6
さんすい（名）
山水　上14ウ4
上14ウ6
上14ウ6
上14ウ9
上14ウ9
上15オ2
さんすう（算數）→さんじゆ
さんぜ（名）
三世　下11ウ3
下14オ3
下16オ2
さんせうとう（名）
三焦等　上18オ7
さんぜん（名）
三千　上13ウ3
さんぜんしちひやくねん（名）
三千七百年　上17オ8
さんだい（名）
三代　下15オ2
下15オ4
さんたう（名）
三島　上4ウ1
さんたう（名）
山濤　上12ウ1
さんだん（名・動サ変）
讃歎　下12オ2
下12オ8
讃嘆　下19オ8
さんぢゆう（名）
三重　上6ウ6
さんでうこかぢむねちか（名）
三條小鍛〔鍛〕冶宗近　上10ウ3
さんとう（名）
三冬　上12オ1
さんにんばり（名）
三人張　上9オ3
さんねん（名）
三年　下8オ2
さんばしや（三法紗）→さばしや
さんびやくいうろくじゆんいうろくにち（名）
三百有六旬有六日　下8オ1
さんびやくごじふごにち（名）
三百五十五日　下4オ2
下4オ5
さんびやくろくじふごしゆ（名）
三百六十五種　上17オ7
上17オ9
さんびやくろくじふにち（名）
三百六十日　下4オ1
下7ウ8
下8オ4
さんぶ（名）
三部　上17ウ9
さんぶつ（名）
三佛　下13ウ2
下13ウ4
さんぼう（名）
三寶　下11ウ2
下16ウ2
さんまいだい（名）
三昧臺　下1ウ6
さんまやぎやう（名）
三摩耶形　下13オ3
さんまんり（名）
三萬里　上12ウ7
さんみ（三味）→にさんしごみ（二三四五味）
さんめんしひ（名）
三面四臂　下17ウ5
さんらん（名）
散亂　上19オ7
さんりよう（名）
山龍　上11オ5
さんりようこん（名）
三稜根　上16オ8
さんろう（名・動サ変）
參籠　上1ウ3
下12ウ7
さんろうしゆ（名）
參籠衆　上1ウ8
さんろうにん（名）
參籠人　下12ウ8
さんわう（名）
三王　下5ウ1

し

し（名）
子　下5オ3
下6ウ9
し（名）
巳　下6ウ9
下6ウ9
し（名）
四　下7オ1
下7ウ8
下11オ8
下12オ4
し（名）
死　下7オ3
し（名）
詩　上14オ3
じ（名）
字　下3オ2
下3オ6
下3オ7
下3オ7
下3オ7

し

下3オ8
下3オ9
下3ウ3
下3ウ4
下3ウ7
下4ウ9
下5オ1
下5オ1
下5オ2
しいし（名）
四時　下8オ1
しいしゆ（名）
旨趣　下2ウ8
しいたう（至道）→しだう
しう（名）
囚　下7オ3
しうえき（名）
周易　下2オ1
下7オ9
しうこ（名）
繡戸　上13オ2
しうじん（名）
周人　上6オ8
しえん（名）
紫鹽　上11ウ4
しか（名）
爾　上1ウ1
しかい（名）
四海　下2オ8
しかう（四皓）→しやうざん
のしかう（商山四皓）
しかうして（接）
而　上1ウ9
上3ウ4
下12ウ7
しかうしてのち（連語）
而后　上1ウ7
しかがはをどし（白鹿皮縅）
→しながはをどし
しかしながら（副）
併　下2オ3
しかつしよりこのかた（爾
來）→それよりこのかた
しかのみならず（接）
加之　下1ウ6
しかも（接）
而　下16オ4
しがらき（名）
信樂　上12オ7
しからずは（接）
不然者　下4ウ3
しからば（接）
然　上16ウ6
上16ウ9
しかれば（接）
然　上19ウ3
下4オ3
下12オ7
下13ウ9
しき（名）
四季　下7ウ7
しぎ（名）
思議　下9ウ6
じき（名）
辭氣　下8ウ4
しきこん（名）
識根　上1オ5
しきし（名）
色紙　上14オ6
しきもく（名）
式目　下5ウ8
じきもつ（名）
食物　上11ウ1
しきよう（名）
思恭　上14オ8
じきろう（名）
食籠　上8オ3
しく（動カ四）
布　下1ウ3
じくん（名）
字訓　下7オ7
じくんし（名）
字訓子　下2ウ1
下2ウ3
下3オ5
下3オ6
下3ウ3
下3ウ7
下6ウ6
下7オ7
下7ウ6
しげし（形ク）
滋　上6オ3
しげどう（名）
重籐　上9オ1
じげん（名・動サ変）
示現　上2ウ5
下16オ2
しこ（尻籠）→しつこ
じこく（名）
時刻　上11オ8
下8オ9
しこんじき（名）
紫金色　下11オ8
じざい（自在）→じんづうじ
ざい（神通自在）
しさつ（四殺）→しせつ
じさつす（動サ変）
自殺　下6オ9
じさん（名）
自讃　下1ウ7
じさんきた（名）
自讃毀他　下19オ1
しし（名）
完〈宍〉　上20ウ1
しし（名）
刺史　上20ウ6
ししう（名）
四州　上4オ2
じししやうぐん（名）
師將軍〈貳師將軍〉　上12ウ6
しじふくしゆ（名）
四十九種　上1オ5
しじふご（名）
四十五　下7オ2
じじふじしやう（名）
二十二章　上4ウ9
しじふしち（名）
四十七　上2オ7
ししや（名）
使者　上4オ9
じしや（名）
二者　下9ウ4
ししやう（名）
四生　上2ウ9
ししやう（名）
四聲　下7ウ5
しじやう（名）
枝上　上13オ8

ししやうぐん（師将軍）→じししやうぐん（貳師将軍）
ししゆ（旨趣）→しいしゆ
ししゆ（四種）→さんししゆ（三四種）
ししよう（名）
支證 下13ウ6
ししよがけん（連語）
子胥劍 上8オ9
ししん（名）
至心 上1オ9
上19オ8
じしん（名）
自身 下16オ5
しせい（四聲）→ししやう
しせつ（名）
四殺 下7オ2
じせつ（名）
時節 下4オ5
じせんす（動サ変）
自専 下5ウ8
しそ（名）
緇素 下19オ8
しそう（名）
師僧 下16ウ2
した（下）→このした（樹下）・ふてんのした（普天之下）

じた（名）
自他 下10オ8
しだいふどう（名）
次第不同 上7ウ5
しだう（名）
至道 下16ウ2
したうづ（襪）→しろしたうづ（素襪）
したがさね（名）
襯 上7オ9
したがつて（接）
隨 下7ウ3
隨而 下4ウ2
下6ウ6
下18ウ2
したがひて（隨而）→したがつて
したがふ（動ハ四）
隨 上17オ3
上18オ4
下8オ5
下16オ4
→あひしたがふ（相從）・いんじゆん（因循）
したぐら（名）
韉 上9ウ9
したし（形シク）
親 下10ウ3

したふ（動ハ四）
慕 上5ウ9
したん（名）
紫檀 上16オ5
しち（名）
七 下7オ1
下11オ9
下12オ5
しちいん（名）
七韻〈音〉 下7ウ5
しちおん（七音）→しちいん
しちぐわつ（名）
七月 下1オ2
→はつあき
しちぐわつごにち（名）
七月五日 上2ウ2
上2ウ2
下2ウ4
下2ウ6
下4オ3
下4ウ7
下6オ7
しちぐわつしにち（名）
七月四日 上1ウ1
上2オ5
しちけん（七賢）→ちくりんのしちけん（竹林七賢）
しちじふ（名）

七十 上17オ2
しちじふいうよ（名）
七十有餘 下12ウ5
しちじふいち（名）
七十一 下3オ8
下3ウ6
下3ウ9
下4オ2
しちじふいちこう（名）
七十一候 下4オ2
しちじふいちにち（名）
七十一日 下2ウ4
下3オ9
下3ウ8
しちじふにこう（名）
七十二候 下4オ1
しちじふににち（名）
七十二日 下8オ4
しちしやう（名）
七星 下8オ7
しちせい（七星）→しちしやう
しちだい（名）
七代 下5ウ4
下14ウ9
下14ウ9
下15ウ3
しちでう（七條）→にしのしちでう（西七條）

しちにち（名）
七日 下17オ2
しちねん（名）
七年 下8オ2
しちほうるり（七寶琉璃）→しつぽうるり
しちやう（名）
七陽 下7オ2
じぢよ（名）
侍女 上13ウ3
しちゐん（七韻）→しちいん（七音）
しつ（名）
質 上19ウ3
じつ（名）
實 上18オ1
下16オ3
しづか（形動ナリ）
閑 上21オ4
→れうれう（寥々）
しつかい（名）
悉皆 下9ウ1
しつかけ（名）
尻懸 上11オ1
じつかん（名）
十干 下8オ6
じつき（名）

十驥 上9ウ5
じつくわん（名）
日観 上14オ9
じつげつ（名）
日月 上11オ4 下7ウ2
しつこ（名）
尻籠 上9オ6
しづごころなし（形ク）
無閑心 上21ウ9
じつさい（名）
十歳 下16ウ8
しつしやう（七星）→しちしやう
じつしゆ（名）
十種 下12オ3
しつち（名）
悉地 下10オ8
じつぱう（名）
十方 上6ウ2
→まんじつぱう（満十方）
じつぱうかい（名）
十方界 下1ウ9
しつぺう（名）
七表 上18オ1
しつぽうるり（名）
七寶琉璃 上8ウ3
しとう（名）
四等 下5オ4
しとぎつば（名）
楽鍔 上10オ4
しとく（名）
至徳 下2オ5
しながはをどし（名）
白鹿皮縅 上8ウ8
しなさだめ（考選）→あまよのしなさだめ（雨夜考選）
しなじなまちまち（名）
品々區々 上7ウ4
しなふ（颯纚）→さつし
じねんこじ（名）
自然居士 上6ウ5
しのぐ（動ガ四）
凌 上4ウ1
しのびがたし（形ク）
難偲 上21ウ9
しはう（名）
四方 下18オ9
しばしば（副）
屢 上2ウ6 上6オ2
しばらく（副）
且 上16ウ2 下10オ3 下16オ6
暫 上20オ4 上20オ9 下3ウ6 下4オ6
しひ（四臂）→さんめんしひ（三面四臂）
じひ（名）
慈悲 上1オ4
じひつ（自筆）→ごじひつ（御自筆）
しひて（副）
強 下19オ6
しふ（名）
師傅 上14オ5
じふ（名）
十 下11ウ1 下12オ3 下12オ6
じぶ（名）
慈父 下16オ8
じふいち（名）
十一 下3オ7 下3オ7 下3オ7 下11ウ1
じふいちぐわつぢゆう（名）
十一月中 下2ウ2
じふいつしゆ（名）
十一種 下11オ7
じふくねん（名）
十九〈十九年〉 下8オ2
じふぐわつろくにち（名）
十月六日 下6オ5 下6ウ1
じふごしゆ（十五種）→一十五種（いちじふごしゆ）
じふしちしゆ（名）
十七種 上17ウ3
じふじゆん（名）
十旬 下6オ2
じふぜん（名）
十禪〔善〕 下15ウ5
じふぜんじ（名）
十禪師 下15ウ6
じふだい（名）
十代 下15ウ5 下15ウ5
じふぢやう（名）
十丈 上6ウ7
じふに（名）
十二 上2オ6
じふにきゆうしん（名）
十二宮神 下8オ7
じふにぐわつ（十二月）→じふにげつ
じふにげつ（名）
十二月 上11オ1
じふにげつけん（十二月建）→げつけん（月建） 下7ウ8
じふにげつしやう（十二月將）→げつしやう（月將）
じふにし（名）
十二支 下8オ7
じふにじ（名）
十二時 下8オ8
じふにひ（名）
十二臂 下13オ7
じふはち（名）
十八 下3オ7
じふまんたい（名）
十萬體 下1ウ4
じふろくらかん（名）
十六羅漢 上14ウ8 上15オ1
じふわう（名）
十王 上15オ1
しほ（名）
鹽 上5ウ1
しほたれごろも（名）
泣涙衣 上21ウ8
しほで（名）
鞐 上9ウ9
しぼる（動ラ四）
絞 上22オ1

しまい（名）
姉妹 下16ウ8
下17オ4
しまがくれゆく（連語）
島隠行 上20ウ8
しまごん（名）
紫磨金 下1ウ3
しまごんじき（紫磨金色）↓
しこんじき（紫金色）
しみ（四味）↓にさんしごみ
（二三四五味）
しめす（動サ四）
示 上2オ3
下4オ9
下18オ9
じめつす（動サ変）
自滅 下5ウ3
下6オ3
しめやか（形動ナリ）
深沈 上21ウ9
しめんはつぴ（名）
四面八臂 下17オ9
下17ウ2
しも（名）
霜 上13ウ7
しや（社）↓ひえのしや（日
吉社）
じや（名）
邪 下4ウ2
しやう（名）
象 上2ウ1
下4ウ9
下5オ9
しやう（名）
商 上19オ1
しやう（名）
生 下10オ2
↓さんしやう（三生）
しやう（名）
請 上4ウ7
しやう（名）
相 下7オ3
しやう（爿）↓へん
しやういん（名）
聖因 下12オ6
しやうかい（名）
生界 下17オ7
じやうかい（名）
上界 上3オ3
じやうぐうたいし（名）
上宮太子 上4オ5
下5ウ6
しやうぐわつ（名）
正月 下8オ6
しやうぐわつとをか（正月十
日）↓わうのしやうぐわつ
とをか（王正月十日）
しやうげ（名）
障礙 下4オ7
じやうげ（名）
上下 下18ウ2
じやうげん（名）
上弦 下8オ8
しやうご（名）
鉦鼓 上6ウ4
しやうざんのしかう（連語）
商山四皓 上12ウ2
しやうじ（生死）↓しゆつり
しやうじ（出離生死）
しやうしう（名）
向秀 上12ウ1
しやうじやう（形動ナリ）
清浄 下8ウ3
下11オ7
下11ウ9
じやうしやう（上將）↓ちん
ぶじやうしやう（鎮府上
將）
じやうしゆ（名）
上衆 上1オ3
じやうじゆ（名・動サ変）
成就 上1オ9
下10オ8
↓しよぐわんじやうじゆ
（所願成就）
しやうじよ（名）
生處 下11オ7
しやうず（動サ変）
生 下17オ1
下19オ4
↓うまる
しやうぞく（装束）↓しらは
りしやうぞく（白張装束）
じやうちゆうげ（上中下）↓
せきちゆう（尺中）
じやうぢゆうす（動サ変）
常住 下14オ5
じやうとうしやうがく（名）
成等正覺 下16ウ1
しやうとく（名）
生得 上9ウ1
しやうにん（商人）↓あきう
ど
じやうぶつ（名）
成佛 下9ウ1
下14オ4
↓けんしやうじやうぶつ
（見性成佛）
しやうべん（名）
梩梚 上8オ4
しやうぼん（名）
青梵〈磬〉 上16オ7
しやうもくかう（名）
青木香 上16オ9
しやうもつかう（青木香）↓
しやうもくかう
しやうらく（名）
上洛 上5オ6
しやか（名）
釋迦 上14オ8
じやかうのへそ（連語）
麝香臍 上7ウ9
しやかだいし（名）
釋迦大師 下12オ7
しやかによらい（名）
釋迦如來 下10オ9
下10ウ3
下13ウ3
しやく（名）
石 下11ウ9
↓せき
しやく（赤）↓せき
じやく（名）
弱 上18オ2
しやくあく（名）
積惡 下6オ2
しやくきやくす（動サ変）
斫卻 下3オ3
しやくざい（名）
昔在 下16オ1

しやくしやくやく（名）
赤芍藥 上16オ9
しやくぜん（名）
積善 下2オ1
しやくそん（名）
釋尊 上1オ2
下9オ2
しやくだいくわんいん（名）
釋提桓因 上4オ2
しやくどうせつ（名）
赤銅屑 上16オ9
しやくもん（名）
釋門 下6ウ5
しやこ（名）
這箇 下10オ3
しやさう（名）
紗窗 上13オ2
じやしがたし（形ク）
難謝 下12ウ2
じやしやうし（名）
蛇牀子 上16オ9
しやつきやくす（斫卻）→しやくきやくす
しやば（名）
娑婆 上1オ3
下16オ2
しやべん（名）
赭鞭 上17オ3

しやみ（名）
沙彌 下14ウ6
→せうしやみ（小沙彌）
しゆ（名）
趣 下17オ1
じゆ（名）
濡 上18オ2
しゆう（名）
衆 上18ウ4
しゆうや（名）
終夜 上1ウ3
じゆうゑい（名）
戎〈戎〉類 下18オ6
しゆえ（名）
朱鐏 上10オ9
しゆえん（名）
朱鉛 上22ウ2
しゆかう（名）
趣向 下10オ3
しゆぎやうもん（名）
修行門 下17ウ1
じゆけう（名）
儒教 下6ウ5
しゆごす（動サ変）
守護 下2オ3
しゆじ（名）
種子 下13オ3
しゆじやう（名）

衆生 上4オ1
下10ウ4
下11ウ9
下12オ9
下12ウ1
下16オ4
下18ウ6
→どしゆじやう（度衆生）
しゆじゆ（形動ナリ）
種々 上16ウ6
下16オ4
じゆしよく（名）
樹色 上13ウ5
しゆす（名）
繻子 上7ウ7
しゆす（動サ変）
修 下1ウ6
下4ウ2
じゆす（動サ変）
誦 下14オ9
しゆたんし（名）
周丹士 上14ウ8
しゆぢ（名）
主治 上17オ4
しゆちゆう（名）
朱仲 上11ウ5
じゆつ（名）
戌 下6ウ9

下6ウ9
じゆつ（名）
術 下15オ6
しゆつげん（名・動サ変）
出現 上2オ4
下1オ8
下4オ8
下6オ7
しゆつし（名）
出仕 上3ウ6
しゆつせす（動サ変）
出世 下1オ5
しゆつたいす（出來）→しゆつらいす
しゆつにふ（名）
出入 上6ウ8
下12オ6
しゆつらいす（動サ変）
出來 上2オ1
しゆつり（名）
出離 下16オ6
しゆつりしやうじ（名）
出離生死 下16オ5
しゆみ（名）
須彌 下2オ1
しゆみだらゐ（名）
須彌足井 上9ウ1
じゆみやう（名）

壽命 下11ウ1
下18ウ6
しゆやうざん（名）
首陽山 上6オ9
しゆらだう（名）
脩〔修〕羅道 下18オ3
しゆれん（名）
珠簾 上13ウ9
しゆろう（鐘樓）→しようろう（鐘漏）
じゆゐき（名）
壽域 下1ウ9
しゆんあ（春蛙）→しゆんわ
しゆんあうでん（名）
春鶯囀 上7オ2
しゆんきよ（名）
舜擧 上15オ3
しゆんくわ（春花）→しゆんしよく（春色）
しゆんげつ（名）
春月 上14オ3
じゆんげつ（名）
閏月 下8オ1
じゆんしゆす（動サ変）
巡狩 上4オ2
じゆんじゆんぜん（形動タリ）
循々然 下12ウ4

しゆんしよく（春色）→どうていしゆんしよく（洞庭春色）
じゆんしよくす（動サ変）
潤色 下2オ5
しゆんてう（名）
春潮 上13オ7
じゆんれい（名）
順禮 上5ウ2
しゆんわ（名）
春蛙 上19オ6
しよ（名）
書 上11オ6 上14オ4 下7ウ2
じよ（名）
自餘 上11ウ2 上16ウ2 上16ウ4 下12ウ8
しよあくしゆ（名）
諸惡趣 下10ウ6
しよういん（名）
勝因 下12ウ1
じようがく（名）
乘學 上9オ7
しようぐんぢざう（名）
勝軍地藏 下18オ5

しようけいすべからず（連語）
不可稱計 下14ウ3
しようす（動サ変）
稱 上19オ7 下5オ8 下14オ1
しようみやう（名・動サ変）
稱名 上19オ8 下19オ8
しようもん（名）
證文 下3オ5
しようやうす（動サ変）
稱揚 下12オ7
しようるいほんざう（名）
證類本草 上17ウ7
しようろう（名）
鐘樓〈漏〉 上14オ1
しよきやう（名）
諸經 下14ウ1
しよきゆう（名）
渚宮 上13オ9
しよく（名）
濇 上18オ2
しよく（名）
私欲 下3ウ4
しよくかうのにしき（連語）
蜀江錦 上7ウ7

しよくきん（名）
蜀郡 上18ウ7
しよくぐん（蜀郡）→しよくきん
しよくもつ（食物）→じきもつ
しよぐわ（書畫）→きんぎしよぐわ（琴碁書畫）
しよぐわんじやうじゆ（名）
所願成就 下16オ4
しよけい（名）
書契 下7オ8
しよこう（名）
諸侯 上14オ4 下5オ5 下5オ7
しよさんまい（名）
諸三昧 下14オ7
しよしやう（名）
所生 下15オ8 下16ウ5
しよしよ（處々）→ざいざいしよしよ（在々處々）
しよしよく（名）
曙色 上13オ2
しよしん（名）
初心 下17オ2
しよじん（名）
庶人 上2オ1
しよせい（所生）→しよしやう
しよせつ（名）
所說 下12オ7
しよせん（名）
所詮 下15ウ3
しよだいかいし（名）
諸大開士 下11ウ5
しよぢゆう（名）
所住 下11ウ9
しよつかうのにしき（蜀江錦）→しよくかうのにしき
しよつきん（蜀郡）→しよくきん
しよにん（名）
諸人 下9ウ9 下10オ4
しよぶつ（名）
諸佛 下14オ3
しよぶつぼさつ（名）
諸佛菩薩 下9ウ5 下16オ3
しよみん（名）
庶民 上4オ2
じよやう（名）
汝陽 上12ウ3
しよをう（名）
所翁 上15オ4
しらあやをどし（名）
白綾縅 上8ウ7
しらいと（名）
白絲 上8ウ7
じらうのかへし（連語）
茲郎切 下3オ9
しらえ（名）
銀鞆〔柄〕 上10オ8
しらき（名）
白木 上9オ2
しらなみ（名）
白波 上7オ7
しらはりしやうぞく（名）
白張裝束 下1オ4
しらほね（名）
白橋 上9ウ7
しらを（名）
白尾 上9オ4
しらん（名）
芝蘭 上15オ3
しりがい（名）
鞦 上9ウ9
しりがいとう（名）
韆等 上10オ2
しりかけ（尻懸）→しつかけ
しりぞく（動カ下二）
卻 下4ウ2

↓そく（退）
しりへ（名）
後　下12ウ4
しる（動ラ四）
知　上2ウ1
上17ウ8
上20ウ4
上21オ7
上22ウ5
上22ウ6
下2オ4
下2オ7
下4オ7
下8オ5
下8ウ1
下13ウ5
下14オ2
下15オ5
下15オ6
下16オ6
下16ウ6
下16ウ9
しるしおく（動カ四）
註置　上17オ5
しるす（動サ四）
記　上11ウ1
しろ（白）↓はく
しろがねしやうぞく（名）
銀装束　上10オ9
しろきは（連語）
素齒　上22ウ3
しろしたうづ（名）
素襪　上19ウ6
しろしめす（践）↓あまつひ
つぎしろしめす（践祚）
しゐぎ（名）
四威儀　下14オ9
しん（名）
心　上18オ6
しん（名）
臣　下5ウ1
しん（名）
申　下6ウ9
下6ウ9
しん（名）
神　下4ウ5
しん（名）
辰　下6ウ9
下6ウ9
しん（名）
震　下4ウ6
しん（信）↓けいしん（敬信）　下7オ6
しん（形動ナリ）
眞　上9オ9
じん（名）
仁　下4ウ2
じん（名）
腎　上18オ6
しんえきす（動サ変）
請益　下3ウ2
じんか（名）
人家　上7ウ3
しんきう（名）
新舊　上17ウ6
じんきめう（名）
甚奇妙　下19オ7
しんぎやう（名）
身形　下11ウ6
しんぎやうす（動サ変）
信敬　下12ウ6
下19オ1
しんくわう（名）
秦皇　上15オ9
しんけい（名）
秦景　下11オ4
しんけい（身形）↓しんぎや
う
しんげうす（動サ変）
信樂　上1オ9
しんげん（名）
心眼　下19オ6
じんご（名）
神護　下12オ6
しんこく（名）
神國　下18ウ4
しんさい（名）
新妻　上5ウ8
しんざう（名）
眞像　下11オ3
下11オ4
しんじうほんざう（名）
新修本草　上17ウ1
しんじやう（名）
心城　下14オ6
しんじゆす（動サ変）
信受　下19オ9
しんしようとく（進走禿）↓
しんしよとく
しんしよとく（名）
進走禿　上7オ5
しんしよぶつ（名）
心諸佛　下14オ8
しんじん（名）
心身　下8ウ3
しんじん（名）
信人　上6オ2
しんじん（名）
眞人　下9オ5
じんしん（人心）↓にんしん
じんじん（形動ナリ）
甚深　上1オ4
しんず（動サ変）
信　下17オ8
下10ウ7
下16オ4
じんぜん（形動タリ）
荏苒　上18ウ5
じんそう（名）
仁宗　上17ウ2
じんそうくわうてい（名）
仁宗皇帝　上15ウ1
しんぞく（名）
眞俗　上1ウ8
しんだい（形動ナリ）
進退　上9ウ3
しんたう（名）
神桃　上11ウ6
しんだん（名）
震旦　下5オ9
しんちゆう（名）
伸〈信〉忠　上15オ1
しんぢゆう（名）
心中　下9ウ3
しんぢよ（名）
神女　上13オ4
じんづう（名）
神通　上2ウ6
じんづうじざい（名）
神通自在　下19オ7

しんてい（名）
新定　上17ウ3
じんでう（名）
晨朝　下3ウ7
しんど（名）
眞土　上2オ9
しんとうご（名）
新藤五　上10ウ8
しんとりそ（名）
新鳥蘇　上7オ4
しんにん（信人）→しんじん
しんのう（名）
神農　上17オ2
しんのうのほんきやう（名）
神農本經　上17オ7
しんばんろ（名）
青繙〔番〕羅　上7ウ8
じんぴ（名）
深祕　下13オ6
しんぷ（名）
新補　上17ウ2
しんぷ（神府）→ほこら
じんぶん（人文）→にんもん
しんぽ（新補）→しんぷ
しんほつしん（名）
心法身　下14オ5
しんまか（名）
新靺鞨　上7オ6
じんみやう（名）
神明　下18ウ2
　　下18ウ4
しんめい（名）
身名　上13ウ2
しんめい（神明）→じんみやう
じんもん（人文）→にんもん
じんやう（名）
潯陽　上5ウ6
しんやく（名）
臣藥　上16ウ5
じんりき（名）
神力　上1オ6
　　下18オ7
しんれんだい（名）
心蓮臺　下14オ5
しんろう（名）
秦樓　上18ウ7
しんわう（親王）→あぼしんわう（阿保親王）

す

す（動サ変）
爲　上15ウ9
　　下1オ4
　　下12オ3
　　下13ウ1
　　下13ウ6
　　下14ウ8
　　下15オ2
すあしにす（連語）
泥　上22オ5
すい（名）
水　下6ウ8
　　下7オ1
ずいい（隨意）→ごずいい（御隨意）
すいかんぐら（名）
水干鞍　上9ウ6
ずいぎ（名）
隨宜　下10オ3
ずいぐだらにきやう（名）
隨求陀羅尼經　下14ウ2
すいくわのわざはひ（連語）
水火災　下12オ5
すいさい（水災）→すいくわのわざはひ（水火災）
すいさつす（動サ変）
推察　上16ウ6
ずいじゆんす（動サ変）
隨順　下12オ9
ずいじん（名）
隨身　下14オ3
すいしんのけん（連語）
水心劍　上8オ9
ずいぶん（名）
隨分　下7オ6
すかう（名）
疎香　上7ウ9
すかう（名）
數行　上4ウ5
すがた（名）
質　上21ウ6
光儀　上21オ7
すぐ（動ガ上二）
過　上16ウ6
　　下10ウ1
すくなし（形ク）
少　上22オ3
すぐにみる（連語）
貽　上20オ8
すくふ（動ハ四）
救　上3オ1
→どす（度）
すぐる（動ラ下二）
勝　上16ウ9
　　下10ウ8
すじや（名）
素紗　上7ウ7
すすみいづ（動ダ下二）
進出　下8ウ9
すずり（名）
硯　上8オ6
すせう（名）
子昭　上14ウ9
すだく（動カ四）
多集　上22オ8
すたる（動ラ下二）
廢　下2オ5
すだれ（名）
簾　上6オ7
　　上13オ9
すぢきりふ（名）
筋切符　上9オ4
すつ（動タ下二）
捨　上6オ5
　　上18ウ1
すてがたし（形ク）
難捨　上22オ3
難棄　上21ウ6
すでに（副）
已　上19オ8
　　下8ウ4
　　下16ウ4
既　上1ウ9
　　上3オ9
　　上18ウ3
　　上19ウ3
　　上21ウ4
　　下2オ2

下8オ6
下14オ1
下14ウ5
下16ウ9
すなはち（接・副）
乃 上1ウ3
上19ウ1
下1ウ4
下4オ2
下7ウ7
下7ウ9
下8ウ2
下11オ3
下18オ7
則 上1オ5
上1オ6
上1オ7
上2ウ3
上3ウ3
上3ウ4
上3ウ5
上3ウ7
上3ウ9
上4ウ7
上16ウ7
下2オ2
下2ウ9
下2ウ9
下2ウ9
下3オ8
下4オ7
下4ウ1
下5オ6
下5オ6
下6オ2
下7ウ3
下8オ3
下13オ8
下13オ9
下15ウ7
下15ウ8
下15ウ8
下15ウ9
下15ウ9
下16オ1
下16オ1
下17オ8
下18オ8
下18オ9
下18ウ1
即 下6オ8
下11オ6
下12オ3
下13オ5
下13ウ1
下13ウ1
下13ウ9
下17オ5
下17オ8
下19オ1
洒 下6ウ8
下8オ4
すねあて（名）
膸當 上8ウ5
すひぢにのみこと（名）
沙瓊尊 下15オ3
すべからく（副）
須 下2ウ5
すべて（副）
凡 下5オ3
下5オ4
總 上11オ8
上16オ1
下7オ3
すまひ（相撲）→すまふ
すまふ（名）
相撲 上1ウ6
すみ（名）
墨 上8オ7
すみ（名）
炭 上6ウ3
すみか（名）
住家 上21オ2
すみなる（動ラ下二）
住狎 上20ウ9
すみやか（形動ナリ）
速 下19オ4
すみよし（名）
住吉 上20ウ8
すむ（住）→ぢゆうす
すもも（名）
李 上11ウ6
すりやう（名）
子良 上14ウ8
する（動ラ四）
摺 上6ウ5
上19オ3
すんこう（名）
寸口 上17ウ8

せ

ぜ（名）
是 下9ウ9
せい（名）
齊 上17オ8
せい（名）
青 上19オ2
せい（名）
制 下5オ4
せい（生）→しやう
ぜい（名）
稅 上6ウ9
せいえきす（請益）→しんえきす
せいが（名）
星河 上14オ1
せいかい（名）
西海 上12ウ8
せいがう（名）
清香 上12オ5
せいかんぜんじ（名）
西澗禪師 上15ウ3
せいくわう（名）
清光 下3オ3
せいぐわん（名）
誓願 上1オ4
下11ウ8
せいけい（形動タリ）
青熒 上20オ2
せいけんのしゆ（連語）
聖賢主 下1オ6
せいさう（名）
聖相 下11オ5
せいさう（名）
青草 上15オ6
せいさく（制作）→ごせいさく（御制作）
せいざん（名）
青山 上13オ9

せいざん（名）
　西山　上13ウ9
せいし（名）
　制止　下16ウ2
　　下16ウ4
せいしつ（名）
　青漆　上8オ2
せいじやう（清淨）→しやうじやう
せいしゆ（名）
　清衆　下1ウ5
　　下1ウ6
せいしゆう（清衆）→せいしゆ
せいしゆく（名）
　星宿　上2オ3
せいしん（名）
　星辰　上11オ4
せいす（動サ変）
　制　上14オ4
　　下3ウ5
せいすいじ（名）
　清水寺　上6ウ6
せいなん（名）
　西南　上3オ9
せいはう（西方）→さいはう
せいばん（青礬）→しやうぼん
せいばんろ（青番羅）→しんばんろ
せいむ（名）
　世務　下1ウ2
せいもん（名）
　青門　上11ウ5
せいらい（名）
　西來　下9ウ7
せいらい（政頼）→みなもとのせいらい（源政頼）
せいりき（名）
　勢力　下18ウ3
せいりふ（井立）→ゐだち
せいりよく（勢力）→せいりき
せいわうぼ（名）
　西王母　上11ウ6
せう（名）
　簫　上18ウ8
せう（名）
　小　下7ウ9
ぜう（名）
　擾　上7ウ4
せうかう（名）
　燒香　下12オ2
せうきよ（名）
　小車　上3ウ3
せうくん（名）
　昭君　上4ウ6
せうしや（小車）→せうきよ
せうしやう（名）
　瀟湘　上22オ4
せうしやうのはつけい（連語）
　瀟湘八景　上12ウ4
せうしやうのよるのあめ（連語）
　瀟湘夜雨　上12ウ4
せうしやみ（名）
　小沙彌　下13ウ5
せうすい（名）
　焦遂　上12ウ3
せうせう（副）
　少々　上11ウ1
　　上14オ7
　　上16オ1
せうぜん（形動タリ）
　悄然　上13ウ8
せうたんきやう（名）
　照膽鏡　上8オ5
せうちやう（名）
　小腸　上18オ6
せうふさん（小布衫）→こふさん
せうわうのたま（連語）
　昭王之玉　上8オ8
せかい（名）
　世界　上2ウ6
　　下17オ1
　→むぶつせかい（無佛世界）
せき（名）
　石　上17オ4
　→しやく
せき（名）
　赤　上19オ2
せき（名）
　席　下2オ9
せき（名）
　籍　下7ウ2
せき（尺）→せきちゆう（尺中）
せきあく（積惡）→しやくあく
せきけんしう（名）
　赤縣州　下13ウ9
せきこく（名）
　石斛　上16オ7
せきざう（名）
　石像　下9オ7
せきじつ（名）
　夕日　上11オ7
せきしやくやく（赤芍藥）→しやくしやくやく
せきすいのたま（連語）
　赤水珠　上8オ8
せきぜん（積善）→しやくぜん
せきたい（名）
　石體　上2ウ4
せきちゆう（名）
　尺上中下〈尺中〉　上17ウ9
せきでん（名）
　夕殿　上13ウ8
せきとう（名）
　石頭　下19オ6
せきにく（名）
　石肉　上17オ4
せきやう（名）
　夕陽　上13ウ4
せきれい（名）
　鶺鴒　下15オ7
せけん（名）
　世間　下16ウ3
せすぢとほる（連語）
　背筋通　上9オ9
せそん（名）
　世尊　下11ウ8
　　下13ウ8
せそんじ（名）
　世尊寺　上7オ9
せつ（名）

説　下14ウ6
せつ（殺）→しせつ（四殺）
せつさう（名）
雪窗　上15オ3
せつしよく（名）
薛稷〈薛稷〉　上8オ6
せつぽふ（名）
説法　下10オ3
せとつぼ（名）
瀬戸壷　上12オ7
せふこう（名）
葉公　上14ウ9
せむかたなし（形ク）
無爲方　上22オ2
せらだがたな（名）
世良田刀　上10オ7
ぜん（名）
善　下2ウ7
下3ウ1
せんかう（名）
先考　下16ウ1
せんがく（名）
仙樂　上20オ9
せんきゆう（名）
川芎　上16オ4
ぜんぐわつ（名）
禪月　上15オ1
せんけい（名）
仙桂　上11ウ6
ぜんげう（名）
善巧　下9ウ5
ぜんげつ（禪月）→ぜんぐわつ
せんこ（名）
千古　上6オ9
ぜんご（名）
前胡　上16オ7
ぜんざい（善哉）→よきかな
せんし（名）
千子　下1オ6
せんじ（名）
宣旨　上4オ9
ぜんじ（名）
善事　下4オ6
せんじどう（宣旨銅）→せんじんどう（仙人銅）
せんじもの（名）
煎物　上15ウ8
→おせんじもの（御煎物）
せんじものうり（名）
煎物賣　上15ウ7
上15ウ9
せんじやう（先生）→ろくりせんじやう（角里先生）
せんじゆゐん（名）
千手院　上10ウ9
せんじんどう
仙人銅　上8ウ3
せんす（動サ変）
僭　下5ウ1
ぜんせい（善政）→ごぜんせい（御善政）
せんそ（踐祚）→あまつひつぎしろしめす
せんだ（名）
先陀　下1オ5
せんだいわう（名）
川大黄　上16オ8
せんだん（名）
旃〔栴〕檀　下11オ2
せんてい（名）
宣帝　上12ウ5
せんにん（名）
仙人　上15オ3
せんねん（名）
千年　上13オ5
せんばう（先亡）→せんまう
せんぴ（名）
先妣　下16ウ1
せんひやくおくごうがしや（名）
千百億恆河沙　下11ウ8
せんまう（名）
先亡　下12オ4
せんめいばんしゆ（名）
千名萬種　上11ウ7
せんらい（名・動サ変）
瞻禮　上1ウ7
下17オ3
下17オ5
下17オ6
贍〈瞻〉禮　下12オ2
せんり（名）
千里　下5オ4
せんるい（千類）→ばんしゆせんるい（萬種千類）
せんれい（瞻禮）→せんらい
ぜんゐ（名）
禪會　上14ウ7

そ

そ（名）
祖　下9ウ7
そ（名）
促　上18オ3
そう（名）
僧　上6ウ9
上12ウ9
下12ウ5
下13オ2
下13ウ7
下16ウ7
そう（名）
宋　上17ウ4
上17ウ5
ぞういちあごんきやう（名）
增一阿含經　下10ウ9
ぞうげん（名）
增減　上18オ5
そうし（名）
曾子　上4ウ8
そうし（名）
宗之　上12ウ3
そうしう（名）
總州　下6オ5
そうじて（副）
總　上12オ6
そうす（動サ変）
奏　上3ウ7
そうたい（名）
總體　下13ウ4
そがきやうだい（名）
曾我兄弟　上6ウ1
そがふ（名）
蘇合　上7オ2
そく（促）→そ
そく（動カ四）
退　下17オ2
ぞく（名）

賊　下18オ5
そくしつ（形動ナリ）
速疾　上1オ9
下6オ3
そくじやうぶつ（名）
即成佛　下14ウ3
ぞくす（動サ変）
屬　下6ウ5
ぞくらい（賊來）→ぞく（賊）・きたる（來）
そぐわ（名・動サ変）
塑畫　下12オ1
下17オ1
下17オ5
そけいとう（名）
蘇敬等　上17ウ1
そこなふ（動ハ四）
毀　下5ウ8
そこばく（副）
若箇　上21オ8
そしせん（名）
蘇子瞻　上15ウ2
そしま（名）
蘇志摩　上7オ6
そじや（素紗）→すじや
そしゆうもんか（名）
祖宗門下　下10オ2
そしん（名）
蘇晉　上12ウ3
そつとのひん（連語）
率土之儐〈濱〉　下1ウ2
そつをう（名）
率翁　上15オ5
そで（名）
袖　上8ウ4
上20オ3
上21オ5
上22オ1
そでのを（名）
袖緒　上8ウ9
そと（外）→ほか
そとば（名）
率都婆　下9オ6
その（連語）
其　上15ウ8
上17オ4
上17オ9
上18ウ1
上19ウ3
上19ウ4
下1オ7
下2オ9
下2ウ8
下3ウ9
下4ウ3
下5オ6
下6ウ8
下7オ1
下11ウ6
下12オ1
下13オ1
下13オ1
下13ウ2
下15オ6
下16ウ4
下16ウ5
下16ウ5
下16ウ7
下17オ6
下18オ9
夫　上22オ9
→そのかみ（初昔）・そのとき（爾時）・そののち（爾後）
そのかみ（名）
初昔　上3オ2
そのとき（連語）
爾時　下9ウ1
そののち（連語）
爾後　上17オ8
そばだつ（動タ下二）
攲　上6オ8
そふ（動ハ下二）
副　上17ウ1
上17ウ2
そへぐるま（名）
篷　上3ウ3
そまくしや（名）
蘇莫者　上7オ3
そまだち（名）
杣立　上9ウ2
そもさんだう（名）
作麼生道　下9ウ7
そもそも（接）
抑　下9ウ7
そや（名）
征矢　上9オ5
そよや（感）
警〈驚〉破　上20オ5
そら（名）
空　上21ウ5
そらんず（動サ変）
諳　下7ウ5
それ（接）
夫　上3オ8
上16ウ3
上16ウ7
上17オ2
上19ウ3
上20ウ4
下1オ5
下1オ9
下4ウ1
下5オ5
下6ウ2
下6ウ7
下7オ7
下7ウ6
下8ウ3
下10ウ9
下13オ4
下13オ6
下13ウ7
下14ウ7
下17ウ9
下18オ7
それ（代）
其　上21オ2
下16オ3
それがし（代）
某　上17ウ8
それよりこのかた（連語）
爾來　下5ウ7
下7ウ2
そわう（名）
楚王　上13オ4
そん（名）
尊　下15ウ6
そん（名）
巽　下7オ6

そんがう（名）
尊號　下12ウ7
そんぎやう（名）
尊形　下13オ5
そんざう（名）
尊像　上3オ5　下2ウ4　下10オ5　下10オ7　下13オ1
そんじん（名）
尊神　下15ウ6
そんず（動サ変）
存　下13オ2
そんすう（名）
尊崇　下2オ8
そんぴ（名）
尊卑　上3ウ1
そんぷ（名）
村夫　上19オ9
そんよう（名）
尊容　上3オ7
そんりやうとう（名）
尊靈等　下16ウ6
そんれいとう（尊靈等）↓そんりやうとう

た

た（名）
他　下9ウ2
だ（名）
兌　下4ウ6　下7オ5
たい（名）
代　上18オ3
たい（名）
體　下3オ3　下3オ6
だい（名）
臺　上8ウ2
↓りんくわのだい（菱花臺）
だい（名・形動ナリ）
大　下7ウ9　下11ウ3
たいい（名）
大意　下9ウ7
だいいち（名）
第一　下15オ1　下15オ8　下17ウ9
たいいつ（名）
太一　上17オ3
たいえき（名）
太掖〈液〉　上13オ1
たいか（名）
大廈　下1オ9　下2オ2　下2オ3
だいかいし（大開士）↓しよだいかいし（諸大開士）
たいかう（名）
大綱　下13オ5
だいかん（名）
大患　下11オ1
たいきよ（名）
大車　上3ウ2
たいくわ（名）
大過　下4ウ8　下4ウ8
たいくわざん（名）
大〔太〕華山　上6ウ7
たいくわんにねん（名）
大觀二年　上17ウ5
たいげん（名）
太玄　上15オ2
だいご（名）
第五　下15オ3　下15ウ2　下18オ3
たいこく（名）
大谷　上11ウ5
だいさん（名）
第三　下13オ9　下15オ1　下15ウ1　下18オ2
だいさんだい（名）
第三代　下15ウ4
たいし（太子）↓じやうぐうたいし（上宮太子）
だいし（名）
第四　下15オ2　下15ウ1　下18オ3
だいじ（名）
大士　上1オ3　上3オ7
だいじだいひ（名）
大慈大悲　下17オ8
だいしち（名）
第七　下15オ5
たいしや（大車）↓たいきよ
だいしやう（大將）↓ひかるのだいしやう（光大將）
だいしやうふどうみやうわう（名）
大聖不動明王　下17ウ8
だいしやうもんじゆ（名）
大聖文殊　上6オ1
たいしゆ（太守）↓ちしゆ（地守）
だいしようとく（退宿徳）↓だいしよとく
だいしよとく（名）
退宿徳　上7オ5
たいしん（名）
大〔太〕眞　上4オ9
だいじん（名）
大臣　下11オ1
だいじんづう（名）
大神通　下10ウ6
たいす（動サ変）
對　上4ウ8　下12ウ5
↓むかふ
たいすう（名）
戴嵩　上15オ6
だいせう（名）
大小　下7ウ9
だいぜんぢやう（名）
大禪定　下1ウ6
たいそ（名）
太祖　上17ウ4
たいそう（名）
太宗　上9ウ4
だいそうとく（退宿徳）↓だ

いしよとく
だいそとく（退宿德）↓だい
しよとく
だいだい（名）
代々 上17ウ6
上17ウ8
だいだう（名）
大道 上6ウ2
だいちやう（名）
大腸 上18オ7
たいてう（名）
大鳥 上12ウ8
だいに（名）
第二 下15オ1
下15オ9
下18オ1
だいにちによらい（名）
大日如來 下17ウ7
だいにつぽんごく（名）
大日本國 下14ウ7
下18ウ5
だいにほんこく（大日本國）
↓だいにつぽんごく
たいはく（名）
大〔太〕白 上15オ6
だいばんじやく（名）
大盤石 下17ウ7
だいひ（名）
大悲 下19オ6
たいひん（名）
大賓 上6ウ7
たいふ（名）
大夫 上15オ9
↓きしんたいふゆきひら
（鬼神大夫行平）
たいへい（形動タリ）
太平 下2オ3
下8ウ5
下10オ8
たいへいらく（名）
泰平樂 上7オ2
だいぼんてんわうもんぶつけ
つぎきやう（名）
大梵天王問佛決疑經 下13ウ9
たいまづくり（名）
當麻作 上11オ1
だいろく（名）
第六 下15オ4
下18オ4
だいゐとくみやうわう（名）
大威德明王 下17ウ4
だいゑんのうま（名）
大宛之馬 上12ウ6
だいゑんわう（名）
大宛王 上12ウ6
たう（名）
鵃 上9オ5
たう（名）
唐 上17オ9
上17ウ2
だう（名）
堂 上3オ9
たういんきよ（名）
陶隱居 上17オ8
たうき（名）
當季 上18オ4
たうこつしゆ（名）
當劫數 下17オ4
たうさう（名）
嘈蜩〈啁嘈〉 上19オ6
だうし（名）
導師 上1オ4
下10ウ7
下12ウ2
道〔導〕師 下12オ9
たうしや（名）
當社 上1ウ5
たうしゆく（名）
當宿 上2ウ3
たうず（動サ変）
討 上6ウ1
たうせい（名）
當世 上11オ2
たうたう（形動タリ）
蕩々 下2オ8
だうだう（形動タリ）
堂々 上3オ6
たうてい（名）
唐帝 上4オ9
だうとく（名）
道德 上4ウ7
上11ウ2
たうぬの（名）
唐布 上15ウ6
たうねん（名）
當年 下2ウ2
下2ウ4
下2ウ5
下4オ3
たうふう（名）
道風 上14オ6
たうほんざう（唐本草）↓し
んじうほんざう（新修本
草）
たうり（名）
忉利 上1オ3
下10ウ9
たうりてんぐう（名）
忉利天宮 下10ウ3
たうわ（當話）↓たふわ（答
話）
たか（名）
鷹 上5オ6
上14ウ2
たかうすべを（名）
高鳩〈鵄〉尾 上9オ4
たかし（形ク）
尊 上20ウ5
高 上13オ3
上15ウ5
上22オ5
下12ウ3
↓きせん（貴賤）
たかづの（名）
鷹角 上8ウ4
たがひに（連語）
互 上1ウ8
上6オ9
上19オ2
上21オ5
たかひぼ（名）
高紐 上8ウ9
たかひも（高紐）↓たかひぼ
たかべを（高鵄尾）↓たかう
すべを
たき（名）
瀑 上15オ6
たきぎ（名）
薪 上6ウ2

たきみづ（瀧水）→ろうすい
だく（名）
濁　上19ウ3
たぐさり（名）
多久佐里　上9ウ1
たくしや（名）
澤瀉　上16オ8
たくす（名）
杔〈托〉子　上8オ3
たぐひ（名）
類　上2オ9
上2ウ1
上7ウ5
上11オ5
たくまし（形シク）
逞　上9ウ3
たくみ（名）
工　下8ウ6
たけ（名）
竹　上14オ9
上14ウ3
上15オ8
たけ（名）
長　上15ウ5
たけとりのをきな（名）
取竹翁　上3オ3
たけをうるやつこ（連語）
賣竹奴　上3オ5
だざいす（動サ変）
墮在　下10ウ6
たせう（名）
多少　上16ウ9
ただ（副）
只　上13ウ6
上18オ4
下8オ6
下10オ4
ただいま（名）
向來　上21オ9
たたかひ（名）
戰　上4ウ4
たたく（動カ四）
敲　上12ウ9
上19オ4
ただし（接）
但　上11オ3
上17ウ8
下3ウ1
下4オ1
下5オ9
下7ウ8
下9オ1
下13オ3
下16ウ6
ただし（形シク）
正　下1オ7
ただしくす（連語）
正　下8ウ4
ただす（正）→ただしくす
たたずむ（彳亍）→てきちよく
ただよふ（動ハ四）
漾　上22オ6
→やうやう（洋々）
たち（名）
大刀　上10オ2
太刀　上10ウ1
上11オ4
たち（立）→そまだち（杣立）・ひこまだち（彦開立）・ほんまきだち（本牧立）・ゐだち（井立）
たちがみ（騣）→たてがみ
たちどころに（副）
立　上14オ4
たちもとほる（彷徨・徘徊）
→はうくわう（彷徨）・はいくわい（徘徊）
たちやすらふ（動ハ四）
遷延　上21オ9
たつ（辰）→しん
たつ（動タ四）
起　上19ウ2
たつ（動タ下二）
建　下1ウ3
たづさはる（動ラ四）
攜　下1オ4
たづさふ（動ハ下二）
攜　上18ウ2
たつす（動サ変）
達　上22オ9
下5オ5
たつたがは（名）
龍田川　上7オ7
たつとぶ（崇）→たふとぶ
たづな（名）
韁　上9ウ9
たづぬ（動ナ下二）
原　下14ウ6
尋　上6オ1
上6オ4
上20ウ6
溫　下2オ4
たつみ（名）
巽　下4オ7
たてえぼし（名）
立烏帽子　下1オ4
たてがみ（名）
駿〈騣〉　上9ウ3
たてまつる（補動ラ四）
奉　上3オ4
下6オ6
下8ウ5
下10オ5
下12ウ6
下12ウ7
下13オ1
下19オ1
下19オ3
→ほうず
たなごころ（名）
掌　下6オ4
たにやま（名）
谷山　上10ウ7
たのしぶ（動バ四）
樂　上22ウ7
たのしみ（名）
娛　上19オ2
たのしむ（動マ四）
樂　上19ウ1
たはう（名）
他方　下18オ5
たはぶる（動ラ下二）
戲　上21オ6
たはぶれ（名）
戲　上22ウ5
→てうぎやく（調謔）
たはむる（戲）→たはぶる
たはむれ（戲）→たはぶれ
たびびと（名）

客　上2オ2
たひらのたかとき（名）　上3ウ4
平高時　下5ウ7
たふ（名）
答　下9ウ3
たふとぶ（動バ四）
崇　下2オ4
たふのを（名）
塔尾　上11ウ9
たふば（名）
塔婆　下9オ4
たふべう（塔廟）→たふめう
たふめう（名）
塔廟　上19オ7
たふわ（名）
答話　下9ウ3
たほうぶつ（名）
多寶佛　下13ウ3
たま（名）
珠　下1オ7
→かつぽのたま（合浦珠）・げんかくのたま（玄鶴珠）・せうわうのたま（昭王之玉）・せきすいのたま（赤水珠）・べんくわのたま（卞和之璧）・めいげつのたま（明月珠）・やくわうのたま（夜光珠）・りりようのたま（驪龍珠）
たまのすがた（玉體）→ぎよくたい
たまのゐ（名）
玉井　上9ウ9
たまはる（動ラ四）
賜　上4ウ1
たまふ（補動ハ四）
給　上2ウ2　上2ウ4　上2ウ6　上20ウ9　下1ウ4　下2オ3　下2ウ3　下2ウ5　下2ウ7　下3オ1　下3ウ1　下4オ5　下4オ7　下4オ8　下4オ9　下6ウ6　下10ウ4　下13オ8　下14ウ2　下15オ2　下15オ7　下15オ9　下15ウ5　下15ウ6　下16ウ1　下16ウ4　下18ウ6
ため（名）
爲　上2オ3　上6オ4　上6オ5　上11オ6　上11オ7　上19オ9　上22オ9　下4オ8　下4オ9　下5ウ2　下5ウ6　下5ウ9　下9オ1　下9ウ2　下9ウ3　下10オ3　下13オ5　下16オ4　下16オ9　下16ウ5
ためしなし（連語）
無様　上20ウ9
たゆ（動ヤ下二）
絶　下2オ5
たらゐ（足井）→しゆみだらゐ（須彌足井）
たる（動ラ四）
足　上9ウ2　上20ウ3　上20ウ3　上20ウ4
たる（動ラ下二）
低　上18ウ3　上20オ4　上21オ7
垂　上5オ9
だるま（名）
達磨　上11オ2
だるま（名）
達磨　上14オ8　上14ウ7
だるまだいし（名）
達磨大師　上5ウ4
たれ（代）
誰　上20ウ1　下18ウ4
たれびと（名）
誰人　下2オ7
たをやか（婀娜・裊委）→あだ（婀娜）・でうゐ（裊委）
たをやめ（名）
女　上21オ5
風流女　上21オ5
たん（名）
短　上18オ3
だん（名）
男　下5オ3
たんがう（形動タリ）
端仰　上18ウ6
たんきつ（名）
丹橘　上11ウ4
たんず（動サ変）
彈　上4ウ6　上18ウ7　上19オ9　上19ウ1
だんぜつす（動サ変）
斷絶　上19オ6
だんだぢざう（名）
檀陀地藏　下18オ1
たんちやう（名）
丹頂　上13オ5
だんぢよ（男女）→なんによ
たんのふ（名）
膽腑　上18オ6

たんぼ（名）
旦暮　上13ウ2
たんや（鍛冶）→かぢ

ち

ち（名）
遅　上18オ2
ち（名）
徴　上19オ1
ち（名）
地　上20オ5
→ぢ
ぢ（名）
地　下2ウ9
下3オ1
下3オ7
下4オ8
下4ウ6
下11ウ9
→ち
ぢ（名）
治　下2ウ9
ちう（名）
丑　下6ウ9
下6ウ9
下8オ6
ちうや（名）
晝夜　下8オ8
ちかかい（名）
地拘　上9ウ3
ちかごと（誓言）→かごと
ちかごろ（名）
近　下5ウ4
近來　上14オ6
ちかし（形ク）
近　上13オ3
下6ウ2
下8ウ4
ちかひ（名）
誓　上3オ1
ちから（名）
力　上5オ3
下16ウ5
ちからがは（名）
靻　上9ウ8
力皮　上10オ1
ちぎ（名）
地儀　上11オ5
ちきう（地久）→てんちやう
ちきう（天長地久）
ちきうらく（名）
地久樂　上7オ4
ぢきしじんしん（直指人心）
→ぢきしにんしん
ぢきしにんしん（名）
直指人心　下9ウ8
ちぎり（名）
契　上22ウ7
ちく（名）
竹　下12オ1
ちくえふ（名）
竹葉　上11ウ9
ちくしやうだう（名）
畜生道　下18オ2
ちくりん（名）
竹林　上3オ3
ちくりんのしちけん（連語）
竹林七賢　上12ウ1
ぢげ（名）
地下　下3ウ2
ぢごく（名）
地獄　上1オ6
ぢごくだう（名）
地獄道　下18オ1
ぢこつぴ（名）
地骨皮　上16オ2
ぢざう（名）
地藏　上2ウ3
上3オ6
上19オ4
下4ウ9
下12オ2
下13ウ1
下13ウ5
下15ウ7
下15ウ9
下16オ4
下17オ5
下17オ6
下19オ6
→かつらのぢざう（桂地藏）・だんだぢざう（檀陀地藏）・ぢぢぢざう（持地々藏）・ぢよがいしやうぢざう（除蓋障地藏）・につくわうぢざう（日光地藏）・ほういんじゆぢざう（寶印手地藏）・ほうじゆぢざう（寶珠地藏）
ぢざうさつた（名）
地藏薩埵　下1ウ7
下12オ9
ぢざうそん（名）
地藏尊　上2ウ5
下1ウ4
下17ウ1
下17ウ2
下17ウ4
下17ウ6
下17ウ8
ぢざうぼさつ（名）
地藏菩薩　上1オ2
上2ウ4
上3オ8
上4オ1
上20ウ5
下2オ7
下9オ2
下10オ4
下10ウ3
下11ウ4
下11ウ7
下12ウ6
下12ウ7
下13オ8
下13ウ2
下13ウ4
下15ウ7
下17オ1
下18ウ8
下19オ1
下19オ3
ぢざうほんぐわんきやう（名）
地藏本願經　下11ウ4
下16ウ7
ちし（名）
稚子　上3ウ4

自立語索引

ぢしゆ（名） 上19ウ1	ちべん（名） 下6ウ5	ちゃうす（茶磨）→うす（磨）	ちゃつぼ（名） 上12オ4		
地守 下1オ7	智辯	ちゃうず（動サ変） 上6オ4	茶壺	ぢゆうす（動サ変） 下14オ6	誅 上4オ7
ぢじん（名） 下5ウ4	ちまき（粽）→とんぜいちまき	ちゃうそくし（名） 上15ウ2	ちゃびしゃく（名） 上12オ4	住 下17ウ7	
地神	ちまた（名） 上6オ3	張卽之	茶柄杓	ちゆうだい（名） 下4ウ8	
	巷	ちゃうだいす（動サ変） 下13オ8	ちゃわん（名） 上12オ4	仲臺	
ちち（形動タリ） 下15ウ3	ちゃ（名） 上5ウ6	頂戴	茶椀	ぢよがいしゃうぢざう（名） 下18オ3	
遅々	茶	ちゃうらいす（動サ変） 下16ウ9	ちゅう（名） 上12オ4	除蓋障地藏	
ちぢむ（動マ四） 下15ウ3		頂禮	忠	ちよくす（動サ変） 下18オ3	
縮	ちゃう（名） 上18オ3	ちゃうだい（名） 上13ウ1	ちゅう（名） 上5オ2		
ちちゅう（名） 上15ウ6	長	長大	仲	ちゆう（中）→ふちんちゅう	
池中	ちゃうきう（名） 下10オ7	ちゃうり（名） 上19ウ4	ちゅう（中）→ふちんちゅう	ちん（名） 上18オ2	
ぢつきん（名） 上12ウ9	長久	張李〈里〉	（浮沈中）	枕	
池金	ちゃうきよく（名） 上12オ2	ちゃうりゃう（名） 上14オ4	ちゅうかん（中間）→ちゅうげん	ちんきゃう（名） 下11オ5	
ぢつこう（名） 上8オ1	張旭	張良	ちゅうぐう（名） 上13ウ3	沈香	
剔紅	ちゃうけん（名） 上15ウ3	ちゃく（名） 上14オ4	中宮	ちんぐわん（名） 上5ウ7	
ちつちつぜん（形動タリ） 上8オ1	張騫	著	ちゅうげん（名） 下10ウ2	沈狂	
咥々然	ちゃうこう（名） 上11ウ8	ちゃくす（動サ変） 上18ウ8	中間	ちんぐわん（名） 下11オ8	
ちっと（副） 上18ウ3	張公	笛	ちゅうじゅん（名） 下1オ2	珍玩	
咥と	ちゃうじ（名） 上11ウ5	ちゃしゃく（茶杓）→さしや	中旬	ぢんじゆ（塵數）→ふもんぢんじゆ（普門塵數）	
少	張公		ちゅうじらう（名） 上10ウ9		
ちはう（名） 上15ウ6	丁子	ちゃせん（名） 上12オ4	中次郎	ちんせいえい（名） 下14ウ8	
地方	ぢゃうしう（名） 上16オ3	茶筅	ちゅうしん（名） 上22オ9	陳世英	
	定秀	ちゃつき（名） 上12オ4	中心	ちんぜん（形動タリ） 上2オ3	
	頂上佛（名） 下13ウ1	茶圦	ちゅうじん（名） 下13オ4	覵然	
	ちやうじゃうぶつ		中人	ぢんのほた（連語） 上7ウ9	
			ちゆうす（動サ変） 下13オ4	沈妻	
			茶

ちんふじやうしやう（名）
鎮府上将 上4オ6
ぢんるい（名）
塵類 上1オ5

つ

ついこう（名）
堆紅 上8オ1
ついしつ（名）
堆漆 上8オ1
ついしゆ（名）
堆朱 上8オ1
ついぜん（名）
追善 下16オ9
ついたうす（動サ変）
追討 下6オ1
ついで（接）
尋 下11オ5
下17オ5
ついばつす（動サ変）
追伐 上4オ6
つか（名）
靹〔柄〕 上10オ3
上10オ5
つかぐち（名）
靹〔柄〕口 上10オ6
つかさどる（動ラ四）
司 上2オ8
上2ウ1
つかふ（動ハ四）
使 上5オ6
役 上5オ6
つかふ（動ハ下二）
仕 下1オ6
つがふ（名）
都合 下8オ4
つかまつる（補動ラ四）
仕 上18オ9
つき（名）
月 上7ウ2
上13オ6
上13オ8
上13ウ7
上14オ2
上20ウ9
下2オ6
下2ウ9
下3オ2
下3オ2
下7ウ8
つぎつぎ（副）
續々 上20オ4
つきづきし（形シク）
方便 上21ウ8
つぎに（接）
次 上2オ7
上3ウ8
上14オ8
下2ウ3
下7オ7
下8ウ6
下10オ8
下14ウ1
下15オ7
つきびたひ（名）
月額 上9オ9
つく（動カ四）
付 上18オ5
下3ウ2
下13オ3
就 上3オ3
附 下5オ5
つく（動カ上二）
盡 上13ウ1
下2ウ5
下2ウ7
下3ウ1
つく（動カ下二）
付 上22ウ3
つぐ（動ガ四）
繼 下2オ5
嗣 下1ウ9
つぐ（動ガ下二）
告 下17オ7
つくうつたるゆみ（連語）
弴打弓 上9オ3
つくし（名）
築〔筑〕紫 上5オ6
上10ウ6
つくす（動サ四）
悉 上17オ4
盡 上2ウ8
上13ウ8
下7ウ9
下7ウ9
下19オ4
竭 下16ウ5
つくり（名）
作 下3オ7
下3オ7
つくる（動ラ四）
作 上17オ3
下5オ2
下12オ1
下12オ2
下14オ9
造 下7オ8
下10ウ9
下14ウ2
つけずまひ（名）
付甘 上9ウ4
つじだう（名）
辻堂 上22オ6
つしみぐろし（黷黑）→つつしみぐろし
づだひじり（名）
頭陀聖 上6ウ8
つたへきく（動カ四）
傳聞 上20オ6
つち（名）
土 下2ウ9
地 上4オ3
→ど
つちくれいし（塊石）→くわいせき
つつしみぐろし（形ク）
黷黑 上15ウ5
つつしむ（動マ四）
戒 下6ウ3
下6ウ3
慎 下4ウ1
下6ウ3
つつむ（動マ四）
緘結 上22オ6
つて（名）
傳 上22ウ9
つどふ（動ハ四）
集 上20ウ6
つとむ（動マ下二）

勤　上6ウ9
つね（名）
恆　下8ウ7
つねに（副）
常　下1ウ5
つひに（副）
終　下5ウ3
つひやす（動サ四）
費　上22ウ3
つぶさに（副）
具　上11ウ7
　下17オ7
つぼ（名）
壺　上8オ5
↓せとつぼ（瀬戸壺）
つぼをる（動ラ四）
含折　上19ウ8
つまじろ（名）
妻白　上9オ4
つまどり（名）
取妻　上8ウ8
つまびらか（形動ナリ）
詳　下5オ1
つまをとる（取妻）↓つまどり
つみ（名）
罪　下11ウ4
つむ（動マ四）
摘　上21ウ1
つむぎ（名）
細古〈紬布〉　上7ウ7
つゆむすぶ（露結）↓ろけつ
つよし（形ク）
強　上9ウ3
つらつら（副）
債〈倩〉　下2ウ2
熟　上21オ4
つらなる（動ラ四）
連　上13ウ4
　上13ウ5
つりばり（名）
釣〔鉤〕　上5オ9
つる（名）
鶴　上5オ5
　上13オ5
つる（動ラ四）
釣　下9ウ2
つるがをかのはちまんぐう（名）
鶴岡八幡宮　下6オ9
つるぎ（劍）↓けん
つるのもとじろ（名）
鶴本白　上9オ5
つるまき（名）
弦巻　上9オ6
つれなし（形ク）
強面　上21オ6
つゐ（杖）↓はとのつゐ

て

て（名）
手　上13オ6
　上20オ4
　上20ウ4
↓さう（左右）
てい（名）
底　下9ウ4
ていいう（丁酉）↓ひのととり
ていしやう（名）
庭上　上3ウ7
ていじやう（帝城）↓ていせい
ていせい（名）
帝城　上3オ9
ていゐ（名）
廷尉　上3ウ8
　上5オ8
てう（朝）↓わがてう（我朝）
でう（名）
條　下6オ3
てうぎ（名）
朝議　下5ウ8
てうぎやく（動サ変）
調読〈謔〉　上18ウ5
てうさう（啁嘈）↓たうさう
てうざう（名）
彫像　下11オ2
　下11オ5
でうしこく（名）
條枝國　上12ウ8
でうしのとり（連語）
條枝之鳥　上12ウ8
てうしやうし（名）
超〈趙〉昌子　上14ウ6
でうじやく（名）
朝夕　上3ウ7
てうず（動サ変）
調　上15ウ8
てうすがう（名）
趙子昂　上15オ2
　上15ウ2
てうびす（動サ変）
調味　上18オ9
てうみす（調味）↓てうびす
でうゐ（形動タリ）
裊委　上20オ2
てき（名）
敵　上16ウ9
てき（笛）↓ちやく
てきす（動サ変）
敵　下18ウ4
てきちよく（動サ変）
彳亍　上19ウ9
てつ（名）
鐵　下12オ2
てばう（名）
手棒　上19オ3
てぼう（手棒）↓てばう
てらす（動サ四）
照　上2ウ6
てる（動ラ四）
光　下1ウ1
てん（名）
天　上14オ1
　上21ウ6
　下4オ9
　下4ウ6
　下6ウ2
　下12オ4
　下13ウ2
てんか（名）
天下　下2オ3
　下7オ8
　下7ウ1
　下8ウ5
てんくらいおんぶつ（名）
天鼓雷音佛　下17ウ5
てんくらう（名）

天九節〈郎〉　上10オ9
でんくわう（名）
電光　上18ウ2
てんこう（名）
天公　上20オ7
てんし（名）
天子　下5オ2
下5オ4
下5オ5
てんしやう（名）
天象　上11オ4
てんじやう（名）
天上　上2オ3
てんじん（名）
天神　下5ウ4
下14ウ9
下14ウ9
下15ウ3
てんず（轉）→めぐらす
てんせうだいじん（名）
天照大神　上15オ9
天照太〔大〕神　下15オ8
てんぜん（靦然）→ちんぜん
（靦然）
でんた（田多）→みけのでん
た（三家田多）
てんだう（名）
天道　下18オ4

てんち（名）
天地　上13ウ2
下15ウ4
下18オ9
てんぢく（名）
天竺　下9オ4
てんちさいへんのまつり（連
語）
天地災變之祭　下4ウ2
てんぢてんわう（名）
天智天皇　上3オ2
てんちやうちきう（名）
天長地久　下1ウ8
てんちゆう（名）
天中　下17オ1
でんとう（名）
田頭　上11オ7
てんなんしやう（名）
天南星　上16オ2
てんによ（名）
天女　上3オ4
てんにんしゆ（名）
天人衆　下10ウ5
てんのほか（連語）
天表　上20オ1
てんぺう（天表）→てんのほ
か
てんもく（名）
天目　上12オ2
てんもん（名）
天文　下7ウ1
てんりんわう（名）
轉輪王　下1オ5
でんれふ（名）
田獵　上14ウ7
てんわう（天皇）→かしはば
らのてんわう（柏原天皇）

と

ど（名）
土　上2オ8
下2ウ9
下3オ1
下6ウ8
下7オ1
下11オ6
下11ウ9
→つち
ど（名）
度　下13ウ7
下14ウ5
といふ（名）
都邑　上3ウ1
どう（名）
動　上18オ3

どう（名）
銅　下12オ1
→せんじんどう（仙人銅）
どういつたい（名）
同一體　下13ウ1
下16オ3
どうおん（同音）→いくどう
おん（異口同音）
とうかう（名）
洞香　上12オ5
どうがね（名）
同金　上10オ7
どうくわん（名）
潼關　上13ウ3
とうげんぱつ（名）
滕元發　上17オ6
とうざん（名）
東山　上13ウ5
とうざんさいかい（名）
東山西海　上1ウ4
とうじ（名）
藤次　上10ウ2
とうじ（名）
藤氏　下13オ6
どうせき（名）
同席　下8ウ9
とうぜん（名）
燈前　上1ウ7

どうたい（名）
同體　下13ウ4
とうぢわう（名）
等持王　下1ウ5
どうていしゆんしよく（名）
洞庭春花〈色〉　上11ウ8
どうていのあきのつき（名）
洞庭秋月　上12ウ4
とうとう（副）
百々　上18ウ9
とうば（名）
東坡　上14オ9
とうはう（名）
東方　下6オ1
下17オ9
どうばち（名）
銅鈸　上18ウ8
どうび（名）
銅鼻　上16オ4
とうひやうごふ（名）
刀兵劫　下18オ5
どうびん（名）
銅瓶　上12オ2
どうまる（名）
筒丸　上8ウ4
どうもん（名）
同聞　上1オ3
とうりん（名）

藤林　上10ウ2
とうわうこう（名）
東王公　上11ウ6
とうゑんこう（名）
東園公　上12ウ2
とうをんこう（東園公）↓と
うゑんこう
とが（名）
科　下3ウ5
とかう（名）
杜江〈康〉　上12オ1
とがりや（名）
鉾〔鋒〕矢　上9オ5
とき（名）
刻　下8オ5
時　上1ウ9
上4ウ8
上11オ6
上17オ8
上18ウ1
上19オ6
上19ウ2
上20オ5
下1オ3
下2オ9
下3ウ5
下7ウ1
下8オ5
下8ウ1
下10オ1
下11ウ2
下13ウ8
下15オ6
下16オ6
下16オ7
下18オ8
下18ウ8
↓おんとき（御時）・ねの
とき（子時）
どきやう（讀經）↓どくきや
う
ときんば（連語）
則　上19ウ1
上19ウ1
下1オ5
下1オ6
下1オ7
下18オ5
とく（名）
徳　下1ウ1
下4ウ2
下10ウ8
下12ウ2
下14オ6
↓いちとく（一徳）
とく（動カ四）
解　上4ウ9
とく（動カ四）
説　上6ウ5
下12オ8
下13オ6
下16オ4
下16ウ4
とぐ（動ガ下二）
遂　下12オ5
下16ウ1
↓こうなりなとぐ（功成名
遂）
どく（名）
毒　上17オ3
とくかい（名）
徳海　下14オ8
どくきやう（名）
讀經　上1ウ7
とけい（名）
土圭　下8オ5
とけん（名）
杜鵑　上13オ8
とこしなへ（形動ナリ）
鎭　下1ウ6
ところ（名）
底　上2ウ8
所　上3オ9
上3ウ5
上7ウ5
上11ウ1
上15ウ8
上16ウ5
下3オ9
下4ウ9
下5オ8
下10オ6
下11ウ7
下13オ3
下14オ2
下14ウ5
下15オ5
下18オ7
下18ウ6
□（所）　下12オ5
處　下11ウ9
下12ウ8
下13オ2
下16ウ6
下19オ2
ところどころ（名）
所々　上22オ6
とざす（動サ四）
鎖　上6オ3
とし（名）
年　下16ウ9
歳　上1ウ1
上2オ7
上17オ9
上17ウ2
下2ウ6
下4オ3
下4オ4
下6オ5
下6ウ1
下8オ1
下10オ9
とし（名）
杜詩　下3オ3
としごろ（名）
年來　下12ウ6
どしゆ（名）
度數　上18オ4
どしゆじやう（名）
度衆生　上1オ7
とす（動サ変）
圖　下11オ5
どす（動サ変）
度　上2ウ8
下10オ2
下10オ2
下10ウ6
下11ウ6
↓すくふ（救）
とぜつす（動サ変）

杜絶 下12オ6
どぢ（名）
土地 下12オ3
とつかい（徳海）→とくかい
どつきやう（讀經）→どくきやう
とゝのふ（動ハ下二）
調 上3ウ6
上19オ1
となふ（動ハ下二）
唱 上6ウ4
上19オ4
上19オ5
下12ウ7
下12ウ8
下12ウ9
下12ウ9
下13オ1
→しようす（稱）
とにに（頓）→とみに
とねり（名）
舍人 上9ウ5
とばた（名）
外畑 上12オ5
とひ（名）
都鄙 上18ウ3
とびあがる（飛揚）→ひやう
とびきたる（動ラ四）
飛來 下15オ7
とびく（連語）
問來 下8ウ6
とびやうし（名）
調拍了 上18ウ9
とふ（動ハ四）
問 上15ウ8
上16ウ2
下2ウ8
下3オ1
下3オ5
下3ウ8
下6ウ4
下8ウ2
下12ウ5
下13オ2
下13ウ6
下16オ5
とぶ（動バ四）
飛 上13ウ8
上13ウ9
とぶらふ（動ハ四）
訪 上20ウ5
とふろう（名）
都府樓 上13ウ6
とへい（名）
斗柄 下8オ5
どへん（名）
土篇 下3オ7
とほざかる（動ラ四）
遠 上1オ6
□（遠） 下8ウ5
とほし（形ク）
遠 下5オ9
下6ウ2
とぼそ（名）
樞 上6オ4
上22オ4
とほる（通）→せすぢとほる（背筋通）
とみに（頓）→とんに
とも（名）
友 上15オ8
ともかくも（副）
取捨 上22オ2
衆語〈諸〉 上22ウ7
ともがら（名）
倫 上3ウ1
上18ウ4
上22ウ1
下2ウ1
下6オ2
下6ウ5
下8ウ2
下9オ1
ともしび（燈）→ともしみ
ともしみ（名）
燈 上13ウ8
ともに（連語）
俱 下7ウ2
共 上2オ6
上3ウ3
上6ウ1
上21オ8
上22オ1
下8ウ2
とものぐら（名）
伴野鞍 上9ウ6
どよう（名）
土用 上18オ4
下8オ3
とよくむぬのみこと（名）
豐酙〔斟〕渟尊 下15オ1
とら（名）
虎 上4ウ2
上9ウ7
とら（寅）→いん
とらでん（名）
團亂旋 上7オ2
とらのかは（般）→はん
とらんでん（團亂旋）→とらでん
とり（名）
鳥 上12ウ9
→でうしのとり（條枝之鳥）
とり（酉）→いう
とりくびとう（名）
鳥頸等 上10オ4
とりこころみる（診）→とりこころむ
とりこころむ（動マ上二）
診 上18オ1
とる（動ラ四）
取 下3オ8
下17ウ8
執 上19ウ9
下18オ8
とを（十）→じふ
どんきん（名）
段〔緞〕金 上7ウ6
とんくわう（名）
燉煌 上11ウ4
とんしようぼだい（名）
頓證菩提 下16オ5
どんす（名）
段〔緞〕子 上7ウ7
とんぜいちまき（名）
遁世粽 上11ウ2
とんに（副）
頓 上1オ6
下18オ5

な

な（名）
名 上6ウ1
上20ウ7
↓こうなりなとぐ（功成名遂）・みな
ないぐわい（內外）↓ないげ
ないげ（名）
內外 下8ウ3
ないし（接）
乃至 下7オ5
下11ウ3
下12オ1
下17オ2
ないしよう（名）
內證 下9ウ5
下17ウ7
ないしんわう（內親王）↓いとないしんわう（伊登內親王）・ゐとくないしんわう（威德內親王）
ないでん（名）
內典 下11オ4
なか（中）↓うち
ながえ（名）
轅 上3ウ3
なかぐろ（名）
中黑 上9オ4
なかざし（名）
中指 上9オ6
ながし（形ク）
永 下12オ4
長 上9ウ3
上14オ1
なかつくに（名）
中津國 下14ウ7
なかどり（名）
取中 上8ウ8
ながみつ（名）
長光 上10ウ4
ながら（名）
長柄 上7オ8
ながらふ（動ハ下二）
流經 上22ウ4
ながる（動ラ下二）
流 上21ウ5
なかをとる（取中）↓なかどり
なかんづく（副）
就中 下10ウ8
なぎなた（名）
長刀 上10オ7
なぎなたとう（名）
長刀等 上10ウ1
なごやか（逶迤）↓ゐい
なさけ（名）
情 上20オ4
なさけなし（形ク）
薄媚 上21ウ1
なし（名）
梨 上11ウ5
なし（形ク）
勿 下10ウ6
無 上7ウ2
上7ウ2
上9ウ4
上13オ7
上14オ5
上16ウ8
上18ウ1
上19オ6
上20オ2
上20オ5
上22ウ4
下1ウ7
下6ウ2
下8ウ7
下10オ3
下10ウ8
下11オ7
下12オ5
下15オ5
下19オ5
莫 下9ウ9
下14ウ6
下17オ2
↓ためしなし（無樣）
なす（動サ四）
作 上20オ7
下6ウ2
下6ウ3
下19オ9
成 上20オ3
下4オ7
下4ウ7
下8オ1
下11オ1
爲 上3ウ5
上16ウ9
上17オ1
上19オ1
上20ウ2
下1ウ3
下1ウ4
下1ウ5
下4オ2
下4オ6
下4ウ6
下7ウ7
下7ウ7
下10オ4
下10オ4
下16ウ2
下16ウ4
下18ウ3
生 上21ウ6
なすのよいち（名）
那須與一 上5オ4
なそりとう（納曾利等）↓なつそりとう
なだらか（形動ナリ）
盻〈圬〉 上22ウ1
なちごもり（名）
那智籠 上6オ6
なつ（名）
夏 上18オ4
下5ウ9
下7ウ7
下8オ3
なづ（動ダ下二）
摩 上21ウ3
なつかし（形シク）
假借 上21オ4
なづく（動カ下二）
名 下14ウ8
下16ウ2
下16ウ2
下16ウ4

下16ウ4
號　下7オ7
なつそりとう（名）
納曾利等　上7オ6
なつとう（納豆）↓ざぜんなつとう（坐禪納豆）
なつめ（名）
棗　上11ウ7
ななつ（七）↓しち
ななつかね（名）
七金　上10オ3
なに（代）
何　上16ウ7　下6ウ7　下8ウ2　下9オ9　下13オ2　下13ウ6　下14ウ4　下16オ9
なになに（代）
何々　上15ウ8
なには（名）
難波　上5ウ8
なにはえ（名）
難波江　上7オ8
なにはがた（名）
難波方　上20ウ8
なにもの（名）
何物　上2ウ8
なにら（何等）↓なんら
なのか（七日）↓しちにち
なは（名）
繩　下7オ9
なは（名）
那波　上10オ1
なはしろ（名）
苗代　上4オ3
なへ（名）
苗　上4オ3
なほ（副）
尙　下11ウ6
猶　上21オ1
なほみ（名）
直海　上9オ7
なまごころ（名）
好心　上22ウ5
なまづはだ（名）
歴〔癧〕瘍　上15ウ5
なまにようばうたち（名）
生女房達　上21ウ7
なまみ（名）
生身　上22オ3
なまめく（動カ四）
幽玄　上21ウ7
なまる（動ラ四）
訛　上15ウ6
なみ（名）
波　上4ウ1
なみだ（名）
戀水　上21ウ9
なみのひら（名）
波平　上10ウ7
なむ（動マ下二）
嘗　上17オ2
なむあみだぶつ（名）
南無阿彌陀佛　下12ウ8
なむだいひくわんぜおんぼさつ（名）
南無大悲観世音菩薩　下12ウ9
なむぶつ（名）
南無佛　上19オ8
なむめうほふれんげきやう（名）
南無妙法蓮華經　下12ウ9
なもぶつ（南無佛）↓なむぶつ
なよやか（形動ナリ）
柔　上21ウ9
ならびに（接）
幷　上2オ6　上9ウ2　上11オ8　下7オ5　下14ウ1
ならぶ（動バ下二）
竝　上3ウ4
なる（動ラ四）
作　下11オ9
成　上19オ8　下17オ9　下17ウ2　下17ウ3　下17ウ5　下17ウ7
爲　上22オ4
生　上21ウ7　下3オ4　下7オ9
↓こうなりなとぐ（功成名遂）
なん（難）↓はちなん（八難）
なん（輭）↓じゆ（濡）
なんえん（名）
南燕　上11ウ6
なんじや（名）
難者　下8ウ9　下9オ8　下9ウ1
なんしん（男神）↓をがみ
なんせんぶしう（名）
南瞻部州　下14ウ7
なんぞ（副）
何　上16ウ3　上16ウ9　上22オ1　下3オ2　下9オ8　下14ウ5　下16ウ3
なんだち（代）
汝達　下2オ9
なんぢ（代）
汝　上15ウ8　上16ウ5　下10ウ5　下13オ5　下14ウ5　下16オ4　下18ウ9
爾　下6ウ4　下6ウ4
なんぢら（代）
汝等　下9ウ9　下10オ4
↓なんだち（汝達）
なんと（名）
南都　上10ウ9　下13オ6

なんによ（名）
男女　下17オ4
なんの（連語）
甚　下9オ3
なんぱう（名）
南方　下11ウ9　下17ウ2
なんばん（名）
南蠻　上12オ2
なんぽ（名）
南浦　上13ウ9
なんもん（名）
難問　下9ウ3
なんやうけん（名）
南陽縣　上6オ4
なんら（副）
何等　下12オ3
なんれい（名）
南嶺　上11ウ3
なんわうほくらい（名）
南往北來　上1ウ3
なんゐんだう（名）
南圓堂　下13オ6

に

に（名）
二　下7オ1　下11オ7　下12オ3
にうほ（乳哺）→にゆうほ
にぎ（名）
二儀〔義〕　下7オ2
にぎり（名）
握　上9オ6
にく（名）
肉　上17オ4
にくさし（名）
肉指　上8オ4
にさんしごみ（名）
二三四五味　上16ウ4
にじ（名）
二字　下5オ1
にしき（名）
錦　上6オ5
→しよくかうのにしき（蜀江錦）
にしのしちでう（連語）
西七條　下1オ3
にしのをか（名）
西岡　上3オ4
にじふ（名）
二十　下3オ8
にじふいつくわん（名）
二十一巻　上17ウ1　上17ウ5
にじふくにち（名）
二十九日　下7ウ9
にじふさんぐわん（名）
二十三巻　上17ウ3
にじふしせつ（名）
二十四節　下8オ7
にじふしち（名）
二十七　上2オ6
にじふしみやく（名）
二十四脈　上18オ3
にじふにしやう（二十二章）→じじふじしやう
にじふはつしう（名）
二十八宿　上2ウ2　下8オ7
にじふはつしゆく（二十八宿）→にじふはつしう
にしや（二者）→じしや
にしやう（名）
二星　下4ウ1
にじん（名）
二神　下15オ6
にせ（名）
二世　下10オ8
にせんさんびやくろくじふごねん（名）
二千三百六十五年　下10ウ1
にちげん（名）
日限　下3ウ1
につくわうさんじ（名）
日光山寺　下9オ6
につくわうぢざう（名）
日光地藏　下13ウ3　下18オ4
につたのしらう（名）
新〔仁〕田四郎　上5オ5
になふ（動ハ四）
擔　上5ウ9
にはか（形動ナリ）
暴　上21ウ5
にはくなぶり（鶺鴒）→せきれい
にひづま（新妻）→しんさい
にふしよぢやう（名）
入諸定　下3ウ7
にぶつ（名）
二佛　下10ウ2
にみ（二味）→にさんしごみ（二三四五味）
にゆうほ（名）
乳哺　下16オ6
にようばう（女房）→なまにようばうたち（生女房達）
によにん（名）
女人　下16オ7
によらい（名）
如來　下15ウ9
によらいかう（名）
如來號　下15ウ8
にらむ（動マ四）
睨　上5オ1　上22オ8
にる（動ナ上一）
似　上9ウ4　上20オ1
にわう（名）
二王　下11オ1
にんぎやう（名）
人形　上14ウ5　上15オ5
にんげん（名）
人間　上2オ3
にんし（名）
人師　下14ウ3
にんしん（人心）→ぢきしにんしん（直指人心）
にんじん（名）
人參　上16オ2
にんだう（名）
人道　下18オ4
にんもん（名）
人文　下7ウ1
にんわう（名）

人王　下5ウ4　下5ウ7

ぬ

ぬえ（名）
鵼　上4ウ3
ぬぐ（動ガ四）
脱　上22オ4
ぬび（名）
奴婢　下3ウ2　下3ウ3　下3ウ4
ぬりごめどう（名）
塗籠藤〔籐〕　上9オ3
ぬりさや（名）
塗鞘　上10オ3
ぬる（動ラ下二）
霑　上21ウ9

ね

ね（名）
子　上2オ6
↓し
ねう（名）
鐃　上18ウ8
ねうしう（名）
鐃州　上12オ3
ねうず（動サ変）
忍　上22オ1
ねうぜう（名）
鐃舌　下14ウ6
ねがふ（動ハ四）
願　下16ウ5　下18ウ6
ねづる（動ダ上二）
揁　上21ウ4
ねのこく（連語）
子刻　上2オ2
ねのとき（連語）
子時　上2オ5
ねば（名）
埴　上4オ3
ねはん（名）
涅槃　下10オ9
ねはんもん（名）
涅槃門　下17ウ5
ねぶる（動ラ四）
眠　上13ウ8
ねへ（埴）↓ねば
ねむる（眠）↓ねぶる
ねや（名）
閨　上4ウ5
ねりつば（名）
練鍔　上10オ5
ねん（名）
念　下19オ2
ねんげ（名）
拈花　下13ウ8
ねんごろ（形動ナリ）
懇　上21オ4
ねんず（動サ変）
念　下2ウ2　下17オ6　下19オ3
↓ねうず（忍）
ねんぶつ（名）
念佛　上6ウ4
ねんらい（年来）↓としごろ
ねんれい（名）
年齢　上15ウ4

の

のいふす（動サ四）
横陳　上21オ9
のういんだう（名）
能引導　上1オ8　下18ウ9
のうけ（名）
能化　下10ウ7
のうふ（名）
農夫　上11オ7
のえふす（横陳）↓のいふす
のがる（動ラ下二）
遁　下6ウ3
のこす（動サ四）
遺　下4ウ9
のす（動サ下二）
載　上11オ6　上11ウ2　上17ウ6　下1ウ1
のぞく（動カ四）
除　下3オ7　下3オ8　下4ウ9　下11ウ3
のぞく（動カ四）
覗　上21ウ3
のぞむ（動マ四）
望　上5オ2
臨　上12ウ8　下11ウ2　下18ウ7
のち（名）
後　上13ウ7　上17オ9　上20ウ8　下5ウ1　下5ウ4　下6オ4
↓しかうしてのち（而后）・そののち（爾後）
ののしる（動ラ四）
響訇　上19オ4
のぶ（動バ下二）
申　上17オ6
述　下2オ9
のぶ（動バ下二）
延　下18ウ6
のぶくに（名）
信國　上11オ2
のぼる（動ラ四）
昇　下10ウ9
登　上6ウ7　上14オ5
のみいれ（名）
呑入　上10オ6
のりごは（形動ナリ）
彝強　上15ウ6
のる（動ラ四）
乗　上5オ5　上15オ7

は

は（歯）↓しろきは（素歯）
ば（名）

場 上15ウ4
はい（名）
肺 上18オ6
ばいくわ（名）
梅花 上13ウ5
上14ウ5
↓もいくわ
はいくわいす（動サ変）
徘徊 上19ウ9
ばいしや（名）
賣者 上16ウ3
上16ウ7
ばいしん（名）
位〈陪〉臣 下5オ6
陪臣 下5オ6
下5オ6
下5オ7
はいす（廢）↓すたる
はいだて（名）
脛楯 上8ウ5
はいでん（名）
拝殿 上1ウ8
ばいばい（名）
買賣 上11ウ1
ばいも（名）
貝母 上16オ3
ばいやくをう（賣藥翁）↓まいやくをう
ばう（名）
卯 下6ウ8
ばう（名）
坊 下6オ9
はうか（名）
放下 上5ウ5
はうきのくに（名）
伯耆國 上10ウ6
ばうくわう（名）
膀胱 上18オ7
はうくわうす（動サ変）
彷徨 上20オ8
はうげす（動サ変）
放下 下10オ4
はうじ（名）
方士 上4オ9
はうじごろも（名）
炮衣 上15ウ7
ばうしつす（動サ変）
亡失 下16オ6
下16ウ8
下16ウ8
はうしゆく（名）
芳叔 上15オ4
はうじよ（名）
芳汝 上14ウ2
はうひん（名）
白濱 上7オ5
ばうふ（防風）↓ばうふう
ばうふう（名）
防風 上16オ8
はうべん（名）
方便 下9ウ5
下10ウ6
はうり（名）
方里 上2オ4
ばうりよう（名）
房陵 上11ウ5
はかま（名）
袴 上19ウ5
はかる（動ラ四）
圖 上20ウ2
計 下17オ4
↓あげてはかるべからず（不可勝量）
ばぎやう（名）
馬形 上14オ9
上15オ2
はく（名）
伯 下5オ3
はく（名）
白 上19オ2
はく（動カ四）
著 上19ウ6
はぐ（動ガ四）
作 上9オ5
はくが（名）
白河 上13ウ5
はくじ（名）
白字 上17オ5
はくしもんじふ（白氏文集）
↓もんじふ（文集）
はくしゆく（名）
伯叔 上6オ8
はくせきし（白石脂）↓びやくせきし
はくぜんのち（連語）
白善地 下1ウ3
はくば（名）
百馬 上14ウ8
はくばん（名）
白焚〈礬〉 上16オ5
はくふん（名）
白粉 上22ウ2
ばくや（莫耶）↓かんしやう
ばくやがけん（干將莫耶劍）
はくやうざん（名）
博陽山 上8ウ3
はくらく（名）
白樂 上15オ8
はげし（形シク）
烈 上21ウ5
はこざきぐう（名）
筐〈筥〉崎宮 上7オ9
はこもの（名）
篚 上7オ1
はさみ（名）
鋏 上9ウ8
はさん（名）
破算 上2オ9
はし（名）
橋 上7オ8
はじかみ（名）
椒 上11ウ7
はしづめ（名）
橋緣 上22オ7
はしのくわう（名）
波斯匿王 下11オ3
はじのにほひ（名）
櫨匂 上8ウ8
はじむ（始）↓ひらきはじむ（開始）
はじめ（名）
初 上22オ2
下5ウ1
始 下10ウ9
下11オ2
下11オ4
下11オ6
下14ウ8
はじめて（副）
初 上14オ1

下18オ8
始 下7オ8
はじめをはり（名） 下15オ7
始終 上22ウ7
はす（動サ変）
破 上1オ6 下5ウ6
はた（副）
将 上20ウ4
はだ（名）
膚 上19ウ5
はたして（副）
果 上2ウ5 下6オ2
はたと（發多）→はつたと
はたらき（名）
動 上9ウ3
はち（名）
八 下7オ1 下11オ9 下12オ5
ばち（名）
撥 上19ウ9
はちえん（名）
八埏 下1ウ1
はちじふおくこふ（名）
八十億劫 下11ウ3
はちじふにしゆ（名）
八十二種 上17ウ3
はちじふろく（名）
八十六 上2オ7
はちなん（名）
八難 下7オ3
はちり（八裏）→はつり
ばつ（名）
跋 上11オ6 上11ウ2
はつあき（名）
七月 上21ウ4
はつけ（名）
八卦 下7オ8
はつけい（八景）→せうしや
うのはつけい（瀟湘八景）
はつげん（發言）→ほつごん
ばつこす（動サ変）
跋扈 上20オ1
はつし（名）
八子 上11ウ4
はつしゆん（名）
八駿 上9ウ4
はつす（動サ変）
發 下19オ6
→おこり
はつせん（八僊）→いんちゆ
うのはつせん（飲中八僊）
はつたい（名）
八體 下7ウ4
はつたと（副）
發多 上9ウ3
はつぴ（八臂）→しめんはつ
ぴ（四面八臂）
はつり（名）
八裏 上18オ2
ばとう（名）
拔頭 上7オ6
はとづゑ（鳩杖）→はとのつ
ゑ
はとのつゑ（連語）
鳩杖 下1オ5
はな（名）
花 上7オ7 上7オ9 上13オ6 上13ウ1 上20オ6
はなしべ（名）
蕊 上7オ9
はなだをどし（名）
縹威 上8ウ6
はなつ（動タ四）
放 上2ウ6 上2ウ8
はなのかたち（花容）→くわ
よう
はなはだ（副）
甚 上9ウ4
はなはだきめう（甚奇妙）→
じんきめう
はなはだし（形シク）
甚 上22ウ1
はなる（動ラ下二）
離 上1オ7
はは（名）
母 上19ウ3
→おんはは（御母）
はふのもの（連語）
法物 上8オ4
はべり（侍）→はんべり
はまをぎ（名）
濱荻 上5ウ9
はやし（名）
囃 上3ウ5
はやし（形ク）
早 上13ウ4 下16オ6
はやして（名）
囃手 上18ウ4
はやしもの（名）
囃物 上7ウ4
はやす（動サ四）
囃 上19オ9
ばゆう（名）
馬融 上8オ6
はらあて（名）
腹當 上8ウ4
はらつづみ
腹鼓 上1ウ6
はらふ（動ハ四）
拂 上21ウ1
はらまき（名）
腹卷 上8ウ4
はらまゆみ（名）
腹眞弓 上9オ2
はらわた（名）
腸 上13ウ7
はり（名）
頗梨 上8オ4
はりくら（名）
鞔〈鞔〉鞍 上9ウ8
はりま（名）
旛〈播〉磨 上10オ1
ばりん（名）
馬麟 上15オ5
はる（名）
春 上7ウ1 上18オ4 下6オ8 下7ウ7 下8オ3

はるか（形動ナリ）
眇　下1オ9
迥　下9ウ6
はるび（名）
犨　上9ウ9
ばゑん（名）
馬遠　上14ウ4
はん（名）
般　上19ウ6
ばん（名）
番　上11オ1
ばん（名）
盤　上8オ5
　下8ウ1
はんくわい（名）
樊噲　上5オ1
はんごんかう（名）
反魂香　上8オ5
ばんじ（名）
萬事　下10オ4
ばんしゆ（萬種）↓せんめい
ばんしゆ（千名萬種）
ばんしゆせんるい（名）
萬種千類　上17オ4
はんず（動サ変）
判　下9ウ1
ばんぜい（名）
萬歳　上13オ5
はんせふよ（名）
班婕妤　上8ウ1
ばんせん（名）
萬錢　上22ウ3
ばんたん（名）
萬端　上16オ1
はんにや（名）
般若　下12ウ1
ばんにん（名）
萬人　上16ウ8
　下5ウ9
ばんぱん（名）
萬般　上3ウ6
はんべり（動ラ変）
侍　下2ウ1
　下12ウ5
はんべり（補動ラ変）
侍　上21オ1
　上21オ4
　下12ウ7
　下13オ2
はんまんす（動サ変）
蘩〔繁〕蔓　下5ウ8
ばんみん（名）
萬民　下1オ7
はんや（名）
半夜　上1ウ7
ばんらい（名）
晩來　上13オ7
ばんり（名）
萬里　上13オ8
　上13ウ7
はんれい（名）
范蠡　上4オ7

ひ

ひ（名）
日　上1ウ2
　上2オ5
　上7ウ1
　下2オ9
　下3ウ7
　下6ウ1
↓うまのひ（午日）
ひ（名）
否　下4オ9
　下4ウ4
　下4ウ7
ひ（名）
非　下9ウ9
ひ（名）
脾　上18オ6
び（名）
未　下6ウ9
末〈未〉　下6ウ8
び（名）
微　上18オ2
　上15オ8
ひうちぶくろ（名）
燧嚢　上10オ6
ひえのしや（名）
日吉社　下15ウ6
ひがしやま（東山）↓とうざん
ひかり（名）
光　上3オ1
　上7ウ2
ひかるのだいしやう（連語）
光大將　上20ウ7
ひきかふ（引返）↓ひきかへす
ひきかへす（動サ四）
引返　上22オ2
ひきし（形ク）
卑　上20ウ5
ひきつぼ（名）
引壷　上8オ4
ひきめ（名）
蟇目　上9オ5
ひく（動カ四）
引　上5オ8
　下14ウ1
　下14ウ5
牽　上5オ3
ひくし（卑）↓ひきし
びくしゆ（名）
比丘衆　下1ウ5
びくしゆう（比丘衆）↓びくしゆ
ひくづとう（名）
簸屑等　上12オ8
ひぐわん（名）
悲願　下12ウ2
ひこしらう（名）
彦四郎　上10ウ8
ひこなぎさたけうがやふきあへずのみこと（彦波斂武鸕鷀草葺不合尊）↓ひこなぎさたけうのはふきあはせずのみこと
ひこなぎさたけうのはふきあはせずのみこと（名）
彦波瀲〔斂〕武鸕鷀草葺不合尊　下15ウ2
ひこほでみのみこと（名）
彦火々出見尊　下15ウ2
ひこまだち（名）
彦間立　上9ウ2
ひさかた（名）
久方　下2オ6
ひさぐ（動ガ四）

鬻　上6ウ2
ひさくに（久國）↓とうじ
（藤次）・りんじ（林次）
ひさし（形シク）
久　上20ウ9
尙　上21オ2
ひじり（聖）↓づだひじり
（頭陀聖）
ひじりづか（名）
聖靹〔柄〕　上10オ7
ひす（動サ変）
祕　下14オ1
下14ウ1
ひすかし（形動ナリ）
嚚　上15ウ5
びぜんのくに（名）
備前國　上10ウ4
ひそか（形動ナリ）
竊　上17オ1
下2ウ5
下4ウ9
ひたおもむきなり（端仰）↓
たんがう
ひたすら（永）↓ひたそら
ひたそら（副）
永　上20ウ6
ひたたく（動カ下二）
混　上21ウ9
ひたひ（名）
額　上22オ8
ひたひしろ（髮白）↓かんじ
ろ
ひだり（名）
左　上19ウ9
下17ウ8
ひだりじ（名）
左字　下5オ2
ひだりのまひ（連語）
左舞　上7オ4
ひだりぶみ（左文）↓ひだり
じ（左字）
ひだりもじ（左文字）↓ひだ
りじ（左字）
ひつきやう（副・名）
畢竟　上17ウ9
下7ウ8
下11ウ7
下15ウ5
ひつきやうず（動サ変）
畢竟　下3オ8
ひつさぐ（提）↓ひさぐ
（鬻）
ひつじ（木）↓び
びつちゆうのくに（名）
備中國　上10ウ5
ひつぱつ（華撥）↓ひはつ
ひと（名）
人　上7ウ2
上13オ7
上19オ6
上19オ7
上19オ9
上21ウ1
上21ウ1
上21ウ2
上21ウ2
上21ウ3
上21ウ3
上21ウ3
上21ウ4
上22オ9
上22ウ5
下6ウ2
下8ウ7
下8ウ8
下10オ1
下11ウ2
下12オ2
下14オ2
下16ウ9
下17オ1
下17オ3
下17オ7
下18オ8
者　上21オ9
↓かたへのひと（諸人）・
もの
ひとうす（動サ変）
飛騰　上3ウ3
ひとかず（名）
人流　上21オ8
ひとしうす（連語）
齋〈齊〉　下1ウ9
ひとたび（副）
一　上19オ7
上21ウ7
ひとつ（一）↓いち・いつ
ひととせ（名）
一歳　上17オ7
ひととなる（連語）
成長　下16オ7
ひとびと（名）
人々　下8ウ6
ひとへに（副）
偏　下10オ4
下12ウ7
ひとめ（名）
人目　上22オ5
ひとり（名）
一　上2オ2
孤　下3オ4
↓いちにん（一人）
ひとりごとす（動サ変）
獨言　下1オ5
ひねもす（終日）↓ひめもす
ひのえさる（名）
丙申　上1ウ1
下2ウ6
下4オ3
下6オ5
下6オ9
ひのとどり（名）
丁酉　上17ウ2
下2ウ6
下4オ4
下6オ8
ひのとみ（名）
丁巳　上17オ9
びは（名）
琵琶　上4ウ6
上18ウ8
ひばい（名）
鄙倍　下8ウ5
ひはつ（名）
華撥　上16オ6
ひび（名）
日　上3オ8
日々　上3オ8
ひぼ（悲母）↓ひも
ひめもす（名）

終日　下7ウ3
ひも（名）
悲母　下16オ8
ひやうぐくさり（名）
兵貝〈具〉鎖　上10オ4
ひやうし（拍子）→とびやう
し（調拍子）
びやうじやく（病鵲）→へい
じやく
ひやうす（動サ変）
飛揚　上20オ1
びやうどうゐん（名）
平等院　上7ウ1
びやうぶ（名）
屏風　上12オ9
上14オ6
ひやうゑ（兵衛）→こんがう
びやうゑ（金剛兵衛）
びやく（白）→はく
ひやくおくさん（名）
百億山　下2オ1
ひやくさう（名）
百草　上17オ2
びやくし（名）
白芷　上16オ7
びやくじゆつ（名）
白朮　上16オ5
びやくせきし（名）

白石脂　上16ウ1
ひやくせん（名）
百千　下11ウ6
びやくぢよす（動サ変）
辟除　下12オ5
ひやくば（百馬）→はくば
ひやくはつこ（百八箇）→い
つぴやくはつこ（一百八
箇）
びやくぼん（名）
白梵〈礬〉　上16オ5
ひやくまん（名）
百萬　上13ウ3
ひやくやく（名）
百藥　上17オ2
ひゆ（名）
譬喩　上11オ9
ひようがい（氷涯）→ひよう
がん（氷岸）
ひようがん（名）
氷岸　上14ウ2
ひよしのしや（日吉社）→ひ
えのしや
ひらぎぬ（平絹）→へいけん
ひらきはじむ（連語）
開始　下15オ2
ひらく（動カ四）
開　上13オ9

ひりよう（名）
飛龍　上15オ2
ひる（名）
晝　下8オ5
ひるがへる（飄零）→へうれ
い
ひろむ（動マ下二）
弘　下6ウ5
ひをどし（名）
緋威　上8ウ5
ひん（濱）→そつとのひん
（率土之濱）
びんてん（名）
旻天　上2ウ8
ひんぷん（名）
繽紛　上19ウ5
びんらうじ（名）
檳榔子　上16オ2

ふ

ふ（名）
浮　上18オ1
ふ（腑）→たんのふ（膽腑）・
ゐのふ（胃腑）
ふ（動ハ下二）
經　上3オ9
上17オ8

ぶ（名）
巫　下8ウ2
下8ウ3
下8ウ7
ふあん（名）
不暗　上14オ2
ぶい（名）
巫醫　下8ウ7
ぶいく（名）
撫育　上4オ2
ふううん（名）
風雲　上11オ5
ふうりう（風流）→ふりう
ぶうん（名）
武運　下2オ3
下10オ7
ふえ（笛）→ちやく
ぶか（无何）→むか
ふかし（形ク）
深　上6オ3
上13ウ1
下9オ1
下14オ1
ふかしぎ（形動ナリ）
不可思議　上11オ9
下10オ6
不可思議也　下4ウ5
ふかせ（名）

深瀬　上12オ5
ふかん（名）
不寒　上14オ2
ふき（蕗）→かうやふき（高
野蕗）
ぶき（名）
武紀　上12ウ6
ぶぎやうす（動サ変）
奉行　下19オ9
ふく（名）
福　上3ウ1
ふく（名）
伏　上18オ2
ふく（動カ四）
吹　上18ウ7
ふくうけんじやくくわんおん
（名）
不空絹〈羂〉索觀音　下13オ7
ふくうさんざう（名）
不空三藏　下14オ9
ふくきし（名）
伏義氏　下7オ8
ぶくじん（名）
茯神　上16オ5
ふくつけし（貪生）→ふくつ
けなし
ふくつけなし（形ク）

食生　上22ウ1
ふけふ（名）
巫峡　上13オ9
ふげん（名）
普賢　下11ウ5
ふこくあまり（名）
不惑餘　上15ウ4
ふさ（名）
夫差　上4オ7
ふさう（名）
扶桑　下18オ9
ぶさう（無雙）→むさう
ふさうこく（名）
扶桑國　下14ウ8
ふじ（名）
富士　上3オ2
　上7オ9
ふしあく（不思惡）→ふしぜんふしあく（不思善不思惡）
ふしぎいち（名）
不思議一　下18ウ5
ふしぜんふしあく（名）
不思善不思惡　下19オ2
ふしなはめをどしとう（名）
裙縄目綴等　上8ウ9
ふじの（名）
富士野　上6ウ1
ふしまき（名）
節巻　上9オ1
ふしやうぶしやう（形動タリ）
不祥〳〵　上15ウ9
ふしをがみ（名）
伏拝　下1オ3
ふしん（形動ナリ）
不審　下9オ3
ふじん（名）
夫人　上21オ3
ふすま（被・衾）→ゑんあうのふすま（鴛鴦被）
ふせい（名）
不正　下8ウ8
ふぞく（名・動サ変）
付囑　上1オ3
　下9オ2
　下10ウ3
　下10ウ5
　下13ウ8
ふだ（名）
簡　上5ウ2
ぶだう（名）
葡萄　上11ウ8
　上14オ9
蒲桃　上11ウ3
ふたつ（名）
二　上19ウ9
→に
ふだん（名）
不暖　上14オ2
ぶち（名）
駮　上9オ8
ぶち（鞭）→むち
ふぢしま（名）
藤島　上11オ2
ふぢと（名）
藤戸　上10ウ2
ふぢふち（名）
藤淵　上12オ6
ぶぢよ（名）
巫女　上3オ2
　下2オ7
　下2ウ7
　下3オ1
　下3オ5
　下3ウ2
　下3ウ6
　下3ウ8
　下6ウ4
　下8ウ2
　下8ウ3
→かんなぎ
ふちん（名）
浮沈　上18オ5
ふちんちゆう（名）
浮沈中　上17ウ9
ぶつ（佛）→ほとけ
ふつきし（伏義氏）→ふくきし
ぶつざう（名）
佛像　下10ウ9
　下11オ2
ぶつだ（名）
佛陀　下18ウ4
ぶつだう（名）
佛道　上19オ8
ぶつぼさつ（佛菩薩）→しよぶつぼさつ（諸佛菩薩）
ぶつぽふ（名）
佛法　下5ウ6
ふで（名）
筆　上8オ7
ふてんのした（連語）
普天之下　下1ウ1
ふどう（不同）→しだいふどう（次第不同）
ふどうそん（名）
不動尊　下9オ6
ふどうみやうわう（不動明王）→だいしやうふどうみやうわう（大聖不動明王）
ふとし（形ク）
太　上9ウ3
ふなわたしす（動サ変）
航　上1ウ4
ぶにん（夫人）→ふじん
ふね（名）
舟　上13オ7
舫　上5オ3
船　上20ウ8
　下18オ7
→うぶね（鵜舟）
ぶねう（形動ナリ）
豊饒　下11オ9
ふぼ（父母）→ぶも
ふみづき（七月）→はつあき
ふむ（動マ四）
蹈　上20ウ4
ふめい（名）
不明　上14オ2
ぶも（名）
父母　下16オ6
　下16オ9
　下16ウ2
　下16ウ5
　下16ウ8
　下16ウ9
ふもと（名）
麓　上3オ2
ふもんぢんじゆ（名）
普門塵數　下14オ7

ふゆ（名）
冬 上18オ4
□（冬） 下7ウ7
ふゆとう（名）
冬等 下8オ3
ふよう（名）
附庸 下5オ5
下5オ5
ぶらく（形動ナリ）
豐樂 下12オ3
ふりう（名）
風流 上3ウ5
上7ウ3
上7ウ4
上11オ7
上20ウ2
↓おもしろきこと
ふりつづみ（名）
鞞鼓 上20オ5
ふりふもんじ（名）
不立文字 下9ウ8
ふりやう（名）
浮梁 上5ウ6
ふる（動ラ四）
振 上19オ3
掉 上19オ3
ふる（動ラ四）
降 上21ウ5

ふるし（形ク）
故 下2オ4
ふるふ（動ハ四）
振 上1オ6
下1ウ9
奮 上5オ3
ふるまひ（名）
翔 下15オ7
ふるめかし（形シク）
古 上20ウ6
ふろ（名）
風爐 上12オ2
ふわくあまり（不惑餘）↓ふこくあまり
ぶん（名）
問 上4ウ8
↓もん
ぶん（文）↓もん
ぶんさい（名）
文才 下6ウ5
ぶんしふ（文集）↓もんじふ
ぶんしやう（名）
文章 下2オ4
ぶんじん（名）
分身 下19オ7
ぶんせき（名）
文籍 下7オ9
ふんぬ（名）
忿怒 下17ウ1
下17ウ3
下17ウ4
下17ウ6
下17ウ9
ふんばたかる（跋扈）↓ばつこす
ふんべつ（名）
分別 下9ウ4
ふんみやう（形動ナリ）
分明 下9オ3
ぶんよか（名）
文與可 上14ウ3

へ

へい（平）↓かんをんへい（寒温平）
へいあんじやう（平安城）↓こへいあんじやう（故平安城）
へいけん（名）
平絹 上7ウ7
へいさのらくがん（連語）
平沙落鴈 上12ウ4
へいじやく（名）
病鵲 上19オ5
へいしん（丙申）↓おうえいへいしん（應永丙申）・ひのえさる
へいのこほり（名）
閉伊郡 上9ウ1
へう（名）
豹 上9ウ7
べうす（動サ変）
描 上14オ5
へうたん（名）
瓢簞〔簞〕 上6オ2
へうれい（動サ変）
飄零 上20オ3
へきじゆ（名）
碧樹 上13オ9
へきぢよす（辟除）↓びやくぢよす
へきてん（名）
碧天 下3オ4
へそ（臍）↓じやかうのへそ（麝香臍）
へだつ（動タ下二）
隔 上13ウ4
べつかふ（名）
鼈甲 上16オ6
べつじよす（動サ変）
懱如 下5ウ9
べつたう（名）
別當 下6オ9

へつひどの（名）
竈殿 上1ウ9
へへやか（荏苒）↓じんぜん
へん（名）
片 下5オ2
へん（名）
爿 下5オ2
へん（名）
邊 上3オ4
下1オ3
へん（名）
變 下7ウ1
へんあい（形動タリ）
偏愛 上18ウ5
べんくわのたま（連語）
卞和之璧 上8オ8
へんげ（名）
變化 下9オ5
へんしう（名）
扁舟 上4オ8
へんしん（名）
片臣 下4ウ8
下5オ1
下5オ2
下5オ7
下5オ8
下6オ1
へんじん（名）

變身 上1オ5
へんず（動サ変）
變 上5オ7
べんず（動サ変）
辨 上3ウ9
べんぜつ（名）
辯説 下9オ1
べんてん（名）
弁轉 上19ウ4

ほ

ほ（顯）↓ほにいづ（出顯）
ほういんじゆぢざう（名）
寶印手地藏 下18オ2
ほうくわん（名）
寶冠 下13オ8
ほうくわん（名）
鳳管 上18ウ8
ほうけつ（名）
鳳闕 上5オ2
ほうじがたし（形ク）
難報 下12ウ1
ほうしやうぶつ（名）
寶生佛 下17ウ2
ほうじゆぢざう（名）
寶珠地藏 下18オ1
ほうず（動サ変）
奉 上4ウ1
ほうず（動サ変） 上6ウ9
報 下16オ8
ほうすい（名）
鳳吹 上13オ1
ほうてう（名）
鳳鳥 下1オ7
ほうでうたかとき（北條高時）↓たひらのたかとき（平高時）
ほうほう（副）
髴々 上18ウ9
ほうらい（名）
蓬萊 下18ウ1
ほうらく（豐樂）↓ぶらく
ほうるいす（動サ変）
蓬累 上20オ1
ほか（名）
外 上8オ4
上8ウ9
上13ウ1
上13ウ2
表 下9ウ6
ほかう（名）
歩行 上11オ8
ほがらか（形動ナリ）
朗 下3オ4
ぼく（木）↓もく
ほくけい（名）
北溪 上11ウ4
ほくけん（北絹）↓ほつけん（發絹）
ぼくす（動サ変）
卜 下1ウ3
ぼくせき（名）
木石 下9オ9
ほくてう（名）
北趙 上11ウ7
ほくはう（名）
北方 下17ウ5
ぼくぼく（形動タリ）
穆々 上3オ7
ほくや（名）
北野 上13ウ5
ほくら（神府）↓ほこら
ほくらい（北來）↓なんわう
ほくらい（南往北來）
ほくれい（名）
北嶺 下14ウ6
ほくろくだう（名）
北陸道 上6オ5
ぼくわう（名）
穆王 上9ウ4
ほこ（名）
戈 下4ウ8
↓くわ 下5オ8
ほこら（名）
神府 上22オ7
ぼさつ（名）
菩薩 下15ウ8
下17オ7
↓しよぶつぼさつ（諸佛菩薩）・ぢざうぼさつ（地藏菩薩）
ぼさつかう（名）
菩薩號 下15ウ7
ほし（名）
星 上19ウ4
ほし（名）
甫〔補〕之 上14オ9
ほしいまま（形動ナリ）
恣 下3ウ5
ほしじしうり（濁）↓だく
ほす（動サ四）
干 上4オ4
ほぞ（臍）↓じやかうのへそ（麝香臍）
ほた（燼・榾）↓ぢんのほた（沈隶）
ぼだい（名）
菩提 下16ウ6
↓とんしようぼだい（頓證菩提）
ぼだいさん（名）
菩提山 上11ウ8
ぼだいもん（名）
菩提門 下17ウ3
ほたる（名）
螢 上13ウ8
ほちゆうほんざう（補註本草）↓かいうがほちゆうほんざう（嘉祐補註本草）
ほつけ（名）
法華 下12オ8
下16オ1
ほつけい（北溪）↓ほくけい
ほつけん（名）
發絹 上7ウ6
ほつごんす（動サ変）
發言 下11ウ3
ほつさう（名）
法相 下13オ9
ほつしんもん（名）
發心門 下17オ9
ほつす（動サ変）
欲 上1ウ3
上14オ1
下9ウ2
下13オ2
ほつぱう（北方）↓ほくはう

ほてい（名）
布袋 上14ウ5
ほていをしやう（名） 上15オ5
布袋和尚 上5ウ4
ほとぎ（名）
甕 上12ウ8
ほとけ（名）
佛 下10ウ9
下11オ1
下16ウ4
ほとけのざ（名）
佛座 上11ウ3
ほどこす（動サ四）
施 上22ウ2
ほとり（名）
上 上2ウ5
上3オ5
ほとんど（副）
殆 上2ウ6
ほにいづ（連語）
出顯 上22オ2
ほねはき（名）
骨吐 上8オ3
ほふ（名）
法 下16オ4
下16ウ2
ほふしかぢ（名）
法師鍜〔鍛〕冶 上10ウ4
ほふねん（名）
法然 下14オ7
ほふらく（名）
法樂 上1ウ6
ほふろんみそ（法論味噌）→ほろみそ 上19オ9
ほむ（動マ下二）
讃 下2オ5
下19オ5
贊 上2ウ7
上2ウ9
ほりもの（名）
鑴〈鐫〉物 上10オ4
→ゑりもの（鑿物）
ほろ（名）
緄 上9オ1
ぼろ（名）
發露 上5ウ5
ほろさし（名）
金吐差 上8ウ9
ほろぼす（動サ四）
滅 上16ウ9
下5ウ3
下5ウ6
ほろみそ（名）
法論味噌 上11ウ3
ぼん（名）
盆 上8オ3
→きんくわのぼん（槿花盆）
ぼんう（名）
梵宇 下1ウ4
ほんがく（名）
本覺 下14オ5
ほんきやう（名）
本經 上17オ6
→しんのうのほんきやう（神農本經）
ほんけい（本經）→ほんきやう
ほんごく（名）
本國 下18ウ2
ほんざう（名）
本草 上17ウ6
上17ウ8
→かいうがほちゆうほんざう（嘉祐補註本草）・かいほうのほんざう（開寶本草）
ほんじやく（名）
本跡 下18ウ4
ほんぞん（名）
本尊 上14オ8
下1ウ4
下1ウ5
ほんぢ（名）
本地 下13オ7
上2ウ3
→ごほんぢ（御本地）
ほんてう（名）
本朝 上6ウ9
上14オ6
下13オ6
ぼんでん（名）
梵天 下11ウ1
ぼんまうきやう（名）
梵網經 下16ウ1
ほんまきだち（名）
本牧立 上9ウ1
ほんらい（名）
本來 下13ウ5
下14オ6
ぼんりよ（名）
凡慮 下9ウ6

ま

ま（名）
閒 上22オ4
まいしや（賣者）→ばいしや
まいてう（名）
毎朝 上18オ9
まいにち（名）
毎日 下1ウ7
下3ウ7
まいぼつす（埋沒）→まいもつす
まいもつす（動サ変）
埋沒 下9ウ9
まいやくをう（名）
賣藥翁 上16ウ8
まう（名）
孟 下8オ8
まうく（動カ下二）
儲 上3オ3
上5ウ8
下15オ9
まうぐさ（望草）→まふふさ（舞房）
まうさく（連語）
白 下11オ1
まうじ（名）
孟子 上22オ8
まうしやう（名）
猛將 上16ウ9
まうす（動サ四）
言 上16オ1
まうす（補動サ四）
言 下12ウ7
まうづ（動ダ下二）
詣 上3ウ5

上3ウ7
上7オ1
上7ウ2
上20ウ8
まうふさ（望房）→まふふさ
（舞房）
まかす（動サ下二）
任　上9ウ3
上18オ5
信　上20オ4
まきゑ（名）
蒔繪　上9ウ7
上10オ3
まく（動カ四）
捲　上13オ9
上13ウ9
まくら（名）
枕　上6オ8
上8オ5
まこと（形動ナリ）
誠　下12オ7
まことに（副）
誠　上3オ8
上9ウ4
上22ウ6
下1オ8
下4ウ1
下9オ2

まことにこれ（連語）
誠是　上1オ4
上7ウ3
下17オ8
まさし（形シク）
正　上2オ9
まさなし（形ク）
不有　上22オ6
まさに（副）
將　下15オ6
應　下3オ3
正　上16ウ6
下2オ1
當　下2ウ3
下3オ1
下4オ5
下4ウ8
下5オ2
下10オ8
下11オ8
下16ウ5
下19オ4
應當　下11オ1
まさにいま（連語）
方今　下10オ8
まさやあかつかちはやひあまのおしほみみのみこと（正哉吾勝々速日天忍穂耳尊）→

まさやわれかつかつはやひあまのおしほみみのみこと
まさやわれかつかつはやひあまのおしほみみのみこと（名）
正哉吾勝々速日天忍穂耳尊　下15オ9
まさより（政頼）→みなもとのせいらい（源政頼）
まさる（動サ四）
勝　上20オ5
まじはる（動ラ四）
交　上1ウ5
まじふ（動ハ下二）
錯　上19オ2
雑　上22ウ2
まします（動サ変）
在　下4オ6
有　下4オ7
下18ウ7
ます（動サ四）
益　下12オ4
ますます（副）
益　上2ウ7
ますらを（名）
男　上21オ5
大丈夫　上21オ5
また（副・接）

亦　上2オ9
上6ウ9
上11オ2
上15ウ4
上19ウ2
上20オ8
上21オ8
上22オ4
上22ウ9
上22ウ9
下1オ6
下3オ8
下4オ4
下4オ9
下5オ1
下5ウ2
下7ウ6
下9オ4
下11ウ6
下12ウ6
下14オ2
下14ウ6
下15オ4
下15ウ9
下16ウ2
下16ウ4
下18ウ4
又　上2ウ2

上3オ2
上3オ8
上10ウ4
上12オ6
上12ウ6
上12ウ7
上12ウ8
上17オ8
下2ウ5
下3オ1
下3ウ3
下3ウ6
下5オ7
下6ウ4
下8オ3
下8オ5
下8ウ8
下11オ6
下11ウ2
下16オ8
下17オ5
下17ウ1
下17ウ3
下17ウ5
下17ウ6
下18ウ6
還　下14オ8
まちまち（區々）→しなじな

まちまち（品々區々）
まちやう（名）
摩頂　上1オ2
まつ（名）
松　上7ウ1
上15オ9
まつ（動タ四）
待　上21オ9
下10オ1
下10ウ1
まづ（副）
先　上2オ6
上3ウ6
上16オ1
上20オ4
下2ウ1
下6ウ7
下7ウ6
下8ウ3
下10オ6
まづし（貧）↓まどし
まつせ（名）
末〈末〉世　下10ウ4
まつのを（名）
松尾　下1オ3
まつぼ（名）
眞壷　上12オ5
まつもと（名）
松本　上12オ7
まつり（祭）↓かものまつり（賀茂祭）・てんちさいへんのまつり（天地災變之祭）
まつりごと（名）
政　下7オ9
まと（名）
㢴　上9オ7
まどし（形シク）
貧　下16オ9
まとふ（動ハ四）
纏　上19ウ6
上22ウ1
まなじり（名）
眸　上21ウ6
まなぶ（動バ四）
學　上4オ1
上4オ2
上4オ5
上4オ6
上4ウ2
上4ウ3
上4ウ4
上4ウ4
上4ウ7
上4ウ8
上5オ1
上5オ2
上5オ4
上5オ5
上5オ5
上5オ6
上5オ8
上5オ9
上5ウ5
上5ウ5
上6オ2
上6オ3
上6オ6
上6オ6
上6オ7
上6オ8
上6オ8
上6ウ1
上6ウ4
上6ウ5
上6ウ6
上6ウ7
上6ウ9
上7オ1
上7オ4
上7ウ2
上21オ5
下15オ7
まにはつをいれず（連語）
間不容髪　下19オ3
まねぶ（學）↓まなぶ
まはす（轉）↓めぐらす
まひ（舞）↓ひだりのまひ（左舞）・みぎのまひ（右舞）
まふ（動ハ四）
舞　上19ウ1
上19ウ2
上20ウ4
まふぐさ（舞草）↓まふふさ（舞房）
まふさぎ（名）
鈿　上9オ7
まふふさ（名）
舞房　上10ウ8
まへ（名）
前　上13ウ7
下12ウ4
まま（副）
間　上21ウ5
まめやか（形動ナリ）
眞成　上21オ6
まもる（動ラ四）
守　下2オ6
まゆ（名）
眉　上20オ4
↓みどりのまゆ（綠黛）
まゆみ（名）
眞弓　上9オ2
まよふ（動ハ四）
迷　上22オ4
まるづくり（圓作）↓まろづくり
まろづくり（名）
圓作　上10オ2
まんざいらく（名）
萬歳樂　上7オ1
まんじつぱう（名）
滿十方　下19オ7
まんず（動サ変）
瞞　下14ウ6
まんびやう（名）
萬病　上16ウ7
まんぺん（名）
萬返〔遍〕　下17オ6
まんまん（形動タリ）
漫々　上14オ2

み

み（名）
實　上10オ9
上10ウ1
上11オ3
み（名）
身　上19ウ3
上22ウ1

上22ウ6
下11オ8
下16オ4
↓おいがみ（老身）
み（味）↓いちみ（一味）・ご
み（五味）・にさんしごみ
（二三四五味）
み（巳）↓し
みあふ（合交）↓がふけうす
みかぐら（名）
御神樂 上1ウ5
みかづき（名）
初月 上21ウ4
みぎ（名）
右 上19ウ9 下17ウ8
みぎのまひ（連語）
右舞 上7オ7
みぎり（名）
砌 下12ウ5
みけのでんた（名）
三家田多 上10ウ6
みこ（名）
御子 下15オ8 下15オ9 下15ウ1
みこ（巫女）↓ぶぢよ
みごく（名）
御々供 上1ウ5
みこと（名）
尊 下14ウ9
みことのりす（連語）
詔 上12ウ5
みさを（名）
橾〈操〉 上7ウ1
みせう（名）
微笑 下13ウ8
みそ（味曾）↓ほろみそ（法
論味曾）
みだる（動ラ四）
亂 下5ウ5
↓ひんぷん（繽紛）
みち（名）
道 下1ウ1 下16ウ3
みちびく（動カ四）
導 下18オ1 下18オ1 下18オ2 下18オ3 下18オ4 下18オ4
みつ（三）↓さん
みつ（動タ四）
滿 上13オ6 下17オ6
盈 上20ウ1
↓まんじつぱう（滿十方）
みづ（名）
水 上1ウ4 上13オ6 上13ウ4 上14ウ1
みづから（副）
自 上19オ3 上21ウ6 上22オ4 下6ウ3 下8ウ4
みつぎ（名）
密義 下13オ4
みつぐ（動ガ四）
貢 上12ウ7
みつぐそく（名）
三具足 上8ウ3
みつけう（名）
密教 下4オ6
みつだそう（名）
蜜〔密〕陀僧 上16ウ1
みづつき（名）
鞚 上9ウ8
みつなが（名）
光長 上10ウ8
みづほ（名）
水穗 下14ウ7
みど（名）
未度 下14ウ4
末〈未〉度 下13ウ6 下13ウ7 下14オ1
みとのまぐはひ（名）
遘合 下15オ7
みどりのまゆ（連語）
綠黛 上22ウ2
みとろめかす（盱瞜）↓くろ
う
みな（名）
皆 上10オ4 上10オ8 上17オ5 上19オ8 下3オ5 下9オ7 下16オ3
みな（名）
名 下17オ2 下17オ3
みなぎる（動ラ四）
漲 上21ウ5
みなもとのせいらい（名）
源成〔政〕頼 上5オ6
みなもとのだいしやうこう
（名）
源大相公 下5ウ9
みなもとのまさより（源政
頼）↓みなもとのせいらい
みなもとのよりまさのきやう
（名）
源頼政卿 上4ウ3
みへ（三重）↓さんぢゆう
みまやのものとう（連語）
御廄者等 上9ウ5
みみ（名）
耳 上15オ8 上19オ2 上20オ9 上20ウ1
みもの（名）
觀 上21オ8
みやうがう（名）
名號 上19オ4 下13オ1
みやうじ（名）
名字 下6ウ6 下17オ6
みやうじやうぢざう（名）
明星地藏 下13ウ3
みやうじゆう（名）
命終 下11ウ2 下18ウ8

みやうにち（名）
明日　上2オ4
上2ウ2
上2ウ3
みやうねん（名）
明年　下2ウ6
下4オ4
下6オ8
みやうほつけ（名）
名法華　下16オ1
みやうみだ（名）
名彌陀　下16オ2
みやくしよ（名）
脈所　上18オ1
みやくどころ（脈所）↓みや
くしよ
みやのこし（名）
宮腰　上11ウ9
みゆ（動ヤ下二）
見　下4オ9
みよ（名）
御代　上23オ1
下2オ6
↓ごだい
みらい（名）
未來　下10ウ5
下11ウ8
みる（動マ上一）
看　上13ウ6
瞻〈瞻〉　下12ウ3
見　上3オ4
上6オ7
上18ウ3
上22ウ4
下5ウ4
下17オ3
視　上22オ9
覩　上21オ4
覲　下1オ9
觀　下1オ9
下7オ9
下7ウ1
↓かんがへみる（勘見）・
すくにみる（眙）
みろくとう（名）
彌勒等　下11ウ5
みろくぼさつ（名）
彌勒菩薩　下10ウ1
みんをく（名）
民屋　上7ウ3

む

むか（名）
无何　下7ウ4
むかしより（連語）
久代　上22ウ9
むかばき（名）
䩞　上9ウ9
むかふ（動ハ四）
對　下10オ7
↓たいす
むく（動カ四）
向　下13オ1
むくゆ（報）↓ほうず
むさう（形動ナリ）
無雙　下18ウ5
むすぶ（動バ四）
結　下7オ9
むち（名）
鞭　上9ウ9
上17オ4
むつ（六）↓ろく
むつび（名）
睦　上22ウ8
むながい（名）
鞅　上9ウ9
むなし（形シク）
空　上6オ2
虛　上17オ5
むね（名）
胸　上19オ4
むねちか（宗近）↓さんでう
こかぢむねちか（三條小鍛
冶宗近）
むぶつせかい（名）
無佛世界　上1オ7
むへん（名）
無邊　下14オ8
↓むりやうむへん（無量無
邊）
むへんじん（名）
無邊身　下17オ7
むま（馬）↓うま
むま（午）↓うま
むまかさ（馬揆）↓うまかさ
むまぎぬ（褐）↓うまぎぬ
むめ（梅）↓うめ
むらさきいと（名）
紫絲　上8ウ7
むらさきがは（名）
紫皮　上8ウ7
むらさきすそご（名）
紫裾濃　上8ウ7
むり（名）
夢裏　上13ウ2
むりやうじゆぶつ（名）
無量壽佛　下13ウ4
下17ウ3
むりやうむへん（名）
無量無邊　上11オ9

め

め（名）
目　上19オ3
上20オ1
上20オ8
めい（名）
命　上4ウ1
めいうん（名）
迷雲　上1オ6
めいくわう（名）
明皇　上20オ7
めいげつのたま（連語）
明月珠　上8オ7
めいじゆう（命終）↓みやう
じゆう
めいてい（名）
明帝　下11オ4
めいと（名）
迷徒　下12ウ4
めいば（名）
名馬　上9ウ1
めいめい（形動タリ）
明々　上3オ6
めうほふ（名）
妙法　下14オ5
めうり（名）

妙理 下12オ8
めがみ（名）
陰 下15オ5
女神 下15オ6
下15オ8
陰神 下15オ3
下15オ4
下15オ4
めぐらす（動サ四）
回 上3ウ3
下6ウ5
廻 上18オ8
上21ウ6
下6オ3
轉 下6ウ5
下8ウ1
めくる（眩轉）↓けんてん
めぐる（動ラ四）
繞 上13オ1
めづ（動ダ下二）
愛 上5オ5
めづらし（形シク）
神 上22ウ9
めでたし（形ク）
可愛 上23オ1
目出度 上21オ1
めぬき（名）
目貫 上11オ4
貝〈日〉貫 上10オ8
めん（名）
面 上19ウ7
めんえん（形動タリ）
緜延 下2オ4
めんす（名）
緜子 上7ウ6
めんぼく（名）
面目 上18ウ1
上22オ9
めんもく（面目）↓めんぼく

も

も（名）
模 下10オ4
もいくわ（名）
梅花 上7ウ7
↓ばいくわ
もう（名）
毛 上17オ4
もうう（毛羽）↓もう（毛）・
う（羽）
もうてん（名）
蒙帖〈恬〉 上8オ7
もく（名）
木 上17オ3
下6ウ8
下7オ1
下12オ1
もくけいをしやう（名）
牧溪和尚 上15ウ1
もくつう（名）
木通 上16オ7
もくろくす（動サ変）
目録 上2オ7
もし（副）
若 上16ウ8
上19オ7
上19ウ2
下4ウ6
下6オ1
下10オ1
下10オ2
下11ウ2
下14ウ4
下14ウ5
下17オ1
下18オ4
もじ（文字）↓もんじ
もだゆ（動ヤ下二）
悶 上22オ8
もちゆ（動ヤ上二）
用 上17オ6
↓もちゐる
もちゐる（動ワ上一）
用 上7ウ5
上16ウ3
上16ウ3
上16ウ7
↓もちゆ
もつ（動タ四）
持 下17ウ8
用 上19ウ9
もつけいをしやう（牧溪和尚）↓もくけいをしやう
もつて（連語）
以 上2ウ7
上15ウ7
上16ウ8
上16ウ9
上17オ1
上17オ3
上17オ4
上17ウ6
上18ウ5
下3ウ4
下4オ1
下4ウ5
下5オ7
下5ウ3
下7オ9
下7ウ1
下7ウ1
下7ウ6
下7ウ7
下8オ1
下8オ3
下8オ4
下8ウ3
下8ウ7
下10ウ6
下11ウ9
下13オ4
下13オ5
下13オ5
下13ウ6
下14ウ1
下18オ6
下18ウ3
下19オ5
式 下1オ9
用 下11オ2
下11オ3
もつてのほか（連語）
以外 下6オ7
もつとも（副）
尤 下4ウ2
最 下10ウ7
下13オ4
下13ウ7
下16ウ4

下18ウ1
もっぱら（副）
もてあそび（名）
専 下19オ1
もてあそぶ（動バ四）
翫 上19オ3
弄 上6ウ7
下7ウ4
もと（名）
元 下2ウ7
本 下14オ8
もとしげどう（名）
本重藤〔籐〕 上9オ2
もとじろ（本白）↓つるのもとじろ（鶴本白）
もとむ（動マ下二）
求 下12オ5
もとより（副）
元來 下18ウ9
もの（名）
者 上1オ4
上1オ9
上3オ6
上3ウ1
上3ウ2
上4オ3
上4オ4
上5ウ5
上7オ1
上7ウ3
上7ウ4
上14オ5
上16ウ8
上18ウ3
上19ウ2
上21ウ1
上21ウ1
上21ウ1
上21ウ2
上21ウ2
上21ウ2
上21ウ2
上21ウ3
上21ウ4
上21ウ4
上22オ9
上22ウ5
上22ウ8
下1ウ8
下3ウ2
下4ウ1
下4ウ3
下5ウ8
下6オ4
下6ウ4
下8ウ2
下9オ3
下10ウ8
下10ウ9
下12ウ4
下13オ1
下13ウ7
下14ウ4
下16ウ6
↓ひと・みまやのものとう（御廏者等）
もの（名）
物 上3ウ6
上7ウ2
ものおもひ（名）
腸 上22オ3
もみあふ（動ハ四）
挼合 上18ウ6
もみぢ（名）
紅葉 上7オ7
もめん（名）
木緜 上7ウ6
もものこび（連語）
百媚 上21ウ7
もよほす（動サ四）
催 上20オ7
もりいへ（守家）↓ごらうもりいへ（五郎守家）
もりさは（名）
森澤 上12オ6
もりつぐ（名）
盛繼〈守次〉 上10ウ6
もりや（名）
守屋 上4オ5
下5ウ5
もろともに（副）
諸共 上18ウ6
もろびと（名）
庶人 上20ウ5
もろもろ（名）
諸 下16ウ9
もん（名）
問 下9ウ2
↓ぶん
もん（名）
文 下7ウ4
下9ウ1
下9ウ8
下13ウ4
下13ウ8
下13ウ9
下14オ4
下14オ8
下14ウ2
下14ウ4
下16オ3
下16ウ3
もん（名）
門 上12ウ9
↓かど
もんか（門下）↓そしゆうもんか（祖宗門下）
もんさい（文才）↓ぶんさい
もんじ（名）
文字 下7ウ3
もんじふ（名）
文集 上14オ3
もんじゆ（名）
文殊 下11ウ5
↓だいしやうもんじゆ（大聖文殊）
もんじゆしらう（名）
文殊四郎 上10ウ9
もんしよう（名）
文證 下14ウ5
もんだふ（名）
問答 下8ウ9
下9ウ4
もんとう（名）
問頭 下9ウ2
もんむくわん（名）
門無關 上14ウ7

や

や（名）
也 下3オ7
下5オ1
下5オ1
や（名）
矢 下18ウ1
箭 上9オ4
↓くはのゆみよもぎのや
（桑弧蓬矢）
や（名）
屋 上22オ7
やいば（名）
刃 上11オ3
やう（名）
様 下10オ4
やう（陽）↓しちやう（七陽）
やうきひ（名）
楊貴妃 上19ウ7
上20オ6
やうこ（名）
陽虎 下5ウ3
やうやう（形動タリ）
洋々 上20オ2
上20オ3
やうやうこ（形動タリ）
洋々乎 上20ウ1
やうやく（副）
漸 上1オ5
上15ウ4
やかう（名）
夜行 上22オ7
やかた（館）↓くわん
やから（名）
族 上3ウ2
やぎう（名）
野牛 上9ウ8
やく（厄）↓くやく（九厄）
やく（動カ四）
焼 上5ウ1
やくしやう（名）
薬性 上17オ1
上18オ8
やくしゆ（名）
薬種 上15ウ8
上16オ1
上16ウ2
上16ウ4
上16ウ6
上16ウ9
上17ウ6
上17ウ8
上18オ7
やくしるりくわうによらい
（名）
薬師瑠璃光如來 下17オ9
やくせい（薬性）↓やくしや
う
やくち（名）
益智 上16オ6
やくちゆう（名）
薬中 上16ウ4
やくにん（名）
役人 上3ウ6
やくよう（名）
薬用 上17オ6
やくわうのたま（名）
夜光珠 上8オ7
やさし（形シク）
優 上21ウ6
やしなふ（動ハ四）
育 下16オ8
養 下7ウ5
やじり（名）
鏃 上9オ7
やすし（形ク）
安 上3ウ2
下12オ4
やつ（八）↓はち
やつかり（代）
余 上2オ1
上2オ3
上2オ7
やつこ（名）
奴 上5ウ9
↓たけをうるやつこ（賣竹
奴）
やつさやつさ（感）
極樂々々 上20オ3
やつむし（名）
八蟲 上10オ4
やつる（動ラ下二）
躶 上21ウ3
襤褸 上22オ6
やと（名）
野渡 上13オ7
やど（名）
宿 上20ウ9
やどる（動ラ四）
宿 上12ウ9
次 上1ウ1
やなぎ（名）
柳 上7ウ1
上13ウ1
やなぎや（名）
柳屋 上12オ1
やなぐひ（名）
胡籙 上9オ6
やはん（名）
夜半 上2オ2
上19オ5
やぶる（動ラ四）
破 上5オ3
やま（名）
山 上1ウ4
上12オ6
やまと（名）
大和 上12オ7
やまとぐら（名）
大和鞍 上9ウ6
やまひ（名）
病 上16ウ8
上17オ1
やまぶし（名）
山臥 上5オ7
上5ウ7
上6オ1
やむ（動マ四）
歇 上20オ4
止 上1ウ9
罷 上22オ4
やむ（動マ下二）
止 上11オ6
下9ウ3
やや（副）
稍 上19オ6
やらう（名）
野老 上19オ9

やり（名）
長鋒 上10オ9

ゆ

ゆいちよく（名）
遺敕 上1オ3
ゆうふ（勇夫）→ようふ
ゆうまう（勇猛）→ゆみやう
ゆうまうしやうじん（勇猛精進）→ゆみやうしやうじん
ゆき（名）
雪 上6オ7
ゆきひら（行平）→きしんたいふゆきひら（鬼神大夫行平）
ゆく（動カ四）
去 上5ウ6
往 下11オ4
征 上6オ5
行 上3オ5 上6ウ1
ゆくすゑ（名）
行末 上22ウ6
ゆけす（動サ変）
遊化 上4オ1
ゆする（動ラ四）
動 上20オ5
ゆだて（名）
湯立 上1ウ6
ゆづか（名）
弣 上9オ6
ゆづり（名）
禪 下15ウ5
ゆづる（動ラ四）
讓 上6オ9
ゆてき（名）
油滴 上12オ3
ゆはず（名）
彇 上9オ6
ゆふがほ（名）
夕顔 上20ウ9
ゆふしほ（名）
夕鹽 上7オ8
ゆふひ（夕日）→せきじつ
ゆふべ（名）
夕 下10オ9
暮 上13ウ9
→さんごのゆふべ（三五夕）
ゆほつし（諭法師）→ゆほふし
ゆほふし（名）
諭法師 上14ウ4
ゆみ（名）
弓 上9オ1 下18オ9
→くはのゆみよもぎのや（桑弧蓬矢）・つくうつたるゆみ（弴打弓）
ゆみづる（名）
弦 上9オ6
ゆみや（名）
弓矢 下18オ7
→きゆうし
ゆみやう（形動ナリ）
勇猛 下18ウ3
ゆみやうしやうじん（名）
勇猛精進 下19オ3
ゆめ（名）
夢 上2オ6 上13オ3 上13オ8 上13ウ7
→むり（夢裏）
ゆゆし（形シク）
貴 上21ウ6
ゆらい（名）
由來 下18オ7
ゆゑ（名）
所以 下1オ8
ゆゑ［に］（接・名）
故 上1オ9 上2オ4 上16ウ4 上16ウ5 上19オ9 上19ウ2 上20ウ3 上20ウ3 下1ウ8 下3ウ8 下4オ8 下4オ9 下5オ6 下5オ7 下5ウ6 下6ウ7 下7オ7 下8ウ1 下8ウ7 下12ウ6 下13オ2 下13ウ1 下13ウ2 下15ウ4 下15ウ5 下16オ9 下16ウ4 下17オ3
ゆゑいかんとなれば（連語）
所以者何 下13ウ7

よ

よ（名）
世 上3オ1 下1ウ9
よ（名）
夜 上14オ1 上22オ4 下8オ5
よ（代）→みよ（御代）
ようご（擁護）→おうご
ようたふ（名）
應答 上22ウ8
ようでん（名）
用田 上14ウ2
ようふ（名）
勇夫 上5オ7
ようへん（名）
容變 上12オ3
ようめいてんわう（名）
用明天皇 下5ウ5
ようよう（形動タリ）
溶々 上20オ3
よか（名）
餘暇 下1ウ2
よきかな（連語）
善哉 下12ウ3

よく（副）
能　下4ウ2
　下11ウ2
　下11ウ3
　下12オ1
　下12ウ4
　下17オ1
よくじつ（名）
翌日　上2ウ5
よけい（名）
餘慶　下2オ2
よこたはる（動ラ四）
横　上13オ7
よさん（名）
餘算　上2オ8
よし（名）
由　下15オ9
よし（形ク）
善　下3オ9
　下3ウ3
好　下14ウ6
臧　下4オ8
↓ざう（臧）
よしなし（形ク）
無因　上22ウ4
よしのやま（名）
吉野山　上7オ7
よすてびと（名）
桑門　上15ウ4
よそめ（名）
外目　上21オ7
よたた（副）
夜響　上5オ8
よだれかけ（名）
涎懸　上8ウ4
よつじろ（名）
雪踏〈踏雪〉　上9オ9
よつて（接）
仍　上3ウ2
　下7オ2
　下7ウ5
　下10ウ7
　下14オ9
　下15ウ9
因　下11オ1
よのつね（連語）
尋常　下9ウ4
よは（夜半）↓やはん
よばはりどよむ（連語）
叫喚　上19オ4
よびよす（動サ下二）
喚寄　上15ウ7
よぶ（動ハ四）
呼　上22ウ6
喚　上20オ7
　下19オ6
よほろがね（名）
臑金　上8ウ5
よみす（好）↓よみんず
よみんず（動サ変）
好　下13オ3
よもぎ（名）
蓬　下18ウ1
↓くはのゆみよもぎのや（桑弧蓬矢）
よもすがら（名）
竟夜　下7ウ4
↓しゆうや（終夜）
よよ（名）
世々　下11オ7
よりまさ（頼政）↓みなもとのよりまさのきやう（源頼政卿）
よる（夜）↓よ
よる（動ラ四）
依　上20オ2
因　上16ウ9
　上18オ5
　上20ウ5
　下14ウ4
　下16ウ1
　下18ウ2
↓これによつて（因之・因茲）
よろこぶ（動バ四）
悦　上19オ3
よろしく（副）
宜　下2ウ7
　下4オ4
よろひ（名）
鎧　上8ウ4
　上8ウ5

ら

らい（名）
禮　下19オ9
らい（名）
禮　下5オ2
　下18オ8
らいかうす（動サ変）
來迎　下18ウ8
らいき（名）
禮記　上7ウ4
らいくにとし（名）
來國俊　上10ウ3
らいくにみつ（來國光）↓くにみつ（國光）
らいこう（名）
雷公　上17オ5
らいはい（名）
禮拝　下10オ5
らう（名）
老　上2オ9
　下7オ3
らう（名）
牢　上18オ3
らうし（名）
老子　上4ウ7
らうぜき（名）
狼籍〔藉〕　下6オ6
らうそう（名）
老僧　下14ウ6
らうだい（形動ナリ）
老大　下16オ8
らうぢよ（名）
老女　上20ウ4
らうに（名）
老尼　下12ウ5
　下16オ5
らうにやく（名）
老若　上18ウ4
らうふ（名）
老夫　上3ウ5
らうやく（良薬）↓りやうやく
らうをう（名）
老翁　下1オ4
らかん（名）
羅漢　上14ウ3

↓じふろくらかん（十六羅漢）
らくざいす（動サ変）
落在 下16ウ6 下16ウ9
らくやう（名）
洛陽 下11オ5
らさう（名）
蘿窗 上14ウ2
らふげつ（名）
臘月 下8オ6
らん（名）
亂 下6オ6

り

り（名）
離 下7オ5
り（名）
利 上5ウ6
りあんちゆう（名）
李安虫〈忠〉 上14ウ7
りうれい（名）
劉伶 上12ウ1
りくしよ（名）
六書 下7ウ4
りくせい（名）
陸清〈青〉 上14ウ9
りくわ（名）
梨花 上11ウ9
りくわうくん（名）
李廣君 上4ウ2
りくわうり（李廣利）↓くわうり（廣利）
りけう（名）
李嶠 下3オ4
りげうふ（名）
李堯夫 上14ウ3
りしん（李璡）↓じよやう（汝陽）
りす（栗鼠）↓りつす
りちのけん（連語）
利智劍 下17ウ8
りつざう（立像）↓りふざう
りつす（名）
栗鼠 上14ウ2
りてきし（李適之）↓さしやう（左相）
りはく（名）
李白 上12ウ3
りふざう（名）
立像 下13オ8
りふじん（名）
李夫人 上8ウ1 上19ウ7
りやうい（名）
良醫 上17オ1
りやうさんせい（名）
兩三聲 上20オ9
りやうぜん（名）
靈山 下16オ1
りやうてう（名）
兩朝 下14ウ3
りやうやく（名）
良藥 上16ウ9
りやく（名）
利益 下12オ3 下16オ3
りやくしやく（名）
略釋 下14オ9
りゆう（龍）↓りよう
りゆうき（名）
隆基 下10オ7
りゆうげ（名）
龍華 下10ウ1
りゆうし（名）
龍齒 上16オ7
りゆうなう（名）
龍腦 上16オ4
りよう（名）
龍 上3ウ3 上14ウ9 上15オ4
りようち（名）
龍池 上13ウ1
りようらきんしう（名）
綾羅錦繡 上22ウ1
りようわうとう（名）
陵王等 上7オ4
りよくもう（名）
綠毛 上13オ5
りよくやう（名）
綠楊 上15オ6
りよじん（名）
旅人 上1ウ4
りりようのたま（連語）
驪龍珠 上8オ8
りりようめん（名）
李龍眠 上14ウ5
りん（麟）↓きうしんのりん（九眞之麟）
りんが（名）
林謌 上7オ5
りんかふ（名）
鱗甲 上11オ5
りんくわのだい（連語）
菱花臺 上12オ3
りんざう（名）
林三 上10ウ3
りんじ（名）
林次 上10ウ2
りんじ（名）
臨時 上1ウ6
りんしよく（名）
麟色 上12ウ5
りんぽう（名）
輪寶 下1オ5

る

るい（類）↓たぐひ
るいざ（名）
榴茶 上12オ4
るがん（名）
蘆鴈 上14ウ2
るり（名）
瑠璃 上8オ5
↓きんぽうるり（金寶瑠璃）・しつぽうるり（七寶琉璃）

れ

れいくわう（名）
靈光 下19オ6
れいくわん（名）
禮官 下2オ4
れいげん（名）
靈驗 上3オ6 上3オ7

下2ウ2
下9オ3
下9オ7
れいざう（名）
靈像　下1オ8
下4オ8
下4ウ6
れいじん（名）
靈神　下13オ9
れいせき（名）
靈石　下9オ8
れいち（名）
靈地　下18ウ5
れいぢやう（名）
靈場　下1ウ3
れいでう（名）
藜藋　上6オ3
れいてん（名）
禮奠　上1ウ5
れいとく（名）
靈德　上2ウ7
上3オ8
下4オ5
下12ウ3
れいなん（名）
嶺南　上11ウ4
れいはい（禮拜）→らいはい
れいひつ（名）
靈筆　上14オ7
れいむ（名）
靈夢　上2オ2
れうかい（名）
了戒　上10ウ4
れうけん（名）
了簡　上18オ8
れうぢ（名）
療治　上17オ5
れうれう（形動タリ）
寥々　上19ウ8
れつし（名）
列子　上15オ7
れんがとう（名）
連歌等　上1ウ6
れんげさんまいきやう（名）
蓮華三昧經　下13ウ2
下13ウ6
下14オ2
下17ウ9
れんしひよく（名）
連枝比翼　上22ウ7
れんぜんあしげ（名）
連錢葦毛　上9オ8
れんによ（戀女）→こひのお
んな

ろ

ろ（名）
魯　下5ウ2
ろうかく（名）
樓閣　上14ウ1
ろうす（動サ変）
弄　上13オ6
ろうすい（名）
瀧水　上6ウ6
ろうろう（形動タリ）
朧々　上14オ2
ろがん（蘆鴈）→るがん
ろく（名）
錄　下11オ4
ろく（名）
六　下7オ1
下11オ9
下12オ5
ろくいんやう（名）
六陰陽　上17オ3
ろくがい（名）
六害　下7オ2
ろくしき（名）
六識　下9ウ4
ろくじふろくぶ（名）
六十六部　上5ウ3
ろくしゆのかう（連語）
六銖香　上8オ6
ろくじよう（名）
鹿茸　上16オ6
ろくじん（名）
六壬　下8ウ1
ろくそく（六足）→ろくめん
ろくひろくそく（六面六臂
六足）
ろくだう（名）
六道　上4オ1
下10ウ7
下11ウ6
下11ウ7
下12オ9
ろくぢざう（名）
六地藏　下17ウ9
ろくひ（六臂）→ろくめんろ
くひろくそく（六面六臂六
足）
ろくふ
六腑　上18オ7
ろくぼん（名）
六凡　上2ウ9
ろくみ（名）
六味　上16ウ3
ろくめんろくひろくそく
（名）
六面六臂六足　下17ウ4
ろくりせんじやう（名）
角里先生　上12ウ2
ろけつ（名）
露結　上19ウ8
ろし（名）
路次　上3ウ8
上11オ6
ろたそん（名）
盧多遜　上17ウ4
ろつぴ（六臂）→ろくひ
ろつぷ（六腑）→ろくふ
ろとう（名）
路頭　上15ウ4
ろんず（動サ変）
論　上11ウ7
下9ウ9
下9ウ9
ろんだん（名）
論談　下12ウ5

わ

わいだて（名）
脇楯　上8ウ5
わう（名）
王　上2オ8
上16ウ4

下7オ3
下7オ8
下11オ1
下11オ9
下14オ1
わう（黄）→くわう
わうぎ（名）
　黄耆　上16オ4
わうぎし（名）
　王義〈羲〉之　上15ウ1
わうけいこう（名）
　王荊公　下14オ1
わうげんしやう（名）
　王元章　上14ウ5
わうごん（名）
　黄金　下11オ2
わうざうふ（名）
　黄草布　上7ウ8
わうざふふ（黄雑布）→わうざうふ（黄草布）
わうじゆう（名）
　王戎　上12ウ1
わうす（動サ変）
　王　上2オ8
わうだい（名）
　皇帝　上7オ1
わうたう（名）
　王道　下5ウ6
わうのしやうぐわつとをか（連語）
　王正月十日　下6オ8
わうふく（名）
　往覆〔復〕　上11オ6
わうまきつ（名）
　王摩詰　上14ウ1
わうらい（名）
　往來　上6ウ8
わうれん（名）
　黄連　上16オ5
わうろぢき（名）
　黄魯直　上15ウ2
わが（連語）
　予　下14ウ5
　吾　上15オ8
　我　下8ウ6
　下8ウ9
　下9ウ7
　下18ウ4
わがこ（連語）
　我子　下16オ8
わかつ（動タ四）
　分　下8オ3
わがてう（連語）
　我朝　下5ウ4
　下9オ5
　下18ウ1
わがや（連語）
　我家　下16オ9
わかん（名）
　和漢　下6オ2
　下14ウ3
わき（名）
　脇　上22オ5
わきだて（脇楯）→わいだて
わきまへがたし（形ク）
　難辨　上11オ7
　下13ウ7
わざ（名）
　業　上22ウ9
わざはひ（災）→さい・すいくわのわざはひ（水火災）
わしのをやま（名）
　鷲尾山　上7オ9
わじやう（和尚）→をしやう
わする（動ラ下二）
　忘　上5ウ6
　上11オ7
　上20ウ1
　下19オ1
わせい（名）
　和靖　上15オ7
わたる（動ラ四）
　亙　下14ウ3
　渡　上3ウ8
　上5ウ4
　上21ウ7
わづか（形動ナリ）
　纔　上13ウ6
　上16ウ4
わとう（名）
　話頭　下9ウ5
わなきで（名）
　經手　上14オ7
わびこと（名）
　侘事　上22オ3
わらふ（動ハ四）
　笑　上18ウ3
われ（代）
　吾　下2ウ2
　下4オ6
　下10ウ5
　我　上17オ1
　上18ウ6
　上20オ7
　下7ウ3
　下8ウ8
　下11ウ8
　下12ウ6
　下12ウ7
　下14オ8
　下16オ6
われら（代）
　我等　下16ウ4

ゐ

ゐ（名）
　豬　上5オ5
ゐ（亥）→がい
ゐあいじ（名）
　遺愛寺　上6オ8
ゐい（名）
　透逸〈迤〉　上21ウ8
ゐじんりき（名）
　威神力　下18オ5
ゐだち（名）
　井立　上9ウ2
ゐとくないしんわう（名）
　威德內親王　上21オ3
ゐながら（副）
　坐　上14オ4
ゐねうす（動サ変）
　圍遶　上3ウ3
　下1オ6
ゐのふ（名）
　胃腑　上18オ6
ゐふう（名）
　威風　下1ウ9
ゐんき（名）
　尹喜　上4ウ7

ゐ

ゐ（名）
繪 上8ウ2
上12オ9
上14オ6
上14オ8
ゐい（名）
衞 上5オ5
ゐかうす（動サ変）
回向 上3ウ2
ゐがく（動カ四）
畫 下7オ8
↓べうす（描）
ゐつわう（名）
越王 上4オ7
ゐむ（動マ四）
笑 上21ウ7
ゐりもの（名）
鑿物 上11オ4
↓ほりもの（鐫物）
ゐんあうのふすま（連語）
鴛鴦被 上8オ1
ゐんきん（名）
遠近 上18ウ3
ゐんじのばんしよう（遠寺晩鐘）↓えんじのばんしよう（煙寺晩鐘）
ゐんしゆう（名）
圓宗 下15ウ6
ゐんだだぢ（名）
圓陀々地 下19オ2
ゐんぽのきはん（連語）
遠浦歸帆 上12ウ4
ゐんまん（名・形動ナリ）
圓滿 下8ウ5
下14オ8

を

を（尾）↓くじやくのを（孔雀尾）
を（緒）↓そでのを（袖緒）
をうはく（名）
翁伯 下19ウ3
をかす（動サ四）
干 下5オ8
犯 下4ウ9
下5オ9
下6オ1
下6オ2
下6オ6
をかみ（名）
尾髮 上9ウ2
をがみ（名）
陽 下15オ5
男神 下15オ6
下15オ9
下15ウ2
下15ウ3
陽神 下15オ2
下15オ3
下15オ3
下15オ4
をこつる（動ラ四）
誘 上22ウ5
をさふね（名）
長船 上10ウ5
をさまる（動ラ四）
休 下4オ5
治 下2ウ3
收 下3オ1
戢 下3ウ1
↓かくる（藏）
をさむ（動マ下二）
作 下8ウ7
治 下1ウ1
をさをさ（副）
漸々 上20ウ7
をしむ（動マ四）
惜 下10オ1
をしやう（名）
和尚 上14オ8
↓ほていをしやう（布袋和尚）
をとこ（男）↓かつらをとこ（桂男）・をのこ
をの（名）
小野 上6ウ3
をのこ（名）
男 下18オ8
をののたうふう（小野道風）
↓たうふう（道風）
をはる（動ハ四）
了 上2オ4
上20オ4
下8ウ9
已 下19オ8
畢 下2オ7
下6オ1
下6オ9
をふ（動ハ下二）
終 下2オ9
をん（溫）↓かんをんへい（寒溫平）
をんこちしん（溫故知新）↓あたらし（新）・しる（知）・たづぬ（溫）・ふるし（故）
をんでき（名）
怨敵 下18オ6
をんな（名）
女 上6ウ2
↓こひのをんな（戀女）
をんりす（動サ変）
遠離 下14オ7
をんりやう（名）
溫冷 上17オ5
をんれい（溫冷）↓をんりやう

訓み下し

（上1オ）

桂地蔵記上

　蓋し聞く、地蔵菩薩は、釈尊摩頂の高弟、最勝同聞《どうもん》の上衆《じやうしゆ》、忉利《たうり》付《ふ》嘱《ぞく》の大士《だいじ》、娑婆遺勅《ゆいちよく》の導師なり。誠に是れ、誓願広大にして、慈悲甚深《じんじん》なるものをや。肆《ここ》に漸く識根を凝らし、則ち四十九種の変身を現じ、塵類をして迷雲を遠ざからしむ。頓《とん》に神力を振るつて、則ち一百八箇の地獄を破《は》して、罪徒をして苦海を離れしむ。是れ則ち無《む》仏世《ぶつせ》界度衆生今世《かいどしゆじやうこんぜ》後《ご》世能引導《せのういんだう》の謂《いは》れなり。茲《これ》に因つて恭敬《くぎやう》供養を致し、至心これを信楽《しんげう》するものは、願望速疾《ぐわんまうそくしつ》にこれを成就す。故に

（上1ウ）

爾《し》か云ふ。

　爰《ここ》に応永二十三年の、歳は丙申《ひのえさる》に次《やど》り、秋七月四日《しちぐわつしにち》は、甲午《きのえうま》の日に当たる。故平安城《へいあんじやう》は、今西《いまにし》の宮の御縁日なり。乃ちおのおの終夜の参籠を致さんと欲す。南往北来の游子、山に梯《かけはし》して雲のごとく集まり、東山西海の旅人《りよじん》、海に航《ふなわたし》して水のごとく交はる。凡そ当社午の日の礼奠は、御御供《みごく》、御神楽《みかぐら》、湯立《ゆだて》、腹鼓以下《いげ》、臨時の相撲、法楽《ほふらく》の連歌等なり。而《しかう》して后《のち》、半夜燈前の読経、瞻礼《せんらい》以後の敬信《きやうしん》、群集《くんじゆ》の参籠衆《しゆ》、拝殿において、互ひに古今の間《あひだ》、真俗の事を説《かた》る。而《しかう》して語話未だ止まざるに、既に暁天に及ぶ時、竈殿《へつひどの》の

（上2オ）

傍らより、巫女一人出来《かんなぎいちにんしゆつたい》して、坐して衣裳を刷《かいつくろ》ひ、庶人に謂《かた》つて曰く、

「余《やつかり》、此の夜半子の刻計《こくばかり》に、霊夢を感ず。忽然の間《あひだ》に、一《ひとり》の客《たびびと》有つて、覛然《ちんぜん》として余に示して曰く、『客《きやく》は天上の星宿なり。人間《にんげん》済度の為の故に、此の方里の間《あひだ》において、明日より出現すべし』と、云ひ了りて去んぬ。驚き覚めてこれを占ふに、七月四日、甲午の日、子の時の夢は、先づ甲九つ、午九つ、子九つ、共に三九二十七、并びに十二の宮算、次に余《やつかり》が歳の数四十七、已上八十六、目録してこれを勘《かんが》へ見れば、宮算は、九厄の金、王せり、西方を司る。余算は五鬼の土、老せり、正《まさ》しく真の土に非ずして、塊石の類《たぐひ》か。破算はまた九厄の金、

（上2ウ）

秋を司るなり。是《ここ》に知りぬ、塊石の類、西方に現《げん》じて、秋より化《け》盛んなるべき象《しやう》なり。また明日と指し給ふ、七月五日《しちぐわつごにち》なり。仰《あふ》いで二十八宿を勘《かんが》ふれば、七月五日の当宿は亢《かう》宿なり。亢宿は則ち本地地蔵なり。定めて明日西方に現じ給ふべし。石体は必ず地蔵菩薩の化現たるべきか」と。

　果して翌日、桂川の上《ほとり》に在て、一石の地蔵尊、俄然として示現し給ひ、殆《ほとほ》と光明を放ちて偏く世界を照らし、屡《しばしば》神通《じんづう》有りて益《ますます》霊徳を現ず。

　或いは偈《げ》を以て賛《ほ》めて曰く、「旻《びん》天桂水清く、怪石光明を放つ。度し尽す底《ところ》は何物ぞ、六凡と四生と」と。

　歌をもて賛めて曰く、

（上3オ）

「世を救ふ誓ひの堅き石仏桂の川に光をぞ指す」と。

巫女《ぶぢよ》また曰く、「曾《かつ》て承り聞く、天智天皇の初昔《そのかみ》、富士の麓に竹取の翁といふもの有りて、竹林の中に就きて赫奕《かくや》妃《ひめ》を儲けたり。彼は上界の天女なり。忝くも今上皇帝の而今《けふ》を見奉る、西岡《にしのをか》の辺《へん》に竹を売る奴《やつこ》有り、桂川《かつらのかは》の上《ほとり》に行きて石の尊像を獲《え》たり。此は下界の地蔵なり。彼此《かれこれ》霊

験勝《あげ》て計《はか》るべからざるものなり。於昭《あああきら》かにして、明々堂々たるかな、大士の霊験。煌々穆々たるかな、薩埵の尊容。誠に霊徳奇瑞、日《ひび》に新たにして、また日日に新たなり」と。

夫《そ》れ、地蔵菩薩の堂は、帝城《ていせい》の西南に在りて、桂川の経《ふ》る所なり。既に花夏《くわか》

（上3ウ）

尊卑の倫《ともがら》、帰依する者は、殃《あう》を銷《け》して福を致す。都邑《といふ》貴賤の族《やから》、回向《ゑかう》する者は、危《あやふ》きを去て安きを獲《う》。仍《よつ》て大車《たいきよ》雷《いかづち》のごとくに轟動《がうどう》して轅《ながえ》を回《めぐら》し、則ち小車《せうきよ》の簉《そへぐるま》共に囲遶《ゐねう》し、官馬龍のごとくに飛騰して轡《くつばみ》を並べ、則ち騎馬の客《たびびと》各《おのおの》相《あひ》従ふ。而して稚子《ちし》嬰児風流《ふりう》を為し、則ち老夫壮者警固を致して囃を挙げ、詣《まう》づるところの物万般なり。

先づ、御《ご》所《しよ》的《まと》の役人、出仕の儀式を調《ととの》へて、高門に詣づ、則ち朝夕庭《でうじやくてい》上《しやう》に窺つてこれを奏する有り、次に、賀茂の祭の廷尉《ていゐ》、路次《ろし》の行装《かうさう》を刷《かいつくろ》つて、大路《おほち》を渡る、則ち行列《かうれつ》車の中《うち》に集つてこれを弁ずる有り。

（上4オ）

或いは、地蔵菩薩、六道《ろくだう》に遊化《ゆけ》して、衆生済度の相《かたち》を学《まな》び、

或いは、釈提桓因《しやくだいくわんいん》、四州を巡狩《じゆんしゆ》して、庶民撫育の形を学ぶ。

或いは、苗を地《つち》の埴《ねば》に墳《うごも》てる苗代に居《う》ゆる者も有り、

或いは、稲を天《あま》の湌田《くひだ》の稲場《いなば》に干す者も有り。

或いは、上宮《じやうぐう》太子の、守屋の逆臣を降伏《がうぶく》する勢ひを学び、

或いは、鎮府《ちんぷ》上将の、安部《あべ》〔倍〕の貞任《さだたふ》を追伐する勇みを学ぶ。

或いは、越王勾践《こうせん》が諫臣范蠡《はんれい》、呉王夫差を誅《ちゆう》して、功成り名遂げて、扁舟に掉《さをさ》〔棹〕して、五湖の雲を帯《おび》て去るも有り、

或いは、唐帝玄宗が使者方士《はうじ》、大《たい》〔太〕真《しん》玉妃に謁して、宣旨《せんじ》命《めい》を奉じて、

（上4ウ）

金釵《きんさい》を賜はつて、三島《さんたう》の波を凌ぎて来《きた》るも有り。

或いは、漢の李広君《りくわうくん》が虎を射るをも学び、

或いは、源の頼政《よりまさ》の卿が鵺《ぬえ》を射るをも学ぶ。

或いは、漢楚の争ひをも学び、

或いは、源平の戦ひをも学ぶ。

或いは、虞姫《ぐき》が、閨《ねや》の中《うち》に数《す》行《かう》の暗涙《あんるい》を押ふるも有り、

或いは、昭君が、馬の上に一面の琵琶を弾《たん》ずるも有り。

或いは、老子関《くわん》を出《い》でて、則ち尹喜《ゐんき》が請《しやう》に応じて、道徳五千余言を彰《あら》はすをも学び、

或いは、仲尼《ちゆうぢ》閑居の時、曾子が問《ぶん》に対して、孝経二《かうけいじ》十二章《じふじしやう》を解くをも学ぶ。

（上5オ）

或いは、樊噲《はんくわい》鴻門に入りて、項羽を睨《にら》んじ勢ひを学び、

或いは、張良鳳闕に望んで、漢王を諫めし忠を学ぶ。

或いは、和泉〔泉〕が舫《ふね》を牽《ひ》く力を顕はすも有り、

或いは、朝稲《あさいな》〔朝比奈〕が門《かど》を破りし威《いきほひ》を奮ふも有り。

或いは、那須の与一が、扇を射るを学び、

或いは、新〔仁〕田の四郎が、猪《ゐ》に乗るを学ぶ。

或いは、衛の懿公《いこう》が鶴を愛《めづ》るを学び、

或いは、源の成《せい》〔政〕頼《らい》が鷹を使ふを学ぶ。

或いは、鬼人を役《つか》つて、築〔筑〕紫上洛の勇夫《ようふ》も有り、

或いは、山臥に変じて、奥州下向の廷尉《ていゐ》も有り。

或いは、夜《よ》響《たた》に牛の車を引く恋の女を学び、
或いは、礒廻《いさりかへり》に鵜舟《うぶね》を盪《こ》ぐ桂男《かつらをとこ》も学ぶ。
或いは、漁村に釣《つりばり》〔鉤〕を垂るる
(上5ウ)
漁客も有り、
或いは、海畔《かいはん》に塩を焼く海人《かいじん》も有り。
或いは、三十三所《さんじふさんじよ》の順礼の行者、簡《ふだ》を打つも有り、
或いは、六十六部の回国の経聖《きやうひじり》、笈《おひ》を負ふも有り。
或いは、肆《いちぐら》に入《い》る布袋和尚も有り、
或いは、江《かう》を渡る達磨大師も有り。
或いは、放下《はうか》を学ぶ者も有り、
或いは、発露《ぼろ》を学ぶ者も有り。
或いは、利を重んずる商人《あきうど》、茶を浮梁《ふりやう》に買ひ去《ゆ》きて、還りて潯陽《じんやう》の旧婦を忘るる有り、
或いは、沈狂《ちんきやう》の山臥、傘を京師《けいし》に傾《かたぶ》け来《きた》つて、剰《あまつさ》へ永昌の新妻《しんさい》を儲くる有り。
或いは、難波の江の葦を刈る叟《おきな》も有り、
或いは、伊勢の浜荻を担ふ奴《やつこ》も有り。
或いは、役《えん》の優婆《うば》
(上6オ)
塞《そく》を慕つて、大嶺《おほみね》に入《い》る山臥も有り、
或いは、大聖《だいしやう》文殊を尋ねて、五台に臻《いた》る信人《しんじん》も有り。
或いは、瓢箪〔箪〕屢《しばしば》空しくして、草、顔淵が巷に滋《しげ》きを学び、
或いは、藜藿《れいでう》深く鎖《とざ》して、雨、原憲が枢《とぼそ》を湿ほすをも学ぶ。
或いは、淵明、寿《いのち》を長《ちやう》ぜんが為に、菊を尋ねて、南陽県に至り、
或いは、実盛《さねもり》、命を捨てんが為に、錦を着て、北陸道《ほくろくだう》に征く。
或いは、花山法皇《くわさんほふわう》の那智《なち》籠《ごも》りをも学び、
或いは、建礼門院の大原住《おほはらず》みをも学ぶ。
或いは、香炉峰《かうろほう》の雪、簾《すだれ》を挑《かか》げて見るをも学び、
或いは、遺愛寺《ゐあいじ》の鐘、枕を攲《そばだ》てて聞くをも学ぶ。
或いは、周人伯叔《はくしゆく》、互ひに孤竹を譲りて、首陽山に入《い》りて、賢《けん》、千古に見《あらは》るるをも学び、
(上6ウ)
或いは、曾我兄弟、共に工藤を討《たう》じて、富士野に行き、名《な》、十方《じつぱう》に聞こゆるをも学ぶ。
或いは、大原《おほはら》の大道《だいだう》に薪《たきぎ》を鬻《ひさ》ぐ女も有り、
或いは、小野《をの》の小路《こうぢ》に炭を売る翁《おきな》も有り。
或いは、空也上人が、鉦鼓《しやうご》を敲《うつ》て、念仏を唱ふるも学び、
或いは、自然居士《じねんこじ》が、編木《ささら》を摺《すつ》て、観経《くわんぎやう》を説くをも学ぶ。
或いは、清水寺《せいすいじ》に到つて、三重の滝水《ろうすい》を斟《く》む壮女《さうぢよ》も学び、
或いは、大《たい》〔太〕華山《くわざん》に登つて、十丈の藕花《ぐうくわ》を弄《もてあそ》ぶ大賓《たいひん》をも学ぶ。
或いは、高野出入《かうやしゆつにふ》の頭陀聖《づだひじり》も有り、
或いは、江湖《がうこ》往来《わうらい》の行脚の僧も有り。
また、漢土より官使《くわんし》を勤めて、本
(上7オ)
朝に税を奉じ来《きた》りて、闕下《けつか》に詣で、篚《はこもの》を捧《ささ》ぐる者をも学ぶ。
　或いは、万歳楽《まんざいらく》、皇帝《わうだい》、団乱旋《とらでん》、喜春楽、春鶯囀《しゆんあうでん》、蘇合、胡飲酒《こいんじゆ》、泰平楽、甘州、賀殿《かてん》、採桑老《さいしやうらう》、散手《さんじゆ》、蘇莫者《そまくしや》、還城楽《げんじやうらく》、陵王等の左の舞を

も学ぶ。

　或いは、地久楽、新鳥蘇《しんとりそ》、古《こ》鳥蘇《とりそ》、白浜《はうひん》、退宿徳《だいしよとく》、進走禿《しんしよとく》、胡徳楽、狛杵《こまぼこ》〔桙〕、林歌《りんが》、延喜楽、新靺《しんま》鞨《か》、貴徳、蘇志摩、抜《ば》頭《とう》、納曾《なつそ》利《り》等の右の舞をも学ぶ。

　凡そ、吉野山の花の白波、龍田川の筏の紅葉、明石の浦の朝霧、難波江の夕塩、長柄《ながら》の橋、富士の煙《けぶり》、世尊寺の梅の蕊《はなしべ》、鷲尾山《わしのをやま》の花の襯《したがさね》、筥崎《はこざき》

（上7ウ）

宮《ぐう》の松の操《みさを》、平等院の柳の糸、春日野の春の日の影、秋月《あきづき》の郷《さと》の秋の月の光、物として学ばざるといふこと無く、人として詣でざるといふこと無きものなり。

　誠に是れ、寰中塞外《くわんちゆうさいぐわい》の人家民屋、在々処々の風流囃《ふりうはやし》〈礼記に、囃は擾なり。楽記にあり。〉物《もの》、品々区々《しなじなまちまち》なること、勝《あ》げて量るべからざる者なり。

　彼の風流に用ゐるところの具足等、次第不同。

　絹布の類《たぐひ》には、金羅《きんろ》、金紗、段《どん》〔緞〕金《きん》、金襴、邯鄲《かんたん》、発絹《ほつけん》、木綿、綿子《めんす》、花綾《くわりん》、纐纈《かうけつ》、段《どん》〔緞〕子《す》、繻子《しゆす》、紬布《つむぎ》、素紗《すじや》、梅花《もいくわ》、平絹《へいけん》、蜀江の錦、呉郡《ごきん》の綾、青繙《しんばん》〔番〕羅《ろ》、黄草布《わうざうふ》、花繙《くわばん》〔番〕羅《ろ》、顕紋紗《けんもんしや》、三法《さば》紗《しや》、小布衫《こふさん》。

　金裹《きんくわ》、銀錠《ぎんでい》、沈《ぢん》の夷《ほた》、疎香《すかう》、麝香の臍、孔雀の

（上8オ）

尾、鸚鵡の盃、鴛鴦《ゑんあう》の被《ふすま》、剔紅《ちつこう》、剔金《ちつきん》、堆朱《ついしゆ》、堆紅、堆漆、桂皮、桂漿、犀皮、青漆《せいしつ》、金糸、金糸花、九連糸《きうれんし》、紅花緑葉の香合《かうばこ》、盆、托子《たくす》、印籠、食籠《じきろう》、骨吐《ほねはき》、肉指《にくさし》、法《はふ》の物。此の外、魚脳、樫梡《しやうべん》、象牙の引壷《ひきつぼ》、頗梨《はり》の卮《さかづき》、瑠璃の壷、珊瑚の枕、琥珀の盤、照胆鏡《せうたんきやう》、反魂香《はんごんかう》、滄溟九穴《さうめいくけつ》の鮑《あはび》、海岸六銖の香、馬融が硯、薛稷《せつしよく》が墨、蒙恬《もうてん》が筆、蔡倫《さいりん》が紙、明月の珠《たま》、夜光の珠、合浦《かつぽ》の珠、赤水の珠、驪龍《りりよう》の珠、玄鶴の珠、昭王の玉、卞和《べんくわ》の璧《たま》、水心の剣、巨闕《こけつ》の剣、子胥が剣、昆吾の剣、漢皇《かんくわう》の

（上8ウ）

剣、季札が剣、干将莫耶《かんしやうばくや》が剣、班婕妤《はんせふよ》が扇、李夫人が釵《かんざし》、香匙《きやうじ》・火箸《こじ》の台、琴碁書画《きんぎしよぐわ》の絵、金宝瑠璃、七宝琉璃、胡銅《ことう》、象眼《ざうがん》、仙人銅《せんじんどう》、博陽山、三具足《みつぐそく》。

　鎧、腹巻、筒丸《どうまる》、腹当、袖、甲《かぶと》、涎懸《よだれかけ》、鍬形、鷹角《たかづの》、籠手《こて》、臑当《すねあて》、脇《わい》楯《だて》、脛楯《はいだて》、膕金《よほろがね》。

　鎧は、緋威《ひをどし》、小桜綴《こざくらをどし》、卯花綴《うのはなをどし》、縹威《はなだをどし》、黄皮《きがは》、黄糸、薄紅糸、浅黄糸、赤糸、赤皮、白糸《しらいと》、白綾綴《しらあやをどし》、紺糸《こんのいと》、黒皮、紫糸、紫皮、紫裾濃《むらさきすそご》、白鹿《しなが》皮綴《はをどし》、櫨匂《はじのにほひ》、逆蕍《さかおもだか》、鶇威《かしどりをどし》、妻取《つまどり》、肩取《かたどり》、中取《なかどり》、桾縄目綴《ふしなはめをどし》等なり。此の外、総角《あげまき》、袖緒《そでのを》、高紐《たかひぼ》、表帯《うはおび》、金《ほ》

（上9オ）

吐差《ろさし》、緥《ほろ》なり。笠験《かさじるし》、小旌《こばた》、大旗《おほばた》。

　弓は、重籐《しげどう》、節巻《ふしまき》、真弓、鏑藤《かぶらどう》〔籐〕、白木、赤漆、小節巻、腹真弓、本《もと》重藤〔籐〕、塗籠藤《ぬりごめどう》〔籐〕、三人張《さんにんばり》、五人張、弴打弓《つくうつたる》。

　箭《や》は、筋切符《すぢきりふ》、妻白、中黒、白尾、糟尾《かすを》、高鵜尾《たかうすべを》、鶴本白《つるのもとじろ》、鴈《がん》、鴾《たう》、烏羽《からすば》にしてこれを作《は》ぐ。鉾《とがり》〔鋒〕矢《や》、蟇目《ひきめ》、鴈俣《かりまた》、征矢《そや》、中指《なかざし》、箙《えびら》、胡簶《やなぐひ》、弦巻、弣《ゆづか》、彇《ゆはず》、尻籠《しつこ》、握《にぎり》、鬮《さぐり》、弦《ゆみづる》、笮《うつぼ》、鈿《まふさぎ》、天鼠《くすね》、㢧《まと》。

　鏃《やじり》は、乗学《じようがく》、紀次《きし》、直海《なほみ》、甘露等が作なり。

　馬は、連銭葦毛、柑子栗毛、黄鴾毛《きつきげ》、佐目《さめ》、駮《ぶち》、糟毛、驄馬《あしげ》、背筋通《せすぢとほる》、河原毛、髪白《かんじろ》、踏雪《よつじろ》、月額、真《しん》の

（上9ウ）

閉伊《へい》の郡《こほり》、多久佐里《たぐさり》の本牧立《ほんまきだ》ちの名馬、須弥足井《しゆみだらゐ》、并びに彦間立ち、杣《そま》立ち、井立《ゐだ》ちの馬有り。悉《ことごと》く尾髪《をかみ》飽くまで足《た》つて、騣《たてがみ》長く、地拘《ちかか》へ強く、肢爪発多《えだつめはつた》として太く逞しく、動《はたら》き進退《しんだい》にして意《こころ》に任せ、甚だ馬揆《うまかさ》有つて、付甘《つけずまひ》無く、恰《あた》かも穆王《ぼくわう》の八駿の如く、誠に太宗の十驥《じつき》に似たり。

鞍具足は、唐鞍《からくら》、貝鞍《かひぐら》、大和鞍、水干鞍、伴野鞍《とものぐら》、大坪鞍、白橋《しらほね》、黒漆《こくしつ》、蒔絵、金貝《かながひ》、金覆輪《きんぷくりん》、豹・虎・野牛・海獱《こひん》・水豹《あざらし》の鞔鞍《はりくら》、轡《くつわ》、鞚《みづつき》、羈《おもづら》、靻《ちからがは》、鐙《あぶみ》、鉸《はさみ》、韁《たづな》、鞶《はるび》、鞅《むながい》、鞦《しりがい》、縟《うはしき》〔褥〕、韉《したぐら》、鞭《むち》、鞢《しほで》、鞩《むかばき》、褐《うまぎぬ》、障泥《あふり》、鞍帊《くらおほひ》、玉《たまの》

（上10オ）

井《ゐ》の轡、木塚《きつか》の沓《くつ》、伊勢の切付《きつつけ》、播磨の力皮《ちからがは》、上総と那波《なは》との鐙《あぶみ》、児玉と倉谷との韆《しりがい》等なり。

大刀は、金銀、円作《まろづくり》の鞆《つか》〔柄〕・鞘《さや》、青貝、金貝《かながひ》、蒔絵の鞘、塗鞘《ぬりさや》、鰄作《かいらぎづくり》、七金《ななつかね》、八虫《やつむし》、兵具鎖《ひやうぐぐさり》、鳥頸《とりくび》等、皆鐫物《ほりもの》なり。粢鍔《しとぎつば》、車鍔、練鍔、金鍔、金覆輪、鮫鞘《さめざや》。

刀は、金銀の鞆〔柄〕・鞘、髪掻《かうがい》、小刀、下緒《さげを》、燧嚢《ひうちぶくろ》、生帰《おひかへり》、栗形《くりかた》、鯉口《こひぐち》、呑入《のみいれ》、鞆《つか》〔柄〕口《ぐち》、璫《こじり》、同金《どうがね》、木鞆《きづか》〔柄〕、樺巻《かばまき》、琴緒巻《ことのをまき》、世良《せら》田刀《だがたな》、聖鞆《ひじりづか》〔柄〕。

長刀《なぎなた》は、銀鞆《しらえ》〔柄〕、貝鞘《かひさや》、目貫《めぬき》、石築《いしづき》、逆鰐口《さかわにぐち》、皆金装束《こがねしやうぞく》なり。

長鋒《やり》は、朱鐏《しゆえ》、黒塗《くろぬり》、銀装束《しろがねしやうぞく》、実《み》は、天九郎《てんくらう》なり。

（上10ウ）

上件《かみくだん》の一一の太刀、刀、長刀等の実《み》は、以往《いにしへ》の鍛治《かぢ》〔鍛冶〕、天国《あまくに》、神息《かんぬき》、藤戸《ふぢと》、菊作《きくづくり》、粟田口《あはたぐち》には、藤林《とうりん》、藤次《とうじ》、林次《りんじ》、林三《りんざう》、国綱、国吉、三条小鍜《こか》〔鍛〕治《ぢ》宗近《むねちか》、来《らい》国俊、国光、また法師鍜〔鍛〕治には、定秀《ぢやうしう》、雲秀、了戒《れうかい》、備前の国に、長光、景光、三郎国宗、五郎守家、長船《をさふね》の一党、備中の国、貞次、守次、青江《あをえ》作《づく》り、伯耆の国に、真綱《さねつな》、築〔筑〕紫には、三家《みけ》の田多《でんた》、鬼神大夫《きしんたいふ》行平《ゆきひら》、波平《なみのひら》、谷山、石貫《いしぬき》、金剛兵衛《こんがうびやうゑ》、奥州には、舞房《まふふさ》、光長、鎌倉には、新藤五《しんとうご》、彦四郎、五郎入道、九郎次郎、南都には、千手院、文殊四郎、一文字、中

（上11オ）

次郎、尻懸《しつかけ》、当麻《たいま》作りなり。後鳥羽の院の十二《じふに》月《げつ》番の鍜〔鍛〕治等。

また当世の作者、信国、国重、達磨有りけり。藤島、出雲鍜〔鍛〕治等なり。

但し此の中に、刃欠けて渋《さ》び朽《く》ちたる実も有るべし。彼の太刀、刀の目貫、金貝の鏨物《ゑりもの》は、日月、星辰、天象、地儀、風雲、草木、鱗甲、禽獣《きんじゆ》、山龍《さんりよう》、花虫《くわちゆう》の類ひなり。此の書の跋に載するなり。此の時、路次《ろし》の行客《かうかく》は、見物の為に往覆〔復〕を止《や》め、夕日《せきじつ》の傾《かたぶ》くを弁《わきま》へ難し。田頭《でんとう》の農夫は、風流《ふりう》の為に工夫を忘れて、時刻の移るをも覚えず。総《す》べて京、桂の間の桟敷《さんじき》、并びに歩行の見物衆、無量無辺、不可思議にして、算数譬喩《さんじゆひゆ》も及ぶこと能はざるところなり。

（上11ウ）

彼の権屋《かりや》、買売の食物《じきもつ》、少々これを記す。自余は跋に載せたり。道徳、興米《おこしごめ》、遁世粽《とんぜいちまき》、高野蕗《かうやふき》、坐禅納豆、法論味曾《ほろみそ》、御形《ごぎやう》、仏座《ほとけのざ》。

菓子は、南嶺《なんれい》の蒲桃《ぶだう》、北渓《ほくけい》の甘蔗《かんじや》、河東の紫塩《しえん》、嶺南の丹橘《たんきつ》、燉煌《とんくわう》八《はつ》子《し》の奈《からなし》、青門五色《ごしよく》の瓜、大谷《たいこく》張公が梨、房陵朱仲が李《すもも》、東王公が仙桂、西王母が神桃《しんたう》、南燕牛乳《ごにゆう》の椒《はじかみ》、北趙鶏心《ほくてうけいしん》の棗《なつめ》、千名万種《ばんしゆ》、具《つぶ》さに論ずべ

からず。

　酒は、下若村《かじやくそん》、張騫《ちやうけん》が葡萄の酒、菩提山、洞庭春色の酒、塔尾《たふのを》の梨花竹葉の酒、宮腰《みやのこし》の桑落《さうらく》菊花の

（上12オ）

酒、柳屋《やなぎや》の歓伯九夏《くわんばくきうか》の酒、杜康の儀《ぎ》狄三冬《てきさんとう》の酒。

　茶の具足は、南蛮の銅瓶《どうびん》、胡銅《ことう》の風炉《ふろ》、建盞《けんざん》、天目、槿花《きんくわ》の盆、菱花《りんくわ》の台、官窰《くわんえう》、油滴、羽盞《うさん》、饒州《ねうしう》、容変《ようへん》、茶椀、茶壷、磨《うす》、茶坏《ちやつき》、茶筅《ちやせん》、茶柄杓《ちやびしやく》、檑茶《るいざ》、茶杓《さしやく》。真壷《まつぼ》、洞香《とうかう》、清香《せいがう》には、深瀬、逆園《さかさまゑん》、外畑《とばた》、藤淵《ふぢふち》、小畠《こばたけ》、総じて山の茶、宇治の森沢、及び上葉《あげは》の茶を納《い》る。また香々登《かかと》、信楽《しがらき》、瀬戸壷には、伊賀、大和、松本、粟津《あはづ》の木前《こさき》、簸屑《ひくづ》等を入る。

　屏風の絵には、

（上12ウ）

竹林の七賢《しちげん》〈阮籍《げんせき》、嵆康《けいかう》、劉伶《りうれい》、阮咸《げんかん》、向秀《しやうしう》、山濤《さんたう》、王戎《わうじゆう》〉
商山の四皓《しかう》〈東園公《とうゑんこう》、角里先生《ろくりせんじやう》、夏黄公《かくわう》、綺里季《きりき》〉
飲中の八僊《はつせん》〈賀知章、汝陽《じよやう》、左相《さしやう》、宗之《そうし》、蘇晋、李白、張旭《ちやうきよく》、焦遂〉
瀟湘の八景〈洞庭の秋の月、瀟湘の夜の雨、山市の晴嵐、江天の暮雪、漁村の夕照、煙寺の晩鐘、平沙の落鴈、遠浦の帰帆〉
九真の麟〈漢書に曰く、宣帝詔して曰く、ーー（九真）奇獣を献ず、麟色牛角なりと。〉
大宛《だいゑん》の馬〈また武紀に曰く、弐師《じし》将軍広利、大宛王の首を斬る、汗血馬を得。〉
黄支《くわうし》の犀〈また曰く、黄支三万里より犀を貢ぐ云々と。〉
条枝の鳥〈また曰く、条枝国は西海に臨み、大鳥有り、卵甕《かひごほとぎ》の如しと。〉
鳥は宿る池中の樹、僧は敲《たた》く月下の門。

（上13オ）

鶯歌《あうか》は太液に聞ゆ、鳳吹《ほうすい》は瀛洲《えいじう》を繞《めぐ》る。
繍戸香風《しうこきやうふう》暖かなり、紗窓曙色《しやさうしよしよく》新たなり。
夢の裏《うち》に君王近く、宮中に河漢高し。
雲は蔵す神女《しんぢよ》の館《くわん》、雨は到る楚王の宮《きゆう》。
千年丹頂の鶴、万歳《ばんぜい》緑毛の亀。
水を掬《きく》すれば月手に在り、花を弄《ろう》すれば香《か》衣に満つ。
春潮《しゆんてう》雨を帯びて晩来急《ばんらいきふ》なり、野渡《やと》人無くして舟自《おのづか》ら横《よこた》はる。
蝴蝶の夢の中《うち》家万里、杜鵑《とけん》の枝上《しじやう》月三更。
簾は捲《ま》く青山巫峡《ふけふ》の暁、煙《けぶり》は開く碧樹渚宮《しよきゆう》の秋。

（上13ウ）

長楽の鐘の声は花の外《ほか》に尽きぬ、龍池《りようち》の柳の色は雨の中《うち》に深し。
壷中の天地は乾坤の外《ほか》、夢裏の身名は旦暮の間。
潼関《どうくわん》百万の軍兵《ぐんびやう》、中宮三千の侍女。
樹は五陵を隔てて秋の色早し、水は三晋に連なりて夕陽《せきやう》多し。
東山《とうざん》の樹色は花頂に連なる、北野《ほくや》の梅花は白河《はくが》に映ず。
都府楼には纔《わづ》かに瓦の色を看る、観音寺には只《ただ》鐘の声を聴く。
胡角一声霜の後《のち》の夢、漢宮万里月の前の腸《はらわた》。
夕殿《せきてん》に螢飛んで思ひ悄然《せうぜん》たり、秋の燈《ともしび》挑《かか》げ尽して眠《ねぶ》ること能はず。
画棟《ぐわとう》朝《あした》に飛ぶ南浦の雲、珠簾暮《ゆふべ》に捲《ま》く西山の雨。

（上14オ）

遅々たる鐘漏《しようろう》の初めて長き夜《よ》、耿々《かうかう》たる星河《せいが》の曙《あ》けんと欲する天。
不明不暗朧々《ろうろう》たる月、不暖不寒漫々《まんまん》たる風。
文集《もんじふ》の嘉陵《かりよう》が春月の詩の句。

漢高三尺の剣、坐ら諸侯を制す、張良一巻の書、立ろに師傅に登る。

上の句々の意、一として描せずといふこと無きものなり。

漢家本朝、近来の画図の絵、色紙の屏風、此の道風が経き手、金岡が霊筆、少々これ有り。

次に絵の本尊には、和尚の達磨、思恭が釈迦、東坡が竹、甫〔補〕之が梅、日観が葡萄、月山が馬形、

（上14ウ）

月湖が観音、君沢が楼閣、王摩詰が水、氷岸が鷹、芳汝が牛、用田が栗鼠、蘿窓が蘆雁、文与可が竹、李堯夫が羅漢、呉道子が観音、馬遠が花鳥、夏圭〔珪〕が山水、諭法師が阿弥陀、印陀羅が布袋、王元章が梅花、李龍眠が人形、高然輝が山水、趙昌子が花枝、玉澗子が山水、門無関が達磨、胡直夫が禅会、李安忠が田猟、周丹士が十六羅漢、陳世英が観音、子良が百馬、陸青が山水、子昭が山水、葉公が龍、

（上15オ）

信忠が十王、禅月が十六羅漢、唖子が観音、太玄が飛龍、趙子昂が馬形、閻次平が山水、舜挙が花鳥、雪窓が芝蘭、顔輝が仙人、月丹が観音、芳叔が牛、所翁が龍、可山が観音、率翁が布袋、馬麟が人形、韓幹が青草の馬、戴嵩が緑楊の牛、大〔太〕白が匡廬の瀑、和靖が孤山の梅、列子の風に御し、琴高の鯉に乗る、許由の耳を洗ひ、巣父の牛を牽く、白楽吾が友の竹、秦皇大夫の松。

懸字には、

（上15ウ）

仁宗皇帝、牧渓和尚、王羲之、虞世南、趙子昂、張即之、黄魯直、蘇子瞻、張旭、欧陽、一山国師、西澗禅師、

また路頭の見物衆の場において、年齢漸く不惑余りの桑門、長高く色黲黒くして、面魌顔、面鼻皶に、歴瘍〔癧瘍〕にして、形頑に、心嚚にして、少と嗄れ、甚く訛りたるが、唐布の入袪の帷と、薄く縮たる彝強の炮衣とを着、柿団扇を以て、煎物売を麾いて、高声に喚び寄せて、泥顔にして問ひて曰く「汝が調ずるところの煎物は、其の薬種何々ぞや」と。

彼の煎物売、返す返す余りに、不祥不祥として、敢へて意得ず

（上16オ）

思ひながら、答へて曰く「薬種は総べて万端と雖も、今少々これを言さん。

先づ天南星、地骨皮、檳榔子、高良香、人参、鬼箭、甘草、苦辛、丁子、貝母、柴胡、桂心、玄参、黄耆、金牙、銅鼻、龍脳、虎胆、陳皮、川芎、鶴虱、烏頭、白朮、黄連、白礬、紫檀、胡椒、茯神、蓽撥、栝楼、益智、杏仁、鹿茸、烏梅、鼈甲、龍歯、石斛、木通、青礬、白芷、前胡、阿魏、沢瀉、防風、山梔子、川大黄、五味子、三稜根、赤芍薬、青木香、蛇床子、鶏舌香、赤銅屑、

（上16ウ）

白石脂、蜜〔密〕陀僧、訶梨勒等なり」と。

彼の桑門は、重ねて問ひて曰く「自余の薬種は且く置く。訶梨勒は更に細々に用ゐず。何ぞこれを用ゐるや」と。

売者答へて曰く「夫れ訶子は六味を具す。故に薬中の王たり。自余の薬種は、纔かに一味、二三四五味を具す。故に臣薬と謂ふべからくのみ」と。

桑門の曰く「汝言ふところの薬種、種々なりと雖も、正にこれを推察

せしむるに、三四種に過ぐべからず。然らば則ち、何を用ゐること有るか」と。

売者答へて曰く「万病の一薬なり。夫れ古《いにしへ》売薬翁《まいやくをう》といふ者有り、一薬を以て万人に与ふるに、病として愈えずといふことなし。若し然らば何ぞ薬種の多少に因らん。猛将は敵を滅ぼすを以て勝れたりと為《な》す。良薬は病を愈やすを以て験《げん》と為《な》す。

(上17オ)

我窃かに良医薬性《やくしやう》の根源を窺ふに、夫れ百薬神農《しんのう》より起こつて、百草を嘗《な》む。一日に七十の毒に遇ふ。赭鞭鉤製《しやべんこうせい》を作つて、以て六陰陽と太一とに随つて、草木石肉毛羽《さうもくせきにくもうう》万種千類、彼の鞭を以て打ち、其の主治を悉《つく》し、五味温冷《をんりやう》に答ふ。是れ皆雷公が註《しる》し置く療治、験《げん》虚しからず。白字の薬用験多し。滕元発《とうげんぱつ》これを申《の》ぶ。本経《ほんきやう》の薬、殊に用ゆべけんや。一種は一歳《ひととせ》の数に当る。三百六十五種なり。是れ神農の本経なり。爾後《そののち》三千七百年を経《へ》、斉の時、陶隠居また三百六十五種を加ふ。其の後、唐の高宗、顕慶二年丁巳《ひのとみ》の歳、

(上17ウ)

蘇敬等、一十五種を副《そ》ふ。新修本草《しんじうほんざう》二十一巻是《これ》なり。同じき唐の仁宗、嘉祐二年丁酉《ひのとり》の歳、禹錫《うしやく》等新補《しんぷ》八十二種、新定十七種を副ふ。嘉祐が補註本草二十三巻是なり。宋の太祖、開宝の比《ころ》、盧多遜《ろたそん》一百三十種を加ふ。開宝の本草二十一巻是なり。同じき宋の徽宗、大観二年に、艾晟《がいせい》前《さき》の代々の本草薬種を以て加副《かふ》して、新旧の薬一千六百七十六種を載せたり。証類本草三十二巻是なり。代々本草の薬種は斯《か》くの如し云々。

(上18オ)

但し某《それがし》曾《かつ》て未だ寸口《すんこう》、関上《くわんじやう》、尺中《せきちゆう》三部、各《おのおの》浮沈中、畢竟、九《きう》候《こう》の脈所《みやくしよ》を知らざれば、更に七表《しつぺう》の浮、芤《こう》、滑、実、弦、緊、洪、八裏《はつり》の微、沈、緩、濇《しよく》、遅、伏、濡《じゆ》、弱、九道《くだう》の長、促《そ》、短、虚、結、牢、動、細、代《たい》、已上二十四脈の度数を診《とりこころむ》ることを得ず。

只だ春、夏、土用、秋、冬の当季に随つて、陰陽の浮沈に因《よ》つて、五行の増減に任せて、肝、心、脾、肺、腎の五臓、同じき胆腑《たんのふ》、小腸、胃《ゐの》腑《ふ》、大腸、膀胱、三焦等の六腑に付きて、薬種の寒温平の薬性《やくしやう》を勘《かんが》へ、形《かた》のごとく愚案の了簡を廻らし、毎朝調味《まいてうてうび》仕《つかまつ》る御煎物《おせんじもの》なり。聞《きこ》し食《め》さんやいなや、

(上18ウ)

御随意たるべし」と云々。

其の時桑門、余りに面目無くして、笠、着る物を捨て、柿団扇《かきうちは》計《ばか》りを携へて、顫《かぶり》して電光《でんくわう》の如くに去る。これを見る者、咥々然《ちつちつぜん》として頭《かうべ》を低《た》れて笑ふ。

既に都鄙遠近、囃手《はやして》の倫《ともがら》と、老若群集《くんじゆ》、警固の衆と、何れも各《おのおの》衣裳を以て、偏愛とうつくしく、荏苒《じんぜん》とへへやかにして、相軽《さうけい》とかろがろしく、調謔《てうぎやく》とたはぶれ、端仰《たんがう》とひたおもむきに、因循としたがつて、心を一《いつ》にして、諸共に挼《も》み合ひて、各《おのおの》相ひ交はる。我劣らじと、或いは蜀《しよく》郡《きん》の鶴瑟《かくしつ》を弾《たん》じ、或いは秦楼《しんろう》の鳳管《ほうくわん》を吹く。簫《せう》、笛《ちやく》、琴《きん》、箜篌《くご》、琵琶、鐃《ねう》、銅鈸《どうばち》、調《と》拍子《びやうし》を合はせて、小鼓《こつづみ》を韸々《ほうほう》と撃ち、大鼓《おほつづみ》を百《とう》

(上19オ)

々《とう》と撃つて、各《おのおの》宮《きゆう》、商《しやう》、角《かく》、徴《ち》、羽《う》の盛んなる声を調《ととの》へ、耳に入る娯《たのし》みを為《な》す。互ひに青《せい》、黄《くわう》、赤《せき》、白《はく》、黒《こく》の麗《うる》はしき色を錯《まじ》へて、目を悦ばしむる翫《もてあそ》び為《た》り。

各《おのおの》自《みづか》ら編木《ささら》を摺《す》り、手棒《てばう》を振り、頭《かうべ》を掉《ふ》り胸を敲《たた》き、数々《さくさく》とあまた

たび、勇み叫《よば》り喚《どよ》み、響《ののし》つて、地蔵の名号《みやうがう》を唱へ、狂鶏《きやうけい》の三更に暁を唱ふる比《ころ》よりして、病鵲《へいじやく》の夜半に人を驚かす時に至るまで、更に断絶すること無し。稍《やや》、春蛙夏《しゆんわか》蜩《てう》の更に啁嘈雑《たうさうざつ》するが如し。

経に曰く「若し人散乱の心に、塔廟《たふめう》の中に入りて、一たび南無仏と称《しよう》せし、皆已に仏道成りにき」と云々。矧《いは》んや至心《ししん》称名の人に於いてをや。

各《おのおの》結縁法楽《けつえんほふらく》の為の故に、野老村夫《そんぷ》弾《たん》じ囃す

（上19ウ）

ときんば、嬰児稚子《ちし》舞ひ楽しむ。乃ち是れ、黄老《くわうらう》の弾《たん》ずるときんば、嬰児起《た》つて舞ふとの故か。また或る時、鞨鼓《ふつこ》を撃つ者、若し夫れ翁伯《をうはく》のあぶらひさきの子か。然れば母は濁《だく》のほしじしうり、其の身は質《しつ》のさやまきうりなり。既に経営といとなんで、出所《いでどころ》は張里《ちやうり》のうまくすしの家、其の衣裳は、弁転《べんてん》とかのこがはをかうぶりて星かと疑はしめたるを着《き》、膚《はだ》には紅羅《こうら》のくれなゐのうすものの颯纚《さつし》としなつて、綺組《きそ》のくみ、繽紛《ひんぷん》とみだれたるを服《き》、纐纈《かうけつ》の袴を着《き》て、紺陶《かんだう》の脚絆《きやはん》を着《ちやく》し、唐綾《からあや》の素襪《しろしたうづ》を着《は》き、腰には般《はん》のとらのかはを纏ひ、顔には楊貴妃、李夫人の如くなる面《めん》を覆ふ。表《うへ》には青き袿《うちかけ》に朱《あか》き袙《あこめ》〔衵〕を重ねて、含折《つぼを》りてこれを服《き》る。露結《ろけつ》とつゆむすんで、寥々《れうれう》としづかなる朝《あした》に、鞨鼓を先立てて、二つの撥《ばち》を執つて、左右《さう》のてに用《もつ》て、左に彳亍《てきちよく》とたたずみ、右に徘《はい》

（上20オ）

徊《くわい》とたちもとほり、蓬累《ほうるい》とかしらかかへ、飛揚《ひやう》ととびあがり、跋扈《ばつこ》とふんばたかつて、目を天の表《ほか》に遊ばしむるがごとし。依ること無くして洋々《やうやう》とただよへるに似たり。重なれる衣、綵緻《さいち》といろきびしく、青熒《せいけい》とあをやかに、裊委《でうゐ》とたをやかなる袖、飄零《へうれい》とひるがへつて、溶々洋々として、極楽々々《やつさやつさ》と云つて、未だ曲調を成さざるに、先づ情《なさけ》有つて、眉を低《た》れ手に信《まか》せて続々《つぎつぎ》撃つ。撃ち了《をは》つて声暫く歇《や》む。此の時声無きは声有るには勝《まさ》れる。漁陽の鞞鼓《ふりつづみ》地を動《ゆす》り来《きた》る。驚破霓裳羽衣《そよやげいしやううい》の曲。伝へ聞く、開元に楊貴妃花を愛して、明皇《めいくわう》鞨鼓を撃ち、杏《からもも》を催す。上《かみ》の曰く「我を喚《よ》んで天公と作《な》さずんば可か」と。奇なるかな奇なるかな。また愕《おどろ》きて眙《すぐにみ》る目も眩転《けんてん》とめくれて、彷徨《はうくわう》とたちもとほり、重ねて鞨鼓を撃つこと両三声、仙楽を聞くがごとく、耳暫く明らかなり。

（上20ウ）

洋々乎《やうやうこ》として耳に盈《み》てるかな。誰か三月宍《さんげつしし》の味《あぢはひ》を忘れざらんや。図らざりき、楽《がく》を為すこと斯《ここ》に至んなんとは。彼の風流の興、これを言ふに足らず、故にこれを嗟歎《さたん》す、これを嗟歎するに足らず、故にこれを詠歌す、これを詠歌するに足らず、手の舞ひ足の蹈《ふ》むことを知らず。

将夫《はたそれ》或る老女の曰く「頃《このごろ》何時《いつしか》此の地蔵菩薩に因りて、風流《おもしろきこと》を訪《とぶら》ふに、尊《たか》き卑《ひき》き庶人《もろびと》云《ここ》に集《つど》ひて、永《ひたそ》ら将《さわ》〔鏘〕ぐ状《ありさま》不分《けしからず》、勝《げ》に古《ふるめかし》き刺史の儀なり」。然《さて》も彼の里の名を尋ぬれば、諸人《かたへのひと》答へて曰く「古《いにしへ》、光の大将《だいしやう》の雨夜《あまよ》の考選《しなさだめ》、漸々《をさをさ》に在りしより以来《このかた》、明石の上、島隠れ行く船、難波《なには》方《がた》住吉に詣でて後、久しく住み狎れ給ひし桂の里は、此れを夕顔の宿の月、雲隠れ」。様無《ためし》き

（上21オ）

詞葉《ことのは》までも様々に語り侍《はんべ》るを、真《さだか》に聞くぞ目出度き。

「猶ほ其れよりも尚《ひさ》しきは、伊《い》登《と》内親王、住家《すみか》も此の桂の里に在原の業平の御母、柏原の天皇の皇女、阿《あ》保《ぼ》親王の夫人、威《ゐ》徳《とく》内親王是れなり」。押靡《おしなべ》て懇《ねんごろ》に語り侍るを、仮借《なつかし》く閑《しづ》かに熟《つらつら》これを観《み》るに、或る男《ますらを》、女《たをやめ》を学び、或る風流女《たをやめ》、大丈夫《ますらを》を学んで、互ひに袖打通《うちかは》し戯《たはぶ》れ遊ぶ状《ありさま》、真成《まめやか》に空 甚《うつつなくかはしきひと》、強面《つれな》き浮浪《うかれびと》かな。皆悉《さながら》生憎《あなにく》や、外目《よそめ》も知らず、頭《かうべ》を

低《た》れ訬《ささや》き会此《あひしら》ふ光儀《すがた》、化《あだ》なりや。

見物の貴賤《きせん》とたかきいやしきは、共に震《おびたた》しく懽《うれ》しき観《みもの》かな。彼の見物の人流《ひとかず》、若箇《そこばく》もまた有るらん。或いは横陳《のいふし》て待つ者《ひと》も有り、或いは遷《たち》延《やすら》ひ、或いは向来《ただいま》と

(上21ウ)

騒ぎ合へる者も有り、或いは薄媚《なさけな》く人を払ふ者も有り、或いは人を摘《つ》む者も有り、或いは人を齜《かま》ふ者も有り、人を劣《あなづ》る者も有り、勢《いきほ》ふ者も有り、霊《あや》しき者も有り、躶《やつ》るる者も有り、人の頂を摩《なづ》るも有り、人の顔を覗《のぞ》くも有り、人を攊《こそぐ》る者も有り、人を擳《ねづ》る者も有り。

既に七月初月《はつあきみかづき》の比《ころ》よりして、向南山《きたやま》の空暗く陰《くも》りて、暴《には》かに雨間《まま》烈しく降る間、桂川漲り流れて、優しく厳《いつく》しく、栄花《いしげ》に貴《ゆゆし》く、天の生《な》せる麗しき質《すがた》自《みづか》ら棄て難く、眸《まなじり》を廻《めぐら》して一たび笑《ゑ》めば百《もも》の媚《こび》生《な》つて、幽玄《なまめき》渡る生女房達、花容《くわよう》のはなのかたち婀娜《あだ》とたをやかに、玉体《ぎよくたい》のたまのすがた逶迤《ゐい》となごやかにして、相乱《あひまが》へる方便《つきづき》しき青女房達、泣涙衣柔《しほたれごろもなよや》かに服為《きな》して深沈《しめや》かに霑《ぬ》るる状《ありさま》、混《ひた》けて閑心《しづごころ》無く、偲び難くして恋《なみ》

(上22オ)

水《だ》と雨と共に袖を絞る状《ありさま》、蒼茫《くたびれ》たり。何ぞ雨、今日計《ばか》り忍《ねう》ぜざるや。初めの歓《うれ》しさ引き返《かへ》し、今更不可《あし》きこと取捨《ともかく》も為《せ》む方《かた》無し。捜又《さすが》顕《ほ》に出づる侘事《わびこと》は不分《けしからざ》る腸《ものおもひ》なり。流草《さすが》捨て難き生身なれば、霽《あめ》少し罷《や》める間《ま》に、また瀟湘の夜に為《な》らんことを恐れて、還りて原憲が枢《とぼそ》を迷ひ、各《おのおの》自《みづか》ら衣を脱ぎ髪を露《あら》はにして、脇腰に亙《いた》るまで高く迃《こしから》んで、足を泥《すあしにし》て肩を袒《かたぬ》いで、人目も緘結《つつ》まず、強《あなが》ちに襤褸《やつる》る形、苟くも不有《まさな》うして溢れ漾《ただよ》ふ所々《ところどころ》は、此の辻堂、神府《ほこら》、道祖神《さいのかみ》、彼《か》の樹《こ》の下、橋縁《はしづめ》、夜行《やかう》の屋に、木休《こがく》れ多集《すだ》き、悶へて悲《あやめ》き吟《さまよ》ひ喠《あわつ》る状《ありさま》は、孟子《まうじ》に言へるが如く、額《ひたひ》に洮《あせ》有り、睨《にら》んで視《み》ず、夫《そ》の洮《あせ》たるや、人の為に洮《あせす》るには非ず、中心より面目《めんぼく》に達するものなり。

(上22ウ)

彼《か》の面坊《かほなだら》かにして心安忍《いぶり》に、貪生《ふくつけな》く甚しき倫《ともがら》、徒《いたづら》に身に綾羅錦繍を纏ひ、面《おもて》に白粉朱鉛《はくふんしゆえん》を施す。紅の顔に緑の黛《まゆ》を雑《まじ》へ、素《しろ》き歯に黒き湩《かね》を付けたり。別様《うたてし》き化人《あだびと》、万銭《ばんせん》を費すこと、嗚呼《ああ》、老《おい》が身の生験《いきがひ》無く、因《よし》無き命流経《ながらへ》て、彼等を見るも無状《あぢきな》く惜《あたら》しき者なり。

然《さて》も質形《あだしみ》の好心《なまごころ》有りて、盱瞜《くろう》とみとろめかして、戯《たはぶ》れに人の誘《をこつ》り呼ぶをも知らず、白地《かりそめ》の誓言《かごと》を聞きて、誠に愚人《おろかびと》清《さや》かに行末も知らぬ身として、衆諸《ともかく》も始め終りの言端《ことのは》に連枝比翼の契りを楽しび、偕老同穴の睦びを羨んで、応答《ようたふ》とこころよげなる挙《ありさま》、新《いまめかし》く暗疎《おぼつかな》き者なり。各《おのおの》　闔《かしらさしいだ》して、喁々《ぐぐ》と姦《かしまし》く相《あひ》語らふもまた愚かなり。

(上23オ)

遮莫《さもあらばあれ》、久代伝《むかしよりつて》にもまた然《か》く神《めづら》しき業《わざ》は未だ聞かず。盛んなる御代《みよ》の様《ありさま》、有り難き御事共《おんことども》可愛《めでたき》かな。

桂地蔵記上

(下1オ)

桂地蔵記下

同じき応永丙申《へいしん》七月中旬の比《ころ》、桂の地蔵に参詣せし時、西の七条松尾《まつのを》の御旅所《おたびどころ》、北野の伏拝《ふしをがみ》の辺《へん》に、奇異の老翁有り。立《たて》烏帽子を着、白張《しらはり》装束を為《し》、鳩杖《はとのつゑ》に携はり、独言《ひとりごと》すらくのみ。「夫れ転輪王出世したまふときんば、輪宝《りんぽう》現じ、先陀《せんだ》到つて、千子《せんし》囲遶《ゐねう》す。また聖賢の主《しゆ》　踐　祚《あまつひつぎしろしめ》すときんば、賢臣仕へ、鳳鳥《ほうてう》来りて、万民謳歌す。其の地守《ぢしゆ》正しきとき

んば、合浦《かつぽ》に珠《たま》還る。今是《かく》の如きの霊像出現し、誠に所以《ゆゑ》有るかな。

夫れ大廈《たいか》高祖の御代《ごだい》に当つては、式《もつ》て元始を観《み》、眇《はる》かに玄

（下1ウ）

風を覿《み》、道九野《みちきうや》に光《て》りて、普天の下《した》を治めたまふ。徳八埏《えん》に載せ、率土《そつと》の浜《ひん》を化《くわ》したまふ。剰《あまつさ》へ御善政世務《せいむ》の余暇には、新たに白善の地を卜《ぼく》して、霊場と為す。鮮やかに紫磨金《しまごん》を布き、梵宇を建てたまふ。乃ち十万体の地蔵尊を安《あん》じて、本尊と為す。一十指《いつせんじ》の比丘衆を屈して、清衆《せいしゆ》と為す。本尊常に等持王三昧台《さんまいだい》に居《きよ》す。清衆鎮《とこしな》へに解脱門大禅定《だいぜんぢやう》を修《しゆ》す。加之《しかのみならず》、御自筆《ごじびつ》自讃の画像の地蔵薩埵、毎日の課業御闕怠《ごけつたい》無きの故に、天長地久、海晏河清《かいあんかせい》なるものなり。これに因つて金枝玉葉世を嗣ぎたまふ。威風を閻浮《えんぶ》十方界に振ひ、寿域を

（下2オ）

須弥百億山に斉《ひと》しうす。正に謂《おも》へり、周易に曰《いへ》るが如く、積善《しやくぜん》の家には必ず余慶有り。既に大廈薩埵を御信敬《ごしんぎやう》有れば、則ち薩埵弥《いよい》よ大廈を守護し給ふ。併《しかしなが》ら天下太平、武運綿延として、礼官を崇《たふと》び、文章を考へ、故《ふる》きを温《たづ》ね新しきを知り、廃れるを興し絶へたるを継ぎ、鴻業を潤色す。至徳と謂ふべからくのみ。

歌をもて讃めて曰く、

久方の月の桂の石仏堅くも守る君が御代かな」

云ひ畢《をは》つて去んぬ。知らず、誰人《たれびと》ぞや。

巫女《ぶぢよ》曰く「此の地蔵菩薩、一天の帰依、四海の尊崇、蕩々たるかな、巍々《ぎぎ》たるかな。惟何《これいづ》れの日、何れの時か終へんや。汝達《なんだち》各《おのおの》其の懐《おもひ》を述べたまへ」と。

彼の席に

（下2ウ）

五行子、字訓子、月令子《ぐわつりやうし》、三士の倫《ともがら》侍《はんべ》り。

先づ五行子が曰く「吾 倩《つらつら》薩埵の霊験を念ずるに、当年十一月中に至つて、化縁《けえん》当《まさ》に治まり給ふべし」と。

次に字訓子が曰く「彼の尊像を按ずるに、当年七月五日より七十一日に相ひ当りなん比《ころ》、奇瑞須《すべから》く尽き給ふべし」と。

また月令子が曰く「窃かにこれを勘ふるに、当年丙申《ひのえさる》の歳の七月五日より、明年丁酉《ひのととり》の五月下旬の比《ころ》に至るまで、宜しく善尽きて元の如くに蔵《かく》れ給ふべし」と。

巫女重ねて其の旨趣《しいしゆ》を問ふ「如何《いかん》ぞや」と。

五行子答へて曰く「桂の地蔵とは、桂は則ち月なり。地《ぢ》は則ち土《つち》。土《ど》の員《かず》は五なり。蔵《ざう》は則ち治《ぢ》なり。是《ここ》を以て五

（下3オ）

月に当に化権《けげん》〔現〕収まり給ふべし」と。

巫女また問ふ「地土《ぢど》一体の謂《いは》れは聞いつ。桂の字月の意何《こころなん》ぞや」と。

五行子答へて曰く「桂は月の体《たい》なり。杜詩に曰く『月中の桂を斫却《しやくきやく》せば、清光応に更に多かるべし』と。李嶠が曰く『桂は生《な》る三五の夕《ゆふべ》』と。古徳の曰く『桂輪孤《ひと》り碧天に朗らかなり』と云々。皆是れ桂月の証文なり」と。

巫女字訓子に問ふ。字訓子答へて曰く「桂の地蔵の三字の体《たい》を験過《けんくわ》せば、桂の字は、木の篇は十八、作《つくり》の圭《けい》の字は十一十一。地の字は、作《つくり》の也《や》の字を除く、土篇《どへん》は十一。蔵の字は、艹甲《さうかう》を取れば則ち二十、畢竟して七十一なり。また彼の艹甲を除いて余るところの臧《ざう》の字は、茲郎《じらう》の切《かへし》、善《よ》きなり。茲《これ》に因つて、七十

(下3ウ)
一日に、善尽きて化戢《けをさ》まり給ふべきなり。但し彼の日限の間に於いて、地下《ぢげ》の奴婢《ぬび》に付きて、必ず相ひ争ふべきものなり」と。

巫女請益《しんえき》す。

字訓子また曰く「古人の曰く『奴婢《ぬび》を臧獲《ざうくわく》す』と云々。臧の字は善きなり、厚きなり。獲の字は争ひ取るなり。定めて境内に奴婢私欲を以て恣《ほしいまま》に争ひ取るの義有るべきか。此の時宰《さい》制せずんば、必ず科己《とがおのれ》に帰せんまくのみ」と。

巫女また曰く「上《かみ》の七十一の義は暫く置く。如何《いか》なるか是れ日の字の意《こころ》」と。

字訓子答へて曰く「経に曰く『毎日晨朝入諸定《じんでうにふしよぢやう》』と云々。故にこれを七十一日と謂ふ」と。

巫女月令子に問ふ。

月令子答へて曰く「桂の地蔵の三字を観ずるに、其の員《かず》七十一は、

(下4オ)
眼前《げんぜん》の事なり。但し愚慮の至りは、曾て七十二候三百六十日を以て一年と為す。今七十一を勘ふれば、乃ち七十一候三百五十五日なり。然れば当年丙申《ひのえさる》の歳七月五日より、明年丁酉《ひのととり》の歳五月下旬に至るまで、また一閏を加ふ。宜しく三百五十五日に相ひ当るべし。彼の時節必ず当に霊徳休《をさま》り給ふべし。吾暫く密教の義を按ずるに、乾《いぬゐ》の方に愛染在《ましま》して善事を為す。則ち巽《たつみ》の方に荒神有《ましま》して必ず障礙《しやうげ》を成し給ふ。是の故に知りぬ、今般京師《このたびけいし》より坤兌《こんだ》の地に於いて、霊像出現し給ふは、臧《よ》きを顕《あらは》さんが為の故なり。また艮震《ごんしん》の天に在つて、妖星見え給ふは否《ひ》を示さんが為の故なり。

(下4ウ)
誠に彼の方は、大いに慎むべきものなり。妖星とは則ち、二星合《にしやうがふ》なり。夫れ妖は徳に勝たず、仁能く邪を却《しりぞ》く云々。随つて尤も天地災変の祭を修《しゆ》せらるべきものなり。然らずは其の方に於いて、必ず否《ひ》有らんか。語に曰く『君子は怪力乱神《くわいりよくらんしん》を語らず』と云々。今是の薩捶と妖星と、何《いづ》れをか怪と曰ひ、何れをか神《しん》と曰はんや。恰《あたか》も以て不可思議なり。若し兌《だ》の地の霊像臧《ざう》を為さば、必ず震の天の妖星否を成さんか。是《ここ》を以て七月五日より、一百个日の中に於いて、必ず当に大過《たいくわ》有るべし。大過有るとは、片臣戈《へんしんほこ》を動かして必ず上《かみ》を犯すべき象《しやう》なり。窃かに以《おもんみ》れば彼の地蔵の字より除き遺すところの

(下5オ)
也臧《やざう》の二字、詳《つまび》らかに勘へ見れば、也の字は亦《また》なり。臧の字は片臣《へんしん》の戈《くわ》を書く。爿《へん》は左字《ひだりじ》なり。当に片の字に作るべし。片臣とは、礼《らい》に曰く『天子一位、公一位、侯一位、伯一位、子男同じく一位、凡て五等なり。天子の制、地方千里、凡て四等。五十里に能はざれば天子に達せず。諸侯に附いて附庸と曰ふ』と。夫れ附庸は則ち陪臣なり。陪臣は則ち公臣より其の地方減ずるが故に陪臣と曰ふ。陪臣、地方減ずるが故に片臣と曰ふ。また諸侯を以て国君と曰ふ。国君を国と称す、これを上《かみ》と謂ふ。上を干《をか》すと謂ふところなり。片臣戈《ほこ》を動かすは、必ず上を犯すべき象《しやう》なり。

(下5ウ)
但し遠く聞く、震旦《しんだん》は三皇五帝の後、三王の初め、夏后相《かこうしやう》が臣羿《げい》、上《かみ》を僭《せん》して夏后相を殺す、彼の羿還つて己《おのれ》が家臣寒浞《かんさく》がために殺され、また魯の季氏が家臣陽虎、驕飽《けうばう》して季氏を滅ぼす、終に以て自滅す。

近ごろ我が朝天神七代地神《ぢじん》五代の後を見れば、人王《にんわう》三十二世《せい》用明天皇の御宇に、守屋の逆臣有つて憲法《けんばふ》を乱り、仏法を破《は》し、王道を滅《ほろぼ》すが故に、上宮太子のために降伏《がうぶく》せらる。爾来《それよりこのかた》人王九十六世後醍醐天皇の御時《おんとき》に、平の高時といふ者有つて、一類蘩《はん》〔繁〕蔓《まん》して式目を毀《そこな》ひ、朝議を自専し、万人を懱如《べつじよ》する間、元弘三年の夏、源の大相公《だいしやうこう》のために

（下6オ）

追討せられ畢《をは》んぬ。

今若し東方に於いて上を犯す片臣あらば、積悪《しやくあく》果して和漢悪逆の倫《ともがら》の如くならん。則ち上《かみ》を犯して以後、十旬の中《うち》に於いて、速疾《そくしつ》に自滅すべき条、踵《くびす》を廻《めぐ》らすべからず、掌《たなごころ》を指すが如くなるべき者なり。

後に勘ふ、

応永廿三年丙申《ひのえさる》の歳、十月六日、関東の総州の管務上椙《うへすぎ》の金吾、乱を作《おこ》さんと好んで、上を犯し奉る狼籍〔藉〕、以ての外《ほか》なり。七月五日より、妖星出現して、一百个日に相ひ当たる。即ち明年丁酉《ひのととり》の春、王《わう》の正月十日、金吾の一党、鶴岡の八幡宮の別当の坊に自殺し畢んぬ。丙

（下6ウ）

申の歳十月六日、金吾悪逆の日より、九十日に相ひ当たる。

夫れ人として遠き慮《おもんぱかり》無きときは必ず近き憂ひ有り。天の作《な》せる災《さい》は遁れつべし、自ら作せる災には活《い》くべからず。嗚呼《ああ》、慎まずんばあるべからず。これを戒《つつし》めこれを戒め。爾《なんぢ》に出《いづ》ることは爾に反《かへ》る者なり」と。

巫女また問ひて曰く「三子の倫《ともがら》、智《ち》弁乾《べんけん》を回《めぐら》し、文才坤《こん》を転《めぐら》す。大いに儒教を弘め、諦《あきら》かに釈門に属し給ふ。随つて箇々《ここ》の名字を五行子・字訓子・月令子と言ふは何の故ぞや」と。

先づ五行子答へて曰く「夫れ五行といふは、木《もく》・火《くわ》・土《ど》・金《ごん》・水《すい》なり。迺《すなは》ち其の位は、亥卯未《がいばうび》・寅午戌《いんごじゆつ》・巳《し》酉丑《いうちう》・申子《しんし》辰《しん》、丑未《ちうび》・辰戌《しんじゆつ》・寅申《いんしん》・巳亥《しがい》なり。

（下7オ）

其の員《かず》は、一六水、二七火、三八木、四九金、五土、已上四十五なり。仍《よつ》て一徳、二儀〔義〕、三生《しやう》、四殺《せつ》、五鬼、六害、七陽、八難、九厄《くやく》、及び相剋、相生《さうじやう》、王、相《しやう》、死、囚、老、総《すべ》て五行、五季、五方、五色《ごしき》、五音《ごいん》、五根、五味、五臓、五体、五常、乃至《ないし》五経、五字、并びに乾《けん》、兌《だ》、離《り》、震《しん》、巽《そん》、坎《かん》、艮《ごん》、坤《こん》等、三経一論《さんぎやういちろん》の儀、随分解説《げせつ》す。故に号《なづ》けて五行子と曰ふ」と。

次に字訓子が曰く「夫れ字訓といふは、古《いにしへ》伏羲《ふくき》氏の天下に王たつしに逮《およ》んで、始めて八卦を画《ゑが》き、書契を造り、以て縄を結ぶ政に代へたり。是より文籍生《な》る。周易に曰く

（下7ウ）

『天文を観ては以て時の変を察す。人文《にんもん》を観ては以て天下を化成《くわせい》す』と。爾来《それよりこのかた》犠《ぎ》文《ぶん》の籍、姫孔《きこう》の書、日月と倶《とも》に懸《かか》り、鬼神と奥《あう》を争ふ。是の故に文字は則ち載道《さいだう》の器《うつはもの》なり。随つて我終日《ひめもす》に六書《りくしよ》八体の文《もん》を弄んで、无何《むか》の郷に遊ぶ。竟夜《よもすがら》四声七音《ししやうしちいん》の義を諳《そら》じて、浩然《かうねん》の気を養ふ。仍《よつ》て字訓子と号《かう》す」と。

また月令子が曰く「夫れ月令といふは、先づ三十日を以て一月《いちげつ》と為し、三月を以て一季と為す。乃ち春夏秋冬の四季、畢竟三四十二月、三百六十日なり。但し月に大小有り。乃ち大は三十日を尽し、小は二十九日を尽す。堯典に曰く

（下8オ）

『期、三百有《いう》六旬有《いう》六日、閏月を以て四時《しいし》を定め、歳を成す』と云々。

茲《これ》に因つて三年に一閏、五年に再閏、七年に三閏、十九年に一章と云々。また一年を以て五季を分つ。則ち春、夏、土用、秋、冬等、一季各《おのおの》七十二日、都合三百六十日なり。迺ち土圭《とけい》を以て昼の時を知り、また斗柄《とへい》に随つて夜の刻《とき》を定む。既に正月建寅より、臘月丑《ちう》に至るまで、只十干、十二支、三辰、七星《しちしやう》、九曜《くえう》、十二宮神、二十八宿《にじふはつしう》、二十四節、上弦、下弦、晦朔、昼夜十二時、孟《まう》・仲《ちゆう》・季《き》三十六禽、月建《げつけん》・月将《げつしやう》に当る時刻を勘へて、

(下8ウ)

六壬《ろくじん》の盤を転《めぐ》らして、諦《あきら》かに時の吉凶を知る。故に月令子と云ふものなり」と。

乃ち三子の倫《ともがら》、共に巫女に問ひて曰く「巫《ぶ》は何の謂《いは》れぞや」と。

巫女答へて曰く「夫れ巫は、先づ以て心身内外清浄《しんじんないげしやうじやう》にして、自ら顔色を正しくす。斯《ここ》に敬信に近し。已に辞気を出して、斯に鄙倍《ひばい》に遠ざかる。恭《うやうや》しく天下太平の御願《ごぐわん》、円満の御祈禱を致し奉る。次に人々問ひ来る志に応じて、我が意《こころ》の工《たくみ》の中に於いてこれを占ふ。故に巫と曰ふ。語に曰く『人として恒《つね》無きは、以て巫医《ぶい》を作《をさ》むべからず』と。また曰く『占はざらくのみ』と。是を以て我不正の人の事を占はず」と。

三子の問答了《をは》つて、同席に難者《なんじや》有り、進み出て曰く「我が才

(下9オ)

智弁説、三子の倫《ともがら》に及び難し。但し深く疑心有り。今懺悔のために、これを演説す。誠に釈尊付嘱の地蔵菩薩は、霊験分明《ふんみやう》なるべき者なり。今《きん》作《さく》の石地蔵不審なり。甚《なん》の奇特有らんや」と。

また義者《ぎしや》有りて答へて曰く「天竺の育王造立《ざうりふ》の塔婆、漢家の真人変化《しんじんへんげ》の黄石《くわうせき》、我が朝の狗盧《くる》尊仏《そんぶつ》の率都婆、日光山寺の不動尊、出流《いづる》の観音、岩船の地蔵等、皆是れ霊験奇特《きどく》の石像なり。今古異なりと雖も、霊石是れ同じ。何ぞ疑はんや」。

難者重ねて曰く「諺に曰く『愚人を指して木石と曰ふ』とは、何の謂れぞ」と。

義者重ねて答へて曰く「草木《さうもく》国

(下9ウ)

土、悉皆成仏《しつかいじやうぶつ》」〈文〉と。

爾《そ》の時行脚僧有つて判じて曰く「難者の問《もん》は、心より欲せずと雖も、他の語を釣らんがための問頭《もんとう》なり。義者の答《たふ》は、心中《しんぢゆう》に於いて行なはずと雖も、難問を止《や》めんがための答話なり。二者《じしや》三子の問答の底《てい》、尋常六《よのつねろく》識分別《しきふんべつ》の話頭《わとう》なり。凡そ諸仏菩薩の内証、善巧《ぜんげう》方便、恢々焉《くわいくわいえん》、晃々焉《くわうくわうえん》として、迥《はる》か思議の表《ほか》に出でたり。凡慮の及び難き境界《きやうがい》なり。抑《そもそ》も我が祖西来《せいらい》の大意、作麼生道《そもさんだう》、教外別伝《けうげべつでん》、不立文字《ふりふもんじ》、直指人心《ぢきしにんしん》、見性成仏《けんしやうじやうぶつ》〈文〉。汝等諸人《しよにん》、徒らに鬼窟《きくつ》裏に、是《ぜ》と論じ非と論じて、一生を埋没《まいもつ》すること莫れ。

(下10オ)

光陰惜しむべし、時人を待たず。古賢の曰く『若し今生に此の心を度《ど》せずんば、更に何れの生に此の心を度すべけん』と云々。もし祖宗門下に於いて、趣向無くんば、豈に一面目《いちめんもく》を得んや。

這箇《しやこ》は且く置く、随宜説法の為に、模を為し様《やう》を為すこと、只だ要す、汝等諸人、万事を放下《はうげ》して、偏へに地蔵菩薩に帰依し、尊像を造立《ざうりふ》し奉り、礼拝恭敬《らいはいくぎやう》供養を致さば、得るところの功徳、不可思議なり。先づ尊像に対《むか》ひて、一天太平、武運長久の隆基《りゆうき》を祈るべし。次にはまさに二世《にせ》悉地《しつち》、自他成就の願心を発《おこ》すべし。

方《まさ》に今、応永丙申《へいしん》の歳に当つて、釈迦如来鶴林涅槃の夕《ゆふべ》より、

（下10ウ）

二千三百六十五年を過ぎて、弥勒菩薩龍華下生《りゆうげげしやう》の朝《あした》を待つこと、五十六億七千万歳なり。彼の二仏の中間《ちゆうげん》は、釈迦如来、忉利《たうり》天宮《てんぐう》に於いて、親しく地蔵菩薩に末世の衆生を付嘱し給ふ。

偈に曰く、

現在未来天人衆《てんにんしゆ》、吾今慇懃《おんごん》に汝に付嘱す。

大神通の方便を以て度《ど》し、諸悪趣に堕在せしむるなかれ、と。

仍つて六道能化《のうけ》の導師たり。最も惟れ仰ぐべく信ずべき者をや。就中《なかんづく》、功徳の広大なること、造像供養の徳に勝れたるは無き者なり。

夫れ仏像を造る始めは、増一阿含経《ぞういちあごんきやう》に云《いは》く、『仏忉

（下11オ）

利に昇る。二王仏を憶《おも》つて、因つて大忠《だいくわん》を成す。大臣王に白《まう》さく、まさに造像供養すべしと。是《ここ》に於いて優塡工旃《うてんわうせん》〔栴〕檀《だん》を用《もつ》て仏像を彫《きざ》む。此は彫像の始めなり。波斯匿王《はしのくわう》これを聞いて、乃ち黄金を用て真像を鋳《い》る。此は真像を鋳る始めなり』と。

内典《ないでん》の録に云く『漢の明帝、秦景《しんけい》をして月支国に往《ゆ》かしめて、優塡王の彫像を得たり。尋《つい》で洛陽に至りて、勅して聖相《せいさう》を図《と》す。即ち此の土《ど》の画像の始めなり』と。

また造像功徳経に曰く『造像の功徳に十一種有り。一には世々に眼目《げんもく》清浄《しやうじやう》ならん、二には生処《しやうじよ》悪しきこと無けん、三にはまさに貴家《きけ》に生まるべし、四には身紫金色《しこんじき》の如きならん、五には珍玩豊饒《ちんぐわんぶねう》、六には賢善《けんぜん》の家に生まれん、七には生まれて王たることを得《う》、八には金輪

（下11ウ）

王と作《な》る、九には梵天《ぼんでん》に生れて寿命一劫《いつこふ》、十には悪道に堕ちず、十一には後生《ごしやう》に還《かへ》つて能《よ》く三宝《さんぼう》を敬重《きやうぢゆう》せん』と。

また云く『若し人命終《みやうじゆう》の時に臨んで、発言《ほつごん》して造像すること、乃至《ないし》大なること棗穬《さうくわう》〈音は広、大麦なり〉のごときも、能く三世《さんぜ》八十億劫《おくこふ》の罪を除く』と。

地蔵菩薩本願経に曰く『是の地蔵菩薩、閻浮提《えんぶだい》に因縁有り。文殊、普賢、観音、弥勒等の諸大開士の如し。また百千の身形《しんぎやう》を化《け》して、六道を度す。其の願尚ほ畢竟有りとも、是の地蔵菩薩は六道の一切衆生を教化《けうけ》したまひき。発《おこ》すところの誓願、劫数《こつしゆ》千百億恒河沙《ごうがしや》の如くならん。世尊よ、我未来及び現在の衆生を、所住《しよぢゆう》の処に観ずるに、南方清浄の地に於いて、土石《どしやく》

（下12オ）

竹木《ちくもく》を以て、其の龕室《がんしつ》を作らん。是の中《うち》に能く塑画《そぐわ》せん。乃至《ないし》金銀《こんごん》銅鉄にて地蔵の像を作つて、焼香供養し、瞻礼讃歎《せんらいさんだん》せば、是の人の居処、即ち十種の利益《りやく》を得《う》。何等《なんら》か十とする。一には土地豊楽《どぢぶらく》ならん、二には家《け》宅《たく》永く安からん、三には先亡《せんまう》天に生まれん、四には現在寿益《いのちま》さん、五には求むること意《こころ》に遂げん、六には水火の災ひ無からん、七には虚耗辟除《こがうびやくぢよ》せん、八には悪夢を杜絶せん、九には出入に神護あらん、十には多く聖《しやう》因《いん》に遇はん』と。

金口《こんく》の所説、誠なるかな是の言《こと》。然れば教主釈迦大師は、称揚讃歎して、三権一実《さんごんいちじつ》の教法《けうぼふ》を説き、法華の妙理を顕はす。道〔導〕師地蔵薩埵は、哀愍《あいみん》随順して、六道の衆生を化《け》して、

（下12ウ）

般若の勝因を悟る。報じ難きは教主の広大済度衆生の恩なり。謝《じや》し難き

は導師の悲願解脱群類の徳なり。善きかな薩埵の霊徳、これを仰げば弥《いよい》よ高し、これを鑽れば弥よ堅し。これを瞻《み》るに前に在るかとすれば、忽焉として後《しりへ》に在り。循々然として能く迷徒を引導するものなり」と。

彼の論談の砌《みぎり》、七十有余の老尼侍《はんべ》つて、僧に対して問ひて曰く「我年《とし》来《ごろ》地蔵菩薩を信敬《しんぎやう》し奉るが故に、今また一七个《いつしちか》日《にち》参籠言《まう》し侍るなり。而して我偏へに地蔵菩薩の尊号を唱へ奉る処に、自余の参籠人は、或いは南無阿弥陀仏と唱ふるも有り、或いは南無妙法蓮華経と唱ふるも有り、或いは南無大悲

(下13オ)

観世音菩薩と唱ふる者も有り。其の尊像に向きて其の名号を唱へ奉るべきかとこそ存じ侍《はんべ》るところに、加様に各々は何の故ぞや」と。

僧答へて曰く「嗚呼《ああ》、疑ひを問はんと欲するは、君子の好《よみ》んずるところなり。但し種子《しゆじ》三摩耶形《さんまやぎやう》の義に付いて、最も密義有り。夫れ中人《ちゆうじん》以上には、以て上《かみ》を語るべきなり。中人以下《いげ》には以て上を語るべからざるなり。即ち今汝が為に尊形の義を以て大綱これを説かん。

夫れ本朝南都の興福寺《こうぶくじ》南円堂は、藤氏《とうじ》深秘《じんぴ》の本尊は、弘法大師の御制作、十二臂《ひ》不空羂索観音の宝冠、則ち立像《りふざう》の地蔵菩薩を頂戴し給ふ。是れ則ち法相擁護《ほつさうおうご》の霊神《れいじん》、春日四所明神第三の

(下13ウ)

御本地なり。阿弥陀と地蔵とは、即ち同一体《どういつたい》が故に、即ち頂上仏とするなり。

其の故に蓮華三昧経《れんげさんまいきやう》に曰く『地蔵菩薩、天に在つて三仏を現ず。日光地蔵は多宝仏、月光《ぐわつくわう》地蔵は釈迦如来、明星地蔵は無量寿仏』〈文〉と。三光一体にして、三仏同体なり。総体は地蔵菩薩なり。明らかに知りぬ、地蔵本来阿弥陀なることを」と。

爰《ここ》に小沙弥《せうしやみ》有つて問ひて曰く「蓮華三昧経は、未度《みど》の経なり。何を以てか支証と為《せ》んや」と。

僧答へて曰く「夫れ経に於いて、度、未度の義は、最も弁《わきま》へ難きものなり。所以者何《ゆゑいかんとなれば》、世尊拈花《ねんげ》、迦葉《かせふ》微《み》笑《せう》の時、付嘱の文《もん》有り。即ち大梵天王問仏決疑経の文なり。然れば赤県《せきけん》

(下14オ)

州《しう》の王、余りに深くこれを秘して、未度の経と称す。嗚呼《ああ》既に王荊公《わうけいこう》が知るところなり。人焉《いづくん》ぞ廋《かく》さんや、人焉ぞ廋さんや。また此の蓮華三昧経の中《うち》に於いて、三世の諸仏随身《ずいじん》の偈《げ》有り。一切衆生成仏の文なり。所謂《いはゆる》、

帰命《きみやう》す本覚《ほんがく》の心法身《しんほつしん》に　常住す妙法の心蓮台に
本来具足す三身《さんじん》の徳を　三十七尊心城《しんじやう》に住す
普門塵数諸三昧《ぢんじゆしよさんまい》　因果を遠離《をんり》し法然《ほふねん》具す
無辺の徳海は本《もと》円満なり　還《ま》た我頂礼《ちやうらい》す心諸仏《しんしよぶつ》〈文〉

是《これ》なり。不空三蔵、四威儀《しゐぎ》の間《あひだ》に於いてこれを誦《じゆ》す。仍《よつ》て略

(下14ウ)

釈を作つて以てこれを秘す。次に弘法大師も、此の経文并びに諸経の文《もん》を引いて、随求陀羅尼経《ずいぐだらにきやう》の儀軌を造り給ふ。

古来和漢両朝に亙り、即成仏《そくじやうぶつ》の人師《にんし》、称計《しようけい》すべからざるものなり。若し此の経を未度《みど》と謂はば、何に因つてか是《かく》の如き等《とう》の文有らんや。既に度と謂はば、何ぞ予《わ》が引くところの文証《もんしよう》を疑はんや。汝、饒舌《ねうぜつ》沙弥、老僧を瞞《まん》ずること莫くんば好《よ》し。

また北嶺の説は、原《たづ》ぬれば夫れ、南瞻部州、大日本国《だいにつぽんごく》、秋津《あきつ》洲《す》、水穂《みづほの》

中津《なかつ》国《くに》、これを名づけて扶桑国と曰ふ。葦原たるの始め、国の中《うち》にして、天神七代、地神《ぢじん》五代の尊有《みこといま》して、彼の天神七代の

(下15オ)

第一は、国常立尊《くにとこたちのみこと》、第二は、国狭槌尊《くにさづちのみこと》、第三は、豊酙《とよくむ》〔斟〕渟尊《ぬのみこと》、此の三代は陽神《をがみ》として、天地《あめつち》を開き始め給ふ。第四は、泥瓊尊《うひぢにのみこと》〈陽神〉、沙《すひぢ》瓊尊《にのみこと》〈陰神《めがみ》〉、第五は、大戸道尊《おほとのぢのみこと》〈陽神〉、大戸《おほと》間辺尊《まべのみこと》〈陰神〉、第六は、面垂尊《おもたるのみこと》〈陽神〉、惶根尊《かしこねのみこと》〈陰神〉、また此の三代は、陽陰《をがみめがみ》の形有りと雖も、婚合無く、隠したまふ所を知らず。第七は、伊奘諾尊《いざなぎのみこと》〈男神〉、伊奘冉尊《いざなみのみこと》〈女神〉、此の二神《にじん》、まさに合交《がふけう》したまはんとするに、未だ其の術《じゆつ》を知らず。時に鶺鴒《せきれい》有り、飛び来つて婚合の翔《ふるまひ》を学びたまふ。始めて遘合《みとのまぐはひ》有り給ふ。

次に地神《ぢじん》の第一は、天照太《てんせうだい》〔大〕神《じん》〈女神、伊奘諾、伊奘冉の一《いち》の尊、所生《しよしやう》の御子《みこ》なり〉、第二は、正哉《まさや》吾勝々速日天忍穂耳尊《われかつかつはやひあまのおしほみみのみこと》〈男神、天照大神、由《よし》有りて儲け給ふ御子なり〉

(下15ウ)

第三は、天津《あまつ》彦々火《ひこひこほ》瓊々《にに》杵尊《ぎのみこと》〈忍穂耳尊《おしほみみのみこと》の御子《みこ》なり〉、第四は、彦火々《ひこほほ》出《で》見尊《みのみこと》〈男神〉、第五は、彦波瀲《ひこなぎさ》〔歛〕武鸕鷀草葺不合尊《たけうのはふきあはせずのみこと》〈男神〉なり。

所詮天神七代より、地神第三代天津彦々火瓊々杵尊に至るまで、天地畢竟十代なり。十代の禅《ゆづり》を受け給ふ故に、十禪〔善〕の尊《そん》と言ふ。今、円宗擁護《おうご》の尊神《そんじん》と現じ給ふ。日吉《ひえ》の社、十禅師《じふぜんじ》、是なり。御本地は、地蔵菩薩なり。地蔵は則ち菩薩号《ぼさつかう》なり。阿弥陀は則ち如来号なり。菩薩と謂《いつ》ぱ、則ち因位なり。如来と謂《いつ》ぱ、則ち果満なり。仍つて地蔵則ち阿弥陀なり。また曰く『阿弥

(下16オ)

陀則ち観音、観音則ち法華なり』と。旧記に曰く『昔在霊山名法華《しやくざいりやうぜんみやうほつけ》、今在西方名弥陀《こんざいさいはうみやうみだ》、娑婆示現観世音《しやばじげんくわんぜおん》、三世利益同一体《さんぜりやくどういつたい》』〈文〉と。其れ実《じつ》は皆一法《いつぽふ》なり。

凡そ諸仏菩薩は、衆生の願に随つて、種々の身を現じて、而《しか》も為に法を説く。汝信ぜよ、地蔵の所願成就、出離生死《しやうじ》、頓証菩提」と云々。

老尼重ねて問ひて曰く、「自身の出離は且《しばら》く置く。我幼少の時、早く父母《ぶも》を亡失して、乳哺《にゆうほ》懐抱の恩を知らず。成長《ひととなつ》し時も、五障三従、女人たる間、我が子を育《やしな》ふと雖も、未だ慈父悲母《じぶひも》の恩を報ずることを得ず。また老大《らうだい》の今は、我が家貧《まど》しきが故に、父母追善の為に、一僧を供養ずること能はず。何に

(下16ウ)

因つてか先考先妣《せんび》、成等正覚《じやうとうしやうがく》を遂げ給はんや。

梵網経に曰く『父母・師僧・三宝に孝順し、至道の法に孝順し、孝を名づけて戒と為す、また制止と名づく』〈文〉と。世間に所謂《いはゆる》戒行門《かいぎやうもん》何ぞや。蓋し孝行の道なり。其の故は仏已に孝を説きて、名づけて戒と為す、また制止と名づけ給ふ。最も我等所生《しよしやう》の父母の為に、其の力を竭《つく》し、其の孝を致して、当に彼の菩提を願ふべきものなり。但し今彼の尊霊等《そんりやうとう》、知らず、何《いづ》れの処に落在するや」と。

僧答へて曰く、「其の謂《いは》れ有り。地蔵本願経に曰く『或いは三歳・五歳・十歳已下、父母を亡失し、及び兄弟姉妹を亡失す。是の人年既に長大して、父母及び諸《もろもろ》の眷属《けんぞく》、知らず、何れの

(下17オ)

趣《しゆ》にか落在し、何れの世界にか生じ、何れの天中にか生ると思憶《おも》はん。是の人若し能く地蔵菩薩の戒像を塑画《そぐわ》し、乃至《ないし》名《みな》を聞き、一瞻一礼《いつせんいちらい》して、

一日《いちにち》より七日《しちにち》に至つて、初心を退《そ》くことなく、名《みな》を聞き形を見たてまつり、瞻礼《せんらい》供養じたてまつるべし。是の人の眷属、因業を仮るが故に、悪趣に堕つとも、当劫数《たうこつしゆ》を計つて、斯《こ》の男女《なんによ》・兄弟・姉妹の塑画、地蔵の形像、瞻礼の功徳を承けて、尋《つい》で即ち解脱すべし』と。

また曰く『一心瞻礼、地蔵形像、其の名字を念ぜんこと、万返《まんぺん》〔遍〕を満《み》てば、当に菩薩無辺身《むへんじん》を現じて、具さに是の人の眷属の生界《しやうかい》を告ぐることを得べし』と云々。誠に是れ則ち大慈大悲、甚深《じんじん》広大の薩埵《さつた》なり。

即ち発心門に於いて、東方薬師瑠璃光如来と成りたまふ。四面八臂の（下17ウ）降三世明王《がうざんぜみやうわう》も、地蔵尊の忿怒《ふんぬ》の形なり。また修行門に於いて、南方宝《ほう》生仏《しやうぶつ》と成りたまふ。四面八臂の軍陀《ぐんだ》〔荼〕利明王《りみやうわう》も、地蔵尊の忿怒の形なり。また菩提門に於いて、西方無量寿仏と成りたまふ。六面六臂六足の大威徳明王も、地蔵尊の忿怒の形なり。また涅槃門に於いて、北方天《てん》鼓雷音仏《くらいおんぶつ》と成りたまふ。三面四臂の金剛夜叉明王も、地蔵尊の忿怒の形なり。また地蔵尊の内証は、中台《ちゆうだい》大日如来と成りたまふ。大盤石の上に、迦楼《かる》焔《えん》を現じ、右に利智の剣を取り、左に金剛索を持ちたまふ、大聖《だいしやう》不動明王も、地蔵尊の忿怒の形なり。

夫れ六地蔵とは、蓮華三昧経に曰く『第（下18オ）一に、檀陀《だんだ》地蔵は、地獄道を導きたまふ。第二に、宝珠地蔵は、餓鬼道を導きたまふ。第三に、宝印手《ほういんじゆ》地蔵は、畜生道を導きたまふ。第四に、持地《ぢぢ》々蔵は、脩《しゆ》〔修〕羅《ら》道《だう》を導きたまふ。第五に、除蓋障《ぢよがいしやう》地蔵は、人道《にんだう》を導きたまふ。第六に、日光地蔵は、天道を導きたまふ』と云々。

若し他方より賊来りて、刀兵劫起《とうひやうごふき》すること有るときんば、勝軍地蔵頓《とん》に威神力《ゐじんりき》を現じて、弓矢《きゆうし》を以て怨敵《をんてき》を摧滅《さいめつ》せん。曾《かつ》て戎類《じゆうるい》襲ひ来らば、還《かへ》つて船を覆《くつが》へさん、命を失はしめん。乃ち神力《じんりき》の致すところなり。夫れ弓矢《ゆみや》の由来は、礼《らい》に曰く『男《をのこ》初めて生るる時は、則ち人をして桑弧《くはのゆみ》蓬矢《よもぎのや》を執つて、天地四方を射さしむ。其の事有ることを示すなり』と云々。彼の弓は則ち扶桑の（下18ウ）桑《くは》、矢は則ち蓬莱の蓬《よもぎ》なり。最も是れ我が朝は、弓矢《きゆうし》の本国なり。随つて忝くも神明《じんみやう》の擁護《おうご》に因つて、君臣上下、勢力勇猛《せいりきゆみやう》にして、弓矢を以て家業と為す。恐らくは閻浮界《えんぶかい》に於いて、誰《たれ》有つてか亦た我が神国を敵せんや。是れ神明《じんみやう》仏陀、本跡《ほんじやく》異なりと雖も、不思議《ふしぎ》一《いち》の大日本国《だいにつぽんごく》、弓矢無《きゆうしむ》双《さう》の霊地なり。

また延命地蔵と現じては、衆生の願ふところの寿命を延べ給ふ。今西方浄土に有《ましま》しては、阿弥陀如来と現じたまひて、一切衆生命終《みやうじゆう》の時に臨んで、来迎引接《らいかういんぜふ》〔摂〕して、極楽に安置《あんぢ》したまふ。偏《あまね》く是れ地蔵菩薩、今世後世《こんぜごせ》能引導《のういんだう》の広大の恩徳《おんどく》なり。

幸ひに汝元《もと》（下19オ）来《より》地蔵菩薩を信敬《しんぎやう》し奉れば、専ら縁仏たり。即ち自讃毀他《じさんきた》の念を忘れて、不思善不思悪《ふしぜんふしあく》の処に、円陀々地《ゑんだだち》、間《ま》に髪《はつ》を容《い》れず、勇猛精進《ゆみやうしやうじん》、一心不乱《いつしんぷらん》に、地蔵菩薩を念じ奉れば、速かに此の一報身《いちほうじん》を尽して、必ず当に極楽国に生ずべきこと、決定《けつぢやう》として疑ひ無けん。

偈《げ》を以て讃めて曰く、

強《し》ひて石頭《せきとう》を喚《よ》んで地蔵と号《かう》す　大悲の心眼《しんげん》霊光を発す

神通《じんづう》自在甚奇妙《じんきめう》　億々分身満十方《ふんじんまんじつぱう》」と。

此の偈を聞き已《をは》つて、一会《いちゑ》の緇素《しそ》、異口同音に、称名讃嘆《さんだん》、信受奉行《しんじゆぶぎやう》し、礼《らい》を作《な》して去んぬ。

（下19ウ）

桂地蔵記下終

弘治四年、二月初六日、これを誌す。

注

上（上２オ～上８オ）

上２オ３　**囅然として**

「囅然（チンゼン）」は、楽しげに大笑する様子。『荘子・達生』に「桓公囅然として笑ひて曰く」とある。「囅然（テンゼン）」も意味は同じであるが別語。

上２オ５　**これを占ふに**

以下の占いの具体的内容は、次のようなものであろう。『五行大義』によれば、十干十二支を数字に配当すれば、甲は九、午は九、子は九となる。そこで、甲午の日の子の時に見た夢は、九＋九＋九で二十七となる。これに十二宮の十二と、巫女の年齢の四十七とを加え、八十六の数を得る。八十六を九宮の九で割ると、九あまり五となる。この九と九と五の三つの数字に基づいて占う。はじめの九は五行の金で西を意味し、五は五行の土で、老いた土なので、真の土ではなく、石を意味する。もう一つの九は五行の金で秋を意味する、というのである。この時期が秋なので、王相説に従えば、金行は王で盛ん、土行は老で衰えているのである。なお、「厄」は九の縁語、「鬼」は五の縁語で、特に意味は無い。

上３オ４　**西岡の辺に竹を売る奴有り**

『看聞御記』応永二十三年七月に、桂の里の石地蔵の記事を載せ、「西岡ニ住スル男〈竹商人云々〉」とある。詳しくは解説参照。西岡は、山崎と嵯峨の間の桂川以西の地域を指す。

上５ウ７　**沈狂**

この故事は未詳。「沈狂」は音合符があることから「チンキヤウ」と読まれるが、「重利」（利を重んずる）と対になることから、「狂に沈む」すなわち狂気に陥る意であろう。

上７ウ４　**礼記に、噍は擾なり。楽記にあり**

『礼記・楽記』にこのような記事は無く、この注記が何に基づくかは不明。「噍は擾なり」という訓詁も見出せない。

上７ウ９　**金裹**

黄金の丸い塊。「裹」は、「錁」に通ずる。

上８オ４　**法の物**

「はう（箔）の物」か。金箔を施したかわらけ。

上８オ６　**滄溟九穴の鮑**

「滄溟」は、大海原。「九穴の鮑」は、巨大な鮑の意で、日本独自の表現。一般には、『源平盛衰記』において、熊野に詣でた花山法皇に献上された例が知られる。ただし、より古い例として、『権記』長保元年（九九九）十月二十六日に「大弐（藤原有国）九穴の鮑を奉上す」とある。また、『熱田宮秘釈見聞』に「この熱田宮の地下に、金亀住せり、この亀の背に大宮立ち給へり。

（中略）この所の御池に、九穴の鮑あり」とあり、蓬莱をイメージする神物の一部とされている。

上8オ6　**海岸六銖の香**
極めて貴重な香の名。『妙法蓮華経・薬王菩薩本事品』で、一切衆生喜見菩薩が虚空より香を雨のごとく降らせたことを述べ、「また海此岸の栴檀の香を雨らす。この香の六銖は、価ひ娑婆世界に直り、以て仏に供養じたてまつる」とあるのに由来する。「海此岸」は、閻浮提州の南のはての海岸。「六銖」は、四分の一両で、三、四グラム。敦煌変文『目蓮縁起』（P二一九三）にも「七日六時長く礼懺し、炉に焚く海岸六銖の香」とある。

上8ウ3　**仙身銅**
「仙神銅」とも表記し、花瓶や香炉の素材とされた銅の一種。

上8ウ8　**白鹿皮綴**
「品革綴（しながわおどし）」のことか。「品革」（藍色の地に羊歯の葉の形を白く染め出した革）を用いたおどし。『尺素往来』に「卯花威、鳩威、緋威、品革威、黄櫨匂」とある。

上8ウ8　**中取**
未詳であるが、「妻取（鎧の袖や草摺りの端をおどすこと）、肩取（鎧の肩や袖の上をおどすこと）、中取」と連続することから、鎧のおどしの一種と考えられる。

上9オ3　**弰打たる弓**
「弰」は、『改併四声篇海』に引く『川篇』に「弓曲貌」とあるが、ここでは国訓で「つく」と読み、「弭」の意味。弓の弦をかける部分。字形から考えて、特に角製の「角弭」を指すか。『保元物語』に「五人張の弓、長さ八尺五寸にて、つく打ったるに、卅六さしたる黒羽の矢負」とある。

上9オ4　**高鴺尾**
原本は「高鶀尾」に作るが、「鶀」は「鴺」の誤記。傍訓も「タカウスヘヲ」が正しい。護田鳥（うすべを、尾白鷲）の薄黒い斑の、高く大きい矢羽根。

上9オ5　**鴈、鴾、鳥羽**
「鴈の羽、鴾（とき）の羽、鳥の羽」を省略した表現であろう。「鴾」の傍訓「タカ」は「タウ」の誤り。

上9オ7　**乗学、紀次、直海、甘露**
鏃づくりの名人と思われるが未詳。

上9ウ1　**閉伊の郡、多久佐里の本牧立ちの名馬、須弥足井、并びに彦間立ち、杣立ち、井立ちの馬有り**
『尺素往来』に「この内、多久佐里の本牧両三疋候、須弥足井辺、并びに肢爪地拘へ、平馬に替はるところに候、尾持ち生得神妙の馬に候、

（中略）倶に奥州閉伊の郡より到来す」とある。原本で「須弥足井」の上に「生得」の二字があるが、これは『尺素往来』に類する資料を用いる際、生まれつきの意の「生得」を、誤って地名として書き加えたものであろう。「多久佐里」「須弥足井」は倶に閉伊郡（岩手県東部）の牧の名。彦間は、野州の牧の名。

上9ウ4　**馬揳**

馬体の大きさの意であろう。「揳」には、測る意がある。

上9ウ8　**海獱**

原本の「海豘」は、いるかの意であるが、傍訓の「こつひ」を「海獱」の読み「こひん」の崩れと解し、「海獱」に正した。「海獱」は、「胡獱」とも書き、海獣の名。三巻本『色葉字類抄』に「胡獱〈コヒン、ト、ノ老、アサラシノ若也〉」とある。

上10オ2　**児玉と倉谷との韆**

「韆」は、ぶらんこを意味する連綿詞「鞦韆」でしか使用されない漢字であるが、「鞦」に馬具のしりがいの訓があてられたことから、「韆」にも同じ訓「しりがい」が及ぼされたもの。

上10オ7　**樺巻**

桜皮を細かく切って膠で貼り付けた、柄や鞘の装飾。正倉院御物に「樺巻の把鞘《つかさや》白銀玉虫装《かざり》の刀子」が有る。

上11オ6　**此の書の跋に載するなり**

跋文は実際には無く、韜晦の語であろう。同様の記述が上11ウ2にも見える。

上11ウ2　**道徳**

未詳であるが、『精進魚類物語』に精進の食品として、「道徳と云ふ物、味曾賀にはせめぐつて、もよほしけり」とある。同書では納豆や豆腐の次に登場しており、味噌の一種であろうと推測される。

上11ウ5　**菓子は、南嶺の蒲桃、北渓の甘蔗…**

『遊仙窟』の美味佳肴を列挙した箇所に、「蒲桃甘蔗、梗棗石榴、河東の紫塩、嶺南の丹橘、燉煌の八子の奈、青門の五色の瓜、大谷の張公の梨、房陵の朱仲の李、東王公の仙桂、西王母の神桃、南燕の牛乳の椒、北趙の鶏心の棗、千名万種、具さに論ずべからず」とあるのを、ほぼそのまま用いたもの。ただし、冒頭の「蒲桃甘蔗、梗棗石榴」だけは、「南嶺の蒲桃、北渓の甘蔗」に改めている。「八子」は、実が八つついた奈（林檎の類）。『太平御覧』巻九七〇に引く『晋太始起居注』に、「太始二年六月、嘉奈、一蔕に十五実、あるいは七実、酒泉に生ず（『初学記』巻二八、『芸文類聚』巻八六に引くところもほぼ同じ）」とある。「青門」は、長安の東門で、漢の邵平が瓜を栽培したところ。「張公（張道陵）」「朱仲」「東王公」「西王母」は、神仙の名。「牛乳の椒」は、山椒の実が、牛の乳房のような形に垂れ下がるもの。「鶏心の棗」は、鶏の心臓の形をした棗。

上11ウ8　**下若村、張騫が葡萄の酒…**

この一段は名酒を列挙するものであるが、和漢の語が混在し、難解になっている。「下若村」は浙江省長興県の地名、「菩提山」は、大和の正暦寺、「塔尾」「宮腰」は、加賀の地名。「柳屋」は、京都にあった造り酒屋である。「杜康」は、酒を発明した中国古代の人物。その下に、漢籍に見える美酒関係の語を付したものであり、上下に必然的な関係はない。例えば、「下若村」と、西域の葡萄酒をもたらした「張騫」は無関係である。

上12ウ5　**九真の麟…**

『文選』の張衡「西京の賦」に禁苑に棲む獣を述べて、「その中には乃ち九真の麟、大宛の馬、黄支の犀、条支の鳥有り」とあり、李善注に「漢書宣帝詔して曰く、九真奇獣を献ずと。晋灼漢書注に曰く、駒形麟色牛角なりと。また武紀に曰く、弐師将軍広利、大宛王の首を斬り、汗血馬を獲たりと。また曰く、黄支三万里より生犀を貢ぐと。また曰く、条支国は西海に臨み、大鳥有り、卵甕の如しと」とあるのによる。本書の注も、李善注をほぼそのまま踏襲しており、李善注の『文選』を使用したことが推測される。

上13オ5　**千年丹頂の鶴、万歳緑毛の亀**

出典未詳。文明本『節用集』に「千年〈丹朱〉頂の鶴、万歳緑毛の亀」とある。

上13ウ3　**潼関百万の軍兵、中宮三千の侍女**

出典未詳。杜甫の北征の「潼関百万の師、往者に散ずること何ぞ卒かなる」と、白居易の長恨歌の「後宮の佳麗三千人、三千の寵愛一身に在り」を組み合わせたもので、日本の作であろう。ともに安禄山の乱に関したものではある。

上13ウ5　**東山の樹色は花頂に連なり、北野の梅花は白河に映ず**

出典未詳。桜の名所を並べたものであろう。「花頂」は、京都市東山区粟田口の華頂山（花頂山）。知恩院の山号でもある。

上14ウ9　**葉公の龍**

この前後は画家の名を挙げるが、「葉公」は画家でなく、「葉公龍を好む」の故事を用いたもの。春秋時代の楚の葉子高が龍を好み、龍のデザインに囲まれて暮らしていたが、その噂を聞いて本物の龍がやって来たところ、腰を抜かしたという話。『新序』に見える。

上15オ8　**白楽吾が友の竹**

白居易の詩「池上竹下作」に「水は能く性淡にして吾が友為《た》り、竹は心虚を解して即ち我が師たり」とあるのを誤読したもの。

上15ウ5　**面䵴顔、面鼻皻**

「面䵴顔」は、原本は「面𩴾顔」に作る。「𩴾」は字書に見えず、類似した「䵫」は、ヒキガエルの意。『集韻』に「䵳　皯䵳、面の黒気、或いは黽に从ふ」とあり、「皯䵴」は、顔色が黒い意味。傍訓の「おもくさ」は、「くさ（瘡）」に由来する言葉で、皮膚病により、顔が黒く汚いこと。本書の「⿰面黽」は、あるいは「皯」と「⿰黒黽」のコンタミネーションか。黒川本『字類抄』に「⿰黒黽　オモハ、クソ、音孕、面墨なり」、観智院本『類聚名義抄』に「皯　古旱反、オモカニ、クロクサ、オモクサ」とある。「面鼻皻」は、原本は「面鼻皷」に作る。「皷」は「皻」の誤り。『医心方』治皻鼻方によれば、飲酒で顔が熱気を帯び、風の冷気に当たって、鼻に赤い発疹が生じたものというとあり「和名、安加波奈」とある。

上16オ2　**天南星、地骨皮…**

以下の薬種は二種づつ対で挙げられており、多くは「天と地」「人と鬼」「甘と苦」「子と母」「玄と黄」「牙と鼻」「龍と虎」など、反義語や類義語が意識的に組み込まれている。

上16オ2　**高良香**

「高良薑」の異表記。日本では有坂本『和名集』はじめ、「良香」と表記されることが多く、元和板『和名集并異名製剤記』の「良香」の項に、「本草ニハ高良香トアリ」と述べる。

上16オ4　**銅鼻**

未詳であるが、黄鉄鉱の一種「金牙」（金牙石）と対になっており、やはり鉱物であろう。

上17オ5　**白字の薬用験多し**

『神農本草経』を指す。本草書は、基本的に、『神農本草経』に後世の学者が、記事を補足する形で増補されていった。そこで、『神農本草経』と、後世の増補を区別するため、古い写本では、前者を赤字、後者を黒字で記した。開宝年間（九六八〜九七五）に本草を重訂して板行する際、『神農本草経』を白字、すなわち白抜きにして、他の部分と区別する形態をとり、それが慣行となった。

上17ウ9　**尺中**

原本は「尺上中下」に作るが、『傷寒論』に「寸口、関上、尺中」とあるのにより、「尺中」に改めた。脈を測るべき三カ所（三部）の名。以下に述べられる二十四脈の名称は『王叔和脈経』に見えるが、一部異なる。

上18ウ7　**或いは蜀郡の鶴瑟を弾じ、或いは秦楼の鳳管を吹く**

『遊仙窟』に「鶴琴を蜀郡に弾じ、飽《あくま》で文君を見、鳳管を秦楼に吹き、熟《つらっ》ら弄玉を看る」とあるのによる。「鶴瑟」は「鶴琴」の言い換えであろう。「蜀郡」は、漢の司馬相如の出身地、成都。富豪の娘の卓文君が、彼の琴の演奏を聴いて気に入り、駆け落ちしたことが『史記』に見える。「鶴」は、琴曲に「別鶴操」があることからの連想か。「鳳管」は、鳳凰を呼び寄せる管楽器（簫）の意。秦の穆公の娘の弄玉は、簫の名手蕭史の妻となり、鳳鳴を学んで鳳凰を呼び寄せた、ふたりは鳳台に住んだが、後にともに鳳凰に乗って飛び去ったという話が、『列仙伝』に見える。

上19オ1　**各宮、商、角、徴、羽の盛んなる声を調へ、耳に入る娯みを為す**

『文選』の「序」に、「譬へば陶匏は器を異にするも、并びに耳に入る娯み為り。黼黻は同じからざるも、倶に目を悦ばしむる玩び為り」とあるのによる。

上19オ5　**狂鶏の三更に暁を唱ふる比よりして、病鵲の夜半に人を驚かす時に至るまで**

『遊仙窟』に「憎むべき病鵲、夜半に人を驚かし、薄媚なる狂鶏、三更に暁を唱ふ」とあるのによる。

上19ウ2　**若し夫れ翁伯のあぶらひさきの子か…**

『文選』の張衡「西京の賦」に、長安の富豪の名を列挙し、「若夫翁伯、濁、質、張里之家」とある。李善は『漢書・貨殖伝』の「翁伯は販脂を以て県邑を傾け、濁氏は胃脯を以て騎を連ね、質氏は洗削を以て鼎食し、張里は馬医を以て撃鍾す」を引いて説明している。この一段は、「西京の賦」の語を用いて構成したため、「翁伯」に「あぶらひさき」、「濁」に「ほしじしうり」、「質」に「さやまきうり」、「張李」（張里の誤）に「うまくすし」の左訓を施して文選読みにしている。なお、「洗削」（『漢書』では洒削）は、刀研ぎのことといわれているが、「削」に鞘の意があるため、ここのような訓もあったのであろう。「弁転」なる語は不明であるが、『儀礼・士冠礼』の「皮弁服」の鄭玄注に「皮弁は白鹿の皮を以て冠と為す」とある。左訓に「かのこがわ」とあるのも、鹿皮の冠の意を示すものであろう。その後文は、「西京の賦」に「紅羅颯纚、綺組繽紛」とあるのを用いたもの。

上21オ6　**真成に空甚、強面き浮浪かな…**

「真成」（本来は「本当に」の意の副詞。ここでは「誠実に」という形容の意味で用いているようで、ずれがある。和訓の「まめなり」は後者に対応するが、醍醐寺本『遊仙窟』の古訓にも見える）「低頭」「光儀」（本来は尊顔の意で、敬語表現、ここでは単なる形姿の意味で用いているようである）は、『遊仙窟』に見える語。「空甚」は未詳。傍訓の「うつつなくかはしきひと」も、誤記を含むと思われるが、意味は不明。現代語訳は仮の訳である。「空甚」が熟語かどうかは疑問であるが、『唐才子伝』賈島に「初め文場に連敗し、嚢篋空甚、遂に浮屠と成る」という使用例はあり、完全に空になる意に用いられている。

上21オ7　**見物の貴賤とたかきいやしきは、共に震しく憧しき観かな…**

ここで用いられる語のうち、「人流」「若箇」（本来は選択疑問の詞で「いずれが」の意味。本書の和訓「そこばく」は意味がずれる。醍醐寺本『遊仙窟』の古訓「いかばかりか」は後者に近い）「横陣」（同衾するが本来の意味であり、図書寮本『類聚名義抄』に「横陣　ソヒフス、遊」とあって、意味が対応する。ここで「のいふす」と訓ずるのは、「ソ」を「ノ」と誤読したことに基づくものであろう）「遷延」「向来」（本来の意味は過去をあらわす「さきほど、たった今」。本書では「ただいま」と訓じるものの、未来の意に用いているようであり、意味がずれる）「薄媚」（薄情の意）は、すべて『遊仙窟』に見える。上19オ5の「狂鶏の三更に暁を唱ふる比」の注も参照。

上22オ5　**足を泥にして**

「泥足」より「跣足」のほうが普通の表現であり、唐の李華の「衢州龍興寺故律師体公碑」に「衲衣袒肩、跣足行乞」とあるように、後文の「袒肩」と対になりやすいことは事実である。また、字形の類似により「跣」を「泥」に誤った可能性もある。しかし「泥足」（足を泥まみれにする）の語形でも意味が通じるため、このままにしておく。

下3オ9　**臧の字は、茲郎の切、善きなり**

「茲郎の切」は、反切による漢字音の表記。「臧」の音が、「茲」の声と「郎」の韻から成るという意味。『増修互註礼部韻略』平声唐韻に「臧　茲郎の切、善なり」とあるのによると思われる。

下3ウ3　**人の曰く『奴婢を臧獲す』と云**

直接には、『増修互註礼部韻略』平声唐韻に「臧　又臧獲、奴婢也」とあるのによると思われるが、この「臧獲、奴婢也」は、『荀子・王覇』の「臧獲」に対する楊諒の注である。いうまでもなく「臧獲は奴婢なり」と読むべきものであるが、ここでは誤読して「奴婢を臧獲す」と読んだらしく、それをまた「奴婢がよく奪い取る」と曲解している。

下5オ2　**爿は左字なり**

「左字」は、反文（鏡文字）のこと。「爿」は「片」の字形を左右反転させたものであるから、同義であると考える。

下5オ2　**礼に曰く『天子一位、公一位、侯一位、伯一位、子男同じく一位…』**

これは『孟子・万章下』の語であり、三礼等の礼文献には見えない。ただし、『礼記・王制』に内容の似た記事があるので、それを意識して礼と言ったものか。

下7オ3　**王、相、死、囚、老**

前漢より唱えられた陰陽五行説の一種の王相説の用語。五季における五行の循環的な盛衰を述べ、たとえば、秋には金が王となるので、水が相、木が死、火が囚、土が老となる。

下7オ5　**五字**

密教で、五行それぞれに梵字を当てたものか。栄西『喫茶養生記』の例をとれば、木は「」、火は「」、土は「」、金は「」、水は「」となる。

下7オ6　**三経一論**

普通は浄土三部経と、世親の『往生論』（浄土論）を指す。これら浄土教の根本経典が、陰陽五行説を主とする五行子の学問とどう関係するのかは不明。

下8ウ9　**難者**

「難者」は、反論を加える人の意。後文の「義者」はそれに対する語であまり見かけないが、文脈より判断すれば、ある主張（義）を説明する人の意、もしくは単に議する者の意であろう。仏教界の議論の用語か。

下9ウ1　**〈文〉**

『桂川地蔵記』で引用のあとに「文」と注するのは、下9ウ1、下9ウ8、下13ウ4、下14オ8、下16オ3、下16ウ3の六ヵ所である。仏教経典もしくは有名な仏語の引用の末尾に「文」と記すのであろう。

下9ウ2　**他の語を釣らんがための問頭なり…**

「問頭」は、問答における問題の提示、「答話」は、それに対する回答、「話頭」も問題の提示の意で、いずれも『碧巌録』等の禅語録で用いられている。なお、「頭」は接尾辞。

下9ウ9　**徒らに鬼窟裏に**

原文は「徒向鬼窟裏」。禅語風の表現にしたもので、『碧巌録』第七十七則に「你向鬼窟裏作活計」（なんぢ鬼窟裏に活計を作す）とある。この「向」は、俗語的な表現で「於」と同じ機能を持つ。「鬼窟裏」は、化け物のすみかの中の意。

下10ウ1　**二千三百六十五年を過ぎて**

釈迦入滅の年は諸説有るが、ここでは『壒嚢鈔』の説に従い、周穆王五十三年（前九四九）としたもの。この計算では応永二十三年まで二千三百六十五年になる。

下13オ3　**種子三摩耶形**

「種子」は、仏・菩薩を象徴する梵字。地蔵菩薩の種子は「𑖮」（訶ha）。「三摩耶形」は、仏・菩薩の本質を象徴する持ち物。

下13オ9　**春日四所明神**

春日大社は、四柱の皇子等を祭神とし、四所明神と称せられた。武甕槌命、経津主命、天児屋根命、比売神であり、その本地に、釈迦・薬師・地蔵・観音が当てられた。

下13ウ6　**未度の経**

「未度」は、通常「悟っていない」という意味だが、ここでは別の意味。「未度の経」とは、頼瑜の『大日経疏指心鈔』に「如来秘密恵経は、或いは云ふ、貞元開元録これを載せずと。是れ録外の経たるか、或いは未度の経たるか」とあるように、秘蔵されていたなどの理由で、まだ「世に出ていない経」という意味だと思われる。ここでは、「大梵天王問仏決疑経」が「未度の経」の典型例として挙げられている。それに関しては、南宋の晦巌智昭編『人天眼目』巻五に、王荊公（王安石）が仏慧泉禅師に向かい、『大梵天王問仏決疑経三巻』という、大蔵経に無い経典を見出したことを語り、「此の経は多く談帝王の仏に事へて請問せしを談ず、所以に世に秘蔵せられて聞こゆること無きものなり」と述べていることが参考となる。なお、「度」はその反対で、世に出て普通に知られている経を指す。

下15ウ5　**十禅（十善）の尊**

下（下9ウ〜下15ウ）

仏教では過去の世に「十善戒」（十悪を行わないこと）を守った功徳で帝王に生まれると説くので、日本では天皇を「十善の尊」と称する。ここでは、その「十善」をあえて上述の「十禅」（十代の禅《ゆず》り）にかけて説明したもの。

現代語訳

（上1オ）

桂地蔵記　上の巻

【序】

聞くところによれば、地蔵菩薩こそは、釈迦牟尼仏の直弟子たちの中でも、最も優れたお方である。忉《とう》利天にて釈尊より命を受け、現世の人々を救済するよう、後を託された菩薩にして、まことに、大いなる誓願をたて、深い慈悲を備えたお方である。かくてその能力を発揮されては、四十九種の変化を現して、迷いの雲を世間より取り除き、神通力をたびたび振るわれては、百八の地獄を打ち破り、苦しみの海から罪人を解き放たれた。これこそ、「無仏世界度衆生、今世後世能引導（釈尊入滅後の、仏のいない世界において、衆生を済度し、現世でも来世でも、仏道に導き入れる）」、といわれる所以である。このようなわけで、地蔵菩薩に対し、敬意を尽くして供養し、真心を以てよろこび従う人々は、その願い事が速やかに成就するのである。

（上1ウ）

【発端】

さて時は応永二十三年（一四一六年）、丙申の歳、秋の七月四日、甲午の日、古き平安の都は、今西宮の御縁日でのことである。そこで夜通しのお籠りを目的として、南方や北方の参詣客は、山を乗り越えて至り、雲のように集まったし、東国や西国の旅人は、海を渡って参集し、大水のごとくあふれかえった。この今西宮の縁日、午の日の祭礼においては、供物・神楽・湯立・腹鼓をはじめとし、臨時に相撲・法楽の連歌などを演じ奉るのが通例であった。その後は夜通し灯明を点し、読経礼拝が続く。さらに信心を篤くして、お籠もりをする人々の群れは、拝殿に集まり、古今にわたっての、仏法俗事の話題も尽きず、語り合うそのうちに、夜も明けようとしていた。

（上2オ）

【巫女の予言】

その時、竈殿《へついどの》のかたわらより、一人の巫女が現れ出で、坐って衣裳をととのえ、参籠の人々に向かってこう告げた。「わらわは今日の夜半、子の刻ほどに、このような霊夢を見た。突然あらわれたひとりの人物が、大笑しつつ、わらわに向かい『余は天上の星である。世の人を救わんがために、ここより一里四方の間に、明日から出現するであろう』といい終わるや立ち去ったのだ。驚きに目覚めて占ったところ、七月四日の甲午の日の、子の刻の夢であるからには、まず甲は九、午は九、子は九で、あわせて三九二十七である。ここに十二宮の十二と、わらわの年齢四十七をあわせて都合八十六である。並べて計算してみると、九宮の九で割るから『九厄の金、王』となり、金は西方を司る。その余りの数は五すなわち『五鬼の土、老』であり、まさしく真の土にあらずして石の塊の類であろう。割った結果の数もまた九すなわち『九厄の金』であり、秋を司る。

（上2ウ）

これよりして、石の塊の類が、西方より現れ、秋から教化が盛んになるという予兆であることがわかる。また明日と名指されたのだから七月五日である。そこで二十八宿の七月五日の当番の宿を調べると、亢宿である。亢宿の本地は地蔵菩薩である。したがって石像は、明日西方に出現するはずで、それこそ地蔵菩薩の化身たること疑いなかろう」と。

【地蔵の出現】

はたして翌日、桂川のほとりに一体の石の地蔵尊が、とつぜん現れたまいて、まぶしい輝きを放ち、あまねく世を照らされた。そしてしばしば神通力をふるって霊験を現されたのである。あるひとが偈を作って賛えていうには、

旻《びん》天に桂水清く、怪石は光明を放つ（秋空に桂川の水は澄み、珍しき石像は輝きを放った）。
度し尽す底《ところ》は何物ぞ、六凡と四生なり（この地蔵が救うものは何かといえば、それは迷える衆生すべてである）。

また和歌で賛えていうには、

世を救う誓いの堅き石仏桂の川に光をぞ指す（地蔵菩薩の、濁世を救おうというその誓いの堅さのごとく、堅い石の像が、桂川のほとりに、光り輝いて出現されたことよ）

（上3オ）

巫女は続けて、こう語った。「聞くところによれば、天智天皇の御代の初めには、富士山麓に竹取の翁というものがいて、竹林に入って、赫奕妃《かぐやひめ》を授かった。これは天上の天女である。かしこくも、今上皇帝のしろしめす今の世において、西岡のあたりに竹売りの奴というものがいて、桂川のほとりを歩き、石の尊像を手に入れた。これは地上の地蔵である。ふたつながら、その霊験は計り知れないものである。なんと明らかなことか、地蔵菩薩の御利益のかくれなくすぐれたること、そのお姿のこうごうしくいかめしきこと。まことに霊徳と奇瑞は、日々に新たに生まれ出るのである」と。

【風流の趣向】

そもそも地蔵菩薩の御堂は、平安京の西南、桂川の流れに近い。

（上3ウ）

都の尊卑のやから、これに帰依すれば、災いを消して福を招く。京の貴賤のともがら、これを信心すれば、危険を離れて安心を得る。かくして参詣客の乗る大きな車が、雷のごとくに、ごろごろと音を立てて進めば、お供の乗る小さな車が取り囲んで進む。お役人の乗る馬が、龍のごとくに、いきりたって並び進めば、幕僚の乗る馬が付き従う。おさなごたちが着飾り舞って練り歩けば、おとなたちが周囲を護る。歌舞音曲を演じつつ、さまざまな趣向の参詣が行われる。

まずは、将軍家の御所的の役人が、儀式の身支度を調えて、御所に参上すれば、雑役の下役が庭先に控えて、そのお着きを奏上する、そのさまを演ずる。つぎには、賀茂の祭で検非違使が、行列の装いを身に付け、都大路を練り歩けば、行列に加わる人々が車の中に集まって、品定めをする、そのさまを演ずる。

（上4オ）

あるものは地蔵菩薩が六道を遍歴し、衆生を済われる様子を演じ、あるものは帝釈天が四大州を巡り、民衆を養われる様子を演ずる。

あるいは苗を、沃土を盛り上げた苗代に植えるしぐさをし、あるいは稲を、高天原の天湌田の稲場に干すしぐさをする。

あるものは聖徳太子が、逆臣物部守屋を討伐する場面をまね、あるものは源義家が、安倍貞任を追討する場面をまねる。

あるいは越王勾践を諫めた范蠡が、呉王夫差を誅滅し、功成り名遂げ

てから、小舟に乗って太湖の雲の中に去って行く、という物語をかたどり、あるいは唐の玄宗皇帝の使いとなった道士が、楊貴妃に謁見し、玄宗の

（上4ウ）

言葉を伝えてから、楊貴妃より金のかんざしを受け取り、東海の三神山より波を蹴立てて戻って来る、という物語をかたどる。

あるいは漢の李広将軍が虎を射る様子を模倣し、あるいは源の頼政卿が鵼を射る様子を模倣する。

あるものは漢楚の争いを模倣し、あるものは源平の戦いを模倣する。

一方で閨の内の虞美人が、人知れず涙を幾筋か落とす場面があり、一方で馬に乗った王昭君が、一面の琵琶を弾く場面がある。

あるいは老子が函谷関を通るおりに、尹喜の請いに応じて道徳経五千余言を著す様子をまね、あるいは仲尼が閑居している時、曾子の問いに答えて孝経二十二章を解き明かす様子をまねる。

（上5オ）

あるいは樊噲が鴻門の会に乱入して項羽をにらむ、いさましさを模し、あるいは張良が宮殿を望んで劉邦を諫める、忠義のすがたをえがく。

あるいは泉親衡が舟を曳く大力を示し、あるいは朝比奈義秀が門を打ち破る猛威をあらわす。

あるいは那須与一が扇を射るのに似せ、あるいは仁田四郎が猪に乗るのを模す。

あるいは衛の懿公が鶴を愛するさまを写し、あるいは源の政頼が鷹を使うさまをまねる。

また鬼神を使役して筑紫より上洛する勇者（源為朝か）もいれば、また山伏に変装して奥州に下向する廷尉（源義経）もいる。

あるいは夜中に音を立てて牛車を引かせる恋する女を装い、あるいは川岸に沿って鵜飼舟を漕ぐ桂の村の男を装う。

漁村に釣り糸を垂れる

（上5ウ）

漁師もいれば、海辺に藻塩を焼く海人もいる。

一方で三十三所の巡礼の行者が札を納め、一方で六十六部の回国の経聖が笈を背負う。

市場に立ち寄った布袋和尚の姿もあれば、長江を南へ渡る達磨大師の姿も見える。

放下のまねをする者も、発露のまねをする者もいる。

熱心な商人が浮梁に茶の買いつけに行き、潯陽に置いてきた妻を忘れている場面もあり、物狂いの山伏が都で傘をさし、さらに永昌坊に新妻を住まわせている場面もある。

難波江の葦を刈る翁もいるし、伊勢の浜荻（葦）を担うお供もいる。

役の行者を

（上6オ）

慕って大峰山に入る山伏の姿もあり、文殊菩薩を尋ねて五台山に詣でる信者の姿もある。

あるいは飲食器が空で、雑草が茂った、顔淵の住む裏町を描き出し、あるいはアカザに覆われ、雨に濡れた、原憲のあばらやを描き出す。

あるいは陶淵明が長寿を得ようとして、菊を尋ねて南陽県に来た場面を演じ、あるいは実盛が命を捨てる決意で、錦を着て北陸道を進む場面である。

花山法皇が那智大社に籠られたさまに似せたものもあり、建礼門院が大原の草庵に住まわれたさまに似せたものもある。

あるいは「香炉峯の雪は簾を撥げて見る」ところを模し、あるいは「遺愛寺の鐘は枕を敧てて聞く」ところを模す。

あるものは、周の伯夷叔斉が、孤竹国君主の位を譲り合い、後に首陽山に隠れて、永久に賢者と称えられたという故事を演じ、あるものは、

（上6ウ）

曾我五郎十郎の兄弟が、力を合わせ、富士の裾野で工藤祐経を討ち果たし、世の果てまで名をとどろかせたという物語を演じる。

また大原の大路に薪をひさぐ女もあり、また小野の小路に炭を売る翁もある。

あるいは空也上人が鉦と太鼓を叩いて念仏を唱えるまねをし、あるいは自然居士がささらを摺って観無量経を説くまねをする。

あるいは清水寺に来て三重の瀧の水を汲む婦人の姿であり、あるいは華山に登って十丈の蓮華を弄ぶ仙客の姿である。

また高野山に出入りする頭陀聖もいれば、また江湖に往来する行脚僧もいる。

さらには漢土よりの使者として、

（上7オ）

本朝に貢ぎ物を奉りに来て、宮城に参内し、宝物を差し出している人物の姿を模す。

【舞楽】

あるいは、万歳楽、皇帝破陣楽、団乱旋、喜春楽、春鶯囀、蘇合、胡飲酒、泰平楽、甘州、賀殿、採桑老、散手、蘇莫者、還城楽、陵王などの左舞をまねて舞い、あるいは、地久楽、新鳥蘇、古鳥蘇、白浜、退宿徳、進走禿、胡徳楽、狛桙、林謌、延喜楽、新靺鞨、貴徳、蘇志摩、抜頭、納曾利などの右舞をまねて舞う。

【各地の風光】

およそ吉野山に咲く桜の白波、龍田川に浮く紅葉の筏、明石の浦の朝の霧、難波江の夕べの浪、長柄の橋、富士の煙、世尊寺の梅の花、鷲尾山の桜のふすま、筥崎宮の

（上7ウ）

ときわの松、平等院の柳の糸、春日野の春の日ざし、秋月郷の秋の月かげ、風流の行列はあらゆる物を描き尽くし、すべての人がこぞって参詣するのであった。

これこそは、畿内からも地方からも、あらゆる階層の住民が、いたるところから集まってきた、風流の囃物であり、そのさまざまな種類は数え切れないのである。

その風流に用いられた道具類を、順不同に述べよう。

【絹布】

まず絹布の類には、金羅、金紗、緞金、金襴、邯鄲、発絹、木綿、綿子、花綾、纐纈、緞子、繻子、紬布、素紗、梅花、平絹、蜀江の錦、呉郡の綾、青番羅、黄草布、花番羅、顕紋紗、三法紗、小布衫がある。

【飾り物】

つぎに飾物の類には、金裹、銀錠、沈の燼、疎香、麝香の臍、孔雀の尾、

（上8オ）

鸚鵡の盃、鴛鴦の衱、剔紅、剔金、堆朱、堆紅、堆漆、桂皮、桂漿、犀

皮、青漆、金糸、金糸花、九連糸、紅花緑葉の香合、盆、托子、印籠、食籠、骨吐、肉指、法の物がある。さらにこの外に、魚脳、樫梚、象牙の引壷、頗梨の卮、瑠璃の壷、珊瑚の枕、琥珀の盤、照胆鏡、反魂香、滄溟の九穴の鮑、海岸の六銖の香、馬融の硯、薛稷の墨、蒙恬の筆、蔡倫の紙、明月の珠、夜光の珠、合浦の珠、赤水の珠、驪龍の珠、玄鶴の珠、昭王の玉、卞和の璧、水心の剣、巨闕の剣、子胥の剣、昆吾の剣、漢皇の剣、

（上8ウ）

季札の剣、干将莫耶の剣、班婕妤の扇、李夫人の釵、香匙火箸の台、琴碁書画の絵、金宝瑠璃、七宝琉璃、胡銅、象眼、仙人銅、博陽山、三具足がある。

【武具】

つぎに武具の類には、鎧、腹巻、筒丸、腹当、袖、甲、涎懸、鍬形、鷹角、籠手、髄当、脇楯、脛楯、膕金がある。

鎧の類には、緋威、小桜綴、卯花綴、縹威、黄皮、黄糸、薄紅糸、浅黄糸、赤糸、赤皮、白糸、白綾綴、紺糸、黒皮、紫糸、紫皮、紫裾濃、白鹿皮綴、櫨匂、逆蓊、鵯威、妻取、肩取、中取、裙縄目綴などがある。

さらに鎧の付属物として、総角、袖緒、高紐、表帯、

（上9オ）

金吐差、緄がある。さらに笠験、小旌、大旗もある。

弓の類には、重籐、節巻、真弓、鏑籐、白木、赤漆、小節巻、腹真弓、本重籐、塗籠籐、三人張、五人張、弴打たる弓がある。

矢の類には、筋切符、妻白、中黒、白尾、糟尾、高鵜尾、鶴の本白があり、これらは鴈、鴾《とう》、烏の羽で作ったものである。

また鋒矢、蟇目、鴈俣、征矢、中指、箙、胡籙、弦巻、弣、彇、尻籠、握、鬫、弦、笮、鈿、天鼠、𢎗《まと》がある。

鏃は、乗学、紀次、直海、甘露らの名人が作ったものである。

【馬と馬具】

馬の類には、連銭葦毛、柑子栗毛、黄鴾毛、佐目、駮、糟毛、驄馬、背筋通、河原毛、髪白、踏雪、月額がある。

（上9ウ）

まことの閉伊郡は多久佐里の本牧に産する名馬であるが、くわえて、須弥足井の牧、また彦間の牧に産する、山に育ち、野に育った名馬たちは、いずれも尻尾はふさふさと伸び、たてがみも長く、力強く歩めば、その蹄の動きは、しっかりとたくましい。進むも退くも意のままであり、巨大な体つきであるが、素直にふるまう。かの周の穆王の八駿、また唐の太宗の十驥を思わせる名馬である。馬の世話をするのは、櫳《くちとり》、雑色、舎人、御廏の者などである。

馬の鞍と付属物の類には、唐鞍、貝鞍、大和鞍、水干鞍、伴野鞍、大坪鞍、白橋、黒漆、蒔絵、金貝、金覆輪がある。また、豹、虎、野牛、海獱、水豹、それぞれの皮を張った鞍がある。その他、轡、鞚、韉、靻、鐙、鉸、韁、鞶、鞅、鞦、褥、韉、鞭、鞢、鞆、褐、障泥、鞍帊がある。

なかでも優れたものは、

（上10オ）

玉井の轡、尾張の木塚の沓、伊勢の切付、播磨の力皮、上総と那波の鐙、児玉と倉谷の韉などである。

【太刀と刀】

太刀の類には、金銀、円作の柄と鞘、青貝、金貝、蒔絵の鞘、塗鞘、

鰔作、七金、八虫、兵具鎖、鳥頸など、みな彫り物である。さらに桼鍔、車鍔、練鍔、金鍔、金覆輪、鮫鞘もある。

刀の類には、金銀の柄と鞘、髪搔、小刀、下緒、燧嚢、生帰、栗形、鯉口、呑入、柄口、瑠、同金、木柄、樺巻、琴緒巻、世良田刀、聖柄がある。

長刀の類には、銀柄、貝鞘、目貫、石築、逆鰐口があり、みな黄金の飾りである。

槍の類には、朱鐔、黒塗、銀の飾りにて、刀身は天九郎の作である。

（上10ウ）

【刀鍛冶】

ここに列挙した、太刀、刀、長刀などの刀身は、いにしえの刀鍛冶たる天国、神息、藤戸、菊作、粟田口の一族からは、藤林（国友）、藤次、林次、林三、国綱、国吉がおり、また三条小鍛冶宗近、来国俊と国光、また法師鍛冶としては、定秀、雲秀、了戒があり、また備前の国には長光、景光、三郎国宗、五郎守家ら長船の一党があり、備中の国には貞次、守次の青江作が名高く、伯耆の国には真綱、筑紫には三家の田多、鬼神大夫行平、波平、谷山、石貫、金剛兵衛、奥州には舞房、光長、鎌倉には新藤五（上国光）、彦四郎、五郎入道、九郎次郎、南都には千手院、文殊四郎、一文字、

（上11オ）

中次郎があり、尻懸づくり、当麻づくりとして名高い。後鳥羽院の十二月の番鍛冶をつとめた名工もいる。

また近年の名匠には、信国、国重、達磨がいる。また藤島、出雲鍛冶などの流れもある。

しかしながら、古い刀剣のなかには、すでに刃が欠け、刀身にさびが生じたものもあるだろう。

これら太刀や刀の飾り目貫として、彫った金属をはめ込むその形は、日や月や星、天象や地形、風雲や草木、魚介鳥獣、山龍花虫とさまざまである。その詳細については、この本の末尾に記すこととしよう。

【屋台の飲食】

この時、道ばたの参詣客は、見物に夢中で足を止め、夕日が傾くのも忘れる。野良仕事をする農夫も、風流に見とれて仕事を忘れ、時が過ぎゆくのも気づかない。京の桂あたりで、桟敷にて、また徒歩にて見物する人々の数を数えてみるならば、無量無辺、不可思議の数となり、いかなる計算、いかなる比喩も

（上11ウ）

及ぶところではない。

路上の屋台で売り買いされる食べ物についても、いささかここに記しておき、その他は本の末尾に記すこととする。

まずは道徳、興米、遁世粽、高野蕗、坐禅納豆、法論味曾、御形、仏の座の類がある。

果実の類としては、南嶺の葡萄、北渓の甘蔗、河東の紫の塩、嶺南の赤い橘、燉煌の実が八つ成るりんご、青門の五色の瓜、大谷の張公の梨、房陵の朱仲の李、東王公の仙桂、西王母の神桃、南燕の牛乳の椒、北趙の鶏心の棗があり、幾千万もの種類を述べ尽くすことなどできない。

酒の類としては、下若村の張騫葡萄の酒、菩提山の洞庭春色の酒、塔尾の梨花竹葉の酒、宮腰の桑落菊花の

（上12オ）

酒、柳屋の歓伯九夏の酒、杜康の儀狄三冬の酒がある。

【茶道具】

茶道具の類には、南蛮の銅瓶、胡銅の風炉、建盞、天目、槿花の盆、菱花の台、官窯、油滴、羽盞、饒州、容変、茶椀、茶壷、磨、茶坏、茶箋、茶柄杓、櫑茶、茶杓がある。

真壷、洞香、清香という茶壷には、深瀬、逆園、外畑、藤淵、小畠など、総じて栂尾の本山茶、または、宇治の森沢と上葉の茶を入れておく習いである。一方、香々登、信楽、瀬戸の茶壷には、伊賀、大和、松本、粟津に産する、木前、簸屑などの劣った茶を入れる。

【屏風絵】

屏風絵の画題は何かというと、

（上12ウ）

竹林の七賢〈阮籍、嵆康、劉伶、阮咸、向秀、山濤、王戎〉

商山の四皓〈東園公、角里先生、夏黄公、綺里季〉

飲中の八僊〈賀知章、汝陽、左相、宗之、蘇晋、李白、張旭、焦遂〉

瀟湘の八景〈洞庭秋月、瀟湘夜雨、山市晴嵐、江天暮雪、漁村夕照、煙寺晩鐘、平沙落鴈、遠浦帰帆〉

九真の麟〈漢書に曰く、宣帝の詔に曰く、九真奇獣を献ず、麟色にして牛角ありと〉

大宛の馬〈おなじく漢書武帝紀に曰く、弐師将軍広利、大宛王の首を斬り、汗血馬を得たりと〉

黄支の犀〈おなじく漢書に曰く、黄支は三万里より犀を貢ぐ云々と〉

条枝の鳥〈おなじく漢書に曰く、条枝の国は西海に臨み、大鳥は卵甕のごとしと〉

鳥は宿る池中の樹、僧は敲く月下の門。（賈島「題李凝幽居」）

（上13オ）

鶯歌は太液に聞こえ、鳳吹は瀛洲を繞る。（李白「宮中行楽詞」）

繡戸に香風暖く、紗窓に曙色新し。（李白「宮中行楽詞」）

夢の裏に君王近く、宮中に河漢高し。（劉方年「長信宮」）

雲は蔵す神女の館、雨は到る楚王の宮。（皇甫冉「巫山峡」）

千年丹頂の鶴、万歳緑毛の亀。（出典未詳）

水を掬すれば月手に在り、花を弄すれば香衣に満つ。（于良史「春山夜月」）

春潮雨を帯びて晩来急なり、野渡人無くして舟自ら横はる。（韋応物「徐州西澗」）

胡蝶の夢中に家万里、杜鵑の枝上に月三更。（崔塗「春夕旅懐」）

簾は捲く青山巫峡の暁、煙は開く碧樹渚宮の秋。（武元衡「酬厳司空荊南見寄」）

（上13ウ）

長楽の鐘声は花の外に尽き、龍池の柳色は雨の中に深し。（銭起「贈闕下裴舎人」）

壷中の天地は乾坤の外、夢裏の身名は旦暮の間。（元稹「幽棲」）

潼関百万の軍兵、中宮三千の侍女。（出典未詳）

樹は五陵を隔てて秋色早く、水は三晋に連なりて夕陽多し。（張喬「題河中鸛雀楼」）

東山の樹色は花頂に連なり、北野の梅花は白河に映ず。（出典未詳）

都府楼には纔かに瓦色を看、観音寺には只だ鐘声を聴く。
（菅原道真「不出門」）

胡角一声霜の後の夢、漢宮万里月の前の腸。（大江朝綱「王昭君」）

夕殿に蛍飛びて思い悄然たり、秋の灯挑げ尽して眠ること能わず。
（白居易「長恨歌」）

画棟朝に飛ぶ南浦の雲、珠簾暮に捲く西山の雨。（王勃「滕王閣」）

（上14オ）

遅々たる鐘漏の初めて長き夜、耿々たる星河の曙けんと欲する天。
（白居易「長恨歌」）

不明不暗朧々たる月、不暖不寒漫々たる風。（白居易「嘉陵夜有懐」）

これは白氏文集の嘉陵春月の詩の句である。

漢高三尺の剣、坐ら諸侯を制す。張良一巻の書、立ろに師傅に登る。
（藤原雅材「対策文」）

これらの詩句の内容が、屏風にはことごとく描かれているのだ。

【絵画と墨跡】

漢土と国朝の近年の絵画、色紙の屛風には、小野道風の経《わなな》き手《で》の書、巨勢金岡の霊筆が、少しばかりある。さらに絵の本尊と呼ぶべきものとして、牧渓和尚の達磨、張思恭の釈迦、蘇東坡の竹、楊補之の梅、温日観の葡萄、月山の馬、

（上14ウ）

月湖の観音、君沢の楼閣、王摩詰の水、氷岸の鷹、張芳汝の牛、用田の栗鼠、敏薩窓の蘆鴈、文与可の竹、李堯夫の羅漢、呉道子の観音、馬遠の花鳥、夏珪の山水、論法師の阿弥陀、印陀羅の布袋、王元章の梅花、李龍眠の人物、高然輝の山水、趙昌子の花の枝、玉澗子の山水、門無関の達磨、胡直夫の禅画、李安忠の狩猟、周丹士の十六羅漢、陳世英の観音、子良の百馬の図、陸青の山水、子昭の山水、葉公の龍、

（上15オ）

信忠の十王、禅月の十六羅漢、啞子の観音、太玄の飛龍、趙子昂の馬、閻次平の山水、舜挙の花鳥、雪窓の蘭、顔輝の仙人、月丹の観音、張芳叔の牛、陳所翁の龍、可山の観音、率翁の布袋、馬麟の人物、韓幹の「草原を駆ける馬」の図、戴嵩の「柳青める岸辺の牛」の図、さらには「李太白の廬山の滝」の図、「林和靖の孤山の梅」の図、「列子が風を御す」の図、「琴高が鯉に乗る」の図、「許由が耳を洗う」の図、「巣父が牛を牽く」の図、「白楽天が友とした竹」の図、「秦の始皇帝が大夫に封じた松」の図がある。

また、掛け物としては、

（上15ウ）

仁宗皇帝、牧渓和尚、王羲之、虞世南、趙子昂、張即之、黄魯直、蘇子瞻、張旭、欧陽詢、一山国師、西澗禅師の書がある。

【薬湯問答】

ところで道ばたで見物する人々の中に、年はそろそろ四十を過ぎようかという、一人の僧侶がいた。背は高く色黒で、あばた顔、赤鼻、なまず肌の、いかにも気むずかしそうな人物で、ややかすれてなまりの強い声である。唐木綿の、袖を継いだ帷子を着て、薄い縮み織りの、糊で強ばった上着をはおり、手にした柿渋の団扇でもって、薬湯売りを差し招き、声高に呼び寄せ、不満げな声で、「なんじが調製した薬材の種類はいかなるものか」とたずねた。

かの薬湯売りは、しつこくたずねられたので、不承不承、気乗りもせ

(上16オ)

答えていうには、「薬にはあまたの種類がありますが、すこしばかり申し上げましょう。まずは天南星に地骨皮、檳榔子に高良香、人参に鬼箭、甘草に苦辛、丁子に貝母、柴胡に黄耆、玄参に銅鼻、龍脳に虎胆、陳皮に川芎、鶴虱に烏頭、白朮に黄連、金牙に紫檀、龍脳神、蓽撥に栝楼、益智に杏仁、鹿なのです。歴代の本草の薬物については、このような次第です。

【脈と臓腑】

しかしながら私は、寸口、関上、尺中三部の脈の、それぞれの浮沈については学んでおりません。結局のところ、

（上18オ）

九候の脈所についても分からず、まして七表の浮、芤、滑、実、弦、緊、洪、八裏の微、沈、緩、濇、遅、伏、濡、弱、九道の長、促、短、虚、結、牢、動、細、代、すべて二十四脈のあんばいなどを診ることはできません。

私はひたすら、春、夏、土用、秋、冬の季節に随い、陰陽の浮沈により、五行の増減にしたがい、肝、心、脾、肺、腎の五臓、また胆腑、小腸、胃の腑、大腸、膀胱、三焦などの六腑につき、薬品の持つ寒、温、平の性質を考えて、型どおりに私なりの考えをめぐらせつつ、毎朝調製して、この薬湯を煎じたまでにございます。お飲みいただくかは、

（上18ウ）

ご判断次第です」と。

そういい返されて、僧侶は、あまりの面目なさに、笠と着物を捨て、柿渋の団扇だけを手に持って、頭を振りつつ、稲妻のように消え去った。これを見た野次馬は、うつむいてクスクスと笑うのであった。

【舞に興ずる人々】

そうこうするうちに、都や田舎から集まった囃手たちと、老若とりまぜた警備の面々、誰もが美しげな衣裳をまとい、ゆったりとしてうちとけ、ふざけるとおもえばまじめなようすで、なかよく心を揃えて、押し合いつつ入り交じる。たがいに技を競い合い、あるものは蜀郡の鶴瑟の曲を弾じ、あるものは秦楼の鳳管の笛を吹く。簫、笛、琴、箜篌、琵琶、鐃、銅鈸の演奏に、調拍子の音を合わせ、小鼓の音はポンポンと、大鼓の音は

（上19オ）

ドンドンと鳴る。一方では、宮、商、角、徴、羽の五音を盛んに響かせ、耳に入る楽しみとなり、一方では、青、黄、赤、白、黒の美色を取り混ぜて、目を喜ばせる見ものとなる。

人々は編木《ささら》を摺り、手棒を振り、頭を揺らし、胸を叩き、しばしば興奮して、叫びどよめき、地蔵の名号を唱える。気の早い鶏が時を告げる払暁から、病んだ鵲が鳴き声を上げる夜更けにいたるまで、一瞬たりとも、声が途絶えることはない。あたかも春のカエル、夏のセミが、うるさく鳴いているかのようだ。

法華経にも、「もし人散乱の心にて、塔廟の中に入り、一たび南無仏と称すれば、みなすでに仏道をなす」（方便品）云々とあるが、ましてこのように真心から仏名を称える人たちはなおさらのことである。仏縁を結び、仏を楽しませるために、田舎の老人たちが囃子を奏でれば、

（上19ウ）

稚児たちは舞い踊る。これこそ、かの「黄老の弾ずれば、嬰児起ちて舞う（老人たちが楽器を鳴らせば、子供らはそれにあわせて踊りを踊る）」（孔安国古文孝経訓伝序）ということであろうか。

【鞨鼓の舞】

またあるときは、鞨鼓を撃つ者の姿が、かの油売りの翁伯に似ている。だとすればその母は干肉売りの濁氏、自身は鞘巻売りの質氏にあたる。つぎに支度して登場した場所は、馬医師の張里の家である。そのいでた

ちは、星のような斑点の皮衣をまとい、肌に着けるのは、紅い薄絹で、その組ひもが入り乱れる。纐纈染めの袴をはき、紺陶織りの脚絆をつけ、唐綾の白い履き物をはく。腰には虎の皮をまとい、顔には、楊貴妃、李夫人のような面をつけている。赤い短衣の上に青いうちかけを重ね、衣の裾をからげて帯にはさむ。露が寒々しくおりた朝に、鞨鼓を前にささげ、二本のバチを両手に持ち、左にすすんで右によろめく。

（上20オ）

髪をふりみだして、風に乗って飛び回り、両足をふんばって、「目を天の表《そと》に遊ばせ、依るところ無くして洋々たる（天の果てに眼をやれば、はてもなく広々としている）」（西都賦）がごとく、きままにふるまう。重ね着した衣は、きめ細かい模様で、青光りし、しなやかな袖は風にひらめき、ゆったりとただよう。ヤッサヤッサというかけ声にあわせ、「いまだ曲調を成さざるに、先ず情有り（曲の途中なのに、すでに情感にあふれる）」（琵琶行）という感じであり、「眉を低《た》れて手に信せて続ぎ続ぎに撃つ（うつむいて手のままに、次々に弦をはじく）」（琵琶行）というように鞨鼓を撃ち終わり、音はしばらく止む。

　この音が無い静けさは、音が有るより印象が深い。やがて鞨鼓が再び撃ち鳴らされると「漁陽の鞞鼓地を動かして来たり、驚破《そよや》霓裳羽衣の曲」（長恨歌）といったありさまである。

　伝え聞くところ、唐の開元年間に、楊貴妃が花を愛でていたところ、玄宗皇帝が鞨鼓を撃って杏の開花を早めた。自慢に思った皇帝は「我を喚《よ》んで天公と作さずんば可か（私をお天道様と呼ばなければなるまい）」（鞨鼓録）と、のたもうたとのこと。まことに奇怪な話である。

　鞨鼓の舞を、驚いて見つめていれば、目もくらむ動きで、あちこち歩きながら、鞨鼓を二三回、繰り返して撃つ。仙界の音楽を聴いたようなここちで、しばらくの間、耳にはっきりと音がとどまり、

（上20ウ）

「洋々乎として耳に盈つるかな（雄大な響きが耳に響き渡る）」（論語・泰伯）といったようす。これを聞けば、「三月肉の味を忘れ（三月の間、肉を食べても美味しいと感じなかった）」（論語・述而）ないものはいない。「図らざりき、楽を為すことここに至らんとは（音楽の力がこれほどだとは思わなかった）」（論語・述而）という言葉もむべなるかな。

　この風流の興趣はまさしく、「これを言いて足らず、故にこれを嗟歎《なげ》く。これを嗟歎いて足らず、故にこれを詠歌す。これを詠歌して足らず、手の舞い足の蹈むをしらざるなり（心の感動を言葉で表現し尽くせないときは、人は詠嘆する。詠嘆でも表現し尽くせないときは、自然のうちに手足を使って舞い踊るのである）」（毛詩序）というところである。

【桂の里の話】

　さてここで、ある老婆が、「近頃、この地蔵菩薩にお参りするついでに、風流を見物したが、尊卑の人々の協力のもと、古くから実施されているようで、すばらしいことだ。いにしえの国司が行ったことであろう」とて、この里の名前を尋ねたところ、側にいた人が答えていうには、「いにしえの光大将（光源氏）の雨夜の品定めが熱心に論じられてより以来、明石の上は島伝いに舟を進め、難波潟の住吉神社に詣でられてから、永く住まわれた桂の里は、これこそ夕顔の宿の月が雲隠れしたところ」などと、たぐいなき

（上21オ）

言の葉をあやつって、さまざまに語る。老女が真顔で聞きいるさまも、

ほほえましい。

さらに続けて、「なおそれより古いこととしては、伊登内親王のお住まいも、この桂の里であり、在原業平の母君、柏原天皇（桓武天皇）の皇女にして、阿保親王の夫人たる威徳内親王その人である」と、あれこれ丁寧に語る。このような人々にこころひかれ、しずかにつらつら眺めてみるに、男が女に教わるものもあり、女が男に学ぶものもある。互いに袖摺り合って遊び戯れるその姿は、まじめそうだが分別がないようすでもあり、つれなくたよりないようすでもある。いずれも、なかなか思いをとげないためか、人目もはばからず、頭を下げてささやき、語り合う姿は、軽佻浮薄そのもの。

貴賤いずれの見物客こそ、心をおどらせる見ものである。見物人は数限りないが、寝そべって待つ人もあれば、たたずんで待つ人もある。あるいは行列がやっと来たといって、

（上21ウ）

騒ぎ合う人もある。冷たく振り払う人もあり、人をつねるものもいれば、人を噛むものもいる。人を馬鹿にするものもあれば、威張り散らすものもある。立派な姿のものもいれば、地味な様子のものもいる。人の頭を撫でるものもいれば、人の顔をのぞき見るものもいる。人をくすぐるものもいるし、人をねじるものもいる。

【にわか雨にとまどう】

時は七月三日月のころ、北山の空はかき曇り、にわか雨が降り、時に激しさを加えたため、桂川の水はみなぎった。そこで、おごそかにしてすばらしく美しい、「天の生せる麗質自ら棄て難く」、「眸を回らして一たび笑めば百の媚生《こびな》」（ともに長恨歌）るような、奥ゆかしい生女房たちの、たおやかな花のかんばせ、のどやかな玉の姿が、雨を避けつつも、落ち着いたようす。入り乱れ、機敏に動く青女房たちは、湿ってべっとりした衣をまとい、もの悲しげに濡れたありさまで、人の心を乱し、哀れを催させる。

（上22オ）

涙と雨とに濡れた袖を絞るありさまは、痛々しい。雨はどうして今日に限り、降るのをひかえてくれなかったのか。初めの歓びはどこへやら、いやな成り行きになってしまった。ともあれどうしたらよいことやら、恨みの言葉が口にあらわれ、はなはだ悲しげなようす。さすがに体は大事なので、雨が小降りになった隙に、寂しげな夜の到来を恐れ、近くのあばらやに紛れ込む。おのおの衣を脱ぎ、髪をむき出しにして、腰のあたりまで裾をからげ、裸足になり、肩をむきだし、人目もわきまえず、みすぼらしい姿となる。

このように行儀悪く、集まっている場所はどこかといえば、こちらの辻堂、ほこら、道祖神、あちらの樹の下、橋のたもと、番屋のあたり。物陰に密集して、もだえ悲しみ、慌てふためく、そのありさまは、孟子の言葉に、「顙に泚有り、睨んで視ず。夫の泚たるや、人の為に泚るにはあらず、中心より面目に達するものなり（額に汗をかき、直視できずに斜めに見る。その汗は、他人を意識して出るのではなく、自分の良心が顔にあらわれたものだ）」（滕文公上）とあるとおりである。

（上22ウ）

【色好みについて】

かの、顔つきは穏やかなくせに、心は残忍で欲深な女達は、身には綾錦や刺繍をまとい、顔には白粉や口紅を塗り、赤き顔と緑の眉、白き歯

にはお歯黒を塗っている。なげかわしい浮気者で、我が身に万金を費やしている。ああ、老残の身の生きる価値のないことは、いたしかたない。長生きをして、そのような美人たちを見ても、甲斐がなく、惜しいことである。しかしながら、はかない身に色好みの心を持つ男達は、戯れに秋波を送られれば、ただの誘惑だとも気づかず、いつわりの誓いを本気にする。それこそまことに愚かであり、行末も定かには知らないくせに、口を開けばべらべらと、連理比翼の契りをねがい、偕老同穴の睦まじさをうらやむ言葉ばかりである。口のききようはしっかりしているが、実はあやしげなものにすぎない。このような男女が、互いに頭を伸ばしては声をあげ、やかましく語り合うのも、また愚かなことである。

さもあらばあれ、古来よりの伝承にも、この風流ほど珍しき事は

（上23ォ）

聞いたことがない。盛んなる御代のありさまとして、まことにありがたく、めでたいことである。

桂地蔵記　上の巻　おわり

（下1ォ）

桂地蔵記　下の巻

【奇怪な老人】

おなじく応永二十三年（一四一六年）丙申の歳、七月中旬のころ、桂地蔵に参詣したおりに見かけたことであるが、西の七条にある松尾大社の御旅所、北野天満宮の遥拝所のあたりに、一人の奇異な老人が、立烏帽子をかぶり、白い狩衣を着て、鳩杖を持ち、誰にともなく、ひとり語り出した。

「そもそも転輪王が世に出る時は、輪宝が出現し、釈迦牟尼仏が現れると、千人の弟子が取り囲む。また聖天子が位に就けば、賢臣が仕え、鳳鳥が飛来すれば、万民は歓び歌うものだ。土地の太守が正しい政治を行ったからこそ、合浦に真珠が戻ったともいう。今や地蔵の御像が出現したのも、それなりの理由があることなのだ。

さて我が国の遠い昔の聖天子の御代について、その始原の姿を考え、はるかな

（下1ゥ）

古のありさまを見るに、道は天空の彼方まで照らして、天の下をあまねく治められ、徳は大地のすみずみにおよび、国土の果てまで教化された。そればかりか、善政をしかれつつも、お仕事の合間には、あらたに清浄な地をえらんで霊場と定め、輝かしい黄金を敷き詰めて寺院を建立された。そして、十万体の地蔵尊を安置して本尊とあがめ、百人の出家者を招いて寺僧とされた。本尊は、至高の悟りの場たる寺院で、常に供養を受け、寺僧たちは、解脱にいたる瞑想を、ひたすら修行したのである。こればかりでなく、天子自ら筆をとって描かれ、さらに賛を書かれた地蔵菩薩に向かって、毎日の拝礼も怠りなくつとめられたため、太平の御代がいつまでも続いたのである。この結果として、天子の輝ける血筋が続き、世界の果てまで威光を及ぼし、

（下2ォ）

治世の及ぶ範囲は、須弥山のいただきにも及んだ。まさに周易にいうところの、『積善の家には必ず余慶有り』（坤卦・文言伝）である。我が国が地蔵菩薩を信仰したため、地蔵菩薩は我が国をいっそう守護されたのだ。結局のところ、我が国が、平和を実現し、武力を充実させ、官制を

整備し、文学をみがき、故きを温めて新しきを知り、廃れたるを興して絶えたるを継ぎ、帝業を輝かしたことは、すべて地蔵菩薩の至徳のおかげというべきである」と。

老人はさらに歌を詠んで讃えた。

ひさかたの月の桂の石仏堅くも守る君が御代かな（月の桂のその桂川のほとりに出現された石仏こそ、我が君の御代をしっかりと守られることであろうよ）」

と。いい終わると老人は立ち去ったが、その正体を知るものはいない。

【三先生の予言】

巫女がいった。「この地蔵菩薩は、天下の帰依、四海の尊崇を受け、その徳はあまねく、偉大である。いったい、何れの日、何れの時に隠れられるのであろうか。皆様それぞれお考えを述べてください」と。

その席には、
（下2ウ）
五行子、字訓子、月令子という、三人の学者が侍っていた。

まず五行子がいうことには、「菩薩の霊験について、つらつら考えてみると、今年の十一月中に、教化を終えられるでありましょう」。

つぎに字訓子がいうことには、「思うに、かの地蔵尊の像は、今年の七月五日より七十一日目にあたるころ、奇瑞を終えられるでしょう」。

さらに月令子がいうことには、「ひそかに考えますに、本年丙申の歳七月五日より、来たる丁酉の歳五月下旬のころ、善縁が尽き、元の如くに隠れられることでしょう」。

【五行子の解説】

巫女が重ねて質問した。「その詳しい説明をうかがいましょう」。

五行子は答えて、「桂地蔵なので、桂は月ですし、地は土です。土の数は五で、蔵は『おさまる』です。そこで
（下3オ）
五ケ月たてば地蔵菩薩の仮のお姿はおさまり、消えられることでしょう」という。

巫女がさらに問うた。「地と土が一体であることについてはうかがいましたが、桂の字が月だという意味は何でしょう」と。

五行子が答えた。「桂は月の本体なのです。杜甫の詩に、『月中の桂を斫却せば、清光応に更に多かるべし（月の中に生えているという桂の樹を切り倒したならば、月の光はさらに輝くことであろう）』（一百五日対月）とあり、李嶠の詩に、『桂は三五夕に生ず（月の桂は十五夜の空に輝く）』（百廿詠）とあり、古の有徳者の詩にも、『桂輪は孤り碧天に朗らかなり（月輪はひとり夜空に輝く）』（大方広円覚修多羅了義経序）とあります。すべて桂が月であることの証拠であります」と。

【字訓子の解説】

巫女は、字訓子にも尋ねた。

字訓子は答えて、「桂地蔵の三つの文字を調査分析してみますと、桂の字の木偏は、十八、旁にあたる圭の字は、十一十一と読めます。地の字は、旁の也の字を除けば、土偏で十一です。蔵の字は、草冠だけ取り上げれば二十であり、以上合計七十一であります。また、蔵（藏）より草冠を除いた臧の字は、発音は茲郎の切（ソウ）で、意味は善です。これらから考えると、
（下3ウ）
七十一日にして、地蔵の善縁は尽き、教化は終わることになるでしょう。

ただし、その七十一日の期間には、賤しい奴婢が、必ずや互いに争う結果となりましょう」と述べた。

巫女が、さらに教えをこうと、字訓子は続けて、「古人の言葉に、『臧獲奴婢』とあります。臧の字は善であり、厚です。獲の字は、奪い取ることです。そこで、国内の奴婢が私欲をたくましくして、奪い取るという意味になります。この時、大臣が収拾を図らなければ、自分の身に害が及ぶでしょう」といった。

巫女がまた、「先の七十一日について、七十一の意味はしばらく置くとして、日の字の意味は何でしょう」と問う。

字訓子は答えた。「仏経に『毎日晨朝に諸定に入る』（延命地蔵経、地蔵講式）云々とあります。そこで七十一日といったわけです」と。

【月令子の解説】

巫女は月令子にも質問した。月令子は答えた。「桂地蔵の三字を見ると、その数が七十一になるということは
（下4オ）
明らかです。ただ、私の考えた結論は、次の通りです。七十二候、三百六十日を一年とします。ここで考えてみると、七十一とは、七十一候、三百五十五日のことでしょう。だとすると、本年丙申の歳の七月五日より、来る丁酉の歳の五月下旬までに、さらに一閏月を加えると、ちょうど三百五十五日に相当します。その頃になれば、地蔵の霊徳が消え去るでしょう。

ここで密教の教えを参考にすると、乾の方角（北西）で愛染明王が善事をなせば、巽の方角（東南）で荒神が必ず妨げを為すといいます。それ故、現在京から見て坤兌（西南西）の地に霊像が出現したのは、善事を現そうとしたためでしょう。また、艮震（東北東）の天に妖星が現れたのは、凶兆を示そうとしたものでしょう。
（下4ウ）
まことに、かの方角（東北東）については、大いに恐れ慎む必要があります。妖星とは二星が重なったものです。そもそも妖は徳に勝たず、仁はよく邪をしりぞけるといいます。したがって、とりわけ天地の災変を祓うための祭を、行う必要があります。そうしなければ、その方角に於いて、必ず凶事が現れるでしょう。

論語に、『君子は怪力乱神を語らず』（述而）などといいます。ここで地蔵菩薩と妖星とでは、いずれが怪、いずれが神でしょうか。それは明らかでしょう。まったくもって不可思議な現象であります。もし兌（西）の地の霊像が善であれば、震（東）の天の妖星はきっと凶です。それ故、七月五日より数えて百日以内に、必ずや大過が有るでしょう。大過が有るとは、片臣が戈（ほこ）を動かして必ず上を犯す象（かたち）なのです。思うに、かの地蔵の二字から、土偏と草冠を除いて、
（下5オ）
残った也と臧の二字について、詳しく検討してみると、也の字は、亦（また）の意味です。臧の字は、分解すれば『片臣戈』と書きます。爿は反転した字形なので、正しくは片の字です。では片臣とは何かというと、礼に、『天子は一位、公は一位、侯は一位、伯は一位、子と男は同じく一位、凡そ五等なり。天子の制、地方千里、凡そ四等。五十里に能わざれば、天子に達せず、諸侯に附して、附庸と曰う』（孟子・万章下）とあります。そもそも附庸とは陪臣のことです。陪臣とは天子の臣より領土が狭く、そこで陪臣といいます。陪臣は領土が狭いので、片臣ともいうのです。

また、諸侯を国君といいます。国君は国を名乗るので、これを上とよぶのです。上を干《おか》すという表現が意味するのはこれです。片臣が戈を動かして必ず上を犯すべき象ということなのです。

遠く中国の話を聞くと、三皇五帝の後、

（下5ウ）

三王（夏・殷・周）の初めのころ、帝たる夏后相の臣下の羿は、下克上により夏后相を殺しましたが、その羿は、今度は自らの家臣の寒浞に殺されたのです。また魯の季氏の家臣陽虎は、おごり高ぶって季氏を滅ぼしましたが、最後は自滅してしまいました。

近く我が国のできごとを見ると、天神七代、地神五代の後、人王三十二世の用明天皇の治世には、物部守屋という逆臣が現れ、国法を乱し、仏法を破り、王道を滅ぼしました。それゆえ、聖徳太子によって調伏されたのです。下って人王九十六世、後醍醐天皇の治世には、北条高時というものが現れて、一族は栄華を極め、法度をないがしろにし、政治を思いのままにして、天下の万民をさげすんだため、元弘三年（一三三三年）の夏に、源大相公、足利尊氏に

（下6オ）

討ち滅ぼされてしまいました。

現在、もしも東方に上を犯す片臣が現れ、その積み重ねる悪事が、上述の和漢の逆臣と同様であったなら、反逆を起こしてから百日以内に、速やかに自滅してしまうでしょう。それは、あっという間であろうし、容易に推測できることです」と。

【予言の成就】

さてこれは後になってから思い当たったことであるが、応永二十三年丙申の歳、十月六日のこと、関東は上総の管領上杉氏憲は、乱を好み上を犯し、その狼藉ぶりは、ひどいものであった。この日は、七月五日に妖星が出現した時から数えて、ちょうど百日目に当たる。その翌年、丁酉の歳の春、正月十日、氏憲の一党は、鶴岡八幡宮の別当坊で自殺する結果となった。これは、

（下6ウ）

丙申の歳十月六日であり、氏憲の反乱の日から数えて、ちょうど九十日目にあたる。

そもそも「人として遠き慮《おもんぱか》り無ければ、必ず近き憂い有り（遠くのことを配慮していないと、近くのことでわずらいが生ずるものだ）」（論語・衛霊公）、「天の作《な》せる災は遁るべくも、自ら作せる災は活《い》くべからず（天が下した災いは逃れられるかもしれないが、自ら招いた災いは決して逃れられない）」（尚書・太甲中）という言葉もある。くれぐれも慎まねばならないことである。「これを戒《つつし》め、これを戒《つつし》め。爾《なんじ》に出づるものは爾に反るものなり（くれぐれも慎重にせよ。なんじの行為は必ずやなんじに帰ってくるのだ）」（孟子・梁恵王下）ともいうではないか。

【三先生の名の由来】

巫女はさらに質問した。「三人の先生方は、弁舌は天を回らし、文才は地を動かすほど。大いに儒教を広め、詳しく仏理を説いてくださった。ついでながら、それぞれのお名前を、五行子、字訓子、月令子とおっしゃるのは、何故でしょうか」と。

まず五行子が答えた。「それ五行とは、木、火、土、金、水です。さてそれに当たる方位は、亥卯未、寅午戌、巳酉丑、申子辰、また丑未、辰戌、寅申、巳亥です。

（下7オ）

その数は、一と六は水、二と七は火、三と八は木、四と九は金、五は土、以上あわせて四十五です。これにより、一徳、二義、三生、四殺、五鬼、六害、七陽、八難、九厄、および相剋相生、王相死囚老の理が生じます。すべて五行に応じて、五季、五方、五色、五音、五根、五味、五臟、五体、五常があり、さらには五経、五字もあります。あわせて乾、兌、離、震、巽、坎、艮、坤などの八卦、三経一論の議論についても、立派に説明できます。それゆえ五行子と名乗っております」と。

つぎに字訓子が答えた。「そもそも字訓というのは、古に伏羲氏が天下に王たるにおよんで、始めて八卦を作り、文字を造って、縄の結び目で物事を記録するやり方にかえ、これより書物が生じました。周易にも、

（下7ウ）

『天文を観ては、以て時の変を察し、人文を観ては、以て天下を化成す（天体を観察して時の変化を知り、文献を参考にして天下を教化する）』（賁卦・象伝）とあります。それ以来、伏犠の造った易や、周公・孔子の著した経書は、日月のごとく永遠に輝き、鬼神と奥深さを競うまでになりました（「伏羲氏が」よりこのあたりまで文選序による）。それ故、文字は道を載せる器と呼ばれます。そこで私は終日、六書八体の文字に親しんでは無何有の郷に遊び、夜通し四声七音の教えをそらんじては浩然の気を養っているわけです。よって字訓子し名乗っております」と。

さらに月令子が答えた。「そもそも月令とは、まず三十日を一月となし、三月を一季となし、そして春夏秋〻の四季、すべて三四十二か月は三百六十日となります。しかし月にも大小があり、つまり大の月は三十日、小の月は二十九日で終わります。尚書・堯典にも、

（下8オ）

『期は、三百有六旬有六日、閏月を以て四時を定めて歳を成す』とあります。これにより、三年にして一度の閏月、五年にして二度の閏月、七年にして三度の閏月を置き、十九年を一章と呼ぶなどの論があります。また、一年を五季に分け、春、夏、土用、秋、冬とします。一つの季はそれぞれ七十二日、一年あわせて三百六十日です。かくして日時計を用いて昼の時を知り、また北斗七星の柄の向きで夜の時を定めます。建寅の正月より、建丑の十二月に至るまでの一年間につき、ひたすら十干、十二支、三辰、七星、九曜、十二宮神、二十八宿、二十四節、上弦、下弦、晦朔、昼夜十二時、孟仲季、三十六禽を考え合わせ、月建・月将の時刻を推定し、

（下8ウ）

六壬の盤を転じてこまごまと時の吉凶を識るのです。そこで月令子と名乗っております」と。

【巫の由来】

ここにいたり、三先生がそろって巫女に尋ねた。「巫とはどのような意味でしょうか」と。

巫女は答えて、「そもそも巫とは、まずは心身ともに清浄につとめ、顔つきを正しては、敬意と信心に近づき、言葉を発しては、卑しさや過ちから遠ざかります（このあたり論語・泰伯による）。つつしんで、人々のために、天下太平の願い、所願成就の祈りを神仏に捧げたてまつります。また、人々が己の志の成否を質問に来れば、意中の工夫により、これを占うのです。故に『巫（人＋人＋工）』と呼ばれます。論語に『人にして恒《つね》なくんば以て巫医を作《な》すべからず（心が定まっていない人は巫でも

占うことができない)』(子路)とあり、また『占わざるのみ』(子路)ともあります。それゆえ私は、心正しからざる人の事は占わないのです」と。

【石地蔵について】

以上、三先生と巫女との問答が終わったところで、同じ席に、難者(論難する者)が居り、進み出ていった。「私は

(下9オ)

頭のよさや言葉のうまさでは、三先生には及びませんが、大きな疑問を抱いています。それを打ち明けて、説明しましょう。釈尊が教えを後に託された地蔵菩薩は、本来偉大な霊力を持ったお方のはずです。今のように石の地蔵となられたというのはよくわかりません。有り難みが無いような気がします」と。

そこで義者(説明する者)が答えて、「天竺では阿育王が石塔を建て、唐土では仙人が黄石に変化した例があります。我が日本では、狗盧尊仏の石塔、日光山の不動尊、出流山の観音、岩船山の地蔵など、いずれも霊験あらたかな石像です。時代が離れていても、霊石という点では同じですから、石の地蔵を怪しむ必要はないでしょう」といった。

難者は重ねて問うた。「愚人のことを木石と呼ぶ、といいならわしておりますが、これはどうしたわけでしょうか」と。

義者はそれに答え、「『草木国土、

(下9ウ)

悉皆成仏(草木も国土も、ことごとく仏と成る)』(止観私記に引く中陰経)、というではありませんか」といった。

【行脚僧の非難】

その時、諸国行脚の僧がおり、今の議論を判じてこう述べた。「難者の質問は、心からのぞんだ問いでなく、相手の発言をひきだそうとする問いかけにすぎない。義者の回答も、心の中で思っていることでなく、問答にけりをつけようとする答えにすぎない。このような難者と義者の、またさっきの三先生の問答は、しょせん常識的なものの見方による、こざかしい議論である。

すべて仏菩薩の悟りというものは、巧みな方便の形をとるが、あくまで広く、あくまでかがやかしく、通常の認識をはるかに超越しており、凡人の考え得る範囲の外にあるのだ。そもそも我が祖師達磨が西よりやって来られた真意は、いかなるものというべきであろうか。『経外別伝(経典の外に真の教えが伝えられ)』、『不立文字、直指人心、見性成仏(文字に残さない教えにより、心そのものを見つめ、そのままで仏と成る)』(碧巌録)。あなたがたはひたすら、化け物の巣窟にこもって、是非をあげつらっているばかりだ。こんなことで一生をむだに費やしてはいけない。

(下10オ)

歳月は惜しむべく、時は人を待たない。古の賢者も、『もし今生に此の心を度《ど》せずんば、更に何れの生に此の心を度すべけん(もし今の人生において、自分の心を救わなければ、どの人生において救うことができようか)』(大慧普覚禅師語録)などとおっしゃっている。もし禅宗の門下で努力邁進しないなら、唯一の真理に到達できないのだ。

【地蔵信仰の意義】

このような高級な話はさておいて、素質に応じて法を説くという立場から、ひとつお手本を示そう。汝等諸人に求めるのは、すべての執着を棄て去り、ひとえに地蔵菩薩に帰依し、尊像を造り奉ることである。こ

れを礼拝し、敬い、供養するならば、得られる功徳は計り知れないことであろう。まず尊像に向かって祈るべき内容は、一つには、天下太平、武運長久の基を築くことであり、二つには、現世来世における、また自らと他人における、安楽成就の心願を起こすことである。

今は応永丙申の歳であり、釈迦如来が沙羅双樹のもとで涅槃に入られた夜からは、

（下10ウ）

二千三百六十五年をへだて、弥勒菩薩が龍華樹のもとに降臨する朝までは、まだ五十六億七千万年残っている。この二仏（釈迦・弥勒）の間にあたる期間については、釈迦如来が、忉利天の宮殿で、自ら地蔵菩薩に向かい、末世衆生の救済を委託されたのである。そして次の偈を作られた。

現在と未来の天人衆を、吾れ今殷懃に汝に付嘱す（現在と未来のすべての人々について、こころよりあなたにお任せしよう）。

大いなる神通の方便を以て度《すく》い、諸《もろもろ》の悪趣に堕せしむることなかれ（大いなる方便の力を使い、悪しき輪廻に陥らぬように、救ってほしい）

（地蔵菩薩本願経）

よって地蔵菩薩こそは、六道をあまねく教化される導師であり、もっとも信仰すべき対象である。とりわけて、大いなる功徳が得られる行為としては、その像を作って供養することに勝るものはない。

【仏像の起源】

そもそも仏像を造ることの始まりは、増一阿含経に、『仏が

（下11オ）

忉利に昇りてより、二王は仏を憶《おも》い、因りて大患を成す。大臣王に白《もう》すらく、まさに像を造りて供養すべしと。ここにおいて、優塡王は栴檀を用いて仏の像を彫る。これ彫像の始めなり。波斯匿王これを聞き、すなわち黄金を用いて真像を鋳る。これ真像を鋳るの始めなり』とある。内典の記録にも、『漢の明帝、秦景を遣わして月支国に往かしめ、優塡王の彫像を得、ついで洛陽に至り、勅して聖相を図《えが》かしむ。すなわちこの土（漢土）の画像の始まりなり』（仏祖統記）という。また造像功徳経に、『造像の功徳に十一種有り。一には、世々眼目清浄ならん。二には、生《うまれ》処《かわり》に悪無からん。三には、まさに貴家に生まるべし。四には、身、紫金の色のごとくならん。五には、珍玩豊饒ならん。六には、賢善の家に生まれん。七には生れて王となるを得ん。八には、金輪王と

（下11ウ）

ならん。九には、梵天に生まれて寿命一劫ならん。十には、悪道に堕ちざらん。十一には、後生にまたよく三宝を敬重せん』とある。また続けて、『若し人、命の終わらん時に臨みて、言を発して、像を造らば、たとえ大なること棗《なつめ》・穬《おおむぎ》の如くなるも、よく三世八十億劫の罪を除かん』とある。

【地蔵像の利益】

地蔵菩薩本願経には、『この地蔵菩薩は、閻浮提に因縁有り。文殊、普賢、観音、弥勒などのもろもろの大開士（菩薩）の如き、また百千の身形に化して、六道を度《すく》うも、その願にはなお畢竟（限界）有り。この地蔵菩薩は、六道の一切衆生を教化したもう。発するところの誓願は、劫数（誓願を果たす期間）、千百億恒河沙の如くならん。世尊よ、われ（堅牢地神）未来および現在の衆生を、所住の処に観ずるに、南方の清浄の地において、土石や

(下12オ)
竹木をもって、その龕室（像を安置する部屋）を作り、この中に能く塑画し、ないしは金銀銅鉄にて地蔵の像を作りて、焼香供養し、瞻礼讃歎せば、この人の居処、すなわち十種の利益を得ん。何等か十とする。一には土地豊楽ならん、二には家宅永く安からん、三には先亡（すでに死んだ者）天に生まれん、四には現在（生きている者）寿益《ま》さん、五には求むること意を遂げん、六には水火の災い無からん、七には虚耗辟除せん（身体の衰弱が回復する）、八には悪夢を杜絶せん、九には出入に神護あらん、十には多く聖因（正しい教え）に遇わん』とある。

仏の述べるところは、まことに正しいものである。してみると、教主たる釈迦如来は、ほめ称える言葉で、三権一実の教えを説き、法華経の妙理を明らかにされたのであり、一方、導師たる地蔵菩薩は、憐れみ深く素直な心で、六道の衆生を教化せんとして、
(下12ウ)
般若の智恵の力を悟られたのである。衆生を済度せんとする、釈迦の広大な恩には報いきれないし、全人類を解脱させるという、地蔵の誓願には感謝しきれない。素晴らしきかな、地蔵菩薩の霊徳は。『これを仰げばいよいよ高く、これを鑽《き》ればいよいよ堅し。これを瞻《み》るに前に在り、忽焉として後《しりえ》に在り（仰ぎ見ればいよいよ高く、穿とうとすればいよいよ堅く、前に在るかと思うと、たちまちにして後に在る）』（論語・子罕）、迷える者を順序立てて導いてくださるのである」と。

【老尼の質問】

さて、この僧が演説をしているその最中に、七十あまりの老尼がかたわらに居て、僧に向かって質問した。「私は数年来、地蔵菩薩を信仰しているものです。今日もまた、七日間のお籠りに参ったところです。しかしながら、わたくしがひたすら、地蔵菩薩の尊号を唱え奉っているにもかかわらず、他のお籠りの人々といえば、あるいは『南無阿弥陀仏』と唱え、あるいは『南無妙法蓮華経』、あるいは『南無大悲
(下13オ)
観世音菩薩』と唱えています。尊像に対しては、その正しいお名前を唱えるべきだと考えますが、このように様々な唱え方がされるのは、何故でしょうか」と。

【地蔵は阿弥陀】

僧はそれに答えて、「ああ、わからないことを尋ねられるのは、君子の望むところである。とはいえ、種子や三摩耶形の意味は、最も秘すべき教えである。そもそも『中人以上には、以て上を語るべきなり。中人以下には以て上を語るべからざるなり（中等以上の人には、上等なことを告げることができるが、中等以下の人に対しては、上等なことを教えることはできない）』（論語・雍也）。今あなたには、仏のお姿を説明に用いて、大要をお教えしよう。そもそも我が国の南都奈良の興福寺南円堂に祀られる、藤原氏秘蔵の本尊たる、弘法大師がお造りになった十二の腕の不空羂索観音の、その宝冠は、地蔵菩薩の立像を天辺に戴いている。これこそは、法相宗を守護する霊神であり、春日大社の四所明神のうち、第三の
(下13ウ)
御本地である。阿弥陀と地蔵は一体であるので、頂上仏となっているのである。

さればこそ、蓮華三昧経にも、『地蔵菩薩は天に在りて三仏として現

ず。日光地蔵は多宝仏、月光地蔵は釈迦如来、明星地蔵は無量寿仏なり』とある。日・月・明星も一体、三仏も一体であり、すべては地蔵菩薩にほかならない。地蔵が本来は阿弥陀仏たること明らかであろう」と述べた。

【未度と度】

ここで傍らの小坊主が、「蓮華三昧経は『未度（古く現れたものではない）』の経です。証拠となしえましょうか」と質問したところ、僧は答えて、「仏経が『度（古い）』か『未度（古くない）』かということは、最も難しい議論だ。なんとなれば、釈尊が華を拈《つま》み、迦葉が微笑んだそのおりに、付嘱された経文がある。つまり、大梵天王問仏決疑経の文がそれである。しかしながら、赤県神州（中国）の

（下14オ）

帝王がこれをあまりにも長いこと世間から秘蔵していたので、未度の経とよばれている。これは王安石先生もご存じのことであり、『人いずくんぞ廋《かく》さんや、いずくんぞ廋《かく》さんや（世に隠れもないことであろう）』（論語・為政）。またこの蓮華三昧経の中には、三世諸仏随身の偈が載っていて、一切衆生が成仏するという内容である。それは、

帰命す本覚の心法身に、常住す妙法の心蓮台に。
本来具足す三身徳、三十七尊は心城に住む。
普門の塵数諸三昧、因果を遠離し法然具す。
無辺の徳海は本円満、還た我頂礼す心諸仏。

というものである。唐の不空三蔵は、行住坐臥つねにこれをとなえ、さらに

（下14ウ）

略解を作成して秘蔵した。つぎに本朝の弘法大師は、この経文と他の諸経の文をあわせて、随求陀羅尼経の儀軌を造られた。このように、古来、和漢両国にわたり、これによって成仏した人々は、数え切れないほど多い。もし蓮華三昧経が『未度』だというならば、どうしてこれらの文が造られたのであろうか。すでに『度』なるものであるならば、私が証拠として引いた文を疑う必要はない。おまえのような小坊主ごときが、私をだませるなどと思うな。

【日吉社の本地】

また、延暦寺の学者は次のようにも説いている。そもそもかの南瞻部州、大日本国、秋津島、瑞穂の中津国は、扶桑国とも呼ぶ。葦原に覆われた始原の時、国の中に天神七代、地神五代の尊が現れたもうた。かの天神七代の

（下15オ）

第一は、国常立尊《くにとこたちのみこと》、第二は、国狭槌尊《くにさずちのみこと》、第三は、豊斟渟尊《とよくむぬのみこと》、この三代は陽神であり、天地を開きたもうた。第四は泥瓊尊《ういじにのみこと》〈陽神〉と沙瓊尊《すいじにのみこと》〈陰神〉、第五は大戸道尊《おおとのじのみこと》〈陽神〉と大戸《おおと》間《ま》辺尊《べのみこと》〈陰神〉、第六は面垂《おもたるの》尊《みこと》〈陽神〉と惶根尊《かしこねのみこと》〈陰神〉である。この三代には陽陰の形の違いはあっても、交合のことは無く、陰しどころを知らなかった。第七は伊奘《いざなぎ》諾尊《のみこと》〈男神〉と伊奘冉尊《いざなみのみこと》〈女神〉である。この二神はまぐわいをなされようとしたが、そのすべを知らず、たまたま飛来した鶺鴒より、交合の方法を学んで、はじめて交接されたのである。次に地神の第一は、天照《てんしょう》大神《だいじん》〈女神にして、伊奘諾おひとりでお産みになった御子である〉、第二は、正哉《まさや》吾勝々《われかつかつ》速日《はやひ》天忍穂耳尊《あまのおしほみみのみこと》〈男神にして、天照大神がゆえあってもうけられた御子である〉、

（下15ウ）
第三は、天津《あまつ》彦々《ひこひこ》火瓊々《ほにに》杵尊《ぎのみこと》〈忍穂耳尊《おしほみみのみこと》の御子である〉、第四は、彦《ひこ》火々出見尊《ほほでみのみこと》〈男神〉、第五は、彦波斂武鸕鷀草葺不合尊《ひこなぎさたけうのはふきあわせずのみこと》〈男神〉である。要するに、天神七代より地神第三代の天津彦々火瓊々杵尊に至るまでは、天地あわせて十代となる。十代の禅《ゆず》りを受けられたので、帝をば『十禅（十善）の尊』と申し上げるのである。今まさに円宗（天台宗）を守護される尊神が現れたもうた。日吉社の十禅師こそがそれであり、御本地は地蔵菩薩である。地蔵は菩薩としての呼び名であり、阿弥陀は如来としての呼び名である。菩薩というのは、修行中のことであり、如来というのは、成仏した時のことである。されば地蔵はすなわち阿弥陀である。

【すべては一法】

またこうもいう、『阿弥陀は
（下16オ）
すなわち観音であり、観音はすなわち法華である』と。旧記にこうある。『昔在霊山名法華《しゃくざいりょうぜんみょうほっけ》、今在西方名弥陀《こんざいさいほうみょうみだ》、娑婆示現観世音《しゃばじげんかんぜおん》、三世利益同一《さんぜりやくどういっ》体《たい》（むかし霊鷲山にありては法華と名づけ、いま西方に在りては阿弥陀と名づく。娑婆世界にては観世音と現れる。三世の利益は同一体なり）』（諸回向清規に見える）と。実のところ、すべては一法なのであり、すべてもろもろの仏菩薩は、衆生の願望にしたがって、種々の姿と現れ、仏法を説かれるのである。なんじが地蔵の誓願を信じれば、生死輪廻の世界を離れ、速やかに悟りに達することができるであろう」などと述べた。

【父母の追善供養】

かの老尼はさらに問うた。「私自身の解脱はとりあえず論じません。私は幼少の時に父母を早く亡くしましたので、乳を与えられ、懐に抱かれるという愛情を知りません。成長してからは、五障三従の宿命を持った女人として生きてきました。我が子を育てることはできたものの、やさしい父母の恩に報いる機会は得られておりません。また老人となった現在、我が家は貧しく、父母の追善供養のために一人の僧を招くこともできません。
（下16ウ）
どうしたら、亡くなった父母に成仏していただけるでしょうか。梵網経には、『父母・師僧・三宝（仏法僧）に孝順し、至道の法に孝順し、孝を名づけて戒と為す、また制止と名づく』とあります。世間にいわゆる戒行門とは何でしょうか。おそらく孝行の道をいうのでしょう。だからこそ、仏は孝を説いて戒と名づけられ、また制止と名づけられたのでしょう。我々は、生んでくれた父母のために、もっとも力を尽くして、孝養に励み、死後はその冥福を願わねばなりません。しかしながら、現在我が父母の御霊は、いずこにいらっしゃるのでしょうか」と。

僧は答えた。「それには説明が可能だ。地蔵本願経に、『あるいは三歳・五歳・十歳已下、父母を亡失し、及び兄弟姉妹を亡失す。この人年すでに長大して、父母及び諸《もろもろ》の眷属《けんぞく》、知らず、何れの
（下17オ）
趣《しゅ》にか落在し（六道のいずれに生まれたか）、何れの世界にか生じ、何れの天中にか生るると思憶《おも》はん。この人もし能く地蔵菩薩の戒像を塑画し、乃至名《みな》を聞き、一瞻一礼《いっせんいちらい》して、一日より七日に至つて、初心を退くことなく、名を聞き形を見たてまつり、瞻礼供養じたてまつるべし。この人の眷属、因業を仮るが故に（生前の所業によって）、悪趣（地獄道・餓鬼道・畜生道）に堕つとも、当劫数《とうこつしゅ》を計って（解脱までに必要な時間を計算

して）、この男女・兄弟・姉妹の、地蔵の形像を塑画し、瞻礼するの功徳を承けて、尋《つい》で即ち解脱すべし』とあり、また『一心に地蔵の形像を瞻礼し、其の名字を念ずること、万遍に満てば、当に菩薩無《む》辺身《へんじん》を現じて、つぶさにこの人の眷属の生界《しょうかい》（転生した場所）を告ぐることを得べし』云々とある。まことに、地蔵尊こそは、深く広い慈悲の心を持った菩薩なのである。

【胎蔵界曼荼羅と地蔵】

地蔵尊は、すなわち発心門においては、東方の薬師瑠璃光如来と成りたまい、四面八臂の

（下17ウ）

降三世明王こそ、地蔵尊の忿怒の形である。また修行門においては、南方の宝生仏と成りたまい、四面八臂の軍荼利明王こそ、地蔵尊の忿怒の形である。また菩提門においては、西方の無量寿仏と成りたまい、六面六臂六足の大威徳明王こそ、地蔵尊の忿怒の形である。また涅槃門においては、北方の天鼓雷音仏と成りたまい、三面四臂の金剛夜叉明王こそ、地蔵尊の忿怒の形である。また地蔵尊の内証は、中央の大日如来と成りたもう。大盤石上に座し、背後に迦楼羅のごときの炎をあげ、右手には利智の剣を取り、左手には金剛索を持ちたもう、大聖不動明王こそが、地蔵尊の忿怒の形である。

【六地蔵】

そもそも六地蔵については、蓮華三昧経に、

（下18オ）

『第一に、檀陀地蔵は、地獄道を導きたもう。第二に、宝珠地蔵は、餓鬼道を導きたもう。第三に、宝印手地蔵は、畜生道を導きたもう。第四に、持地地蔵は、修羅道を導きたもう。第五に、除蓋障地蔵は、人道を導きたもう。第六に、日光地蔵は、天道を導きたもう』云々とある。

【勝軍地蔵】

もし他所より賊が到来し、刀兵の災いがおこれば、勝軍地蔵がにわかに神威を現し、弓矢によって怨敵を殲滅する。かつて蒙古という蛮族が襲来したが、結局船を覆えされて命を落としたのは、その神力のおかげである。そもそも弓矢の由緒を述べれば、礼に、『男初めて生るる時は、則ち人をして桑弧蓬矢を執つて、天地四方を射せしむ。其の事有ることを示すなり』（礼記・射義の文に似る）とある。かの弓は扶桑の

（下18ウ）

桑であり、矢は蓬莱の蓬である。つまり扶桑とも蓬莱とも呼ばれる我が国は、なによりも弓矢に支えられた国なのである。そこで神々の加護を受け、君臣上下はみな、威武勇猛にして、弓矢を家業としている。おそらくは全世界の中で、我が神国にかなうものはなかろう。神明と仏陀は、本地と垂迹との違いはあるが、同じ不思議によって守られる、この大日本国こそは、比類なく、弓矢にすぐれた霊地なのである。

【地蔵と極楽浄土】

また、地蔵は延命地蔵としても現れたまい、衆生の願いにしたがい、寿命を延ばしたもう。ここに西方浄土という世界があり、地蔵は阿弥陀如来として現れ、一切衆生が命を終えんとする際には、迎えて引き取り、極楽浄土に招いてくれる。地蔵菩薩は、現世であれ来世であれ、あまねく衆生を導き、その恩徳は広大無辺である。

幸いなことに、なんじは

（下19オ）

もともと、地蔵菩薩を信仰しているようだ。今後ももっぱら、縁ある地蔵菩薩のため、自分をほめて他人をそしる心を捨て、善悪を超えた境地にいたり、円満にして隙のないようすで、勇んで努力を続け、一心不乱に、地蔵菩薩を念じたてまつるならば、すみやかに現世の身を終え、必ず極楽浄土に生まれること疑いない。

【大尾】

地蔵の徳を偈によって讃えよう。

強いて石頭を喚びて地蔵と号し、大悲の心眼は霊光を発す。
神通自在甚奇妙《じんきみょう》、億々分身満十方《ふんじんまんじっぽう》（神通自在にして甚だ奇妙なり、
億々の分身は十方に満つ）」。

と述べた。

この偈を聞き終えるや、参集した僧俗の人々は、異口同音に、地蔵の名を誉め称え、教えを信じて実践を誓い、拝礼して立ち去るのであった。

（下19ウ）

桂地蔵記　下の巻　おわり

弘治四年、二月六日にこれを記す

解　説

『桂川地蔵記』は、室町中期に都で流行した地蔵信仰を、物語風に描いた書物である。従来は往来物の一種として扱われることが多く、文学作品として評価されることはなかった。たしかに往来物の要素はあるが、それにとどまらない構想の妙と、豊かな内容、工夫された文体は、大いに評価されるべきであるし、文化・言語・宗教に関する資料的価値も高い。ここに、最善本である前田育徳会尊経閣文庫蔵本の影印を刊行する。

前田育徳会尊経閣文庫蔵弘治四年（一四九一）写『桂川地蔵記』原本の書誌的事項を簡略に記す。原本の大きさは、縦二七・四センチメートル、横二〇・二センチメートル。表紙は、朽葉色の厚紙で、題簽に、本文とは別筆で「桂川地蔵記　上下」と墨筆で書かれている。料紙は美濃紙、綴じ方は袋綴。墨付き、上巻二十三丁、下巻十九丁、計四十二丁の、二巻一冊。毎半葉九行書き。返点・傍訓・音合符・訓合符・声点等の詳細な訓点を施す。訓点は、原則的に墨筆であるが、巻下の二丁・四丁・九丁等に、朱筆の施点も有る。句読点・圏点は、朱書き。出典注記は、原則的に朱書き。但し、別筆による出典注記は、墨筆で紙片に書き込み、余白に貼付されたものが、巻上の十三～十四丁に五例見られる。訓点を、墨書の上に朱書で重ね書きして訂正した箇所も有る。

『桂川地蔵記』の伝本は、次に挙げる十四本である。今回の調査に当たっては、2・5を除く諸本の原本を実見した上で、マイクロフィルムの焼き付け写真を入手した。

1. 国立国会図書館蔵小山田与清校本（函架番号は-44）
2. 彰考館文庫蔵本〔焼失〕
3. 静嘉堂文庫蔵小山田与清校屋代弘賢手沢本（函架番号 87-45）
4. 尊経閣文庫蔵弘治四年写本（函架番号 17-14）
5. 東京大学史料編纂所蔵彰考館蔵本写本
6. 東京大学総合図書館蔵小山田与清校小中村清元治元年写本（函架番号 C40-1933）
7. 東京大学総合図書館蔵小山田与清校長井裁之万延元年写本（函架番号 C40-2068）
8. 東京大学文学部国語研究室蔵小山田与清校弘化二年写黒川本
9. 東京大学文学部国語研究室蔵小山田与清校黒川本
10. 東京大学文学部国語研究室蔵文政元年山崎美成写黒川本〔柳亭種彦所蔵本の写し〕
11. 東洋文庫岩崎文庫蔵木村正辞写本（IV-4-D-45）
12. 西尾市岩瀬文庫蔵小山田与清校本（函架番号 28-89）
13. 無窮会神習文庫蔵小山田与清校伴直方手沢本（函架番号 6798）
14. 無窮会神習文庫蔵小山田与清校本（函架番号 6799）

『桂川地蔵記』は、江戸後期の国学者、小山田与清（一七八三～一八四七）による本文考証の対象となった。現存諸本では、与清の標注の付されたテキストから転写された本が主流であり、それらはいずれも江戸時代後期の書写にかかるものである。尊経閣文庫蔵本は、「弘治四年二月初六日誌之」という室町期の奥書を有し、現存伝本中最古の善本である。尊経閣文庫本の本文に疑義が存する全てのケースについて、諸本の異同を確認したところ、他のテキストの本文が尊経閣文庫本の本文校訂に資すると判断される事例は皆無であった。

『桂川地蔵記』の内容はもとより実録ではないが、応永二十三年（一四一六）以降に現実に存在した、桂地蔵と呼ばれる流行神と、その参詣のようす、特に盛大に行われたという風流行列を背景としている。歴史資料としてこれを記すのは、伏見宮貞成《さだふさ》親王（一三七二～一四五六）の日記『看聞御記』であり、他の史料にはほとんど姿を見せない。以下にその関連箇所をあげる（表記と訓読はわかりやすく改めたところがある）。

一、応永廿三年七月十六日

伝え聞く。山城の国、桂の里に辻堂の石地蔵あり。去ぬる四日、阿波の国に賤男有り。ある時、小法師一人来りて云うよう、我住む所の草庵破壊し、雨露もたまらず。よりて造作すべきのよし思う。来りて仕るべし。憑むべきのよし申す。この男の云うよう、身貧にして、渡世難治なり。妻子を捨て他所へ罷る事、叶うべからざるのよし申す。小法師重ねて申すよう、扶持を致すべきなり。ただ来るべきのよし申す。しかすなわち同道して行く。阿波の国より山城へは三日の路なり。しかれども片時の間に行き着きぬ。破損せる辻堂に石地蔵あり。造作する人もなし。小法師も打ち失せぬ。近辺の人にあい尋ぬれば、山城の桂の里と答う。この男の思うよう、さては地蔵これまで同道しておわしけると。貴く覚えて居たりけれども、智《し》る人もなし。かようにてはいかんと思いて、京へ上らんとしけるに、ありつる小法師来りて云うよう、いずかたへも行くべからず。ただここに居住すべきのよし申して、また失せぬ。さて堂に居たりけるほどに、西岡に住する男（原注　竹商人なり云々）、日ごろこの堂破壊しぬる事を、心中に痛ましく思いけり。くだんの堂に休息するの間、かの阿波の男と寄り合いて、雑談するほどに、この事の最初より、次第を語りて、地蔵の奇得（特）不思儀（議）を語る。さて御堂の造営、もろともに、てちだえもし給え、と云いければ、西岡の男、すぢなき事云いたか（る）なりとて、散々に云い合うほどに、いさかいあがりて刀を抜きて、阿波の男を突かんとす。かの男逃げのきぬ。去る程に西岡の男、心狂乱して、かの石地蔵を切り突きけるほどに、忽ち腰居て（腰が抜けて）、物狂いに成りけり。近辺のものども集まりてこれを見、地蔵の御罰あらたなる事を貴みけり。さて狂気の男、暫くして心神取り直して、地蔵におこたり申す。この御堂造営して宮仕え申すべきよし、祈念しけるほどに、すなわち腰も起《た》ち、狂気も醒めけり。さて入道せんとしけるに、地蔵夢に見えて、法師に成るべからずと、のたまいければ、男にて（俗人のままで）浄衣を着て宮仕えけり。地蔵に斬り突きたてまつる腰刀、散々にゆがみ、ちぢみたりけり。御堂に懸けて参詣人に拝ませけり。さて阿波の男をば法師になるべきよし、地蔵示されければ、入道して、彼の男と二人、御堂造営奉行しけり。この事世に披露ありて、貴賤参詣群集しけるほどに、銭以下種々のものども奉加し、山のごとくに積みて、造営ほどなく功成りけり。祈精（請）もすなわち成就し、殊に病者・盲目など、忽ちに眼も開きければ、利生掲焉《けちえん》なる（御利益が大きい）こと、都鄙に聞こえて、貴賤参詣、幾千万ということなし。種々の風流（派手な飾り）の拍物《はやしもの》（囃物に同じ。歌舞をともなった行列）をして参ず。都鄙の経営（準備にいそしむこと）、近日はただこの事なり。伝説は信用し難しといえども、多聞の説（大勢が言っていることなので）、これを記す。かつ比興なり（取るに足らないことである）。

二、応永廿三年七月廿三日

源宰相、三位、長資朝臣、寿蔵主等、払暁に桂の地蔵へ参詣下向す。語りていう、地蔵尊の顔の疵、聞きしごとく拝見したてまつる。この疵次第に愈合す云々と。奇得（特）不思儀（議）なり。

三、応永廿三年八月九日

聞くならく、今日桂地蔵へ風流拍物に参る。室町殿（将軍足利義持。三条坊門に居た）ならびに武衛（斯波義重。原注に「勘解由小路」とある）の中間等寄り合い、田植の風情を作す。金欄（襴）・曇（緞）子等裁着し、結構（企画や支度）目を驚かす云々。またある方より、山臥峰入の体を摸して、負（笈）以下の道具ども、唐物にてこれを作る。希代の見物なり云々。この間洛中洛外、経営この事なり。先年北山地蔵に送る拍物のごとし云々。日を追って地蔵の利生掲焉たり。殊に病人に利生を施す云々。

四、応永廿三年八月十五日

桂地蔵、御所様の御代官として、行光三か日参詣す。予ついでをもって願書を奉納す。所願成就せしめば、参詣すべきものなり。

五、応永廿三年八月十七日

桂地蔵へ当所（伏見宮）の地下人等、拍物に参る。早旦、御所（内裏）にまず参る。さしたる風流無しといえども、出立は美麗なり。警固の随兵卅余人、色々の鎧・腹巻、金銀作りの太刀・刀、これを帯びて練り歩く。次に御幣持ちの法師、次に棒振り、鬼面を着す。次に拍手卅余人、色々の風流の小笠、おのおのこれを持つ。また風流の大笠一本、おのおの金爛（襴）・曇（緞）子・印金等これを着く。雑々の兵士等二百余人、見物の雑人群集す。日暮れの時分に下向す。また御所に参り、棰（酒樽）を賜わる。雨ふるのあいだ、にわかに退出す。

六、応永廿三年八月廿三日

地蔵の拍物、四条烏丸より、唐人入洛の体、これを学ぶ云々。以前諸方の風流にもこれほどの結構無し。殊勝々々云々。

七、応永廿三年九月二日

そもそも桂地蔵、御所様の御悩ならびに御訴詔（訟）等の御祈精（請）のために、廿四人参詣す。近衛の局、三位、重有朝臣、長資朝臣、寿蔵主、周りの侍は、地下の侍男ども駆り集められ了んぬ。冥慮定めて御納受有るものならんか。

八、応永廿三年九月三日

そもそも桂地蔵に此の御安堵の事、御立願有り。昨日廿四人参詣して、今日院宣到来す。しかしながら（全て）御利生の至り、彌よ貴ぶべく仰ぐべし。

九、応永廿三年十月十四日

聞くならく、桂地蔵に奉仕せる阿波の法師、ならびに与党七人、公方より召し捕られ、禁獄せらる云々。彼の法師は阿波の国の住人にあらずして、近郷の者なり。与党同心のものども数十人、種種の謀計を回らし、地蔵ならびに狐を奉じ付け、奇得（特）を顕す云々。あるいは病人と相い語らいて衆病を愈し、あるいは盲目にあらざるものに、眼目を開かしむ。種々の事、かの法師等の所行のよし露顕せるの間、召し捕られ糾問せらるるの間、白状せしむ云々。西岡の男は、同心の者にあらず云々。よりて相い替らず奉仕す云々。つらつらこれを案ずるに、不信の輩かくのごとく申し成すか。たとい病人と相い語らうといえども、万人の利生においては、いかでか謀略を為すべきならんや。地蔵の霊験は、人力の及ぶべからざるものなるか。とりわけ不審の事なり。然れども貴賤の参詣は相い替わらず云々。

十、応永廿七年二月十日

隆富、正永等帰京す。そもそも便路の間、桂地蔵堂に参詣す。御堂の造営奇麗なり。暫く念誦するの間、門前にて放歌有り。太刀を以て跳ね狂う。男ども見物す。その風情奇得（特）のよし申す。立輿にて（輿に乗ったまま）これを見る。誠に奇異の振舞なり。不可説なり。扇を賜わりてすなわち帰る。

これら一連の『看聞御記』の記事からは、応永二十三年七月より、桂地蔵が一時の流行を見た経緯を読み取ることができ、年表風にまとめると、次のようになる。

応永二十三年七月四日以降　桂地蔵の霊験が示され、都鄙に宣伝され、御利益あらたかな流行神として、貴賤が参詣するようになった。

応永二十三年七月十六日　その流行が貞成の耳に入り、日記に書き記すものの、妙な話だと感想を述べる。

応永二十三年七月廿三日　桂地蔵に参詣した近臣たちから霊験をふきこまれたため、貞成も信仰に傾く。

応永二十三年八月九日　風流拍物の最盛期。室町将軍家・斯波家の中間が、田植え、山伏の趣向を行う。病人を治すという評判が高まるばかりである。

応永二十三年八月十五日　御所様（父の栄仁親王）の病平癒のため、桂地蔵に代参させる。

応永二十三年八月十七日　風流拍物の最盛期。伏見宮の地下人が拍物を挙行する。一日がかりで伏見より桂に往復し、警固の随兵に扮するものと、派手な笠をかぶった囃し方を主とする。

応永二十三年八月二十三日　風流拍物の最盛期。四条烏丸から出発した行列には、唐人が朝貢する趣向があった。

応永二十三年九月二日　御所様の病気平癒と訴訟の勝利を祈願するため、二十四人の集団で桂地蔵に参詣する。貞成はその行為に肯定的である。

応永二十三年九月三日　参詣の翌日に早くも訴訟が勝利したので、貞成は桂地蔵の霊威に感服する。

応永二十三年十月十四日　桂地蔵の法師等が、詐欺集団として逮捕されるが、貞成は地蔵の霊験を信じて疑わない。

応永二十七年二月十日　数人の臣下から、桂地蔵の門前で剣舞の類が行われていたことを知らされるが、貞成は、そのようすに嫌悪の感を隠さない。

伏見宮貞成親王個人の視点に限定されているが、かえって桂地蔵の盛衰を示しているといえよう。民間の流行が、室町将軍家や親王家の関係者を含む貴顕の支持を得るが、やがて飽きられ、全体としては衰亡の途をたどったものと思われる。ただしその後しばらくは一応の流行が続き、最終的に歴史から姿を消すのである。『大乗院寺社雑事記』文明十二年（一四八〇）八月の条に、壬生地蔵と桂地蔵に「甲乙人（名も無い庶民たち)」が参詣したとあり、これが同じものを指すのであれば、信仰が数十年続いていたことになる。

一連の経緯の中で、十月半ば以降、官憲の介入で阿波の法師等が詐欺として逮捕され、西岡の男がこの御堂を管理するようになったことが注目される。これは、初めは阿波の法師と協力して茶番によって信徒を獲得した西岡の男が、官憲に協力して前者を密告し、堂の支配権を簒奪したものとの推測も成り立つ。

さて、興味深いのは、この日記に具体的に挙げられた風流拍物の趣向のいくつかが、『桂川地蔵記』の記述に暗合することである。具体的にいえば、「田植の風情」は「或有居苗於地埴墳之苗代之者(或いは、苗を地の埴に墳てる苗代に居ゆる者も有り)」(上4オ)、「山臥峰入の体」は「或有慕役優婆塞而入于大嶺之山臥(或いは、役の優婆塞を慕つて、大嶺に入る山臥も有り)」(上5ウ)、「唐人入洛の体」は「亦学従漢土而勤官使奉税来本朝而詣闕下捧篚之者(また、漢土より官使を勤めて、本朝に税を奉じ来りて、闕下に詣で、篚を捧ぐる者をも学ぶ)」(上6ウ)にまさしく対応する。飾りに金襴緞子や唐物を用いているという記事も含めて、『桂川地蔵記』の風流の趣向は、明との貿易で大量の唐物が輸入された直後の都の現実を描いていると言っても、大きな間違いではない。もちろん、そこには文学的誇張と、語彙列挙に意を用いたためのかたよりはあるが、北山文化の世界を描いた文学作品として、類例の無い価値を持つ。

『桂川地蔵記』は、このような現実の地蔵信仰と風流囃物を素材とし、桂という場所、竹を売る西岡の男、風流の内容と門前の賑わい、などは歴史的事実と一致するといってよい。しかし一方で、『看聞御記』に述べられる相当重要な要素、つまり阿波の法師に関わる霊験譚、および、霊験の証拠の見世物とされていた曲がった刀には、全く触れられておらず、西岡の男が石地蔵を掘り出したという単純な話にすりかわっている。これは先に述べたような桂地蔵内部の事情の変化から頷けることである。また、『桂川地蔵記』が、作中の上杉金吾に関する予言の成就、つまり応永二十四年正月以降に作られたことはいうまでもない。さらにいえば、下巻で三先生の予言が、いずれも桂地蔵の衰亡を論じているため、作者が実際に衰亡を目にした後の制作でないかと想像される。

これらの事情を勘案すると、『桂川地蔵記』は、応永二十四年以降、風流・参詣が盛んであった時期の記憶が都の人々の心に残っていて、一方、地蔵そのものは衰亡したという時期に、作成されたものと推測される。おそらくは数年後のことであろう。

とはいえ、『桂川地蔵記』はあくまでも、桂地蔵を題材としたフィクションであり、登場する巫女や老僧、三先生などにモデルはあるまい。むしろ、全体が緻密に構成されていることに注目すべきであろう。その内容の要点をまとめると、以下のようになる(本書の現代語訳に付した章題を用いた)。

上巻(風流を中心として、全体として形而下的な内容)

序・発端・巫女の予言・地蔵の出現(桂地蔵の由来を述べ、風流の記事につなげる。)

風流の趣向・舞楽・各地の風光・絹布・飾り物・武具・馬と馬具・太刀と刀・刀鍛冶・屋台の飲食・茶道具・屏風絵・絵画と墨跡・薬湯問答・本草の歴史・脈と臓腑(風流の描写にことよせて、故事名言・名句・楽名・器物名・食品名・書画家名・薬物名・医学用語を列挙する。通常の文章をまじえるが、基本的に語彙の羅列である。たとえばあばた顔の僧侶と薬湯売りの問答を設定するのも、語彙を多く記述するのが目的である。）

舞に興ずる人々・鞨鼓の舞（舞楽の描写が中心で、漢籍に由来する典故表現が多い。）

桂の里の話・にわか雨にとまどう・色好みについて（風流に参加した人々の描写であるが、全体として、漢字表記でありながら、特殊な和語や和訓を表記している傾向が強い。）

下巻（地蔵信仰を中心として、全体として形而上的な内容）

奇怪な老人（下巻の発端にあたり、地蔵菩薩を賞賛することで、以後の主題を明示する。）

三先生の予言・五行子の解説・字訓子の解説・月令子の解説・予言の成就・三先生の名の由来・巫の由来（三先生が登場し、桂地蔵が衰亡することを予言する。陰陽五行説や漢字の分析など、外典系統の学問を主としている。）

石地蔵について・行脚僧の非難・地蔵信仰の意義・仏像の起源・地蔵像の利益・老尼の質問・地蔵は阿弥陀・未度と度・日吉社の本地・すべては一法・父母の追善供養・胎蔵界曼荼羅と地蔵・六地蔵・勝軍地蔵・地蔵と極楽浄土・大尾（学識のある老僧の議論が中心となり、地蔵信仰の多様な側面について、『蓮華三昧経』を含む仏教経典を縦横に引用し、地蔵を信仰すべきことを説く。当時の地蔵信仰の全体像が網羅されているというべきである。鎌倉以降の地蔵信仰を特徴付ける、十王信仰や地獄に関する言及が無いのにも注目すべきであろう。）

また、このように明瞭な章段のそれぞれに対応して、内容に合わせた多様な文体を使い分けていることも、本書の大きな特徴といえる。全体としては通常の散文体であるが、対句で構成された駢文体の部分（まとまったものとしては、上巻の「序」・「地蔵の出現」の巫女の言葉・「風流の趣向」の冒頭部・下巻の「奇怪な老人」の言葉）があり、それ以外にも、往々にして対句が用いられている。他に特徴的なものとして、卜占・予言を含む学術的な説明文（「巫女の予言」、また「三先生の予言」から「巫の由来」に至る部分）、対句の連続（「風流の趣向」の主要部分）、百科語彙の列挙（「舞楽」から「脈と臓腑」に至るほとんどの部分）、和漢佳句の列挙（「屏風絵」）、和風の強い擬古文（「桂の里の話」から「色好みについて」に至るまで）、仏教経典の引用（下巻の後半の多くの部分）である。これに加えて、全体に漢籍の典故の引用がちりばめられ、偈三首・和歌二首が添えられる。

漢籍として多く用いられているのは、『文選』『遊仙窟』『論語』『白氏文集』等、伝統的な素養の範囲に入るものである。ことに『文選』の影響が強く、一例をあげれば、「亦或時、撃鞨鼓者、若夫翁伯之子歟。然者母濁、其身質也。既経営而出所張李〈里〉之家。（上19ウ）」（また或時、鞨鼓を撃つ者、若し夫れ翁伯のあぶらひさきの子か。然れば母は濁のほしじしうり、其の身は質のさやまきうりなり。既に経営といとなんで、出所は張里のうまくすしの家）などは、『文選』「西都の賦」をふまえていることがわからなければ、全く意味をなさない。多く左右両訓によって、いわゆる「文選読み」を付している。後世の読みを含むとは思われるが、もともと『文選』の訓読を前提とした文章であろうと推測される。

以上をまとめると、『桂川地蔵記』は、『精進魚類物語』等の異類合戦譚にみられるような百科語彙の列挙だけでなく、漢文・漢詩の名句、『論語』『文選』等より採った典故表現、漢文で書かれた和文脈的な特殊表記、偈や仏教教理語彙に至るまで、文章作成上の知識万般を含み、読者に教授するものであったといえよう。ただし、文書用語のような実用語彙、日常語彙は、比較的少ない。本書は百科の知識と文学の素養を高めるための教科書として見ることができる。にもかかわらず、客観的に見て不必要に難解な部分が多いため、後世一部の好事家の興味を引くに留まり、今日では単に風流について記した民俗学的資料としてのみ見られがちなのは残念なことである。初学の書とはいえ、室町時代の成熟した文化・思想・宗教の全体像を広く概観するものであり、今後のさらなる研究と活用が待たれる。ここに影印に添えて、索引二種・訓読・現代語訳を刊行するゆえんである。

本書が刊行できたのは、ひとえに前田育徳会尊経閣文庫菊池紳一先生、八木書店代表取締役社長八木壮一氏、および出版部恋塚嘉氏、金子道男氏の御力添えのお陰である。ここに厚く感謝したい。

〔参考文献〕

近藤圭造編『改定史籍集覧』第二十六冊　近藤出版部　一九〇二年
塙保己一編『続群書類従』第三十三輯上　続群書類従完成会　一九二七年
育徳財団「桂川地蔵記解説」　尊経閣叢刊『桂川地蔵記』所載　一九二九年
藤井毅「前田家本桂川地蔵記の訓点」　九州国文学会誌　一九三五年
藝能史研究會編『日本庶民文化史料集成』第二巻　田楽・猿楽　一九七四年
西崎亨「前田家本『桂川地蔵記』について―室町時代語資料としての―」　解釈24巻8号　一九七八年
鈴木晶子「『桂地蔵記』における風流について」　日本歌謡研究第31号　一九九一年
生駒哲郎「室町期の生身信仰―桂地蔵の霊験譚をめぐって―」　山脇学園短期大学紀要41号　二〇〇三年

執筆協力者一覧

石川麻由子　東京学芸大学卒　同大学院修士課程修了　学校法人盈進学園東野高等学校教諭

石和田理沙　東京学芸大学在学

市川（小松）加奈　東京学芸大学卒　東京都江戸川区立平井南小学校教諭

井手遙（金玫静）麗澤大学卒　東京学芸大学大学院修士課程修了　ＫＮＴＶ株式会社勤務

稲干ひかる　東京学芸大学在学

李賢錫　全南大学（韓国）卒　平成16年度東京学芸大学交換留学生

今邑（黒木）美佳　東京学芸大学卒

岩尾有里子　東京学芸大学在学

于文秀　大連海事大学（中国）卒　東京学芸大学大学院修士課程在学

王鼎　華東師範大学（中国）卒　東京学芸大学大学院修士課程修了　明治大学大学院博士後期課程在学

大石康太　東京学芸大学在学

大重維貴乃　東京学芸大学卒　同大学院修士課程修了　住友不動産販売株式会社勤務

大林功尚　東京学芸大学卒　株式会社書原勤務

郭亜軍　北京師範大学（中国）卒　同大学院修士課程修了　平成17年度東京学芸大学国費研究留学生　長安大学副教授

梶野春奈　東京学芸大学卒　帝京大学薬学部教務課勤務

加藤（谷内）知穂　東京学芸大学卒　富山県高岡市立野村小学校教諭

金立　華東師範大学（中国）卒　平成16年度東京学芸大学日本語・日本文化研修留学生

具恩熙　全南大学（韓国）卒　平成16年度東京学芸大学日本語・日本文化研修留学生

具香　延辺大学（中国）卒　東京学芸大学大学院修士課程修了　二松学舎大学大学院博士後期課程在学

久保田允　東京学芸大学卒　東邦大学付属中学校教諭

小池一恵　東京学芸大学卒　東京都江戸川区立第三葛西小学校教諭

好澤弥生　東京学芸大学在学

洪仁善　東北師範大学（中国）卒　同大学院博士課程修了　平成18年度東京学芸大学国費研究留学生

黄燁琳　華東師範大学（中国）卒　平成16年度東京学芸大学交換留学生　上海博報堂広告有限公司勤務

呉月　蘇州大学（中国）在学　平成20年度東京学芸大学交換留学生

小杉（國領）麻美　東京学芸大学卒　同大学院修士課程修了　慶應義塾普通部教諭

小林裕貴　東京学芸大学卒　株式会社毎日コミュニケーションズ勤務

近藤健次　東京学芸大学卒　同大学院修士課程修了　岐阜県立大垣東高等学校教諭

崔美月　延辺大学（中国）卒　東京学芸大学大学院修士課程修了　ＮＩＳグループ株式会社勤務

崔玲　長春大学（中国）卒　東京学芸大学大学院修士課程修了　信林オートモーティブ株式会社勤務

坂井亮介　東京学芸大学卒

坂倉貴子　東京学芸大学卒　同大学院修士課程在学

佐々木倭子　東京学芸大学在学

佐藤友介　東京学芸大学卒　神奈川学園精華小学校教諭

柴田隆好　東京学芸大学卒　ACCESSPORT 株式会社勤務

島内佐知子　東京学芸大学卒　東江運輸株式会社勤務

島田栄子　東京学芸大学卒　みずほ証券株式会社勤務

清水紀美　東京学芸大学卒　東京都葛飾区役所勤務

生島玲子　東京学芸大学卒　同大学院修士課程修了　桐朋女子中学校・高等

学校講師

申潤敬　全南大学（韓国）卒　同大学院修士課程修了　平成17年度東京学芸大学研究生

末田（鈴木）かおり　東京学芸大学卒　同大学院修士課程修了　学習研究社辞典編集部勤務

杉本裕子　立命館大学・國學院大学卒　國學院大学大学院博士後期課程在学

関根（森住）珠代　東京学芸大学卒　元東京都杉並区立高井戸中学校教諭

宅万英伯　東京学芸大学卒　株式会社コアミックス週刊コミックバンチ編集部勤務

趙静　北京師範大学（中国）在学　平成21年度東京学芸大学交換留学生

丁海鈴　全州又石大学（韓国）卒　東京学芸大学大学院修士課程修了　二松学舎大学大学院博士後期課程単位取得退学　プルンライフ株式会社勤務

陳琇姍　台湾大学卒　平成16年度東京学芸大学交換留学生

鄭燕　延辺大学（中国）卒　東京学芸大学大学院修士課程修了　株式会社シーアンドシーメディア勤務

鄭俊泙　台湾大学（台湾）在学　平成19年度東京学芸大学交換留学生

都奇延　東京学芸大学大学院修士課程修了　U&N株式会社勤務

トマーシュ・クリーマ〔Tomas Klima〕　パラツキー大学（チェコ）オロモウツ哲学学部極東センター講師　平成17年度東京学芸大学研究員

戸谷（藤沼）順子　東京学芸大学卒　同大学院修士課程修了　お茶の水女子大学附属中学校教諭

豊高正浩　東京学芸大学在学

中谷美佐　東京学芸大学卒　セゾン自動車火災保険株式会社勤務

中原（高島）友美子　東京学芸大学卒　同大学院修士課程修了　開成学園講師

南部陽子　東京学芸大学卒　同大学院修士課程在学

波多野こずえ　東京学芸大学卒　和光大学附属梅根記念図書・情報館勤務

部山怜華　東京学芸大学卒　ジャパンプリント株式会社勤務

廣東加奈　東京学芸大学在学

前川真一郎　東京学芸大学卒　東京都立拝島高等学校教諭

松本大　東京学芸大学卒　同大学院修士課程修了　大阪大学大学院博士後期課程在学

望月敬子　東京学芸大学卒　旺文社ブック事業部高校文系グループ勤務

山口純礼　東京学芸大学卒　早稲田大学大学院博士後期課程単位取得退学　株式会社損害保険ジャパンマーケット勤務

楊建興　北京師範大学（中国）卒　同大学院修士課程修了　平成16年度東京学芸大学国費研究留学生　北京高等教育出版社国際漢語出版中心勤務

ラーミンハン〔La Minh Hang　呂明恒〕　ハノイ師範大学（ベトナム）卒　ハノイ国家大学大学院博士課程修了　ベトナム社会科学院ハンノム研究所研究員　平成17年度東京学芸大学研究員

李妍　東北師範大学（中国）卒　東京学芸大学大学院修士課程修了　同大学院連合学校教育学研究科（博士課程）在学

李智涵　遼寧師範大学（中国）卒　東京学芸大学大学院修士課程修了

劉瀟雅　太原科技大学（中国）卒　東京学芸大学大学院修士課程修了　二松学舎大学大学院博士後期課程在学

劉碩　大連民族学院（中国）卒　東京学芸大学平成21年度研究生

盧海生　東北師範大学（中国）卒　東京学芸大学大学院修士課程在学

【編　者】

高橋 忠彦（たかはし ただひこ）

1952年、神奈川県生まれ。東京大学文学部中国哲学専修課程卒業。同大学院人文科学研究科修士課程修了。現在は、東京学芸大学教育学部、人文社会科学系、日本語・日本文学研究講座、中国古典学分野教授。専攻は中国文化史。

〔主な編著書〕『文選（賦篇）中』（明治書院）、『文選（賦篇）下』（同上）、『東洋の茶』（淡交社）、『真名本伊勢物語 本文と索引』（新典社）、『御伽草子精進魚類物語 本文・校異篇』（汲古書院）、『御伽草子精進魚類物語 研究・索引篇』（同上）、『日本の古辞書』（大修館書店）。

高橋 久子（たかはし ひさこ）

1956年、東京都生まれ。東京学芸大学教育学部中等教育教員養成課程卒業。同大学院教育学研究科修士課程修了。現在は、東京学芸大学教育学部、人文社会科学系、日本語・日本文学研究講座、日本語学分野教授。専攻は国語学。

〔主な編著書〕『十巻本伊呂波字類抄の研究』（続群書類従完成会）、『有坂本和名集』（汲古書院）、『御成敗式目 影印・索引・研究』（笠間書院）、『真名本伊勢物語 本文と索引』（新典社）、『御伽草子精進魚類物語 本文・校異篇』（汲古書院）、『御伽草子精進魚類物語 研究・索引篇』（同上）、『日本の古辞書』（大修館書店）。

古辞書研究会（こじしょけんきゅうかい）

1992年発足。東京学芸大学教育学部、人文社会科学系、髙橋久子研究室を中心にした研究会であり、教員と在学生、卒業生で構成し、中世の言語を主とする研究活動を行っている。その成果を各種の出版物として刊行し、また年刊誌『日本語と辞書』（現在第十七輯まで刊行）を作成して発表している。

尊経閣文《そんけいかくぶん》庫《こ》本《ぼん》　桂《かつら》川《がわ》地《じ》蔵《ぞう》記《き》 影印《えいいん》・訳注《やくちゅう》・索引《さくいん》

2012年5月15日　初版第一刷発行

定価（本体20,000円＋税）

編　者　髙　橋　忠　彦
髙　橋　久　子
古　辞　書　研　究　会

発行者　八　木　壮　一

発行所　株式会社　八　木　書　店

〒101-0052 東京都千代田区神田小川町3-8

電話 03-3291-2961（営業）

03-3291-2969（編集）

03-3291-6300（FAX）

E-mail pub@books-yagi.co.jp

Web http://www.books-yagi.co.jp/pub

印刷・製版　精興社

製　本　博勝堂

用　紙　中性紙使用

ISBN978-4-8406-2086-4